40

改革开放
四十年文学丛书

反思文学

上卷

陈晓明 主编

作家出版社

# 出版说明

今年是改革开放40周年。40年来，当代中国发生了翻天覆地的变化，社会经济繁荣发展，人民生活幸福美好，当代文学硕果累累。为了庆祝这一盛大的节日，展示改革开放40年来的文学创作成就，进一步树立文化自信和文学自信，推动中国文学创作的大发展大繁荣，根据中宣部和中国作家协会的部署，我们特别策划了这套规模宏大的"改革开放40年文学丛书"。

文学是时代的一面镜子。40年来，中国当代文学在反映时代变化和人民精神面貌上做出了突出贡献，一大批反映改革开放伟大历程和人民精神风貌变化的作品涌现出来，真实地记录了改革开放40年来我们伟大祖国和人民所走过的不平凡的道路。因此，这套丛书的编辑出版一方面在展示当代文学40年的光辉历史，同时也展现改革开放40年的伟大成就。

在体例上，丛书以文学思潮和重大题材为纲，选取了改革开放40年中出现的比较有典型性和影响力的文学思潮和重大题材，以此为中心，遴选最能代表该文学思潮的作家作品。需要说明的是，这些文学思潮是历时性地交叉出现的，有一个更迭演变的过程，彼此之间在文学理念上各不相同又有诸多联系。受此文学环境的影响，作家们的创作也多是穿插于这些文学思潮之间的，许多作家在不同的文学思潮中有多个优秀的作品出现。但出于丛书体量和编排体例的整体考虑，我们每位作家只选取了一部作品并放置于某一个文学思潮的类目之下，这绝不是说该作家只有这一种类型的文学创作，而是为了显示其对某一个文学思潮的突出贡献，展现其创作的独特性。

入选丛书的作品经过了论证委员会的认真评审，专家评审从文学性、时代性、影响力等多方面进行综合考察，选取了最具代表性的作品。在一定意义上，这些作品构成了一部特殊形态的当代文学史，代表了当代文学40年的伟大成就。

40年来，中国文学始终与人民同心，与时代同行，文学既植根于时代生活的沃土，又以自身的发展融入时代的洪流，推动历史的前进。我们期待，丛书的出版能够实现对于当代文学40年光辉历程的展示，能够实现对于改革开放40年伟大成就的留影。更期待当代文学能够继续为人民美好生活的需要提供更多更优秀的精神食粮，为中华民族伟大复兴中国梦的实现贡献力量。

由于丛书体量有限，遗珠之憾在所难免，恳请读者朋友理解并谅解，同时更盼批评指正。

作家出版社
2018年10月

# 目 录

# 班主任

刘心武

## 一

　　你愿意结识一个小流氓，并且每天同他相处吗？我想，你肯定不愿意，甚至会嗔怪我何以提出这么一个荒唐的问题。

　　但是，在光明中学党支部办公室里，当黑瘦而结实的支部书记老曹，用信任的眼光望着初三（3）班班主任张俊石老师，换一种方式向他提出这个问题时，张老师并不以为古怪荒唐。他只是极其严肃地考虑了一分钟左右，便断然回答说："好吧！我愿意认识认识他……"

　　事情是这样的：前些日子，公安局从拘留所把小流氓宋宝琦放了出来。他是因为卷进了一次集体犯罪活动被拘留的。在审讯过程中，面对着无产阶级专政的强大威力与政策感召，他浑身冒汗，嘴唇哆嗦，作了较为彻底的坦白交代，并且揭发检举了首犯的关键罪行。因此，公安局根据他的具体情况情节较轻而坦白揭发较好，加上还不足十六岁，就将他教育释放了。他的父母感到再也难在老邻居们面前抛头露面，便通过换房的办法搬了家，恰好搬到光明中学附近。根据这几年实行的"就近入学"办法，他父母来申请将宋宝琦转入光明中学上学。他该上初三，而初三（3）班又恰好有空位子，再加上张老师有十几年的班主任工作经验，又是这个年级班主任里唯一的党员。因此，经过党支部研究，接受了宋宝琦的转学要求，并且由老曹直接找到张老师，直截了当地摆出情况，问他说："怎么样？你把宋宝琦收下吧？"

正像你所知道的那样，张老师思忖的目光刚同老曹那饱含期待、鼓励的目光相遇，他便答应下来了，接受了宋宝琦的转学要求。

## 二

张老师是个什么样的人呢？

趁他顶着春天的风沙，骑车去公安局了解宋宝琦情况的当日，我们可以仔细观察他一番。

张老师实在太平凡了。他今年三十六岁，中等身材，稍微有点发胖。他的衣裤都明显地旧了，但非常整洁。每一个纽扣都扣得规规矩矩，连制服外套的风纪扣，也一丝不苟地扣着。他脸庞长圆，额上有三条挺深的抬头纹，眼睛不算大，但能闪闪放光地看人，撒谎的学生最怕他这目光；不过，更让学生们敬畏的是张老师的那张嘴，人们都说薄嘴唇的人能说会道，张老师却是一对厚嘴唇，冬春常被风吹得爆出干皮儿；从这对厚嘴唇里迸出的话语，总是那么热情、生动、流利，像一架永不生锈的播种机，不断在学生们的心田上播下革命思想和知识的种子，又像一把大笤帚，不停息地把学生心田上的灰尘无情地扫去……

一路上，张老师的表情似乎挺平淡。等到听完公安局同志的情况介绍、翻完卷宗以后，他的脸上才显露出强烈的表情来——很难形容，既不全是愤慨，也不排除厌恶与蔑视，似乎渐渐又由决心占了上风，但忧虑与沉重也明显可见。

张老师从公安局回到学校时，已经是下午三点钟。他掏出叠得很整齐的手绢，一边擦着脑门上的汗，一边走进年级组办公室。显然同组的老师们都已知道宋宝琦将于明天到他班上课的事了。教数学的尹达磊老师头一个迎上他，形成了关于宋宝琦的第一个波澜。

# 三

尹老师和张老师同岁，同是一个师范学院毕业，同时分配到光明中学任教，又经常同教一个年级。他们一贯推心置腹，就是吵嘴，也从不含沙射影、指桑骂槐，总是把想法倾巢倒出，一点"底儿"也不留。

尹老师身材细长，五官长得紧凑，这就使他永远摆脱不了"娃娃相"，多亏鼻梁上架着副深度近视镜，才使他在学生们面前不致有失长者的尊严。

在这1977年的春天，尹老师感到心里一片灿烂的阳光。他对教育战线，对自己的学校、所教的课程和班级，都充满了闪动着光晕的憧憬。他觉得一切不合理的事物都应该而且能够迅速得到改进。他认为"四人帮"既已揪出，扫荡"四人帮"在教育战线的流毒，形成理想的境界应当不需要太多的时间。不过，最近这些天他有点沉不住气。他愿意一切都如春江放舟般顺利，不承想却仍要面临一些复杂的问题。

关于宋宝琦即将"驾到"的消息一入他的耳中，他就忍不住热血沸腾。张老师刚一迈进办公室，他便把满腔的"不理解"朝老战友发泄出来。他劈面责问张老师："你为什么答应下来？眼下，全年级面临的形势是要狠抓教学质量，你弄个小流氓来，陷到做他个别工作的泥坑里去，哪还有精力抓教学质量？闹不好，还弄个'一粒耗子屎坏掉一锅粥'！你呀你，也不冷静地想想，就答应下来，真让人没法理解……"

办公室的其他老师，有的赞同尹老师的观点，却不赞同他那生硬的态度；有的不赞成他的观点，却又觉得他的确是出于一片好心；有的一时还拿不准道理上该怎么看，只是为张老师凭空添了这么副重担子，滋生了同情与担忧……因此，虽然都或坐或站地望着张老师，却一时都没有说话。就连搁放在存物架上的生理卫生课教具——耳朵模型，仿佛也特意把自己拉成了一尺半长，在专注地等待着张老师作答。

张老师觉得尹老师的意见未免偏激，但并不认为尹老师的话毫无道理。他静静地考虑了一分钟，便答辩似的说："现在，既没有道理把宋宝琦退回给公安局，也没有必要让他回原学校上学。我既然是个班主任老师,那么,他来了,我就开展工作吧……"

这真是几句淡而无味的话。倘若张老师咄咄逼人地反驳尹老师,也许会引起一场火爆的争论,而他竟出乎意料地这样作答,尹老师仿佛反被慑服了。别的老师也挺感动,有的还不禁低首自问:"要是把宋宝琦分到我的班上,我会怎么想呢?"

张老师的确必须立即开展工作,因为,就在这时,他班上的团支部书记谢惠敏找他来了。


# 四


谢惠敏的个头儿比一般男生还高,她腰板总挺得直直的,显得很健壮。有一回,她打业余体校栅栏墙外走过,一眼被里头的篮球教练看中。教练热情地把她请了进去,满心以为发现了个难得的培养对象。谁知让这位长圆脸、大眼睛的姑娘试着跑了几次篮后,竟格外地失望——原来,她弹跳力很差,手臂手腕的关节也显得过分僵硬,一问,她根本对任何球类活动都没有兴趣。

的确,谢惠敏除了随着大伙看看电影、唱唱每个阶段的推荐歌曲,几乎没有什么业余爱好。她功课中平,作业有时完不成,主要是由于社会工作占去的精力和时间太多了,因此倒也能获得老师和同学们的谅解。

头年夏天,张老师接任这个班的班主任时,谢惠敏已经是团支部书记了。张老师到任不久便轮到这个班下乡学农,返校的那天,队伍离村二里多了,谢惠敏突然发现有个男生手里转动着个麦穗,她不禁又惊又气地跑过去批评说:"你怎么能带走贫下中农的麦子?给我!得送回去!"那个男生不服气地辩解说:"我要拿回家给家长看,让他们知道这儿的麦子长得有多么棒!"结果引起一场争论,多数同学并不站在谢惠敏一边,有的说她"死心眼",有的说她"太过分"。最后自然轮到张老师表态,谢惠敏手里紧紧握着那根丰满的麦穗,微张着嘴唇,期待地望着张老师。出乎许多同学的意料,张老师同意了谢惠敏送回麦穗的请求。耳边响着一片扬声争论与喁喁低议交织成的音波,望着在雨后泥泞的大车道上奔回村庄的谢惠敏那独特的背影,张老师曾经感动地想:问题不在于小小的麦穗是否一定要这样来处理：看哪，这个仅仅只有三个月团龄的支部书记，正用全部纯洁而高尚的感情，在维护"绝不能让贫下中农损失一粒麦子"的信念。她的身上，有着多么可贵的闪光素质啊！

但是，这以后，直到"四人帮"揪出来之前，浓郁的阴云笼罩着我们祖国的大地，阴云的暗影自然也投射到了小小的初三（3）班。被"四人帮"那个大黑干将控制的团市委，已经向光明中学派驻了联络员，据说是来培养某种"典型"，是否在初三（3）班设点，已在他们考虑之中，谢惠敏自然常被他们找去谈话。谢惠敏对他们的"教诲"并不能心领神会，因为她没有丝毫的政治投机心理，她单纯而真诚。但是，打从这时候起，张老师同谢惠敏之间开始显露出某种似乎解释不清的矛盾。比如说，谢惠敏来告状，说团支部过组织生活时，五个团员竟有两个打瞌睡。张老师没有去责难那两个不像样子的团员，却向谢惠敏建议说："为什么过组织生活总是念报纸呢？下回搞一次爬山比赛不成吗？保险他们不会打瞌睡！"谢惠敏瞪圆了双眼，几乎不相信自己的耳朵，隔了好一阵，才抗议地说："爬山，那叫什么组织生活？我们读的是批宋江的文章啊……"再比如，那一天热得像被扣在了蒸笼里，下了课，女孩子们都跑拢窗口去透气，张老师把谢惠敏叫到一边，上下打量着她说："你为什么还穿长袖衬衫呢？你该带头换上短袖才是，而且，你们女孩子该穿裙子才对啊！"谢惠敏虽然热得直喘气，却惊讶得满脸涨红，她简直不能理解张老师在提倡什么作风！班上只有宣传委员石红才穿带小碎花的短袖衬衫，还有那种带褶子的短裙，这在谢惠敏看来，乃是"沾染了资产阶级作风"的表现！

"四人帮"揪出来之后，张老师同谢惠敏之间的矛盾自然可以解释清楚了，但并没有完全消除。

现在，谢惠敏找到张老师，向他汇报说："班上同学都知道宋宝琦要来了，有的男生说他原来是什么'菜市口老四'，特别厉害；有些女生害怕了，说是明天宋宝琦真来，她们就不上学了！"

张老师一愣。他还没有来得及预料到这些情况。现在既然出现了这些情况，他感到格外需要团支部配合工作，便问谢惠敏："你怕吗？你说该怎么办？"

谢惠敏晃晃小短辫说："我怕什么？这是阶级斗争！他敢犯狂，我们就跟他斗!"

张老师心里一热。一霎时,那在泥泞的大车道上奔走的背影活跳在记忆的屏幕上。他亲热地对谢惠敏说:"你赶紧把团支部和班委会的人找齐,咱们到教室开个干部会!"


五


四点二十左右,干部会结束了。其他干部们都走了,教室里只剩下张老师、谢惠敏和石红三个人。

石红恰好面对窗户坐着,午后的春阳射到她的圆脸庞上,使她的两颊更加红润;她拿笔的手托着腮,张大的眼眶里,晶亮的眸子缓慢地游动着,丰满的下巴微微上翘——这是每当她要想出一个更巧妙的方法来解决一道数学题时,为数学老师所熟悉、所喜爱的神态。可是此刻她并不是在解数学题,而是在琢磨怎么写出明天一早同大家——也包括宋宝琦见面的"号角诗"。

张老师同谢惠敏在一旁谈着话。围绕着接收宋宝琦需要展开的工作,已经全部落实。男生干部们分头找男生们做工作去了,跟他们讲宋宝琦并不是什么威震菜市口的"英雄",而是个犯了错误的需要帮助的人。对他既别好奇乃至于敬畏,也不能歧视打击,大家要齐心合力地帮助他。女生干部将分头到那几个或者是因为胆小,或者是出于赌气,宣布明天不来上学的女生家去,对她们和她们的家长讲清楚,学校一定会保证女孩子们不受宋宝琦欺侮;对宋宝琦这样的小流氓,消极躲避只能助长他的恶习,只有团结起来同他斗争,进行教育,才能化有害为无害,并且逐步化无害为有益。张老师则要对宋宝琦进行家访,对他以及他的家长进行初步了解,并进行第一次思想工作,石红的"号角诗"明天一早将向大家强调:"让我们的教室响彻向'四化'进军的脚步声!"

当石红的"号角诗"快要写完的时候,张老师同谢惠敏的谈话结束了。张老师把摊在桌上、刚给干部们看过的几件东西往一块敛。那是张老师从派出所带回来的、宋宝琦犯案后被搜出的物品:一把用来斗殴的自行车弹簧锁，一副残破油腻的扑克牌，一个式样新颖附有打火机的镀镍烟盒，还有一本撕掉了封皮的小说。小干部们面对这些东西都厌恶得皱鼻子、撇嘴角。谢惠敏提议说："团支部明天课后开个现场会，积极分子们也参加，摆出这些东西，狠狠批判一顿！"大伙都同意，张老师也点头说："对，要利用这个机会，进一步抓好反腐蚀教育。"

没承想，临到张老师收敛这几件物品时，突然出现了矛盾，还闹得挺僵。

别的东西都收进书包了，只剩下那本小说。张老师原来顾不得细翻，这时拿起来一检查，不由得"啊！"了一声。原来那是本"文化大革命"以前，中国青年出版社出版的长篇小说《牛虻》。

谢惠敏感到张老师神情有点异常，忙把那本书要过来翻看。她以前没听说过、更没看见过这本书，她见里头有外国男女讲恋爱的插图，不禁惊叫起来："哎呀！真黄！明天得狠批这本黄书！"

张老师皱起眉头，思索着。他回忆起自己中学时代的情况。那时候，团支部曾向班上同学们推荐过这本小说……围坐在篝火旁，大伙用青春的热情轮流朗读过它；倚扶着万里长城的城堞，大伙热烈地讨论过"牛虻"这个人物的优缺点……这本英国小说家伏尼契写成的作品，曾激动过当年的张老师和他的同辈人，他们曾从小说主人公的形象中，汲取过向上的力量……也许，当年对这本小说的缺点批判不够？也许，当年对小说的精华部分理解得也不够准确、不够深刻？但，不管怎么说——张老师想到这儿，忍不住对谢惠敏开口分辩道：

"这本《牛虻》可不能说成是黄书……"

谢惠敏的两撇眉毛险些飞出脑门，她瞪圆了双眼望着张老师，激烈地质问说："怎么？不是黄书?！这号书不是黄书什么是黄书！"在谢惠敏的心目中，早已形成一种铁的逻辑，那就是凡不是书店出售的、图书馆外借的书，全是黑书、黄书。这实在也不能怪她。她开始接触图书的这些年，恰好是"四人帮"搞法西斯文化专制主义最凶的几年。可爱而又可怜的谢惠敏啊，她单纯地崇信一切用铅字新排印出来的东西，而在"四人帮"控制舆论工具的那几年里，她用虔诚的态度拜读的报纸刊物上，充塞着多少他们的"帮文"，喷溅出了多少戕害青少年的毒汁啊！倘若在谢惠敏最亲近的人当中，有人及时向她点明：张春桥、姚文元那两篇号称"阐述无产阶级专政理论"的"重要文章"大可怀疑，而"梁效""唐晓文"之类的大块文章也绝非马列主义的"权威论著"……那该有多好啊！但是，由于种种主观和客观上的原因，没有人向她点明这一点。她的父母经常嘱咐谢惠敏及其弟妹，要听毛主席的话，要认真听广播、看报纸；要求他们遵守纪律、尊重老师；要求他们好好学功课……谢惠敏从这样的家庭教育中受益不浅，具备了强烈的无产阶级感情、劳动者后代的气质；但是，在资产阶级、修正主义的"白骨精"化为美女现形的斗争环境里，光有朴素的无产阶级感情就容易陷于轻信和盲从，而"白骨精"们正是拼命利用一些人的轻信与盲从以售其奸！就这样，谢惠敏正当风华正茂之年，满心满意想成为一个好的革命者，想为共产主义这个大目标而奋斗，却被"四人帮"害得眼界狭窄、是非模糊。岂止《牛虻》这本书她会认为是毒草，我们这段故事发生的时候，《青春之歌》已经进行再版了，但谢惠敏还保持着"四人帮"揪出前形成的习惯——把那些热衷于传播"文艺消息"，什么又会有某个新电影上演啦，电台又播了个什么新歌呀这样的同学们，看成是"沾染了资产阶级思想"。就在前几天，她发现石红在自习课上看一本厚厚的小说，下课她便给没收了。那是1958年出版的《青春之歌》，她随便翻检了几页，把自己弄得心跳神乱——断定是本"黄书"，正想拿来上交给张老师，石红笑嘻嘻地一把抢了回去，还拍着封面说："可带劲啦！你也看看吧！"结果两人争吵了一场。后来她忙着去团委开会，倒忘记向张老师反映了，没想到今天张老师竟比石红还要石红——亲口否认这本外国"黄书"不黄！在谢惠敏心中，外国的"黄书"当然一律又要比中国的"黄书"更黄了。面对着这样一位张老师，她又联想起以前的许多细琐冲突来。于是，往常毕竟占据支配地位的尊敬之感，顿然减少了许多。她微微噘起嘴，飞走的眉毛落回来拧成了个死疙瘩。

这时候，石红写完"号角诗"，正准备给张老师和谢惠敏朗诵，突然听到张老师说："这本《牛虻》可不能说成是黄书……"她这才知道那本破书原来就是《牛虻》，赶忙凑拢谢惠敏身边去看，谢惠敏大声质问张老师的话刚一出口，她便热情地晃动着谢惠敏胳膊说："别这么说！我听爸爸妈妈讲过，《牛虻》这本书值得一读！这两天我正读《钢铁是怎样炼成的》，里头的保尔·柯察金是个无产阶级英雄，可他就特别佩服'牛虻'……"石红早就想找本《牛虻》来看，一直没有借到，所以她从谢惠敏手中拿过书来翻动时，心里翻腾着强烈的求知欲：这本书写的是什么时代的事儿？故事发生在什么地方？"牛虻"究竟是个啥样的人？真的有值得佩服的地方吗？……当她把破书还到张老师手上时，不禁问道："读这本书，该注意些啥？学习些啥？"谢惠敏咬住嘴唇，眯起眼睛，不满地望着石红，心里怦怦直跳。张老师翻动着那本饱经沧桑的《牛虻》，他本想耐心地对谢惠敏解释为什么不能把它算作"黄书"，但是这本书是从宋宝琦那儿抄出来的，并且，瞧，插图上，凡有女主角琼玛出现，一律野蛮地给她添上了八字胡须。又焉知宋宝琦他们不是把它当成"黄书"来看的呢？生活现象是复杂的。这本《牛虻》的遭遇也够光怪陆离了。对谢惠敏这样实际上还很幼稚的孩子，分析过于复杂的生活现象和精华糟粕并存的文艺作品，需要充裕的时间和适宜的场合。

想到这些，我们的张老师便把破旧的《牛虻》放入书包，和蔼地对谢惠敏说："关于这本书的事儿，咱们改天再谈吧。看，快五点了，咱们赶紧听听石红写的'号角诗'吧，听完分头按计划行动。"

石红念的诗，谢惠敏一句也没装进脑子里去。她痛苦而惶惑地望着映在课桌上的那些斑驳的树影。她非常、非常愿意尊敬张老师，可张老师对这样一本书的古怪态度，又让她不能不在心里嘀咕："还是老师呢，怎么会这样啊?!……"

# 六

五点刚过，张老师骑车抵达宋家的新居。小院的两间东屋里东西还来不及仔细整理，显得很凌乱。比如说，一盆开始挂花的"令箭"，就很不恰当地摆放在歪盖着塑料布的缝纫机上。

宋宝琦的母亲是个售货员，这天正为搬家倒休，忙不迭地拾掇着屋子。见张老师来了，她有点宽慰，又有点羞愧，忙把宋宝琦从堂屋喊出来，让他给老师敬礼，又让他去倒茶。我们且不忙随张老师的眼光去打量宋宝琦，先随张老师坐下来同宋宝琦母亲谈谈，了解一下这个家庭的大概。

宋宝琦的父亲在园林局苗圃场工作，一直上"正常班"，就是说，下午六点以后就能往家奔了。但他每天常常要八九点钟才回家。为什么？宋宝琦母亲说起来连连叹气，原来这些年他养成了个坏习惯：下班的路上经过月坛，总要把自行车一撂，到小树林里同一些人席地而坐，打扑克消遣，有时打到天黑也不散，挪到路灯底下接茬打，非得其中有个人站起来赶着去工厂上夜班，他们才散。

显然，这样一位父亲，既然缺乏丰富而有意义的精神生活，那么，对宋宝琦的缺乏教育管束也就可想而知了。至于当母亲的，从她含怨的叙述中，不难看出她是怎样自食了溺爱与放任独生子的苦果。

绝不要以为这个家庭很差劲。张老师注意到，尽管他们还有大量的清理与安置工作，才能使房间达到窗明几净的程度，但是一张镶镜框的毛主席像，却已端正地挂到了北墙，并且，一张稍小的周总理像，装在一个自制的环绕着银白梅花图案的镜框中，被郑重地摆放在了小衣柜的正中。这说明这对年近半百的平凡夫妇，内心里也涌荡着和亿万人民相同的感情波澜。那么，除了他们自身的弱点以外，谁应当对他们精神生活的贫乏负责呢？

差一刻六点的时候，张老师请当母亲的尽管去忙她的家务事，他把宋宝琦带进里屋，开始了对小流氓的第一次谈话。

现在我们可以仔细看看宋宝琦是个什么模样了。他上身只穿着尼龙弹力背心，一疙瘩一疙瘩的横肉和那白里透红的肤色，充分说明他有幸生活在我们这个不愁吃不愁穿的社会里，营养是多么充分，躯体里蕴藏着多么充沛的精力。唉，他那张脸啊，即便是以经常直视受教育者为习惯的张老师，乍一看也不免浑身起栗。并非五官不端正，令人寒心的是从面部肌肉里，从殴斗中打裂过又缝上的上唇中，从鼻翅的神经质翕动中，特别是从那双一目了然地充斥着空虚与愚蠢的眼神中，你立即会感觉到，仿佛一个被污水泼得变了形的灵魂，赤裸裸地立在了聚光灯下。

经过三十来个回合的问答，张老师已在心里对宋宝琦有了如下的估计：缺乏起码的政治觉悟，知识水平大约只相当初中一年级程度，别看有着一身犟肉，实际上对任何一种正规的体育活动都不在行。张老师想到，一些满足于贴贴标签的人批判起宋宝琦这样的小流氓来，一定会说他是"满脑子资产阶级思想"。但是，随着进一步的询问，张老师便愈来愈深切地感到，笼统地说宋宝琦这样的小流氓具有资产阶级思想，那就近乎无的放矢，对引导他走上正路也无济于事。

宋宝琦的确有严重的资产阶级思想，但究竟是哪一些资产阶级思想呢？

资产阶级标榜"自由、平等、博爱"，讲究"个人奋斗""成名成家"，用虚伪的"人性论"掩盖他们追求剥削、压迫的罪行。而宋宝琦呢？他自从陷入了那个流氓集团以后，便无时无刻不处于森严的约束之中，并且多次被大流氓"扇耳刮子"与用烟头烫后脑勺。他愤怒吗？反抗吗？不，他既无追求"个性解放"、呼号"自由、平等"的思想行动，也从未想到过"博爱"。他一方面迷信"哥儿们义气"，心甘情愿地替大流氓当"炊拨儿"；另一方面又把扇比他更小的流氓耳光当作最大的乐趣。什么"成名成家"，他连想也没有想过，因为从他懂事的时候起，一切专门家——科学家、工程师、作家、教授……几乎都被林贼、"四人帮"打成了"臭老九"，论排行，似乎还在他们流氓之下，对他来说，何羡慕之有？有何奋斗而求之的必要？资产阶级的典型思想之一是"知识即力量"，对不起，我们的宋宝琦也绝无此种观念。知识有什么用？无休无止地"造反"最好。张铁生考试据说得了个"大鸭蛋"，不是反而当上大官了吗？……所以，不能笼统地给宋宝琦贴上个"满脑袋资产阶级思想"的标签便罢休，要对症下药！资产阶级在上升阶段的那些个思想观点，他头脑里并不多甚至没有，他有的反倒是封建时代的"哥儿们义气"以及资产阶级在没落阶段的享乐主义一类的反动思想影响……请不要在张老师对宋宝琦的这种剖析面前闭上你的眼睛，塞上你的耳朵，这是事实！而且，很遗憾，如果你热爱我们的祖国，为我们可爱的祖国的未来操心的话，那么，你还要承认，宋宝琦身上所反映出的这种问题，在一定程度上还并不是极个别的！请抱着解决实际问题、治疗我们祖国健壮躯体上的局部痈疽的态度，同我们的张老师一起，来考虑考虑如何教育、转变宋宝琦这类青少年吧！

张老师从书包里取出那本饱遭蹂躏的小说来，问宋宝琦："这本书叫什么名儿？你还记得吗？"

宋宝琦刚经历过专政机关严厉的审讯和带强制性的训斥，那滋味当然远比一个班主任老师的询问与教育难受，所以，他尽可能用最恭顺的态度回答说："记得。这是牛亡。"他不认识虻字，照他识字的惯例，只读一半。

"不是牛亡，是'牛虻'。你知道这两个字是什么意思吗？"

面部没有表情，两眼直愣愣地望着对面在窗玻璃外扑腾的一只粉蝶，极坦率地回答说："不懂。"

"那么，这本书你究竟读完了没有呢？"

"翻了两篇。我不懂。"

"不懂，你要它干什么呢？这本书是打哪儿来的呢？"

"我们偷的。"

"打哪儿偷的呢？偷它干什么呢？"

"打原来我们学校废书库偷的。听说那里头的书都是不让借、不让看的。全是坏书。我们撬开锁，偷了两大抱。我们偷出来为的是拿去卖。"

"怎么没把这本卖了呢？"

"后来都没卖。我们听说，盖了图书馆戳子的书，我们要是卖去，人家就要逮着我们。"

"你们偷出来的书里，还有些什么呢？你还能说出几个名儿来吗？"

"能！"宋宝琦为能表现一下自己并非愚钝无知感到非常高兴，他第一次有了专注的神情，眨着眼，费劲地回忆着，"有《红岩》，有……《和平与战争》，要不，就是《战争与和平》，对了，还有一本书特怪，叫……《新嫁车的词儿》……"

这让张老师吃了一惊。他想了想，掏出钢笔在手心里写了《辛稼轩词选》几个字，伸出去让宋宝琦看，宋宝琦赶忙点头："就是！没错儿！"

张老师心里一阵阵发痛。几个小流氓偷书，倒还并不令人心悸。问题是，凭什么把这样一些有价值的，乃至于非但不是毒草，有的还是香花的书籍，统统扔到库房里锁起来，宣布为禁书呢？宋宝琦同他流氓伙伴堕落的原因之一，出乎一般人的逻辑推理之外，并非一定是由于读了有毒素的书而中毒受害，恰恰是因为他们相信能折腾就能"拔份儿"，什么书也不读而坠落于无知的深渊！

张老师翻动着《牛虻》，责问宋宝琦："给这插图上的妇女全画上胡子，算干什么呢？你是怎样想的呢？"

宋宝琦垂下眼皮，认罪地说："我们比赛来着，一人拿一本，翻画儿，翻着女的就画，谁画得多，谁运气就好……"

张老师愤然注视着宋宝琦，一时说不出话来。宋宝琦抬起眼皮偷觑了张老师一眼，以为一定是自己的态度不够老实，忙补充说："我们不对，我们不该看这黄书……我们算命，看谁先交上女朋友……我们……我再也不敢了！"他想起了在公安局里受审的情景，也想起了母亲接他出来那天，两只红红的、交织着疼和恨的眼睛。

"我们不该看这黄书"这句话像鼓槌落到鼓面上，使张老师的心"咚"的一响。怪吗？也不怪——谢惠敏那样品行端方的好孩子，同宋宝琦这样品质低劣的坏孩子，他们之间的差别该有多么大啊，但在认定《牛虻》是"黄书"这一点上，却又不谋而合——而且，他们又都是在并未阅读这本书的情况下，"自然而然"地做出这个结论的。这是多么令人震惊的一种社会现象！谁造成的？谁？

当然是"四人帮"！

一种前所未及的、对"四人帮"铭心刻骨的仇恨，像火山般喷烧在张老师的心中，截至目前为止，在人类文明史上，能找出几个像"四人帮"这样用最革命的"逻辑"与口号，掩盖最反动的愚民政策的例子呢？

望着低头坐在床上，两只肌肉饱满的胳膊撑在床边，两眼无聊地瞅着互相搓动的、穿着白边懒鞋的双脚，拒绝接受一切人类文明史上有益的知识和美好的艺术结晶的这个宋宝琦，张老师只觉得心里的火苗扑腾扑腾往上蹿，一种无形的力量冲击着他的喉头，他几乎要喊出来——

救救被"四人帮"坑害了的孩子！

# 七

春天日短。当远处电报大楼的七记钟声，悠悠地随风飘来时，暮色已经笼罩着光明中学附近的街道和胡同。

张老师推着自行车，有意识拐进了免费出入、日夜开放的小公园里。他寻了一条偏僻处的长椅，支上车，坐到长椅上，燃起一支香烟，眉尖耸动着，有意让胸中汹涌的感情波涛，能集中到理智的闸门，顺合理的渠道奔流出去，化为强劲有力的行动，来执行自己这班主任的职责。

晚风吹动着一直拖到椅背上来的柳丝，身上落下了一些随风旋转而来的干榆钱，在看不见的地方，丁香花开了，飘来沁人心脾的芳馥气息。

同宋宝琦本人及其家庭的初步接触，竟将张老师心弦中的爱弦和恨弦拨动得如此之剧烈，颤动得他竟难以控制自己。他恨不能立时召集全班同学，来这长椅前开个班会。他有许多深刻而动人的想法，有许多诚挚而严峻的意念，有许多倾心而深沉的嘱托、建议、批评、引导和号召，就在这个时候，能以最奔放的感情，最有感染力的方式，包括使用许多一定能脱口而出的丰富而奇特的、易于为孩子们所接受的例证和比喻，淋漓尽致地表达出来……

他感到，他比以往任何时候，都更爱我们亲爱的祖国。想到她的未来，想到她的光明前景，想到本世纪结束、下世纪开始时，"四化"初具规模的迷人境界，他便产生了一种不容任何人凌辱、戏弄祖国，不许任何人扼杀、窒息祖国未来的强烈感情！他想到自己的职责——人民教师，班主任，他所培养的，不要说只是一些学生，一些花朵，那分明就是祖国的未来，就是使中华民族在这九百六十万平方公里的土地上，强盛地延续下去，发展下去，屹立于世界民族之林的未来！

他感到，他比以往任何时候，都更深刻地仇恨"四人帮"这伙祸国殃民的蟊贼。不要仅仅看到"四人帮"给国民经济所造成的有形危害，更要看到"四人帮"向亿万群众灵魂上泼去的无形污秽；不要仅仅注意到"四人帮"培养出了一小撮"头上长角、浑身长刺"的张铁生式五类，还要注意到，有多少宋宝琦式的"畸形儿"已经出现！而且，甚至像谢惠敏这样本质纯正的孩子身上，都有着"四人帮"用残酷的愚民政策所打下的黑色烙印！"四人帮"不仅糟蹋着中华民族的现在，更残害着中华民族的未来！

对丑类的恨加深着对人民的爱，对人民的爱又加深着对丑类的恨。当爱和恨交织在一起的时候，人们就有了为真理而斗争的无穷勇气，就有了不怕牺牲去夺取胜利的无穷力量。

张老师陡然站了起来，他看看表，七点一刻。他想到了晚饭。不是他感到饿了，考虑到自己该回家吃饭去，他简直把自己也需要吃晚饭这件事忘到爪哇岛去了。他是打算亲自到几个同学家里去，了解一下他们对宋宝琦来初三（3）班的反应。而这个时候，同学们家里一定都在吃饭，吃饭的时候进行家访是不适宜的。他想了想，便背着手，在小公园的树林子里踱起步来，同时确定下来，七点半左右再离开这里……

丁香花的芳馨一阵阵更加浓郁。浓郁的香气令人联想起最称心如意的事。张老师想到"四人帮"已经被扫进了垃圾箱，想到党中央已经在短短的半年内打出了崭新的局面，想到亲爱的祖国不但今天有了可靠的保证，未来也更加充满希望，他便感到宋宝琦也并非朽不可雕的烂树，而谢惠敏的糊涂处以及对自己的误解与反感，比之于蕴藏在她身上的优良素质和社会主义积极性来，简直更不是什么难以消融的冰雪了。


# 八


张老师推车走出小公园时，恰巧遇上了提着鼓囊囊的塑料包，打从小公园门口走过的尹老师。

尹老师大吃一惊："俊石，你怎么还有逛公园的雅兴？"

张老师笑了笑，没有解释。他也并不问尹老师从哪儿来，到哪儿去。他知道，尹老师坚持有一个多月了，每天下午四点以后，除了在学校组织一些数学后进的学生补课以外，还要轮流到他们家里去进行个别辅导。他熟悉尹老师的脾性，特别是"四人帮"控制着文教战线的时期，他往往牢骚满腹，对教育部不满，对学校领导不满，对学生不满，对家长不满。倘是一个局外人，听了他那些愤激之情溢于言表的话，一定会以为他是个惯于撂挑子、甩袖子的人；其实尹老师牢骚归牢骚，工作归工作，不管是什么时候，不管遇上什么打击、障碍、困难和挫折，他从未放弃过辛勤的教学劳动。就是在"四人帮"把学生中的无政府主义思潮煽动得达于极点，课堂里往往乱得像一锅煮沸的粥时，他虽然能在办公室里把牢骚话说到"咱们干脆罢教"的地步，一听到上课铃响，却又立即奔赴教室，仍然竭尽全力地用粉笔敲着黑板，用劝导、吆喝、说服、恫吓来让同学们听他讲述那些方程式和多面体。

张老师知道这是他已经结束了个别辅导，要奔赴胡同外的汽车站，乘车回家去了。他既然是忙完了工作，那么，牢骚一定是一触即发。果不其然，不等张老师开口，他便拍着张老师自行车的车座子，长叹一声说：“'四人帮'给咱们造成了些什么样的学生啊！你想想看吧，我教的是初三了，可刚才却还在为两个学生翻来覆去地讲勾股定理……你比我更有'福气'——摊上个'新文盲'宋宝琦！说实在的我不能理解你，眼下是'百废待举'，该做的事情那么多，而光是今天一个下午，你就为收留一个小流氓耗费了那么多心血，犯得上吗?！让宋宝琦滚蛋吧！公安局不收，让他回原来的学校！原来的学校不要，就让他在家待着！……”

张老师诚恳地对他说：“经过这一下午，我越来越自觉地认识到，症结不在是不是一定要收下来宋宝琦——的确，也许应当为他这样的学生专门办一种学校，或者把他同相似的学生专门编成一班，要不按他的文化程度，干脆把他降到初一去从头学起……但这都不是主要的。症结在哪里呢？今天下午围绕着收留宋宝琦发生的这一件又一件的事情，好比一面镜子，照出了'四人帮'糟害我们下一代的罪恶；有些'四人帮'的流毒和影响，我以前或者没有觉察出来，或者没有像今天这样感到触目惊心，我想到了很多、很多……达磊，现在是1977年的春天，这是多么美好、多么幸福的春天啊，可它又是要求我们迎向更深刻的斗争、付出更艰苦的劳动的春天，因而也是要求我们更加严格的一个春天！朝前看吧，达磊！……”

尹老师从这简单的话语里不可能感受到张老师已经感受到的一切，但是，当他同张老师那饱含着醒悟、深思、信心、力量的动人目光相遇时，他的牢骚和烦躁情绪顿时消失了。1977年春天的晚风吹拂着这两个平平常常、默默无闻的人民教师，有那么一两分钟，他们各自任自己的思绪飞扬奔腾，静静地没有交谈。

张老师想到，过几天，针对尹老师思想方法偏于简单和急躁的缺点，一定要好好地找他谈一谈：感情绝不能代替政策；迫切希望革命事业向前迈进的心情，不能简单地表现为焦躁和牢骚；锲而不舍地坚持斗争的同时，又应当对事物的发展抱相应的积极等待的态度；对宋宝琦这类小流氓的厌恨，还可以转化为对祖国的幼苗遭到“四人帮”戕害而生的怜惜和疼爱……总之，要好好地同尹老师谈谈哲学，谈谈辩证法，谈谈现在和未来，谈谈爱和恨，谈谈生活和工作乃至于谈谈《红岩》和《牛虻》……

远处又飘来了报告七点半已到的一记钟声，张老师收回沸腾的思绪，拍拍尹老师肩膀说："咱俩另找个时间好好聊聊吧。我还要到几个同学家里去一下。"

"快去石红那儿吧，"尹老师忽然想起，赶紧告诉张老师，"我刚从他们楼里出来，听我那班的一个同学说，谢惠敏跟石红吵了一架，你快去了解一下吧！"

张老师心里一震，他立即骑上车，朝石红家所在的居民楼驰去。

# 九

石红的爸爸是区上的一个干部，妈妈是个小学教师。两口子都是在轰轰烈烈的"四清"运动里入党的。从入党前后起，他们形成了一种很好的习惯，就是坚持学习马列、毛主席著作，他们书架上的马恩、列宁四卷集、毛选四卷和许多厚薄不一的马列、毛主席著作单行本，书边几乎全有浅灰的手印，书里不乏折痕、重点线和某些意味着深深思索的符号……石红深深受着这种认真读书的气氛的熏陶，她也成了个小书迷。

石红是幸运的。"晚饭以后"成了她家的一个专用语，那意味着围坐在大方桌旁，互相督促着学习马列、毛主席著作，以及在互相关怀的气氛中各自做自己的事——爸爸有时是读他爱读的历史书，妈妈批改学生的作文。石红抿着嘴唇、全神贯注地思考着一道物理习题或是解着一个不等式……有时一家又在一起分析时事或者谈论文艺作品，父亲和母亲，父母和女儿之间，展开愉快的、激烈的争论。即便在"四人帮"推行法西斯文化专制主义最凶狠的情况下，这家人的书架上仍然屹立着《暴风骤雨》《红岩》《茅盾文集》《盖达尔选集》《欧也妮·葛朗台》《唐诗三百首》……这样一些书籍。

张老师曾经把石红通读过的《共产党宣言》《马克思主义的三个来源和三个组成部分》和毛选四卷，以及她的两本学习笔记，拿到班会上和家长会上传看过，但是，他觉得更可欣喜的是，这孩子常常能够根据马列主义、毛泽东思想的原则去思考、分析一些问题，这些思考和分析，往往比较正确，并体现在她积极的行动中。

我们这个故事发生的那一天，张老师敲开石红他们家那个单元的门后，发现迎门的那间屋里，坐满了人。石红坐在屋中饭桌边，正朗读着一本书。另外有五个女孩子，也都是张老师班上的学生，散坐在屋中不同的部位，有的右手托腮、睁大双眼出神地望着石红；有的双臂折放在椅背上，把头枕上去；有的低首揉弄着小辫梢……显然，她们都正听得入神。根据下午谢惠敏的汇报，这恰恰是那几个因为害怕或赌气，而扬言明天宋宝琦去了她们就不去上学的同学。

石红读得专心致志，没有发觉张老师的到来；有两三个女孩子抬眼瞧见了张老师，也只是羞涩地对他笑笑，没有出声叫他"张老师"，那显然并非是忘记了礼貌，而是不忍心中断她们已经沉浸进去的那个动人的故事。

来开门的石红妈妈把张老师引到隔壁屋里，请他坐下，轻声地解释说："孩子们正在读鲁迅翻译的《表》……"

《表》是苏联作家班台莱耶夫在十月革命后不久写的一部儿童作品。它描写了一个流浪儿在苏维埃教养院里的转变过程。鲁迅先生当年以巨大的热情翻译了它。张老师虽然好多年没翻过这本书了，但石红妈妈一提，这本书里的一些人物形象和片段情节，顿时涌现在张老师的脑海中。张老师在短短的几分钟里，已经猜测出石红家里出现这种局面的来龙去脉了。果然，石红妈妈告诉他："石红一回家就把宋宝琦的事跟我说了。吃晚饭的时候她一个劲眨巴眼睛，洗碗的时候她跟我商量：'妈妈，要是我约上谢惠敏，把那些害怕、赌气的同学们都找来，读读《表》这本书怎么样呢？'我很赞成。我跟她说：'有党的领导，有社会主义制度，只要老师、同学们发挥集体的作用，小流氓也是能转变的啊！'后来她就找同学们去了——只是谢惠敏不知怎么没有来……"

正说着，石红读完一个段落，知道张老师来了，拿着书跳进里屋，高兴地嚷："张老师，你来得正好！快给我们讲讲吧！"

张老师被她拉到了外屋，几个小姑娘都站起来叫"张老师"，不等他发话，各种各样的问题就争先恐后地提出来了：

"张老师，这本书我们能读吗？"

"张老师，这本书里的小流氓，怎么又惹人生气，又惹人同情呢？"

"张老师，谢惠敏说我们读毒草，这本书能叫毒草吗？"

"张老师，您见着宋宝琦了吗？跟这本书的小流氓比，他好点儿还是坏点儿呢？"

……

张老师且不忙回答，却反问她们："谢惠敏为什么不来呢？石红跟她吵嘴啦？你们应该齐心合力把她拉来啊！"

小姑娘们激动地同声回答起来，吵成一片，结果一句也听不清，还是石红让大伙静下来，解释说："拉不来啊！除非现在报上专门登篇文章，宣布《表》是一本好书……"

原来，石红刚一找到谢惠敏的时候，谢惠敏见石红工作这么积极，还挺高兴。可是一听是找到一块儿去读一本外国小说，她就打心眼里反感。石红跟她解释，这本书挺不错，读了对解决那几个同学的问题能有启发……谢惠敏没等石红说完，立刻反问道："报上推荐过吗？"这一问使石红呆住了，半晌才回答："没推荐呢。""读没推荐的书不怕中毒吗？现在正反腐蚀，咱们干部可不能带头受腐蚀呀！……"谢惠敏一脸警惕的神色警告着石红，不仅自己拒绝参加这个活动，还劝说石红不要"犯错误"……这把石红惹恼了，同她吵了一场，但临走时仍然拉着她的手，央告她去"听听再说"，她把石红的手拂开了。石红走后，谢惠敏激动地走出屋子，晚风吹拂着她火烫的面颊，她很痛苦，上牙把下唇咬出了很深的印子……

在石红家里，接下来出现了这样的场面：张老师坐在桌边，石红和那几个小姑娘围住他，师生一起无拘无束地谈了起来，从《表》谈到苏联，从《表》里的流浪儿谈到宋宝琦；从应当怎样改造小流氓谈到大多数小流氓是能够教育好的，最后渐渐进到明天以后班里面临的新形势，张老师笑着问那几个小姑娘："怎么样，你们还罢课吗？"

她们互相交换完眼色，便都望着张老师，几乎是异口同声地说："不罢啦！"

张老师离开石红家的时候，满天的星斗正在宝蓝色的晚空中熠熠闪光。

用不着思索，蹬上自行车以后，他自然而然地向谢惠敏家里驰去。说实在的，当他同石红和那几个小姑娘议论时，谢惠敏无时不在他的心中；他疼爱谢惠敏，如同医生疼爱一个不幸患上传染病的健壮孩子；他相信，凭着谢惠敏那正直的品格和朴实的感情，只要倾注全力加以治疗，那些"四人帮"在她身上播下的病菌，是一定能够被杀灭的。

　　离谢惠敏的家越近，张老师心上的内疚感便越沉重。过去，对谢惠敏成为这样一种状态，他总觉得自己难以承担责任。他在接班不久的情况下，就向谢惠敏含蓄地指出过，不要只是学习零星的语录，不要迷信解释领袖思想的文章，要认真学习原著，要独立思考……但谢惠敏并未领悟。今天，张老师有了新的感触，他责问自己，虽然去年十月以前的那个学期里，是个乌云压顶的形势，可是，难道自己就不能更勇敢、更坚决地同荒诞、反动的东西作斗争吗？就不能更直截了当地、更倾注全力地同谢惠敏谈心，引导她擦亮眼睛、识别真假吗？……

　　快到谢惠敏家的门口时，一个计划已在张老师心中初现轮廓：他今天要把书包中的那本《牛虻》留给谢惠敏，说服她去读读这本书。允许她对这本书发表任何读后感，然后，从分析这本书入手，引导谢惠敏运用马列主义、毛泽东思想的立场、观点、方法去解答一系列互相关联的问题：应当怎样认识生活？应当怎样了解历史？应当怎样对待人类社会产生的一切文明成果？应当怎样批判过去文化遗产中的糟粕而吸取其精华？应当怎样全面地、辩证地看问题？应当怎样辨别香花和毒草，识别真假马列主义？应当使自己成为一个什么样的人？应当怎样去为祖国的"四化"，为共产主义的灿烂未来而斗争？……

　　张老师心中掀动着激昂的感情波澜。当他刹住车，在谢惠敏家门口站定时，心中的计划进一步明朗起来：不仅要从这件事入手，来帮助谢惠敏消除"四人帮"的流毒，而且，还要以揭批"四人帮"为纲，开展有指导的阅读活动，来教育包括宋宝琦在内的全班同学……他决定明天一早就去请示党支部，会获得支持吗？他眼前浮现出老曹在支部会上目光灼灼地发言的面影："现在，是真格儿按毛主席的思想体系搞教育的时候了！"他正是要"真格儿"地大干一场啊，一定会得到组织支持的！他心中又闪过了一些老师可能发出的疑问，于是，他决定，要争取在教师会上发言，阐述自己的想法：现在，我们不仅要加强课堂教学，使孩子们掌握好课本和课堂上的科学文化知识，获得德、智、体全面发展；不仅要继续带领他们学工，学农，把理论和实践结合起来；而且，还要引导他们注目于更广阔的世界，使他们对人类全部文明成果产生兴趣，具有更高的分析能力，从而成为社会主义革命和社会主义建设的更强有力的接班人……

这时，春风送来沁鼻的花香，满天的星星都在眨眼欢笑，仿佛对张老师那美好的想法给予肯定与鼓励……

# 伤痕

卢新华

　　除夕的夜里，车窗外什么也看不见，只有远的近的，红的白的，五彩缤纷的灯火，在窗外时隐时现。这已经是一九七八年的春天了。

　　晓华将目光从窗前收回，低头看了看表，时针正指着零点一分。她理了理额前的散发，将长长的黑辫顺到耳后，然后揉了揉有些发红的微布着血丝的双眼，转身从挂在窗口的旧挎包里，掏出了一个小方镜。她掉过头来，让面庞罩在车厢里淡白的灯光下，映在方方的小镜里。

　　这是一张方正、白嫩、丰腴的面庞：端正的鼻梁，小巧的嘴唇，各自嵌在自己适中的部位上；下巴颏微微向前突起；淡黑的眉毛下，是一对深潭般的幽静的眸子，那间或地一滚，便泛起道道微波的闪光。

　　她从来没有这样细致地审视过自己青春美丽的容貌。可是，看着看着，她却发现镜子里自己黑黑的眼珠上滚过了点点泪光。她神经质地一下子将小镜抱贴在自己胸口，慌张地环顾身旁，见人们都在这雾气腾腾的车厢里酣睡着，并没有人注意到自己刚才的举动，这才轻轻地舒出一口气，将小镜重新放回挎包中。

　　她有些倦意了，但仍旧睡不着。她伏在窗口的茶几上还不到三分钟，便又抬起头来。

　　在她的对面，是一对回沪探亲的未婚青年男女。一路上，他俩极兴奋地谈着学习和工作，谈着抓纲治国一年来的形势，可现在也疲倦地互相倚靠着睡了。车厢的另一侧，一个三十多岁的城市妇女伏几打着盹，在她的身旁甜卧着一个四五岁的小女孩儿。忽然小女孩蹬了几下腿，在梦中喊着："妈妈！"她的妈妈便一下子惊醒过来，低下头来亲着小女孩的脸问："囡囡，怎么啦？"小女孩没有吱声，舞了舞小手，翻翻身复又睡了。

一切重新归为安静。依旧只有列车在"铿嚓铿嚓"地有节奏地响着，摇晃着。——那响声仿佛是母亲嘴里哼着的催眠曲，而列车则是母亲手下的摇篮，全车的旅客便在这摇篮的晃动中，安然、舒适地踱入恍惚迷离的梦乡。

她仍旧没有睡意。看着身旁的那对青年，瞧着那个小女孩和她的妈妈，一股孤独、凄凉的感觉又向她压迫过来，特别是小女孩梦中"妈妈"的叫声，仿佛是一把尖利的小刀，又刺痛了她的心。"妈妈"这两个字，对于她已是何等的陌生；而"妈妈"这两个字，却又唤起她对生活多少热切的期望！她想象着妈妈已经花白的头发和满是皱纹的脸，她多么想立刻扑到她的怀里，请求她的宽恕。可是，……她痛苦地摇摇头，晶莹的泪珠又在她略向里凹的眼窝里滚动，然而她终于没有让它流出来，只是深深地呼出一口气，两只胳膊肘支在茶几上，双手捧起腮，托着微微向前突起的下巴，又重新将视线移向窗外。

……

九年了。——她痛苦地回忆着。

那时，她是强抑着对自己"叛徒妈妈"的愤恨，怀着极度矛盾的心里，没有毕业就报名上山下乡的。她怎么也想象不到，革命多年的妈妈，竟会是一个从敌人的狗洞里爬出来的戴愉式的人物。而戴愉，她看过《青春之歌》——那是一副多么丑恶的嘴脸啊！

她希望这也许是假的，听爸爸生前说，妈妈曾经在战场上冒着生命危险在炮火下抢救过伤员，怎么可能在敌人的监狱里叛变自首呢？

自从妈妈定为叛徒以后，她开始失去了最要好的同学和朋友；家也搬进了一间暗黑的小屋；同时，因为妈妈，她的红卫兵也被撤了，而且受到了从未有过的歧视和冷遇。所以，她心里更恨她，恨她历史上的软弱和可耻。虽然，她也想到妈妈对她的深情。从她记事的时候起，妈妈和爸爸像爱掌上的明珠一样溺爱着她这个独生女。可是现在，这却像是一条难看的癞疮疤依附在她洁白的脸上，使她蒙受了莫大的耻辱。她必须按照心内心外的声音，批判自己小资产阶级的思想感情，彻底和她划清阶级界限。她需要立刻即离开她，越远越快越好。

在离开上海的火车上，那时她还是一个十六岁的小姑娘——瓜子形的脸，扎着两根短短的小辫。在所有上山下乡的同学中，她那带着浓烈的童年的稚气的脸蛋，与她那瘦小的杨柳般的身腰装配在一起，显得格外的年幼和脆弱。

她独自坐在车厢的一角，目不转睛地望着窗外。没有一个同学跟她攀谈，她也没有跟一个同学讲话。直到列车钻进山洞时，她才扭头朝上望了一下行李架上自己的两件行李：帆布旅行袋、一捆铺盖卷——这是她瞒着妈妈一点点收拾的。直到她和同学们上了火车，妈妈还蒙在鼓里呢。她想象着，妈妈现在大概已经回到了家里，也一定发现了那留在桌上的字条：

> 我和你，也和这个家庭彻底决裂了，不用再找我。
>
> 晓华　一九六九年六月六日

她想象着，妈妈也许会哭，或许很伤心。她不由又想起了从小妈妈对自己的爱抚。可是，谁叫她当叛徒的！她忽然又感到，不应该可怜她，即使是自己的母亲。

车上渐渐地安静了。这时，她才注意到周围的同学：有的靠着坐椅睡了，有的在看书。她对面的座位上，一个年龄和她相仿的男同学，正拿诧异的目光愣愣地望着她。她有些羞涩地低下头。然而，那男同学却热情地问她："侬几届？""六九届。"她抬起头。"六九届？"那男同学显然有些奇怪："那——您？""我提前毕业了。"她说完这话，明亮的眸子忽闪了一下，仿佛是感谢他对自己关切的询问。而且，瞅这空儿，她也勇敢地审视了一下这个男同学的容貌：中等的个儿，白果形的白皙的脸蛋，清秀的眉毛下，一双天真活泼的眼睛。她问他："您叫什么？"

"苏小林。您呢？""王晓华。"她回答了他的反问，脸上不由又掠过一股羞涩的红晕。

听了他们的谈话，几个看书的同学便也插进来问："王晓华，你怎么提前毕业了？"她愣了片刻，想随便支吾过去，可她从不会撒谎，止不住红着脸将实情告诉了他们。她说完，低下头，一种将遭冷遇的预感便涌上心来。然而，同学们却热情地安慰了她。苏小林更激动地说："王晓华，你做得对。不要紧，到了农村，我们大家都会帮助你的。"她感激地朝他们点点头。

于是，在温暖的集体生活的怀抱里，她渐渐忘记了使她厌恶的家庭，和一起来的上海同学们在辽宁省临近渤海湾的一个农村里扎下了根。

她进步很快，第二年就填写了入团志愿书。可万万没想到，因为妈妈的叛徒问题，公社团委没有批。

她了解到这点后，含着泪水找到团支部书记说："我没有妈妈，我已和我的家庭断绝了一切关系，这你是知道的……"苏小林和其他几个同学也在一旁证实道："去年，她妈妈知道她到这儿来后，衣服、吃食寄了一大包，可她还是原封不动地给退了回去。而且，她妈妈哪一次来信她连看都不看，都是随时收到随时打回的。""但是，"团支部书记显出为难的样子，摊开双手，"公社团委接到了上海的外调信，而且，省里一直强调……"他脸上显出一副哭笑。

她茫然了。

大抵到了第四年的春天，她才勉强地入了团。但她的一颗火热的心至此已经有些灰冷了。

春节又到了。这是她最感痛苦的日子。一起的青年都回家探亲了，宿舍里只剩下她孤独的一人。外面，迎春的二踢脚在响，空气中弥漫着浓烈的火药香，听得见孩子们在欢乐地跳呵，喊，唱，锣鼓也在"咚咚锵锵"地响。

虽然节日里，她可以从一些热情的大伯大娘家里获得一点节日的快乐，但一回到空空无人的宿舍，她便感到有无限的痛苦压迫着她。

她能获得一点安慰的是，这里的贫下中农是那样真诚地关心她，爱护她，为了她的入团问题，曾多次联名写信要求公社团委批准，而且，还有小苏经常来看她。他们在几年的生活和劳动中，建立了越来越深厚的革命情谊。小苏喜欢她那种纯洁、质朴的心地和踏踏实实、埋头苦干的精神，她也把他看作自己最可以信赖的亲人，常常向他倾吐一些内心的苦闷。特别是中秋节那天晚上，她和小苏从海边谈心回来以后，更这样想了。

他们沿着海边走了很久以后，并排在沙滩上坐了下来。在他们面前，月光下，海风正轻盈地推涌着海浪"嚓——嚓"地扑打着沙岸，送来阵阵海腥味。他们沉默了片刻，小苏突然问："晓华，你想不想家？"她愣了一下，抬起头："不！——你怎么问起这些？"小苏低了头，缓缓地说，"晓华，我看你还是写封信回去问问，林彪迫害了许多老干部，说不定你妈妈也在其中呢。""不，不会的。"她两手搓弄着衣角，痛苦地摇摇头，"以前，我也曾经这么想过，可是不会的，我听说过，妈妈的问题是张春桥定的案。不，不会的。"她依旧摇着头。小苏不由叹了口气，愤愤地自言自语道："毛主席说过，要有成分论，而又不要唯成分论，重在政治表现，可我们这儿倒好，老子英雄儿好汉，老子反动儿浑蛋。"

有些凉意了。小苏不由看了看晓华身上单薄的衣裳，问："你冷吗？""不，你呢？"她抬起头来，深情地望着他。"我还好。"他不由低了头，又静静地望着月光下波光粼粼的大海，深沉地说，"晓华，你说革命者会是一个丝毫没有感情的人吗？"她没有回答他的问话，想起自己的一切，止不住心上又是一阵伤痛。小苏扭过头，看到泪珠又涌在她的眼眶里，便安慰她说："晓华，不要难过。"可是，他自己忍不住也擦了眼角渗出的泪珠。终于，他让自己心内久已积压着的话儿吞吞吐吐地吐了出来："晓华，你也没有亲人，如果你相信我的话，就，就让我们做朋友吧……""真的？你不——？"她的心怦怦跳个不停，吃惊地瞪大了含着喜悦的双眼怀疑地问。"真的。"小苏肯定地点点头，向她伸出了友谊的温暖的手说，"晓华，相信我吧！"她激动地望着他，不由冲动地扑倒在他的怀里……

她的脸上重新有了笑容，宿舍里、田间又有了她的清脆的歌声，而且面庞上也有了微红的血色，更显出青春的俏丽。

第二年秋天，因为身体不好和工作的需要，她调到了村里的民办小学任教，而小苏也调到公社工作了。

一个下午，她在公社参加教育工作会议后，来到小苏的宿舍。门虚掩着，屋里却空无一人。她从小苏的铺上收起他换下的衣服，准备给他洗一洗，扭头却看到床头柜上的日记本。她随手拿过来翻着，却看到昨天的日记上这样写道："……今天，我感到头疼。上午，李书记对我说：县委准备调我到宣传部去工作，正在搞我的政审。他说，我跟晓华的关系，县委强调了，说这是个世界观的问题，也是个阶级路线问题，要是还要继续下去的话，调宣传部的事还要再考虑考虑。我真不明白……"

看到这里，她竟像木头一样地呆住了。

她猛然合上本子，旋即离开了那间房子，昏昏沉沉地回到了学校。

当她躺到自己宿舍的铺上时，她再也止不住伤心地哭了。

第二天，起床梳洗时，她觉得太阳穴在隐隐作疼，眼眶也鼓了起来。

吃过早饭，她请了假，到公社找到公社书记，异常平静地对他说："李书记，我和小苏的关系从今往后完全断绝了，请不要因为我影响了小苏的前途。"

这以后，她几乎完全变了一个人，比先前更沉默寡言了，表情也近乎麻木起来。虽然，小苏为了她而没有同意调县里工作，仍旧那样真情地爱着她，但她对他却有意避而不见了。

她现在似乎已经真正理解了她所处的地位和她的身份。虽然她和家庭断绝了联系，但她是始终无法挣脱那个"叛徒妈妈"的家庭给她套上的绳索的。而且，她也清楚了，如果她爱上一个人，那么，这根绳索也会带给那个人的。为了这点，也正是出于对小苏真诚的爱，她觉得自己不应该连累他。虽然她有一种"小叶增生"的胸疼的病，医生多次讲婚后有可能好，但她现在宁愿牺牲这一切。她已经决定：要永远关上自己爱情的心窗，不再对任何人打开。

从此，她只是把自己残存的女性的感情奉献给学校的孩子们。她平时省吃俭用，却拿出自己津贴费很大的一部分为孩子们买学习用具。晚上，还经常到孩子们家中帮助温课。她和孩子们之间建立起来的感情，使她暂时忘记了以往的一切。

又是两年过去了。她的瓜子形的脸盘，随着青春的发育已经变得方正，身体的各个部位也丰满起来。她已是一个标准的青年姑娘了。特别在粉碎"四人帮"以后，她感到自己精神上逐渐松了些，于是嘴角有了笑纹。参加群众自发组织的大游行回来后，她感到自己的心情从来也没有这样激动和兴奋过。然而，当她陷入沉思的时候，脸上仍然挂着一股难言的忧郁。

一天，她正在批改作业本，忽然一个教师递给她一封从江苏寄来的信。谁写的？她纳罕地拆开一看，竟是妈妈写的，她改写了地址。这在以前，她也许会一下把信撕掉，但现在她却止不住读了下去——

　　晓华儿：

　　你和妈妈已经断绝了八年联系了，妈妈不怪你。在这封信中，妈妈只想告诉你，在党中央领导下，我的冤案已经昭雪了。我的"叛徒"的罪名是"四人帮"及其余党为了达到他们篡权的目的，强加给我的，现在已经真相大白了。

　　孩子，感谢党中央，我又回到了我原来的学校担任领导工作。但遗憾的是，这些年我的身体已经被他们摧残得实在不行了。我现在不仅患有严重的心脏病，而且还有风湿性关节炎。但我还是决心用我最大的努力为党多做工作。

　　孩子，我们已经八年多没见面了，我很想去看看你，但我的身体已经不允许了，因此，我盼望你能回来一趟，让我看你一眼。孩子，早日回来吧。

　　祝你近好。

　　　　　　　　　　　　　妈妈　一九七七年二月二十日

　　她读着手中的信，不由呆了。"这是真的？真的吗？"她的心一下子激烈地颤动起来。

　　晚上，快十点了，她手中还捏着妈妈的来信，她躺在床上看着，想着，恍恍惚惚，她已经回到家中，推开门，见妈妈正趴在写字台上写着什么，见她回来，惊奇地喊了声"晓华"便朝她扑过来。她也百感交集地扎在妈妈的怀里。好久，她挣出头。擦着眼泪问："妈，你在写什么？""没，没写什么。"妈妈脸上忽然一阵惊慌，忙去掩桌上的纸头。于是，她疑惑地一步抢过去。夺在手上看时，上面却分明写着几个大字："关于我的叛徒问题的补充交代。"她两眼盯住她，愤愤地骂了声："可耻！"转身便往外走。"哪里去？""你管不着！"可是，妈妈已经抢先一步披头散发地拦在门口了。"啊！"她惊叫一声，从梦中猛醒，蓦地坐起在铺上，止不住双手按着怦怦乱跳的心。"回不回去呢？"她有些犹豫不决了。

　　直到除夕前两天，她又收到妈妈单位的一封公函，她才匆忙收拾了一下，买上当天的车票，离开了学校。

现在，她坐在这趟开往上海的列车上心情又怎能平静呢？她激动，她喜悦，但她也苦痛和难过。

清晨六点多钟，列车冲过春节的晨曦，长嘶一声昂然驶进了上海站。

下车后，晓华帮一个妇女抱着小女孩出站台并送上了公共汽车，这才背着黄挎包，拎着旅行袋，赶乘18路电车回家。

在车上，她望着小时候常走常见的马路和楼房，心跳得异常地快，重踏故土时那种难以形容的特殊的喜悦布满了她的全身。今天是春节，妈妈在家里干什么呢？妈妈是不爱睡懒觉的，她一定已经起了床。当她突然地出现在门口时，也许妈妈正背着门吃早饭呢。于是，她便轻轻地喊一声"妈！"妈妈一定会吃惊地转过头来，"呀！晓华！"而惊喜的眼泪一定涌在妈妈脸上。

她这样兴奋地想着，下车拐进了954弄。她数着门牌号码，16号，18号，20号。她停住了，顿了一下，走进那记忆犹新的暗褐色的家门，按捺着极度紧张、激动的心情，伸出食指和中指，在门上"嘚嘚"轻敲了两下，没有回音。"妈妈还没起床？"她于是又让手指在门上加重了一点力量。仍旧没有回音。她有些急了，用拳头"嘭嘭"地叩了起来。可屋里还是死一般沉寂。

"你找谁啊？阿姨！"忽然一个小女孩站在她的身后，手里捧着蛋糕，边吃边瞪着大眼向她。"哦，小妹妹，这屋里的人呢？""搬走了。大前天才搬的。"小女孩咂着薄薄的嘴唇说。"搬到哪儿去了？"晓华紧接着问。"嗯……"小女孩眼睛朝上翻了翻，忽然扭身跑进了屋里。片刻，一个约莫三十多岁的妇女走了出来。"噢，你找王校长。她搬到816弄1号去了。"那妇女说完，疑惑地问，"你是她什么人？"晓华顿了一下，含笑对那妇女说："我找她有点事，谢谢了。"便匆匆走了。

她找到816弄1号，这是一座新盖的公房。1号房间门口，花盆里栽着一株蜡梅花。一看这花，她便知道这是她的家了，因为妈妈是最喜爱蜡梅花的。

黄漆的门也照旧关着。她想起妈妈的身体不好，也许还在休息，便又走近屋门，屈起手指去叩门。还没敲，却听得2号门前一个正在刷牙的中年人扭过头来，闪烁着热情的两眼说："找新搬来的王校长吗？屋里没人。昨天她发病住到医院去了。"她吃了一惊，忙问："什么科？什么房间？""还不清楚。"中年人微微摇摇头。她忙说："同志，这只旅行袋先放您屋里一下。"便急火火地往医院赶去。

因为是春节，医院走廊里空荡荡的。她跑到值班室，一看没人。扭头见前面走廊拐弯处走来几个穿白衣服的医生，边走边说着什么。她便迎上去问："医生，王校长在哪个病房？"一个戴眼镜的瘦瘦的医生盯着她看了一下，像想起什么似的，忽然亮着手中的字条说："哦，正好，你是王校长学校来的，是吧？那好，麻烦你拍个电报告诉王校长的女儿，这是地址，告诉她，她母亲今天早上刚刚去世了，让她……"

"什么？什么？"晓华脱口惊叫了一声，瞪直了眼睛。突然，她拔腿就往前跑，跑了几步又猛然站住，回过头来用发直的眼神，有些口吃地问："什——什么房间？几——号？"仍旧是那个男医生，诧异地朝她挥挥手："内科2号。往前走，向左拐！"

她发疯似的奔到2号房间，砰的一下推开门。一屋的人都猛然回过头来。她也不管这是些什么人，便用力拨开人群，挤到病床前，抖着双手揭起了盖在妈妈头上的白巾。

啊！这就是妈妈——已经分别了九年的妈妈！

啊！这就是妈妈——现在永远分别了的妈妈！

她的瘦削，青紫的脸裹在花白的头发里，额上深深的皱纹中隐映着一条条伤疤，而眼睛却还一动不动地安然半睁着，仿佛在等待着什么。

"妈妈！妈妈！妈妈……"她用一阵撕裂肺腑的叫喊，呼唤着那久已没有呼唤的称呼，"妈妈！你看看吧，看看吧，我回来了——妈妈……"

她猛烈地摇撼着妈妈的肩膀，可是，再也没有任何回答。

许久。当她哭干了眼泪后，她才痴呆似的站起来，望着这一屋的人们。——他们也都陪着她在流泪。忽然，她在这人群中竟发现了一个十分熟悉的身影——中等的个儿，白果形的、沉着隐重但还带着孩子气的脸和那双显然也哭红了的眼睛。"苏小林！"她差点脱声喊出来。马上，她就听见她那熟悉的嗓音在说："晓华，不要难过……"

第二天晚上，妈妈的遗体送龙华火葬场火化了。回家的路上，晓华带着哭得水蜜桃般的眼睛，和小苏一起来到了小时候常走的外滩。

夜已经深了。黄浦江上阵阵吹来冷丝丝的风，她第一次倚持在他的身上走着，让他那青春的深深的呼吸温暖着自己冰凉的沉重得快要窒息的心。她感激他，当他探亲期间，听到妈妈已经平反，还特意去看她；而且，除夕的夜里，他又冒着严寒赶到医院去护理妈妈。想到妈妈逝世前能看到小苏，而且小苏也代她看到了妈妈，她的心里得到了那么一丝安慰。

他们在路灯下默默无言地走着。忽然，小苏从身边掏出一本日记本，他翻到写着字的最后一页，递给晓华说："晓华，这是妈妈前晚写下的。"她急忙接过来，借着淡白的路灯的光看妈妈的熟悉字迹：

> ……盼到今天，晓华还没有回来。看到小林，我更想她了。虽然孩子的身上没有像我挨过那么多"四人帮"的皮鞭，但我知道，孩子心上的伤痕也许比我还深得多。因此，我更盼望孩子能早点回来。我知道，我已经撑不了几天了，但我还想努力再多撑几天，一定等到孩子回来……

她的眼睛模糊了。她猛然挣开小苏的胳膊，噔噔跑到江边。她伏在江岸边的水泥围墙上，痴痴地望着江面上繁星般的灯火，望着灯光下微隐微现的江面……

好久好久，她抬起头来。她的苦痛的面庞忽然变得那样激愤。她默默无言地紧攥着小苏的手，瞪大了燃烧着火样的眸子，然后在心中低低地、缓缓地、一字一句地说道："妈妈，亲爱的妈妈，您放心吧，女儿永远也不会忘记您和我心上的伤痕谁戳下的。我一定不忘党的恩情，紧跟党中央，为党的事业贡献自己毕生的力量！"

夜，是静静的。黄浦江的水在向东滚滚奔流。忽然，远处传来巨轮上汽笛的大声怒吼。晓华便觉得浑身的热血一下子都在往上沸涌。于是，她猛地一把拉了小苏的胳膊，下了石阶，朝着灯火通明的南京路大步走去……

# 大墙下的红玉兰

从维熙

> 民间传说：日食是天狗吞日的时刻，在这个时刻里，天地混沌，鬼魅横行……
>
> 中国历史上出现日食的年代，在大墙下面，发生了这样一个悲恸的故事……

## 一

"你就住在这儿。"

身材结实得像树墩子一样的老犯人，指着监房大炕上约有六十厘米宽的空隙，对身旁的新犯人说。这个老犯人说话的口气是严厉的，声音里虽然掺杂了老年人的沙哑，但叫人听起来，仍然像军官对士兵下着不可争辩的命令。

也许是由于老犯人冰冷而沙哑的话音刺激了这个新犯人的中枢神经，使这个刚刚入监的"新号"略带一点吃惊的神色回过头来，仔细地端详这个劳改犯中的带班班长。老犯人有五十七八岁的样子，长得高大魁伟，虎背熊腰。他脸膛红中透紫，颜色就像山洼里九月的山桃树皮；月牙形的扫帚眉包围着那对不大的眼睛，眼帘时而闭合，时而张开。当他眼帘闭合时，眼圈周围的肌肉松弛下垂，显示出他已经是个老者；当他眼睛睁开时，老态顿然消失，两个微微外突的眼球闪出刀锋似的目光。

"这个家伙，一准是个杀人犯！"新犯人暗暗揣测着他的顶头上司，"看他那双眉毛，那么长，简直像个古玩店里的'寿星佬'……"

新犯人无声的目光，马上引起老犯人的反感，他大声呼喊新犯人的名字："葛翎！发什么愣，还不快点放下行李，跟我去领你的劳改服，上工地去打冻方！"老犯人两只不大的眼睛瞪得溜圆，瞳孔里跳出微怒的火星。

叫葛翎的新犯人，把肩膀上草绿色军毯裹着的行囊放在炕上，仍然有点好奇地望着这个劳改犯班长。因为他听出这个老犯人的口音，也是河北冀东人，很想和他攀谈两句，但是，老犯人那对冒火的眼睛已经告诉他，再多说一个字，都是属于废话了。于是他开始解行囊上的绳子。

他感到十分疲倦。押送他来劳改队的吉普车，不巧在半路上抛了锚，一个年轻的民警，伴着他徒步行走了七十多里。黄河之畔的茫茫尘沙，肆无忌惮地扑打在他的脸上。他的鼻孔、耳洼，甚至连睫毛上都蒙盖着一层黄尘，汗滴顺他脸颊淌下来，留下的条条痕迹，就像蚯蚓爬过沙丘那么清晰深邃。特别是汗碱板结在一起的棉裤，硬得像把三棱刮刀，磨破了他在土地改革年代留下的一个弹痕，每走一步都疼得钻心。送他来劳改队的年轻民警，不知出于一种什么心理状态，竟充当了这个新犯人走路的拐棍，在通向劳改农场的风尘驿路上，先替他背着行囊，后又架起他的胳膊，直到快到狱政科办公室的门口，才把行李给这个新犯人背在肩上，并悄悄耳语了几句："葛处长，您也许不记得我了，我在公安学校毕业时，是您在警帽上给我们别上的国徽。"他看看左右没有人，眼里忽然冒出泪花，"这个年月，您可要多多保重自己的身体！"说着，把一块新手绢塞在葛翎手里，"擦擦脸上的尘土吧！您成个土人了！"

葛翎很想把年轻的公安战士的手紧紧握在自己手里，但他看见了监狱的两扇铁门，看见铁门旁边的高大围墙，伸出的手又缩了回来，他怎么能使自己的感情贻害这个年轻的公安战士呢?!

老犯人把他带进铁门，随着那两扇铁门的关闭，葛翎的心紧缩了一下，他感到他真的是一个囚徒了。历史——多么不可思议，又多么严峻无情：一个在抗日战争硝烟弥漫的战壕里入党的共产党员，一个从朝鲜战场上复员到省公安局的负责过预审和劳改工作的干部，竟然被历史的旋风卷进监狱。一个掌管国家专政工具的领导干部，瞬息之间变成了专政对象，被装进他曾多次视察过的牢房，连这个"死缓"减为有期徒刑的老犯人，都对他发号施令，对他实行专政了。

葛翎是个不爱动火气的人，但他从迈进牢房的第一秒钟，凭着一个老公安干部观察事物的锐敏，就感到了这个老犯人的潜在敌意，六十厘米——比其他犯人几乎窄上一半的地盘，似乎早就给他准备好了，而且不许他喝口水喘口气，就叫他马上到工地去开冻方，剥夺了一个新入监的犯人应有的休整时间。葛翎本想用党的劳改政策质问这个老犯人几句，但长途跋涉的劳累，使他不愿意再说一句话，他军毯上的行李绳没有解完，就靠着行囊闭合了双眼。

"这儿不是休养所，是劳改队！"老犯人对着葛翎吼叫起来。

葛翎没有回答，强烈的睡眠欲望占有了他，他甚至没有擦擦脸上的泥土汗渍，便发出轻微的鼾声。

"葛翎——"老犯人沙哑的喊声，猛然高了八度，"你刚来就怠工，会上要对你加温！"

葛翎的头歪垂下来，干裂的嘴角淌出口水，他睡熟了。

"你是哑巴，还是聋子？"老犯人索性对着他的耳朵喊叫起来。

葛翎这张被尘埃遮盖的脸，毫无反应。显然，他已经疲惫不堪，就是耳旁响起九天惊雷，也不能赶走睡魔。这，只有经过漫长风尘驿路的跋涉者，才能理解这片刻憩睡的宝贵。

如果换另一个犯人，遇到这样的场景，也许会把葛翎垂在炕沿上的那双腿抱起来，安详地放在炕上，给他盖上被子，叫这个"新号"在热炕上美美地睡上一觉，然后，带他到监房之外的工地上，投入劳动中去；但这个长着扫帚眉，脸膛紫红得像山桃木一样的老犯人，似无这点起码的良知，他像一个久猎未获的猎手，突然寻觅到一件最心爱的猎物那样满足，那么开心。他皱着月牙形的扫帚眉，狞视着葛翎额头上的一道道皱纹，狞视着葛翎斑白的两鬓，嘴角情不自禁地浮起一丝冷笑："你老了，我也老了，真是冤家路窄，想不到在这儿又见面了……"

其实，老犯人之所以能认出三十年前这个对头冤家，并不是凭他那双鹰鸷般的锋利眼睛。按他自己的理解，这完全是一种天意支配，给他带来的这次历史性的巧遇。

今天早晨，天刚微亮，犯人的起床钟声还没响，监房笼罩在一片静谧之中。这时突然一阵沉重的脚步声，把这个犯人带班班长惊醒了。更叫他吃惊的是，出现在他面前的不是劳改队的队长，也不是狱政科的狱政干事，而是由狱政科长刚刚荣升为劳改农场政委的章龙喜。这个五短身材、脸上带着一点浅麻子的权威人物，手电筒的光没对准别人，偏偏对着他的脸。老犯人心里打了寒战，不容他多想什么，撩开被子，一个鲤鱼打挺跳了起来，他浑身上下只穿着一条短裤，低垂着头，瓮声瓮气地问："您……是找我？"

章龙喜经常用手势代替语言，以显示自己的威严，他用头向房外示意了一下，老犯人匆忙地穿上犯人的灰棉袄棉裤，便跟随着这个年轻的政委出了监房。他一边走一边心里打鼓："老天！这是发生了什么事情？！政委是劳改场的头号人物，天还这么黑，找我这个劳改犯干什么？一准是我带领的犯人班里，出了大事……"老犯人想到这个，头上冒出冷汗。

谈话是在岗楼之下警卫取暖的小房子里进行的。章龙喜坐在凳子上，叫老犯人坐在远离他的墙角的小板凳上。老犯人最初不敢落座，章龙喜瞪了他一眼，老犯人才笔杆条直地坐在小凳子上。他用一双探索、恐惧的目光，望着政委，等待着响在他头顶上的霹雳。

"马玉麟！"章龙喜习惯地把尾音挑得很高，"麟"字听起来就像"银"字的声音，"你刑期还有几年？"

"八年，到1984年刑满！"老犯人声音颤抖得像松了股的弦子。他忽然想起应当说几句感恩戴德的话，便补充说："……我历史上当过还乡团、红眼队，从死缓改为有期，我从心眼里感谢政府宽大。"

"好嘛！应该努力争取。"章龙喜做了个肯定成绩的手势，"你们这些历史上的罪犯，应当注意政治，我考问你一下，当前最大的政治是什么？"

老犯人想起天天报纸上刊登着"同走资派作斗争"的文章，监房里晚上读报也常常学习这些东西，便想回答："走资派在搞复辟！"但话到嘴边卡住了，他怎么敢妄谈"走资派"？"走资派"都是共产党的老干部……老犯人舌头一拐弯，像背书那么熟练地回答说："遵守政府法令，执行监规纪律！"

老犯人的话才落音，章龙喜刚才做手势的那只手便狠狠拍在桌面上，一个茶杯盖被震得从杯子上掉下来，滚了几圈，从桌上滚到地上。老犯人看见章龙喜动了肝火，忙从小板凳上欠起身子，捡起那个杯子盖，颤嗦嗦地改口说："不！当前最大的政治，是同'走资派'斗争！"

章龙喜脸涨得像猪肝，红得连几颗浅麻子都看不见了。要是老犯人离他很近，他那只巴掌早就打在老犯人的脸上了，可是老犯人离他还有两米多远，他站起身粗粗喘了几口气，只好又坐在椅子上。

老犯人吓得面色苍白，把杯子盖放在桌角，不敢再坐在小板凳上，便弓下高高的身腰，在章龙喜对面像虾米一样低垂下头，嘴里喃喃地说："章科长，不，章政委！'走资派'要复辟是当前最大的政治！"

章龙喜恼怒地从口袋里掏出一张纸，扔给老犯人："你看看，这上面是什么？"

老犯人捧到手里，看了一眼，脸色便由白而红。天哪！这是一张减刑书。上面写着：罪犯马玉麟，由于认罪守法较好，学习积极，减刑五年。下面盖着劳改农场狱政科的公章。老犯人两只手激动地哆嗦起来，他是多么想给章龙喜跪下磕一个响头，但是章龙喜伸出手，把这张减刑书从老犯人手里拿了回来，老犯人先喜后惊，茫然不知所措地站在那里，像个乞丐，眼巴巴地望着又飞回到章龙喜手里的那张纸片。

"你还想拿到这张减刑书吗？"章龙喜用眼角瞥着老犯人说。

"愿意。政委，我坐了二十六年牢了！"

"你政治学习不及格，回答问题吞吞吐吐。不过，可以再给你一个机会……"章龙喜沉吟了片刻，压低了他那双淡淡的眉毛，说，"看你敢不敢和'走资派'斗争！"

"这儿都是……犯人，章政委！没有……"

"今天下午要押送一个'走资派'来，这是个'三料货'，既是'走资派'，又是'还乡团'，还是个猖狂地反毛泽东思想的'现行反革命'——"章龙喜一口气甩出去三顶帽子。

"还乡团？"老犯人敏感地联想起自己的身份，他简直蒙住了。

"他是七十年代的'还乡团'！"章龙喜解疑地告诉老犯人说。

"和你这个解放前的还乡团打过交道，我查了你的档案，你们是老相识了，所以把他编在你的班组里。"

"他叫……"老犯人惊愕地望着章龙喜。

"葛翎。省劳改局狱政处处长，典型的'走资派''还乡团''现行反革命'！"章龙喜索性向老犯人亮了底牌，挑着高高的尾音命令老犯人说，"马玉麟！严管他的任务交给你，出了问题我担着，下去吧！"

老犯人张开的嘴巴合拢不上了，他自己不知道是怎么走出屋子来的。但刚出屋子，章龙喜就追出来，把那张减刑的裁决书交给了他，并含蓄地告诉老犯人说："不要怕这个新'还乡团'。你还有三年就可以刑满就业，而这个'现反'在法律上没有刑期，就意味着是无期徒刑，大墙围起来的监房就是葛翎的坟地。"章龙喜这一串话，声音虽然压得很低，但灌到老犯人耳朵中去，比得上一串炸雷。他愣愣地站在那里，目送披着蓝棉大衣的章龙喜出了大铁门。

老犯人像是喝醉了酒，蹒蹒跚跚地走回监房。一路上，他强抑着这突然的召见给他带来的惊喜，多少往事都被"葛翎"这个名字勾了起来：他家业的兴衰，他在解放前夕的奔逃……人世间的事真难想象，当年震响冀东的土改工作团团长，会跟他住到一间牢房里来，而且要受他的严管！他手里摸着的那张减刑的纸片，告诉他一切都是真的，他快要出监房了，葛翎坐牢一直要坐到断了最后一口气。真是十年河东十年河西……老犯人想到这里，挺直了佝偻着的身腰，顿时感到腰杆子粗了许多，像一下年轻了十几岁。

世界上有一种讨厌的水生动物，叫作蚂蟥，它的本能就是靠吸吮人血养活自己。用这个动物来比喻老犯人是非常恰当的，在专政的大墙之下，慑于专政的威力，他像蚂蟥一样蜷缩起来，把它吸血的吸盘藏在腹下，一旦外力消失，它立刻像蟒蛇一样伸直了腰腿，亮出尖尖的吸盘，吸吮人的鲜红血液——何况，这个老犯人有权威人物撑腰，而来到他嘴边的正是他的对头冤家呢？

他不想再白白浪费唾沫，用嘴来唤醒葛翎，那双扫帚眉下的小眼睛，盯在葛翎垂在炕沿的小腿上，他看见葛翎被板结的棉裤腿擦破了的那块伤疤，便轻轻走过去，用那双鲇鱼头的劳改鞋，轻轻踢了一下。果然，这个办法很见效，葛翎因疼痛而睁开双眼，一挺身站了起来，一边用手捂住滴血的伤口，一边大声地问："这是……是怎么了？"

"我不小心，碰了一下！"老犯人半阴半阳地说，"不过，这也算歪打正着，喊不醒你，碰一下倒醒过来了！"

葛翎用手绢擦着因疼痛而滴落的汗水，有点被老犯人的态度激怒了："你叫醒我干什么？典型的'狱头'作风，要是……"葛翎本想把这句话说完："要是昨天，我看见你这样的'狱头'，马上赏你一副手铐！"还说什么呢？他今天已是个特殊的犯人了，便把后半截话吞进肚子里去。

老犯人两眼瞪得溜圆，但嘴角还挂着微笑，说："劳改处处长！这地方是监狱，是龙你也要盘起来，是虎也得给我趴下！"

"你怎么知道我是劳改处处长？"葛翎一怔。

老犯人一笑，两眼眯成一条缝："忘了你坐着吉普车来视察监狱的时候了？真是贵人多忘事！走吧，处长！引黄工程土方工地，又多了一个高等劳动力！"

葛翎再不想和这个老犯人多啰唆了，把擦汗的手绢往伤口一扎，拍拍身上的尘土，跟老犯人出了监房。

片刻之后，葛翎已经穿起一身灰劳改服，劳改服的前后胸上，像运动员印着的符号那么鲜明，上边印着两个大字——劳改。

## 二

1976 年的早春冷得出奇。黄河之滨的河套低洼地带，属于不易上冻的盐碱土质，但在这年早春，居然上了大冻。

天上灰蒙蒙的云层压得很低，像筛面的铁丝罗一样，旋在大地的头顶上，筛下来零零落落的雪花……葛翎走出高大的狱墙，冰冷的雪花飘打在他脸上，他一连打了几个冷战，立刻感到精神了许多。

约莫有二里地远的盐碱滩上，巨大的引黄工程正在进行。穿着一色灰的地段，是劳改犯挖掘的工地。穿着五颜六色斑斓多彩服装的，是临近黄河各县的男女民工。葛翎对这个工程的全部情况十分熟悉。1975年落实毛主席"三项指示"的时候，葛翎从五七干校调回省局原来的工作岗位上。他建议省局调动劳改场的全部劳改犯，参与这项伟大工程的开掘，叫这些犯过各种罪行的罪犯，在改造客观世界的同时，改造主观世界，逐步改造成自食其力的劳动者。但他没有想到：几个月之后，他被戴上"杀回来的还乡团"铁帽、反毛泽东思想的"现反"钢盔，成为一个特殊的劳改犯，穿起灰衣裳来到犯人的地段，参加开掘工程。看见千军万马、熙熙攘攘的工程气势，葛翎那双一瘸一瘸的脚，马上来了力气。他走得比那个老犯人快，把老犯人甩在身后七八米远。他很了解这个工程的深刻意义，引进黄河水，改造盐碱滩，这儿能开出几千亩稻田。对于造福子孙后代的活儿，一个革命者怎么能吝惜血汗？！但当他投入那灰色人流中间，拿起一把丁字镐，准备打冻土时，老犯人攥住他的手腕并冷峻地对他说："劳动有分工，你的任务不是用镐刨这层冻土。"他把下巴朝两边高高的堤坝伸了伸，"你的分工是抬泥，明白了吗？"

这是一条"U"字形引水大渠，宽二十米，犯人们用抬筐把渠心的泥土像蚂蚁搬家那样往两旁高堤上抬。年轻力壮的犯人，在寒风中光着脊梁，嘴里叫着号子，沿着六十度的倾斜土坡，抬着帆布做成的泥兜，向高堤上登攀。年纪大一点的老犯人，有的在渠心用铁锹往泥兜里装泥，有的在前边挥镐打地皮冻，有的在堤上平整抬上来的泥条，但是这个犯人班长，却命令葛翎去干年轻犯人干的累活。

葛翎在五七干校劳动了好几年，一眼就看穿了老犯人心里的鬼胎，这是给他面前准备了一双小鞋。葛翎虽然年过了五十五岁，但并不怵脏活累活，可是他小腿上那个伤疤正在滴血，殷红的血透过了那层包扎的手绢。葛翎倒真正有点为难了：他该怎么回应这个挑战呢？

周围的犯人，看见班长带来一个"新号"，都停下手中锹镐，像看刚下轿的新媳妇那样盯着新来的葛翎。葛翎耳旁甚至听到了犯人的低声私语："怎么和劳改处处长长得一个模样？！"他沉静了一下心思，不想在犯人面前流露出一丝懦弱，便扔下手中的铁镐，没有弯腰去拾身边的扁担，只用那只好脚的脚尖轻轻一钩，便把扁担拿在手里，喊了声：

"我和谁抬！"

显然这纯熟的劳动动作和一个老共产党员硬铮铮的回答，发挥了作用。大渠工地上沉静了片刻之后，几个流里流气的年轻犯人，有人朝葛翎挑起拇指，有人还喊开了："这个'新号'不是个雏儿，是个——"喊话的那个人，朝天空指了指。犯人们抬头一看，一只老鹰正在灰蒙蒙的飞雪的天空中展翅翱翔。

有几个上岁数的犯人，为葛翎向犯人班长求情了："马班长！'新号'头发都白了，叫他干抬泥条的活儿——"

老犯人突然皱起那双扫帚眉，那几个为葛翎说话的犯人立刻闭住了嘴巴，就像他两条眉毛是两把尚方宝剑，对犯人们起着威慑力量，工地上立刻变得鸦雀无声。

老犯人向渠底吆喝道："大龙——"

从渠底蹿上来一个赤臂露胸的汉子。他有着扇面形的宽肩，胸脯上那两块结实的肌肉，颜色就像枣木案板，紫油油地闪着亮光。这个体型简直是雕塑家难以找到的模特儿。但美中不足的一点，是大胸肌下面靠肋骨的地方，有一块细长的刀痕残疤，破坏了浑然而和谐的人体健美。他规规矩矩地向老犯人答了一声：

"有！"

"你和这个'新号'往堤上抬泥！"老犯人低声地下着命令。

这个壮得像公牛一样的年轻犯人，抬抬眼皮，看看他面前站着的是个满脸皱纹的老者，难为情地摇摇头，用流氓的习惯语言对老犯人说："怎么给我配了个'老帽'?!"

老犯人也选择最肮脏的字眼，回答这个年轻犯人："真是有眼无珠！你跟我说过，你们'五龙一凤'被拘留时，有个最厉害的预审科长……你看看你对面的人是谁？"

叫大龙的年轻犯人，梗起他那粗壮的脖子，认真打量起葛翎来；葛翎也情不自禁，朝这个公牛一样的汉子望去，四只眼睛对视了足有好几秒钟。

"嗬！是老'雷子'？"年轻犯人那对充血的目光，望着葛翎灰棉袄上"劳改"两个紫色铅印的大字，嘴角闪出幸灾乐祸的嘲笑。

葛翎也立刻分辨出来，这个肋骨上挂着刀痕的犯人叫俞大龙，是"五龙一凤"流氓集团的老大。五十年代末期，葛翎在预审处当科长，他亲自审理了这个扰乱社会治安的流氓犯罪集团，并给予了最严肃的处理，用无产阶级的铁扫帚，把他们扫进"时代的垃圾箱"。今天，在引黄工程的劳动工段，执行专政任务的葛翎和被专政的俞大龙，要拿起同一条扁担，来抬同一副泥兜，葛翎心里掠过一阵难言的痛苦，他的心在战栗。他不害怕这个体壮如牛的流氓罪犯，因为在公安战线上他和这种长着犄角的动物打交道太多了；使他忧心的是站在流氓身后的这个犯人班长，他用阴阴阳阳的目光，阴阴阳阳的语言，像根拨火棍那样，在葛翎身旁堆着干柴，点起烈焰，似乎有一种强烈的仇恨，在老犯人的腹内翻滚奔腾。这，究竟是为了什么？

那几个朝葛翎伸拇指的流氓罪犯，喜笑颜开地谩骂开了：

"看，'老雷子'也犯了罪！"

"这家伙审讯人时可厉害了！"

"给他点苦头尝尝！大龙——"

"夹磨夹磨这个穿官衣的'雷子'——"

俞大龙不眨眼皮地瞅着葛翎，脸上既无憎恨的表情，更无怜悯的神色。他一字一板、拿腔作调地对葛翎说："您这个从预审科科长高升到劳改处处长的老'雷子'，怎么也穿起我们犯人衣裳来了？您犯的什么罪？是强奸、诱奸、通奸，还是借'雷子'的权力——"

俞大龙话还没有说完，葛翎就已忍无可忍。他真想上去给这个畜生一记耳光，可是，一个共产党员无权去打一个罪犯，何况，省局那个"造反派"头子，已经给他披上了劳改犯的灰色袈裟！眼前，他若对俞大龙动一个指头，不但脏了自己手掌，而且将引起难以收拾的结局。这就像他冀东老家的传统戏——驴皮影那样，俞大龙不过是在银幕上的影人，背后，老犯人在拉着一根根丝线。这样，不就是打了狗，便宜主人了吗？！想到这里，他把握成拳头的手松开，招呼俞大龙说："告诉你，葛翎没犯任何一点罪！将来你就会明白。来！咱们来抬泥吧！"

俞大龙还没说话，在犯人中惯于起哄架秧的小流氓，便喊开了：

"没犯罪，你穿什么灰棉袄？"

"这是翻案！攻击无产阶级专政！"

"这家伙是属寒鸭的，肉烂嘴不烂。大龙，给'老帽'加点温——"

俞大龙轻蔑地往地上吐口唾沫，用脚狠狠一踩，抄起抬筐的扁担。装泥的犯人，怕葛翎肩膀经不起重压，装到合适的分量就停下了铁锨。俞大龙朝装泥的犯人骂道："怎么不装了？'雷子'都有铁肩膀，装不成个'馒头'尖，晚上砸了你的饭碗。装，装——"

装泥的犯人，同情地望了望葛翎，战战兢兢地又拿起铁锨，直到把帆布泥兜装得又尖又高，一直快挨近扁担了才敢住手。工地四周投射过来无数同情的目光，葛翎知道经过政府多年改造的犯人，心里都有一把衡量是非的尺子，但在这个特殊的历史岁月，在社会的最底层，邪恶抬头，老实地接受改造的犯人噤若寒蝉，大墙之内，也笼罩上一层"日食"的阴影。他心中感慨万分，不禁举目向工地上望了望，竟看不见一个劳改队的干部，只有不远处插着的三角形小红旗，在雪花中飘飞。那儿是犯人不能超越的警戒线，几个持枪的战士在站岗值勤。

葛翎痛心地闭合了眼睛，潮湿的泪水在他眼帘里转来转去。他似乎看见专政的万里长城，砖石正在塌陷，一阵剜心的痛苦竟使他喊出一声："干部！我们的干部呢?!"

俞大龙以为葛翎看见二百多斤的泥兜，慌了手脚，因而寻找干部，他得意地咧嘴笑着说："甭找拐棍！干部都叫章政委叫走，学习'反击右倾翻案风'的文件去了，马班长就是临时总管，来抄家伙吧！"

葛翎和俞大龙抬起泥兜，沿着凹凸不平的六十度斜坡向上移动了。劳改队的工地像是变成了较力场，犯人们都眼睁睁地看着这场开了锣的戏剧，也都在揣摩着这个戏的结局，无非是以俞大龙压倒了葛翎而告终，几乎没有一个犯人相信葛翎会把小山一样的泥兜抬上去的。

但是，葛翎那双颤抖的腿，还在支撑着，还在艰难地朝斜坡上迈步。抬前杠的俞大龙，感到头一招没有压倒葛翎，便使出第二个坏点子了，他每往上迈一步，就颠一下扁担，泥兜绳子便沿着光滑的扁担，往后杠滑一点，因此，还没爬到一半路程，泥兜的重量几乎都倾斜到葛翎的肩头上了。葛翎咬着牙，两腿像是筛糠一样哆嗦，特别是泥兜滑下来，不断撞击他扎着手绢的伤口，疼得他如同刀割箭穿一般，但他依然挺直腰板，不哼一声。他知道这不是一场较力，而是七十年代不见硝烟的特殊战争，没有压倒顽敌的气势，还算什么共产党员?!

七八米高的斜坡，爬到五米高的地段，地上的黏泥粘掉了他右脚上的劳改鞋，他赤着一只光脚板，继续向上迈步。他双手推着不断下滑的兜绳，感到肩疼腰酸，有几次差点被自己的腿绊倒，他暗暗对自己说："葛翎啊葛翎！共产党员是经过烈火冶炼的金子，在这个'垃圾箱'里更该闪亮发光……宁叫扁担折，不能腰弓曲！"

大渠工地上响起欢呼：

"是个铁'雷子'!"

"赛过推土机……"

"太难为这个'新号'了!"

"嘎巴"一声,欢呼声停止了,那是抬到堤上的桑木扁担压断了,但葛翎笔直地立在大堤之上。他也不知道帽子是什么时候甩开的,头上滚落着豆粒大的汗珠,汗珠滚进眼角,淌下面颊,他用手掌抹了抹,热汗和他在茫茫驿路留在脸上的黄尘,和成了汗泥……

劳改队的工地上突然变得肃穆无声。

只有雪花被北风吹着在天空中旋转飘落……

不知哪个犯人喊了一声:"'新号'!你腿上出血了——"

葛翎这时才发现小腿那块伤疤,被泥兜撞得破裂了,鲜红的血浸透了包扎的手绢。他感到一阵钻心的疼痛,蹲下身去,用手去抚摸渗血的伤口。

俗话说,"物极必反"。本来,这幕折磨共产党员的戏,到这里似乎是应当闭幕了,可是,血液里都渗透流氓素质的俞大龙,还在不依不饶。他拍拍葛翎肩膀,指指自己的肋下刀疤说:"你出这点血算什么?看我这儿,一刮刀进去,血流了半桶,我俞大龙没有皱一下眉头,接着,我还了他一刀,他就归了西天。你审讯了我,法院判我无期!正好!我一辈子就在这里滚了!咱俩订个合同吧,天天抬一根扁担,谁要含糊,谁他娘不是亲娘养的!来,接荐'练'!"

热血撞击着葛翎的胸膛,他汗水涔涔的脸上腾起一层红晕,他抚摸着伤口的那只手,不自觉地攥成拳头,连骨指节也发出咔吧咔吧的声响,他决心惩处这个流氓。就在他站起身来时,一个瘦瘦的犯人,用身子挡在葛翎和俞大龙中间。

这个犯人长得中等身材,虽然身板显得单薄干瘦,但脸上线条十分清晰,眉宇之间略带着几分书卷气质。葛翎从他脸上那副琥珀色眼镜和棉衣新旧的程度上去推断,似乎是个刚到劳改队不久的学生。这个瘦瘦的犯人,一手拿着量土方深浅的花杆,另一只手握着一个量长短的皮尺,对劳改队十分熟悉的葛翎,知道他是劳改队丈量挖渠工效的统计员。

还没容这个犯人统计员开口,那个犯人班长就从渠上蹿到大堤上来，用警告的口气对拿皮尺花杆的犯人说："高欣！你的任务是量各班组的工效，咱们井水不犯河水，你……"

叫高欣的犯人没有一点怒意，耸耸肩膀把花杆皮尺放在堤上："来吧，马班长！咱们俩抬一趟出出汗，我量土方量得冷了！"

高欣面带微笑的挑战，使老犯人的脸立刻阴冷下来，他瞪着一双不大的眼睛，反问高欣说："你多大岁数？我都够你爷爷的岁数了！"

高欣用下巴颏朝葛翎和俞大龙一点，像个相声演员那样喜笑颜开地说："瞧！这不是有爷爷和孙子配对抬泥的了吗？这是谁派的？"

周围的犯人忍不住低声笑起来。

老犯人两道扫帚眉拧在一块了，正要恼羞成怒地暴跳，俞大龙为老犯人"拔冲"了，他一拉高欣的胳膊，用眼角斜睐着高欣说："你算个幺，还是算个六？狗拿耗子，多管闲事。"说着，他挑衅地拿起高欣的花杆，从泥窝里挑起葛翎粘掉的棉鞋，像舞台上耍飞盘那样，在半空旋转着，向高欣示威。

高欣望了望葛翎冻红的脚板，收敛了脸上的笑容，尖厉地喊道："你放下——"

俞大龙没有把那只棉鞋放下，反而用花杆狠狠一甩，那只鲇鱼头的劳改鞋在空中翻了几个跟头，掉在渠心的泥水里，溅起的泥点，飞落到站在渠心的犯人们脸上。

高欣的脸变得煞白，他没有多费唇舌，开始摘他脸上的眼镜，把眼镜装进棉衣兜里，又脱下棉袄，轻轻把棉袄放在渠边。此时，他上身只剩下一件犯人内衣——白色对襟小褂。脱了肥厚的棉袄，才显示出他结结实实的胸脯、健美灵活的身躯。站在俞大龙对面，他虽然显得比俞大龙体积要小一些，但他每个部位的腱子肉，硬得像一块一块铁疙瘩，连俞大龙心里也有点吃惊。

犯人们并不上前劝阻这场即将开始的格斗，心里反而盼着高欣能惩处一下这个劳改队里的地头蛇。犯人们都知道高欣是体育学院学习"三铁"（铁饼、标枪、铅球）的学生，入监之前已是个出了名的运动员。1975年秋，他因一次扔铁饼时失手，铁饼飞出校园院墙砸死一个在墙外玩耍的小孩。偏偏这个孩子是个"走资派"的小女儿，爸爸在五七干校监督劳动，体院一个"造反派"的负责人，认为砸死一个所谓孽种，消灭了一个"黑八类"的后代，不需要承担什么法律责任，亲自去找省公安局鼎鼎大名的秦副局长，以著名运动员误伤"走资派"子女为据，要求秦副局长不予逮捕，至多给予监外执行。因为政治上需要这个著名铁饼运动员，代表体育界发表"反击右倾翻案风"的讲话。秦副局长立刻应允了这个要求，批了个免予任何处分。

一条人命，只因为她是"走资派"的女儿，竟然没有一个偷钱包的扒手量的刑重。但是这个工人家庭成长起来的运动员——共产党员高欣，听了判决之后，连夜收拾行囊，他先到女孩家里，把自己准备结婚的一点积蓄，硬留给了孩子家庭；然后给南方的未婚妻发了一封长信，叫她重新考虑她的生活道路和革命伴侣；最后背着简单的行囊来叩打公安局和法院的大门——他用一个共产党员的革命良心维护神圣的法律，准备迎接艰苦而严峻的生活。

高欣这傻子一样的痴呆行为，震惊了整个学院，对他这个行为，众说纷纭，评论不一。在那些削尖了脑袋往名利场上钻营的人看来，高欣是七十年代全中国第一号的白痴；在那些自封为最革命的人看来，这是超阶级的人性论在新的历史时期向"造反派"的公开挑战；只有那些闭着嘴巴不讲话的人，心里暗暗敬慕高欣的崇高。高欣用实际行动，拒绝了秦副局长的"恩典"，使秦副局长勃然大怒，笔锋一转，把"误伤"改为"蓄意伤害"，把不予处理的判决，一下改为无期徒刑。在"造反派"把法律当成妓女，可以任意蹂躏的年代，这个更改不要更多的法律手续，只要御用的刀笔秀才，挥动一下笔杆就是了——高欣当了无期的劳改犯，被送到黄河之滨的劳改农场。他来到劳改队时还算凑巧，秦副局长伸向劳改场的一根龙须——章龙喜正在省城忙于"造反"，没在劳改农场，高欣碰到的是被犯人们私下称呼为路大胡子的劳改场场长路威，才免于在劳改队中，再到"垃圾箱"的底层。路威摸着满脸络腮胡子，听完高欣陈述自己案情之后，立刻决定叫他担任犯人中的总统计员，并亲自到仓库给他领出一身棉花最厚的劳改服，叫他休整三天才出去工作。

但是，眼前特厚的劳改服，已经被高欣脱下来，葛翎不顾伤口疼痛和那只早已被冻得麻木的脚板，上前拉住高欣的胳膊，高欣轻轻一推，把葛翎推向一边，然后握紧双拳，拉开进攻的架势。

俞大龙摆出打皮拳的护胸姿态，等待着高欣的袭击，以表示一个够分量的大流氓对无足轻重之辈的宽让和轻蔑。高欣毫不客气地开始进攻了。他握着的拳，伸出去的却是巴掌，以中国武术的灵活，劈头向俞大龙打来；俞大龙拨开高欣的巴掌，用连续进击的拳头，向高欣脸上猛击。高欣一连几次轻猿般的跳跃，已经退到堤边，再退就要滚下堤坡去了。俞大龙不愿延长格斗时间（延长了格斗时间等于是降低了他自己），想借机把高欣打下坡去，他对准高欣鼻梁，打出重重的右直拳，为了加重拳头分量，他把整个身子猛地前倾过去，嘴里还发出"嗯——"的一声丹田的呼喊。但高欣既不退却也不再跳跃，而是像狸猫一样迅速蹲下身来，把头向俞大龙两腿之间一钻，借着俞大龙向前倾的蛮力，用肩膀一扛，俞大龙就顺着泥水汤浆的堤坡滚了下去。当他爬起来时，浑身泥浆，已成了一个泥母猪。

工地上响起一片"好"声！

有的老犯人激动得扔起了帽子。

俞大龙顺堤坡抄起一条扁担，爬上来要和高欣拼命，这时老犯人向他抛了个眼神，低声说："路大胡子来了！"

俞大龙立刻放下已经扬起的扁担。引黄工地的犯人工段，立刻活了起来，拿铁锹的开始挖泥，抬泥的人抬起泥兜。迎着纷纷扬扬的雪花，飞驰而来的枣红马，像一团烈火红焰，穿过三角旗的警卫哨，笔直地朝这个地点驰来……

# 三

枣红马跑到大堤之前，昂首嘶鸣了一声。路威翻身下马，在北风中裹了裹草绿色旧军大衣，便爬上了引黄工程水渠大堤。他在灰色的人流中穿行，目光左顾右盼——他在寻找新劳改犯葛翎。

葛翎被送到劳改队是路威做梦也想不到的。五十年代初，路威以一个工厂七级锻工师傅的身份，参加了抗美援朝的志愿军，他被分到工程兵部队。在朝鲜的高山大岭开掘地下坑道时，他认识了工程兵副团长葛翎。当时，路威担任坑道掘进的总后勤，他凭着一双粗壮的锻工胳膊、一把二十四磅大锤和一盘烘炉，有力地支援了坑道施工，多次立下过战功。当时，这盘小小的烘炉离团部只有几十米远，深更半夜，叮叮当当的锤声，常把葛翎吸引到这间给钢钎淬火的烘炉房来，他们一起抡锤，一起流汗，在战火纷飞的朝鲜战场，葛翎和路威结下了深厚的战斗友谊。

战争结束了，他们坐同一趟列车，告别那个盛开金达莱花的国家，又一块复员到省公安局。路威没有留在省局，他带领一部分犯人，来到黄尘滚滚的河套建立了这个改造罪犯的农场。二十多个春秋寒暑流逝过去了，路威的小胡子变成了络腮大胡子，他已经当了二十年劳改场场长了。今天，路大胡子正在引黄工程指挥部开联席会议，听说葛翎背着"杀回来的还乡团"的罪名，戴着"现反"帽子被押送到了劳改农场，他没等会议终场，就跳上那匹枣红马，朝农场疾驰而来。在马背上路威前思后想，他不相信这是真的，按照毛主席的"三项指示"，葛翎刚从干校回来，官复原职不久，怎么就成了"反革命"？他认为这一定是一种误传。他首先到了狱政科，翻看了一下犯人的花名册，他简直不相信自己那对素有威严的眼睛了，上面真有葛翎的名字。但他还不相信这是真的，他想也许是个同名吧，便按着花名册上编的班次，进了三号监房，一下子他变得目瞪口呆，他看见那块半摊开的绿军毯。这条军毯是在朝鲜时，他和葛翎合着盖过的，在一个好天气，葛翎拿它到山坡上晒时，扫射过来的机枪，在上面留下几个扇面形的洞眼。他一下惊愕地坐在炕沿上了。

片刻之后，路威像是疯了似的策马抖缰，直奔引黄工地而来。到了大渠渠堤之上，他正要问那个老犯人葛翎在哪儿干活儿，做贼心虚的老犯人，看路威满脸怒气，以为场长是为斗殴而发火（路威根本没有看见），便恶人先告状，弓着身子说："报告路场长！这场斗殴打架是高欣他——"

"打架斗殴？"路威的思路清醒过来，粗声地喊道，"为什么打架？"

"……"老犯人也明白过来了，但泼出去的水，已经收不回来，只好硬着头皮说下去，"是高欣先动手打人，把俞大龙打到了水沟里，根源就是新来的'反革命'挑拨。"老犯人用手指了指葛翎的背影。

路威这时才看见葛翎，他正用双手捂着那只冻僵的脚板，另一只腿的小腿上渗出的血已经在手绢上凝结。路威的眼角潮湿了，他真想扑过去大喊一声："老葛——"但路威知道，周围有几千双犯人的眼睛在注视他，便把即将滚出眼睑的泪水强压下去，回身从大衣兜里掏出两副手铐，往地上一扔，下命令说："打架斗殴，破坏法纪，耽误引黄工程，铐起来，送禁闭室！"

老犯人弯腰去拿手铐，准备给高欣和俞大龙戴在手上，路威忽然用脚踏住了这对手铐，扭头叫高欣说："把马玉麟和俞大龙铐起来，送走！"

老犯人分辩着："我……"

"诬陷'新号'，蒙骗干部，带走！"

在劳改场当了二十多年场长的路威，从葛翎的形态、犯人爱憎的目光、地上那条压折了的扁担上，一眼就看穿了这场格斗的实质，这是他在劳改单位学会的一套特殊本领。他的命令一出口，工地上的犯人就七嘴八舌地向路威讲述事情的整个过程，要求场长严肃惩处那个狱头班长和地头蛇。

路威朝葛翎走来了，他那沉重有力的脚步，如同两把铁锤，有节奏地叩打着封冻的大地。葛翎听见这咚咚的声音，不用回头也知道是路威的脚步声，他激动地回过头来，出现在葛翎面前的路威，还是那个老习惯：多冷的天也不戴帽子，任风沙在他脸上横施淫威，络腮胡子中间露出的眼角、鼻尖，都冻得通红。

"老……"那个"葛"字在犯人面前，路威是不能吐出来的。

葛翎的嘴唇也张开了，但这儿是社会的垃圾箱，"同志"这个最普通也是最珍贵的字眼，在这里是不能称呼的。他嘴唇翕动了一下，又闭上了。

路威尽量不看葛翎，装出很平静的样子说："新号！跟我走——"

葛翎站起来，立刻又跌倒了，那只穿着从水里捞出来的湿棉鞋的脚，冻得已经失去知觉。路威忙上前去搀扶他，葛翎小声地对他耳语说："你怎么能这样？躲开——"路威转身叫来一个年轻的犯人，背着葛翎下了大堤。大堤旁边支着一个帆布帐篷——这是为干部们取暖用的，里边有青砖砌的炉台，炭火从炉口吐出红光。

背送葛翎的犯人，刚刚离开帐篷，路威马上解开自己的衣襟，把葛翎那只冰块一样的脚板，贴在自己的心窝上，晶莹的泪花顺着他的络腮胡子滚落下来，像在杂乱的草丛中滴落下早晨的露珠……葛翎半仰着身子，几次想把脚从路威的心窝拔出来，但路威紧紧按住他的腿，让自己心河上的暖流，通过那只冰冻的脚，流遍葛翎的每束神经、每道血管、每个细胞。葛翎的眼圈红了，四只泪水蒙蒙的眼睛对视着。虽然他们没有说一句话，但是晶莹的、无声的泪光，已经倾诉了世界上语言的宝藏中最最闪光的语言……

帐篷外飞舞着的零落雪花，变成了芦席片一样的大雪，北风卷起茫茫的雪粉银雾，摇撼着这座小小的帐篷，葛翎重新领受到同志间的温暖、战友的崇高情谊。路威感到葛翎那只脚已经暖了过来，便开始脱他那双带毛的旧军靴，葛翎抓住他的手："老路！你要干什么？"

"你穿上它！"路威说。

"那双鲇鱼头的鞋快烤干了，我还穿它！"

"老葛！"路威甩开葛翎的手，一边脱下军靴一边说，"你还记得这双军靴吗？是在朝鲜那座小烘炉旁边，你给我的。今天——"

葛翎严肃地提醒路威说："老路！今天我穿上这双军靴，明天你就会跟我睡在一条大炕上了，你考虑这个后果没有？"

路威无言以答了。劳改场场长送给劳改犯军靴，这足以证明场长丧失立场，只要章龙喜给秦副局长一个电话，路威就可以穿上灰棉衣。特别是路威听葛翎陈述了自己当劳改犯的过程，拿着军靴的手不自觉地哆嗦起来，那只军靴竟从他手上滑落到了地上。

葛翎是因为笔记本上的几句话而当了劳改犯的。"文化大革命"初期，葛翎脖子上被坠上"走资派"的牌子，很快被下放到五七干校去长期劳动。干校种着几百亩水田，葛翎和另几个"走资派"被分配干最苦最累的活儿。天近四月，北国大地的冰凌刚刚消融不久，葛翎穿着一身紧身衣裤，脚上套上一双水袜子，就拉着耕牛下水耙地了。五月插秧时节，他腰弯成四十五度角，从星星落插到月牙出……艰苦的劳动，没有叫葛翎皱过一下眉头，他总是请求干校派他去干最重最苦的活儿，他的体力就像个"千斤顶"，有着用不尽的热能和潜力。但葛翎最怕一点，就是早晨"天天读"之前，低头弓腰向毛主席请罪的短暂几分钟。虽然这并不需要力气，也不需要负重流汗，但他那颗心总像压着一个磨盘，就像小时候家里把他带进庙堂，强按着他的脖子给佛像磕头时的心情一样。

他小时候家里很穷，是中国社会封建落后的一个缩影。十七岁时冀东路过一支红军，在他年年磕头的庙堂里推倒了一座座泥胎神像，大庙门口挂起了村苏维埃政权的牌子，他第一次听到毛泽东的名字，并且知道了共产党是无神论者，是穷人自己的队伍。就在那年，他偷偷地对着一面破玻璃镜，用剪刀剪去在神像前许愿时留在脑袋后面那片"扫堂和尚"的长命头发，参加了这支红军。

参军时的印象给葛翎留得如此深刻，就更增加了他弯腰请罪时的痛苦心情。因此，每当他和这些"走资派"排成一排，别人低着头口中念念有词时，葛翎紧闭着嘴巴，一声不吭。他想：神是没有的，而把领导我们革命的导师毛主席当成神来祭祀，这是架空领袖和人民的血肉关系。但在那个历史岁月，葛翎不敢明确表态提出异议，便寻找各种途径尽量摆脱早晨的"宗教仪式"。他很早很早就起床，到水稻田中去除草追肥，宁愿皮肉受黎明水冷之苦，也不愿在那儿站上痛苦的几分钟。最初干校没有追究，装作不知道有这件事，但有一天，"文化大革命"造反起家的秦副局长来视察干校，在"早请示"中不见葛翎，为之动怒，派他随身的秀才章龙喜，骑上一辆自行车去找葛翎。

赤着一双脚板、带着浑身泥水的葛翎回到校舍之后，秦副局长宣布了两件惩处：第一件，要葛翎把早晨没参加请罪的时间加在一起，一次还清；第二件，干校停止劳动一天，叫"反毛泽东思想"和"死不悔改的走资派"葛翎检查罪行，大会进行批斗。

第一件惩处，葛翎好像是接受了，他赤着那双泥巴脚，站在"早请示"的地方，低垂着头，看上去是在悔罪，其实心里翻卷大潮，正在做着尖锐的思想斗争："是像一个革命者那样，真正地捍卫毛泽东思想的纯洁，还是用祭'神'的语言假检查图得眼前平安？难道你十七岁参加革命时是为图太平吗？葛翎啊葛翎！考验你党性的时候到了！"无数个问号，像城市里十字路口的红绿灯，在他头脑里时明时灭。但当他被押到批斗会场时，他决心闯"红灯"了。他不但没有承认自己有任何错误，反而把郁积在老共产党员心中对党的忠诚，像炮弹出膛那样，带着火药的硝烟，携雷挟电，喷向了批斗会会场。他从唯物论的物质第一性，联系到共产党人是无神论者，从《共产党宣言》谈到巴黎公社时诞生的《国际歌》，又从《国际歌》歌词中"从来就没有什么救世主，也没有神仙和皇帝"的名句，引出了一条公式："神"是没有的，把毛泽东思想比作"神"，就完全阉割了毛泽东思想的精髓，是对毛主席最大的诬蔑，是有人想架空毛主席……

葛翎的"检查"还没有讲完，就被章龙喜拉下讲台。秦副局长立刻宣布，葛翎的言论是彻头彻尾的反革命言论，要对他进行隔离审查。而且通知他的秘书——当年办"砸烂公检法"战报的刀笔小吏章龙喜，整理葛翎的材料。但材料整理出来之后，林彪粉身于温都尔汗，"早请示，晚汇报""一句顶一万句"以及"最最最最"的阴谋破产，那个想用"祭神仪式"来毁灭毛泽东思想的小舰队，在历史的狂涛中沉舟灭顶，葛翎才免于过早地穿上灰衣裳当上劳改犯。

1975年夏天，在落实毛主席"三项指示"时，经过近十年劳动的葛翎，回到劳改处处长的工作岗位上。办公室那把椅子还没坐热，历史上的黑潮卷了回来——"反击右倾翻案风"开始了。葛翎的"反毛泽东思想"的问题，重新写在秦副局长桌上那本台历的日程上。1976年初，趁葛翎视察监狱的罪犯改造工作时，秦副局长命令局里几个喽啰，花样翻新地对葛翎搞了一次"火力侦察"，撬开了他的办公抽屉，检查了葛翎所有的笔记本和往来信函，从一个纸页发黄的笔记本上，发现了葛翎这样一段话：

> 不要把毛泽东看成神秘的，或者是无法学习的一个领袖。如果这样，我们承认我们的领袖，就成了空谈。既然是谁也不能学习，那么毛泽东不就是被大家孤立起来了吗？我们不是把毛泽东当成一个孤立的神了吗？

秦副局长是在"文化大革命"初期，靠血洗省公检法单位起家的"武斗"专家。虽然，他的外表并不狞恶，修长的身条，嘴角总带着微笑，那双眼睛，简直还有点女性美，似乎很像个文质彬彬的书生。人不可貌相，海水不能斗量，在武斗场上他以手黑出名，常常笑着就把匕首戳进对方胸膛。他虽有秀才之相，实无一点才情，属于"绣花枕头——一肚子草"的类型，他很少看书看报，接受"中央首长"的指示却一丝不苟。葛翎这个发黄的笔记本到了他的面前，他简直欣喜若狂，他从发黄的纸页上判断，葛翎"反毛泽东思想"由来已久，立刻给葛翎打个长途电话，把葛翎叫回省局。本来，他对葛翎的"火力侦察"，是用葛翎办公室失盗的名义来遮羞的，既然发现了"矿藏"，捉住了"尾巴"，连这层遮羞布也丢开了。他把葛翎叫进自己办公室之后，公开承认是他亲自主持的这次政治侦缉。

葛翎的脸气得煞白，几乎是喊了起来："我抗议对共产党员搞法西斯专政！"

"这个历史时期，就是要专你们这些'走资派''还乡团'的政！"秦副局长笑容可掬地说，"你一贯仇视毛泽东思想，这次定你个'现行反革命'帽子还便宜了你！"说着，他把葛翎在干校的所谓罪行一一述说，又把"火力侦察"中查抄到的那段话，缓缓地读给葛翎听，然后递给葛翎一支蘸水钢笔，"有言有行！这段话等于'反标'，白纸黑字，在结论上签字吧！"

葛翎是个内热的人，虽然五十多岁了，但血管里流的不是冰冷的水，而是沸腾着的热血。他没有掩饰内心的愤怒，只用那双在水田里干了多年活儿的手，轻轻一折，蘸水钢笔就断成两截，他嘴唇哆嗦着质问秦副局长："林彪搞'最最最最'的年月，你没有敢定我葛翎的罪，林彪死了几年了，你……"

秦副局长脸上不带一点怒意，但是眉毛压得一高一低，他装出一副文绉绉的样儿说："那时候，让你这条大鱼砸破了网，现在首长有指示，对你们这些杀回来的'还乡团'一个个地过筛，不能再放一个过网！"

"还乡团？"葛翎听着扎耳朵的字眼，差点跳了起来。

"冷静点！这是历史给你们的新称呼！"秦副局长不动声色地微笑着。

葛翎把折断的钢笔往桌子上一拍："行了！你知道我那笔记本上的话是谁说过吗？"

秦副局长笑而不答。他确实不知道这话是谁说过的，但不能露出草包的本相，便用笑给自己遮丑。

"告诉你！"葛翎用拳头擂着桌子，"是周总理在第一次青代会上讲的，你不是在给我定罪，是在审判敬爱的周总理！我抗议！"

刚才秦副局长心里有点吃惊，葛翎吐出了周总理的名字，他反而笑得更坦然了，顺手把一张《文汇报》扔给葛翎："'党内最大的走资派'，扶植死不改悔的走资派上台。葛翎！这指的是谁?"

葛翎把报纸仔细地看了两遍，头脑"嗡"的一声涨大了。秦副局长脸上露出得意的微笑，把结论递到葛翎面前，抛出自己衣兜里的钢笔，说："折了蘸水笔，还有自来水笔，来，签字吧！还能落个态度老实！"

葛翎猛然回身，夺门而出。他去敲对面刘局长办公室的门。秦副局长跟在葛翎身后，声音不高不低地说："你想找刘局长吗？他把你们这批'还乡团'放回局里，犯了路线错误，到五七干校顶替你去了！"

葛翎无法控制心中的狂怒，在楼道里指着秦副局长的鼻尖，嘶哑地朝他喊道："林彪搞'最最最最'的阴谋，'语录不离手，万岁不离口；当面说好话，背后下毒手'。你们和那黄沙盖脸的死鬼，伙穿一条裤子……对毛主席、周总理——"愤怒哽咽住葛翎的喉咙，他再也说不下去，转身走了几步停下来，憋出断续的几个字："我要上北京……揭发控告你们！"

"早就算计到你这老家伙会去中央捣乱！不过晚了，我们已经给你找好了地方！"秦副局长早已站立在楼道口的一个民警，挥了一下手势命令说，"把他押送河滨农场交给章龙喜，半路上如果不老实，给他戴上狼牙铐！"

葛翎吃惊地望了一眼，楼道口已准备好他的行囊，吉普车响着喇叭，催他上车。于是，他把绿军毯一夹，上了车，偏巧吉普车半路抛锚，他和那个年轻的民警步行来到河滨农场，当了既无刑期又无法律手续的犯人。

路威一字不漏地听着葛翎的陈述，他眼帘里噙着的泪水，已被内心炽烈的火焰烧干，他用拳头擂着自己的大腿骂道："这群杂种日的，戴着红帽子，藏着白狗子的心，念林秃子的经，走赫秃瓢的路，让共产党员来蹲监狱……这到底是谁专谁的政?!"

葛翎示意路威压低点嗓门，朝帐篷外边指了指。

路威反而喊起来了："我不怕局里那个'秦桧'，也不怕章麻子……来！你的脚暖过来了，先穿上这双军靴！"

葛翎无论如何也不肯穿那双大头军靴，他从炉台上拿下来那只烤干了的鲇鱼头鞋，穿在脚上想站起来，身子晃摇了一下又坐下了，原来腿上的伤口流出脓血，红肿了一片。

路威说："你骑上我那匹马，回农场医务所！"

"我不骑！"

"老葛，你骑上！我命令你！"路威一急，瞪起了眼睛，朝葛翎喊开了，"在朝鲜我听你的，在劳改队我听你的！"

"老路，你考虑一下后果！"葛翎劝阻地说。

"老葛呀，如果每个党员肩膀都不敢担分量，入党干啥？"路威有点真急了，"何况你又不是真正的劳改犯，即便你是犯人，党的政策你比我还熟悉，还有个革命的人道主义哩！来，别啰唆了！"

葛翎还想推却，路威猛然一弯腰，把葛翎背了起来，迈着锤头般沉重的步点，出了帐篷。

# 四

北风，白雪。

红马，灰衣。

葛翎坐在马背上。

路威在旁牵着红马的丝缰。

葛翎的泪水猛地涌上眼帘……世界上有什么情谊比真正的共产党员之间的情谊更为真挚？透过泪光，他看见大渠工地上的灰色人流，都在看着出现在劳改队的奇迹。葛翎在马上挺直了腰板，浑身感到增加了无限的热力。在穿过插着三角红旗的警戒哨时，一个长着广东人脸型的年轻战士，一时没看清牵马的是农场场长，持枪高喊一声："站住——"

路威从马侧闪出身来："小杨，是我……"

"场长！"这个虎里虎气的战士，睁着一对惊奇的眼睛，"这是……"

路威毫不含糊地回答："这是个没有罪行的犯人，是劳改处处长葛翎。"

"为什么穿……"小战士依然不能理解。

路威跑上去，在警戒哨的炉火旁点着一支烟卷，他拍拍小战士的肩膀说："小杨！这几年咱们这个垃圾箱，既有狗粪，也有真金。"

小战士茫然地点了点头，目送着红马驮着这个穿灰衣裳的犯人走远了。

雪，越下越大了，葛翎望着雪雾茫茫的原野，忽然想起那个老犯人，这个人也像眼前一团迷雾一样不可捉摸。葛翎下意识地感到，似乎有什么不可知的东西，藏在这个老犯人背后，于是，他问路威："那个犯人班长叫什么名字？"

"马玉麟！"路威在雪原上用力吸着烟。多熟悉的名字，可是葛翎想不起似乎在哪儿见过面。

"我从朝鲜回来，他就是老号了。解放前当过'还乡团''红眼队'，一解放就抓进监狱了，从死缓改无期，从无期改有期——"

"是不是冀东人？"葛翎的心狂跳起来。

"冀东昌黎人。"

"他爸爸是恶霸地主，叫马……百寿，被我方在土改时镇压！"

"对！老葛你认识他？"路威仰起头来，注视着马背上的葛翎。

"他有个绰号，叫'小寿星'。"

路威勒住马缰说："老葛，你在哪儿认识的他？"

葛翎脸上掠过一阵激动，他找到了老犯人对他进行折磨的最本质的原因。那是三十多年以前的事了，也是一个飘落着大雪的冬天，燕山山脉的高山峡谷披上千尺白发，万里长城的烽火台戴上峨峨银冠，可是长城脚下的马家寨灯火通明，爆竹的红绿纸屑与雪花同飞——土改工作团镇压了马家寨恶霸地主马百寿之后，在山坡上搭起戏台上演马百寿的罪恶家史。

葛翎这个土改工作团团长，压抑不住欢欣的感情，亲自上台扮演恶霸地主马百寿。这天晚上，尽管大雪纷飞，马家寨周围的村村镇镇，还是提灯携火地到这儿来看欢庆翻身的文明戏（冀东人当时称之为文明戏）。

葛翎攀着梯子，在戏台中间挂起一张毛主席戴着八角帽的半身相片，向看戏的翻身农民讲，没有毛主席就没有解放区，就没有农民翻身的胜利果实，也就没有明天的新中国这个朴素而真挚的道理。然后，"文明戏"开始了。由于马百寿的特征是眉毛又密又长，像个寿星佬，葛翎特意用麻皮粘成两条扫帚眉，手挂着一个龙头拐杖出了台，迈着地主老财的四方步数落着：

> 一根棍，我拄着，
> 两撇小胡我捋着；
> 三炮台，我抽着，
> 四合大院我住着；
> 五魁首，我划着，
> 六条狼狗我牵着；
> 七成租，我收着，
> 八抬大轿我坐着；
> 九只鹰，我架着，
> 十个寨子我管着……

　　葛翎惟妙惟肖地表演，马家寨的戏台下，大人们响起一片炒豆子似的巴掌声，孩子们手中的无数雪团飞向舞台，打在葛翎身上、脸上……葛翎带有个性化的表演，激发了台下强烈的阶级仇恨。就在这时，山脚响起枪声，放哨在山路的贫农团来报告：马百寿的儿子——马玉麟领着还乡团，还勾来了国民党县大队的顽军，杀回村子来了。

　　当时冀东十三团一个骑兵连，正在口外休整，葛翎首先疏散了台下老老少少，命令工作团的小秘书翻过口子去给部队送信，然后带领工作团和还乡团交了火。大雪纷纷扬扬，枪声响成一片，工作团边打边退……葛翎忽然想起舞台上还挂着毛主席像，这张相片是新四军支援冀东十三团，攻打遵化县城的"高丽棒子"（日本在朝鲜拼凑的伪军，日本宣布无条件投降后，他们拒绝向我军缴械，固守遵化县城。夺城的战斗打了一个多月）时，一个新四军首长送给冀东部队的。这张放大的毛主席相片，一直伴随着葛翎东征西杀。行军时，他把相片揣进胸口，夜宿时，他把它放在枕边。葛翎生怕这张照片落在"还乡团""红眼队"手里，他奋不顾身地冲杀回去，冒着机枪扫射的弹雨，爬上山坡上的舞台……但这时候，还乡团冲进了马家寨，葛翎被敌人捕获了。

　　第二天天刚微亮，还乡团赶来全村的乡亲，聚集在马家祠堂里的广场上，叫乡亲们看对葛翎剖膛挖肝，祭祀马百寿的亡灵。

这天冷得出奇，吐口唾沫立刻成冰。小寿星马玉麟不愿叫葛翎痛快死去，先扒去葛翎的棉袄棉裤，浑身上下扒得只剩下薄衫短裤衩，然后把葛翎倒悬在祠堂梁柱上，用皮鞭蘸着凉水进行拷打。马玉麟心黑手狠，先用鞭子抽打葛翎的头部，鞭子落处，血顺着嘴角、鼻孔、脸颊倒流下来。被圈在祠堂里的乡亲，不忍目睹，有的捂起了眼睛，有的低垂下眼帘。

但葛翎任皮鞭抽打，一声不吭。马玉麟手中的皮鞭上下飞舞，不到一袋烟的光景，葛翎的脸上、背上血迹模糊，他晕了过去……

马玉麟用一桶冷水，劈头向葛翎浇来，开始准备匕首，对葛翎剖膛。正在这时，一个还乡团的人跑进祠堂来报告：八路军一支骑兵进村了。马玉麟从怀里拔出手枪，想在撤离时了结葛翎性命，贫雇农蜂拥而上，和还乡团展开夺枪的肉搏，马玉麟开枪时手腕挨了老贫农一枪托，子弹带着尖厉的呼啸射了出去，没打中葛翎要害，打穿了葛翎的左小腿。马玉麟仗着年轻力壮，翻出后墙仓皇而逃……

乡亲们把葛翎从大梁上解救下来，葛翎头部被打成血葫芦一样了。

军区医院对葛翎进行紧急抢救，一个月后，葛翎头上蒙着绷带纱布，又出现在土改第一线了。

葛翎在纷纷扬扬的白雪中，坐在马背上，向路威讲述发生在三十年前的往事时，心情激动而悲愤。他说："……真想不到，三十年后，我们在大墙之下见面了，这个家伙用尽心机，折磨我这条伤腿，这个伤疤还是他的一颗子弹给我留下的……老路，你想想，这是不是历史正在开倒车？……"

路威没有即刻做出回答，他严肃得像个石雕。

马蹄嗒嗒地叩打着封冻的大地，飞雪的驿路显得格外漫长而遥远。路威瞧着棉朵似的雪团，认真思考着葛翎的询问：一个还乡团头子，政府在解放初期，没有杀他的头，已经是对他的宽大，即便是他再长着一个脑袋，怎么有胆子对葛翎进行这样残酷的报复？！路威顺藤摸瓜，马上想到三块豆腐干高的章龙喜。把葛翎编到马玉麟这个犯人班里，是他的鬼点子，因为刚才他翻阅犯人花名册时，认出是章龙喜的笔体。看透这层窗户纸，路威血如潮涌，他感到心里灼热难耐，索性敞开旧军大衣的前襟，又用手解开内衣扣子，任风雪吹打他毛茸茸的胸膛，好像这样他心里才舒畅一些。他牙齿咬得嘎嘣嘎嘣响，粗声地骂道："杂种日的章麻子，你这条毒蛇，你他娘的算是哪一家的政委？是国民党的政委！政治工作真算叫你做到家了！"

"他不过是个马前卒子，"葛翎说，"背后——"

"我路威看得一清二楚，这是房檐上的冰锥——根子在上面。就像脚镣的铁环一样，一环连一环，一直连着中央那个'造反派'出身的大人物，一直连着中央那几个白脸奸臣，他们像群天狗，想吞掉太阳！"路威双目喷火，胸脯起伏，似在对茫茫雪原发泄内心怒火。

之后，两个人都沉默着，不再说话了，静听着风雪在大地上呼啸。古老的黄河啊！往年到了三月早春，原野已经一片新绿，而1976年早春时节，天地冰铺雪盖，四处一片萧条。

"迎春花——"葛翎在白茫茫的雪雾中，似乎看见了一点金黄色的东西，向路威指了指。

于是这匹马直奔向了风雪中闪烁着的迎春花。他们的年龄爱好，都和花没有一点缘分，但这时也不知是一种什么心理促使，竟然真的朝那片金黄的斑点奔了过去。

到了近前，两个人都失望了，这不是什么迎春花，是一个姑娘的黄色头巾，在风雪中出没闪烁。姑娘在漫天风雪中，突然发现这奇怪打扮的"骑者"和"马夫"，兴奋地朝他们这里跑来，一边跑一边喊："同志——等我一下！"

随着女孩子尖细的话音，一个中等个儿的姑娘已经站立在葛翎和路威身边。她身材窈窕结实，虽然她黄头巾裹着的清秀面颊上冒着汗涔涔的热气，但仍然显得英姿勃勃，让人感到似乎不是一个经过长途跋涉的来者，而是黄河附近的村镇姑娘。当姑娘用手拍打身上的积雪时，才露出城市姑娘的装束打扮：她穿着一件南方姑娘喜欢穿的浅灰色短大衣，下身穿一条藏青色哔叽裤子。最让葛翎和路威注意的，是姑娘穿着一双高帮的单球鞋，雪水渗湿整个鞋帮，她竟然感觉不到有一点冷。姑娘抬起头来，想向马背上的葛翎询问什么，但"劳改"两个大字，使姑娘敏感而恐惧地低下了头，腼腆的目光投向了路威："请问，这儿是河滨农场吗？"

路威看着这风雪中的来客，点了点头："是河滨农场，你……"

"我……"姑娘难为情地低垂着头，"我是从北京来的，到这儿来探望一个……一个……罪犯！""罪犯"这两个字，她声音吐得很轻，轻得像棉团落地，吐出这两个字之后，她两颊绯红了一片。

"听你是南方口音，怎么从北京来？"路威亲切地给姑娘拍了拍肩头上的雪屑，"又赶上这样的倒霉天气！"

也许是路威这个无意识的动作和亲切的询问使姑娘感到了温暖，她笑笑说："我是西南地区体操代表队的，刚在北京参加完了选拔赛，回来路过这儿，顺便看看……看看……"姑娘话到舌尖顿住了，她看了路威和马上的劳改犯一眼，好像感到在陌生人面前已经过多地袒露了自己的心声，而在这块劳改犯聚集的土地上，应当有点防范。

路威那双裹在大胡子中的眼睛，在二十多年的农场生活里，曾多少次看到这样的纯洁而又带着恐惧的眼神，这些初次探望犯人的来者，踏上河滨农场的土地，好像到了野兽囚笼旁边一样，充满着恐惧和不安，这个姑娘目光流露的正是这样的神色。于是，路威尽量放缓语气对姑娘说："我知道你是来看谁的！"

姑娘骤然地扭过头来，再一次审视地望着满脸络腮胡子的路威。他样子那么粗犷，比马上穿劳改服的人还显得粗鲁，她想：这一定也是个犯人，可他怎么能猜到我的心事呢？

"你是来看高欣的！"路威脱口而出。

姑娘像触电一样呆住了。

"我还知道你的名字，你叫周莉，对吗？"

"对，对！"叫周莉的姑娘从惊愕转为惊喜，情不自禁地用手攀住路威的胳膊，激动地说，"你是和他在一起劳改的？他向你提过我吗？怎么说的？我给他发了八封信，他怎么也不给我一个字的回音？嗯？"姑娘郁积在心底的话，一下都迸发出来，长长的睫毛上闪烁着露珠般的泪花。她无法控制自己的感情，摇着路威的胳膊说："半年多，他一定瘦了，是不是？你说话呀，老同志！"

路威眼皮有点发酸，一个被判处无期徒刑的劳改犯，居然能吸引这样一个纯洁的少女，顶风踏雪，千里迢迢来探望他，这在他二十多年劳改农场场长的生涯中，虽有所见，但微乎其微。"劳改"两个字像怕人的瘟疫，人们都躲得远远的，甚至明知入监的亲友纯属冤枉，不落井下石，就算是很不低的道德标准了；而眼前这个看上去至多不过二十四岁的女孩子，孤身一人，穿过茫茫雪原，敢于踏上这块不光荣的土地，已经是向世俗的挑战了。路威很怕看见这样一颗灵魂受到一点委屈，便安慰周莉说："他身体很好，在劳改队当统计员，工作干得很不错……"

路威越是陈述高欣的优点，姑娘的眼光越显得悲凉，她睫毛上挂着的泪珠，化成一串晶莹的泪水滚了下来："你看……他有希望改有期吗？二十年，十五年，十二年，八年……"

"只要我在这儿当一天场长，我就不能对高欣的问题装看不见！"路威对着那泪人儿说，"责任事故，不受任何处分一下变成无期，从零一下变到无限大，我们这个伟大国家，还有没有法律？那些披着'革命'外皮的'秦桧'，该赏他们一颗子弹——"

葛翎用脚踢了一下路威，路威才发现自己是在高声喧嚷，他叹了口气，摇了摇头。

"您是场长？"周莉仰起那双泪眼，似在茫茫暗夜突然看见了一线曙光，"那您救救高欣吧！我们在全国运动会认识的，后来他在南方田径对抗赛中，破过国家纪录，我爸、妈，还有我，都很……喜欢他……他是那么好的一个人……"

"今天你来得正巧！"路威说，"他押送两个坏蛋上禁闭室了，回工地正好路过这儿。在冰天雪地里见上一面，虽然冷点，可以随便谈谈；要是到监房去'接见'，只有半个小时的会见时间，还有人看着。周莉，怎么样？"

周莉两眼闪着兴奋的泪光："行，场长！我愿在这儿冻上一夜，只要能见到他……"说着，她把背上背着的一个网袋，如释重负地放在雪地上，掏出手绢擦着脸上的汗水，嘴角露出一丝甜甜的笑意。

这时，雪雾茫茫的对面，出现了"灰衣人"的朦胧影子。路威向姑娘耳语了一声："来了！"姑娘的嘴唇激动得哆嗦起来，她望着越来越近的人影，用手绢再一次擦她清秀面颊上的汗滴，擦她脸上的泪痕……好像怕一点点不愉快的痕迹，都会影响这次人生最可贵的会见。

但姑娘渐渐皱起眉心：雪幕之中分明走过来两个人影。路威也惊奇地张大嘴巴，因为他看出来，走来的不是押送坏家伙的高欣，而是被押送的马玉麟和俞大龙。

路威一声雷吼："你们两个怎么回来了？"

俞大龙挺着脖子没有回答，马玉麟点头哈腰地说："是……是这么回子事，高欣去狱政科拿禁闭室的钥匙，碰见了章政委。章政委问了前前后后的情况，说……该进禁闭室的，不是……我和俞大龙，该是高欣，章政委把他送禁闭室里去了——"

如同一声霹雳，打在三个人心里。

葛翎极力镇静自己，为使自己没有从马背上掉下来；周莉晕红的脸，瞬息之间变得像雪片般苍白，她踉跄了几步，路威顺手在旁边扶住了她歪斜的身子。姑娘稍稍镇静一些之后，路威两步迈到马玉麟和俞大龙旁边，两手握紧了拳头，狠狠地朝两个人脸上打去，葛翎跳下马来也阻拦不住。路威一边挥拳，一边吼叫着："我路威当了二十多年场长，没动过犯人一个指头，今天，我要惩处你们两个坏蛋！滚！滚回去！听候处理——"

马玉麟和俞大龙无可奈何地返回监房。

路威面色铁青，牙齿打战，葛翎对着这个老战友的耳朵，一连喊了三声"冷静点"，路威只是机械地点着头。他把葛翎送往医务所，又在招待所安置好千里迢迢来探监的姑娘，然后，跳上枣红马，大头军靴一夹马肚子，烈马咴咴地叫了两声，在原地兜个圈子，一溜烟似的朝监狱铁门之外的狱政科飞奔而去。


# 五


一团烈火在路威心中燃烧，他感觉自己的五脏六腑都在冒烟，就是满天的鹅毛大雪立刻变成倾盆大雨，也难熄灭他胸中的千尺怒火。在马背上，他想起了许多事情：在朝鲜战场上，敌我营垒分明，看见钢盔上标着U.S.A.记号的，就是瞄准射击的敌人；可眼下，革命口号叫得山响，马列和毛主席语录背得滚瓜烂熟，头上戴着红帽子的人，明明是在拆无产阶级专政大墙下的地基，手枪却不能朝他们射击！辩论嘛，路威又没长着那三寸不烂之舌，这让路威感到压抑、窒息、焦躁。一路上，他心急火燎，考虑着该怎么样对付这个五短身材的章龙喜，他决定避开空头理论，专谈实际问题。

挑开棉门帘，狱政科青烟缭绕，干部们围坐在一张会议桌前，学习"反击右倾翻案风"的文件。路威习惯性地把破旧军大衣用手向左右一分，满面怒容地把会场巡视一周，然后随便端起一个干部的水杯，咕咚咕咚地喝了下去，用袖口抹了抹枯干的嘴唇，问："章政委呢？"

有个干部回答："去禁闭室送高欣去了！"

"同志们！党把我们这些干部放到这儿是干什么的？是叫我们放羊吗？把'羊群'往工地上一撒，我们跑到炉火旁边来念'经'！什么是'右倾翻案风'，对大墙下的罪犯放松我们的改造工作，就叫'右倾'，万一罪犯们出了事情，逃跑了，炸狱了，我们……"路威伸出冻裂的粗大手指，指了指毛主席像说，"我们对得起毛主席对我们劳改工作干部的期望吗？大家都知道，周总理离开了我们，主席又有重病在身，我们这样坐在房里改造罪犯，能叫他老人家放心？嗯？"

被章龙喜圈在这里的十几个劳改队队长，恨不得早点离开这间受罪的屋子，路威几句话，给这些干部壮了胆量，一分钟之后，屋里就剩下路威一个人了。锻工出身的路威有个闲不住的习惯，看见满地火柴棍和烟蒂，甩去那件破旧的军大衣，从门后拿来一把扫帚，开始清扫狱政科办公室的卫生。刚刚清扫一半，章龙喜一挑门帘，走了进来。

空空如也的办公室，先使他惊愣了片刻，但看见弓腰扫地的路威，他很快明白这是怎么一回事了。大凡靠刀笔起家的黑秀才，都很怕真刀真枪的硬汉子，章龙喜也不例外。自从他来到河滨农场，从狱政科科长提升为政委以来，他竭力回避和路大胡子发生正面冲突。虽然他心里很清楚，路威和他是两股道上跑的车，终究免不了有一场火并，但章龙喜认为火候不到，最好用"上面握手，脚下使绊"的手段比较妥善。他淡淡的眉毛下的那双眼睛，时刻注视着路威的一举一动，寻找有利于他的战机。今天葛翎刚到劳改队，章龙喜首先对马玉麟做了"政治工作"，后来又以冠冕堂皇的"反击右倾翻案风"学习为名，把劳改队的干部调离引黄工程工地，这不但给葛翎来了个下马威，而且制造了斗争的契机。果然，章龙喜的苦心没有白费，葛翎到了工地，引起了高欣和俞大龙的格斗，路威也卷进这场风波中来了。眼前，路威又公开冲散了"反击右倾翻案风"的学习，犯了当前最大的政治错误，章龙喜决定抓住这个机会，把斗争升级，抓来监狱的整个领导权。他装出没有看见路威的神态，对桌椅板凳发威：

"这样重要的学习，怎么人都走了？"

路威扔下扫帚，直起腰身："我叫他们上了引黄工地。"

爱用手势表示自己思想的章龙喜，用食指指了指上边说："老路！这是秦副局长亲自给各个劳改场布置的，局里还要进行考试呢！"

"为什么不能晚上学？大白天，把这么多干部都聚来，犯人跑了，你负责还是秦副局长负责？！"

"要警卫干什么的！他跑得再快，还能跑过子弹？"

"章政委！党把你和我放在这儿，是叫我们改造罪犯、回炉渣子的，不是叫我们用子弹消灭他们的肉体！"路威从口袋里掏出一个弯把烟斗，装上一锅子烟，点着了，"我希望你把政治工作，放在毛主席制定的劳改政策这个准星上，不要人妖不分、颠倒敌我——"

"你这是什么意思？"章龙喜打断路威的话，两条淡眉之间堆起一个小丘，"我章龙喜最大的特点，就是营垒分明，严格执行政策！"

路威把刚装进烟锅的烟叶，狠劲在桌子上磕落下来，不觉瞪起了眼睛："为什么你放了马玉麟、俞大龙，反而把高欣禁闭起来？这两个家伙残酷地折磨葛翎，高欣坚持正义，扬善惩恶，你怎么黑白不分？"

"老路！新的历史时期，阶级关系发生了新的变化。现在，党和国家的头号敌人，就是像葛翎这样的'走资派''还乡团'！"章龙喜不紧不慢地踱着步说，"从新的阶级关系变化，分析高欣和俞大龙的斗殴，马玉麟和俞大龙是监督'现反'葛翎劳动，是进步的表现，而高欣为'还乡团'撑腰。你说，我该禁闭谁？"

"章龙喜——"路威暴怒地喊着。

"有理不在声高，你有话慢慢说嘛！"章龙喜两手摊了摊，装出冷静而有修养的神气。

"马玉麟才是真'还乡团'。"路威跨上一步，两眼喷出愤怒的火星，"你倒叫这家伙整起自己人来了，你还有一点革命良心没有？"

"对！你说得不错！"章龙喜慢条斯理地说，"马玉麟是红眼队、还乡团，那是解放前的还乡团，可是葛翎是七十年代驾着'右倾翻案风'杀回来的新'还乡团'，这是局里定了案的——"

"法律手续呢？"路威伸出一只手，"我看看！"

"根据我们国家的新宪法，葛翎属于货真价实的专政对象。"

"宪法只有一个，哪儿来的新宪法？"路威轻蔑地望着比他矮下半头的章龙喜，耸了耸肩膀。

"有。"章龙喜脸色红涨起来，"你要看吗？"

"拿来！"

章龙喜从口袋里掏出张春桥写的那本小册子——《论对资产阶级的全面专政》，扔在桌子上："这就是社会主义时期的'新宪法'，抓人捕人，定案定性，这是一条法律准绳，是公安和劳改工作的总纲。"

路威抓起这本小册子，对着章龙喜大吼一声："谁承认它是新宪法？"

"造反派。"章龙喜话音一下拔高了八度，用警告的口吻对路威说，"老路，今天咱们干脆把问题摊牌，局领导撤换了那么多劳改场场长，唯独没有动你，你知道是因为什么吗？因为你没有'民主派'的丑恶历史，你是抡铁锤出身的干部，虽然入过朝，也没担任过什么重要职务，'造反派'一直把你当作团结的对象。可是，事情总得有个界限，你要是总抱着'走资派'的粗腿不放，盲人骑瞎马，那你可离悬崖不远了。时传祥也是工人出身，他执迷不悟，造反派没有饶了他，明白吗？咱们大墙里的监房，还空着许多铺位！"

章龙喜讲这段劝降的独白时，打着手势，踱着步子，声音忽高忽低，忽而微笑，忽而板脸……但他那双眼睛，始终死盯着路威胸前那撮黑毛毛，这个由刀笔小吏爬上来的政委，始终防范着路威会突然动武。但出乎章龙喜意料，他抛出这颗攻心的炮弹之后，他居然没有任何反应，只是狠狠咳嗽一声，"呸"地吐了一口吐沫，就朝门口走去。

一阵惊喜滚过他的心头，他似乎感到路威已经在压力下屈服。但他马上意识到他判断错了——路威没有空手出门，而是伸手摘下挂在墙上的禁闭室的钥匙，然后鄙夷地看了章龙喜一眼，大步而出。

路威动作那么迅速自然，等章龙喜追出去时，路威已经在解拴在办公室门前的那匹枣红马了。章龙喜一把拉住马缰："路威，你拿狱政科墙上的钥匙干什么？"

路威只管解着马缰绳，一言不发。

"路威！你拿钥匙干什么？"

"干什么？你心里清楚！"路威解马缰的手，在突突突地战栗，"我爹妈生下我来，没给我留下一张会说话的嘴巴，可是我有一双铁匠的手，还有一颗党员的心，我用这颗心、这双手，把你颠倒了的问题，再给它颠倒回来，就干这！"

"开关禁闭室的钥匙，归狱政科管理，你负责生产的场长无权使用！"章龙喜色厉内荏地朝路威喊叫着。

"章龙喜！狱政科归谁领导？不属于你章龙喜一个人领导，属于场党总支领导，属于毛主席的劳改政策领导，要接受全国三千多万党员监督，要接受全国九亿人口检查。"路威举起那个小小的钥匙，深沉地说，"别看它只有一寸大小，谁掌握它，关了好人还是关了坏人，这是谁专谁的政的问题。这点，我路威一点不能含糊。"

章龙喜还拽住马缰不放，路威拍了马肚子一下，枣红马脱缰而去，缰绳把章龙喜拉了一个趔趄。路威几步追上去，飞身上了马背……他没直接奔向禁闭室，而是直奔了一座青砖盖起的两层小楼——那里是河滨农场党总支。

路威是个粗中有细的人，刚才在狱政科听章龙喜训话时，他很焦躁，但很快看到挂在墙上的钥匙。一把钥匙，使章龙喜一切鬼胎付诸东流。但路威心里清楚，章龙喜不会善罢甘休，他背后，秦副局长这棵大树，一直盘根错节地连到中央那个"造反派"出身的大首长身上。省局刘局长被撵到五七干校，葛翎被送进劳改队劳改，甭说一个路威，十个路威捆在一起，也扛不住秦副局长的压力。但斗争既然已经揭开了序幕，只有依靠党的集体力量，来抗拒滚滚而来的黑潮。

到了小楼，路威心情沉重地把发生在引黄工地的事件，向所有党总支委员汇报一遍，并检查自己犯了拳打犯人的错误，请求处分。当天晚上，河滨农场党总支专门开会研究"究竟该禁闭谁"，尽管章龙喜在会上大施淫威，总支会议还是以多数压倒少数，按照党的劳改政策，做出禁闭马玉麟和俞大龙的决议。会开得像在大风暴里颠簸的小船，险些被章龙喜的压力倾翻：十个党总支委员，两个委员给章龙喜投了舔屁股的黑心票，两个为了保住自己平安无事，投了弃权票，但五个总支委员表现了共产党员的坚贞灵魂，投了正气票。

散会了，路威才感到自己的疲倦，但他没有立刻回家，把马牵到马棚之后，直奔禁闭室而来——他想起了远路而来的周莉。河滨原野上雪停了，大地上一片银白，路威的心一点也不感到轻松，他看见月亮周围，镶着一层风圈，也许还有更大的暴风雪在等待他。来吧！让世间所有的风霜雨雪，都降临到他一个人头上——共产党员是为别人的幸福而忘我献身的。想到高欣和周莉会见的欢快，路威的络腮胡子蠕动了一下，嘴角居然浮起了一丝笑意："多好的一对啊，一个运动员家庭！但那个'秦桧'，笔尖一动，给高欣一个无期。权力要叫这些人狼夺去，天下该增加多少悲剧！"

路威打开这间没有窗子的禁闭室，里边竟然鸦雀无声。

"高欣——"路威心疼地叫着。

没有回音。路威登时心情紧张起来，一种不安的感觉立刻占据了他的全部神经。他索性把门打开得大一些，好让雪地给这间暗室一点光亮，借着这股清冷的光，他看见高欣正蜷缩着身子，躺在那个伸不开腿的短炕上。路威上前一把抓住高欣的棉袄，狠劲摇了一下。

高欣吃惊地从炕上坐起来："谁？"

路威心中的石头落了地，说："我是路威，你倒够宽心的啊！"

高欣有点歉意地笑了："场长！我从背着行李敲监狱大门的时候，就下定决心了：一个革命者，在任何艰苦的环境里，只许笑，不许哭。记得，这是周总理留下的一句名言。"

"笑吧！还有一件使你高兴的事呢！"路威说。

"解除禁闭？"

"这只是头一件，还有第二件哪！"

路威把高欣带到雪地上，回身锁了禁闭室的门。他没有忙于告诉高欣周莉到来的消息，却先替高欣拍打身上的土。高欣对场长的行动，感到迷惑不解，他连忙闪到一旁，自己动手拍打劳改服上的灰尘。

"高欣，周莉看你来了。"路威说。

"什么？场长！您说什么？"

路威把话重复了一遍。

雪光映照下，高欣脸上一点笑纹也没有了，他最初不相信这是真的，但这个消息是通过场长的嘴说出来的，不容他有半点怀疑。他痴呆地站在雪地里，微皱着眉头，下意识地抿着嘴唇，手指搓着灰棉袄的衣襟。

"是高兴的事嘛，你怎么像个丧门神?"

高欣严肃地说："场长! 我不能见她!"

路威先是一怔，但马上想到，可能是高欣考虑到自己衣衫不整，怕周莉难为情，便说："到招待所盆池，你先洗个脸——"

"不! 场长! 我确实不能见她，这身劳改服，对我来说并不难看，周莉也绝不会挑剔。不……不是这个原因，请您考虑我这个要求。"高欣不知是冷，还是心在战栗，说到最后，他话音颤抖起来。

在禁闭室把自己打扮成一个乐观主义者的高欣，在短暂的时间内一下变成个忧郁的人，这对路威来说，是无论如何理解不了的。他想到那个身板单薄的女孩，背着那么多东西，冒着大烟海似的风雪，专门来看他，他倒像一块木头、一块冷冰。这不禁引起路威的微怒，他双手叉腰训斥高欣说："你这个人也真是怪，不该笑的地方，比如在禁闭室，你倒挺高兴；该笑的时候，你倒绷起那张书生脸来啦! 告诉你，你的要求不能考虑，跟我走!"

路威看看手表，时针已快指向十一点，他风风火火地迈步就走。高欣追上路威，低声地请求着：

"场长，您仔细考虑一下。"

路威狠狠瞪了高欣一眼，两只大头军靴停了下来："你……你怎么是块木头?!"

"您听我把话讲完，路场长! ……"

路威不再和高欣磨舌头，径直朝招待所走来。招待所是整整齐齐的两排红砖房，房子里射出来橘黄色的电灯灯光。高欣有点急了，在房前他拉住了路威的大衣袖子，半低下头，对路威再次恳求说："我来劳改队几个月了，路场长，我非常尊敬您，绝大多数犯人也很尊敬您，因为您正直、无私，疾恶如仇，性格透明得像块水晶，但今天您叫我去见周莉，您的心地我了解，可我不能接受您的指令!"

"为什么?"路威粗声地喊着。

"我……很喜欢周莉，这几个月，我没有一天不在遐想中看到她的影子。她心灵像雪一样洁白，是个全力要求向上的女孩子。前几天，监房读报，我看见她在选拔赛中被选为即将出国的体操运动员。路场长，您想想，像她这样一个前程远大的女运动员，生活的幸福到处都有，我……我是一个被划为无期的囚徒，等于坠在一只飞燕脚下的石头。记得，我背着行李进监房大门以后，第一次就全盘向您谈出我的心声。场长，您如果真的爱惜周莉，尊重我这个穿劳改服的犯人，我请求您停止这次'接见'，用革命长辈的心，去说服她这个苦心的孩子，就说我表现很坏，打架斗殴——"

高欣和路威身旁的窗子，猛然被推开了，随着一阵悲恸的抽泣声，窗口露出周莉那张清秀的脸，她眼角、睫毛、鼻窝的泪水，在路灯和白雪的柔光下，珍珠般地晶莹发光，她语不成声地哭泣着："高……欣，我……我都听见了……"然后，好像怕高欣会突然从她身边消失似的，用黄头巾的一角，揾了揾脸上的泪水，以体操运动员的轻盈矫健，从窗口跳出来，无声地落在地上。

事情发生得如此出乎高欣意料，还没容他仔细考虑该怎么办，周莉已经把她的头贴在他胸膛上了。高欣感到她那两只手，在他后背上颤抖。高欣眼角湿了，泪水滴在周莉的头巾上……当高欣发现感情的潮水，开始冲塌了他理智闸门的时候，强令自己把泪水咽下去。他轻轻推了推周莉的肩膀，想使她冷静些，但这是枉费心机，周莉反而把高欣拥抱得更紧了，热泪泉水般地涌出眼帘，浸湿了高欣穿着的劳改犯棉衣。

路威不愿看见这样令人心碎的"镜头"，扭过身去轻轻走开。他踏着吱吱发响的白雪，认真地剖析着这两个年轻人光洁的灵魂，又联想到这个没有法律的年代——固然责任事故会导致一定的法律处分，但何至于定为无期?! 想着想着，忽然一个惊心的联想使他收住脚步：他生怕周莉探监的事情，叫章麻子知道了，这个血液里渗透着毒汁的家伙，只要给体委一封电报，说一个国家级运动员，竟然来探望一个劳改犯，在这一人犯罪株连亲友家族的社会恶俗下，真会断送这只"飞燕"的前程。想到这里，他的心狂烈地跳了起来，迈步走回他俩的身边，对周莉说："小周，你俩到你屋子去谈上两个钟头，明天早上五点天不亮，场子有去火车站的汽车，我来叫你，你……你可千万不要说你是来探监的，明白了吗?"

周莉睁着一双大眼睛，摇摇头："不，我不明白。"

路威向高欣暗示说："你……把这点跟小周讲清楚!"

高欣点头说："场长，我明白了。"

路威这才放心而去，他直奔监狱大门的警卫岗楼，对值勤的战士说："有个犯人，因为有事，我批准他夜里十二点左右回监房。到时候，你们给他开门，放他进去。"

布置完一切之后，他想起葛翎此时此刻被关在大墙之内，不觉一阵心痛。他本想进铁门去看看，但是肚子咕噜噜叫了，路威这才想到快半夜了，自己还没吃饭。

# 六

夜晚，监房是不允许关闭电灯的，尽管灯亮如白昼，在引黄工地劳动了一天的犯人，还是鼾声不断此起彼伏。经过长途跋涉和工地折磨，葛翎虽然身体疲倦得已然不能支撑，但无论如何也不能入睡。

特别使他痛苦的是，在他六十多厘米宽的铺位旁边，躺着的就是马玉麟。一个在革命烽烟中白了两鬓的老共产党员，不但和当年的对头睡在一条炕上，还要挨在一起，这令葛翎几乎难以忍受。他想起在大庙里麻绳蘸冷水的抽打，想起最后打在他腿上的一枪，想起在引黄工地上的折磨，真如乱箭穿心。他翻来覆去，连睡意也被这巨大的精神痛苦驱散了，他索性坐起身来。

老犯人马玉麟好像倒睡得十分安然，被路威拳头打肿的嘴角，淌着口水，还带着几分笑意。"也许这家伙，以为我还没有认出他来吧！"葛翎心里暗想，"不然，这只恶狼，怎么能睡得那么香甜？"他不愿意再看老"还乡团"那张扭曲的脸，便披上棉袄，蹬上棉裤，移动着那只缠上了纱布的伤腿，走出监房。

早春之夜，星斗满天，葛翎两眼望着长空北斗，不禁想起了周总理。周总理在天之灵，不知是否知道有人正在毁我无产阶级专政的万里长城？不知是否知道有人正在用对付敌人的"大墙"来关押共产党员？他忽然想起路威来，这个对劳改工作赤胆忠心的路大胡子，已经卷进这场斗争的风波里了，会不会……

这时，监狱的铁门开了，高欣进来了。

葛翎迈着艰难的步子，迎了上去，悄声地喊："高欣——"

高欣辨认出是葛翎，停下脚步。

"出禁闭室了？"葛翎抓起高欣的手，激动地握在自己手里。

"场长把我放出来了！"高欣笑了笑说。

"怎么这么晚才放你？"

"……有点其他事情！"高欣审慎地看了葛翎一眼。他记起了路威对周莉的忠告，但他马上认为自己谨慎得太过分了。白天在引黄工地的一片喧哗声中，他已经看见两个劳改犯中的恶魔，怎样报复性地折磨这个劳改处处长，两鬓如霜的老共产党员又是以怎样惊人的坚韧毅力，把装成小山一样的泥兜抬上引黄的大堤。一种肃然的敬意从高欣内心腾起，便坦率地对葛翎说："……我去'接见'一个远道来的同志，回监房晚了！"

"是周莉吧？"葛翎关切地问。

"您……您怎么知道？"高欣觉得奇怪。

"我和她同路回场的，我什么都清楚了！高欣，我为你有这样一个未婚妻而高兴！"葛翎咧开干涩的嘴角笑了。这是他入监后的第一次欢欣。

高欣皱起眉头："可是……我拒绝了她……她，她一直哭！"

"你为什么要这样做，小高？"

"我要劳改到白头，您想，我怎么能叫她……"

"对呀！作为你来讲也许并不算错。"葛翎亲切地拉着高欣一只手，"可是，你真认为你要坐一辈子牢吗？目前确实有人把法律当猴皮筋，想拉长拉长，想缩短缩短。我不也是个没有法律手续的犯人吗？可是我们毛主席、周总理、老一辈革命家亲手缔造的党不会容忍这种局面继续下去的。有一天，我们的人民会架着铁锅，用烈火煮那些任意横行的螃蟹！小高，你该坚信这一点！"

"周莉也这么说……为了给我力量，她送我一包很珍贵的礼物！"高欣看看周围没人，便伸手从棉衣衣襟里掏出一个女孩子用的绣花手绢，里边包着一沓照片，"看！这是周莉在北京拍的！"

葛翎接过照片，血液顿时沸腾起来，这一沓照片把他的心带到大墙之外，一直带向了北京天安门广场。纪念碑前，早春细雨迷蒙，那人的狂涛，诗的怒火，眼泪的长河，立刻使葛翎的泪水夺眶而出，他用肺腑的全部力量，呼喊出一个字来："好！"

高欣把一张张珍贵的照片，用手绢包好揣进怀里，低声说："我……也想做个花圈，后天就是清明节了，对总理表表心怀！"

葛翎沉思了一会儿："没材料怎么办？"

"用柳枝弯个圆圈！"

"这我知道，素花……"

"这也没有困难，我的统计室里有白纸，动手折叠一下！"

"花圈放在哪儿？监房里又没有周总理像。"葛翎思忖地说，"而且'秦桧'、章麻子一类的人狼，一旦发现这个行动，会坚决镇压。我……年纪大了，为敬爱的周总理不怕付出……你，你还年轻啊，小高！"

"葛翎同志！进大墙之前，我也是个共产党员！"高欣话音坚定，竟在大墙之内，用了犯忌的"同志"这个字眼。

"那好，明天你出工之前把白纸留给我，医务所给我这条伤腿开了一个星期的病休！"葛翎说，"周总理已经把骨灰撒向祖国江河大地，我们这个花圈，随便摆在哪一寸土地上，都是对周总理的哀悼！"

"我这个统计员，可以一个人自由行动！"高欣兴奋地说，"我把它带到引黄工地大堤上，怎么样？"

"行，就这么定了！"

监房的午夜，葛翎怕引犯人注意，招来监视的眼睛，两人握了握手就各自回到监房去了。

葛翎回到监房，马上吃了一惊，马玉麟的铺位空着，棉被散摊在大炕上，人不见了。葛翎心想，也许他是解手去了，但等了一阵子，还是不见马玉麟的踪影。葛翎顿时想到，这个家伙刚才伪装酣睡，也许影影绰绰听见几句他和高欣的谈话，现在去告密了。他马上反身出屋，直奔铁门而去。

不出葛翎所料，马玉麟正在请求门警给他开门。时间急迫，不容葛翎多想，他上前一把抓住马玉麟的棉袄领子："报告班长！这个家伙是……神经病！"

一个值勤的解放军战士，看了看葛翎，又看看鼻青脸肿的马玉麟，一时分辨不清情况。马玉麟习惯于恶人先告状，他指着葛翎说："他……他是劳改处处长，'还乡团''走资派'，他——"

马玉麟话还没说完，守门战士的刺刀尖，就晃在他鼻尖前了。在解放军战士听来，"劳改处处长""还乡团""走资派"是风马牛不相及的三个称呼，他确认这个老犯人是神经病，把枪托一扬，骂了声："滚——"

葛翎冷汗顺额角淌下来，心里一块石头落了地。走到监房拐弯的地方，葛翎低声说：

"你先站下！"

马玉麟不怎么愿意地停下脚步。

半明半暗的灯光，照着老犯人的脸，他的脸肿得像歪嘴石榴，但那双眼里仍然闪着凶光。"有什么见教，葛处长！"他不卑不亢地说。

"你半夜三更往大墙外跑什么？"

"这个嘛……你要还是劳改处处长，我立刻向你汇报；可惜，现在你和我一样穿上了灰衣裳，还当了我的下属！我倒想问问你，你那么着急地追我，干什么？"

马玉麟那阴阴阳阳的声调，一下把葛翎的怒火勾起来了，他猛然抡起巴掌，要向马玉麟脸上打去。可这是一张多么肮脏的脸啊！葛翎胳膊哆嗦了半天，还是控制住了，他大口大口地喘着气说："我怕脏了我这五个指头——"

马玉麟压低了那双扫帚眉，带着恶意笑了笑："我是脏，你有本事能离开我，飞出高墙？"

"你别笑得太早了！"葛翎声严色厉地对他说，"你大概以为我不知道你是谁吧？"

马玉麟不自然地挪动了一下身子，神情微微有些紧张，他不太相信葛翎能把三十多年之前的马玉麟分辨出来。那时候他是戴着大檐礼帽、拄着龙头拐杖的马家阔少，风度翩翩，仪表堂堂；眼下，他伸出手来像个五齿粪叉，脸上皱纹多得像蜘蛛网。他的黄金岁月已随着新中国开国大典的礼炮声彻底完结，二十多年的劳改生活，他已经没有一点当年马玉麟的影子了，葛翎才来一天，怎么会认出他来？因此，马玉麟自信地摇摇头，对葛翎说："葛处长！你过去是戴乌纱帽的官儿，我是犯人，我们素不相识！"说着，还故意抬起他那青肿的脸。

"你以为你相貌变了，我就认不出你来了？"葛翎直盯着马玉麟的眼睛，"你外形变了，骨子没变，还是和三十多年前一样狠毒，你是被土改工作团镇压了的恶霸地主'老寿星'的儿子——'小寿星'。你是旧北平四存中学的学生，后来参加了'还乡团''红眼队'……还要我往下摆你的罪行吗？比如，在马家祠堂你把一个共产党员，在三九天剥去棉衣，倒悬在梁上……"

马玉麟的脸，像挨了霜打的倭瓜叶，皱纹紧紧地抽缩在一起了，就像在水稻田里吸血的蚂蟥，突然被受害者发现，挨了致命的一掌，整个身子立刻卷成一个圆团团那样，显出一副颓丧可怜的神色。

"你大概认为我不会把你认出来吧，小寿星？"葛翎冷峻地望着马玉麟，"你大概庆幸这次在大墙内的会见，你可以报复镇压你老子的阶级仇了吧？初到监房，你不许我休整；到了工地，你——"

马玉麟装成大梦初醒的样子，两只手抓住葛翎的胳膊："您……您就是葛团长？我……唉！"

"你离我远一点，小寿星！"葛翎甩开马玉麟那双脏手，锋利地说，"戏不必再演下去了，我奉劝你从现在停止作恶，你要想在大墙之内陷害革命者，有一天，新账老账一块算，人民会审判你，那时候，不但你多年劳改等于零，人民法庭会赏你一颗往肉里钻的子弹！你听懂了没有？"

"是，是！我，我懂了！"老犯人虔诚地答应着，"我……眼瞎，确实不知道您就是……"

"回监房吧！"

马玉麟迈着慢腾腾的步子走进三号监房。

葛翎看他进了监房，马上朝高欣住的犯人统计室走去。他不相信马玉麟这样的老恶棍会停止作恶，他担心高欣那沓天安门广场的照片会引出一连串的风波，应当想办法转移，防止突然搜查。

葛翎走了半天没回监房，马玉麟不用眼睛追踪，也能猜到他是找高欣去了。他躺在炕上，望着小窗户投进来的一点点月光，心里正盘算着下步棋该怎么走法。他被葛翎认出来了，被剥去伪装，虽然对他今后再报复是个很大的不利，但马玉麟并不感到可怕，因为葛翎是个不公开宣布的无期犯，让他有点心惊的倒是高欣为什么这么快就从禁闭室里被放了出来，他清晰地判断到：农场的上层人物之间有着尖锐的斗争。他怕把赌注押错了地方，应了葛翎警告的那种前途。

二十多年来他已经两次把赌注押错了。第一次是抗美援朝战争时期。报纸上刊登着侵朝美军司令麦克阿瑟的扬言：美军将很快打过鸭绿江，到哈尔滨去过圣诞节。马玉麟高兴地把这张报纸偷偷藏在铺位下，一有空就拿出来看这句刺激他中枢神经的话，但是希望变成了失望，最后这张报纸当了"后门票"，扔进厕所。三年困难时期，蒋介石疯狂叫嚣反攻大陆，这个消息曾使马玉麟像吸了一锅子白面儿（大烟土）那么舒坦，但是只闻雷声响，不见雨点落，最后希望也像肥皂泡一样幻灭了。两次赌注的落空，使马玉麟昏热的脑子认识了一个现实：中国共产党是外力所无法摧毁的钢铁梯队。他眼巴巴地盼着中华人民共和国这棵参天大树，能从树心里钻出几个蛀虫来。报纸上拿老干部开刀和围歼"走资派"的消息，一天天多了起来，第三次从这个"还乡团"心坎里升起了希望；梁效、江天等的夺权文章，怎么看怎么对他的胃口。"造反派"的声势咄咄逼人，他感到改朝换代的日子为时不会太远了。他盼望有那么一天，铁门哗啦一响，关进来的不是那些流氓、盗窃犯、贪污犯，而是那些老革命——这时候，葛翎被送到他的牢房里来。马玉麟那个小算盘拨过来拨过去，"造反派"掌"国玺"已成为必然，他决心把赌注押在章龙喜的一边，不能三心二意。

他摸了摸揣在胸口的那张减刑证明，感到必须为章政委尽忠效力。"可是该怎样把葛翎和高欣谈的事，及时告诉章政委呢？大门紧紧地关着！"马玉麟两眼望着房顶，挖空心思地想着，"后天可就是清明节了，立功的机会不能丢掉！"终于他想起来了，身材矮小的章龙喜每天早晨准时进大铁门，打开每个监房的检举箱。想到这里，老犯人立刻从床上爬起来，找出一个空纸烟盒，撕开摊平，在灯下匆匆写起来，写好之后悄悄溜到监房外检举箱旁，把那张小纸片扔了进去。

葛翎回到三号监房时，马玉麟已经钻进被窝。他暗暗庆幸自己，事情办得没留下一点蛛丝马迹。


# 七


事态按着马玉麟料想的那样发展。章龙喜早上打开一个个检举箱后，在三号检举箱内发现了"珍藏"。他草草看过小小纸片以后，马上反身出了监房。他跑到招待所，周莉的房子已经空无一人；他追向汽车站，汽车轮下扬起雪粉开出农场，路威正和一个扎黄头巾的女孩子挥手告别……

"老路！这女孩从哪儿来的？"章龙喜迫不及待地想把问题一下查清楚，开门见山地问。

路威瞥了他一眼："汽车上女孩多了，你问哪个？"

"……"章龙喜也说不清是哪个，"就是昨天住招待所的那个！"

"你是不是管得太宽了一点？"路威讥讽地说，"那是我的侄女！"

"她从哪儿来的？"

"你没必要知道！"

"路威！"章龙喜绷起了浅浅的麻子脸，"我看你也太过分一点了，监规里哪条规定，可以夜里叫犯人'接见'？咱办事光明磊落，昨晚上的总支会议，我给秦副局长打通了电话，秦副局长叫你考虑后果——"

"后果？大不了摘了我这顶场长的乌纱帽。那也没有关系，我是个七级锻工，有的是力气，我还真想我那把二十四磅大锤和烘炉了——"路威习惯性地挽挽袖子，"你给秦副局长建议吧！叫我去听叮叮当响的锤子声。不然只要我在这儿干一天场长的差事，对不住，我不懂什么'新宪法'，我要按照毛主席的劳改政策办事，因为我是有二十多年党龄的党员了，党就是我亲爹亲娘！"路威迈开大步离开了汽车站。

"哼！等着你的未必是铁锤和烘炉！"章龙喜瞟着路威的背影说，"你允许高欣'接见'，告诉你，天安门广场骚乱的照片，传到大墙里边去了，你支持《文汇报》指出的那个'头号走资派'！"

路威猛然反身回来，一把揪住章龙喜衣领："你说，你说，谁是'头号走资派'？我路威墨水喝得少，你给我说出名字来！"

章龙喜要说的那三个字已经到了唇边，但他看看左右无人，生怕路威来了拗劲，把他像扔小鸡子一样扔出去，就把那三个字又咽了回去。他和缓了口气说："老路，我真是为你考虑！秦副局长在电话里说，中央那个最年轻的大首长指示：清明前后，严防反革命分子在大城市的广场附近集结，还叫咱们这儿腾出几间监房！"

路威松开了章龙喜，转身奔向监房。他觉得头脑发涨，捧了一把冷雪擦了擦灼热的脸颊，才觉得清醒些。他想起章龙喜刚才的一番话，绝不是耸人听闻，人民在清明节悼念周总理，将被认为是"反革命罪犯"。这些恶狼！

犯人们正在集合站队，准备出工，路威显得比往常任何时候都焦躁，他从门警那儿拿来两对狼牙手铐，直朝三号监房的队列走去。

"马玉麟——"

"俞大龙——"

路威直呼这两个犯人的名字。两个犯人应声而出。路威跳上讲话的高台，向全场犯人高声朗朗地说："本来，进禁闭室反省错误，可以不戴刑具；可是这两个家伙，一狼一狈，吹笛捏眼地勾连在一起，反诬高欣，颠倒黑白，使高欣受冤。现在场领导决定，把错误改正过来，严惩恶人，立刻给马玉麟和俞大龙戴上狼牙铐，马上送禁闭室——"

三号犯人队列响起一片欢呼声。其他监房的犯人，目光不由得都投向了章龙喜（因为监房昨天传遍了章龙喜禁闭了高欣的消息）。章龙喜脸色苍白如纸，他走到路威身旁，向犯人们打着手势说："静静——经过犯人中的积极分子报告，有一个犯人，身上揣有反革命照片——"

犯人们面面相觑，低声议论着："谁？……"

"高欣——站出来！"章龙喜扯着嗓子喊，似乎这样能够回复他刚才丢掉的威严。

高欣手拿花杆、皮尺走向章龙喜身旁："报告章政委，这是没有的事！"

章龙喜皱起淡淡的眉毛："如果有呢？"

"也给我戴上狼牙铐，送禁闭室！"高欣脸上出现一丝微笑。这种微笑是他在承受压力时习惯的条件反射，成了他的性格本能，但在全场所有干部、犯人面前，这样的微笑，俨然成了向章龙喜的挑战。

"搜——"

一个狱政科的干部，开始在高欣身上搜查，空场上所有目光都集中到高欣身上了。路威心里有点着急，他确实不知道周莉是不是真给高欣留下了天安门的照片，但他看看高欣那对坦然无畏的眼睛，心里逐渐安定下来。

搜查半天，一无所获，章龙喜苍白的面颊顿时绯红，他只好一挥手叫犯人们先去出工，他带着狱政科一个干事，拿了两把铁锹，到高欣的统计室去掘地三尺，进行详细搜查。

喧闹的大院子，寂静下来了。路威知道葛翎腿上有伤，一定在监房休息，便朝三号监房走来。葛翎把路威让到监房里，用后背关住房门，把手伸进他的炕洞，从里边掏出那个绣花手绢的小包包来："老路，你看——"

路威刚看第一张照片，眼泪就顺络腮胡子滚落下来，他把几张照片看完，这个粗里粗气的汉子，竟像个大孩子似的哭出声来。

"老路，人民在战斗！"葛翎说，"那几个奸臣的脚下地震了！

路威不回答，只是用大手抹掉滚落在照片上的泪滴。

"老路，我和高欣也想……"

路威忧心地说："十分危险，省城已经布置了在清明节抓人！"

"已经是坐了牢的人了，还怕他抓？我倒是怕牵扯你，老路！"

"我没什么可怕的。记得在朝鲜的时候吗？咱们在一条坑道里，枪口对着共同的敌人。万一他们把我弄进来，你这条战壕就不孤单了，拧成一股劲，和这群杂种日的干！"

葛翎严肃地批评路威说："别说胡话，你可不能进到大墙里来！"

"老葛，难道这由得了我吗？"路威说，"你也不愿意进来，还不是把你塞进来了吗？明明是你捍卫党的纯洁，表现了一个老共产党员对毛主席的耿耿忠心，他们却说你是反毛泽东思想的'现反''还乡团'……省局的权力被那个'造反'的头子把持着，谁也不能保险不进大墙。不过，这些照片告诉我们，这群杂种是兔子尾巴——"

"嘘——"葛翎用嘴制止路威，示意他有人朝监房走来。路威领会了葛翎的意思，麻利地将照片包好，揣进大衣兜里，然后拉开监房房门扯着大嗓门对葛翎说："你这条腿要勤换药，小心转成冻疮！"

来的人正是章龙喜，他胳肢窝里夹着一捆白纸，肩上扛着一把铁锹，气冲冲地直奔三号监房而来，在监房门口和路威擦肩而过。他狐疑的目光看了路威的背影一眼，走进监房开始了对葛翎铺位的检查。在章龙喜看来，对葛翎这样的老家伙，叫他交出照片等于是白费唇舌，只有靠搜查。既然在高欣那儿扑了个空，照片很可能藏在葛翎这里。

他把葛翎的铺位上上下下查遍了，一无所有，目光转移到葛翎的灰棉衣上。他擦擦额角淌下的汗珠，压抑着一肚子邪火，对葛翎说："我看，你还是主动把照片交出来好！"

"什么照片？"

"昨天夜里，你和高欣看的照片！"

葛翎摇摇头，表示不知道。

"是不是要我动手搜身，葛翎？"章龙喜拔高了尾音，把"翎"字喊成"行"字。

葛翎神态自若地说："随便——"

章龙喜伸手去解葛翎的棉衣纽扣，葛翎用手挡开了章龙喜的手："慢着！"

"你要干什么？"

"我嫌你的手太脏！"葛翎轻蔑地望着章龙喜，慢慢地脱着自己的棉衣，当他脱得只剩下一条短裤的时候，把棉衣往章龙喜怀里一甩，"你检查吧！没有你找的什么照片，由于你不关心犯人的卫生，要虱子嘛，可能有两个——"

章龙喜把棉衣每个部位都用手揉搓过了，里边是软软的棉絮，连一张纸片也检查不出来，不觉脸色大变，跳起脚来恼羞成怒地朝葛翎喊道："我警告你，葛翎，那张你没签字的结论，已经够你喝一壶的了，要是在大墙里还和'造反派'唱对台戏，小心你脖子上吃饭的家伙——"

章龙喜一股风似的出了三号监房，他已经无法平息自己狂怒的心情。他把从高欣屋里搜来的所有白纸送到狱政科之后，便去禁闭室找马玉麟，决心把这个政治性事件一追到底。

马玉麟戴着狼牙铐，正垂头丧气地坐着，禁闭室的门"咂唧"一声开了，他心里一惊，赶忙站起来，低垂下头。他认为这是路威审讯他来了，先摆好一副认罪的姿势。

"马玉麟——"

章龙喜的话音一出口，马玉麟马上仰起他那哆哆嗦嗦的下巴："是您，章政委？"

"照片你亲自看见的吗？"

"是，章政委！"马玉麟摇尾乞怜地说，"我在监房假装睡着，葛翎一出去，我就跟了出去，藏在黑板报牌子后边——"

"别啰唆！一共几张？"

"大概有七八张！"

"我检查过了，怎么没有这些反革命宣传品？"章龙喜审视着马玉麟那张倭瓜脸，"为什么你不及时报告我？"

"哎呀，政委！警卫不许我出门。葛翎追出来，对警卫说我是神经病，我差点挨了警卫一枪托！"马玉麟想用手和章龙喜比画着说，但戴在他腕子上那对狼牙铐，手越活动铐得越紧，他只好停下手来，"章政委，您交给我的事，我一句当一声雷听，没打过半点折扣。"

"我心里清楚，只要你检举的属实，可以请示局里对你再一次宽大。现在你回答我，那个警卫长什么样子？"

马玉麟皱着扫帚眉想了想："大高个，山东口音！"

"发生在夜里几点？"

"我没有表，估摸着过半夜了。"

"好个葛翎！"章龙喜咬牙切齿地说，"跟我章龙喜搞开地下斗争了，我马上去查实，把他送禁闭室！"

马玉麟朝章龙喜背影喊道："章政委，我有一句话要说！"

章龙喜在门口停下脚步。

马玉麟捧着手铐走到章龙喜身旁，欲言又止："我……不知道这句话该不该说。"

"你怎么这么啰唆？"章龙喜对老犯人发火了。

"是这样。依我考虑那沓照片追查不追查，当前还是小事，他们要弄花圈……我有个支网捕雀的建议，十拿九稳，就看章政委有没有铁的手腕了……"

章龙喜的耳朵挨近了老犯人的嘴巴，一开始他闻到老犯人一股呛鼻的口臭，差点呕吐出来，但渐渐被老犯人的耳语所吸引，他激动地屏住呼吸，嘴角露出了笑容。他万万想不到一个身穿灰棉衣的老犯人，会有这么深的心机谋略，在关键的时刻，向他献了这么一条锦囊妙计。

他锁上禁闭室的门出来，简直无法抑制自己的欢快情绪。他到了电话室，拿起直通秦副局长的专线电话，向头头请示这条锦囊妙计时，手还在激动得发抖……

# 八

　　一整天，葛翎都是在沉郁的情绪中度过的。章龙喜收走了做素花的白纸，葛翎在监房里连一张白纸也找不到。章龙喜早晨搜查天安门广场的照片，已经给葛翎送了讯号——那个"还乡团""红眼队"到底还是把小报告送出去了，葛翎心里总有一种山雨欲来的预感。

　　黄昏时，他走出监房去散心，琢磨该怎样做出悼念周总理的花圈。到底是早春时节了，昨天飘落的一场大雪，经过太阳的一天照晒，傍晚时已化成一洼洼春水，葛翎在大墙包围的院子里闻到了早春的水草气息，心里略略舒畅了一些。

　　瓦蓝的天空中，大雁啼鸣着结队北返，它们自由地在半空飞翔，掠过监狱的高墙，飞远了，飞远了，一直融化到苍茫的暮色之中。监墙顶上的积雪，也正在消融，滴滴答答地落下雪水，几只翘尾巴的小麻雀在大墙上飞来飞去。大墙外有一棵几米高的大玉兰树，抖落了满身的春雪后，把几枝洁白的玉兰花伸进大墙上的电网里来，似在窥探着大墙内的另一个世界。

　　葛翎凝视着初开的玉兰花，第一次感到那么亲切，令人神往。在进大墙之前，省公安大楼院子里也有一棵高高的玉兰树，葛翎对它没有一点感情，甚至嫌它遮住早春的阳光，今天在大墙之内似乎才发现玉兰花的庄美娴雅。忽然，他心里咯噔一跳，想起一桩心事，给周总理做素花的白纸都叫章麻子收走了，大墙之上不是有那么多洁白的玉兰花吗？要是能摘下几枝滴着眼泪（雪水）的花，编成一个小小的花圈该多么好！

　　可是大墙陡立，是任何人也爬不上去的。葛翎无心地向周围望了望，附近有两个犯人中的电工，正搬着高梯用绝缘钳子在检修大墙上的电网。葛翎很想请这两个犯人师傅帮一下忙，折下两枝探进电网的玉兰花，但是走到那两个犯人跟前，他发现不远处章龙喜正向这里眺望，葛翎赶忙装作溜达的样子，离开院子。

　　回到监房，葛翎心情更加沉重了，他躺在绿军毯上，眼前总出现那摇曳的花枝。本来，十分容易到手的东西，偏偏章麻子在场。他几次从小小窗口望出去，章龙喜都背着手遛弯，像是在监视修电网的犯人，又像是在有意地看着这几枝探进大墙的玉兰花……后来，章龙喜走了，天色已经黑如墨染，收工的犯人洗身吃饭，人来人往，弄得葛翎心里更加烦躁。他很难过：一天的时间空空溜走，连一朵素花也没做成，他感到对不起周总理，也对不起高欣那颗滚烫的心。

吃罢晚饭，已经是掌灯时分，监房的电灯一下都亮了，葛翎正想去找高欣告诉他一天内发生的情况，高欣兴冲冲地上三号监房来找葛翎。葛翎把高欣带到房角，还没开口说话，高欣笑笑说："葛翎同志，我都知道了，我屋子里连砖都挖起来了，把我工作用的白纸统统收走了，估计素花没有搞成，对吗？"

葛翎看到这副笑脸，心里有点惭愧，点了点头说："还有地方弄点白纸没有？"

"您甭急，我有办法！"高欣仿佛不知忧愁，笑容偷偷爬上他的腮边，他像个大孩子一样腼腆。

"什么办法？"

"您甭管了，过了午夜，您到我房子里来就行了。"

葛翎坐在监房炕沿上，手下意识地摸着灰白间杂的胡子茬，心里像揣着一堆乱草，忐忑不安。他不知道高欣这个青年人能有什么高招，在没有一片白纸的情况下，做出素花来。想来想去，他想起来：高欣是不是也在打大墙上玉兰花的主意？他是个运动员，也许有办法上大墙。想到这儿，葛翎坐不住了，因为夜里上大墙警卫有权力开枪，当越狱逃跑论处。葛翎连忙朝高欣的房子走来。

高欣屋子里亮着灯，白天被掘地三尺翻起的砖块还散乱地堆着，他独自一人坐在床铺上，好像十分高兴的样子，一边哼着《运动员进行曲》，一边用手弯着柳棍，粗粗的柳棍在他手心里弯成一个圆圈。

听见背后有人推门，高欣头也不回，自言自语地说："……这个蚊帐圈是不是小了点！"

"你真能放烟幕弹！"葛翎被高欣逗笑了。

"是您？我以为……又是'鸡啄西瓜皮'来了。"

"小高，你到底有什么办法？"

高欣正了正眼镜，坦然地回答说："天赐良机，刚才有两个电工犯人，电网没修完，把梯子顺在大墙根下了！葛翎同志，夜里两点钟以后，警卫最爱打盹儿，我两分钟就能摘来——"

"玉兰花，是不是？"葛翎说。

"您……怎么知道？"

"这办法不妥当。"葛翎严肃地说，"而且十分危险！"

"危险？您说在天安门给周总理献花圈危险不？"高欣仰起他那张带着书卷气的脸，"敬爱的周总理是我们国家的国魂，为了悼念周总理，我高欣可以死一百次、一千次，真的！"

葛翎庄重地看着高欣，他相信这个脸膛黝黑、面孔英俊的青年人，每句话都是真实的心声。一个被强奸法律的人判成无期的劳改犯，在这样艰苦的条件中，仍然保持着一个共产党员对革命的忠贞，对比大墙之外那些卖身投靠和浮萍随水的"革命者"，其灵魂不知要高洁多少倍！但葛翎还是关切地告诉高欣说："小高，为捍卫真理不怕牺牲，是一个革命者应有的基本素质，可是在天安门广场和咱们在大墙里悼念周总理，时间、地点、条件都不一样，咱们应当想办法，既悼念了总理，又避免流血，对吗？"

高欣脸红了："那怎么办？"

葛翎想了想："我到岗楼下看看，好多执勤战士都认识我，实在不行，再另打主意！"

葛翎走出高欣的屋子，在院子里徘徊一阵，夜班警卫换岗了。那天路威牵马送葛翎时，遇见过的新战士小杨正沿着斜梯往岗楼上走。

"小杨！"葛翎轻轻招呼了一声。

虎里虎气的小战士回过头来，在灯光下分辨出来是路场长说的"垃圾箱里的黄金""无罪的犯人"，便朝葛翎点了点头。

"明天是清明节，我摘点花……"葛翎朝大墙上指了指，"为了悼念周总理！"

小战士又点点头，他们警卫连刚刚做完三个大花圈，他认为一个被圈进冤狱的老干部，悼念总理的心情是可以理解的。他想得很简单，大墙上的花那么高，只有拿长竹竿才够得着。他根本不知道大墙的暗影里还放着一把梯子，摘花的人要爬上大墙墙头。

葛翎不想惊动高欣，他腿上虽然有伤，可是为了悼念周总理，纵然伤口破裂流点鲜血也心甘情愿！因为在大墙之内，没有比把玉兰花献给周总理更为合适的鲜花了。但当葛翎路过高欣那间犯人统计室时，心里暗暗吃了一惊，高欣已经不在屋内！他往大墙根下一看，灯光的暗影中，影影绰绰看见高欣正在往大墙墙边上立那个高梯。葛翎不顾腿疼，一瘸一瘸地跑了过去，一把拉住了高欣。

"小高，你不能……"

"葛翎同志！我年轻，腿脚利落！"

"不行，你不能上！"葛翎用力把高欣拉到一边。

"为什么？"高欣不解地望着葛翎，"你的腿……"

"那个战士不认识你，会出意外！"

高欣还要挣扎，被葛翎推到一边。时间紧迫，不容葛翎再做更多的考虑，他开始攀登这个高高的梯子了。攀登上一两格之后，葛翎忽然停住了脚步，一个奇怪的念头突然潮涌般地卷过他的心扉：犯人电工怎么会有这么大的疏忽，没修完电网，就把梯子忘在了墙下……

高欣看见葛翎停下脚步，两步攀上来，拉着葛翎的棉袄后衣襟："您的腿不方便，还是让我来吧！"

"下去——"葛翎话音很轻，但俨然是一道命令，高欣还没看见葛翎有过如此的严肃面容，他面孔苍白，双眉皱紧，斑白的鬓角滴落下冷汗。

"您怎么了？"高欣说。

葛翎该怎么向高欣述说自己的心情呢？此时此刻葛翎心里意识到了一种潜在的危险，他感到这个梯子的来历有些费解，似乎在梯子背后隐藏着一层看不见的东西……这一瞬间，葛翎不知道为什么思绪飞得十分遥远，他记起马玉麟领着"还乡团"杀回马家寨那一天晚上，他在子弹的呼啸中爬上梯子，去摘舞台上那张毛主席的相片，那是用生命去保卫毛主席的崇高形象。在这个历史上特殊的岁月，他为保卫党的纯洁而做了没罪的劳改犯人；眼下，他要做的，正是过去斗争的继续——对敬爱的周总理献上一颗老共产党员的红心！难道在这急迫的时刻，能退下梯子来吗？不！此刻他似乎看见天安门广场的喧腾人流，九亿人口大国的每个窗口，都在望着他的背影，都在望着探进大墙的玉兰花枝……

他强忍着腿上伤口的疼痛，用最大的力气向上攀登了。

战士小杨在离葛翎三十米左右的岗楼上，看见葛翎攀着梯子上墙摘花，心里有点慌张，他张大嘴巴，想喊话告诉他不要到大墙上去摘花，嘴巴刚张开，背后出现了章龙喜。

"别喊他，叫他上！"章龙喜说。

"为什么？章政委，我以为他是用长竹竿……"

"看他是不是想越狱逃跑！"

"不，政委！他是去摘玉兰花！"小战士急哭了。

"把枪口瞄准他！"

"政委！他是劳改处处长，没罪……"

章龙喜瞪起眼睛："他是'还乡团''现行反革命'，瞄准他，这是命令！"

小战士脸色煞白，央求章龙喜说："你看他不是在摘玉兰花吗？"

"摘玉兰花为那个'最大的走资派'招魂，也是犯罪！"

"我们连还编了三个花……"小战士不敢说下去了。

"明天早晨统统烧掉。你……你看他的头已经超出警戒线了！"章龙喜威逼地怒视小战士，"你不执行职务，我判你无期、死刑，快开枪！"

小战士的手哆嗦得像筛糠一样……

"快瞄准射击！快——"

小战士瞄了瞄葛翎的身影，想抬高一下枪口，鸣枪给葛翎送个讯号，但章龙喜看破了小战士的心思，夺过了枪……

枪响了。

葛翎身子颤抖了一下，抱着两枝洁白的玉兰花，从高梯上跌了下来。小战士"啊"地叫了一声，好像跌下来的不是葛翎，而是他自己。

高欣以运动员的机敏，在这千钧一发的时刻，张开两臂，抱住跌下来的葛翎，以他自己的身体当成肉垫，双双倒在地上。但是已经无济于事了，葛翎闭合了双眼。血，顺着老共产党员的胸膛喷射出来，渗透了他身上的灰棉衣，染红了他紧握在手里的两枝玉兰花……

两天之后，秦副局长坐着一辆北京吉普，亲自赶到了河滨农场来处理这个"反革命事件"。于是大墙内外发生了一系列更替和变化：大墙之外，党总支被改组，章龙喜当上了总支书记；大墙之内，高欣被送进禁闭室，顶替了俞大龙的位置，俞大龙接替了马玉麟犯人班长的职务，而马玉麟手拿着释放证，提前走出了监狱的铁门……

　　葛翎的只有六十多厘米宽的空铺位，秦副局长不想叫它空下去。在一天午夜时分，他带着几个喽啰突然闯进场长路威的屋子，想对路威强行逮捕，但路威不见了。在开往北京的特快列车上，坐着一个穿着破旧军大衣的鲁莽汉子，他把大衣领子竖得高过耳梢，遮挡着他那张满是络腮胡子的脸——他不是躲避追捕的罪犯，而是揣着那两枝红色的玉兰花，到党中央去告状的硬铮铮的共产党员。

　　列车隆隆前进，中国的大地在车轮下颤抖。

　　天，快亮了，快亮了……

# 弦上的梦

宗璞

人的梦，一定会实现；妖的梦，一定会破灭。这是历史的必然。

——作者

## 一

大提琴的深厚的如泣如诉的声音在空中飘荡。这声音一时悠扬婉转，一时低回呜咽，如秋风飒飒地吹着落叶，如冬云黯淡地凝聚在天空。渐渐地，愈来愈轻，愈来愈细，好像要失去，再也找不回来了。忽然间，琴声又激昂起来，充满了渴望，流露了内心的希冀与追求。

"这是慕容乐珺。"音乐爱好者可以分辨出拉琴的人，因为慕容的琴声，总像向你心窝扑来似的。

慕容乐珺是一个艺术学校的大提琴教师。她终身与大提琴为伴。多少年来，她只要一拿起琴弓，自己似乎就化作了大提琴的一部分，和琴一起在发着声音，抒发着乐曲的各种感情。今天她随意拉着琴，一首没有完又换一首，总是觉得心神不安。后来索性把琴放开，走到阳台上向远处眺望。

这是一九七五年九月的一天，正是日落时分。夕阳的光辉把远处的红楼绿树镀上了一层金色，这光辉也照着乐珺夹杂在黑发中的白发，使那根根白发显得格外分明。她虽已年过半百，容颜还很清秀。她向街的尽头看去，一有年轻女孩子出现，就留神看是不是向自己这幢楼走来，但终究都不是。

乐珺要等的人，是她的一个好友的女儿。这好友和她也有一点亲戚关系，但这种关系从来不能说明任何问题；他们还几乎发展成为人与人之间最亲密的关系，但那并没有成为事实。他们只是好友，也永远是好友。现在一方已经永辞人世，这种友谊也并没有中断，而是延续到他的女儿身上了。

"她，"乐珺想，"是怎样的呢？"

在那抗日烽火熊熊燃起的年代，他和许多有志青年一起奔赴延安去寻求理想和未来。那时是燕京大学音乐系学生的她，则随着父母到了内地，以后得到一种助学金，到了国外，新中国成立后才回来。不久父母相继去世。她在社会主义祖国的怀抱里，全心地投入祖国的音乐教育事业。

在社会主义祖国的怀抱里！那五十年代的日子，是多么晴朗，多么丰富呵。乐珺觉得自己虽然平凡渺小，可就像大海中的小水滴一样，幸福地分享着海的伟大与光荣。

天色渐渐黑下来了，她回到室内，继续沉思着。

解放后头几年，他在国外工作。六十年代初调回北京做文化交流工作。她听他做过几次报告，每次都深深地为党的政策所吸引，为他对党的忠诚所感动。她也见到过他的妻子，那是一位好同志，好妻子。她曾想："也一定是一位好母亲。"

至于他们的女儿，乐珺在她小时虽也见过几次，印象都不很深。只有一次，她使乐珺终生难忘。那是六十年代中期斗争最激烈的年月。巨大的风暴考验和锻炼着每一个人，也把人世间最卑鄙最污浊的丑怪之物都翻了上来。有些人挖空心思批判文艺方面的"黑线专政"，像乐珺这样有一技之长、小有名气并且去过国外的人，当然是批斗对象。有一次"造反派"头头们把文艺界的一些"牛鬼蛇神"集中起来开批判会，乐珺也叨陪末座。台上黑压压站满了人，好几位名家身穿各色纸衣，被推来拽去，被逼着挨个儿到麦克风前报名，说自己是走资派、反动权威、坏人之类。正闹着，有三四个年轻人把一个中年人连踢带打推上台来，一面喊着口号："打倒贩卖封资修的文化掮客梁锋！"乐珺心上一惊，侧眼偷偷看去，见确是梁锋站在那里。那些人要他去报名，他缓步走到麦克风前，一字一字地说道："梁锋，中国共产党党员！"话音刚落，几个人跳上台去，打了梁锋几个耳光。血从他的嘴角滴下来，落到地上。会场上每个人的心都揪紧了，满场静得连呼吸都可以听见。这时忽然有一个女孩子的清脆而痛苦的声音喊道："爸爸！我的爸爸！"

会场登时一阵大乱，有人喊："不准打人！"但是也有人向叫"爸爸"的女孩子冲过去，把她一把拎出会场，一路拳打脚踢。乐珺虽然弯着腰，却全看见了。只是看不清女孩子的模样。有好几天，她一直在想着这个叫"爸爸"的女儿。心里感到又酸痛，又温暖。

这个喊着"爸爸，我的爸爸"的女儿，现在要来了。

门外有人叫慕容。乐珺答道："是小裴吗？"站起身向前迎了两步。进来的是大提琴专业的一个支委，大家都叫她小裴。小裴是比较年轻的老干部，六十年代初本是大提琴专业的支部书记。多年来，一直是乐珺的知心朋友。她脸儿圆圆的，眼睛圆圆的，身材也是圆圆的。她其实和乐珺年纪仿佛，但到现在还是"小裴"。

"从楼下过，就来看看你。梁锋的女儿这几天要来，是吗？"

"说的就是今天，就是现在。可还没有来。"

"我说她准是个好孩子。你记得——"小裴两眼直望着窗外。

"我刚刚正想着那次批斗会。"乐珺温柔的目光望着小裴。她还想起那时每次学校开批斗会后，小裴总要关心地悄悄和她说几句话（其实小裴的遭遇更艰险得多）："坚强点！这是考验！""这不算什么，不要怕。"话虽不多，每次都给乐珺很大力量。

小裴血压高，很容易激动。现在她克制着自己，沉默片刻，对慕容说："慕容呵，你用心好好教她吧！"

"我真想教出人才呵。可教材能扩大一些吗？"

"照我的想法，教材完全应该扩大，可谁敢做这个主？我看咱们国家出了纵火犯，他们要把好人都整死，还要把几千年的文明和几十年的社会主义统统烧掉！"小裴声音有些发颤。

"怎么对付这些纵火犯呢？"乐珺小声问。

"看吧。谁知道！等到忍无可忍的时候——"小裴用力敲着沙发的靠壁。她们谈了一会儿，小裴说要上医院看她的偏瘫老头子去，对乐珺皱眉一笑，走了。

黑夜已经降临。乐珺站在窗前，望着窗外树丛中唯一的枫树，临近的灯光洒在树上，依稀闪出一些红色。她又思念起即将到来的小客人。

"她，究竟是怎样的呢？今天，不会来了吧？——"

这时，就像回答她的思念似的，有人在敲门。

乐珺"请进"两个字还未说完，人已经进来了。她身材苗条，举止轻盈，一面走进来，一面很急促地大声说话："是慕容姑姑么？您这儿可真难找！我一路问了多少人呵，起码十个以上！您这儿真黑呵，可我进门就看见这把琴，知道我走对了。我是梁遐！"这就是乐珺等待的人。

电灯开了。乐珺看见梁遐是个很美的姑娘，她上身穿着米色外衣，里面是黑色高领细毛线衣，下身是深灰近乎黑色的长裤。一头蓬松的短发，有些像男孩。脸儿又红又白，唇边挂着微笑，眉毛很黑，很整齐（不少人以为她是描出来的），一双真正的杏眼，带点调皮的意味（后来乐珺知道，那其实是一种嘲讽的神情），正瞧着乐珺。

"她也打量我呢。"乐珺心想，一面伸出手和梁遐握手，说："我正等你——"


二


梁遐十九岁的生命，以一九六六年，也就是她十岁的那一年为分水岭。十岁以前，她是爸爸妈妈的宝贝，一只系着红领巾的小燕。天空和大地仿佛都为她而存在。那幸福、美好的日子！梁遐现在有时想起来，觉得那似乎是一个梦境。在突如其来的疾风骤雨中，她的童年忽然结束了。

也不知怎么回事，她的爸爸梁锋本来是一个单位的负责人，一下子便成了阶下囚。一天夜里，月正圆，花正香（那夏夜的香气呵），忽然来了许多人，把她的亲爱的爸爸揪走了。自从那一夜以后，梁遐的世界上再没有什么可以让她奇怪的事。紧接着妈妈也隔离审查。小遐一个人在家里（如果那还叫家的话！）给爸爸妈妈做饭，挎着篮子出去送饭。她记得爸爸爱吃面和饼，妈妈爱吃糯米做的东西。有时太累了，来不及做得很多，就自己什么也不吃，但是从来没有误过一次送饭。直到爸爸死去了五天，她还一直给爸爸送饭。还是一个好心的人告诉她，不要送了，没有人吃了。后来她有时想，那用心血做出来的五天的饭，不知落到哪个王八蛋的肚子里！

她有一个姨妈，是她妈妈的一母同胞的妹妹。梁锋夫妇被关以后，他们的一些暂时幸免的老战友都让梁遐住到自己家里去。但当时的"造反派"头头不同意，说梁遐只能住在姨妈家。而她姨妈不知出于一种什么心理，竟主张梁遐一个人住，只允许她常去她家汇报自己的情况，聆听教训，还帮着打扫房屋，做做针线。梁遐当时是小学四年级生，因为和父母划不清界限，在学校也屡遭批斗。她在批斗梁锋时大叫爸爸以后，梁锋单位的高音喇叭在很长一段时间里每批"大特务梁锋"时，必提到"狗崽子梁遐"。

那些日子啊，那些沉重的日子！何况梁遐还是个孩子！那时她常常做梦，总是梦见身上压着一块大石头，怎么也掀不掉。她就哭呵哭呵，哭醒了，也还是觉得那样沉重。渐渐地，她学会用嘲讽的笑容对待生活，而把沉重的仇恨深深埋在人世的冰霜之下。幸亏她妈妈隔离的时间不太长，出来以后把她带到干校。后来妈妈分配在她原籍南方的一个小县城工作，在那里遇到一个被赶回原籍的教大提琴的老先生，妈妈说，总得学点什么呀，学什么呢，就学大提琴吧。两个月前，妈妈病逝。正好有要为梁锋落实政策的消息（可惜妈妈死时还不知道！），说要开追悼会，梁遐便到北京来了，住在姨妈家。她想见见慕容姑姑，请她教琴，这就是她今天到来的前因。

当时梁遐接话道："我来晚了。在姨妈家收拾好碗筷，出门就晚了。"她向四周看着，这是那种一间一套的单元房子，乐珺已在这里居住多年。靠窗放着她父母留下的硬木大理石面书桌，靠墙摆着一架柜式钢琴，琴旁靠着她那把大提琴。一张两扇画着花卉翎毛的屏风遮住了她的床。屏风外面放了两张单人沙发，当中是一只小圆几，几后放着一个大落地罩灯，杏黄的大灯罩的边缘微微翘起，柔和的灯光使得室内显得十分安静。

"姑姑，您这儿真舒服！前几年没有人住进来吗？"梁遐跟着乐珺走到厨房，接过乐珺手里的热水瓶，给自己倒茶。又问道："姑姑您要吗？您这厨房也方便，做起饭来准得好吃。"说着自己清脆地笑了起来。

乐珺告诉她前几年有人住进来过，用屏风、书柜从当中隔开，一对夫妇在这儿住了几个月，后来可能觉得实在太不像话，才搬走了。

"我们是扫地出门！"梁遐用幽默的口气说，嘴角掠过一丝微笑，"爸爸妈妈都关着的时候，我住在一个阁楼上，可也挺舒服的。妈妈出来以后老是生病，阁楼上下太不方便了。有好几次我背着她上下，不过也没有几次。"

乐珺看着梁遐那细细的身材，想不出她怎么背着她的妈妈的；想问问她母亲的病，又怕惹起孩子难过，话到嘴边，又咽下了。

可是梁遐似乎懂得了她的神色，马上说道："妈妈的病很多，病了许多年，从头到脚都有病，病得我都成大夫了。她最后是肺炎死的。有好几次我都以为她要死了，可她活了下来。这次我还真没想到。"梁遐的口气像说着什么和自己无关的事似的。这样的口气，使乐珺真想上哪儿去痛哭一场。

"你学了几年琴了？喜欢音乐是吗？"乐珺的眼光落在大提琴上。

"呀！我才不喜欢音乐呢！"梁遐又十分使人意外地回答。她的睫毛浓密，一双眼睛黑沉沉的，有些使人莫测高深。"一点儿也不喜欢。这些年，好像只有拉拉琴什么的才算是一技之长，好有个出路。我十四岁才学，也是三天打鱼两天晒网。其实我也喜欢在农村干活，可是妈妈身体太坏了，不能跟我走，只能我跟着她。"

"现在跟着谁呢？你这飘零的孤儿！"乐珺在心底深深地叹息。

"爸爸妈妈常说到您。我好像认识您好多年了。慕容姑姑，妈妈说您能教我拉好琴。"

"你不喜欢，拉它做什么呢？"

"混饭吃呗！"梁遐又清脆地笑了。

若是十年前，乐珺听到这样的话，一定觉得是对音乐事业的亵渎。但现在听来好像也很自然，只是不知该怎样回答。

"先拉点儿什么我听听吧。随便什么。"乐珺沉默了一会儿，说道。

梁遐走到墙角去拿琴。在墙角有块凹进去的地方，用花布幔子遮着，那是乐珺搁乱七八糟东西的地方。梁遐走过去时，顺手把幔子揭起，向里面张望，一面大声说："呀！姑姑，您存这些破烂干吗？哪天我帮您处理了！"她放下布幔，拿起琴，坐好后略一凝神，便开始拉起来。

她拉的是圣桑协奏曲第二乐章。她运弓并不自如，触弦也不得当，但是拉着拉着，便有一种感染的力量，先是感染了她自己，然后便感动了听者。她可能并不完全理解圣桑乐曲的意义，但她的琴弓是拉在自己的心弦上，虽然技巧很差，大大减弱了情绪的表达，可还是流露了心弦的颤抖。飘扬在空中的不只是乐器声，而是音乐。

"这阿遐乐感很好。"乐珺一面听，一面想道。她知道这在音乐学生中是很难得的。

乐曲不长，一会儿便完了，但那音乐的力量还在心中回荡，久久不去——

梁遐放开了琴，向乐珺询问地望着。

"最主要的是要有音乐。"乐珺高兴得不无几分兴奋地说，一面拿起琴弓。"你握琴的姿势不大对。食指吃弓要深些，你看。"就这样，乐珺给梁遐上了第一课。

# 三

此后梁遐每周来上一次课。不上课时，她也常常来谈谈说说，帮忙做这做那。她绝顶聪明，什么都一点就会，似乎知道得很多，不管遇到什么话题都瞎说一气。可是有些尽人皆知的事，她反倒茫然。有一次遇到乐珺的一个同事谈起一些小说，梁遐便急忙地说："我看过《拍案惊奇》！《十日谈》也看过。谁还没看过那个！"她当然是抓到什么书就看的。可是说起鸦片战争时，她问了："什么是鸦片战争呀？没听说过！"原来她在中学时从没上过历史课。她似乎很自私，对自己的事考虑得很周到。乐珺明白，这些年若不是她自己周到地考虑一切的话，又有谁会替她考虑呢！可是她也积极热心地为别人办事，很有些舍己为人的意思。有一天乐珺想学一学打针，她主动地让在她身上打："我不怕疼！"她极其平淡地说："你们怕疼，是因为你们挨打挨得还不够！"

她好像把什么都看穿了，对报纸上的革命词句更是嗤之以鼻，"连总理都要给批成大儒，还打算让人相信呢！"但她相信一条："我就信总理能对付这些王八蛋！"当然这也是乐珺衷心相信的。

　　"那个女的，白骨精！那些破事，想瞒谁！还做他妈的美梦呢！""她让看什么《恩仇记》，她报仇？我就不报仇么！"说时嘻嘻哈哈，也不知她是真是假。她发议论不论场合，没有界限，什么都说，有时颇使乐珺发愁，怕她捅出什么乱子。

　　小裴是乐珺家的常客，很快便和梁遐熟悉起来。渐渐地，乐珺发现，她有时居然能使梁遐收起嬉皮笑脸的态度，变得颇为严肃。

　　一天，小裴来听梁遐拉琴，听完后向乐珺问道："你不是要扩大教材吗？为什么不用多扎尔练习曲？你也太胆小了！"

　　梁遐正在收琴，听见小裴的话，漫不经心地插嘴说："您说姑姑胆小，您胆大吗？"

　　"那可不敢说。"小裴笑道，"不过我想，既然每个人各长着一个头，那就是为自己拿主意的。"

　　"我也长着一个头，可我有时嫌它太沉了。"梁遐说，"裴阿姨，要是您愿意要的话，我把这个头送给您吧，那您干革命就会非常胆大。您可不要怕呵，它会指挥您把一切都搞得天翻地覆！"正说着，她忽然又咯咯地笑了起来。"革命两个字倒好听，可他们害死我爸爸，也说是革命！"

　　"那是反革命！"小裴冲口而出，声音颇为严厉。"阿遐，你不能总是嘻嘻哈哈，你应当时刻记着你妈妈对你说过的话，你会忘么？"

　　一瞬间，梁遐的脸色变得那样严肃，她紧紧咬着下嘴唇，黑沉沉的眼睛睁得大大的，看定了小裴。她的这种神情，乐珺还是第一次看到。可是，不大一会儿，她的脸上又恢复了那种冷漠的、嘲讽的神气。"哎，管它呢！咱们张罗吃饭吧。我做饭的本事不小，姑姑说我是，什么来着？对了，能化腐朽为神奇。哈哈！"

　　就这样过了一阵子。

　　有一次，乐珺问起梁遐以后打算怎么办。

　　"管它呢！"梁遐还是这句话，扬了扬她那弯弯的黑眉，"过一天算一天呗！反正姨妈还没有轰我呢。她一时不会轰的，因为说要给爸爸落实政策，她也好捞点什么呀。"她一面说一面走过去掀起花布幔子，又打量了一下那块凹进去的地方。

过了不久，姨妈终于下了逐客令。那时已是初冬。那一天该是梁遐学琴的时间。太阳已经偏西，还不见她的踪影。乐珺暗暗思忖："出了什么事么？"她忽然觉得很惦记阿遐。

门"嘭"的一声响，梁遐冲进来了。她肩上背着一个大书包，装得鼓鼓的，手里拎着一个大网兜。她的脸红红的，分明很激动，一面大声说："姑姑，您等我了吧？我和姨妈吵架了。"

"吵得天翻地覆！"她把东西往墙角一搁，转身坐了下来，用手绢扇着自己。她的眼睛亮晶晶的，似乎还在闪着怒火。嘴角上却带着笑，还是那种嘲讽的，又加上了轻蔑的笑。"真可笑！"她说，索性咯咯地笑起来。

"不要这样笑。"乐珺轻轻说，走过去抚着她的肩膀，"什么事，慢慢说给我听。"

梁遐停住笑，半晌才说道："姨妈说我爸爸的案翻不了。爸爸是走资派，畏罪自杀。我是坏人的女儿，学什么也没用。我住在她那儿，给她惹麻烦。姨父新近升了副部长，她说她那里是部长们住的地方，平常人最好别来，首长安全要紧！可真叫我恶心！"

乐珺确实也有一点想呕吐的感觉。她看定了眼前的梁遐，不知她要怎么办。

"慕容姑姑，我要住到您这儿来！您收留吗？您害怕吗？"梁遐站起身来，大声问。

乐珺没有立刻回答。她怎么能不怕呢？任何一件小事，都可以无限上纲，成为"反革命"罪名的口实。可是，这个可怜的孩子，她怎能不收留？怎能不关心她，帮助她？更何况她是梁锋的女儿！

梁遐先是看出乐珺的犹疑，她那小巧的嘴边又浮上一丝嘲讽的微笑。紧接着她又看出了乐珺犹豫后的决心。没等乐珺说话，她便走过去拉开那花布幔子，把书包、网兜拎了过去。"姑姑，我早调查好了，这里正好铺一张床。"她不由分说把里面乱七八糟的东西一件件分门别类摆开。"姑姑，您上那边坐着，小心灰，灰真多呵，"她说着打了一个大喷嚏，"您看，是吧？我早就说要给您收拾这块地方，真应验了。"她又高兴地咯咯笑着，清脆的笑声在满屋子碰撞。

梁遐在尘土飞扬中一面笑，一面说，还不时哼着大提琴乐曲的主旋律，旋风般跑来跑去，一会儿工夫就使得这一小块地方大为改观。她把箱子叠成两摞，两摞箱子中间摆满了各种东西，全都整整齐齐，几乎每一寸空间都用上了，然后在箱子上放上两块旧木板，铺好乐珺找出来的被褥床单，虽然嫌窄，却俨然是一张舒适的床了。床旁剩下只能挤过去的一点地方，她又在厨房找了一块剩了一半的破案板，架得高高的，可以坐在床上写字。她在破旧东西中找出了一个小横幅，纸边都卷了，上面是普通的楷书，写的是一首诗："君自故乡来，应知故乡事。来日绮窗前，寒梅着花未？"她低声念了两遍，又举着打量了一会儿，忽然大叫道："诗是谁作的？好诗好诗！字是谁写的？好字好字！怎么不挂出来呀？"

"挂字画，不是修正主义或者复古主义或者什么主义么？"乐珺也半开玩笑地说，"我这屏风也是今年才摆出来的。老实说，我就是怕惹麻烦。"

"我就是不怕惹麻烦！"梁遐说，一面还在端详这幅字，看到最后落款是"乐珺录王维诗于G城雪中"，又大叫起来，"原来是姑姑您写的呀！无怪乎我说怎么这么好看呢！"遂不由分说挂在自己床头。挂好了又站在床脚看，高兴得直拍手。"姑姑您在哪儿写的？什么G城？在哪儿呀？"

"在瑞士。"乐珺看着这幅旧字，觉得很是感慨。"我一个人在那儿学音乐，非常想家。有一天我把《自新大陆》听了十来遍，每到第二乐章骤然出现的那几处停顿，我都喘不过气来。就是那天，我写了这幅字，字真难看——"

"您说的这些好像有点爱国主义。"梁遐冷笑道，"可这些都打倒了。"

"我确实没有弄明白，"乐珺说，她走到桌旁坐下，"我实在是想念祖国的山山水水，一草一木，因为这是我生长的地方，是我的父母，我父母的父母生长居住的地方。我庆幸自己是中国人，要不然怎么也不能体会一首二十字短诗的无穷味道。要说这都是错的，剩下的还有什么！"她那清秀的脸好像混浊了，她转过脸去看着窗外。

"写那首诗的叫什么王维来着，他是不是法家？"梁遐忽然做了个鬼脸，问道。

"你还不如问我贝多芬是不是法家，也可能我还知道点儿！"乐珺又好气又好笑，觉得自己说话太多了，可还是要再说几句。"我学的是洋东西，确实想用洋东西为自己的国家做点事——"

"自己的国家！这自己也是个人主义，自私自利，反革命修正主义！"梁遐一口气说下去，不觉又咯咯地笑了起来，"您这行还算学着了，现在还不就是吹拉弹唱最吃香！"

乐珺觉得这种吃香很不是味儿，但不想再多说了。

梁遐把最后的一些破烂都安排完毕，她的小天地算是收拾好了。她高兴地叫道："真像一条小船！"

她爬上床去，又说："姑姑，我就在这小船里待着了。要是您愿意一个人的话，我就像白天的耗子一样，一声儿也不出！"她一面说一面拉好幔子，刚拉好又钻出个头来，笑道："我这是躲进小'船'成一统，管它春夏与秋冬！"说完又缩进去，果然半天没有一点声音。

"得了，不用演习了。"乐珺不由得也笑了，走过去拉开帷幔，见她半靠在被子上，舒服地闭着双目，一张又红又白的脸上有一大块灰尘。"你自己也收拾收拾，晚上咱们上课吧。你既然暂时住在我这儿，就抓紧时间多学点。"

梁遐对"暂时"两字轻轻笑了一下，不过这次并没有嘲讽的意味，而是用微带怜悯的眼光看了乐珺一眼。

晚上从八点半开始，她们上大提琴课。梁遐先回琴，她拉得很平稳，指法比两个月前有进步，握弓的姿势也有了样儿，声音出来了。乐珺正在改正她的一个揉弦动作时，有人敲门。

乐珺起身去开门。进来的是一个陌生的青年，身穿草绿色军服，但没有领章帽徽，一望而知是那种过军服瘾的二等兵。只是他眉目端正，脸上有一种沉思的神色，显得与众不同。他一眼便看见梁遐持琴坐在那儿，但先对乐珺说："您是慕容阿姨么？我找她。"他对梁遐微笑。

梁遐好像没有看见这位来客，两眼盯住了乐谱。过一会儿，才说："姑姑，这是毛头，他是我表弟的朋友。咱们还是上课吧！"

"哦，毛头，是小名？"乐珺弄不清他们的关系，也不想弄清他们的关系，只不经心地说了一句。"老实说，他大名叫什么，我还不知道呢。"梁遐一面说，只管拉起琴来。

青年人委屈地看着乐珺。乐珺则看着梁遐，想了想，说："这样吧，你们出去走走，外面空气蛮好的。"说着自己坐到书桌边，扭亮了台灯。

这回轮到梁遐委屈地看了看乐珺，没好气地和毛头一起出去了。

第二天乐珺到学校去了。她把梁遐的事告诉了小裴。小裴十分高兴，说："她就该住在你这儿！"别的几个熟人听说后，立刻分成两派。一派极为同情梁遐，认为这样的年轻人本该有学习的机会，可是现在弄得孤苦伶仃，成了无业游民！小裴睁圆了眼睛说，这种现象真不知是谁之罪！一位钢琴伴奏教师还提出乐珺应该收她做女儿。另一派当然也同情梁遐，但却觉得她这样住着总不是个事。"查户口怎么办？"再说她万一在外头搞了什么活动，乐珺蒙在鼓里，将来连累就大了。乐珺听了大家的话，觉得心绪烦乱。不过因为小裴说得很坚决，乐珺觉得她至少可以这样确定：如果有人来非要梁遐走不可，她可能没办法留，但如果没人管这事，她大可不必让她走，能住多久就住多久。

过了些时，乐珺觉得和梁遐在一起生活还是很愉快的。她能干麻利，殷勤体贴，老是兴致很高。乐珺常想到格里格的《自然精灵舞》，觉得梁遐就像那些精灵似的。不过阿遐常说自己是"唯物论者"，"本来嘛，什么都是逼出来的。您换在我的处境试试，只要不是白痴，还不就什么都能干了"！

天气冷了。乐珺要给梁遐做一件罩衫。梁遐说："这个自己还不会做呢！"遂到小裴家去用缝纫机。她去了一天，回来时脸上神情颇为严肃，好像在思索什么问题。

"阿遐，不舒服么？"乐珺关心地问。

"没有。"阿遐在摆弄那些剩下的花布头，"我在想裴阿姨。她家的伯伯不能动有三年了吧？她天天到医院去照顾。自己血压那样高，还在工作，还认真地读那些大厚本的马列主义！她说从前在延安时穿草鞋走路，每一步路都觉得那么有意义。她说有个朋友说，在他印象中，解放区的每个人都对自己的事业有着强烈的责任感，都像是负责干部！"

"那样的日子多好呵！"一种热切的神气使得梁遐的脸亮了起来。"我爸爸开过荒，妈妈纺过线。我也愿意穿草鞋走那样的路——可从来也没有谁让我负过什么责任，连学琴——连活着也是非法的！"她突然拿起剪刀，低着头咯吱咯吱狠狠地铰着那些花布头。

乐珺知道梁遐脸上这时又只有冷漠和嘲讽了。她那年轻的心，是覆盖了厚厚的冰霜呵。乐珺用手抚摸着她那乌黑发亮的头。有人敲门，接着进来了两个青年，头戴半尺多高的卷毛绒帽，裤腿向外翘着，虽没有正式成为喇叭，也有那么点意思。梁遐一抬头，马上跳起来，连堵带推地说："出去，出去。"一阵脚步响，门，又关上了。

这些朋友也是让她头痛之处，不知怎么会有这么多朋友，几乎三天两头有人来找她。凡是乐珺在家时，她都援毛头之例，把客人带走。可是乐珺出去上课或开会，有时就有些嘀咕，不知自己家中会发生什么事。因为来的男朋友多，乐珺有一次婉转地提醒梁遐，交朋友要谨慎，不要过早谈恋爱。梁遐起先注意地听着，听着听着忽然大笑起来，笑得几乎直不起腰。

"您不要操心，姑姑，我才不随便谈恋爱呢。这些人，我谁也看不上。我将来——要嫁个大官儿！"她说着又笑起来，一脸的调皮相，好像那大官是什么好玩的玩意儿。

过了一会儿，她绷着脸，故作严肃地说："可也许我要抱独身主义，像您似的，真的，姑姑，您为什么不结婚呢？"

"你说呢？"乐珺不想回答。

"我猜您没有什么主义，只不过没遇到合适的人就是了，对不对？"这阿遐，可真是聪明人呵！

梁遐住过来后，乐珺对她督促很严，每天让她练弓法，练音阶，并且换了教材。作业中没有曲子，可她为了好玩，偷着拉。一天乐珺回来，听见她在拉马斯涅的《悲歌》，声音悲凉已极，不由得站在门外一直听完了才进去。

乐珺常在想："像阿遐这样乐感很好的人，为什么不能名正言顺地进音乐学校呢？"

乐珺还常想，什么时候能昭雪梁锋呢？难道他就冤沉海底，真的"永世不得翻身"了么！她觉得，昭雪梁锋和梁遐有个好的学习环境，这之间有着内在的联系。可这要成为现实，究竟要到什么时候？

梁遐还是嘻嘻哈哈过日子。她每天除了练琴、会朋友，就看些莫名其妙的书。这些书她多半是躺在她的"船"里看的。乐珺一次偶然看见她在看一本手抄本小说，吓了一大跳。于是又委婉地问了："你怎么看这些书！"

"有什么不能看的！"

"我只看看封面都害怕——"

"您什么都害怕！"梁遏又咯咯地笑了，"我爸爸妈妈都关着的时候，我常挨批斗，有时还挨打。后来我跟着大点的孩子打群架，人家打我，我也打人，觉得挺过瘾的。这书里不是说杀人么，杀个人有什么了不起！"

乐珺真不知说什么好，只管望着她那年轻的脸儿。这张称得起美貌的脸上，虽是兴高采烈，也总有一种嘲讽的神色，使得她的神气显得有些冷漠、痛苦。

"不过我这几年大了，再也不会去打群架了——没意思。"梁遏一本正经地说，"您放心，姑姑。——可我也不能从早到晚拉琴呀，总得看点什么书吧。没有好书，就看坏的。这和没有好的吃，就吃坏的一样呗。人活着，不就那么回事！"

梁遏一面说一面看看那锁着的书柜。那里面，乐珺锁着几本劫后余生的文学名著。

"你说得不对。"乐珺勉强地反驳她。

"我也知道不对。"梁遏淡然一笑，"能凑合着过下去就得了，也许有一天真觉得活不下去了，我倒要变一变人生观、世界观什么的。这些词儿毛头顶爱说的。"

"毛头看什么书，你也可以跟着看。"这些时，乐珺知道毛头是个深沉的青年，读了许多文史、哲学方面的书，在他工作的厂子里有"秀才"之称，但他从不肯参加那些"理论班子"。他的父亲是个靠边站的老干部，对梁遏很关心。

梁遏不置可否，仍只是淡然一笑。

乐珺想了一下便打开书柜门，让梁遏自己挑选。

梁遏本来高兴地看着那一排排的书，看着看着，忽然低声说："爸爸以前有好多书。他无论工作到多晚，也要看一会儿书才睡。可惜我那时太小。我，我好恨呵——！"她转过身，一手抓住书柜边，黑沉沉的眼睛里几乎射出火来。"爸爸！我的爸爸！"还是那清脆的、痛苦的声音呵。"我怎么也不相信爸爸会自杀！爸爸那样乐观、有坚定信念的人会自杀？杀了人还说人是自杀！我真希望有鬼，姑姑！要是有鬼多好呵！爸爸的鬼也该托个梦，我们好知道他是怎么死的！"她并不去拿书，只是站在那里，灼热的眼光盯住乐珺。

乐珺实在受不了她那目光，很想说："你哭出来吧，阿遒！"一面自己止不住眼泪扑簌簌掉了下来。她想，就算真是自杀，若不到实在活不下去的地步，一个人能自杀么？逼得人能够杀掉自己！那境遇该有多么严酷，多么凄惨呵！她只希望能和梁遒一起痛哭一场，更主要的是希望梁遒自己痛哭一场……泪水呵，把她嘴边那嘲讽的微笑冲洗掉，把她心头的冰霜融化掉吧！

但是梁遒冲进她的"船"里，只在书柜边留下两个深深的指甲印。

## 四

日子过到了一九七六年春节。那一月的哀痛还紧紧地压在人们心上。春节到了，可是春天在哪里呢？人们只觉得寒冷、沉重、忧心忡忡，因为失去了心坎上的擎天柱，担心社会主义晴天会塌下来。心灵上痛苦的深渊，多少纵横的热泪和深刻的思念都难以填补呵！

乐珺在一月初曾到干校短期劳动，噩耗传来，她真觉得天昏地暗，日月无光。她很担心梁遒，怕她会出什么事。曾写信叫她报告自己的情况。不过梁遒已遵命写了信来。信很短，只有一句话："我要负责了！"字写得剑拔弩张，好像随时要从纸上冲出来似的。

乐珺回来后，发现梁遒变多了。她很少说话，也很少咯咯地笑了。乐珺从来就觉得她那清脆的笑声比哭还要使人痛苦。而现在她似乎另有一种方式来对待更深沉、更尖锐的痛苦了。她在思索，思索怎样来负起责任。有时乐珺要她练琴，想让她在音乐中休息一下，但甚至在音乐的世界中她也会突然放下琴弓，就像悲痛把音乐也劈出一道深渊，无法跨越。这二十多天来，她似乎长大了不少，嘴边嘲讽的微笑很少出现了。眼睛里看不出表情，愈显得黑沉沉的。神色总有些木然，好像是重重心事，来不及反映在脸上。她的朋友少多了。大概因为她那些朋友实际上是两类人：一类是吃喝玩乐的朋友，一类是有一番抱负的朋友。现在那吃喝玩乐的一派人在梁遐的生活里消失了。乐珺发现了这一点，问她："你那几位时髦朋友不来了？"她眨眨眼睛，浓密的睫毛向上微微翻卷着，目光里是个大问号，好像她并不记得曾有过一帮"时髦朋友"似的。

那些手抄本她是再也不看了，但对好几本文学名著也没有表现出多大的兴趣，有时却居然在读马列主义的经典著作。这使乐珺颇有些诧异。除夕的下午，小裴来转了一下，正巧遇见梁遐在看《关于正确处理人民内部矛盾的问题》。旁边还有一个笔记本，写了密密麻麻的字。"是学习心得吗？"小裴伸手便拿过来看，只见上面写着："××反毛泽东思想若干例""武斗的罪魁祸首""无名冤狱的策划者""青少年的刽子手""卖国贼汉奸"，以及"上海滩头野心家真传"等等，不觉大吃一惊。再仔细看内容，觉得写得不只有理，而且有力。小裴紧紧抓住梁遐的手，说道："阿遐，我没有看错了你！"

梁遐微笑了，那是正经的、纯真的微笑。

乐珺向笔记本上看去，看到大部分是梁遐的笔迹，也有些是毛头写的。她愈看愈觉得有道理，都是真话。难道真话不该说么！可说真话是惹祸的！她询问地看着小裴，似乎问小裴，应该怎样对待。

小裴笑道："把纵火犯的真面目揭得好！你们写的就是我们想的，连她在内。"她指着乐珺。

梁遐对乐珺说："姑姑，我早知道您也是这么想的，不过就是不敢说罢了。"

乐珺叹道："敢说，又上哪儿去说呢！"

小裴痛苦地说："要说话，只能背诵他们规定的词句！"

梁遐没有再说话，她的笑容渐渐变得冷硬了，脸上又出现了嘲讽、痛苦的神情。

乐珺担心地望着她。小裴用力地说："阿遐，要敢于斗争，也要善于斗争呵。"

到了晚上，乐珺和梁遐对坐在昏暗的灯光下草草地吃晚饭。乐珺很想知道那些写好的材料用途如何，阿遐打算做什么，但她看到梁遐不想说话，便没有追问。

沉默了好久，梁遐一面慢慢地挑着碗里的米粒，一面说："今天我去买米，两个老大妈在说，办什么年货？总理都不在了，还过什么年！"她望望乐珺，索性放下碗筷，坐到一边去了。

有人在门上轻轻敲了三下。在沉思中的梁遐像飞箭一样从椅子上射到门边。门开了，是毛头。毛头神色颇为紧张，但还是彬彬有礼地招呼乐珺，然后对梁遐说："出去吧！"

"什么事？出了什么事？"梁遐急切地问。

乐珺亲切地说："毛头，你坐下。天这么冷，不要出去了。有什么事慢慢说，好吗？"

毛头看看乐珺，又看看梁遐，慢慢地说："阿姨不要害怕，我父亲今天没回家，隔离审查了。"

"为、为什么？"乐珺问。

"他们用什么口实？"梁遐冷笑道。

"欲加之罪，何患无辞！"毛头说，"而实际原因是——"

这当儿，梁遐敏捷地把剩饭都折到一个锅里，端到厨房去热。等她转回来时，毛头开始说道：

"爸爸前几天跟我说过，有人要陷害总理。爸爸说，他们怎么能这样做！他只要活着，就要保卫总理的清名，就要说话。今天上午，你姨父坐车来把爸爸拉走了，假惺惺地说要他去部里开会。爸爸托邻居告诉我说他被拉走了，连个字条也没留下。"

"那我还好些，我还亲眼看见爸爸让人抓走！"梁遐喃喃地说了一句。

"我跑到他们机关去问，一个人爱理不理地说，隔离审查了，不能见！现在过春节了，要封门，知道吗？就把我一把推了出来，关上了门。"

乐珺心绪十分烦乱。这些年来，多少人被那些家伙弄得妻离子散，家破人亡！多少人丧失了青春的岁月和宝贵的、只有一次的生命！多少人被剥夺了工作、学习的权利！多少人再也找不回那比生命还宝贵的理想！那些杀人放火的坏蛋，现在连人民心中的民族英雄的伟大高洁的形象也不放过，纵然他为自己什么也没留下，连骨灰也撒进了祖国的山山水水，简直是超越过生命还在奉献着自己！要把他也"批倒批臭"么！乐珺觉得浑身战栗起来。

梁遐则简直是在发抖了。突然间，她迸发出一阵大笑，声音有些凄厉，但还是清脆的。乐珺不由得抓住她的手，手是冰冷的。"阿遐！"乐珺痛苦地叫道。

阿遐笑道："白骨精快现原形了！你们说是不是？"她笑着，轻轻推开了乐珺，一手扶住桌子，一手紧紧捂住胸口。

毛头说："是有些图穷匕首见的意思。"他冷静地看着梁遐紧捂心口的痛苦姿势，听着她那又凄厉又清脆的笑声，一动也不动。等她笑过了，才又说："我们也要继续审查他们！总有一天，我们要痛痛快快地批判他们，审判他们！"

"要是我爸爸活着，也会像你爸爸这样做的。我知道！"梁遐直望着毛头的眼睛。

毛头没有说话，在屋里走了两转，说还要到别的朋友家去告诉这事。临走时紧紧地握了乐珺的手说："阿姨保重！"

他走到门口，梁遐忽然叫道："你还没有吃饭！"毛头摇摇头，开门走了。乐珺知道毛头的母亲在一次批斗会上患急性心肌梗塞逝世了。毛头现在也没有了家！他的父亲受冲击后一直没有工作，每天看书、看病、看朋友。老战友们自己称为"三看干部"。但是表面的闲适并不能掩盖他们胸中真理的火焰，那终究是要爆发出来，燃烧起来的。哪怕粉身碎骨！是的，梁锋若是活着，一定也会这样做的。成百上千经过革命斗争考验的党的忠诚干部，都会这样做；成千上万正直善良的青年和人民群众，也都会这样做的！

"一个钱串子！"梁遐在门边叫了一声。果然一条许多只脚的棕黄色虫子在地板上爬过来，爬得很快。"姑姑，您踩呀！"梁遐又往门外看了一眼，关上门，走过来说："就在您脚边。姑姑，您只要想，这就是您最恨的妖怪，就敢踩了！"梁遐自己不去踩，却只管看着乐珺。

"这就是那人妖！"乐珺果然想着，一脚把钱串子踩死了。

"我手中如果有刀，也敢用的。"梁遐平静地说。

## 五

不管人世间的灾难多么沉重，时间还是飞驰向前。人们经过了悲痛、惶惑、焦虑等重重磨炼，现在已经看清了现实。

清明节前一天，夜的黑幕沉沉地笼罩着天安门广场。可是，各种各样的花圈在黑暗中发着光彩。那一圈圈、一层层，把多少红心热血编织进去了的花圈呵。有的像房屋一样高大，有的小如一个拳头，从人民英雄纪念碑一直摆到长安街上。这是古今中外从来没有过的，人民为了自己的民族忠魂设置的灵堂！那松墙上遮满白花，如同下过雪一样，路灯上挂着大花篮。空中悬挂气球，气球下面飘着"永垂不朽"的大字幅。人们摩肩接踵，但没有喧哗，没有嚷闹。万头攒动的人群如同聚集着大波巨浪的海洋。人们已经忍无可忍了，悲愤已经饱和。冲天的波涛就要掀起了！真理的火焰就要燃烧成熊熊烈火了！

乐珺想，如果正气看得到的话，这里表现出来的便是那沛乎塞苍冥，使人把生死置之度外的正气了！她知道梁遐是每天来的，来抄诗，来瞻仰给总理的花圈。现在，梁遐和她一起一步步走向纪念碑，把一个小花篮挂在一棵小松树上。小花篮中全是纯白的花朵，花朵上撒了银色的纸屑，如同凝聚了的泪珠在闪光。

梁遐记起在一月份，她常在这里踯躅、伫立。当时广场上不时响起哭声。曾有一个中年妇女，是教员、售货员，还是女工？黑暗中看不清楚。她跄跄地走过来，一面忍不住地哭着喊："总理呵，我们可怎么办哪！"这一阵哭声好像霎时间传遍了肃穆的广场，梁遐当时仿佛听见到处都在回响着："总理呵，我们可怎么办哪！"她自己的心也在哭泣着，叫喊着："总理呵，我们可怎么办哪！"

乐珺觉得梁遐颤抖了一下，她顺着梁遐的目光，看到英雄纪念碑上那巨大的横幅"倘若魔怪喷毒火，自有擒妖打鬼人"。虽然灯光暗淡，每个字却都在喷射着通红的光焰，要把那几个妖魔鬼怪的原形照得毫发毕露，叫它们统统化为灰烬！看哪！这么多的人！这就是人民呵！人民已经在行动了！

她们走到抄诗的人群中。多少人如饥似渴地抄着那火热的诗句。远处的人看不见，近处的人就大声念。有人没有带纸，便有人把笔记本拆开分给大家。很多人的脊背成了后面人的桌子。大家都十分心甘情愿为旁人提供方便，因为大家都是为了同一目的而来，因为大家心中都有同样一座永世不可磨灭的无字丰碑！这时梁遐虽也在注意地看，却并没有抄。她是在观察什么，神情这样严肃，乐珺简直不敢和她说话。

忽然毛头挤过来了，他的神情也十分严肃。他小声在梁遐耳边说话。梁遐不等听完，马上拉着乐珺回家。

一路上，乐珺心里充满了悲愤和焦虑。她不再害怕，但是非常担心。她为阿遐担心，为毛头担心，为那些念诗的姑娘、小伙子担心，为广场上成千上万的人民担心。回到家里，她在桌旁坐下。书桌上摆着一张总理年轻时的照片，那是小裴她们洗印的。她多么想和小裴谈谈，但小裴在三月中因心脏病不得不住进了医院，她所承担的是太多太重了呵。

梁遐在她的"船"里收拾什么，过了一会儿，出来倒水喝。她显得十分镇定，还颇有些高兴，只是脸色雪白。她问道："姑姑，喝水吗？"见乐珺不答，便走过来。

"我要和你说句话。"乐珺看着梁遐，"我猜你们是要去张贴什么。我想，那是不是太危险，太危险了？……"乐珺停了一下，"你还这样年轻，一定得活下去，活到那一天！要知道你家就剩你一个人了啊。"

梁遐的神色比任何时候都平静，她郑重地说："姑姑，我不想瞒您。可我想就是为了那一天，为了能做国家的主人，能掌握自己的命运，我们得说话！得让那些王八蛋知道我们是活着！您明白我从来是什么也不怕的！"

乐珺心头猛然一震，停了半晌，流着泪说："阿遐，要是非去不可的话，让我去吧！我已经老了，不过我会做好的！"

"您去？姑姑！"梁遐睁大了黑沉沉的眼睛，看定乐珺那善良的、清秀的、满面泪痕的面容。她眼圈儿红了，抽噎起来，但她尽力忍住了哭声，只有大滴的眼泪不听管束，噼噼啪啪往下掉。

"阿遐！"乐珺泪如泉涌，一把将梁遐揽在怀里。她的眼泪淋湿阿遐的头发，阿遐的眼泪浸透了她胸前的衣服。

阿遐多么想尽情放声痛哭一场！但是她没有时间。她仿佛听见战鼓在敲，战号在响。仇恨和热爱的火焰燃烧在她心里，融化着她心头的冰霜。她很想告诉乐珺，这一个多月来，她已经在电车上、公园里散发了一些传单。有的论述道理，有的只有一句话："打倒祸国殃民的白骨精——江青！"没人注意她，她不会出事的。但她又想，处于乐珺的地位，最好还是不知道。便改口道："我哪儿也不去！您上哪去呀！"

"我说的是真话。"乐珺仍在抽噎，认真地说。

"我也说的是真话。"梁遐很快擦干了泪痕，说："姑姑，您现在需要休息。您精神太紧张了。"她说着走过去收拾床铺，又倒了一杯水，背转身放进两粒安眠药片，递给乐珺。一面劝说她先躺一会儿。

乐珺喝过水，不一会儿就觉得昏沉无力，只好先躺一会儿。她见阿遐还是穿着那件黑色细毛线衣，在屋里轻盈地来去，便说："应该多穿点。你要当心自己。"一面心里想着，"难道我真的老了？"

她睡着了。她不知道阿遐临走前，因为怕连累她，把一切收拾得干干净净；她不知道阿遐临走前，怎样抚摸过那把大提琴；她不知道阿遐曾在门前回过头来，看着遮住了她的床的那两扇屏风；她也不知道阿遐怎样坚定地、几乎有些兴冲冲地，轻轻打开房门，走了——

梁遐走了。这一夜，她没有回来。第二天，第三天，她都没有回来……

一天晚上，小裴出院不久，便来看乐珺。这时已是夏夜了，从窗户中可以看到繁星满天。两人相对无言。过了一会儿，乐珺从抽屉里拿出一个小本子，翻开了递给小裴，说："这是阿遐写的，是我昨天找着的。"

小裴接过来看，只见那页上写着八个大字："国仇家恨，不共戴天！"小裴几乎喊了出来。她这次病后，脸上总有些疲惫之色，这时忽然都消失了。她把这八个字看了半天，十分坚定地说："你不要太难过，慕容。我相信阿遐一定会回来。总会有那一天！"

乐珺沉思地点点头，说道："我想应该这样——可毛头都有了下落，知道关在哪里了。她怎么一点消息没有？"

"还在继续打听，总有办法的！"小裴紧紧握住那个本子。

乐珺轻轻叹息道："这些日子，就像柴可夫斯基第六的最后那些乐句，好像无法继续下去，随时会断下来——"

"断不了的！"小裴回答，"我们一定会奏出一部辉煌的、胜利的音乐。不过老实说，这大半年我们一直为你担心。所谓'造谣'时就有人在阿遐身上做文章。可咱们什么也没说过呀，是不是？这两个月，从部里来'指示'让审查你和阿遐的关系。我们说，没什么可审查的！"

乐珺忽然站起来，大声说道："若是真要审查我和梁遐的关系，你告诉他们，她是我女儿！我认她做我的女儿！"她那清秀的、显然是消瘦了的脸庞十分明朗，眼睛里闪着坚定的、火热的光。

小装跳起来，双手握住乐珺的手。

这天夜里，乐珺做了一个梦。她梦见一次音乐会，她自己在演奏，大提琴发出辉煌胜利的乐声，听众中有一双黑沉沉的眼睛，随着她的琴声流动。这是阿遐！

忽然，那在台上拉琴的不是她，而是梁遐。梁遐用熟练的手法拉出了激昂的直向人的灵魂扑来的调子。她在流着欢欣的胜利的眼泪。满台明亮的灯光照着她那一身白纱上缀着银星的衣服，照着她晶莹的泪珠一滴滴流落在银光里。琴声回荡，冲出了剧场，响彻了天空。那是激昂的、雄壮的、胜利的音乐！这音乐是每个人用自己的心弦拉出来的，是人民用自己的心弦拉出来的！"爸爸！我的爸爸！"梁遐忽然叫了起来。她那清脆的声音混入辉煌的音乐声中，飘向了云端。原来在高高的人民英雄纪念碑上，出现了梁锋和许多许多名字，一时间光华万丈，与日月争辉。这些名字有的熟悉，有的陌生，也还有很多没有写在上面。他们都是极为平凡的人，而他们又都是无比伟大的英雄。他们在我们亲爱的社会主义祖国前进的曲折道路上奉献了自己。虽然牺牲的方式很不相同，但他们都有权利活在亿万人民心上，从而永垂不朽！


人的梦，一定会实现；妖的梦，一定会破灭。这是历史的必然。

# 神圣的使命

王亚平

一

一九七五年八月，省委"五七"干校学员调离登记卡：

姓名：王公伯。年龄：五十九岁。政治面貌：中国共产党党员。何年参加革命：一九三八年秋。

现在，这个老警察双手习惯地插在裤兜里，迈着苍劲的步子在省公安局大厦的走廊里走着，走着。这里的每个房门，每个台阶对他来说都是那样的熟悉，又是那样的陌生。战争年代，这里是敌人的指挥部。他这个地下党的敌工人员曾体验过多少仇恨和喜悦、痛苦和幸福的感情。若是把他所经历的事如实记录下来，那实在是一部充满着大智大勇、惊心动魄的小说。为了镇压敌人，保护人民，他在这熟悉的台阶上来来往往。多少个春、夏、秋、冬，他通宵达旦地工作着……

八年了，脱离了战斗岗位，老人此刻心中无限感慨。

人们从他身边走过，一张张面孔，大都是陌生的。老人旁若无人，神情严峻，陷于沉思。

他来到了局长办公室。郑局长是个同他年龄相仿的老人，个子大，还健壮。两人并没寒暄，只是互相点了点头，就谈起了工作。

老郑谈到,他从干校回来这两个月,全国形势有很大变化。由于毛主席和周总理的关怀,指示要对被诬陷的同志平反、昭雪,因此许多案件需要重新审理。这次王公伯的任务就是复审案件。

王公伯听了郑局长的话很激动。记得不久前,在干校的瓜棚里,他和老郑枕着稻草,仰望满天星斗,长谈到深夜。老郑说起周总理在贺龙同志追悼会上沉痛的悼言时,不禁潸然泪下。

王公伯当时只是长长地叹了一口气,他是多么盼望能够早一天离开这块他摆弄得非常出色的瓜地,重新回到自己战斗多年的岗位,在晚年,能够再为党多做一些工作。

今天,在毛主席和周总理对老干部的关怀下,他这美好崇高的愿望,奇迹般地实现了。他表示:自己一定不能辜负毛主席和周总理的瞩望。

就在郑局长和王公伯谈话的时刻,省革委副主任徐润成来电话,问到王公伯何时来局报到。当他听到郑局长说,王公伯现正坐在他的对面时,徐润成便叫王公伯听电话。徐润成问过王公伯的身体情况后,意味深长地说:"老王,这次重新工作,一定要尽快地适应当前的阶级关系变化的新形势,不要辜负组织上的信托。"

谈话完毕,郑局长一直把王公伯送到大院的门岗外,他紧握着王公伯的手说:"先把家安顿一下,老李身体不好……"

王公伯笑笑,幽默地说:"不工作,不战斗,那才招病哩!"说完,他转身迈开步子,身影渐渐消失在路边的树荫下面。

二

转眼已是深秋时节。这天深夜,一直下着倾盆大雨。凌晨一点钟了,王公伯仍未入睡。几天来他反复思考着一个案件。他拿起这案件的卷宗,上面标着一九六七年十月存档,里面的刑事犯罪登记卡上有一张照片。这是个知识分子模样的男子,长方形的脸,两道浓眉,单眼皮的大眼睛,胡茬较重。人显得精悍、倔强,透出一丝呆耿的气质。王公伯端详着照片,老实讲,印象并不坏。突然一股夜风从窗外袭来,他急促地咳嗽着,感到一阵心绞痛,稍稍缓和了些,才想起几天来都忘了吃药。

犯罪登记卡上，那一行褪了色的字迹又出现在他的眼前：流氓强奸犯白舜，男，三十二岁，三〇五所技术员，哈尔滨工业大学毕业……

王公伯眉头越皱越紧，心里的疑团也越结越大。

这个案子的情况是：一名叫杨琼的十六岁的女孩控告白舜企图强奸她。杨琼的父母、同事等十几个人为此做证。因此省人保组刑事科于一九六七年十月，也就是案发的第二个月，判处白犯十五年徒刑，强迫劳动。

王公伯疑惑地摇摇头："企图强奸？"这能作为十五年重刑的依据？简直是把法律当儿戏嘛！不，不，此中必定有鬼！

在被告人白舜认罪的签名画押处，既无签名，也无指印。办案人同样没有签名。判决的权力象征是一颗血红的印章。

执法者不让自己在案卷中留下任何痕迹，这不能不成为老公安干部王公伯反复考虑的疑点。他听着时急时缓，又渐渐消失了的雨声，不住地回味着照片上那张年轻的脸，双手插兜，来回踱步，直到旭日照临窗户。


# 三


这是个星期天，王公伯蹬上一辆自行车出了城，沿着郊区公路直奔几十里外的劳改农场。

这里依山傍水，风景优美。地里一片成熟的庄稼随风荡漾。场部值班的是一名三十多岁的警察，脸膛黑红，鼻子底下有点小胡子，现出一股现代青年人的帅劲儿。王公伯还没有说明来意，小伙子突然惊喜地叫起来："哎呀！王老师！"王公伯认出来了，他叫陈清水，"文化大革命"前的警校毕业生。当时王公伯是警校特邀法律教学顾问。在他最喜欢的学生里就有眼前这个小伙子，不过当时他的胡子还是一层淡淡的绒毛，现在，怕连孩子都有了吧！王公伯一问，果然，小陈现在劳改队当队长。他爱人吕萍在省公安局机关工作，小孩都五岁了。师生阔别十多年，感慨自然很多。

王公伯很快就说明来意。很巧，他要见的白舜就在小陈的队里。

"这人像个哑巴，平常难得有开口的时候。但他劳动很出色。夏天他一直在地里看瓜，全心扑在瓜上了，现在在地里看秋庄稼。"

王公伯不由心里一动，他也种瓜！我们两人倒是同行呢。一瞬间，心里泛起一种难言的滋味。他问小陈："既然这样，没把他的刑期从减吗？"

小陈不满地说："我到队里来曾打过两次报告，我的前任也打过报告，但都是石沉大海。可是有的协同杀人犯、抢劫犯、盗窃犯等一些家伙，劳动表现很坏，上面却来命令陆陆续续都减刑释放了。有的到社会上还提拔成了干部。相反，这个白舜，不但没有减刑，还受到百般折磨。他身体一直不好，有一次冒雨排水回来感冒了。我从局里开会回来，发现他竟已奄奄一息。别人告诉我刚才裴副局长已经和场医一起来过了。场医还当场给白舜打了针服了药。我再也找不到场医，眼看白舜已经生命垂危，我只好偷着去场外请了个医生，才算抢救过来。据那个医生说是用错了药。这不能不令人深思，所以后来我设法把他弄到瓜地去，加意地看守着他，以免再发生什么意外。"

王公伯感到欣慰和满意，自己的学生在党所派定的岗位上，机敏正直，忠于职守，没有辜负党对他的期望。这时，又听小陈恨恨地说："就是这个白舜，看上面的意思，恐怕十五年也别想出去呢！"说着他喘了口气，忽然想起了什么，问："您打听他有事？"

王公伯言简意明地说："他的刑判得不合理，而且他没认罪。我了解一下。"

小陈脸上浮现出掩饰不住的喜色，他转而又为难地说："白舜这个人很反感别人问他犯罪的情况，对我都是这个态度，您……"王公伯说："我去试试。"

小陈点点头，带着王公伯踏着田野的露草向地里走去。一湾清澈的河水在秋天的阳光下粼粼闪光，河边一片瓜地已经零零落落。地中间有个小草棚。两人来到草棚时，并不见白舜的人影。王公伯走进草棚看看，内心不由得一阵波动。简单的被褥散发着熏人的汗味，铺盖旁零乱地扔着几本书，是劳改队里发的《毛主席语录》本、"老三篇"合订本、《四届人大文献汇编》等。还有个破旧的"二十年前早知道"转盘日历，王公伯顺手拿起来琢磨着。小陈注意到王公伯的神情，解释说：

"白舜经常转动着这个'二十年前早知道'发呆，也许他在盼着自由的那一天吧。"说到这里，他一下想起什么，使劲地拍了一下铺席，一起身，头碰到木架上，整个草棚摇动了一下。

小陈捂着脑袋兴奋地说："我差点忘了，八年前的今天，他来到劳改队，同时他爱人生了个儿子。从那开始，每年的今天，他都要在一棵大枫树上刻上颗星星，遥望远天，默默出神。"

王公伯问："他的爱人和孩子现在哪儿？"

小陈摇了摇头。

王公伯向小陈点了点头："我们去见见他。"

在农场的路口，有一棵枫树，这棵树的主干直，树冠大，有不少的枫叶已经变红了。树旁有个人长久地伫立着。他的心大概已在天外翱翔，竟丝毫没有注意到有人向他走来。

王公伯站在他身后，端详着这个劳改犯。这人年方四十，已是满头花白，中等身材，体质单薄。王公伯心中浮过一丝隐痛，向小陈点点头。小陈叫了一声："白舜，有人找你谈话。"

白舜从沉思中惊醒，猛然回过头来，盯视着眼前这个穿警服的老人，眼神是那样的冷漠、呆滞、痛苦而无情。王公伯不由一怔。白舜！他和照片上的那个青年简直判若两人。岁月给他脸上留下的痕迹不像是八年，而是十年、二十年。他那英俊的容貌已不复存在，眼前的白舜，额头、眉骨、脸上、鼻子上到处都是未经缝合而自愈了的、令人触目寒心的伤疤。浓眉下一双充血的眼睛，迸烁着一种以死相争的倔强神情。他忍受着而且在继续忍受着巨大的痛苦，在这痛苦后面，似乎有着一股不能克制的力量燃烧着他的生命。

小陈说："省公安局的同志来和你谈话。"

白舜紧咬着嘴唇，冷冷地点点头。

王公伯见白舜的下眼睑边缘，连着眼白结着两个小血瘤。他知道这种眼病在情绪激动的时候，会疼得眼珠像炸开似的。白舜刚才的心绪是可想而知的。

王公伯走到树下，注视着树干上的一颗颗小星星。最后一颗星的刻痕里还流着一滴泪珠般的树脂，显然是刚刻上不久的。他头也不回地问："你这眼病几年了？"

"八年。"

"怎么得的？"

"恨的！"

"为什么事？"

王公伯回头一看，只见白舜的脸色变得惨白，伤疤被颤抖的肌肉牵动着。他一手捂住眼睛，极度痛楚地出了一口长气，转身高一脚、低一脚地往前走去。

只听小陈向他大喊一声："站住！那边是场界！"白舜蓦地浑身一震，像个石柱般地钉在草地上，身子前后晃动了几下，缓缓地转回身来，跟着王公伯，向他那小草棚走去。

在小草棚里，王公伯和白舜进行了一次很长的谈话。

日头渐渐西斜。王公伯推着车沿着来路往回走。小陈默默地送行。前面小河蜿蜒，晚霞在河面上铺了一层绯红的金纱，几只水鸟在水面自由地飞翔。八年干校生活，使王公伯对草地产生了一种特殊的感情。眼前河畔上一片丰美的草地，又唤起他多少往事的回忆！他把车子缓慢地推着，心里觉得对身边的这位得意学生有着说不完的话。但他脸上表情却很严峻，说话很少。

从谈话中，小陈知道了老师这次复职后的使命。这不是某个具体案件的复查问题，而是执行毛主席、党中央交给我们公安、司法人员的神圣使命。人世间这些年的巨变，更使他感到，学生时代王公伯对他的教诲，特别值得珍重。

他凝视着王公伯。晚霞勾画出他那张轮廓清晰，线条有力的脸，给人留下难忘的印象。他微眯着的眼睛，凝视着远方。眼角上几条深深的皱纹缓缓地跳动着。两鬓的银发被晚风轻拂得微微颤动。夕阳给他脸上抹了一层淡淡的红晖。忽然，一种已经淡漠了的记忆闯进小陈的心里，并且如此强烈地震动着他的心。

啊！那是小陈从警校毕业的时候……

隆重庄严的毕业典礼会上，王公伯，这个受人尊敬的警察，登上了高高的讲台。他向热烈鼓掌的干警们脱帽还礼。小陈坐在毕业生的座位上，望着这个负有盛誉的人，心中涌起敬仰的激动。

王公伯把帽子端在胸前，抚摸着帽徽，用他那洪亮而庄严的声音讲话：

"在我们人民警察的头上，戴着中华人民共和国的国徽。它向全世界宣告，当资产阶级的法律以它的'严密和公正'，正为维护社会真正的罪人，而对一切被侮辱与被损害的人大施淫威的时候，在中国九百六十万平方公里的土地上，为着人民的权利和幸福，我们在执行着至高无上的、神圣的使命！这就是无产阶级专政！这就是——我们的生命！"

在全校干警一片热烈的掌声中，王公伯庄重地戴上帽子……

这就是小陈十多年前最后一次见到他的情景。

这些话当时曾使他感到做一名人民警察是无上的光荣。可现在，他的感受却不那么单纯了。因为他渐渐明显地感觉到：就在这劳改农场里所关押着的，并不都是坏人。诚然，真正的社会罪犯，在这里仍然占绝大多数。可是，怎能把好人混在坏人里来一同实行专政呢？

王公伯打断了他的思绪："他挨过打吧？"

小陈点点头："打得很惨呢。唉！还差点送了命。要不是他老婆的一封信，他恐怕难以坚持到今天。"

王公伯像当年听他回答问题似的，微闭上眼睛，轻轻嗯了一声。

小陈回忆着说："发案的时候，我正在人保组值班。他是一路上被人打着、踢着拖来的，扔在屋角，一直昏迷不醒。当时裴副局长是我们副科长，他赶来接待原告。原告是个女孩，哭得泪人似的，什么也不说。她父母向我们讲了事情的经过。情况在档案里你都看过了。几个在她家做客的同事，也都写了证明。审理过程十分简单，几纸证明汇齐，立即判决十五年徒刑。我吃了一惊，忙问原因。老裴批评我的思想跟不上形势，说省里新上任的徐副主任来检查工作时告诉我们，首长明确指示：旧公检法是资产阶级专政，必须彻底砸烂。现在是非常时期，不但要破旧，更要立新，要由一代新人来创新法，执新法。白舜这个案子很典型：臭知识分子、十七年修正主义教育路线的白专尖子。犯罪不认罪，是因为他对旧公检法还存有幻想，这正说明旧公检法是对罪犯的宽容，实际上起到了社会教唆犯的作用。为什么要判十五年，这里面的革命意义不是很清楚吗？可我听了老裴的话，思想全乱了……"

小陈说到这里心情激动起来，回顾这些年的耳闻目睹，什么东西令人特别痛苦和沮丧，他越加清楚了。

王公伯又轻轻地嗯了一声。

小陈忙把思绪转回来，继续说判决时的情景真令人难忘。

老裴宣读判决书，十五年一出口，白舜简直不相信自己的耳朵，他拼命地申辩。老裴非常严厉地骂他，叫他签字，他死也不签。他大骂老裴，老裴火了，拿手铐当头给了他两下，就是现在他鼻子上的两道疤痕。当时他就昏过去了。"

王公伯长长地吁了一口气，又轻轻地嗯了一声。

小陈接着讲下去："来这儿以后，他发高烧，医生对他毫无办法。他坚持水、药不进，更不用说吃饭了。大家都知道，他是但求速死。他受的打击太大了……"说到这里小陈紧皱着眉头，"后来，吕萍转给我一封信，是白舜爱人林芳写的。我将信的内容转述以后，白舜痛哭一场，从此他变了，病也逐渐好了。就这样，他默默地活到今天。"

王公伯注视着他问："信上写的什么？"

小陈说："这是一封血书。记得有这样几句话，林芳说作为妻子，永远相信丈夫是清白无辜的，她将永远爱他；作为同志和战友，他们都有着共同的信念：有毛主席，有共产党，作恶的人总有一天会得到惩罚，冤屈总有一天会昭雪。"

王公伯点了点头，眺望着黄昏时的大地和天空，感叹地说："多美的黄昏！"

小陈知道老师要走了，心中充满了惜别的惆怅，他深情地问："您身体还好吗？"

王公伯慈爱而感激地拍了拍他的肩："比你是差得远了，不过我的生命跟我一辈子了，我们难舍难分。"

两人在幽默的笑声中握别了。

望着王公伯远去的背影，小陈久久地伫立着。


四


这是初冬的一个傍晚，王公伯走在一条泥雪斑驳的街道上。空气阴冷得令人周身寒彻。他已穿上了冬装，双手还是习惯地插在裤兜里，走着，沉思着。

一个多月来，出现的一系列严重问题使他渐渐感到裴副局长一步一步向他逼近了。裴发年很硬，王公伯不软，这就形成了剑拔弩张的紧张局面。看来，白舜案件绝不是一件普通的刑事案，它的背后牵动的人和事，实在太复杂而微妙。

刚才郑局长来过电话，先打给王公伯，又打给裴发年；徐副主任也来了电话，先打给裴发年，再打给王公伯。办公室的吕萍告诉他说，这个先后次序可有名堂呢。

作为一个老公安干部，王公伯越感到情况微妙、复杂、严重，便越激起旺盛的斗志。回顾多年来的战斗历程，他自豪地感觉到正是在这种复杂曲折的斗争中争取胜利，构成了他生命的意义。他抓紧一切时间，紧张地思索着、分析着，尽快地做着一切必须做的事。现在，他想到无论如何也得尽快找到林芳，并和她仔细谈谈。

几经打听，他终于找到了林芳的家，这个住处糟糕得出人意料。房子矮小、破旧，低低的房檐弯弯曲曲横在眼前，淅淅沥沥地滴淌着雪水。门沉入地下，玻璃窗外钉上了冲压过自行车链条的满是窟窿的铁片。窗里亮着灯，拉着窗帘。房前停着一辆崭新的自行车，着样子不会是她家的，因为天这么晚，早该搬进屋去了。

王公伯打量了一番后准备敲门，蓦地他听到屋里一个男孩的哭泣声和一个男人的说话声。他缩回了手。

屋里的声音不高，但他完全听得清楚：

男人的声音："……白雪在全年级考试第一名，我们年级组把他的考卷展览了，还以他为榜样叫大家向他学习。我在班里特别批评了几个闹将。没想到这几个孩子在流氓的挑唆下对他报复。他们骂他一些难听的话，拿他爸爸的处境来侮辱他。白雪气极了，顶了他们一句，就给打成这样，书包也给扔到河里去了。"

一个女人再也抑制不住地痛哭起来。

男人也有些凄然："要不是艾华老师赶到了，不知还会出什么事呢！"他叹息道："现在一些孩子都变成什么样了！这是什么风气啊！"

王公伯离开了门口，他好像要甩掉那刺人肺腑的哭声，漫无目的地走着。不知怎的，他迈进一家小店，这里已经开始上门板了，店里顾客不多。他的目光在柜台上扫过时看见了一个新书包，他走到柜台边，一下子买了一堆东西：书包、文具盒，一大堆各种各样的练习本，还有全套的文具。他把这些东西装了满满的一书包，背起来出了店门，又来到林芳家。他敲了门。

片刻，门开了。一个女人站在他面前抬着头问："找谁？"

"我找林芳。"

女人一愣："啊，我就是，请进来吧。"

王公伯像跳下个大台阶一样迈进她的屋里。他观察了一下环境。这个背阴的小屋里显得有点凌乱。屋子的一角有个安着台灯的小桌子，桌旁的壁上贴着几张儿童画，画着卫星、飞机，还有一个正在学习的孩子，大概就是作者自己吧。他看到刚才说话的男人是个高个子的俊小伙，此刻正注视着自己。他身边依偎着一个八岁的男孩，衣服虽旧，但却补得整整齐齐。孩子的营养不太好，长得竟如此像从前的白舜。王公伯为孩子感到宽慰：他有一个关心他学习的妈妈，而且还有这样一个关心他正常成长的好老师！

王公伯看过林芳的照片。照片上，她那焕发着青春热情的脸庞，曾给王公伯很深的印象。但眼前的林芳不得不使王公伯暗暗感叹。她刚擦干泪的脸是那样憔悴，但那双眼睛却使人感到她面对生活的勇气和在痛苦面前的刚强。王公伯事先已经知道，这样一双眼睛，八年前因为受刺激太深，得了严重的眼疾，现在视力仍极差。

在男人和孩子的脸上王公伯明显地感到对他存有的戒心。他低头看着身上的警服，心里有一丝隐隐的痛楚。

林芳冷淡地问："你找我有什么事？"

王公伯开门见山地说："关于白舜的案子，我想再调查一下，希望你能谈谈。"

林芳一怔。

王公伯走到白雪桌前，把书包打开，拿出一样一样东西摆在桌上。屋里静极了。老师和白雪都目不转睛地注视着他的举动。

王公伯走到白雪身边轻轻地抚摸着他的脸蛋，又向老师伸出手来："你的话我都听见了。谢谢你对孩子的培养。"

老师憨厚而又感激地说："我叫吴正光，我替白雪感谢你。"

王公伯使劲地握住他的手："我是省公安局的，叫王公伯。"说着，他把目光转向林芳说："我想，白舜始终不肯在判决书上签字，你不但没和他离婚，而且更爱他！这里面总有个原因。组织上也很想了解这个真正的原因。"

林芳的双手颤抖起来，她在强抑着自己的感情。

吴老师眼睛也有些湿润，他对王公伯说："这本来就是个冤案，可她还能再说什么？老林每上诉一次就招来一次横祸。这是她第四次搬家了。"

王公伯点点头："这些情况我都知道。"他看到白雪额头上两处细细的伤痕，心里一阵酸楚，于是亲切地说："别着急，要相信党，相信党的政策，凡是好人，一个也不能冤枉，这就需要你能配合我们的工作。"

林芳慢慢抬起头来，坚定地说："毛主席还健在，党的政策十分明确，我是不会绝望的。我相信总有一天，党会替我丈夫昭雪的！"王公伯点点头："我知道，为了这一天，你给白舜写了那封血书。他能坚持到今天，与你这坚定不移的信念是分不开的！"

林芳默默地点了点头，她的眼前浮现出八年前的情景，久蓄心头的辛酸、痛苦和愤怒一下子涌到了嘴边，向眼前这位亲切而威严的老人涓涓倾吐……

一九六七年九月，结合到省革委领导班子里的老干部陆青，成了一小伙坏人的眼中钉，肉中刺。陆青是位长征干部，在三年自然灾害时期由部队调到省委来当书记。只用六七年时间，就使这个穷省变成了全国兴旺发达的省份之一。作为一个出色的领导人，他自然是深得众望。对那些想利用"文化大革命"的机会在政治上捞一把的人，他是个令人生畏的"绝门神"。因此，这些坏家伙们不把陆青搞倒，死不甘心。他们一直在寻找背后插刀的良机。

那时，刚过三十岁的林芳快要生白雪了，在家里休息。

一天，白舜下班回来，脸色很不好。他告诉林芳省革委出事了。他亲眼看到整个过程。省革委门前万头攒动，有个人在讲演，历数陆青的几大"罪状"。但是那些坚持毛主席革命路线和政策的同志开了一辆广播车，极力和他们辩论，坚持说陆青是革命领导干部，绝不是走资派。双方正争得激烈的时候，一帮人哭天抢地把一具死尸抬到省革委门口，人们围了上去。死者家属悲恸欲绝，控诉说她丈夫是陆青的秘书，万万没想到他竟在昨天晚上被人毒死了。今天早晨有两个人揭发，他们曾经看见陆青给加夜班的秘书送过一包点心。剩下的点心，经化验证明掺了砒霜！顿时省革委门前的气氛变了。保陆青的喇叭不响了。那个反陆青的人率众夺了广播车，把证人、受害者家属请到车上公布陆青的罪行，然后宣布将陆青游斗、示众。

人们的心情是复杂而激动的，有的为陆青抱不平，但敢怒而不敢言；有的为自己被蒙蔽而痛心；也有的拍手叫好，唯恐天下不乱。揪斗游行时，车经过白舜面前，陆青痛苦的目光从他脸上掠过，像支冰凉的箭，刺透他的心。白舜的头像要炸裂似的轰轰作响。以前，他搞的一项重大科研项目，在最困难的时候得到过陆书记的关怀和支持，才得以成功。通过那时的接触，他深深地敬爱着这位平易近人的老同志。陆青就是他能看到的模范的党的领导干部。可是眼前，看见陆青那样惨遭折磨，他的心都要碎了！

白舜沉默了许久，他深情地抚摸着林芳的肩，忧心忡忡地说："我们应付不了这样的生活，咱们就要出世的孩子，他们将来怎么办呢？"

林芳什么也没回答，什么也不想回答，她就这样默默地依偎在白舜的身边，直到夜深。突然，外面响起了敲门声。白舜去开门，刚走到门口就听到隔壁邻居已经把单元门打开。进来的人们很兴奋，其中有个听声音相当耳熟的人，似乎喝醉了，向开门的女邻居说："老婶子，你老头可真有厉害的，他这一手叫陆……陆老头哑巴吃黄连，有苦……"他的嘴被人捂上了。男邻居厉声低吼："隔墙有耳！"人们进屋去了。门外又安静下来。

白舜住了这个单元的一间房子，隔壁的一间半住的是一个叫杨大榕的省革委机关办事员。他们家和白舜家平日虽没什么矛盾，倒也没有什么深交，只有他家的女孩杨琼，经常向林芳请教功课。

"文化大革命"一开始，杨大榕当了个什么小头头。一天到晚忙得不着家，偶然碰面总使白舜有种"小人得势""野心勃勃"的感觉。今天，半夜而归，还带着几个人……刚才听到的话又很可疑，莫非他们一起干了罪恶勾当？陆老头会不会就是陆青？白舜不顾林芳的劝阻，悄悄打开门出去探听。

林芳的心紧缩起来，她连大气儿都不敢出。突然门外的一个小铁桶被白舜碰得当啷一响。林芳惊得差点叫出声来。白舜啪地打开了厕所的灯，打了个哈欠走进厕所，咣地关上了门。

当他回到屋里时，激怒得脸上的肌肉都在颤抖。他告诉林芳，这几个人正在屋里密谈，陆青的秘书竟是杨大榕下手害死的。假证人、组织揪斗陆青的那个人此刻正在隔壁策划下一步的阴谋呢。他们要把这个假案的油水榨透，从陆青开始把省革委的好干部统统置于死地。

林芳被这残酷无情的事实惊呆了。正直的白舜一定要向省人保组揭发这个罪行，就更使她惊慌。

"别的我不怕，就是孩子……"

"孩子？正是为了千千万万的孩子！——如果忍心让他们将来在这些家伙的魔掌下活下去，那还不如不生！"

"唉！那些人什么都干得出来，连身经百战的老干部都是这么惨的下场。我们的孩子……"林芳默默地流着泪。

白舜紧紧地搂住林芳的肩膀，好像要给她勇气和力量。他们望着窗外漆黑的夜空，沉默着。林芳感觉到他那颗心在火热的胸膛里有力地、剧烈地跳动着。林芳恐惧的感情渐渐被驱散，勇敢母性的伟大正义感在她心头升起。

白舜坚定地说："毛主席发动的这场'文化大革命'，像大江奔流，难免挟着泥沙俱下。在这样一场大的运动中，我们应该怎么办？我们的所作所为要对得起孩子，对得起后代，就要根据毛主席指引的正确方向，参加到斗争中去……"

就在这个深夜，白舜挥笔疾书。黎明时分，他们俩久久地站在窗前，凝视着远方的曙光。这时，他们更加真切具体地感到什么是夫妻感情的和谐、美满，什么是父母对于孩子们的爱护关怀，什么是革命者从事战斗的幸福欢乐。

那是信寄出后的第三天。林芳在精心缝制着孩子的衣服。白舜回来了，他说给将出世的孩子买了一把好看的红玻璃纽扣，正掏出来给林芳看时，杨琼母亲在厨房喊起来："老白，稀饭扑了。"

白舜忙走了出去。没多久，厨房里突然响起杨琼母亲的号叫声："臭流氓！臭流氓！"接着传出杨琼的哭声。

邻居的门呼地撞开，辱骂和殴打声中夹杂着白舜的惨叫。林芳像被人打了一闷棍，脑子炸裂般地轰一下。当她冲出房门时，正听见杨琼惊愕地哭喊："不！不是，别……"却被杨大榕一把拖进屋里，砰地关上了门。几个五大三粗的人正手抡家什毒打昏死在地的白舜。林芳发疯似的扑上去。杨琼的母亲像只母老虎般把她扭住，一边下毒手撕打她，一边号哭叫骂："兔子还不吃窝边草哪，他光天化日就糟蹋我女儿呀！打死他也不多，呜……"

林芳见白舜被人抬起扔到门外的楼梯上，在一群围观的大人孩子让开的夹道里给拖了下去。他的头在楼梯上磕得咚咚作响，经过的地方留下斑斑血迹。她眼前一黑就昏倒了。

转眼八年了，她再也没有见到丈夫的面。在生白雪的时候她大病一场，幸亏一些好心人暗中照顾，她母子二人才算捡了条命。眼病就是那时候得的。从此，她带着孩子，东搬西迁……

林芳凄苦地摇摇头："我们就这样生活下去。十五年，我们等他！因为他是清白的。就这样，我给她写了一封血书。"

吴正光用手绢擦着眼睛，愤怒地说："那些人做事总是要做绝的！"

王公伯站起来，消瘦的额角上几根青筋搏动着。他咬着牙一字一板地说："我们是无产阶级专政的国家，坏事做绝的人，到头来总归是搬起石头砸自己的脚！"

林芳叹了口气："他们把持大权，没人肯听我的上诉。"

王公伯说："这个事还要由你来做，我们公安干警还有什么脸戴着这颗国徽活着！"

夜很深了，王公伯踏着冻得梆硬的泥地往回走。吴正光推车伴随着他，两人就这样走着、谈着。此刻，他们的心情渐渐变得舒畅些，因为吴正光谈到了他的生活。在这冬意渐深的日子里，爱情的春天正在他心里萌动。

那姑娘在他班上教语文。她的容貌、风度十分动人，更可爱的是她有一颗善良的心。她的父亲好像是省革委的一个什么副处长，但她从不炫耀、甚至不愿提及自己的家庭。吴正光是个聪颖的人，也就不多问及姑娘的家庭情况。

他们的爱情是从对学生的共同关心和爱护而逐渐萌芽的。尤其是对于小白雪，她的感情更不一般，有时就像母亲和姐姐的爱。

可是，她又从不肯和吴正光一起去拜访白雪的家。每当吴正光激愤地向她谈起白雪一家的遭遇时，她的表情更令人不解——焦躁、委屈，有时竟一反常态，大声制止他："别说了！"

吴正光虽然很爱她，但总感到姑娘的心好像被一种无形的雾笼罩着。

分手时，王公伯祝愿吴正光和他的女朋友永远幸福。就在这时，一个穿着短大衣，捂得过分严实的人径直向他们走来。那人走到王公伯面前低声说："老王……"

王公伯认出这是小陈。吴正光告别了。小陈这才警惕地说："又要叫你回干校了。复审工作暂时停止，是郑局长下的指示。"王公伯明白问题的严重性，不到万不得已，老郑是不会这样做的。他抬起头来，天空像墨一般漆黑，周围的一切都在冰冷的空气中冻结住了。只有他周身的热血在奔腾着、冲激着他那颗炽烈的心。


# 五


王公伯临回干校前，徐副主任和郑局长找他谈话。他习惯地双手插在裤兜里，微弓着背，缓慢而稳健地走进省公安局大楼。

在局长办公室里，郑局长和徐副主任正在等着他。老郑和他紧紧握手，目光在他脸上巡视良久。

徐副主任对他关切了一番。王公伯明显地感到：他那布满血丝的眼里，闪现出一股按捺不住的兴奋。

徐副主任急着要走，只简单地和王公伯谈了几句："老实讲，七、八、九三个月的所谓整顿，我是早有看法，心中不满的。但是，情势所迫呀，我只能持静观态度。教训说明，我们有些同志在政治上也实在太幼稚得可怕了。好些人大概都以为这股风要刮到底了。……当然，你这几个月的工作精神是十分可嘉的。不过我也希望你认真考虑一下，为什么这股风一来，你就那么为之疲于奔命？老王，这可是要挖一挖思想根子呀！"徐副主任笑了笑，接着道："我想，在干校里，你的认识会对更多的同志有所启示。"

徐副主任走了，他执意把自己的汽车留下给王公伯，要他去军区总医院检查一下身体再走。而他自己提着包，步行回省革委大楼去了。

老郑和王公伯对视而坐，久久无言。沉默中，王公伯看到老郑难过地低下头去。

王公伯拍拍老战友的膝："喂……"

老郑注视着王公伯，痛心地责备他："老王，你的病不告诉老李，也瞒着我？……唉！刚才徐副主任的话你不要放在心上。你是马上住院，还是到北京仔细检查一下？"

王公伯笑了，他亲热地握住老郑的手说："周总理都是这个情况，我还能想什么。住院也是吃药，到干校我还能当医生，放心吧，我会保重自己的。"

老郑站起身来，心情激动地踱着步，在他早已熟悉的老战友面前，还能说什么呢？

两人在凛冽的寒风中久久徘徊，依依惜别。

王公伯说："我知道你的处境，只盼你切莫'卸甲还乡'。"

老郑说："青山不老，绿水长流，公伯，我们后会有期。"


# 六


隆冬天气，王公伯回到干校又有一个月了。白舜的冤案没有查清，使他常常夜不能眠，觉得自己没有尽到责任。加上白天的繁重劳动，他的身体明显地变得虚弱了。

这天，天气格外寒冷。王公伯刚刚喂完猪，一阵猛烈的寒风，使他剧烈地咳嗽起来，心脏一阵令人目眩的剧痛。他把身子靠在猪圈的围墙上，背弓得更厉害了。

他的爱人老李闻声赶来，赶紧给他服了药，扶他进屋坐在火炉前。过去他也常犯病，但从没像最近这样厉害。老李强克制住感情劝他说："老郑要你去治病，我看还是去治一治吧。"

王公伯平息一些，用手擦去额上的汗水，抬起头来苦笑着说："你不必总劝我，我这病难道靠药物可以治得好吗？"

老李无奈地摇摇头："老郑也是一番心意，再说校部也同意你外出治病。也许，趁外出的机会，能将白舜的案子搞搞清楚呢！"

"噢！"王公伯眼神发亮，转忧为喜，好像更了解了自己的妻子，"对，对！你帮我收拾下行装。"

突然，传来一阵哀乐，寒冷的空气仿佛凝住了。他们怀着万分紧张、恐惧的心情缓缓站起来，慢慢走到门口。

人们聚集在露天里，有的忘了放下肩上的担子，有的连烟头烧到了手指都没有感觉。

讣告！是他！是我们敬爱的周总理！这个人民无限爱戴、祖国无比需要的人与世长辞了！

王公伯，这个从不掉泪的老人，此时此刻呜咽得几乎气绝。他万分悲恸地向那永别人世的老人哭喊："总理！总理呀！我们多么需要你，毛主席多么需要你，你去得不是时候呀！……"

哀乐在耳边低回，王公伯的银发在寒风中颤抖，他在坎坷的土路上走着，老李提着个小包默默地跟在后面。王公伯停下来，接过妻子手里的小包，说了一声："我去了……"

老李凝视着他那清瘦、悲痛、威严的脸，紧紧地拉着他那双枯瘦的手，突然把脸贴在他手上，百感交集地痛哭起来。

王公伯把她被风吹乱了的头发理齐，在她颤抖的肩上轻轻地拍了拍，深情地看了她一眼，转身迈开大步走去……

# 七

王公伯又来到省城。郑局长来看望他，两人在小厢房里低声交谈。当郑局长告诉他，伟大领袖毛主席近来身体也不太好时，两人沉默了许久，沉重的心情无法用言辞形容。王公伯说："听最近的广播，他们加快了……步伐。我们的工作也要抓紧。我的时间表上，没有瞧病的时间了……"郑局长频频点头，表示对老战友的完全信任、理解。

王公伯很少到公安局大楼去，几乎没有去医院看病。他找到小陈，在小陈帮助下，打听到杨琼的下落。原来杨琼已改名艾华，在城郊的一所小学教书。

王公伯知道：和原告杨琼的见面将是一场关键性的会见，一定要抓紧时间。他不顾重病在身，冒着寒风，向杨琼所在学校赶去。

艾华今天只有两节课。下课时她感到头疼无力，可能因为昨天一宵未睡的缘故吧。自从吴正光正式向她表白了爱情，她的心情就十分烦乱。她爱吴正光，但一个两重人格的人，又有什么资格去爱呢？随着年龄的增长，她懂得了人生道路的曲折。她恨自己的父母，恨自己的家庭，是他们使自己蒙受了洗不清的耻辱和摆不脱的良心谴责。

艾华走进办公室，只见一人陌生的老警察向她走来，伸出手说："我叫王公伯，想找你谈谈。"

艾华的心不安地剧跳起来。两人坐下，艾华惶惑地低下了头，她总感到老人那微眯的眼里有一股灼人的光。

王公伯为了缓和一下紧张空气，轻轻地问："你原来叫杨琼吧？听说你很喜欢白雪，是吗？"

艾华的脸上微微泛红，也轻轻地说："我……是的。您找我有什么事？"

王公伯说："还记得八年前的白舜案件吗？这个案子需要复审，我想请你谈谈白舜犯罪的经过……"

艾华心里异常慌乱，她颤抖着嘴唇说："叫我怎么说呢？"声音低得只有她自己能听见。

这是一段洗不掉的耻辱啊！每当她想大声疾呼："白舜是冤枉的！"耳边就响起父亲的威胁和母亲的哭求。

白舜被诬陷后，父亲、母亲整整把她在屋里关了三天，轮番对她进行"教育"。

父亲告诉她：要革命就得有牺牲。搞掉白舜是革命的需要。假如不搞掉他，那徐副主任、裴副局长和他们一伙人的革命造反行动，岂不要翻过来看吗？那时走上被告席的就不是白舜，而是他们了……

母亲痛哭流涕地恳求她："孩子，我们就你一个，还不都是为了你吗？你爸要有个三长两短……再说，白舜耍流氓的事已经嚷嚷出去了……"

杨琼哭着辩解："白叔叔根本就没有这回事。"

父亲立时瞪起血红的眼睛呵斥道："你是要白舜还是要你老子？！告

诉你，我要是当了反革命，你这辈子也别想好！"

母亲也吓唬她说："女孩子家，别不知好歹。这种事说出去了就没法再收回。"

当时只有十六岁的杨琼并不十分理解父母的话，她只感到万分的羞耻和恐怖。出庭时她就像个傻子，说不出一句话，都是爸妈代她讲的。此后，爸爸果然"革命"成功，当上了省革委一个部门的副处长。

八年来，为了减轻心灵上的折磨，杨琼像躲避瘟神一样，远离开她的父母，隐姓埋名，在这远郊区的小学里拼命地工作，想以此来赎罪。可是老天偏偏折磨她，白舜的儿子白雪也到这个学校来上学了。孩子天真纯洁的眼睛使艾华感到极大的痛苦。她愿意把所有的爱，都贯注到这个由于她的罪过而造成不幸的孩子身上。

的确，她想让岁月来磨灭她的耻辱，她希望永远忘记"杨琼"。可是，今天，王公伯却偏要揭开她心灵上的伤疤。艾华感到进退两难：说了，可以使无辜的白舜昭雪，可是自己的家庭、父母？还有吴正光，他能谅解我吗？……想到这些，艾华浑身一阵燥热，猛地站了起来。虽是严冬，汗珠却从她的发际渗了出来。王公伯那灼人的眼光逼得她不敢抬头。她紧咬住嘴唇，失魂地摇了摇头。

王公伯静静地等着，目光一刻也没离开艾华那张越来越惨白的脸。怎样才能唤醒姑娘心灵深处的正义感呢？王公伯严肃地说："艾华同志，你应该坚强起来，战胜自己的软弱。我们不应该冤枉一个好人。这个案子可能是个假案，牵涉的也不只是你父亲，可能还有更大的罪魁祸首。我们要把那真正的罪魁祸首找出来，才能伸张正义！这不也是我们每一个毛泽东思想教育下的青年人应尽的责任吗？"

艾华感觉头脑一阵昏眩，她在心里问："毛泽东思想教育下的青年人，我……够格吗？"

屋里死一般地静。突然门被推开，一个魁梧的小伙子走进来。一瞬间，他的目光和王公伯相遇，两人同时惊喜地喊起来：

"老王同志！"

"吴正光同志！"

"您到这儿来干什么？"

"白舜的案子一定要弄清楚，机不可失，时不再来。为这事，我在找原告……"

吴正光迫不及待地问:"找到了吗?"王公伯斜睨了一眼面红耳赤的艾华,微笑着说:"难啊!以后再谈……"

吴正光看了一眼艾华,热情地介绍说:"老王,她就是艾华,我跟您说过……我们……"

王公伯笑着点了点头:"祝你们幸福!"说着,感慨地望着艾华:"艾华老师,你提供的线索对我很有帮助,也许我能很快找到杨琼……"

吴正光一听,深情地对她说:"原来你知道线索,唉!你怎么从来没告诉过我呢?"

王公伯笑道:"是她方才想起来的。"

听着他俩的对话,艾华明白了王公伯的心意,一阵感激之情,使她热泪夺眶而出。艾华知道,只要王公伯一句话,自己心爱的人,可能就会遭到一个猝不及防的打击,而这个打击可能是他经受不了的。自己年幼无知和软弱铸成的罪恶,造成了白舜一家的悲剧,也日夜地折磨了她整整八年。可是吴正光完全是清白、纯洁、无事的,他为什么要受我的牵连呢?……艾华捂着脸强抑着啜泣。

吴正光见艾华抽泣,心里一阵感动,对王公伯说:"艾华的心太好了,每当提起白雪家的遭遇,她都忍不住要流泪。"

王公伯望着眼前的两个青年人,体会到他们不同的心情,心中油然感到自己作为长辈,该使这一代人懂得什么。他决定了要做的事。

"走吧!我们去看看白雪。"

吴正光点点头。艾华感到王公伯的目光在背后盯着她。当她第一次看到白雪时,恨不得立刻到他家去,为他们母子尽力做些事情。可她又缺乏这个勇气,今天却是身不由己了。


# 八


林芳热情地迎进他们。当她听到王公伯的声音,她的心情反而沉重了。她不愿再为白舜的事连累这个身处逆境的老人。在这一片"反击"的声浪中,她最大的愿望就是王公伯健康、安好。

王公伯理解她的心情，问起了白雪："孩子呢？"

林芳说："他今天学工去了。"

吴正光对林芳说："老王这次来，就是为找原告杨琼。他是借着治病的机会出来的。"

林芳听到这里，目光呆滞地对着王公伯。她感激地说："我……怎么谢你呀！"

王公伯内疚地叹了一口气。

林芳伤感地摇了摇头："我也想过，能说出真情的人只有杨琼，可她……就是找到了，也不会说的。因为这样一来，等于宣告她父亲是罪人。她的前途也不能不受到影响。现在她该是二十四岁了，也许都有了爱人和家庭。她能把自己、把家庭毁了吗？这是很难很难的！"

王公伯注视着一直默默坐在门口的艾华，她苍白的脸上，一双异常痛苦的眼睛充满了泪水，不敢正视林芳。

吴正光说："不过我还是相信新中国的青年一代。如果她是一个正直的青年，我相信她终究会觉悟的。"

艾华吃惊地凝视着吴正光，身上出着冷汗："假如他明白我是个什么样的青年，我在他心目中将是一个多么卑污、多么下贱的人呀……"艾华心中一阵刺痛，不禁轻轻自语着："我……怎么做人？怎么做人……"

林芳一惊，她慌忙转身问："这是谁？"

吴正光说："是艾华老师，我的好朋友。她也最喜欢白雪。"林芳使劲揉揉眼睛，可一点也看不清楚，她摸索到艾华的手紧紧握住，热情地说："唔，是艾老师！白雪常提起你来，你还常给他补衣服。谢谢你！你们都是好人！不见外地说，刚才听到你的声音，我一下子想起了杨琼。那孩子说话也是这样柔声细气的。是个好孩子。唉，说起来，她也是个不幸的姑娘。她那可恨的父母，竟把一颗珍珠踩进泥坑里去。"

艾华浑身战栗起来，为了掩饰，她走到窗前。

王公伯叹了口气说："像杨大榕这种为了个人野心，不惜踩着女儿的身体往上爬的人，才是我们社会的罪人。不过也不只是这样几个人。是什么人在'文化大革命'中，疯狂推行一条极'左'路线，为这类野心家登台表演，创造着条件？我们只有揭露他们，彻底地无情地揭露他们，毛主席的革命路线才能贯彻落实，社会上一个个的冤案，才能平反昭雪，也才能让像杨琼这样的受害者得到解脱。正是为了这，我才……"一阵剧烈的咳嗽引起了心绞痛，使他靠在墙上蜷缩起身子。

吴正光和艾华惊呆了，紧紧扶住王公伯，帮助他吞服了几片药。

林芳一听他患有重病，只觉得昏暗的眼前骤然一黑。

吴正光用手绢揩去王公伯头上的汗水。王公伯以平缓的声音说："没关系，这也是老毛病了。那些人总是盼望我死。可是我们这些血和火里滚过来的老家伙，经得起折腾，因为敌人还没有消灭。我这病至少也犯了二十年，可是我总是看见敌人被消灭。经过我们的手，经过无产阶级专政的铁拳，任何狡猾的敌人，最终逃脱不了遭惩罚的命运。我今天是在履行自己神圣的职责，请相信我不会就这样倒下去的！"

林芳默默地流下了泪。

艾华深情地凝视着眼前这位饱经风霜的老人，一种她从来都觉得是朦胧的理解突然明朗起来：她懂得了什么是平凡而又伟大的人。就在这一瞬间，在这样一个人面前，她决定要向亲人们倾吐八年来没有勇气讲出的话。她扶在窗框上的手不能自制地颤抖着。她那由于极度激动而变得有些呆木了的脸上，虽仍交织着惭愧、悔恨和悲痛，却已分明透出一种坚决的神情。

艾华刚要启口，砰！砰！砰！随着一阵急促的敲门声，身着便服的小陈闯了进来。

王公伯一愣："小陈！"

小陈上前握住王公伯的两手，急切地说："老王！吕萍让我赶快告诉你，他们要下毒手了。徐副主任说你请假外出是搞非法串联；你复查案件别有企图，是大整领导干部的黑材料，矛头对准革命的新生力量。他要裴发年立即逮捕你。他们正在到处找你呢！郑局长正在省革委开会，你赶快到郑局长那里去，越快越好！吕萍已经给郑局长去了电话。"

王公伯缓缓地摘下帽子，深情地抚摸着国徽。

林芳一下子扑倒在他脚下，抚着他的腿泣不成声。

王公伯扶起她，沉静地说："我早有思想准备，这些人什么龌龊的勾当都干得出来。是的，他们甚至可以暗害，或者罗织罪名杀死我。但千千万万捍卫党的正确路线的战士是杀不光的。真理和正义的声音是消灭不了的！"

"真卑鄙！"吴正光气愤地说。

小陈焦急地看看手表，催促说："老王，快走吧！"

王公伯却感慨地说："当然，我并不怕死。要处理我，他们会造出各种借口！但遗憾的是，眼见得历史严厉惩罚这班害人虫的日子近在咫尺，而我……也许看不到了！"

艾华再也抑制不住了，她伏窗痛哭。吴正光和小陈也忍不住默默地擦泪。

忽然，艾华觉得有一只温暖的手放在了她的肩上，她抬起头来，王公伯正默默地凝视着她。这是怎样的一双眼睛！这目光一下子启开了她紧闭的嘴。艾华在心中压抑了八年的千思万绪，夹卷着难以形容的痛苦，冲腾而出。她说了一句除王公伯外谁都震惊的话："我就是杨琼！"

屋里的空气仿佛凝住了。只有艾华那痛苦、低沉的叙述震撼着每个人的心……

王公伯从来没有这样激动过，他握着艾华的手，鼓励说："杨琼同志，谢谢你！"他又面对大家严肃地说："这绝不仅仅是徐润成、裴发年、杨大榕几个人的事。他们打着最革命的旗号，干着地地道道的反革命勾当。他们代表了疯狂破坏我们社会主义祖国的一股黑暗势力。他们妄图把我们亲爱的祖国，投进历史上最深重的黑暗中去。要知道，这是一场共产党和国民党激烈斗争的继续啊！"

王公伯深深感到：眼前这场斗争，绝不仅是处理一宗个别人的冤案，而是两个阶级、两条路线的生死斗争。真是牵一发而动全身啊！它牵动着好些个人！它将使妖魔现出原形，使正义得到伸张，使人民的觉悟大大提高。他为能置身于这场斗争的第一线，而感到无比幸福、自豪！

他激动地注视着眼前的每一个人，就连刚刚进门、带着惊诧的眼神的小小的白雪。他们也体会到了这场斗争的历史意义吧？此刻，他只有一个愿望，和杨琼到郑局长那里去，越快越好，这事要做得绝密！

谁知这已不能成为秘密。从王公伯这次一离开干校，立刻就有人把他的行踪向徐润成密告了。徐润成赶紧通过裴发年要杨大榕亲自出马，先设法把杨琼掌握住。当杨大榕发现女儿不在学校时，他有些发慌。一下子他想到了白雪家。他刚赶到白家陋室的窗外，恰好听到了杨琼的自白。他的双腿不禁感到瘫软。他像一个逃犯偷听到判决书一样，怀着难言的恐惧赶去打电话向徐润成要主意。这消息吓得徐润成几乎掉落了话筒。但徐润成不愧是风浪里冲杀出来的人物，他扔下话筒，一拳砸在桌上，恨恨地说："摊牌!"

顷刻，一辆吉普车带着徐润成和裴发年的密令，驶向了王公伯的必经之路。

郑局长一接到吕萍的电话，立刻明白王公伯的处境十分危险。他赶紧走离会场，立刻布置一个精悍的助手，带人火速去接回王公伯。

王公伯有着老公安人员的警惕性，为了避开裴发年的眼睛，他带着艾华和小陈在夜幕笼罩的公路上徒步疾走。快到城郊公路的交叉口了，王公伯对身边的两个青年人说："敌人此刻比我们更紧张。但他们不会甘心失败，斗争是艰巨的。为真理而斗争，即使付出自己的生命也是值得的。你们说，对吗?"

小陈激动地点点头。

艾华坚定地说："王叔叔，我懂了!"

他们快走近了一辆停着的吉普车。老郑的助手跳下车迎了过来，要请他们上车。就在这时，又一辆吉普车迎面飞驰而来，大开着刺眼的车灯，直向走在稍前的艾华冲去。

王公伯骤然明白了：这是要杀人灭口！他飞步上去，猛地把惊慌失措的艾华一推。只听呼的一声，吉普车把他撞出十几米远，呼啸而过，消失在夜幕中。

小陈和助手惊叫一声，向王公伯扑去，两人泣不成声。艾华却一下子晕了过去。

月光下，王公伯那苍苍白发被血染得殷红……

# 九

肃静的急救室里。医护人员紧张地抢救着王公伯的生命。

医院领导陪着徐润成走进病房，徐润成表现得十分沉痛，他对身边的医生说："一定要把他救活！你们好好研究一下抢救方案。这里需要绝对的安静!"

医护人员们走到屏风后面，低声商议起来。

徐润成从王公伯极度苍白的脸望到了输血瓶。鲜血一滴一滴地注入王公伯的血管，可是这能挽救一个垂危的人的生命吗？徐润成狞笑一声。正在这时，病房的门缓缓推开，徐润成猛一抬头，他的脸僵住了。郑局长威严的目光盯得他再也笑不出来。徐润成心虚地寒暄着："老郑，你来啦……"郑局长的身边站着小陈和杨琼，两个人激怒地逼视着徐润成，彼此在这一触即发的气氛中屏住了呼吸，只有输血瓶滴血的声音轻轻地、沉重地敲击着人们的心弦。

王公伯安详地瞑目静卧在一片洁白之中。他一定知道身边的事，因为他的生命仍然存在。在他那恬静的脸上既没有痛苦也没有微笑，甚至连眼睛都没有睁一睁。他完成了神圣的使命……

在老人平静的脸上，艾华才真正懂得了人生的意义。

# 十

一九七六年，金色的秋风把枫树烧得通红，像一支燃烧的火炬。

白舜伫立在红枫树下，他用力地在树干上刻着第十颗星星。刻完，他把脸紧紧地贴在上面，麻木了的心中竟闪起丝丝火花。火花照亮了一个男孩子的脸——那是他九岁的儿子，可是他从没见过面！

"爸爸！"一个清脆的童音欢快地喊着，"我们来接你了！"白舜猛地抬起头来："难道我又在做梦？"

几个身披朝霞的人向他走来。白舜痴呆地望着，望着……这不是陈队长吗？还有妻子，还有……儿子?！另外两个人他好像不认识。

人们走到他跟前，小陈一把抓起白舜的手，异常激动地说："是英明的党中央一举粉碎了祸国殃民的'四人帮'，你的冤案得到昭雪了！白舜同志！你有权做你儿子的父亲；你有权做你妻子的丈夫；你有权做我们社会的主人！你坚持了真理和正义，始终没有向邪恶势力屈服。现在，我们党胜利了，人民胜利了，这胜利中，有我们永远怀念的王公伯同志的一份功劳，也有你的一份力量，你应该感到骄傲！"

白舜长久地发呆，他难以置信地凝视着眼前的人们。

林芳呼叫着丈夫的名字，投入他的怀抱。爱人的泪水滋润着他干枯的心田。白舜仿佛一下子苏醒了，只觉得眼珠一阵剧痛，两行热泪夺眶而出，这不是热泪而是滴滴鲜血！顺着他那伤痕累累、苍白枯槁的脸颊流下，一滴、一滴落进了红枫的根土之中……

"白叔叔！"一个姑娘的声音在呼唤他。白舜感到这声音既熟悉又陌生，他抬起头来凝视着眼前的姑娘。姑娘满面泪水，眼里交织着羞愧、悔恨的神色。林芳过来热情地拉起姑娘的手，对丈夫说："杨琼和我们一起来接你，她……是个好姑娘！"

站在杨琼身边的小伙子也赶忙说："白叔叔，我叫吴正光，杨琼是我的好朋友。我们一起来向您报告好消息：党中央领导我们粉碎了'四人帮'！徐润成、裴发年、杨大榕这帮害人虫的罪行被揭发了！他们将受到应有的惩罚！"

霞光染红了秋野。白舜在亲人们的簇拥下，告别了小陈，向霞光中走去。杨琼和吴正光紧跟在白舜一家后面并肩走着。只见小白雪不时回过头来向小陈频频招手："叔叔，再见！"一种庄严、神圣的感觉在小陈心里油然而生。在这神圣的大地上，人民的法律又恢复了她那至高无上的尊严；社会主义祖国的江山，更显得分外妖娆！

小陈眺望着他们的背影，幸福地微笑着。一轮红日，把她那温暖的金辉洒满大地。他们的背影在地平线上渐渐消逝，好像走进了那轮鲜红的太阳……

# 小镇上的将军

陈世旭

在我们这个偏远的小镇上，任何一点极细微的变化，都会引起人们莫大的关注。

"喂，哪位晓得啵，瘌痢山脚下，喏，就是看守所右面，又在做屋。这是哪个单位的基建呢？莫非又扩大看守所么？"

离小镇中心约二里许的瘌痢山，实际上是座长满了乱石头的大土堆。

"看你们，真憨。"随着一声讪笑，出现了剃头佬那秃了顶，但剩余的头发梳理得油光水滑的脑袋。

他是本镇的骄傲。是那种土话叫作"百晓"的角色。所谓"百晓"，即"天知一半，地下全知"是也。那些从中学毕业回来的人，则用新闻界的语言称之为"消息灵通人士"。他在理发店里，把握着全镇的脉搏，以及它同外部联系的最新动向。从上街头到下街头，经常传着"剃头佬说……"之类的最新要闻。当然，他决不满足于用一种刻板的方式，来处理分量差异极大的各种消息。碰到令人耸听的超级新闻，理发店这个不足十平方米的新闻中心就未免太狭窄了，他就会像现在这样，跨出门槛，来到十字街口这些五花八门的摊子中间。

"你们都不知道吧，那是给一位将军做的屋。他就要到这里来，跟我们做伴了。"

"什么？将军？将军要住到我们中间来？"这个消息立刻就引起了不小的震动。我们这样的小乡镇居然会降下这样大的喜讯，这对我们是多么大的荣幸啊。在我们看来，不论是一位将军还是一位国家元首，他所给予我们的神秘感，是没有什么太大的差别的。街中心好像起了一阵旋风，人们都像树叶一样，被卷到这个了不起的剃头佬身边。

"可是你们不消高兴得过头了。事实上，没有什么值得欢喜的事情。"剃头佬清了清喉咙，给喜形于色的人们，兜头泼了一瓢冷水。但是，这反而更加刺激了他们的好奇心理。人们一下伸长脖子："为什么?"

"为什么? 哼! 说给你们听，可别乱传，这事是由内部掌握的。他早就给拉下了马，受审查。现在，是来这里充军的!"

"充军，为什么充军?"

"他是叛徒。"

"啊!"人们愕然得张口结舌。这对于刚刚浮动起来的虚荣心，不啻是一声晴天霹雳。大家觉得失望，有点泄气了。

"不过，他是挂了个休养的名儿来的。将军，倒还跟先前一样是将军，没有变。"剃头佬不愧是天生的宣传家。谁见了这种峰回路转，波澜起伏的宣传手法，不惊叹佩服呢! 差点就要涣散的注意力，马上又被高度集中起来。而他也更加压低了声音:

"告诉你们，在处理他的时候，让他留一个籍。哦，不说你们不知道，像他这种人，都比我们多两个籍，我们只有个家乡籍，他还有一个党籍，一个军籍。那么，各位说说看，除家乡籍外，他该留哪个籍呢?"剃头佬突然把话打住，出其不意地提了个问题。屏声静气的人们一下子面面相觑起来。

"我看，应该保留党籍。在党光荣。"小镇搬运队那个莽后生把板车丢在一边，挤进人堆里打破了沉默。很多人跟着一迭声附和他。

剃头佬不以为然地撇了撇嘴。

"依我说，"这是老裁缝小心翼翼的声音，"还是留军籍合适，总要糊嘴呀。要是没有军籍，凭什么拿钱呢? 没有钱怎么糊嘴呢? 他未见得有什么手艺，难道还做得动田么?"

"哎，这就算得有点经济头脑了。"剃头佬一巴掌拍到老裁缝的肩上。老裁缝受宠若惊，脸涨得通红。

"上面正是这个意思，留个军籍，让他养老了事。"剃头佬说到这里，拿眼睛瞄了瞄那个后生，接下去说，"嘿，你们晓得啵，军级干部，一个月二三百块哩。"

这又引起了一阵啧啧声。剃头佬忽然由此想起自己一上午的生意还没有开张，拔脚就走。

有人拽住他的衣角："哎，你知道他何时来么？"

"哎，你们真憨。"剃头佬有点不耐烦，"不会看那屋子么，屋子何时做好，他不就何时来了么！"

于是，人们恋恋不舍地散开去。嗡嗡地，嘤嘤地，把对这位背时的将军的种种猜测，种种预见，种种嗟叹，带到每个角落。

这个新闻是这样惊人，以致吸引住了我们全部的听觉和视觉。现在，趁着人们散去的时候，我们来浏览一下这个可爱的小镇吧。

镇上有两条呈十字状交叉的大街。这两条街宽得足以驰过一辆吉普车，加起来足有六百米长。零零落落地嵌着青石板的路面（青石板据传是明代官道的遗迹），以及从两边的门头上伸出来的，油漆斑驳的小吊楼，都在向人们炫耀着自己的长寿。

一条小河环绕着这美丽的乡镇。它所以叫作河，是因为它具备河的一般特点：有从地面凹下去的河床，还有水。这些在河床中间弯弯曲曲地流淌的河水，足以浸过你的脚背。这条河，给小镇的人们带来了无穷的好处。比如，把垃圾倒在这里，那是再方便不过的了。美中不足的是，如果每年春末夏初的山洪，没有咆哮着把这些垃圾冲干净的话，那么，一到干燥的刮风天气，垃圾就飞飘起来，同从路面上卷起来的尘土一起，在小镇的天空上，快活地旋舞着，然后纷纷扬扬地又落回到各家各户的门前，院内。

老天做证，我决不是一个吹牛好手。当我似乎有点言过其实地描述我的家乡的时候，读者们千万不要以为我使用了文学的夸张。对于那个即将到来的倒运的将军，有这样一个豪华的舞台，恐怕已经是他的幸运了。

啊，真太出人意外了。

人们第一眼看见将军的时候，都吃惊得呆若木鸡。不约而同地从心里叫起来："难怪，他这个样子，怎么配做一个将军呢！"

将军是什么样子？我们虽然没见过，可谁也骗不了我们。将军应该是那种有着可敬的白发，威严的剑眉，魁梧的身躯，腹部腆起……总之，是威风凛凛的样子。而他，这样矮小干瘪，一脸打皱的老皮，身子伛偻着，还跛着一条腿！

也许是不愿向不争气的命运低头吧，他似乎为了弥补这种仪表上的不足而很注意打扮自己。当然，如果我们不用这种刻薄的语言，从善意的角度上去认识这一点的话，那也可以说，这是使他牢固地保持着军人风度的唯一的方式：他出现在街头的时候，一身军服从来都是笔挺的，几乎没有皱褶；帽徽，领章鲜艳夺目；不管天气多么炎热，从不解开风纪扣；尽管跛了一条腿（那显然是战争留下的标记），但脚步却始终保持着均匀的节奏。而这些，恰恰使我们时刻都感到，他是个不幸的人。他这个将军，似乎不是真实的，只是在领军饷的时候才有意义。不过，在公开或私下的谈话里，我们依然把他称作"将军"。

我们就用这种既不敬畏也不轻视，既好奇而又冷淡的眼光，满不在乎地打量他。而他对这些毫不在意。从到我们这儿来的第二天开始，他就不知疲倦地在我们小镇各处走来走去。

他挂着一根闪闪发亮的茶木拐棍，一瘸一跛地迈着节奏均匀的步子，从这条街的东头走到西头，又从那条街的南头走到北头。或者，在满是砾石的河床中，长久地徘徊。他这样不停地运动，有人挖苦道，这可能是因为他曾经用双脚丈量过全中国的土地，而形成的一种惯性。

逐渐地，不管人们是否愿意，他对我们已经幸福地生活了多少年代的小镇，发表起种种不客气的议论来了。比如，"你们不能花点钱，铺两条水泥路吗？""不能在河对面的田里挖个窖，把垃圾送到那里沤肥吗？"等等。而被问的镇上的干部，也就用我们小镇人特有的机巧和智慧，客客气气地回答他："哪来的钱呢？我们都是低工资啊！"或者："哪有那么多闲工夫呢？"于是，围成一圈听着这类回答的人们，也就聪明地笑起来。因为，除非呆子，才会听不出这种回答下面的潜台词呢。

对这个古怪的将军，我们的感觉是复杂的。他是一个受着处分的人，但是又领取高薪；谁都怕同他过于接近，但又觉得，他力图干预我们的生活，是出于好心好意。总之，我们不打算解除心理上的戒备。好奇而不轻信，原是我们小镇人的天性。

他显然很快就觉察到了这一点，不再使慎于防范的人们为难了。但是，他又无法离开这个古旧的、嘈杂的、灰蒙蒙的乡镇。于是，他在镇上给自己选择了一个固定的立足点，就是十字街口剃头铺对面那棵被雷轰了顶的老樟树下。他常常拄着拐棍，挺直身板，不断地眨着那双有点昏花的眼睛，一声不响地在那里一连站上好几个时辰。既不同谁交谈，也不知在想些什么。

这副神态，使人觉得好笑，那蹲在他附近摆摊子的人，不时抬头看他一阵；打街上走过的人，要过好长时间才把眼睛从他身上移开。而剃头铺的玻璃窗后面，剃头佬则饶有兴致地同人们讨论着，这样呆立在尘雾中的将军，有什么可以相比呢？"像站岗的"，剃头佬摇摇头；"像城里的交通警"，他还是摇摇头。撇着嘴唇品评了好大一阵以后，他才郑重其事地开口道："你们到过汉口么？汉口三民路口有一尊铜像，站得笔挺，拄着拐棍，就是这个样子。对了，全像，不走二样……"

时间长了，站立在老樟树下的将军，好像真的成了汉口三民路口的铜像，不再引人注目了。人们习惯这点，就像习惯十字街口每个突出的墙角前，都分别有一个铜匠、鞋匠、白铁匠一样。如果一连几天没有见到他，人们反而会觉得少了点什么。

但是，他毕竟不是铜像。他有血有肉有思想。而人们有一天终于看到，他还有很厉害的火气。

那一天是个假日。在开得刚刚能伸进一只手臂的肉铺门前，人头汹涌，乱哄哄地吵得震天响。一些把恶作剧当过年的后生，把菜篮斜挎在背上，在人群里横冲直闯。那年头，人们习惯了"乱中求治"的新秩序。

将军站在老樟树下盯着这一切，额上的青筋扑扑地跳，按着拐棍的手微微地抖。突然，他跛得很厉害地穿过大街，走到沸腾的人群后面，举起那根茶木棍，在一个穿着绿军装的人背上敲了敲。这个满头大汗的人，大声嚷嚷着，想从人群中分出一条路来。他是按照优先权领取机关配给的。现在他猛一回头，看到了一双血红的眼睛，马上就从人缝里退出来。"老、老首长，有事吗？"他刚入伍到此地不久，根据一般的常识来断定将军的身份。

"整好军风纪再说话。"

这个一脸孩子气的小兵，惶惑地看着将军，迅速戴正军帽，扣好风纪扣，捋下挽起的袖子，最后垂下眼睛看自己的脚尖。

"哪个单位？干什么的？"

"驻军炊事班的。"

一阵沉默。

"立正——"将军突然一声大喊。这完全规范化的严厉的口令声，一下就压倒了整个街口乱嗡嗡的噪音。人们蓦地回过头来，看着这两个精神高度集中的军人。

口令继续从将军急迫的呼吸中迸发出来：

"向左——转!"

"跑步——走!"

将军对着小兵跑去的方向，以标准的立正姿势挺立着，胸脯强烈起伏。

十字街口霎时鸦雀无声。好像出现了一股神奇的约束力量，刚才忘我地拥挤着、冲撞着、喧嚣着的人群，鱼贯地排起了队形。

人们忽然之间，感觉到了这个曾经号令千军万马的人的赫赫声威。

不久，镇上发生了一桩极其重大的事件。这桩文化革命中本镇建立新政权以来最富爆炸性的事件，简直就等于一次"暴乱"。而经过这次"暴乱"，总是把怜悯放在失败者一边的小镇人，忽然觉得，有一个"位置"应该调换过来。

像将军这种年龄，这种经历的人，患有某种严重的痼疾，是难免的。对此，除了由跟他一起离职的老婆子（她在这之前是某军区医院的护士长）日常护理以外，按宽大为怀的慈悲规定，他还能定期到离小镇五十里以外的一家军医院诊察。如果毛病突然发作，没有药，也可临时到镇医院就诊。

那天，他就遇上了这种情况。当他蜡黄的脸上淌着冷汗，由老婆子搀着就要走进镇医院的诊疗室的时候，门外长椅上呆坐着的一个农村妇女突然拉住他，哀求道："解放军老伯，救救我的伢吧，我赶了三十里路，天还没亮就到了，可现在……"走廊里黑乎乎的，人的面孔很难看得十分清楚。将军伸手触到孩子的额角，立刻缩回来，喊道："快，快把他抱进来。"随着，他自己一阵风似的扑到医生的桌前：

"医生! 急诊病人!"

桌子后面，本镇最高贵的女人，镇长夫人、医院负责人、主治医生，无论从职业、地位和派头上看都毫不逊色的本镇皇后，正在给一个远房亲戚听诊。这位亲戚正眉飞色舞地给她数着一笔账——他女儿这次订婚的收入。女医生听得如此入迷，以至于听诊器老半天没有挪动了。听见将军的呼喊，她斜了一下眼："再快，也得挂号。"马上又正视着眼前的交谈者，舒开了满脸笑纹。

"挂号了，她早就挂号了！"

"挂号了也要排队……哦，这么样养女儿倒也值得。"

"她挂的是一号！"

女医生狠狠扭过头："小王，一号你喊了吗？"

"洞洞幺（001）当然喊了。"一个弯腰打针的小护士应道。

"喊过了，她不在，得重头来。"

"谁说我不在哩，唔唔……大队医生说，伢儿得的是急性肺炎，不是痛痛腰。唔唔……"抱着孩子的妇女，不知是紧张还是失望，哭起来。

"你该明白了，她没听懂！"将军吼道。

"那就更得让她学会照章办事。国有国法，院有院规，不然，还得了？"女医生把听诊器往桌上一摔，阴沉地瞥了将军一眼。

"照章办事就好。我问你，这个人挂的几号？"将军指着女医生的远房亲戚。

"呵呵呵，你今天是专门寻老娘的烙壳来了啊。我问你，你是这伢子的公还是爸？"

"无耻！"

"什——么？我无耻？你这个不识趣的老东西！我无耻什么？我反党了吗？我是叛徒吗？嗯？"

"唰"的一声，将军挥起了他的茶木拐棍。

狂妄的女人尖叫一声，抱起鸡窝似的脑袋。

诊疗室里静得连银针落地的声音都听得出来。除了那个惊呆了的女医生的亲戚外，屋里的人，没有一个打算从将军手上夺下拐棍。拐棍在半空中巍巍地颤抖着，颤抖着。人们巴望它痛痛快快地落下来，猛击到那个布满了肮脏雀斑的塌鼻梁上。

但是，拐棍终于没有落下来。将军伸出另一只手，抓住拐棍的另一头，紧接着"咔啪"一声，结实的茶木棍断成两截。

将军艰难地转过身，问自己的老婆子："家里有药么？"

老婆子明白他指的是治孩子病的药，点点头。

于是，将军对那位农村妇女颤声问道："你，信得过我们么？要信得过，跟我们走吧。"

这件事，立刻就传遍了全镇。一向树叶掉下来也怕打破脑壳的小镇人，脸上居然也有了一种不怎么安分的愠怒之色了。

是的，尽管我们孤陋寡闻，胆小怕事，但这也正使得我们爱凭直觉来作种种判断。如果一个"叛徒"以救人于危难为己任，而一个"共产党员"却置人民于死地，那么他们的位置，不是正好应该调换一下吗？

一连几天，街口的老樟树下，没有出现将军的身影。人们开始用一种莫名的焦虑和怜悯，暗中议论他。有消息说，他病倒了。可是自从那次对镇长夫人"行凶未遂"以后，用镇政府的吉普车送他上军医院的优待取消了。

一群热血汉子，由那个曾在街头说"在党光荣"的搬运队莽后生领头，在一个漆黑的夜晚，悄悄摸到二里外瘌痢山上那个孤独的房子里，把将军扶上担架，连夜抬往五十里以外的军医院。

人们也许从来没有见过，1976年那个令人难以忍受的年头。它一开始，就用阴霾、酷寒和泥泞把小镇掩埋住了。本来就不怎么景气的小镇，好像一个奄奄一息的垂暮者。

但是，小镇上的人似乎得天独厚。恶劣的气候给他们带来的，并不都是坏消息。

这天，剃头佬又神气活现地来到了五光十色的十字街口，清了清喉咙，拿出了架势。毫无疑问，将要听到最不寻常的消息了。满街口的人们立刻振奋起来。

"告诉你们，将军，已经不是叛徒了，他的问题，搞清了！"

"真的？你听谁说的？"

"我的话还会假么？"剃头佬不屑地瞪了那个提问者一眼。他生平最恨的，也许莫过于对他的新闻的可信性表示怀疑了。不过，他还是接下去解释说："你要不信，问他。"

"是我说的，"搬运队那个莽后生脸一红，他不像剃头佬，不习惯在大庭广众前说话，"在军医院住院的时候，将军原来的单位来了两个人，他们说，将军参加红军部队前的历史查清了，没有叛变行为……"

"哼，让老革命背黑锅背了这么久。"剃头佬一下把话头截过来，继续他没完没了的述评。"我早就说嘛，把将军从脚板看到头发梢，也找不出一丝孬包的影子来呀！真……"

"真是，贵人多磨……"人们好像自己身上卸掉了什么负担，兴奋而又不免唏嘘感叹将军受过的委屈。

"那么，这一来，将军不是很快就得走了么？"这是老裁缝小心翼翼的声音。

真是深谋远虑。这个顺理成章的问题是这样猝不及防。大家心里"咯噔"一响，都沉思起来。

"咳，是也是，我们小镇庙小，怎么装得下偌大个菩萨！"剃头佬搔了搔稀疏的头发，叹了口气。这在人们中引起了一种莫名其妙的伤感情绪。

通常是这样的：当你将要失去什么的时候，你才忽然感到了它无上的价值。

"看你们！党，国家，有几多事在等将军……成天巴望人家交好运，现在好了，你们又……真是……自私！"搬运队的那个莽后生忽然愤愤地责备起来。

什么？自私？是自私。将军有将军的岗位。那个岗位，重要极了，了不起极了。一句话，总不能叫他做我们的镇长吧？他要走了，这是值得庆贺的事。

于是，大家伸长了颈，眺望将军每天从那儿走来的路口，希望他能像以前一样，到街口这棵老樟树下来。人们觉得比任何时候都更想仔细看看他。如果将军不见怪他们先前的胆小怕事，他们还想同他攀谈。

要同将军亲热的欲望是这样强烈。忽然有个人提出来：将军昨天才出院，一时不会出来走动，我们为什么不可以去呢？

对，为什么不可以？完全可以。于是人们一呼百应，向镇外二里路的瘌痢山拥去。

荒凉而寂寞的瘌痢山热闹起来。

这个只有黑色的岩石和杂乱的荆棘丛的荒坡，原是小镇人最忌讳的地方。这儿打柴无树，牧牛无草，古往今来，一直是死囚的葬身之地。据说阴雨晦暗时，还听得到怨鬼的啾啾悲声。这么个晦气的地方，小镇人即使路过这里，也宁愿绕个大圈子避开它。

可是现在，山上这所与牢房为邻的"新房子"，成了一座香烟鼎盛的圣庙。人们朝圣来了。

当人们拥上台阶，一眼看见精瘦、佝偻的将军时，突然收住了步子，谁也不敢第一个迈进门槛。人们的心头交织着羞赧和敬畏。伶牙俐齿的剃头佬，如簧巧舌也好像失灵了。但是，许多人在背后用手捅他的腰眼。他慌乱而笨拙地用自己也没听清的声音喊了一声：

"将军!"

有好大一阵子，将军吃惊地睁大着昏花的眼睛，说不出话来。后来他明白了。枯黄的脸上，两行混浊的老泪，顺着密集的皱纹，弯弯曲曲地流下来。

痢痢山同小镇相隔二华里，并存了无数个年头，而小镇人现在才第一次用喜悦的目光来光顾它了。

人们最先惊喜地发现，将军在屋后坡上的石头缝里，挖了许多树洞。

"打算栽这么多树吗? 将军!"

"是的。我想在见马克思之前，至少治好这个痢痢头。可惜，这石头壳上种果树希望不大，只好种松树。"

"莫非，将军先前想在这儿隐居一辈子?"

"隐居?"

"是呀，就是像晋朝时候，离这儿三十里开外的面阳山下隐居的陶公渊明先生哪。他先前是彭泽县令，后来不为五斗米折腰，弃官归田，就像这样。不过，你种的是松，他喜的是柳，光门前就种了五棵柳树，故号'五柳先生'。"剃头佬抓住机会，大大卖弄了一番。

"哎呀呀，你扯到哪里去了。人家是古代名士，我算个什么? 儿喝，儿喝……"将军放声大笑，呛得直咳嗽，"我最大的奢望就是让山上的树早点成林。以后有了机会，大伙动手把山脚下的那条河改造一下，给它筑上几道拦洪坝，蓄住水。那样一来，附近农田得到灌溉之利不说，小镇也就有了有树的山，有水的河，再弄点花呀草呀，鸟哇兽哇，不就成公园了吗! 然后，我呐，就来做个看公园的老家伙。那时候哇，小伙子!"将军举起巴掌，在搬运队那个莽后生厚实的胸脯子上拍了拍。"你就领着你的美人儿，尽兴儿在这里逛吧，我老头子保险不提前关门!"

"要是他们躲在你屋子后头亲嘴，你老见了，可别拿茶木棍子打他的屁股啊！"人们笑得上气不接下气，剃头佬还在火上加油。

啊，笑吧，将军！好多年，你没有笑得这么畅快了！

笑吧，小镇人！但愿你们笑得永远这样高尚！

小镇到处都在盘算和议论着，怎样像模像样地给将军送行；送给他什么和让他留下点什么永久性的纪念；今后怎样同将军保持联系，等等。有几个人，还为争给将军饯行的先后次序，吵了起来。

但是忽然之间，一个巨大的阴影，笼罩了小镇。

敬爱的周总理——这个寄托着人民全部希望的伟大生命，在人民最需要他的时候，消逝了。当这个令人难以置信的噩耗宣布的当天上午，将军由老婆子搀扶着，突然出现在街口的老樟树下。

太阳升起来，苍白而无力。天气出奇的寒冷。小镇更加灰暗，沉闷，悄无声息，仿佛在酷寒和悲哀中僵木了。

在料峭的冷风中，将军显得异常憔悴。深陷的眼睛周围蒙着一圈黑晕，脸上闪着铁青的冷光。但是，他站立得比任何时候都挺拔，更像一尊铜雕。

"同志们……"他喊着，喑哑的声音听起来觉得陌生。人们默默站住了。他弯下腰，吃力地拉开一个硕大的提包拉链，露出了一整袋黑纱。然后，他又抬起头，突出的喉结艰难地抽动了一下："请吧……"

不需要解释。人们不假思索地一个跟着一个，从将军脚前的提包里拿起黑纱，佩戴起来。

"谁叫你这样做？"镇长的一只被香烟熏得焦黄的手，从后面按到将军的肩上。

将军一声不响。

"我们已经传达通知，基层和民间一律不搞任何形式的悼念活动。你这样做，目的是什么？"

将军纹丝不动。

镇长暴怒地转过身，面对街口，大喝一声：

"你们都给我站住！把黑纱摘下来！"

人们站住了，但谁也没有动手摘黑纱。

"你们要造反吗？老裁缝，你先摘！"

老裁缝打了个愣怔。看看臂上的黑纱，又看看镇长的黑脸，身上又抖了一下。

早上天没明，将军敲开了老裁缝的门，把一大卷黑布交给他。当时，那个巨大的不幸使他一下子感到全身冰凉。立刻，他就同将军一起，带着一种痛苦的庄严，忙碌起来。

现在，这个咆哮着的掌权人，强迫他做的是：把自己虔诚的良心，丢到街口的灰尘中，当众践踏。还有什么比这更使人感到屈辱。在这个小镇上，他生活了大半辈子，他精明，谨慎，安分守己，从来没有妨碍过别人。尽管如此，他还是有过被侮辱与被蔑视的痛苦记忆，但是，他觉得，面前的这场屈辱，特别不能忍受。

他的目光碰上了镇长身后将军的目光，那两团无声但炽烈的火苗，使他火辣辣的心口更加灼痛起来。他嘴唇抽搐了一下，缓缓说道：

"莫非给周总理吊孝，犯了王法么？算啦，反正到哪里也一样，天下饿不死手艺人，你看着办吧。黑纱，我是不摘的。"

"给周总理吊孝不犯法！"

"不摘黑纱！不摘！不摘！……"

小镇上，这些个在灰蒙蒙的岁月风尘中，从来是逆来顺受，庸庸碌碌的小百姓们，真的发疯了，真的造反了！他们的首领，是一位被放逐的将军。他唤起了他们心灵深处的正义力量。这股力量，把他们自己传统的怯弱和自卑，打得粉碎。

镇长惊惶地朝将军转过身来。

将军连眼珠也没朝他转一下。他脸上有一种漠然的平静，这种神情，有点像他在视察一场由他指挥的战役。

但是，只有一个人，就是他的老伴知道，精神和肉体的巨大痛苦，正在残酷地折磨着、摧残着这个衰老的病体。冰冷的虚汗，已经浸透了他的内衣。他全部的神经和肌肉都在紧张地痉挛。他顽强地挺立着。老婆子不敢惊动他，但她的心在暗暗地哭泣。

"你这样做是要付出代价的！"镇长扭歪了嘴脸，呻吟似的说道。紧接着，他从街口消失了。

一直到完全看不见镇长丑恶的影子了，将军突然张开嘴，艰难而紧张地喘息起来，然后，颓然倒下了……

几天以后，剃头佬又得到了一个惊人的消息：将军要永远留在小镇上当他的"名誉"将军了。因为他给自己惹了新的麻烦，剃头佬有生以来第一次将这件新闻闷在了肚子里。他不能站到街口去说，那样不会给他带来一点心头上的舒畅。

小镇人的心情，就像这早春的天气，才晴几天，又阴了。

瘌痢山重新被一片死一样的寂静包围了。虽然每天都有络绎不绝的人群来看望将军，但他们脸上不再有笑容。

将军从那天倒下去以后，再也没有从床上爬起来。他在昏睡中，体温有时升得很高。这时候，他无神的眼睛就直定定地瞪着天花板，时而狂怒地吼叫，时而梦呓般呢喃。

突然有一天，将军完完全全清醒过来。他轮流巡视着一张张悲伤、呆滞而忽然现出慌乱神色的脸，一边喘息，一边微笑，用十分清晰的声音，艰难地说："你们，不要赶我走……我要在这儿看园子……不过，你们得种树……修路……挖河……你们不会赶我走吧？啊，这就好……"

将军死了。他把崇高的荣誉，永久地留给了小镇人。

立刻就传来了上面的指令：将军的遗体，就地火葬；不通知亲友；不发讣告；不举行任何形式的吊唁。但是，这种自信，实在愚蠢极了。因为，他们企图左右的这件事，根本就没有他们插手的可能。

小镇人用一种沉着的蛮横和平静的狂热，垄断了将军的后事。

人们一下子就把治理丧事的领导班子推举出来。这个班子立刻就作出了决议：依照最古老、最隆重的传统乡土风俗，为将军举行葬礼。这个决议没有遭到任何异议立刻就被大家接受了。

哀悼一个最现代的革命者，却要沿袭最古老的传统，最蒙昧、迷信的方式，对此，我不敢妄加评论。赞成吧，有复旧的嫌疑；如果反对，那简直就要冒被本镇人当作仇敌的风险。

镇上一个最老的长者，献出了整个小镇唯一的一具柏木棺材；老裁缝连夜赶制了全套的寿服寿被；遗体入殓的时候，焚起了高香，点亮了长明灯。因为剃头佬整容整得太慢，这个工夫花得很长。"八仙"由搬运队十六名强悍的后生组成。在起棺的那一刻，他们宰了雄鸡祭杠。那个被将军从垂危中挽救下来的孩子，由他的父母领着，从三十里外赶来，担任了将军的孝子之职，披麻戴孝，向所有来吊孝的人，下跪叩头。停丧的日子，瘌痢山突然生出了一片"森林"，这是小镇人和小镇周围四面八方的乡村送来的孝幛和花圈。由那个将军呵斥过的炊事班小兵送来的当地驻军的巨大花圈，显得特别引人注目。

出丧是在一个阴暗的早晨。整个小镇和四方乡野，天低云垂，悲声大恸。尽管按照将军的遗嘱，他的墓茔就落在瘌痢山上，但浩浩荡荡的送殓队伍还是来到小镇的街上。"八仙"们抬着将军的灵柩，依次经过每家每户门前。每经过一家，就停顿下来，等到这一家长长的一串"千字头"炮仗响完，再移向另一家。这就使得丧队的行进近乎蠕动。全长不足六百米的两条街道，竟走了整整一个上午。灵柩最后在街口那棵老樟树下，将军一向站立的位置上停了很久。人们一个跟着一个泣诉了满含着忏悔、悲痛、追挽、誓言的悼词。

对这次最肆无忌惮的"复旧"行动，加以反对的主要代表者有两个：一个是将军的老伴。她一再劝阻说，将军是共产党人，是革命军人，他有遗嘱，要火化，不要打扰大家……小镇人没有等她说完，流着泪哀求她：将军懂得我们，不会生气的。火化的事，我们同意，但以后再说，先让我们遂顺遂顺一下心愿吧。将军的老伴只好用力合起眼睛，尽力不让泪水流出来。另一个反对者是镇长。不过他全部的反对行为，只是半掩在办公室窗前的布帘后面，瞪着一双冒火的眼睛，把牙齿咬得咯吱咯吱地响：

"等着吧，等着我来打发你们！"

历史有个坏脾气，喜欢嘲弄极力要驾驭它的人。这一年十月发生的那场惊天动地的巨变以后，的确有一些人被打发了。不过，不是镇长所预言过的剃头佬、老裁缝们，而恰恰是镇长本人和同他一起靠打、砸、抢上来的权贵们。

当小镇人按照新世纪的蓝图，着手小镇建设的时候，首先想到的，是把将军的夙愿付诸实现。

在十月以后的这一年最后三个月里，瘌痢山以及附近的几个山包挖满了树洞；镇外河岸边的垃圾堆清除了；镇上的两条街铺上了水泥；河的改造也列入了小镇附近社队的水利建设规划，几千名劳动力在春节前完成了第一期工程。

这一切进行得就像新婚大典一样热烈，偶然也发生了一次不幸的争吵。这次争吵爆发得很激烈，引起了全镇的震动。

争吵是由要在街口的老樟树下，为将军建立一个纪念碑的提议引起来的。搬运队的后生们以那个莽后生领头，竭力赞同。剃头佬则模棱两可。最后，老裁缝在人们争得不可开交的时候，小心翼翼地挤到圈子中间，把他枯瘦的手颤巍巍地举起来，指着那棵老樟树，说：

"好人们啊，什么纪念能比得上它呢？它老皮斑剥，叫雷轰了顶，但是它根不死！看看吧，这碧绿鲜亮的新枝枝，新叶叶……"

在老裁缝哽咽着说完这些话以后，人们突然觉得这棵树变成了将军：一身笔挺的军装，鲜艳夺目的帽徽领章，风纪扣扣得紧严。他拄着茶木拐棍，挺直身板，不时眨一眨有点昏花的眼睛，一声不响地注视小镇的种种变迁。

谁都确信：这不是幻觉。于是，争吵停止了。

# 啊！

冯骥才

只要这些有碍社会进步和毒化生活的现象，还没有被深刻地加以认识、从中吸取教训、彻底净除与杜绝，还存在着再生的条件，那么，与本篇小说同一性质的作品就不会是无用的，也是不可避免的。

一

早春的天空分外美丽。那淡蓝色的无限开阔的空间，全给灿烂明亮的日光占有了。鸟雀们拼命地向云天钻飞，去迎接从遥远的地方随同大雁一同来临的春天。

它的气息往往裹在融雪的气息里。

它第一个脚步，是踏在寒气犹存的人间和大地上的。然而它以宇宙间浑然充沛的生命的元气，使冰封的大河嘎嘎碎裂，使冻结的土壤松解复苏，使僵缩的万物舒展、变柔、生机勃发，使每一颗美好的心都充满幻想和希望。

春天，不仅带来希冀、新生、美、向上的力、大自然的繁忙、五彩缤纷的新天地，还要与亲切真诚的吐露、劳动者手上的厚茧、描绘未来的图纸、为真理而斗争的硝烟、柔情的眼波、迷人的夜曲编织成甜蜜、幸福、诗意、闪闪发光的生活。

它从来不辜负人们。它恪守时节，还慷慨无私地把它的一切财富贡献给人们。

多好的春天呵！

然而，这一切，对于现在坐在历史研究所当院的一百多人来说，却是无关和多余的。没有一个人有心抬起头，去感受一下早春的天空。

这里又要揪人了！

二

有两个迹象说明今天召开的全所大会有种非同寻常的急迫感和严重性。

一个是，所里的五名长期病号和十一名退休人员全到会了。他们在接到的开会通知上注有"不准请假"的字样，谁也不敢推辞或借故不来，现在在会场后边东歪西斜地坐了一排。

另一个是，还有两名外出到西安半坡博物馆考察文物的人员，在昨天上午收到所里打去的加急电报，星夜驰归，此刻就坐在人群中间。

当矮个子、黑皮肤、呆板又平庸的所革委会的郝主任，双手端起一份上级下达的要立即开展运动的文件，像念天书一般，吭吭哧哧、结结巴巴、夹杂着许多错别字地念过之后，刚刚从市里开过紧急政工会议的政工干部贾大真赶回来了，他瘦瘦高高，戴一顶时髦的象征革命化的绿军帽，站在台上。他那瘦骨棱棱的脸上有种可怕的严肃劲儿。用着发狠的口气和那个时代流行的发狠的词句，讲了一番话。这番话是这样结束的：

"虽然我们搞过许多次运动，但并不彻底。我们这个单位知识分子成堆，阶级成分复杂，藏龙卧虎，混杂着大大小小、为数不少的一批坏人。有历史的，也有现行的；有的公开，也有的隐蔽。我们不能掉以轻心，垫高枕头睡大觉。对敌人姑息，就是对革命犯罪。不少人在运动中不是跳出来表演了吗？现在该是和他们算总账的时候了！对于那些隐蔽得很深的家伙们，就是掘地三尺，也要把他们挖出来！"

"这次运动的特点是来势猛、决心大、搞得细。一方面，发动强大的政治攻势，对阶级敌人展开全面进攻。另一方面，对所有有问题、有嫌疑的人，要进行一次彻底的清理；对历史有污点的人，也要重新调查、重新鉴定、重作结论。我们下了决心，决不漏掉一个敌人！而且，这次运动还将在社会上广泛展开，撒下天罗地网，将一切敌人一网打尽。上级领导讲了：'该杀的就杀，该关的就关，该管的就管！'我们要立即行动起来，迎接这场大揭发、大检举、大批判、大斗争的阶级斗争的新高潮！"

显然，一阵凶猛的狂潮马上就要卷进生活中来。一切随即就要发生变化——生活内容，人，人的想法，人与人的关系，相互的感觉，还有空气。空气仿佛不再是流动的了，凝结了，并且骤然间充满了火药味道。

# 三

散会后，地方史组三个都戴眼镜的研究员回到他们的工作室。组长赵昌被留下听候所领导对运动的安排部署。这三个人前前后后进了屋，谁也没吭声，各就各位，像往常那样从桌上或抽屉里拿一本书看。天知道他们在看些什么。

本组年纪最大的老研究员秦泉的脸色非常难看。此人很瘦，面皮如同旧皮包那样黯淡，高颧骨像皮包里塞着的什么硬东西支棱出来，正好把一副普普通通的白光眼镜架住。他是个仔细、寡言、稳重的人。胳膊上总套着一对褐色的粗布套袖，和他每天上下班提着的书包用的是同一块布料。看上去，很像个细致又严谨的银行老职员。长期的案头工作使他驼了背。整天虾一样弓腰坐着，面前一杯热水和一本书，右手拿钢笔，左手夹一支烟卷；长长的脑袋被嘴里吐着的烟纠缠着，宛如云岚缭绕的山头；有时烟缕钻进他花花的头发丝里，半天散不净。这便是他给人印象最深的形象。他一天不停地喝水和上厕所，咽水的声音分外响；平日为了不打扰室内研究工作所必要的安静，他喝水时总是尽力抑制自己的毛病，把一口水分作几次，小心翼翼地咽下去。今天他似乎忘了。一边喝水，喉咙里一边咕噔咕噔地响，像是咽一个个小铁球。

他是五十年代出名的右派，而后摘掉帽子，但仍是所里唯一的身上打过"右"字号戳儿的人物。那种戳儿打上了，就留下深深的印记，想抹也抹不掉，每逢运动一来，都照例被作为反面人物中的一种典型，拿出来当作进攻的靶子。他属于那种人们常说的"老运动员"。虽然饱经沧桑，眼见过各种惊心动魄的大场面，但眼下仍不免心情烦躁。因为他很清楚马上又临到头上的日子是什么样的。

另一个白胖胖，却坐在一边呆呆发怔。他叫张鼎臣。才过了五十岁生日，圆头圆脑，皮肤细腻而光亮，戴一副做工挺细的钢丝边眼镜，装束整整齐齐，衣料也不差；平时爱吃点细食，不吸烟，牙齿刷得像瓷制的那样洁白，并且总在笑嘻嘻的唇缝中间闪露出来。他的古文颇好，对清史很有些研究，只是脸上总挂着些笑意，说话爱迎合人，带点商人气味，引人反感。

他是老燕京大学的学生，毕业后由于生计的关系，自己经营过一家小书铺。书架上总放着七八百册书，一边看，一边卖，积攒下知识和钱财。后来经本家叔叔再三劝说，在那个堂叔开的小贸易行里入了一份数目不大的股金。小贸易行经办不力，几乎关门。由于碍于叔侄情面，不好抽出股份，只当做买卖亏掉了。一九五六年公私合营时，这奄奄一息的小贸易行被合进去，他反落得一份微薄的股息。这份股息致使他在文化革命初期被当作资本家挨斗游街。他的成分至今尚未得到最后确定。如同没有系缆的小船，在这将到来的风浪中，不知会遇到什么情况。

这三个人中间，唯有戴黄色圆边近视眼镜的吴仲义是个幸运儿。

他的历史如同一张白纸。平时的言行又相当谨慎，无懈可击。为人软弱平和，不肯多事。前一度，所里的人分作两派，斗得你死我活，他在一旁逍遥自在，但按时上下班。在班上虽无事可做，也决不违反所里订立过的那些章程制度。两派都争取过他，他却一笑了之。幸亏他素来是个胆小无能的人，无论哪派把他拉过去，最多只是增加一个人数。因此，两派都不再去理他。他是个多余的人。

然而，在一场场运动中间的间歇，也就是抓业务的时期里，他却是所里目光集中的一个人物。他年纪不大，三十多岁，学识相当扎实，工作认真肯干，研究上经常出成果。他是专门研究地方农民运动史的。这一内容始终受重视，他因此也受重视。他的成绩是领导和上级治所有方的力证。谁都认为，这是他在所里平时受优待、运动中受保护的资本……因此运动一来，他就被那些有污点而惴惴不安的人钦慕、眼馋，甚至有些妒嫉呢！好似山洪冲下来，人家站在平地上担惊受怕，他却在石壁下、高地上，碰不着，扫不上，得天独厚，平平安安。

可是，谁知道那是怎样的时候呢？天大的功劳也无济于事，一点点过错就会招来灾祸，它逼得你去搜寻自己的过失，并设法保护自己；本来可以相安无事的人，在那种凶险的情势下，也会无端地心惊肉跳，疑神疑鬼……

快下班时，组长赵昌推门进来，用一种与他平时惯常的温和略显不同的比较严肃的态度说："革委会决定，从明天起开始整天搞运动，一切业务暂停。事假一律不准，医生开的假条必须革委会签字盖章方可有效。由明天算起的头一周，是大揭发大检举活动。每人回家都不准停止大脑的思维，去回忆平日哪些人有哪些错误言行，以及可疑的现象和线索，做好互相检举揭发的准备。"

赵昌的话说完，大家收拾东西离开房间的时候，不像往常那样互相打个招呼，说一半句笑话。脸上都没什么表情，谁也不理谁，各自走掉，似乎都有了戒心。

## 四

吴仲义在回家的路上，心里说不出是种什么滋味。总之，他感到堵心、不舒畅、麻烦，研究工作中一切正在大有进展的线索都要中断，去应付那些没完没了的大会小会、揭发批判，此外还隐隐有些莫名的不安。可是他又想，自己一向循规蹈矩，没出过半点差错，总比秦泉和张鼎臣幸运和幸福。在那种时候，平安是多大的福气呀！

"管它呢，没我的事！晚上在家可以照旧搞我的研究。明天下班，把放在单位里那些书和论文带回来就是了！"

想到这儿，他感到一阵轻松，推开门，穿过黑黢黢的过堂，登上楼梯。他自己的房间在二楼。这时，住在楼下的邻居杨大妈——一位肥胖、笨拙而热心和气的山东人——听见他的声音，走出屋来召唤他：

"吴同志，您的信。给您！"

"信？噢，我哥哥来的，谢谢您。"他半鞠躬半点头，笑吟吟地接过信来。

"是封挂号信。邮递员说，他每天送两次信，都赶在您在班上。我就代您盖个戳儿，怕有急事耽误了……"杨大妈说。

"可能是我侄子的照片。谢谢，真麻烦您呢！"他说着，捏着这封信走进自己的房间，拆开一看，并无照片，只有两张写满字的信纸。心想，什么事要用挂号？哥哥从来没这样做过，想必有特别的缘由……可是当他那双灰色的小眼睛看到信上的第一句话："我必须告诉你一件事，你别害怕！"眼睛立刻惊得发亮，如同一对突然增大电压的小电珠。等他惊慌的目光从信中一行行字上蹦蹦跳跳地跑过，真像挨了重重的当头一棒！忽然他发现门是开着的。黑乎乎的门外有个白晃晃的东西，仿佛是人脸。他赶忙跑到门口看看，屋外没人。他又急急忙忙走进来把门关上，销死，上了锁。站在屋中间，把信从头再看一遍，他感到一场灾难像块大陨石，从无边无际的天上，直直照准他的脑袋飞来了。一下子，好像突如其来发生一场大地震，屋顶、地板，连同他自己都一起坠落下去一样。他还站在屋子中间，却感觉不到自己。

# 五

他清清楚楚记得那件事。那是他一生的转折点。

十多年前，他正在本地大学的历史系读书，他是毕业班，随着一位助教和两个同学到较远的郊县收集近百年中一次农民起义的素材，好补充他毕业论文的内容。在平静的绿色的乡野间，他们得知学校里正开展热火朝天的鸣放活动，各种不同观点进行着炽烈的辩论。跟着他们接到学校的通知，叫他们尽速回校参加鸣放。他们的工作很紧张，一时撂不下，直到学校连来了四封信催促他们，才不得不草草结束手头的工作，返回城市。

下火车的当天，天色已晚，他们先都各自回家看看。

那时，他爸爸早殁了，妈妈还在世，哥哥刚刚结婚一年，家里的气氛挺活跃。哥哥是个易于激动而非常活跃的青年，长得大个子，脸色通红，头发乌黑，明亮的眼睛富于表情，爱说话和表现自己；说话时声音响亮，两只手还伴随着比比画画，总像在演讲。他在一座化工学院上学时就入了党，毕业后由于各方面表现都很突出，被留校教学。但他似乎不该整天去同黑板、粉笔、试管与烧瓶打交道，而应当做演员才更为适宜。他喜欢打冰球、游泳、唱歌，尤其爱演话剧。他在学时曾是学生剧团的团长，自己还能编些颇有风趣和特色的小剧目，很有点才气。后来做了教师，依然是学生剧团的名誉团长和一名特邀演员。化工学院在每次大学生文艺会演中名列前茅，都有他不小的功劳。吴仲义的嫂子名叫韩琪，是本市专业话剧团一名出色的演员，在《钗头凤》《日出》和《雷雨》中都担任主角。她下妆似乎比在台上还美丽。俊俏的脸儿，细嫩的小手，身材娇小玲珑却匀称而丰韵，带着大演员雍容大方的气度，性情中含着一种深厚的温柔，说话的声音好听而动人。她是在观摩一次业余演出时认识哥哥的。当时她坐在台下，被台上这位业余演员的才气感动得掉下眼泪。这滴亮闪闪、透明的泪珠便是一颗纯洁无瑕的爱情的种子，这种子真的出芽、长叶、放花、结了甜甜的果实。

这时期的吴仲义，性格上虽比哥哥脆弱些，但一样热情纯朴。好比一株粗壮的橡树和一棵修长的白桦，在生机洋溢的春天里都长满鹅黄嫩绿、生气盈盈的叶子。更由于他年轻，还是个唇上只有几根软髭的大学生，没离开过妈妈的身旁，未来对于他还是一张想象的无比瑰丽与绚烂的图画。随时随地容易激动和受感动，对一切事物都好奇、敏感、喜欢发问，相信自己独立思考得出的结论，也相信别人与自己一样坦白，心里的话只有吐尽了才痛快，并以对人诚实而引为自豪……再有，那个时代，人们和整个社会生活，都高抬着昂然向上的步伐呵！

他的妈妈呢？大概中国人差不多都有那样一个好妈妈：贤淑、善良、勤劳，她以孩子们的诚实、正直和幸福为自己的幸福。她只盼着吴仲义将来也有一个像他嫂嫂那样的好媳妇。

吴仲义回到这样一个家庭中来。哥哥为他举办一个小小而丰盛的家庭欢迎会。大家快乐的笑声在嫂嫂精心烹制的香喷喷的饭菜上飘荡。全家快活地交谈，自然也谈到了当时社会上的鸣放。吴仲义对这些知道得很少，哥哥那张因喝些酒而愈发红了的脸对着他，兴冲冲地说：

"吃过饭，我带你去一个地方。到了那儿，不用我说，你就全知道了。"

当晚，哥哥领他去到那个地方。

那儿是哥哥常去的地方，是哥哥的一个很要好的小学同学陈乃智的家。经常到那儿去的还有龚云、泰山、何玉霞几个人。大家都是好朋友，共同喜好文学、艺术、哲学，都爱读书。大家在这里组织一个"读书会"，为了可以定期把自己一段时间里读书的心得发表出来，相互启发。这几个青年朋友在气质上有许多相似之处，比如，性格开放，血气方刚，抒发己见时都带着潮水一般涌动的激情。有时因分歧还会争得红了脸颊、脖子和耳朵。不过这决伤害不了彼此之间的情感与友爱。

这当儿，哥儿俩还没进门，就听见门里面一片慷慨激昂的说话声。他俩拉开门，里边的声音大得很呢：哥哥那几个朋友除去泰山，其余都在。大家激动地讨论什么，个个涨红了脸，眼睛闪闪发光，争先恐后的说话声混在一起。显然他们是给社会上从来没有过的滚沸的民主热潮卷进去了。

屋里的人见他俩进来，都非常高兴。何玉霞，一个脸蛋漂亮、活泼快乐的艺术学院的女学生，眼疾口快地叫起来："欢迎、欢迎！大演员和历史学家全到了！"并用她一双雪白光洁的小手鼓起掌来，脑袋兴奋地摇动着，两条黑亮亮的短辫在双肩上甩来甩去。陈乃智站起来摆出一个姿势——他微微抬起略显肥大的头，伸出两条稍短的胳膊，用他经常上台朗诵诗歌的嘹亮有力的声音，念出他新近写出的一句诗来：

"朋友们，为了生活更美好，和我们一起唱吧！"

于是，哥俩参加进来，年轻人继续他们炽烈的讨论。龚云认为："官僚主义若不加制止，将会导致国家机器生锈，僵滞，失去效力，最后坏死。"他说得很冲动。说话时，由于脑袋震动，总有一绺头发滑到额前来。他一边说，一边不断地急躁地把这绺挡脸的头发推上去。

何玉霞所感兴趣的是文学艺术问题。她喋喋不休、翻来覆去地议论，却怎么也不能把内心一个尚未成形的结论完完整整又非常明确地表达出来。她急得直叫。

哥哥笑着说：

"你不过认为，文学艺术家要表现自己对生活的真正感受，以及自己独立思考得出的结论。不能只做当时政策的宣传喇叭，否则文学艺术就会给糟蹋得不伦不类。是这个意思吗？小何。"

何玉霞听了，感觉好像自己在爬高，费了九牛二虎之力却怎么也爬不上去，哥哥托一把，就把她轻轻举了上去似的。她叫起来："对，对，对，你真伟大！要不你一来，我立刻欢迎你呢?!"她在沙发上高兴地往上一蹿，身子在厚厚的沙发垫子上弹了两弹。她对大家说："我就是大吴替我说的这个意思。大家说，我这个观点对不对？可是我们学院有不少人同我辩论，说我反对文艺为政治服务。真可气！现在不少文艺单位的领导，根本不懂文艺，甚至不喜欢文艺，却瞎指挥。我们学院的一个副书记是色盲。五彩缤纷的画在他眼里成了黑白画，他还天天指东指西，喜欢别人听他的。凡是他提过意见的画，都得按照他的意思改。这怎么成？明天，我还要和他们辩辩去！哎，大吴，你明儿到我们学院来看看好吗?"

陈乃智忽说：

"咱们可不能叫历史学家沉默。大吴不见得比小吴高明。研究历史的，看问题比咱们深透得多。"

吴仲义忙举起两条胳膊摇了摇，腼腆地笑着，不肯开口。其实他给他们的热情鼓动着，心里的话像加了热，在里边蹦蹦跳跳，按捺不住，眼看就要从唇缝里蹿出来一样。哥哥在一旁说：

"他刚刚从外边回来，学校里的鸣放一天也没参加，一时还摸不清是怎么回事呢！"

"不！"陈乃智拦住哥哥，转过头又摆出一个朗诵时的姿态，神气活现地念出几句诗——大概也是他的新作吧，"你，国家的主人还是奴仆？这样羞羞答答，不敢做又不敢说？主人要拿出主人的气度，还要尽一尽主人之责；那么你就不应该沉默：该说的就要张开嘴说！说！"他念完最后一个字，固定了一个姿势，一手向前伸，身体的重心随之前倾，好像普希金的雕像。灯光把这影子投在墙上，倒很好看。

这番有趣的表演逗得大家大笑不止。何玉霞说：

"陈乃智今天算出风头了，每次上台朗诵，观众反映都没这么热烈过！"

大家笑声暂歇，刚一请吴仲义发表见解，吴仲义就迫不及待地说出自己对国家体制的看法。他认为国家还没有一整套科学、严谨和健全的体制；中间有许多弊病，还有不少封建色彩的东西。这样就会滋生种种不合理、不平等的现象，形成时弊，扼杀民主。那样，国家的权利分到一些人手中就会成为个人权势，阶级专政有可能变为个人独裁……他记得，那天晚上，他引用了许许多多中外历史上的实例，把他的论点证实得精确、有说服力和无可辩驳。他还随手拈来众多的生活现象来说明他所阐述的这个问题的重要性和迫切性。屋中的人——包括他的哥哥——都对这个年轻的大学生意想不到的思想的敏锐、深度和惊人之见折服了。吴仲义看着在灯光中和暗影里，一双双亮晶晶的眼睛，朝他闪耀着钦慕与惊羡的光彩。听着自己在激荡的声调中源源而出的成本大套、条理明晰的道理，心中真是感动极了。特别是何玉霞那美丽而专注的目光，使他还得到一种隐隐的快感。他想不到自己说得这样好。说话有时也靠灵感，往往在激情中，没有准备的话反而会说得出乎意料的好。这是日常深思熟虑而一时迸发出的火花。他边说，边兴奋地想，明天到学校的争鸣会上也要这样演说一番，好叫更多的人听到他的道理，也感受一下更多张脸上心悦诚服的反应……第二天，他到了学校。学校里像开了锅一般热闹。小礼堂内有许多人在演讲和辩论。走廊和操场上贴满了大字报，还扯了许多根大麻绳，把一些大字报像洗衣房晾晒床单那样，挂了一串串。穿过时，要把这些大字报掀得哗哗响。这些用字和话表达出来的各种各样的观点，在短时间里，只用一双眼和一对耳朵是应接不暇的。这情景使人激动。

这时，他班上的同学们正在教室内展开辩论。三十多张墨绿色漆面的小桌在教室中间拼成一张方形的大案子。四边围了一圈椅子，坐满了同班同学。大家在争论"外行能不能领导内行"的问题。吴仲义坐在同学们中间，预备把昨晚那一席精彩的话发表出来，但执着两种不同观点的同学吵着、辩着，混成一团。他一时插不进嘴，也容不得他说。他心急却找不到时机。一边又想到自己将要吐出惊人的见解，心里紧张又激动，像有个小锤敲得噔噔响。但他一直没找到机会。几次寻到一点缝隙，刚要开口，就给一声："我说！"压了过去。还有一次，他好容易找到一个机会，站起身，未等他说出一个字儿，便被身边一个同学按了一下肩膀，把他按得坐了下来。"你忙什么？你刚回来，听听再说！"跟着这同学大声陈述自己对"外行与内行"问题的论断。这同学把领导分作三类，即：内行，外行，半内行。他认为在业务上内行的领导，具备把工作做好的一个重要条件，理所当然应该站在领导岗位上；半内行的领导应当边工作，边进修；外行领导可以调到适当的工作岗位上去，照旧可以做领导工作。因为他对这个行业不内行，不见得对于别的工作也不内行。但专业性很强的单位的领导必须是内行，否则就要人为地制造麻烦，甚至坏事。……

这个观点立即引起辩论，也遭到反对。学生会主席带头斥责他是在变相地反对党领导一切。于是会场大哗。一直吵到晚饭时间都过了，才不得不散会。

吴仲义没得机会发言，心中怅然若失。他晚间躺在床上，又反复打了几遍腹稿，下决心明天非说不可，否则就用二十张大纸写一篇洋洋大观的文章，贴在当院最醒目的地方。

但转天风云骤变，抓右派的运动突然开始。一大批昨天还是神气飞扬、头脑发热的论坛上的佼佼者，被划定为右派，推上审判台；讲理和辩论的方式被取消了，五彩缤纷的论说变成清一色讨伐者的口号。如同一场仗结束了，只有持枪的士兵和缴了械的俘虏。

哥哥、陈乃智、龚云、何玉霞，由于昨天都把前天晚上那些激情与话语带到了各自的单位，公开发表，一律被定为右派。哥哥被开除党籍，陈乃智和何玉霞被剥夺了共青团员的光荣称号。昨天，陈乃智在单位当众阐述了吴仲义关于国家体制的那些观点。可能由于他多年来写的诗很少赢得别人的赞赏，他太想震惊和感动他的听众了，他声明这些见解是自己独立思考的果实。虚荣心害了他，使他的罪证无法推脱。他却挺义气，重压之下，没有暴露出这些思想的出论。哥哥、龚云、何玉霞他们，谁与谁也没再见面，但谁也没提到他们之间的"读书会"和那晚在真挚的情感和思想的篝火前的聚会。因此吴仲义幸免了。

此后，这些人都给放逐到天南地北，看不见了。哥哥被送到挨近北部边疆的一座劳改厂，伐木采石。年老的妈妈在沉重而意外的打击下，积郁成疾，病死了。此后两年，哥哥由于为了老婆孩子的前途，在劳动时付出惊人的辛劳，并在一次扑救森林大火时，烧坏了半张脸，才被摘去了右派帽子，由劳改厂留用，成为囚犯中间的一名有公民权的人。嫂嫂便带着两个孩子去找哥哥，宽慰那被抛到寒冷的边陲的一颗孤独的心……

吴仲义还清楚地记得，他送嫂嫂和侄儿们上车那天的情景。嫂嫂穿一件挺旧的蓝布制服外衣，头发绾在后边，用一条带白点儿的蓝手绢扎起来，表情阴郁。自从哥哥出事以来，她受到株连，不再做演员，被调到化妆室去给一些演技上远远低于她的演员勾眉画脸，受尽歧视和冷淡，很快就失去了美丽动人的容颜，额头与眼角添了许多浅细的皱痕。一度，丈夫没收入、婆婆有病、孩子还小，吴家的生活担子全落在她的肩头。一切苦处她都隐忍在心。婆婆死后，她还得照顾生活能力很差的小叔子吴仲义。吴仲义从这个年纪稍长几岁的嫂嫂的身上，常常感受到一种类似于母爱的温厚的感情，但他从没见嫂嫂脸颊上滴过一滴软弱的泪珠。

月台上。嫂嫂站在他面前，一句话没有，脸色很难看。而且一直咬着嘴唇，下巴微微地抖个不停。吴仲义想安慰她两句，她却打个手势不叫他说，似乎心里的话一说，就像打破盛满苦水的坛子，一发而不可收拾。这样，直站到开车的铃声响了，火车鸣笛了，嫂嫂才扭身上了车。这时，吴仲义听到一个轻微而颤抖的声音：

"别忘了，新拆洗好的棉背心在五斗柜里。"

车轮启动了。两个侄儿在车窗口露出因离别而痛哭的小脸，那小脸儿弄得人心酸，但不见嫂嫂探出头来和他告别。他追着火车，赶上几步，从两个侄儿泪水斑斑的娇嫩的小脸中间，看见嫂嫂坐在后边，背朝窗外，双手捂着脸，听不见哭声，只见那块带白点的蓝手绢剧烈地抖颤着。这是吴仲义唯一见到的嫂嫂表露出痛苦的形象，却把她多年来不肯表现在外的内心深处的东西都告诉吴仲义了……

一失足会有怎样的结果？

他害怕曾经的那些事。距离灭顶之灾，仅仅差半步。大灾难之中总有幸存者，那就是他。那天在班里的辩论会上，他多么想说话，不知谁帮了他的忙，不给他一点说话的空隙。那些话一旦说出来会招致什么后果，他已经从陈乃智身上看到了。如果他当时说出其中的一句——哪怕是一句，今天也就和哥哥的处境没有两样了。他记得，那天他急急巴巴地从座位站起来，口中的话眼看要变作声音时，一个同学按住他，讲了关于把领导的业务情况分为三种类型的话。这个同学成了他的替死鬼。

在一次斗争会上被宣布逮捕，铐走了，不知去处。

生活的重锤没有把他击得粉碎，却叫他变了形。一下子，他变成另一个人：怕事，拘谨，不爱说话，不轻信于人，难得对人说两句知己话，很少发表对人和对生活的看法，不出风头……久而久之，有意识的会变成无意识的，就如同一个人长期不说话便会变成半个哑巴。他渐渐成了一个缺少主见、过于脆弱的人，没有风趣，甚至缺乏生气。好比一个青青的果子，未待成熟却遇到一阵肃杀而猛烈的狂飙，过早地衰退了。连外貌也是如此。瘦瘦的身子，皱皱巴巴，像一个干面团那样不舒展。细细的脖子支撑一个小脑袋，有点谢顶，一副白光眼镜则是他身上唯一的闪光之物。好像一只拔了毛的麻雀，带点可怜巴巴的样子，尤其当他坐在本组同事大块头的赵昌身旁，更是这样。

他在大学毕业后，由于哥哥问题的牵累，给分配到一所中学做历史教师。后来，历史研究所缺乏一名对近代地方农民起义问题有水平的研究员，哥哥又摘了帽子，他才被调到所里来，很快就成了所里人所共知的一名老实怕事的人。

多年来，他一直过着独身生活。一些好事的同事给他介绍女友。姑娘们喜欢老实的男人，却不喜欢没有主见和朝气、过于软弱的男性。他与一个个姑娘见过面，很快就被对方推辞掉。前不久，经人介绍才算交上一个朋友，在市图书馆做管理员，是个三十五六岁的老姑娘，模样平平常常，但爱看书，为人老实得近乎有些古板。他头一遭和一个姑娘见过十几次面儿居然没告吹！而且那姑娘竟对他有些好感。同事们给他出主意，想办法，想促成他的好事。劝他改改性格，他只是咪咪地笑。他改不了，也不想改。因为他顺从生活逻辑而得出的生活哲学，确实保证了他相安无事。在近几年大革命的狂潮中，所里不少人出来闹事，揪领导，成立战斗队，互相角逐、抄家、武斗，没有一个落得好的终结。揪人的自己被揪，抄家的自己反被抄了家，个个自食其果。他呢？在空前混乱时期，他在所里找一间空屋子，天天躲在那里，从唯一未被查封的经典著作里摘录有关近代史各种问题论述的名言。他做对了！人们之间整来整去，谁也整不到他头上。一些人挨了整，冷静下来，才后悔当初不像这个没勇气、没出息的人去做。

但哥哥今天来信告诉他，他并非一个幸运的人。

各地都开始搞运动了，不知哥哥从哪里听说，陈乃智因为一句什么话被人揭发，成为重点审查对象。问题要重新折腾一番。哥哥怕陈乃智经受不住高压，把当初给他定罪的那些话的来由招认出来。那样祸事就要飞到吴仲义头上！

哥哥在信中说，当年陈乃智凭一股义气和对友情的信念，没有供出吴仲义。但事过十多年了，大家都不相见，友情淡薄了，人也变了，谁知他会怎么做？据说龚云被划定右派后，他爱人一直跟着他，不曾动摇。然而去年，却在平静而难熬的日子里，在永无出头之日的绝望中，在无止无休的泥泞的道路上，走不下去了，对龚云提出离婚，两人分开了……陈乃智心中还有当年那团火吗？吴仲义心里的火早被扑灭，他不相信遭遇悲惨得难以想象的陈乃智仍像当年一样。……

五十年代飞去的祸事，好似澳洲土著人扔出的打水鸟用的"飞去来器"，转了大大的十多年的一圈，如今又闪闪夺目地朝他的面门飞回来了。

# 六

初晓微许的淡白的天光，把封闭在窗前的漆黑的夜幕驱走。屋中的家具物件从模模糊糊的影子中渐渐显现出形象。早春的夜分外寒冷，透入肌骨。炉火在头半夜就灭掉了，余温只在炉膛内；楼板下传上来的杨大妈的鼾声，好像鼓风机，给他做了一夜的伴。这鼾声在天亮前的甜睡中，正是最响的时候。

他整整一夜坐在桌前，给哥哥写信。一边写，一边把将要临头的祸事想得千奇百怪。一个个不断地冒出来的估计、揣测、念头，使他否定掉一封封刚刚写好的信。一会儿，他觉得非把心里的话给哥哥写得明明白白不可；一会儿，又担心这封信落到别人手中惹祸，便改换成隐语。一会儿，他告诉哥哥，如果陈乃智真的把他供出来，他就不承认，他要求哥哥替他证明那些话他没说过；一会儿，他又认为这个办法不牢靠，因为那天在场的还有龚云和何玉霞，这两人之间如有一个人做了旁证，他也推辞不掉。

这样，他弄了满桌废掉了的信纸团儿。

他找不到一个大一些的网眼儿可以钻出去。一时只恨自己十多年前多了那几句嘴！他灰心丧气地告诉哥哥："我只有听天由命了！"然后，他给嫂子写了这样几句话："嫂嫂！听哥哥说，你为我已经急得两天没睡好觉。我和哥哥都对不起你。我真是恨死自己了。但是，说实在的，我和哥哥并不是真的坏蛋。没有党和新中国，我俩恐怕根本上不了大学。我爹就在旧社会的底层受累受病才死的，我们怎么能仇恨党和新社会？也许那些话当初不该说，叫坏人利用了？那只能怪我们太年轻幼稚，过于浮嫩了吧！此外，你也先别太着急。'陈'并不见得把我说出来，那样做也丝毫不能减轻他的罪过，相反还得加上一个当初包庇了我的罪责。我求你放放宽心！多年来，你把我当作亲弟弟一样。想到你为我着急、操心、担惊受怕，我反而更不是滋味……"

写到这儿，几滴泪珠从他的镜片后面淌过脸颊，滴滴答答落在信纸上。

嫂嫂待他真比亲姐姐还要亲。嫂嫂的生活难得很，每次回来探望娘家亲戚，总要设法带来大包大包的东北特产，什么豆子啦，木耳啦，松蘑啦……而且还要抽出三整天时间，帮他把平日里杂乱不堪的房间做一次大扫除，一切规整得有条有理，还要把他的被褥拆洗得干干净净，破衣破袜全补缀好才回去。想到嫂嫂，他此刻更感到身边没有亲人多么孤单，无依无靠，无人与他分忧，帮他排解心中的恐惧和不安。事情明摆着，祸事一来，一切完蛋——事业、工作，还有那个新交的女友。前天他曾满怀着幸福的希望向那老姑娘提出做正式朋友。那老姑娘答应今天晚上回答他呢……

六点四十分时，他站起身把桌上的废信纸收拾在一起，连同哥哥的来信塞进炉子里烧掉。在心慌意乱中，将要寄给哥哥的那封信抹上许多糨糊，贴上邮票。然后开始漱洗，吃早点，准备去上班。脑袋里，那些摆脱不开的恐怖感、胡猜乱想和一夜的焦虑所造成的麻木和僵滞的感觉浑浑沌沌搅成一团。他糊里糊涂地端着脸盆在屋里转来转去，一忽儿放在桌上，一忽儿又放回脸盆架上；并且竟用干手巾去擦肥皂，将漱口缸里的热水当茶水喝，一块馒头只吃了几口就莫名其妙地放在衣袋里。随后他把随身要带的东西塞进口袋去上班。他站在走廊上时还按了按硬邦邦的上衣小口袋，怕忘记带那封信。

他上了街，到了第二个路口，便直朝着立在道旁的一个深绿色圆柱形的邮筒走去。在距离邮筒只差三步远的地方，他前后左右地看看有没有人注意他。这条道很窄，离大街又远，即便上下班时人也很少。他只瞧见一个穿绿色军服式的上衣、胸前别着很大一枚像章的小男孩，在他走过来的不远的地方玩耍。迎面三十多米远的地方，有个老妈妈手里提一个大菜篮子慢慢走来，眼睛没瞧他。再有，就是几个上班的人骑车匆匆而过。在马路中央，几只鸡互相追逐着，来来回回地跑；一只大白公鸡叨着虫子似的东西晃晃悠悠地很神气地跑在前面，一边咕咕叫……他放心地从上衣小口袋取出那东西，塞向邮筒。当那件东西快要投进邮筒的插口时，他的手陡然停住，他发现将投入邮筒内的是一个红色的小硬本，原来是他的工作证，险些扔了进去。真若扔进去，怎么向邮局的工作人员解释呢？他微微出点冷汗，伸手再去掏信，可是上衣口袋里什么也没有了。他不禁诧异地一怔，两只手几乎同时紧紧抓住上衣的两个大口袋，但抓在他手里的仅仅是两片软软的口袋布。随后他搜遍全身，所有口袋都翻过来了，里面的纸条、粮票、硬币、钥匙全都掉在地上，叮叮当当地响。还有刚才揣在口袋里的那块啃了几口的馒头，滚到马路上去。但那封信没了！不翼而飞了！

他从整个内脏里发出一声惊叫："哎哟！"然后一动不动地呆住了。上衣小口袋像狗舌头似的耷拉在外，几枚铝质的硬币在足旁闪亮。如果他的眼睛再睁大些，那对灰色的小眼珠恐怕就要掉出来了，半张着的嘴，好似一个半圆形的小洞。

迎面而来的那个提菜篮的老妈妈已走到他跟前，瞧见他这副怪模样，停住脚步，盯着他的脸看了好一会儿，他也不曾发觉。

# 七

从七点十五分到七点四十五分，他在由家门口到邮筒这段路上来回跑了两趟，也没有找到丢失的信。他还在楼里的楼梯和走廊上仔细找过，惊动了楼下的邻居杨大妈。"吴同志，您在找什么？"

"一封信。信！您瞧见了吗？"

"信？怎么没瞧见?！"

"在哪儿？"他惊喜得心儿在胸腔里直蹦。

"您昨儿下班时，我不交给您了吗？您弄丢了吗？"杨大妈问。

"噢……"他的心又噗噔一下沉落下来，嗫嚅着说，"不是那封。是另一封不见了！"

他沮丧地回到自己屋中。屋里没有那封信。桌上只有少半本信笺，墨水瓶开着盖儿。一点点淡淡的丝一样的烟缕，从没有盖严的炉盖旁边的缝隙处钻出来。这是他早晨烧那些废信纸的残烟。恍惚间，他突然想到，是不是早晨烧废信纸时，把那封信也糊里糊涂地烧掉了？跟着他又否定了这种乐观的假设。他清楚地记得，临上班时是把那封信怎样从桌上拿起来放进上衣口袋里的，而且他站在走廊上，还用手按过口袋，当时摸到信的感觉直到现在还保留在手指头上。没有疑问，信丢了，叫人拾去了。可能被谁拾去了呢？于是他想到那个蹲在道边玩耍的穿绿裤子的小男孩儿。

"多半是他！那时路上没别人。"

他认准是那小男孩，就跑出去，找到刚才那小孩玩耍的地方，却不见那孩子。他想那孩子可能就住在附近哪一个门里，于是他站在道边的树旁等候着。他看看表，八点钟了，已是上班时刻，昨天赵昌通知今天任何人不准请假或迟到。但那一切都不如眼前的事情更重要。他大约站了十多分钟，还算幸运，忽从身旁一扇门里走出一个斜背着绿书包的小男孩，他从这小男孩胸前别着的一枚特大的像章，立即辨认出就是刚才那孩子，他一步跨上去，就像一个藏在树后拦路抢劫的匪徒，一把抓住小男孩的胳膊。

"你说，你看见那封信了吗？"

小男孩吃惊地看着他白晃晃、由于过分紧张和冲动而显得很可怕的一张脸，突然哇的一声哭了。

"别哭，我的信在哪儿？"他扯着小男孩的胳膊说。

这时，隔墙的院子里传出女人的叫声："小庆、小庆，怎么啦？"跟着跑出一个矮身材、黄脸儿的女人，腰上系一条蓝条条的小围裙，两只手水淋淋的，看样子是小男孩的妈妈。这女人见有人抓她的孩子，便生气地冲着吴仲义问；

"你这是干什么?"

小男孩见到妈妈，索性放声大哭起来。吴仲义放开小男孩，发窘地解释道：

"我，我丢了一封信。刚才这孩子在这儿玩，我问他看见没有……"

小男孩儿哭着说："他抓我，抓得好疼……"他对妈妈还有点撒娇。

女人不满意地对吴仲义说："你问他好了，干什么抓他? 他又没惹你!"然后转过头问小男孩："小庆，你瞧见他的信了吗?"

"没有。我什么也没瞧见。他抓我……"

小男孩只是委委屈屈地哭着。没瞧见他的信。吴仲义只好道歉说："那对不住了，对不住了!"随即匆匆忙忙转过身走了。样子显得很狼狈。耳朵还听着身后孩子的哭声和那女人一边劝孩子，一边怒骂他的话：

"丢一封信算什么? 值得这样? 这么欺侮一个小孩子，真没见过! 我看你离倒霉不远了!"

他听着，跟着这声音从耳边消失，脑袋嗡一声响起来。他意识到，那封信叫不知名姓的路人拾去了。要命的是，他为了不叫哥哥那里的人知道是一封私信，而用了印有单位名称的公事信封。信封上又没署上他的姓名地址。拾到信的人肯定很快地就会把信送到他的单位，这等于他把自己送入虎口。

# 八

"坦白从宽! 抗拒从严!"

吴仲义一进单位大门，就见迎面墙壁上贴着这样一条大标语。每个字都有一人多高，标语纸上有刚刷过糨糊的湿痕，字迹还汪着黑亮亮、未干的墨汁。白纸黑字，赫然入目，好像是针对他写的。

今天单位里分外静，气氛异常。院子里没人，走廊上也没人，各个房间的门都关着。他推开自己工作室的门，里面静无一人。阳光从四扇宽大的窗子照进来，使几张办公桌上的大玻璃板反射出耀眼的光芒。机关单位已过了熄火的日子。早晨没有炉火和暖气的空屋子，浮着一些寒气。他见自己的桌上有一个小字条，上边写着——

仲义：
从今天起，咱组与近代史组合并一起搞运动，人都到那边
去了。你见条也快去吧！

赵昌匆匆

他赶紧到近代史组。这间房子比他的工作室大一倍。但见他同组的
秦泉和张鼎臣与近代史组男男女女四五个人混在一处，张鼎臣换了一件
破旧而洗得发白的蓝布褂。不知是何原因，每次运动一来，他立刻换上
这件衣服。人家都称他这件破褂子叫"运动衣"。此时，大家忙着写什
么。屋内只有五张桌子，人多了一倍，显得拥挤，却没有声音，各干各
的。大家见他进来都没打招呼，只有秦泉偏过半张瘦长而黯淡的脸，对
他点了点下巴，也未出声。人与人的关系，在一夜之间变得不可思议
了。平日的友情变得不可靠了。友情好似一种水分，被蒸发掉，只剩下
干巴巴的利害关系，而且毫无掩饰地突显在外。

吴仲义见老秦正在用他擅长的楷体字写大字报。标题字有拳头大
小，叫作"欢迎对我狠揭狠批"。下边的字和火柴盒一般大，写得工工
整整，行距整齐。以往运动乍到，他都写这么一份，但丝毫拦不住对他
批判斗争的凶猛扑来的浪潮。其他人手里都拿着一种十大开表格似的纸
张。有的在埋头填写什么；有的笔尖对着纸面呆呆发愣；也有的见他进
来，用手把写在纸上的字挡住。他不去看，因为此时此刻总去注意别人
写什么的人，就像自己心里有鬼似的。

门轴咔嚓一响，走进一个瘦高个儿，中年人，带一副黑色窄边方框
的眼镜，镀金的钢笔卡子在平整整的制服上熠熠闪亮。在大学校、研究
单位和机关里都有这样的文职干部。一看即知是个能干、谨严和在各方
面都富有经验的人；虽然他略显严肃和矜持，却因为人正派、办事规
矩，在群众中很有些威信。他叫崔景春，是近代史组组长。他平时与所
有人都保持一定距离，人缘好却谁也接近不得。而且在任何时候都是如
此。别人对他更深一层的内心的东西很不容易得知。"你来迟了。怎
么，你不舒服吗？"崔景春发现吴仲义脸色有点异常，故问道。"不、

不，我挺好……"吴仲义忙说。可是他跟着又说，"我有点头晕，可能昨晚中点煤气……不过现在好了。"

他平时不说瞎话。此时一说，再加上心慌，有些前言不搭后语。崔景春马上意识到对方表现异常的原因不是生理上的，而是心理上的。吴仲义在每次运动中都无此表现，这是为什么呢？崔景春心里浮出一个小小的浅浅的问号。此种时刻，人们都变得极其敏感；连最麻木的人，神经都通了电，感觉的触角探在外边。崔景春把这个问号记在心里，表面不动声色地说："从今天起，你地方史组与我们组合并一起活动。所里成立了运动工作组；政工组老贾是组长。你们组的组长赵昌调到工作组去工作。咱们这个大组的运动暂时由我负责。这个——给你。"他说着，回手从桌上拿了一沓纸递给吴仲义，"你写好，都交给我！"然后转过身对秦泉用一种完全公事化、一本正经的腔调说："老秦，你随我到工作组去一趟。他们找你。"

"好！"秦泉答应一声。显然，工作组找他没有好事。但他比较老练，并不惊慌，从容地把手中墨笔套上竹管的笔套，又把没有写完的大字报折成三折，用墨盒压好，然后拿起桌上的茶杯，将不多的一点热水"咕噔"咽下去，声音分外响，好像吞下一块鹅卵石。他撂下杯子就随崔景春走出去了。

这种气氛对吴仲义来说，形成一种压力。他坐在秦泉走后的空座位上，看着崔景春交给他的那几张纸，原来是两种油印的表格。一种是"检举揭发信"，上边印着"检举人""被检举人"和"检举有功，包庇有罪"的字样；另一种是"坦白自首书"，印着"坦白自首人"和"坦白从宽，抗拒从严"的字样。尤其是这空白的"坦白自首书"对他有种逼迫感。

他一双眼盯着窗外的一株柳树。返青的枝条在微风里轻轻摇着它淡绿色的生机，却没有给他任何动心的感受。他脑子像马达那样飞快旋转着。他把那封遗失的信所能引起的后果想象得毛骨悚然，就像一个胆小的孩子，坐在那里，想出许多可怕的情节吓唬自己。这时，他的虚构能力抵得上大仲马。可是他忽又想到，刚才找信时，家里书桌最下边的抽屉底下的空处没有找过。往往抽屉里的东西太满，一拉抽屉，放在上边的东西最容易从后边掉下去。早晨他慌慌张张收拾桌上的东西时，很有可能把那封信塞进抽屉里去，再一拉抽屉就掉下去了。他便将早晨那封信带在身上的印象，归于人紧张时常有的错觉。他恨不得马上跑回家把书桌翻过来看看。他坐不住，甚至想装急病好回家一趟。

他使自己轻松了五分钟的光景，很快又觉得这些想法都是不牢靠的自寻安慰的假设。于是，他早晨站在自己家中的走廊上用手按了按上衣口袋内那封信的感觉，又执拗、清晰、不可否定地出现在手指上。信明明丢掉了。只有盼望拾到信的人好心肠，把信替他丢进邮筒里。但如果是另一种人呢？拆开看了，发现了他的秘密，拿这封信立功和牟取政治资本，那么他的一切就都不可挽回了。这时，他眼前出现一个可怕的画面：工作组长贾大真从一个告密者手中接过信，现在正拆开看呢。

这当儿，有人叩门。他心里一惊。屋内一个同事说：

"进来！"

门被推开一条缝，伸进一张陌生的又宽又长的脸，吊梢小眼，扁扁的大嘴，像一张河马的脸，用一口四川腔问：

"这是办公室吗？我有事。"

"这儿在搞运动。你有事到后楼二楼革委会。要是外调就到后楼的三楼。工作组在那儿。"那同事淡淡地说。此时人人都不爱管闲事。

吴仲义的座位正对着门口。他忽然发现这张河马样的大脸下边，隐约可见一只手捏着一个白色的东西。他的心顿时提到喉咙处。是不是送信的人来了？

那人已把门带上，走去了。

吴仲义猛地站起身。咕啷一声差点儿把椅子碰翻，他过去抓开门，跑上走廊。这一连串动作十分迅疾，仿佛救人去似的。使同屋的人都莫名其妙。他在走廊尽头的小门口追上那人。

"你找谁？"

"找你们所里的领导。"

"你，你手里拿的是不是信？"

"是信！"

"是不是在路上捡到的。"他急渴渴地问。

"捡到的？"那人一双吊梢的眼睛几乎立了起来，惊奇地打量着这个举动、言语和表情都像是有些失常的人，含着愠怒反问道："怎么是捡的呢？我是重庆博物馆来联系业务的。这是我单位开的介绍信，难道是假的。看，这是公章。我身上还带着工作证。"那人板着大脸，打开手里的那个白色的东西，果然是封介绍信。上边还盖着圆形和红色的单位图章呢！

吴仲义松了一口气，但这误会的确闹得人家挺不合适。他给一种尴尬的表情扯得嘴角直扭动。只好向人家道歉，却无法解释明白。

那人嘟囔一句什么"岂有此理"之类的话，脸上带着明显的不满走了。吴仲义转身往回走，只见赵昌迎面走来。赵昌胖胖的脸上带着笑，走到他跟前就说：

"老弟，听说你在写检举信。写好了可得给我看看哟！"

"什么？检举？检举什么？"他给赵昌的话弄得糊里糊涂。不明白赵昌为什么对他说这样的话。

"检举我呀！瞧你，干什么眼瞪得这么吓人。我跟你开玩笑呢！再说，你写了检举信也不会交给我。你得交给崔景春，不过最后还得到我手里。……哎，老弟，你可别拿我的笑话当真。咱俩互相心里最有底儿。谁也没问题，对吧?!"说着，赵昌亲热地拍了吴仲义一巴掌说，"有事找我，我在后楼三楼的工作组里。哎，早晨你怎么迟到了呢？我没见到你，在你办公桌上留张条，瞧见了吧!"然后不等吴仲义说什么就走了。

吴仲义站在这里，浑身感到一阵莫名的舒服。既然赵昌对他这样亲热，不是等于告诉他工作组还没有见到那封信吗？在事情没有落得最坏的结局之前，一切都是大有希望的。此刻，他不愿意去想刚刚发生的那件事——不愿意再想那封信了。他要像淋热水澡一样，长久地沉浸在刚刚赵昌对他的这种亲热里，永远不清醒地面对现实。他与赵昌是要好的朋友，赵昌的又软又胖的手常常亲热地拍一下他瘦削的肩头，但他从来没感到现在赵昌拍他一下有这样珍贵。

可是，赵昌刚对自己说的那些话又是什么意思呢？

恐怕他此生此世都不会明白。

# 九

心与心，有时能像雨滴水珠那样一碰就溶成一个；有时却像星球之间距离那样遥远。从这个星球向那个星球上遥望，那里云包雾裹，玄奥莫测，是一个很难解开的谜团……

谁能知道，赵昌在没有发现吴仲义的秘密之前，竟是害怕吴仲义的？

他原是公用局业务科的一个办事员。喜欢地方的风物、历史、遗迹、习俗和掌故。业余有点时间就去访问遗老，搜奇寻异；并注意收集有关地方史方面的零零星星的材料，绝版小书，以及有价值的能对某一史实或事件作为佐证的物件，如本地名人的书信、农民运动中散发过的揭帖、民间年画、城砖庙瓦、大量的旧照片等等。往往一个专家开头的一步并没有什么宏伟的目标，全凭着浓厚的兴趣；而且学识渊博的学者不见得就是专家，对于专家来说"精"比"博"更为重要。赵昌对地方风物的兴趣，并没有停止在单纯的爱好或收藏家那样的嗜好上。他还致力于研究与发掘，并常在报刊上发表些小文章，来公布他的研究成果。地方史的研究一直是冷门。一般历史学家因其内容偏狭而不屑去做，而他们一旦需要这方面的史料或知识，还得求教赵昌这样的地方通。渐渐他就成了一名业余专家，有些小名气。五八年后，所里为了加强地方史研究而专门成立了一个组，就把他调进来；前后调入的还有张鼎臣。秦泉是所里的元老之一，五七年划为右派，摘掉帽子后也调到这个组工作。最后一个是吴仲义。

吴仲义进所不久就与赵昌成为相好。

人之间，好比锁和钥匙，只要合适，一拨即开。赵昌性情随和，没有是非，很好相处。他热衷于自己的工作，对别人很少有意见，这些都和吴仲义合得来。

他外表胖胖的，肌肉松软，全身的轮廓和线条都是圆的；和他的性格、说的话一样，没有一点棱角；弯弯的小眼睛总带着和蔼和亲切的笑。将近五十岁的人，在逆光中脸上还有一层软软发亮和绒样的汗毛。

他给人的全部感觉，颇像只温驯的猫儿。有人认为他圆滑，有人认为他平和，不过他从不招惹人、干涉人，工作热情又高，怎能说他不好？

在吴仲义没调进来时，地方史组的三个人归属近代史组，由崔景春代管。业务上由赵昌负责，但没有明确职务。吴仲义调入后，地方史组就从近代史组分出来，独立了。所里委派吴仲义做"临时组长"。因为吴仲义大学毕业，又是个老团员；赵昌和张鼎臣、秦泉三人都是白丁，没有一点政治头衔。之所以叫吴仲义作"临时组长"，根由还在于哥哥的污点，不过一时没有更适当的组长人选罢了。

赵昌对这个新人来做组长，从未表露出一点妒嫉。反而，他很钦佩吴仲义扎实的学识、埋头钻研的毅力、对工作的热诚，以及录音带一般非凡的记忆力。他本人的知识带点"业余"色彩，庞杂而不够严谨，缺乏系统性和理论性，因此他总是谦恭又实心实意地向吴仲义请教。

吴仲义的能力只表现在专业研究方面。生活上是个糊涂虫，一点也不会料理和照顾自己。他对历史上的朝代年号倒背如流，生活上却丢三忘四，饮食起居和房间的一切都七颠八倒。一个人的精神总在别一个天地里，必然常常忘记身边的生活。他那些雨伞、钢笔、手绢、围巾和口罩，不知丢了多少次，买了多少次。由于常丢门钥匙，门锁一撬再撬，连门框都撬得满是洞眼和硬伤。

他一个人，工资够用，但过得挺拮据。衣服又脏又破，弄得人家总认为他装穷，他却很少舒舒服服吃过一顿饭。赵昌在这方面比他强得多，便主动帮助和照顾他；每年入冬，他家里的炉子烟囱都是赵昌替他装上的。吴仲义在人事上特别无能，每逢遇到一些不好处理的事，都是赵昌帮他想办法，排难解纷，处理得稳妥又无后患。渐渐地，他对赵昌的信任中产生一种依赖性，事事都和赵昌商量。当他含着感激温情的目光望着赵昌那张可亲的胖脸时，赵昌便笑道：

"等你娶了老婆，就用不着朋友了！"

他摇头。他多年来谨小慎微，没有朋友。但在同赵昌的长期交往中，认定了这个人是诚实可靠的。他想："我就要这个朋友啦！"他不相信这样好的朋友会有疏远的一天。

六十年代的大革命来了。不仅改变了有形的一切，也改变了无形的一切。诸如人的思想、习惯、道德、信念，以及人和人之间固有的关系。运动初期，人们炮轰各层领导时，赵昌居然给他贴了一张大字报。说他"身为组长，在组内搞业务挂帅、业务第一、白专道路"云云，还举了一些例子。这事出乎吴仲义的意料，他想不明白赵昌这样做究竟为了什么。而且，这是所里第一张点了他的名字的大字报。这么一带头，又有张鼎臣和明史组的两个人朝他轰了几炮。他曾为此害怕、担心、失眠。幸好他平时谨慎，没有更多把柄叫人抓住，供人发挥。闹了一小阵子就很快过去了。过后，他对此事并不在意。他是个与世无争、不会报复的人，没有强烈的爱和恨，也不会记仇。但赵昌的行为确确实实成了他俩之间一层隔膜，关系慢慢疏淡了。

此后，两派打起来。赵昌参加了贾大真为首的一派，是一个中坚分子。据对立一派说赵昌是他那派的谋士，曾被提起来捆进麻袋里挨过一顿毒打。吴仲义身在局外，冷眼旁观，他不理解赵昌哪来如此狂热的情绪。赵昌还找过他，拉他加入那派组织。他婉言谢绝，头一次没有按照赵昌的主意去做。两人的关系更加淡漠。很长一段时间里，赵昌没去过他家。

后来，两派联合了，工作恢复了。赵昌的一派是战胜者，在新搭成的领导班子里占优势。所里的所有职权差不多都给这一派把持住。贾大真做了政工组长。赵昌被任命为地方史组的组长。原组长吴仲义虽没有被公开免职，实际上被稀里糊涂地废黜了。有人对吴仲义说，赵昌早就想谋取他组长的职务。他不相信，也不以为然。只要自己平安无事，怎么办都行。他叫这两年人与人之间残酷无情的搏斗吓坏了，恨不得藏到什么地方去才好。因此他一点也不妒恨赵昌，正像当年他做临时组长时，赵昌也不嫉妒他一样。

赵昌被任命为组长的当天晚上，忽来叩吴仲义家中的门。他长时间没来，但这次来仍像往常一样，神态自然，胖脸上依旧闪着亲切的笑意，进门就朝吴仲义的肩头热热乎乎地拍了一巴掌，笑吟吟地说：

"咱哥俩两年多没坐在一起喝喝了。都怪我瞎忙。从今儿起又该常来了！"

这三两句话，把两年来没有明朗化的不愉快的几页全翻过去了，好似他们之间从来没发生过什么。这自然很好。赵昌带来小半瓶白酒，几包油烘烘的酱菜，于是两人收拾一下桌面上的杂物，摆上菜，斟好酒，面对面坐下端起酒盅"当"地一碰，关系仿佛又回到他俩亲密无间的那个时期。吴仲义反而有些尴尬，竟好像他俩疏淡一阵子的责任都在自己身上似的。

吴仲义不会喝酒，半盅下肚就昏昏沉沉。不一会儿再挪动一下自己的脚，就像挪动别人的脚一样。对面赵昌的脸变得不清晰了。在灯光里，像一个活动着鼻子眼睛嘴巴的毛茸茸的白色大球儿。他笑嘻嘻看着虚幻中赵昌的脸，不说话；他属于那种喝多了酒不爱说话的人。

赵昌的酒量略大，但喝多了，也有些醉意，耳鸣脸热，头脑发涨。他的表现恰恰与吴仲义相反，酒劲上来之后，哇里哇啦说个不停。他觉得对方的脑袋一个劲儿地东摇西摆，但不知是吴仲义摇晃，还是自己摇晃。

酒常常会打昏心扉的卫士，把里边真实的货色放出来。赵昌感到心里像烧开水那样滚沸，控制不住了，日常的约束力消失了，他有种放纵的欲望，想哭、想喊，止不住要将心里的话全都泼洒出来。他把嘴里一块啃得差不多的鸡脖子"噗"地吐在桌上，咧开嘴说：

"老弟，我当初给你贴过大字报，现在又当了组长，顶了你，你对我有看法吧！"

"没有！没有！"酒意醺醺的吴仲义摇着双手说。"不！你对我不诚实。这可不够朋友！我赵昌不愿意当这个组长，七品小官儿，只有受累、得罪人，没什么好处。他们非叫我当不可。我实话告诉你，他们因为你哥哥曾是右派，不肯用你！你不当这个组长并不是坏事。你还看不明白，今后像你这样家庭有问题的，别想再受重视，只有老实躲在一边干活吃饭。至于我运动初期给你贴大字报，我——"赵昌忽把酒盅往桌上一扔，涨红的胖脸非常冲动，一双小眼居然包满泪水，给灯光映得亮晶晶的，颤颤巍巍的，仿佛就要掉落下来。他面对吴仲义，嘴唇抖嗦地说："我承认，我有私心，对不住你！我对你实话实说，当时我听了一个恍信儿说，你家里有问题，你又一向只钻业务，郝主任他……我都告诉你吧！那时他怕群众轰他，想把矛头转向下边。据说领导正布置收集你的材料，要整整你。我平时跟你的关系无人不知，怕被你牵连上，就给你来张大字报——这就是事情的来龙去脉。我把它全掏给你了！你要是因为这些恨我就恨吧！你恨得有理由，我心甘情愿叫你恨！"

吴仲义给酒精刺激得浑身发烧。他听了这些话又吃惊又害怕，同时又受不了别人向自己道歉、谢罪、讨饶、请求宽恕。竟如同受宠若惊那样，眼边晶晶莹莹闪烁着激动的泪花。他一手抓起面前的酒盅，举起来，带着少有的热烈劲儿说：

"过去的事，叫它过去吧！我……我们干一杯！"

赵昌听了，冲动中胡乱抓起酒盅，斟上酒，两人一饮而尽。酒醉的程度各自升了一级，心中的门儿彻底敞开。

赵昌掉着泪说：

"老弟，你这样宽宏大量，我不知该怎么说才好。你相信我吧！今后我赵昌保证对得起你，你只要别把我当成那种踩着人家的肩膀往上爬的人就成！我再告诉你……这两年我算把什么事都看透了。运动开始时我还挺冲动。干呀，斗呀，死命地打呀，互相跟仇人一样。现在想起来挺可笑，自己这么大人，怎么跟孩子打群架一样，着了魔啦，整天不回家，白天晚上在总部里干，谁劝也不听。从小斯斯文文，没打过架，长大可好，脑袋叫人打得和大冬瓜似的……现在两派又联合了。握手言和。细想起来，谁又跟谁有仇？今天你整我，明天我整你，整来整去没一个好的。谁又落得好处？咱们纯粹是些棋子儿。人家把咱往棋盘上一摆，咱就打。用不着了，往盆里一收。越想越没劲！"

此时，在吴仲义的眼里，赵昌的面孔已经模糊一团：说的话也听不太清。但他几乎凭着一种本能，一种在任何情况下都不会放松的警觉，感到赵昌的话里仿佛有种犯忌的危险的因素。他一边摇头——摇头的幅度很大；一边像咬着舌头儿，吐字不清地说：

"你得注意，不要乱说。否则会使你一辈子爬不起来……"

赵昌叫酒精淹没的脑袋里还残留着一小块清醒的陆地。他听了吴仲义的话，不知为什么，竟像过了电一样，浑身一惊，纠缠着他的酒性顿时消失净尽。他睁圆的一对发红的小眼，直视着坐在对面的吴仲义。吴仲义还在摇头，连肩膀都跟着左右摇摆，好像在风浪中颠簸的船上，嘴里还在含糊不清地说：

"不好，不好。你这些话反，反……"

"反动吗？我，我刚才说了什么？"赵昌问。

吴仲义忽然摇摆得失去了重心，向左边一歪，靠在椅背上。多亏椅子上的扶手拦住他，险些栽倒。他彻底被酒击败，无论赵昌怎样问他，他也回答不了。

赵昌扶他上床去睡，自己怏怏回家。一路上，他后悔自己酒后失言。他恨酒，更恨自己。但此后他与吴仲义在一起时，吴仲义从没提到那次酒中的谈话。他也不提，不解释；如果那天吴仲义醉醺醺的，根本没听清那些话，他一提反而等于把一条模糊的线条描得清晰和突出了。再说，在平时这些话并不太可怕，尤其像吴仲义这样一个不爱惹事的人，与他的关系又不错，不会主动去揭发和告密。现在在运动中就不同了。这些话会使他身败名裂。而且，自己的短处在人家手中就不能不防，不管是谁。因此他必须随时留神吴仲义的举动，悄悄地筑起一道无形的警戒线。

吴仲义哪里会知道赵昌这些想法呢？他现在自顾不暇。更何况他那天被酒冲昏了脑袋，过后就把赵昌的话忘得干干净净。

# 十

当晚，吴仲义站在河边。从河面吹来的柔和的微风，扑在他的脸上，在晚风的凉意里，含着一种清新有力，撩动人心的早春的气息。月光在宽展的河心给波浪摇成一片细碎和闪闪烁烁的银蓝色的光点。这美丽而发光的河映衬着他、河边的栏杆和一些小树，成为黑色的如画一般的剪影。高高的柏树在远远近近沙沙作响，帮助躲藏在暗影中的一对对情人掩盖避人的私语……这时，在岸边月色明亮的地方，走过来一个瘦弱的姑娘，缓缓地，带点羞涩的劲儿，生活把这珍贵和美好的东西给他送来。这样迷人的月夜，犹如给姗姗走来的姑娘伴奏着一曲甜美的琴音。

但这一切与他都似乎无关了。

下班后，他赶紧跑回家，心里怀着希望，把书桌的抽屉一个个拉下来，直到露出抽屉下边那块黑暗的空间，他去掏，但只掏出来一张旧照片，一个小笔记本的塑料皮，几个书钉和两页没用的论文草稿。依然没有那封信。最后一个转危为安的可能也失去了。他带着空茫、绝望和乱糟糟的心情，依照上次与那姑娘的约会来到这里。

几天前，他有一个甜蜜的计划。他要和这姑娘结婚，成立家庭。前两年他还抱着一点独身主义的想法，自从去年年底认识了这个姑娘，他的想法就完全改变了。这个姑娘懂事、内在、规矩而不精明，生活能力并不强，比不得嫂嫂，但老实又诚实，稳稳当当，他却偏巧喜欢这种姑娘。可能是怕在一个爽利能干的姑娘身旁会成为受气包。他盼望未来的生活能出现这样的画面：在炉火融融的小屋里，点一盏台灯，自己伏案研究一项未完成的课题，身边满是书。那姑娘带着妻子的贤淑的微笑，把一杯刚沏好的热茶放在他的面前——他想的就是这样简单。他希望有一个理解他的人，心甘情愿地挑起生活的担子，使他能把全部精力倾注在自己热爱的事业上。他也盼望感受一下家庭的温暖、夫妻的恩爱，盼望有个逗人的孩子，使他这过于清静和寂寞的房间生气盎然起来。这样，远在天边的兄嫂也会放心和高兴。但是如果那封信找不到，这一切便要搁浅在幻想中，永远不会成为现实。

　　这姑娘名叫李玉敏。现在站到了他的面前，抬起一双大而长、并不年轻的眼睛，却闪着年轻人初恋时那种颤动的目光。这种目光在任何一双眼睛里也会相当动人。跟着李玉敏垂下眼皮。她的心"怦怦"地跳。另一颗心却是麻木的。

　　两人都在沉默，但不是一种沉默。

　　李玉敏不敢再抬起眼看他。幸亏没有看他，否则吴仲义脸上痴呆呆、毫无感触的表情，准会使姑娘生疑。

　　他俩走了几步，靠在栏杆上。两人心中是两种全然不同的境界。

　　李玉敏从口袋掏出一件东西悄悄给他，没说话。

　　"什么？"吴仲义问。

　　"信。"李玉敏轻声说。

　　"信？"他给"信"这个字搞得一惊。一瞬间，他脑袋里非常混乱，竟然想自己丢掉的那封信怎么到了她这里。"谁的？我的吗？快给我！"

　　上次他们见面，吴仲义提出要同她做正式朋友，她答应回去考虑。这封信正是要告诉吴仲义——她接受了他的要求。而且这也是老姑娘第一次向一个男人表露真情。此刻见吴仲义向她要信的神气如此冲动，误以为是对方迸发出来的热烈的激情。她又欢喜又羞涩。羞答答把信塞在他的手中，扭过头眼望着河面上炫目的月光。悄言道：

"你要我回答的话，都写在这里边。"

"什么？不是，不是……噢，是你的信。"

吴仲义好像从梦中清醒过来。原来不是他迫切要找到的那封信！小小的一阵空喜欢，连声音都透出失望。

"怎么？"

"噢，没什么，没什么，那好，那好。"他说。把这信揣进口袋，好像揣一条手绢。

李玉敏给他的表现弄得又诧异又气愤。恋爱时的姑娘是敏感的。自尊心像玻璃器皿那样碰不得。此时受了莫名其妙的挫伤，脸上幸福的光彩顿时消失，松弛的皮肤垂下来，在夜的暗影里显出老姑娘本来的容貌。

李玉敏离开栏杆向前走。吴仲义也离开栏杆，下意识地跟着她。

吴仲义一点也没感觉到对方的变化。他的心情坏得很，脑袋里充满了那件惴惴不安的事，一句话没有，走在身边的李玉敏好似一个陌生的路人。他伴随她不知不觉走到一个路口，忽听李玉敏说：

"你把那东西给我！"

"什么？"

"信！刚刚给你的那封信！"

吴仲义从口袋里掏出信来。未等明白李玉敏的意图，就被对方一把拿过去。"我回去了。"李玉敏说。

"我送你。"

"不用！"她的口气坚决，又非常冷淡，并意味着对方再来要求也会遭到拒绝。

这时，吴仲义才意识到自己刚才的举动使李玉敏发生了误解。他见李玉敏气哼哼的，担心把李玉敏惹翻，忙说：

"我，我今儿不大舒服，你千万别介意。这信留给我行吗？"

站在路灯下的李玉敏，脸上现出一丝很难看的冷笑，她冷冰冰地说："不用了，我看得出你改变了想法，并不真想看这封信！"说完，把那信往衣兜里一揣，转身就走了。

他呆立着，眼瞅着她走出十多步而不知所措，最后才勉强地叫道：

"我明后天去看你！"

她没理他。走去的步子很急，很快地消失了。

吴仲义往回走，心情烦乱而沮丧。他想：信、信、信！介绍信，情书，都是信。世界上每天来来往往有成千上万封信，无穷无尽的信，就是没有他要的那封信：他恍惚觉得那封丢失的信将带来的祸事已经露出头儿来，只有乖乖地等候它的到来。

# 十一

　　运动开展的头一天里，全所只收上来十多份检举信。其中一份材料，揭发了办公室的一个姓陈的老办事员在早晨上班前"请示"的仪式中，两次拿倒了语录本——只有这份材料还有些文章可做。其余大多是鸡毛蒜皮。于是工作组下一道命令，自今日每人每天必须交一份以上的检举揭发信，否则下班不准走。

　　今天屋里显得松开一些。近代史组一个叫朱兰的女同志又被调到工作组去搞外调。秦泉不见了。据说所里成立一个监改组，已经把秦泉这样几个老牌的有问题的人收进去，做检查交代，晚上不准回家。秦泉那张叠成三折的《欢迎对我狠揭狠批》的大字报还在桌上，压着墨盒，好像遗物。

　　吴仲义坐在那里，仿佛在等候工作组派人来召唤他，告诉他那封信已被拾到的人送来。于是他就乖乖地全盘承认，挨一顿狠斗，被掀到监改组去和秦泉做伴。

　　他瞧着摆在面前的检举揭发信，不好不写，又没什么可写，真正体会到"如坐针毡"是什么滋味。尖尖的屁股坐累了，在椅面上挪来挪去。不单是他，别人也是这样。

　　时间，就这样从每个人身上匆匆又空空地艰难地虚度过去。

　　崔景春走进来。屋里的人都眼盯着自己手里的揭发信，装作思考的样子。这时张鼎臣站起来，手拿着两张纸凑上前，交给了崔景春。样子卑恭，并小声嗫嚅着说：

　　"这是我一份申请材料。要求领导每月在我的工资里扣去十块钱，补还我十年中所支取的定息。这是剥削的钱，不该拿，我主动交回……还有这份，揭发我叔叔。解放前我叔叔开米铺时，曾往米里边掺过不少白沙子，欺骗劳动人民。详细情况都写在这上边了。"

崔景春听了，脸上毫无表情，问道：

"你叔叔现在哪儿?"

"死了。五九年死的。"

"死了你也要揭发?"崔景春说着，严肃而平板板的脸上露出一点鄙夷的神气，随后拿着这两张纸走了。

张鼎臣回到座位上，两眼直怔怔，嚼味着崔景春这两句话的意思。

吴仲义想在自己手中的检举信上写点什么好交差，但他脑袋里依然没有一块可以用来回忆和思考的地方了。混混沌沌地盈满了有关那封丢失了的信的种种想法。笔下无意识地在检举信上写了一个"信"字，跟着他心一惊，觉得这个不祥的字会泄露他全部秘密似的。他赶忙在"信"字上涂了一个严严实实的大黑疙瘩。这当儿，赵昌走进来。

他赶紧把这张检举信折起来，用一只手紧紧按着，好似按着一个活蚂蚱。赵昌一屁股坐在他旁边的椅子上，笑呵呵地问：

"写的什么，能给我看看吗?"

吴仲义连忙说没写什么，攥在手里，不肯给赵昌看。他神色有点紧张和慌乱，使处于戒备状态的赵昌误以为吴仲义所写的什么与自己有关，由于险些被自己闯见而发慌。但赵昌表面上装得很自然，拍了拍吴仲义的肩膀，脸上还带着笑说："你可得实事求是，瞎写会给自己找麻烦。你写吧，我走了!"说完一抬屁股就走出去。

赵昌走出门，在走廊上站了一忽儿。掏一支烟点上，连吸了几口。嘴里吐出的烟团，如同他此时脑袋里旋转着的疑团，绕来绕去。他把刚刚吴仲义反常的神态猜了又猜，各种可能一个个排除，最后仍做不出确切的判断。他非常疑心吴仲义在打自己的算盘——多半就是自己所担心的，即揭发自己那次酒后之言，以此来把自己从"组长"的职位上推下去……想到这儿，他将一团烟留在走廊中间慢慢消散，急忙返回自己的房间去思谋对策。

# 十二

两天里，吴仲义和赵昌在互相猜测、疑心和害怕。

赵昌无论在什么地方，只要碰到吴仲义就故意板着面孔，冷淡对方；眼睛也不瞧着对方，只微微一点头就走过去。他想以此给吴仲义造成心理压力，使吴仲义清楚地感到自己已然察觉到他的动机。同时，赵昌每天下班前的一个小时，都坐在工作组的房间里不动，等候崔景春交上来近代史组的检举信，查看一下有无吴仲义揭发他的材料。

赵昌的态度使吴仲义忧虑不安。他误以为拾到信的人已经把信交到工作组，赵昌也已经获知自己的问题。因为他俩平日接近，赵昌怕牵连自己才故意冷淡和疏远他，正像运动初期赵昌给他贴大字报时的动机和想法一样。

他把赵昌对他的态度，当作自己的事是否败露的晴雨表。这就糟了！因为赵昌也正把他的态度当成某种反应器。

他很紧张。遇见赵昌就更不自然。一双惊慌和不安的灰色的小眼珠在眼镜片后边滴溜乱转，如同一对滚动着的小玻璃球儿，躲躲闪闪，竟没有勇气正视赵昌。更使赵昌认为："好小子，你怕我，看来你已经朝我赵昌下手了！"

赵昌还想到，之所以没见到吴仲义揭发自己的材料，多半由于崔景春见那材料关系到自己，收在一旁，没给自己看。或许背着他悄悄交给工作组组长贾大真了。于是他开始对贾大真和崔景春察言观色，留神有什么异样而微妙的变化。虽然他比吴仲义老练，沉得住气，掩饰内心情绪的本领略胜一筹，但心中也非常苦恼、烦乱，担惊受怕，此刻的心理活动与吴仲义无甚两样。因而他把吴仲义恨得咬牙切齿，恨不得吴仲义得急病，在上下班路上遇到车祸，或突然出现什么问题叫自己抓住，将他狠狠置于死地，好回不过嘴来咬自己。


# 十三


贾大真是所里一位铁腕人物。虽然仅仅是一名政工组长，二十一级的人事干部，天天骑一辆锈得发红的杂牌自行车上班，每顿饭只能买一碟中下等的小菜，得了病也不例外地东跑西跑求人买好药。但在那个人事驾驭一切事情之上的非常时期，却拥有极大权力。许多人在命运的十字道口上，全听从他的信号灯。可是别人在他手中，有如钱在高布赛克的手中，一个也不轻易放过。

一连串整垮、整倒、整服别人，构成他生活的主要内容，工作的主要成绩。他是那个时期生活的主角和强者——当然是另一种主角和强者。把握着人与人关系绝对的主动权。同他打交道，便意味着自己招灾惹祸，沾上了不好的兆头；他带着一种威胁性，没有人愿意同他接近。他却自鸣得意，说自己是"浓缩的杀虫剂"。由于到处喷洒，连益虫也怕它。

他敏感、锐利、精明、机警，能从别人的眼神、脸色、口气以及某一个微小的动作，隔着皮肉窥见人心。还能想方设法迫使人把藏在心里的东西掏出来。每逢此时，他就显得老练而自信。好像一个捉蟋蟀的能手，能将躲在砖缝里的蟋蟀逗弄出来那样心灵手巧，手段多得出奇。非正常的生活造就了这样一批人，这批人又反转过来把生活搞得更加反常。在那个不尚实干的年月里，干这种行当的人渐渐多了，几乎形成一种职业。人家天天用卡尺去挑拣残品，他们却拿着一把苛刻得近似于荒谬的绳尺去检查人们的言行；人家用知识、经验、感情、血汗，以及心中的金银绯紫写成文章，他们却在写文章的人身上做文章，把活泼快乐的生活气氛，搞得窒息、僵滞和可怕。这些人还有共同的职业病：在平静的生活中就显得分外寂寞，闲散无聊，无所作为；当生活翻起浪头，他们立刻像抽一口大烟那样振作起来，兴致勃勃，聪明十足。又好似夜幕一降，夜虫夜鸟就都欢动起来。此时此刻的贾大真正是这样，如同一个刚上场的运动员那样神采奕奕，浑身都憋足了劲儿。

特殊职业还给了他一副颇有特色的容貌：四十多岁，用脑过度，过早秃了顶。在瘦高的身子上头，这脑袋显得小了些。他也像一般脑力劳动者那样，长期辛苦，耗尽身上的血肉，各处骨骼的形状都凸现在外；面皮褪尽血色，黄黄的，像旧报纸的颜色。只留下一双精气外露、四处打量的眼睛，镶在干瘪瘪的眼眶里。目光挑剔、冷冰冰、不祥、咄咄逼人，而且总是不客气地盯着别人的脸，连心地最坦白的人，也不愿意碰到这种目光。

早上，张鼎臣写了一份矛头针对自己的大字报，名曰《狠批我的剥削罪行之一》。吴仲义主动帮他到院子里去张贴。

吴仲义这样做，一来由于在屋里心惊肉跳坐不住，二来他想到院中看看有什么关于自己的迹象。他还有种天真的想法——幻想到院子里，可以碰到拾信的人把信送来，他好上去截住。

院墙上贴满大字报。有表态式的决心书、保证书、批判文章，也有揭发运动中两派斗争内幕的。充满纷繁复杂、纠缠绞结、说不清道不明的派性内容。有攻击，有反击，也有反戈一击；或明或暗，或隐或露，或曲折隐晦，或直截了当。在这里，人和人的矛盾公开了，激化了，加深了。由于公开而激化和加深了。

吴仲义和张鼎臣在这些大字报中间找到一块空当，刷上糨糊，把张鼎臣那张骂自己的大字报贴上去。贴好后，张鼎臣嫌自己的大字报贴得不够端正，他举着两只细白的手进行校正。吴仲义站在一旁，手提糨糊桶，给张鼎臣看斜正。这当儿，吴仲义觉得身边好像有个人。他扭头，正与两道冷峻而逼人的目光相碰。原来是贾大真！他倒背着手，两眼不动地直盯着自己看，仿佛把自己心里的一切都看得透彻和雪亮。他不禁一慌，"啪"的一响，手里的糨糊桶掉下来，糨糊洒了一地。

贾大真见了，微微一笑，笑得不可捉摸，好似带点嘲讽的意味。

吴仲义直怔怔呆了几秒钟，才忙蹲下来，一双控制不住的颤抖的手在地上收拾着又黏又滑的糨糊，一边抬起头强装笑容地说："桶把儿太滑，我……"他努力掩饰自己的失常。

贾大真什么话也没说，转身走了。他不需多问，已经意外地得到一个极大的收获。他回到工作组，只赵昌一个人在房中整理各个组交上来的揭发材料。他坐下来，掏出烟点上火，抽了一阵子。头也不扭，说："老赵，你认为吴仲义这人怎么样？"赵昌一惊。他立即敏感到吴仲义和贾大真可能接触过了。是不是贾大真已经掌握了自己的问题，现在来试探自己？他感到手脚发麻，心中充满恐怖感，脸上也明显地表露出来。如果这时贾大真与他面对面，肯定又给贾大真意外发现一个有问题的人。而使贾大真有机会大显身手，建树功绩。但是贾大真没有这么多好运气。运气像个没头没脑的飞行物，一头栽到赵昌的怀里。他瞬间的流露没给贾大真瞧见，便赶忙垂下眼皮，翻着手中的材料，边看边说："这个人……很难说。""怎么，你不是同他很好吗？"贾大真扭过脸来问道。"好？"赵昌淡淡哼了一声，"他和谁都那个样子。""你不是挺照顾他吗？""我两在一个组里，又搞同一项工作，总比较近些……""每年入冬时，他家的炉子不是你给安上的？前两个月，他哥哥病了，你还借过他二十块钱。是不是？"贾大真目不转睛地瞧着他说。

赵昌见他对自己同吴仲义的关系了解如此详细而略感惊异。贾大真一向对人与人的关系感兴趣，全所人之间错综复杂的关系他都了如指掌。而且还把握着大多数人的业余活动。赵昌与贾大真在运动初期虽属于一派，贾大真对他还挺重用（譬如调他来工作组），但赵昌很清楚，只不过自己没有什么短处抓在贾大真手里。如果有问题叫贾大真抓住，就是贾大真的至爱亲朋也不会被轻易放过。此时，赵昌不明白贾大真同他谈这些话为了什么，只觉得没有好事，便推说：

"是啊，他找我借钱，我怎好不借。那只是一般往来。""吴仲义这人的思想深处你了解吗？"贾大真又问。

赵昌从这句问话听出来，贾大真所要了解的事与自己没有什么直接关系。心里便稍稍轻松一些，问题回答得也比较自如了："您要问这个，我可以告诉您，我虽与他表面上不错，实际对他并不很了解。我俩在一起时，只谈些工作或生活上的事，他的想法和私事从不对我讲。有时他长吁短叹，我问他，他不肯说。弄长了，他再这样唉声叹气，我连问也不问了。"赵昌一方面想把贾大真的兴趣吸引到吴仲义身上，一方面有意说明自己与吴仲义从来不说知心话，好为否定一旦吴仲义揭发他那些酒后之言做铺垫。他防守得十分严密，如同一道无形的马其诺防线。

"他家的收音机有短波吗？"贾大真转了话题，问道。

"没有吧！恐怕连收音机也没有。"赵昌说。他虽然不明白贾大真问话的用意，但已明确地觉到这些问话的矛头不是针对自己。

"他写日记吗？"贾大真又问。

"那就不知道了。要是有也不会给我看呀！怎么，他怎么了？"赵昌开始反问。他懂得光回答别人的话，会使自己处于被动地位，对人发问才会变得主动起来。

贾大真忽然站起来，以一种非常有把握的肯定的语气对赵昌说：

"他有问题！"

当赵昌听到了贾大真说这句话，他兴奋得眼睛都亮了。这看上来是对准自己的枪口，原来是对准别人的。如果他现在一个人在屋里，会喊出一声："谢天谢地！"可是他还是不清楚贾大真怎么会从吴仲义这样一个胆小怕事、循规蹈矩的人身上发现问题。他不禁问："他能有什么问题？"

贾大真瞟了他一眼，并没把刚才自己偶然间的发现告诉赵昌。他在屋子中间来来回回踱着步，考虑着，一边抽烟。最后他走到桌边，把烟头按死在一个玻璃烟缸里，扭过脸面对赵昌说：

"你先别管他有什么问题，但我肯定他有。我……打算叫人去进一步观察他一下，看看他有什么反常的表现。如有，随时告诉我。我叫你去，是因为你平时同他关系较近。你接近他，不会惹他起疑。不过，无论你发现了什么也不能惊动他。你能不能做到？"

赵昌听了很快活。从贾大真给他这件任务来看，大概吴仲义尚未把自己的问题揭发出来。他心想，不管吴仲义有无问题，或有什么样的问题，他都可以借此将吴仲义控制在自己手中。如果能把一张于自己的安危祸福有直接关系的嘴巴，捏在自己的食指和拇指中间，他就有利和主动了。他便说：

"我可以做到。不过请您和崔景春打个招呼。否则我总去接近吴仲义，崔景春会感到莫名其妙。再说崔景春这个人脾气古怪。"

"什么古怪？！右倾保守！他一贯如此。对搞阶级斗争总有些抵触情绪。这些你都别管了，自明天起，你以工作组的名义下到近代史组去参加运动。好不好？""那好！好极了！"赵昌产生一种整人的欲望。

# 十四

赵昌坐在近代史组的七八个人中间，表面上不动声色，暗中留神察看，果然发现吴仲义有些异常。吴仲义的脸像墙皮一样灰白，镜片后边的目光躲躲闪闪，只要别人一瞧他，他立刻垂下眼皮，躲开别人的视线。赵昌特意地试了几次，结果都是一样。他显得没有兴致，带一种愁容和病容。有时眼盯着窗外或墙角什么地方，能一连怔上半个小时。这时他脸上会一阵阵泛出一种惧怕与愁惨的神情。当人招呼他一声，或有什么突然的响动，他就像麻雀听到什么声音那样浑身微微地惊栗般地一颤。动作失常，时时出错，那是一个人心不在焉时的表现。吴仲义平时衣衫不整，不修边幅，大家对他这样子习以为常。可是赵昌有心仔细察看，就从中看出毛病：他面皮发污，眼角带着干结了的眼屎，脖子黑黑的，大约有四五天没好好洗脸了。也有几天梳子不曾光临到他的头上，乱蓬蓬好似一窝秋草。而且居然瘦了许多。颧骨在塌陷的脸颊上像退潮后的礁石那样突出来，眼圈隐隐发黑……

"他失眠了？"赵昌想，"究竟怎么回事，难道真有什么问题吗？"

他瞧着吴仲义可怜巴巴的样子，心里生出怜悯的感情。他与吴仲义相处十来年，在这个老实、厚道、谦让的人身上，无论如何也找不到憎恨的根由。他甚至有个想法——想和吴仲义个别交谈一次，弄明究竟，帮他一把儿。可是转念一想，这样做是不可以的。如果吴仲义真有严重问题，自己就要陷进去受牵累，再说，他还不能排除吴仲义揭发他的可能。愈是吴仲义自己有问题，愈有可能为了减轻一点自己的问题而来揭发他。从事研究工作的人都把握着一种思维方法：当各种迹象都存在时，需要做的是进一步研究这些现象再做结论；当把无可辩驳的论据全部拿在手中时，由此而做出的判断才是可靠的。

中午饭前，崔景春忽把吴仲义叫出去谈话。等他俩走出去三分钟后，赵昌也走出屋子，在走廊上转了两圈，发现崔景春和吴仲义在地方史组那间空屋子里谈话。他在门外略停了停，里面的谈话声很小，听不清楚。

午饭时候，赵昌在食堂乱哄哄的人群中，透过雾一般飘动的饭菜的热气看见崔景春独自一人坐在一张桌前吃饭。他端着自己的饭盒走过去，坐在崔景春身旁。吃了几口，便悄声问：

"你刚才找吴仲义干什么？"

崔景春抬起脸，看了赵昌一眼，平淡地说："没什么，随便扯扯。"

"他说些什么？"

崔景春又瞥了赵昌一眼，依旧平淡地说："没说什么。"看样子，他根本不想把他们谈话的内容告诉给赵昌。

赵昌想，这不肯告诉自己的话是否与自己有关？那种怀疑吴仲义有害自己的想法重新又加强了。他心里再没有对吴仲义任何怜悯，只想把吴仲义快快搞垮，才能确保自己的安全。他草草吃过饭，回到工作组就把自己上午在近代史组那些宝贵的发现，加些渲染，告诉给贾大真。贾大真点着尖尖的下巴，高兴又得意地笑了笑，似乎满意赵昌的收获，又满意自己昨天在吴仲义身上敏锐的觉察和神算。他说：

"我回头叫崔景春给他点压力。"

"我看崔景春未必能做到。"赵昌说。跟着把午饭前崔景春与吴仲义在地方史组空屋内秘不示人的谈话情况告诉了贾大真。然后说："您昨天说得很对，崔景春对于搞运动是不大积极，我看近代史组的气氛很不紧张。崔景春对我到他们组也好像不怎么乐意。"

贾大真由于生气，脸板得挺难看。他冷笑两声说：

"那我亲自给他点压力！明天我设计了一个别致的大会，领导已经同意了。你等着瞧吧！水底下的鱼保准一个个自动地往外蹿！"

# 十五

今天，历史研究所当院的气氛有如刑场。

全所人员一排排坐在地上。后楼正门前水泥砌的高台便是临时会场的主席台。这种主席台不做任何装饰和美化。在这里，美是多余的东西。有如炮台，只考虑火力和杀伤力。

主席台上摆着一个黄木桌，没有铺桌布，只矗着一个单筒的麦克风。麦克风的话筒包着红布，远看像一个倒立的鼓槌。靠门一排四五张木头椅子，坐着所里的几位领导，一律板着面孔；拒温情、笑容、亲切与善意于千里之外，仿佛这些眼前要做的事都是有害的。必须立目横眉、冷酷无情才合乎这种场合正面人物的特定表情。

有时，生活逼着人有意识或无意识地去演戏。一本正经地出丑，或是引人发笑的正经。你认为你是导演，摆弄别人，而你实际也不过是一个扮演导演的演员。那不怨别人，因为你有凌驾众人头上和飞黄腾达的痴想。

贾大真头戴一顶绿军帽，神气活现地走上台。他在黄木桌后直条条地站了三分钟。全场肃寂无声，等他说话。他忽然"啪"地一拍桌面。所有人都一惊，听他用严厉的声音一叫：

"把顽固坚持反动立场的右派分子、历史反革命分子秦泉等四人带上来！"

应声从后楼的拐角处，一双双左臂上套着印有"值勤"二字红袖章、穿军裤的本所民兵，反扭着秦泉等人的胳膊出现了。这是事先安排好的。同时，站在台前一角的一男一女两个口号员带领全场人呼口号。一片白花花、圆形的小拳头，随着口号声整齐地起落，会场顿时紧张起来。

吴仲义坐在人群中间，想到自己再有几天很有可能这样被架上台来，浑身不禁冒出冷汗；赵昌就坐在他左旁，眼珠时时移到右眼角察看他的神情。

秦泉等人被押到台前，低头站定。大会开始批判。几个运动骨干在头天下班前接到批判发言任务，连夜赶出批判稿，现在依次上台，声色俱厉地把秦泉等人轮番骂一通。随后在一片口号声中，那一双双民兵又把秦泉等人架下去。贾大真再次出现台上。他的确有点导演才能，很会利用会场气氛。他把刚刚这一场作为序幕，将会场搞得极其紧张，现在该来表演他别出心裁的一出正戏了。他双手撑着桌边，开始说：

"刚刚批斗了秦泉等四个坏蛋。但我们这次运动的重点还不是他们，而是深挖暗藏的、特别是隐藏得很深的敌人。运动搞了将近一周。我们一开始就发了两种表格，一是检举揭发信，一是坦白自首书。我们可以向大家公开真实情况——因为我们的工作是正大光明的，没什么可以保密的。现在的情况是：检举揭发很多，坦白自首很少。我们以收到的大批检举信（包括外单位转来的检举信）为线索，初步进行一些内查外调，收获不小，成效很大，充分证实我们单位确实隐藏一批新老反革命，现在就坐在大家中间。"

贾大真说这些话不用事先准备，张嘴就来，又有气氛，又有效果。此刻，会场鸦雀无声。吴仲义觉得他句句话都是针对自己说的。他感到耳朵嗡嗡响，响声中又透进贾大真的话：

"这些天我们三令五申要这些人主动坦白，走'从宽'的道路。但事与愿违。这些人中，有的抱着侥幸心理，总以为我们诈唬他们，因此想蒙混过关；也有的拒不坦白交代，负隅顽抗，企图硬顶过去。迫使我们采取行动。时间紧迫，我们不能一等再等，一让再让。今天我们要在这里揪出几个示众！"

吴仲义听了，顿时如一个静止的木雕人。只剩下一双眨动着眼皮的眼睛，但眼球也是凝滞不动的，直勾勾地盯着台上的贾大真。他身旁的赵昌心里也很不安稳。虽然事先贾大真把他安排在吴仲义身旁，进行监视。从贾大真对他的信任，看不出对自己有何异样。但听了贾大真的话，他心中却也激起小鼓来。这种时候，人人自危，吉凶变幻莫测，他焉知贾大真给他的不是一种假象？贾大真这种人是不可理解的……在春日融融的太阳地里，他鼓鼓的额角泌出一些细小的汗珠，却不知是热汗，还是冷汗。耳听贾大真大声说道："为了给这些人最后一次'坦白自首'的机会，我等五分钟。五分钟内不站起来主动坦白，我们就揪！这里边的政策界限可分得很清。主动坦白的，将来处理从宽；揪出来的，将来处理从严。好——"贾大真抬起手腕看看表，像运动场上的裁判员那样叫一声："开始！"

好比临刑前的五分钟，无声的会场充满一种恐怖，贾大真叫着：

"还有四分钟，三分钟，两分钟，一分半钟，半分钟，五秒钟——"

吴仲义不觉闭上眼睛，似乎等待对准他胸膛的枪响。

"啪！"贾大真一拍桌子，大声叫道，"把历史反革命分子王乾隆揪上来！"

这时，两个站在会场外戴红袖章的民兵，带着凶猛的气势奔进会场左边的人群中，把一个头发花白的瘦小的人抓起来，架到台前去。口号员拿着事先开列好的口号单，带领全场呼起口号来。吴仲义一瞧，原来是明史组的老研究员王乾隆。不由得暗吃一惊，想不到这个老成持重、体弱多病、学究气味很浓的老研究员是历史反革命。

待王乾隆在台前低头站好，贾大真那一双在绿帽檐下炯炯发光的眼睛，从整个会场上扫过。最后停在吴仲义这边。他伸手一指，正指向吴仲义这儿，另一只手"啪"一拍桌子。吴仲义连心跳仿佛都停住了。却听贾大真这样叫道：

"把反动组织的坏头头、现行反革命分子王继红揪上来！"

原来中弹的是王继红，他正坐在吴仲义身后。

立即有两个民兵跑过来，从吴仲义身后把王继红像抓小鸡那样揪起来，架到台前，挨着王乾隆并排站立。随后，贾大真的目光如同一道探照灯的灯光，慢慢地由台下一张脸移到另一张脸上。紧接着"啪"的一响，又是一声吆喝，又揪上去一个，并伴随一阵口号呼喊。他此刻真是神气，威不可当，好像端着一架机关枪，面对着一群手无寸铁的人，想怎么打就怎么打。

当他再要一拍桌面时，会场中间突然站起一个圆头圆脑、戴眼镜的人，原来是张鼎臣。他说："我有问题。六六年抄我家时，我只把存款交出来，还有一对金镯子和一枚翠扳指，被我藏在煤堆里了。另外我还偷偷对我老婆骂过抄我家的革命群众是土匪。"他的声音抖颤得厉害，说话声连底气都没了，显然吓得够呛。

贾大真略略停顿一下，随即说："好，你主动坦白，我们欢迎！你自己走出来吧！站到这一边来。喂，大家看见了吗？政策分得多么清楚，表现不同，对待不同。但我肯定台下大家中间还有人有问题，还有反革命。再不站起来坦白，我们还要揪！"他说着，目光又在人群中间慢慢移动。

吴仲义已经吓得受不住了，但他还是下不了决心站起来自首。他没有勇气，担心后果，并存有侥幸。他身旁的赵昌也是头次经历这样凶猛的场面。眼看着一个个坐得好好的人，突然被点名，揪上去，成了台前那副完蛋的样子，实在可怕。他心里有件不放心和没摸清楚的事，当然也怕贾大真突如其来地喝唤他的名字。这时，他脑袋里竟闪过一个奇特的念头，想悄悄问问吴仲义是否揭发过自己。如果揭发了，他就干脆站起来认罪。但他究竟沉得住气，理智和经验渐渐压住了一时的慌乱。他努力使自己服从一种决心，情愿叫人揪出来，从严发落，也不轻易地葬送在自己的胆怯和贾大真有虚有实的诈术上。

他额角上的汗珠多了，汇聚成大滴，流淌下来。他没带手绢，便把手伸到吴仲义胸前，想借手绢用用。未等他对吴仲义说出借手绢用，忽听贾大真又是用力一拍桌面。他一惊。

吴仲义也一惊！紧张中，吴仲义下意识地一手抓住伸到他胸前的赵昌的手腕。他的手冰凉，抖得厉害，满是黏黏的冷汗。赵昌全感到了，并再也不犹疑地确认吴仲义心中有件可怕的非同寻常的秘密。

贾大真又揪上去一个，是个管资料的青年。因为说过一句错话被人揭发了。赵昌知道这个情况，他从交上来的检举信里看见过这份材料。

吴仲义见不是自己，心中稍安。但他没想到，自己惊慌失措的举动，已经把自己排在刚揪出来的这个青年的身后了。散会之后，赵昌立即把吴仲义会上的反应汇报给贾大真。贾大真马上做出决定，要利用今天大会给吴仲义的强大的心理压力，非把吴仲义内中的秘密彻底挖出来不可！

# 十六

一刻钟后，贾大真与赵昌来到近代史组。他俩进门来的神气，好像拿着一个逮捕证抓人来似的。吴仲义感觉是朝自己来的。他只看了贾大真一眼就再不敢看了。

崔景春问："有事吗？"

贾大真给他一个不满意和厌恶的眼神，说："来说几句话！"随后打个手势说："大家坐，坐。"

大家坐下。人人的心都怦怦地跳。吴仲义坐到近代史组老穆的身后。老穆肩宽胸阔，躲在他身后，似乎有点安全感。贾大真问："刚才的会大家都去了吗？"

没人敢答话。贾大真扭头看看崔景春，表示这句话是问崔景春的。崔景春平淡地说：

"谁能不去？"

贾大真听得出崔景春话中有种明显而强烈的抵触情绪。此时的贾大真心傲气盛，是惹不得的，立即就要发火。但他知道崔景春此人并不吃硬，而且他对于没有把柄在自己手中的人就不得不客气一些。他控制住自己，让没说出的发火的话变成一种低沉而可怕的声音，在喉咙里转动了两下，沉了会儿，面向大家开口说话——由于心里边憋着怒气，说出来的话更加强硬、厉害与凶狠：

"我们来，目的明确。你们组还隐蔽着坏人。这个人问题的轻重程度，这里暂且不谈。我要说的主要是这个人很不老实，还在活动，察言观色，猜测我们是否掌握他的情况。我不客气说，罪证就在我手中。"

吴仲义心想：完了！只等贾大真呼叫他的名字。他的两只手不住地摸着膝头，汗水把膝头都蹭湿了。这个细节也没逃出贾大真的有捕捉力的眼睛。贾大真嘿嘿冷笑几声说："刚才，我本想在会上把他揪出来。但我想了想，再给他一点机会，让他自己坦白。可是我得对这个人把话说明白——政策已经放到了最宽的程度。再宽就是右倾了！（这句话是针对崔景春说的）无产阶级专政是不可欺的。我再给你两个小时的时间。你要再不来坦白交代，下午就再开个大会专门揪你一个！好了，不再说了。"说到这儿，贾大真用眼角扫了扫低头坐在老穆身后的吴仲义，又补充两句话："为了打消你的侥幸心理，促使你主动坦白，我再点一点你——你就是平时装得挺老实的家伙！"说完，就招呼赵昌一同离去。

吴仲义觉得屋中的人都眼瞅着他。他头也不敢抬，感到天旋地转，眼前发黑；他一只手扶住身旁的桌边，像酒醉的人，利用残留的一点点清醒的意志，尽力防止自己栽倒。

这时贾大真走在走廊上，边对赵昌说：

"回去等着吧，他不一会儿自己就会来。"

后边门一响，崔景春跑出近代史组，追了上来。

"老贾！"

"什么事？"贾大真停住，回过头来问。

崔景春很冲动。他说：

"我不同意你这样搞法。你这是制造白色恐怖，不符合党的政策！"

贾大真两条细长的眉毛向上一挑，反问他："你替谁说话？你不知道这是搞阶级斗争？你有反感吗？"口气很凶。"搞阶级斗争也不能用欺诈和恐吓手段搞得人人自危！""我看你的感情有点问题。老崔同志！你想想，你说的是些什么话？对谁有利？什么人人自危？谁有问题谁害怕！搞运动不搞问题搞什么？奇怪！这么多年，搞了这么多次运动，你竟然连这点阶级斗争的常识都没有。"

崔景春素来是个沉稳的人，头一次表现得和自己的形象如此不调合：他听了贾大真的话，气得下巴直抖动，两只手颤抖不止。眼镜片在走廊尽头一扇小门射进来的光线中闪动着。他站了足足十秒钟，突然转身大步走去，一边说：

"我去找领导。你这是'左'倾！极'左'！"

赵昌说:"老崔,你等等,等等呀!"他要上前拦住崔景春。

贾大真抓住赵昌的胳膊说:

"叫他去,别理他!领导不会支持他。搞运动时,哪个领导敢拦着不叫搞?他去也白去。等我把吴仲义揪出来,再和他计较!"


# 十七

中午十一时,吴仲义带着一颗绝望和破碎的心,踩着后楼高高的、用锯末扫得干干净净的水泥楼梯,一步步往上走,直走上三楼。

三楼静得很。一条宽宽的走廊上,一排同样的小门,六七间房屋都在朝南一边。这里平时没人办公,房门都上着锁,里面堆放着珍贵的绝版与善本书、旧报纸杂志、破损的书架和桌椅、节日用的灯笼彩旗与画像、收集上来的大件古物以及乱七八糟、积满尘土的旧杂物。其中有两个房间曾是家在外地的单身职工宿舍,后来这几个职工或是结婚,或是设法调回家乡,早在文化革命前房间就空下了。里边只有几张空床、脸盆架和单身汉们扔下的破鞋袜;屋子中间还扯着磨得发亮了的晾手巾用的弯弯曲曲的铁丝……所里的人很少到这儿来,除非逢到酷热难熬的伏日,一些离家路远的人才爬上楼来,在走廊的地上铺张报纸躺下睡午觉。这儿又清静又阴凉。把走廊两头的窗子一开,还有点穿堂风呢!真是个歇晌的好地方。故此所里的一些人称这儿为"北戴河"……

几天前,紧靠走廊西端的一间小屋腾空了。搬进来一个上了两道锁的大档案柜和四张书桌,几把椅子,作为工作组的办公室。这三楼就变了另一种气氛。

两个小时之间,吴仲义经过最激烈的思想斗争之后,彻底地垮了,不再怀疑那封丢失的信已然落到贾大真的手中,任何自寻慰藉的假设都被自己推翻,也不再存有侥幸逃脱的念头。刚刚贾大真那些凶厉的话把他最后一点妄盼平安的幻想也吞没了。他自首来了。

当他站在办公室紧闭的门前,不知为什么又变得犹豫不决,两次举起冰凉的手都没有叩门。

屋里坐着两个人——贾大真和赵昌，在等候他。好像把炸药扔进水里，爆炸声过后，只等着他这条鱼儿挺着淡黄色肚皮浮上来。

贾大真听见了门外轻微的响动，镶在干瘪瘪的眼眶里的眼睛顿时亮起来。他等了半分钟，不见动静，猜到门外的人在送死之前下不了最后的决心。他便故意对赵昌大声说：

"他再不来坦白，下午就开会。"

赵昌不明白贾大真为何这样大声说话。这当儿，门板上响了几声叩门声。

"进来！"贾大真马上叫了一声。好似见了鱼漂儿跳动，立即提竿。

门把儿转动，门开了。吴仲义走进来，面色惨白地站在贾大真桌前。赵昌这才领略到贾大真刚刚大声说那句话的用意，不禁对这位工作组组长的机警和精明略略吃惊。贾大真板着脸问吴仲义：

"你来干什么？"

"我、我……"吴仲义自己也不知为什么，要坦白的话到了嘴边忽然消失了。"我来汇报思想。"

"噢？"贾大真瞧了他一眼，"你说吧！"

"我、我思想里有问题。"他说，一边搓着手。

"什么问题？"

"现在没问题。以前，以前我上大学时，我当时年轻幼稚。比如，我对国家的体制……我认为咱们的体制不够健全……我还……"吴仲义吭吭哧哧地说。由于他没准备这样说，愈说就愈说不下去。

经验丰富的贾大真单凭直觉就看出吴仲义身上有种不甘于毁灭的本能在挣扎着。他忽然打了一个不耐烦的手势制止住吴仲义的话，把脸拉下来，装得很生气那样严厉地说："你，你想干什么？你来试探我们吗？告诉你，你的问题我们早就掌握了。我刚才在你们组里说的那些话，就是指你说的。你直到现在还耍花招，居然敢到工作组摸底儿来！我看你非走从严的绝路不可了！你平时装得软弱无能，老老实实，其实反动的脑袋比花岗岩还要硬！你这些话我不听，你要说就对赵昌说吧！"说着气呼呼地站起身向门外走。临出门前，他在吴仲义背后，从吴仲义瘦削的肩上递给赵昌一个眼色，意思叫赵昌从旁给吴仲义再加些压力。

# 十八

屋里只剩下吴仲义和赵昌这两个多年的好友了。

赵昌和气地摆了摆胖胖的手叫他坐下，就像他俩平时在一起时那样。吴仲义如同冻僵的人，一股暖气扑在他身上会使他受不住。他一坐下来就哭了，抽抽噎噎地说：

"老赵，我不想活了！"

赵昌隐隐感到一阵内疚。

现在，从各种现象上可以证实，吴仲义并没有揭发他。原先以为吴仲义由于揭发他而表现出来的那些反常现象，现在看来，其实都是吴仲义本人有问题内心恐惧的反应。他误解了这些现象，错下狠心，暗中动用手段，才把吴仲义逼到这般可怜的地步。可以预料，吴仲义一旦招认出什么来，哪怕一句什么犯忌的话，也立即会横遭一场打击，弄得身败名裂，什么都完了。他看着吴仲义瘦瘦的手指把泪迹斑斑、不甚干净的面颊抓得花花的。想到多年来，吴仲义对他的善意、无私、帮助和宽容，他甚至觉得自己缺德。但事已如此，不可能再挽回了。他方要安慰吴仲义几句，忽然警觉到贾大真可能站在门外窃听，他便把这才刚露出头儿来的同情心收敛起来。对吴仲义说：

"你别胡说，什么死了活了的。你想到哪儿去了。有问题坦白了，我保准你没事。"

吴仲义孤单无靠，把平日要好的朋友赵昌，当作唯一可以信赖的人，他哀求着说：

"老赵，你能不能告诉我，老贾是不是已经知道我什么了？"

赵昌略犹疑一下。他看了看关着的门板，眼珠警惕地一动，说："告诉你实话吧！你的事老贾全掌握了。你主动坦白，将来不是可以落得一个从宽处理吗？"他说这些话时，故意提高了音量，为了给可能站在门外的贾大真听见。

好朋友的一句话，等于把流连在井边的吴仲义彻底推下去。吴仲义却把这些话当作溺水时伸来的救命的一只手。他眼里涌出感激的热泪，速度很快地流过面颊，滴在地上。他对赵昌说：

"我听你的。我都坦白了吧！"

吴仲义刚说完这句话，门就开了。贾大真手指夹着烟卷走进来，还带着聚在门口外的一团浓烟。显然他刚才走出去后一直站在门外窃听。赵昌暗自庆幸自己刚才留个心眼儿，没对吴仲义动真感情，同时又有点后怕。他便像是替吴仲义说情那样对贾大真说：

"吴仲义想通了。他主动交代。"

吴仲义站起身，贾大真摆摆手叫他坐下。他自己坐到书桌前，把烟叼在嘴角上，烟头冒出来的烟熏得他皱着眉眼。他双手拉开抽屉，取出一份厚厚的卷宗翻着看，也不瞅着吴仲义，只说一声：

"说吧！赵昌，你记录！"

吴仲义掉着泪说：

"老贾，我在所里一直努力工作呵！"

贾大真摆摆手，冷冰冰地说：

"现在别提这个。有问题谈问题。"

于是吴仲义一下狠心，好像跳崖那样不顾一切地把心里的事倾泻出来。赵昌在一旁拿一支圆珠笔飞快地记录着，笔尖磨着纸面吱吱地响；一边听得不时露出吃惊的表情。贾大真一只手夹着烟卷不住地吸，另一只手来来回回翻着卷宗看，并不把吴仲义的话当作什么新鲜事，似乎这一切他早就了如指掌。每当吴仲义在交代中间略有迟疑之处，他脸上就现出一种讥笑，迫使吴仲义为了争取贾大真的信任而把心中的事竭力往外掏。他交代了十多年前在陈乃智家里的那次谈话。只在涉及哥哥的方面做些保留。最后他谈到那封丢失的信。

"那封信怎么也找不着了，真的！"吴仲义说。

贾大真翻动卷宗的手突然停住，瞟了吴仲义一眼。赵昌要说话，却被贾大真拦住："叫他说！""我当时带出来，放在上衣口袋里。但到了邮筒前就不见了，我肯定是掉在路上了。"

贾大真吸了几口烟，似在思考，然后直瞅着吴仲义问：

"你是不是认为有人拾到那封信后，送到我这儿来了？"

"嗯，因为我用的是公用信封。人家拾到了，肯定会送到单位来。"吴仲义说。

贾大真忽把手里的卷宗一合，表情变得挺神气说："你算猜对了！就在我这儿。但不只是一封信，还有外单位——也就是那个姓陈的单位转来的揭发你的材料！都在这卷宗里。"他拍了拍厚厚一卷材料说："怎么样，想看看你丢失的那封信吗？"这句话等于问吴仲义是否怀疑他。

吴仲义怯弱地摇了摇头。

坐在一旁做记录的赵昌听到这儿，便认为吴仲义的前程已经断送，未来变成一片荒沙。自己应当考虑一下，怎样和这个要好的、出了事的人之间挖一条宽宽的沟堑。

时间过得真快，下班的铃声响了。吴仲义说得口焦舌干，要了一杯水喝。贾大真把手里的卷宗锁进抽屉。脸上带着一种得到什么宝贝那样满意又得意的神情，站起来说：

"你初步有了一些较好的表现。虽然你是在我们的压力下坦白的，但我们还是承认你是主动坦白的。不过，你今天上午只坦白了全部问题的一小部分，距离我们掌握的材料还很远。现在，你先把刚刚交代的一些问题写成材料。不要写思想认识，只写事实；把你和你哥哥、陈乃智等人的问题分开写；一条，两条，三条，时间，地点，谁在场，谁说了什么有问题的话，都要写得清清楚楚。还有，你把丢了的那封信重写一遍，我要以此考验你是否真老实。好了！你去到地方史组那间空屋子里去写，午饭有人给你送去。"

一沓白纸摆在吴仲义面前。

他感到，这是一沓要吃掉他的白纸。

# 十九

贾大真用一种很平淡的态度看着吴仲义按照记忆复制的那封丢掉了的信件。贾大真的态度好像说明他早看过数十遍，因为原稿在他手中。但他的眼睛偶尔却闪出别人察觉不到的一道光亮，那完全是内心流露出来的新鲜的感受。随后他把这封复制的信摞在桌上，问吴仲义：

"你认为你老实吗？"

"老实。我不敢隐瞒信上的任何一句话。因为您那里有底儿，可以核对。"

贾大真满意地点点头。拿起信，连同吴仲义交代的十多页材料一起收入抽屉内，好像猎人把新猎取的兔子放在他背囊里那样喜悦。

# 二十

下午，工作组开会。吴仲义仍被指定在地方史组的空屋子里继续写交代材料。

他独自一人在屋里，坐在自己平日办公的座位上。屋内安静极了，仿佛又回到他以往工作时那种宁静的气氛中。午间熹微的阳光暖融融照着他的脸，书桌前放着一堆堆书，书页中间夹着注了字的字条，这里边还有他一个很有价值而尚未完成的研究课题。但这一切都属于别人的了。等待他的只有怒吼、审讯、没完没了的检查和一种失去尊严和自由的非人的生活。

这时他想起了李玉敏。前几天，他与李玉敏发生那次误会之后，两人一直没见过面，他却已经预感到事情的结局。有两次，他想去找李玉敏，把自己的情况用曲折隐晦的方式告诉她，或者编造一个什么理由，回绝了她。可是他没有勇气去说。仿佛他还不甘于一下子打碎生活中这件难得而美好的东西。现在该说了！因为，过去的生活像一株树，上边的花朵、绿叶、结成的果实和刚绽出的嫩芽都已经毁掉了。

四点钟左右，他隔窗看见前院里有五六个人在张贴标语和大字报。突然他睁大眼，标语上一串大字"坚决揪出漏网右派、现行反革命分子吴仲义"跳入眼帘，他脑袋"嗡"的一响，顿觉得腿脚瘫软站立不住；胳膊、脑袋、手脚仿佛不是自己的了。这本是意料中的事，但一发生，他反而像意外受到一击那样。

过了半个小时，院里的大字报几乎全都换成针对他的了。人也愈来愈多。

他又想到李玉敏，应当马上结束这件已经没有生命的事情了。他想了想，跑到门口看了看，走廊上没有人。他飞快地跑回来，做了十多年来最大胆的一件事。他抓起电话，拨了图书馆的电话号码，很快就有人接，恰巧是李玉敏。他真不明白，怎么倒霉的事进行得如此顺利。"我是吴仲义。"

"干什么？"耳机里传来的李玉敏的声音，很冷淡，显然还在生上次误会的气。

吴仲义没必要做什么解释了。他说：

"你下班后到我单位门口来一趟。我等你，你一定来，有件非常重要的事告诉你！非常重要！你必须来！"

他从来没对人用过这样命令式的口气说话，并不等对方说什么就放下电话耳机。他怕有人来。当他把耳机从耳旁放回到电话机上去的过程中，还听到耳机里响着那老姑娘的声音：

"怎么回事？哎——"

半小时后下班了。他站在窗前，多半张脸藏在窗帘后边，只露一只眼睛窥视窗外。下班的人们往外走。有的推自行车。一些人停在院里观看刚刚贴出的写着他名字的大字报。他感到这些人都很吃惊。

这时，他忽见当院的大门外站着一个姑娘，头上包一条淡紫色的尼龙纱巾，手提着小小的漆黑发亮的皮包。正是李玉敏。她迎着下班往外走的人，左右摇着脑袋躲闪阻碍她视线的人往里张望。

吴仲义又有种后悔的感觉袭上心头。似乎他不该叫她知道这一切，这会在她的心中消灭自己。跟着他清楚看到她的嘴和一双眼都吃惊得张得圆圆的，直条条像根棍子一样立着不动——显然她发现了满院讨伐吴仲义的大字报。这时，走过她身边的人都好奇地打量她。随后，她转过身低着头急急走去。黑色的小皮包在她手中急促地一甩一甩。

吴仲义一直看着她的身影消失。

他熄灭了自己生活中最后一盏灯。

几天前他有个天真而离奇的幻想。盼望生活中出现的这一切只是一场噩梦。一旦梦醒，可怕的梦境就立即烟消雾散。但现实踏破了他的幻想。如果说他还残留一点点什么幻想的话，那只是盼望紧接着就要来到的一场猛烈的摧残和打击来得慢一些。

不一会儿，一个留平头、小眼睛、剽悍健壮的中年人闯进来。他是所里的仓库保管员兼后勤人员。名叫陈刚全，光棍一个。缺点心眼儿，脾气特大，性情粗野，爱打架，不过平时对过于懦弱的吴仲义还算客气。两派武斗时，他是贾大真和赵昌一派的敢死队队长，绰号叫"拼命陈郎"。现在代管监改组。非同寻常的职位使他不自觉地摆出一副相应的凶狠无情的面孔。此刻相当厉害地对吴仲义说：

"老贾说，从今儿起不准你回家了。把你交给我了。快跟我走吧！"

吴仲义现在是无条件地听任人家摆布的了。五分钟后他坐在了秦泉的身旁。


# 二十一


这下子他安心了。

前一段时间，好像一只在疾风的旋涡中的鸟儿，跌跌撞撞，奋力挣扎，现在落到平地上。再不会更坏了，到底儿了，不必再担惊受怕了。

他真的不如一条狗。每天在监改组里，随人叫出去，轰回来。顺从人家摆弄、支配和辱骂。不准反问、反驳和辩解，更不准动肝火。如果一时使点性子，只能招致更严厉的教训，自讨苦吃。尤其是看管他们的陈刚全。身上过剩的精力无处发泄，把折磨人当作消遣。一次吴仲义无意间触犯了他，他一拳打在吴仲义手上。左手无名指被打得骨节错位，消肿后歪向一边。这教训足叫吴仲义一辈子牢记不忘。像吴仲义这种被揪出来的人，个性是应当打磨下去的棱角，而且必须把面子扔在一边，视尊严如粪土；对各种粗暴的、强加头上的言辞，一味点头，装出心悦诚服地接受——这便是过好这种生活的法则。张鼎臣在监改期间就一点苦头也没吃过。

照吴仲义的性格来说，本来也不该吃什么苦头，但他吃的苦还不小呢！大都为了他曾一度顽强地保护哥哥，尽量不使自己的问题牵累到哥哥身上。但这样做又谈何容易。一来，事情之间本来有着内在的联系，互相牵连，分不开。比如人家从他那封丢失的信的内容，必然要追问到哥哥来信的内容，他不说不成。二来，他愈不说，贾大真使的办法就愈多、愈狠、愈出奇。贾大真的攻心术无坚不克，又有棍棒辅助，便把他从一个个据守的阵地逼得狼狈不堪地退让出来。直把哥哥与陈乃智他们当年的"读书会"，以及那天晚上在陈乃智家哥哥所说的话统统揭发出来……

此后两个来月他比较清闲了。除去所里开大会，把他和秦泉等人弄去批斗，平时很少再被提审。大概工作组派人到他哥哥和陈乃智那里调查核实去了。这期间，看不见赵昌了。大约又过了一些时候，他在院子里扫地时瞧见了赵昌。赵昌的脸瘦了些，晒得挺黑，像一个圆圆的陶罐。赵昌回来没几天，他又受到一阵暴风雨般猛烈的袭击。连日被提去质询审问，有时拖到后半夜。为了给他增加压力还配合了大会批斗，弄得他精疲力竭。贾大真拿出大批材料，都是当年"读书会"的人对他的揭发——他揭发了人家，引来人家的反揭发；每一份揭发材料都在五六页以上。陈乃智揭发他那天晚上有关国家体制的议论的材料，竟达十四页之多。显然这里边包括了一些由于他的出卖而激起对方在报复心理上发挥的内容。还有些话因隔得岁月太久，记不得了，最后只能在一份份材料上签了名，按了手印，承认了事。

原先，他被迫揭发了哥哥之后，心里边曾拥满深深的内疚和悔恨。他想到，他的出卖会使兄嫂重新蒙受苦难时，甚至想到了自杀。他活在世上，感到耻辱。兄嫂与他关系肯定从此断绝，他认为自己已经成了一个自私又卑怯的小丑，只不过还没有勇气和决心结束自己的生命就是了……而现在，贾大真说，哥哥也写了大量揭发他的材料。他反而引以为安慰。虽然他从贾大真讯问他的话里，听不出有多少哥哥揭发他的内容。他却极力想哥哥这样做了。仿佛这样一来，就可以抵消他出卖手足、不可饶恕的罪过。哥哥嫂嫂现在究竟怎样了呢?

# 二十二

入秋时，所里的运动出现一个新高潮。一连又揪出许多人。同时院子内的大字报又闹着"反右倾"，要"踢开绊脚石"，不知要搞谁。秦泉悄悄俯在吴仲义耳边说："反右倾"的矛头对准的是近代史组的崔景春，原因之一是崔景春曾在吴仲义的问题上手软，抵触运动，保护坏人。秦泉是在锅炉房听两个去打热水的人说的。那两人话里边含着对这种搞法深深的不满，但也只是私下交换一下而已。没有几天，有一张新贴出来的大字报就点了崔景春的姓名。刚要大闹一阵，突然又卷起另一个惊人的浪头——一位名叫顾远的革委会副主任被揪出来了，据说这位副主任是贾大真对立一派的"黑后台"。顾远被揪出来后，立即给关进监改组，与秦泉、吴仲义他们为伍。这样一来，有关崔景春的风波就被压了过去。

监改组的人日渐增多。扩充一个房间很快又显拥挤。这里与外边俨然是两个天地。但这里的天地似乎要把外边的天地吞并进来。

新揪出的人代替了吴仲义这种再搞也没多大滋味的"老明星"了。他就像商店货架上的陈货，不轻易被人去动，活动比较自由些。每次上厕所也不必都要向陈刚全请示一下。但还不准回家。一次，他着了凉，肚子泻得厉害，工作组居然给他一个小时的时间，允许他去保健站就医。

他去看了病，拿些药，独自往回走。其时已是晚秋天气。被秋风吹干的老槐树叶子，打了卷儿，从枝条轻轻脱落下来，撒满了地，踩上去沙沙地响。瓦蓝色、分外深远的天空，飘着雪白、耀眼，像鼓风的白帆似的雪团。和这黄紫斑驳的秋树，配成绚烂辉煌的秋天的图画。秋天的大自然有种放松、苏解和自由自在的意味，与夏天里竞争、膨胀、紧绷绷的状况不同了，连太阳也失去了伏天时那种灼灼逼人的光芒，变得温和了，懒洋洋晒在脸上，分外舒服。吴仲义被囚禁半年多了，没出来过。此刻在大街上一走，强烈地感到生活的甜蜜和自由的宝贵。不知为什么，他忽然想到自己的家，那间离去甚久、乱七八糟、布满尘土的房间。像南飞的小燕想念它旧日的泥巢，他真想回家看看，但他不敢。虽然从这里离家只有三四个路口，却仿佛隔着烟波浩渺的太平洋，隔着一个无法翻越的大山。他想，如果自己的家是一座四五层的高楼多好，他至少可以在这儿看到自己家的楼尖。

他走着走着，突然觉得面前站着一个人。他停住了。先看到一双脚——瘦小的脚套着一双黑色的旧布鞋，边儿磨毛，尖头打了一对圆圆的黑皮补丁。他从这双脚一点点往上看。当他看到一张干瘦、黑黄、憔悴的女人的脸时，禁不住吃惊地叫出声来：

"嫂嫂！"

正是嫂嫂。穿一件发白的蓝布旧夹袄，头发缭乱地绾在颈后。多熟悉的一双眼睛！却没有一点点往日常见的那种温柔和怜爱的目光。正瞪得圆圆的，挺可怕，怒冲冲地直视自己。他自然知道嫂嫂为什么这样看着他。

"嫂嫂，你回来探亲吗？哥哥怎样了？"他显得不知所措。

嫂嫂没有回答他。还是那样一动不动地直盯着他。他发现嫂嫂紧闭的嘴巴、瘦弱的肩膀和整个身体都在剧烈地抖颤。她在克制着内心的激愤和冲动。忽然她两眼射出仇恨的光芒，挥起手用力地"啪！啪！"打了吴仲义左右两个非常响亮的耳光。

他脸上顿时有种火辣辣的感觉，耳朵嗡嗡响，眼前一阵发黑。他站了好一会儿。等他清醒过来，却不见嫂嫂了。他扭头再一看，嫂嫂已经走远，在寂静无人、阳光明亮的街心渐渐消失。

他直怔怔站着。偶然瞅见离他两三米远的地上有件蓝颜色的东西，多半是嫂嫂遗落的。他过去拾起一看，认出来是嫂嫂的手绢。他永远不会遗忘——十来年前，他送嫂嫂去找哥哥时，在车站的月台上，穿过扒在车窗口的两个侄儿泪水斑斑的小脸儿，看到的就是这块手绢。蓝色的，带白点儿，如今褪了色，变成极淡的蓝色，磨得很薄，中间还有两个挺大的破洞。他拿着这块手绢，想起了嫂嫂多年茹苦含辛的生活，还想起了嫂嫂曾经如何疼爱与关切他……但他从刚才嫂嫂的愤怒中，完全能猜到由于自己的出卖使兄嫂一家陷入了怎样悲惨的灾难深渊里。哥哥毁掉半张脸才从深渊中爬上来，但又给自己埋葬下去……

这时，他看见身旁两座砖房中间，有一条一人多宽的小夹道。是条死道，哪儿也不通，长满野草，还有些乱砖头。他跑进去，脸朝里，抡起两只手朝自己的脸左右开弓地打起来，"啪！啪！啪！啪！"一边打，一边流着泪，一边骂自己：

"禽兽、禽兽，你为什么不死！"

直到过路的一个小女孩，听到响声，好奇地探进头来张望，他才住手，低头走出来。

当夜，他睡不着觉，脸颊肿得高高的。他想去找嫂嫂解释，并问问哥哥现在的情况到底如何。他想对嫂嫂说明这一切不能完全怨他，只因为丢失了一封信。为了这封信，他已经失去了一切。

# 二十三

贾大真又站在台上了。但今天他那张在绿帽檐下的瘦长的脸,变得和气些、舒展些,一反常态。会场的气氛也变得平和与轻松了,带点严冬过去松解的气息。吴仲义站在台前,没有人架弄着他。胸前也不挂牌子,只略略低着头。

整整半年的电闪雷鸣、风横雨狂的日子过去了。该落实政策了。

截至上个月底,历史研究所上报的揪出人的名单总共三十七名。这是这个单位一百人,用了将近两千个工作时所取得的成果,也是贾大真一类人的显著功勋。

现在不同了。口号也变了。变成"可杀可不杀的,不杀;可关可不关的,不关;可管可不管的,不管"了。把这些人落实和还原成了该做的事,做得愈快、愈宽大,反成了愈明显、愈出色的工作成绩。当初从贾大真的手指头缝里都不准许漏掉的,现在却抬起胳膊宽宏大量地放行。像贾大真这些人,在把所有凶狠的话都说尽了之后,该在字典上搜寻带点人情的字眼儿了。

今天要解脱吴仲义了。他是宽大处理的第一个典型。

依照例行的程序,先由三两个人上台对吴仲义进行最后一次批判。随后贾大真就站在台上,拿一张纸照本宣读:"吴仲义,男,现年三十七岁,城市贫民出身。从小受社会影响,资产阶级思想严重。五七年反右期间,参加过其兄吴仲仁等人的反动组织'读书会'的一次活动,散布过右派言论。性质严重。而后一直未向组织交代。这次运动开展以来,吴仲义与其兄吴仲仁秘密串联,企图继续隐瞒其问题,抗拒运动。但在我强大的无产阶级专政的威力下,在政策的感召下,吴仲义能主动坦白自首,经过反复调查核实,交代问题基本属实,并在监改劳动中有积极表现。为了严肃地不折不扣地执行党的政策,本着治病救人的精神,根据吴仲义的表现,革委会决定,经上级领导审查同意,定为——吴仲义犯有严重错误,不做任何刑事处分。属于人民内部矛盾。从即日起,恢复原工作,原工资。希望吴仲义同志回到原工作岗位上努力学习马列主义、毛泽东思想，发奋工作，在实践中改造自己，重新做人。"

吴仲义听到这里，顿时惊呆了。他不觉抬起头来，呆怔怔看着全场人的脸。许多脸上现出为他高兴的笑容。他扭头看贾大真。贾大真脸上也挂着比"月全食"还少见的笑颜。他从这些笑脸上确信：不是梦，而是逼真的现实。生活一下子又把夺去的一切重新归还给他了！这时，所革委会郝主任走上前，给他胸前别上一枚镀铜的像章，赠给他一套《毛泽东选集》，居然还同他握握手。他心里猛地热浪一翻，突然伸起胳膊，放声呼喊口号："无产阶级文化大革命万岁！"他整个身子跟着口号声向上一蹿，两只脚好像离开了地面似的，满脸都是激动的泪水。

贾大真对他说：

"老吴，你的错误还是有的，必须要记住教训。还要正确地理解运动。当初揪你是正确的，现在解放你也是正确的。你要感谢组织对你的挽救！"

他掉着泪，频频点头，诚心诚意地相信贾大真对他说的话是真理。

他走下台。意外的幸福来得太猛烈了，使他的步履蹒跚，心中溢满忘乎所以的喜悦。赵昌一直站在台边，代表地方史组接他回组。此时笑眯眯地迎上来，伸出他那胖胖的温软的手把吴仲义一双颤抖不止的手紧紧握住。

散会了。他和赵昌一同走出会场。一路上人们给了他许多无声的、好意的、表示祝贺的微笑。监改组的陈刚全走上来。刚刚陈刚全还准备开完会，用严厉的态度把他带回监改组。现在却换了一张笑脸，说：

"老吴，你可别记仇啊！咱都是为了革命呀！"

他惶惑地笑着，摇着头。他向来不嫉恨别人，只求人家宽恕他。

在前楼的走廊里，他还碰见了崔景春。这个瘦高的组长依旧那么严肃、矜持，不冷不热。吴仲义站住了，想到自己被揪出之前在地方史组的空屋子里，他俩交谈时，崔景春曾给过自己那么多由衷宽慰和劝导，而自己由于各种顾虑，并没向崔景春坦白地说出自己过去的那些事。而后，在自己挨整时，崔景春仍然没对自己说过一句过激的话，没对自己使过任何压力。这便成了所里一度闹着要反他"右倾"的根由之一。现在，他面对崔景春，心里隐隐怀着一些歉意似的，真不知该说些什么才好。崔景春透过那窄边黑色方框的眼镜，瞅了瞅他身旁的赵昌，只对他简简单单而又深沉地说了一句："记住教训吧！"就匆匆走去。

吴仲义永远也不会知道，在对待自己的问题上，以及给自己的问题下结论和定性时，崔景春曾和贾大真怎样激烈地辩论过。

赵昌把吴仲义领进地方史组。两人站在吴仲义旧日的办公桌前，赵昌一只手抓起吴仲义的右手，另一只手把一件冰凉和坚硬的小东西放在吴仲义手里。吴仲义一看，亮闪闪的，原来是自己书桌的钥匙。这把钥匙在他被揪出的当天就奉命交出来了。他现在归还给他，意味着把他心爱的工作也交还给他了。赵昌掬着往日那种温和的笑容，对他说："我没叫你吃亏吧！"

吴仲义想起了他坦白自首那天，在工作组的办公室里赵昌对他说过这句话。他相信，赵昌在至关紧要的当口，帮助了他，把贾大真掌握他问题（包括那封信）的内情透露给他，使他不等人家来揪就抢先一步，主动做了坦白交代。多亏好友的指点，才使他今天能够获得从宽发落的好结果！于是他那哭红了的眼眶里，重新又闪出泪花，说不出话，心里塞满一团滚动着的感激的情感。

# 二十四

他回家了，终于获释回家了。好像一只放出笼来的鸟儿，没有一点牵缠和负赘，浑身轻飘飘。如果两条胳膊一举，简直就要腾空飞起来了……

他在路上，把身上不多的钱花尽，买了一瓶啤酒，一点菜，几块糖。打算回到家中，为自己好好庆贺一番。他还没有喝酒，却像醉八仙一样，身子的重心把握不住，走起来摇摇晃晃。天气已入三九，正是严寒酷烈的时节，他没戴帽子，但脸颊却是火烫烫的。

到了阔别半年多的家，走进黑乎乎的楼里，看见邻居杨大妈正在过道铲煤球。杨大妈的小孙子在一旁，用一把挖土的小铲子，帮忙又帮乱。杨大妈看见了吴仲义，惊讶地叫起来：

"呀！吴同志，怎么回来了？"

"是啊！"他喜滋滋地回答。

"您，不是……"杨大妈欲言又止。显然她知道吴仲义出过事，却不知吴仲义现在是什么情况，话不好说。她拿着铲子站在那里，表情挺尴尬。

吴仲义一时也不知怎么说才好。

杨大妈不大自然地笑了笑说："您先上去生上炉子暖和暖和吧!"应付了一句，就赶紧拉着小孙子，摆动着胖胖而不大灵便的身子，慌慌失失地走进屋去。好像他是个刚从传染病院跑出的病人似的。

吴仲义并不介意。心想一会儿下楼来，向她说清楚就是了。

他打开门，进了屋。小房间有股浓重的又潮又闷的气味，房中一切如旧，只是看上去有些陌生。屋中乱杂杂的东西，什么床啦，书桌啦，椅子啦，杯子啦，好像在他闯进来时惊呆了。当明白是主人返回来时，仿佛带着一股冲动的劲儿朝他亲切地扑来。他也朝这些无生命的生活伙伴扑去。但这些伙伴太脏了，给尘土涂成一种颜色。他在屋里转了转，不知先打扫哪里为好。他努力使自己平静下来，最后确定先生炉子。幸好他是在炉子没拆之前的春天里被囚禁起来的，现在正好使用，马上就可以使房间暖和起来。

他的手一触到炉膛里的纸灰，心情就发生了变化。这是他那天清晨烧掉那些废信纸的余烬。他由此想到兄嫂，心里边不是滋味。他决定晚间到嫂嫂的娘家去一趟，打听兄嫂目前的境况。但他怎么向兄嫂解释清楚这一切呢？反正他再不敢写信了。

他生着炉火，手挺脏。他要洗手时，发现脸盆里的剩水冻成一块结结实实的冰块。自从他丢了那封信而魂飞魄散的几天里，他很少洗脸，最多只是用手巾下意识地蘸蘸脸盆里的水，抹一抹脸。几天没换水，因此这块脸盆形状的冰块是深灰色和不透明的。

他端起脸盆，翻过来，想在炉台上磕掉里边的冰块。突然，一件东西跳入眼帘。脸盆底儿沾着一封信!他非常奇怪，撂下盆，从盆底儿上揭下这封信一看，不由得惊异得扬起眉骨，险些使眼镜从脸上脱落下来!这竟然就是他曾经丢掉了的、几乎要了他的命的那封信!上边的邮票贴得好好的，信口粘得牢牢，原来他当初写好这封信后，胡乱地在信封背面抹上糨糊，贴上邮票，封了信口。洗脸时，他曾把脸盆放在桌上过，脸盆底儿有水，加上信封上没抹干净的糨糊，就粘在盆底儿上了。

谁能想到丢失的信竟然粘在这地方？

"啊！"他一声惊叫。

他整个身形就像"啊"字后边的惊叹号，呆住了。在他把这一切明白过来之前，足足立了半个小时。

# 二十五

现在又回到春天里了。

春天来了！不单是大自然的春天，也是生活的春天！你看，到处冰消雪融，万物苏生；绚烂的春天的色彩，已经耀眼地出现在人们的生活中。

当你的鼻孔对着一朵鲜艳的小花，手里拈着一片嫩绿闪光、汁液欲滴的新叶；当你站在山谷间，放眼遥望返青的群山，那漾开冰层后的雪水，满山遍野的淙淙流淌；当你漫步街头，仰望一幢幢还没有拆掉脚手架的新楼群在春日的霞光中矗立起来；当你夜间凭窗，耳听着天上大雁的鸣声与人间大地演奏的美的旋律合成一曲……谁总想回味那寒彻肌骨的严冬？谁总想去盯着那结了痂的疤痕？

然而，没弄清根由的灾难，仍是埋伏在道路前边的陷阱。虽然它过去了，却有可能再来。为了前程更平坦、更笔直，为了不重蹈痛苦的旧辙，需要努力去做，更需要认真深思……

为了将来，永远牢记过去。

# 墓场与鲜花

肖　平

大动荡、大革命的年代，十几年一晃就过去了。故事里的两个主人公，现在已经是中年了。但在故事开始的时候，他们还是青年学生。

## 一

那是一九六四年，陈坚在北京S大学中文系四年级，朱少琳刚入学，他们是在迎新晚会上相识的。这天晚会的文娱节目中有一个是表演鲁迅先生的《过客》。系学生会的干部在研究节目单时，见各年级报来的全是歌唱和诗朗诵，觉得单调，灵机一动，临时加上了这么个节目；而且决定由新、老同学联合表演，新生出"女孩"，三年级出"老人"，四年级出"过客"。因为已没有时间排练，叫各自准备，临时往一起凑，不化装，对表演也不做什么要求。四年级找到了陈坚。他没有演过剧，但他读过许多作品，对《过客》都能背诵下来。开始他坚决拒绝，但经不住软说硬拉，只得接受了。

当晚会的主持人报告了这个节目后，他从座位上站起来走向会场当中。这时他见到在对面的新生中，一个身材修长、光彩照人的姑娘，带着微笑也向会场当中走来。"老人"也过来了。三个人站在那里局促地笑着，后来还是由于姑娘的主动才开始了表演。因为没有排练，出了不少错误，还闹了些笑话，如"女孩"拿布给"过客"裹脚，因为没准备布，只得把手绢给了他。尽管这样，还是很受迎欢，结束的时候，会场上响起了热烈的掌声。

散会后，和陈坚同寝室的同学回到屋里，对这个节目笑谈了许久。他们说陈坚的神气简直像个悲剧演员，说三年级那个学生像根木头，说话一点老人的味道也没有。对表演女孩的那个新生谈得最多。有人说她把女孩的单纯、天真表演得恰到好处。有人说她普通话标准，音色美。有人接着就说，她可以到电影厂去给儿童演员配音。以后谈论完全离开了节目，变成了对她的评论，说她风度好，神态大方自然，又说她眼睛如何如何，鼻子如何如何。陈坚不喜欢这样议论女同学，就说："睡吧，不早了。"大家这才收拾躺下了。忽然有人问："她叫什么来？"知道的说："朱少琳。"

从此以后，在校园里，在教学楼的梯口和走廊上，陈坚同朱少琳相遇时，便微笑着点点头。但谁也没有说什么。陈坚这个人，为人严谨，自尊心强，有点孤傲，也有些书生气。


二


这年冬天，四年级学生参加了一期"四清"，回校时已经是第二年春天了。三月中旬，系里举行了一次科学讨论会。提出论文的，都是教授和讲师；青年助教和高年级学生，只有陈坚的一篇被选上。他的论文题目是《论悲剧》。讨论会的第四天，对他的论文进行了讨论。他文章中独到的见解，答辩时论理的扎实，知识的丰富，以及逻辑的严密，给大家造成了深刻的印象。有的同学开玩笑说："陈坚是三年不鸣，一鸣惊人。"这一天是周末，晚上操场有电影，同学都看去了，他一个人坐在灯下准备下次会上的答辩意见。忽然有人敲门。这时他正想好一个有力的论据，一面奋笔疾书，一面头也不回地说了声："请进。"

有人推门走了进来。他一直把最后一句话写完，才转回头来，一看，原来是朱少琳微笑着站在他身后。他以为她是来找在系团总支担任工作的那个学生的，因为他知道她也在团总支，忙站起来，带着歉意说道："对不起，我以为是谁呢！他到操场看电影去了。"

姑娘莞尔一笑，说："我找你。"稍停又说："有几个问题想向你请教，不打搅你吧？"

这突然的来访使他有些慌乱。他转过身想去拿暖壶、杯子倒水，忽然想起应该先让人家坐下，于是又去拿凳子。其实在他对面桌旁有个凳子。姑娘笑了笑，自己坐下了，拿起他刚才写的答辩意见看。他也坐下了。她看了一会，放下，望他笑道：

"我们对你的文章有不同意见，吵了一下午也没吵出个结果，谁也说服不了谁。有些问题我们不清楚，来向你请教。"

"不能说请教，"他说，"我们一起讨论。"

"就是请教，你是高年级，又是高才生。"

"这么说更不敢当了。"

"实事求是嘛！"她一双细长的眉毛向上一扬说。

她向他提出了一些问题，在他回答了以后，又同他进行了一番讨论。陈坚发现她读了不少书，而且不管是对作品还是对理论问题都有自己的见解，尽管这见解在他看来不都是正确的。面对着这个一年级女学生，他不由肃然起敬。后来他们谈起了各自喜爱的作品，她说，她特别喜欢《牛虻》和《钢铁是怎样炼成的》，也喜欢俄国文学中关于十二月党人的作品。她说十二月党人的妻子不少都是英雄，她们对沙皇的迫害，对流放的苦难，采取了蔑视和挑战的态度。接着又谈到中国"五四"时期和三十年代的作品，她忽然问道：

"你喜欢《过客》吗？"

"喜欢，非常喜欢。"陈坚说。

"为什么？"

"它富有诗意，又带有哲理。像女孩，看人生路上全是鲜花，老人看到的却只有坟墓。实际上是既有鲜花也有坟墓；坟墓上开着鲜花，鲜花覆盖着坟墓。能发人深思。"

"鲜花和坟墓指什么？"她问。

"鲜花象征光明，坟墓象征黑暗。"

她微蹙了下眉头，稍停说："那只有旧社会能说是这样。"

陈坚想说，新社会生活中也仍有阴暗面，人们看前面的生活路子，仍然有的只看到鲜花，有的只看到坟墓。但他又觉得不宜同一个还不很熟的同学谈论这样的问题，便含糊地说："这篇作品反映的是旧社会，不过今天仍有现实意义。"

她正要说什么，这时操场上传来嘈杂的人声，电影散了。她站起来，说道："不早了，打搅了你一晚上。"说完，望他嫣然一笑，翩然出去了。


# 三


两个人就这样开始了往来，经常是朱少琳来找陈坚。他们谈学习，谈作品，谈理论，有时也谈生活和理想。两个人都很有才气，有很强的事业心，对问题的看法也经常是一致的。

在接近中，陈坚发现了朱少琳性格中一个很突出的特点：一些对立的品质非常协调地统一于她的身上。在一般情况下，她显得单纯、温和、热情，但在这后面却掩藏着倔强、冷静和深沉。有好几次，他曾惊讶地看到这些掩藏着的性格显现出来，但很快就消隐了，脸上又是那热情、温和、单纯的微笑。陈坚曾在日记上写道："在同学中，特别是在女同学中，她是一个少见的、性格特殊的人：看去似乎幼稚，实际很有主见；外表热情，内心冷静；温文尔雅，但有时却倔强得惊人……"

爱情在陈坚有些孤傲的心中悄悄地、顽强地滋长着，终于不知不觉地控制了他。但他却无缘表达。在这问题上，她也表现了似乎是矛盾的、令人难以捉摸的性格：她有时含情脉脉，但有时忽然又冷若冰霜。他哪里知道，这不过是她内心斗争的反映：她爱他，但又不想在现在，在刚进入大学时就陷入爱情里面。

一天晚上，他们在操场上相遇了，便循着向北的林荫道走去。校园里静静的，教学大楼内灯火辉煌，六月的夜风带来阵阵野草和树叶的清香。他们默默地走着，陈坚有些心慌意乱的样子，几次欲言又止。她凭直觉猜到了他的意思。她怕伤害陈坚的自尊心，怕他说出什么。这一次充分显示了她性格的特点，她当机立断，说道："第二节自习有辅导，我去了。"

第二天，在校园里，她还给陈坚一本书，里面夹着一封短信：

> 为了切磋学问，我们往来了，接近了。这几个月，于我们，特别是于我，是大有益处的。但始料不及，同时却迅速地产生了另一种东西。我再三考虑，这东西对我来说，来得太早了，是无益的。对你这个事业心很强、正处在一个新的起点上的人来说，也不是现在就需要的，还不如互相忘却的好。

陈坚把这封短信反复看了十几遍。他有些痛苦，有"既知今日，何必当初"之感。但他没有怨恨，觉得她说的也是对的。他努力把心收拢回来，投入到紧张的毕业考试中去。

她不再来找他了。两个人又回到第一次相识后的样子，见面时互相点点头，有时也简单说几句话。很快就到了七月。中旬，学校放假了。同学们离校时，陈坚没有看到她。虽然此时他已完全冷静下来，但总觉得分别前见不到一面为憾事。他嘲笑自己竟然会这样藕断丝连的，但这感情上的游丝确实坚韧，很难一刀斩断。

八月上旬，毕业生分配完毕，陈坚被分配到西北A省。出发那天，完全出乎他的意料，她忽然来到车站给他送行。这时，他才知道她家就在北京。陈坚问她家住哪里，家里都有什么人，她却含糊不答。两人都觉得无话可说。她显出有些依依惜别的样子。开车的时间到了，陈坚跟同行的同学上了车。她站在窗口。铃声响了，列车慢慢向前移动了，她迅速从书包里拿出一本包着的书递给他，同时微笑着向他扬起手。列车逐渐加快，她的身影渐渐在他的视野里模糊了，终于消失了。他坐回位子，打开纸包，见是一本鲁迅的《野草》，扉页上写着一行工整秀丽的字："陈坚同学留念。"旁边写着她的名字和年月日。当翻到《过客》一文时，他发现书里还夹着一张字条：

> 相识一年，获教甚多。值此新生活开始之时，谨祝精神愉

快，诸事顺遂。

　　前信言"忘却"一语不妥。要忘却的是我们现在所不需要的东西，而不是我们自己。我将永远记住你的友谊。到达新的工作岗位，希来信。

　　他把字条看了几遍，仍夹回书里。他想看书，却怎么也看不下去。

# 四

　　他报到后，被分配到省大学。边塞的气候跟内地大不相同，虽然刚入八月，已经是满目秋色，满耳秋声。别的花都凋谢了，只有一种叫作八瓣梅的美丽的花还盛开着。十几年的学习生活一旦结束，走上了工作岗位，他有些兴奋，异地风光也给他带来许多新鲜感觉。但想到母校，想到熟悉的同学和朋友，特别是想到朱少琳，总不免思绪翻涌。办好一切手续，安顿好生活以后，他给一些要好的同学写了信。也给她写了一封信，信中流露了一些思念之情。十几天后，他陆续接到一些回信。也接到了她的回信，他急忙打开，但从中却没有看出有什么反应。从此以后，他就把感情压在心底，给她的信就像给其他同学的一样。她的来信也是这样。但每次接到她的信，总不由得心跳。信来晚了几天，便焦躁不安。他觉得自己这表现可笑，可是又改变不了。

　　跟他住同屋的是一个本校毕业新留校的学生，名叫李兴。这人很热情，帮陈坚安排生活，陪他去拜访党总支的领导人和一些教师，又带他去观览市容和名胜古迹。以后又向陈坚介绍学校和系里的情况。从他谈的可以看出他对校内的各种矛盾和人事关系知道得很清楚。他还就工作和人事关系问题，向陈坚提出了许多忠告。陈坚觉得这人精明强干，有头脑，看问题深刻，对自己一片热心。开学后，两人被分配在一个教研室，他们很快成了密切无间的同志和朋友。

# 五

边塞的春天来得迟，去得也快，转眼间，六六年的夏天来到了，震撼全国的无产阶级"文化大革命"开始了。

像许多年轻知识分子一样，陈坚虽然对这来势迅猛的伟大运动不甚理解，但仍怀着极大的热情和积极性参加了。他认真学习毛主席和党中央发出的每一个文件和号召，努力领会它的深刻意义，以求加深对运动的理解，指导自己去正确行动。

被"文化大革命"运动震撼了的社会，就像被强大风暴搅翻了的大海，波浪滔天，汹涌澎湃。在大动荡中，许多单位的领导权威崩溃了，在这权威下建立起的各种关系也随之解体了。所有的人，由于所处地位不同，利害得失不同，围绕着对党委、对过去各项工作的估价和对当前事件的看法，产生了观点分歧，形成了不同派别。

李兴做学生时是团总支委员，是党员，同党总支关系密切。他是个精明人，他没有像其他党员那样，在派别斗争中迅速地亮相表态。在经过一段时间观察以后，在各种复杂因素的推动下，他才站到一边。这时两派已进行了几个回合的较量，党总支的几个干部都已被运动的激流冲垮，他便成了一派的头领。

陈坚新来，与原来的人和事都没有纠葛。他专心致志地观察当前全国形势的变化，认真阅读中央文件、毛主席的指示，细致分析每位中央领导人的讲话。他在进行深入思考，所以不轻易表态，也没有参加哪一派。他是团员，出身好，历史清白，作风正派，在教职员和学生中较有威信，因此两派都拼命拉他。后来因为观点相同，也因为同李兴的关系好，所以经过一番考虑，参加了李兴一派。李兴马上在本派内做了工作，推举他做头头。陈坚坚决拒绝。李兴对他说："我并不是为了拉你才推举你当负责人，这是斗争的需要。我们既然站在一条战壕里，就得同命运，共患难。现在你出面，比我出面好，于我们战斗队有利。你应该看到这一点，当仁不让地负起这个责任。"陈坚被他义正词严的话说服了。但很快他就发现，实际指挥战斗队的仍是李兴。不过他没有因此产生任何反感，他想，只要于战斗有利，怎样都是可以的。

运动在向前发展，各种人物都在登台表演。广大群众也站在各自的立场上，对各种人和事做出自己的反应和判断。陈坚经过一年来的观察思考，对中央文革中的几个人，特别是对江青，逐渐产生了怀疑，觉得她说的话，许多都不符合毛主席和党中央的指示。对她随意表态乱下结论的作风，也有些反感。但他分析不清这反感是对还是不对。所以这些想法对谁也没有表露过。大串联开始了，他抱着了解运动和瞻仰革命圣地的目的，约同了十几个学生，徒步走向延安，从延安又到了韶山。这时已是年底了。他挂心学校里的斗争，在长沙给李兴打了个长途电话。李兴在电话里一听是他，第一句话是："你现在在哪里？"第二句话是："你马上坐火车回来！"而且大声地重复了四五遍。


# 六


每列火车人都挤得满满的，可是长沙还积压了几万等待乘车离去的人。排号领乘车券已排到半月以后。一个偶然的机会，遇到同班一个分配到东北的同学，他们也要回去，已经领到的乘车券上多一个名额，把他带上了车。

车上挤得身子也转不动。过道里，行李架上，全都挤满了人。好多车窗没有了，不知是打碎了，还是拿掉了，虽然已是冬天，但因为挤得厉害，都是满头大汗。陈坚被挤在一个窗口，还好一点，可是夜间却被愈来愈冷的夜风吹得浑身发抖。

第二天下午，列车停在郑州车站。站台上挤满了等候上车的人。因车上已极度满员，车门一个也不开。于是人们从车窗往里爬，但遭到车里人的拒绝。于是发生了吵骂。陈坚的窗前也扑过一堆人来。忽然他的眼前一亮，当中有朱少琳，还有她同年级的一个女同学。两个都穿着军装，戴着军帽，扎着皮带，戴着红卫兵袖章，显得英姿飒爽。一年多不见，朱少琳神气大变，她面色严肃，双唇紧闭，双眉微蹙，一双如水的眼睛闪射着具有挑战意味的光芒。这时朱少琳也看到了陈坚，脸上掠过一阵惊喜，叫道：

"你从哪来?"

"从长沙。"陈坚从窗口冲她探出身大声说。

"去哪?"

"回去。你哪?"

"回北京。"

说话间陈坚已向她伸出双手,她也向他伸出双手,两双手在攒动的人头上紧紧地握在一起。陈坚不知哪来的这股力量,在吵嚷和叫骂声中,在混乱的推拉中,使劲一提,她已越过一片攒动的人头,凌空飞进了车厢,落在几个人的身上。好在这些人都是陈坚的一伙,经过一阵开拓空间的斗争,给她挤出了一个立脚之地。陈坚接着又去拉那个女同学,可是她已被挤在人群后面。这时列车开动了。朱少琳向她扔去一个纸包,大声说:"钱和粮票!"

那个女学生接住纸包,随着列车跑着对朱少琳大声说:"你一定不要回学校,在保定下车,到我们家去等我。"

"不,"朱少琳坚决地说,"我要回去。"

"你不能回去!"

两个人大声争论着。列车加快了,那个女学生渐渐落在后面,她还扬着手向朱少琳叫着:"你一定不要回去!"

陈坚努力挤出一点地方,让朱少琳在他身边坐下。他们已经有四个月没通信了。他问这几个月她都在哪里,问北京学校里运动的情况。她回答得很简短,有些地方含糊其词。陈坚从她的神情上有些明白,便不再问了。他对她讲他们徒步串联一路所见,讲延安和韶山。她说,十月她也到韶山来,从韶山到的井冈山。以后,在东北工作的那个学生对他们讲起东北运动的情形,跟他同行的人又在一旁插话,越说越热闹。

天色渐渐暗下来,落日的余晖映出太行山莽莽苍苍的影子。一会儿,一切全被夜色吞噬了。昏黄的灯光引起了人们的睡意,坐着的,站着的,全昏昏沉沉地睡过去了。只有陈坚和朱少琳没睡,他俩头紧挨着,在轻声谈着白日当着别人不能说的事。朱少琳正在说江青:

"……这人是歇斯底里,红着眼尽整人。她点了国家机关一批负责干部的名,好些都打成了黑帮。我父亲跟随总理多年,忠心耿耿地干革命，在一次会上被江青点了名，也被打成了黑帮……"

陈坚不由"啊"了一声。他一点也没想到，她是这样的家庭。他明白了，为什么以前她回避谈家里的事。他对她更加敬重了。

她接着说："她连我们也不放过，把我们打成黑帮子女，连参加运动的权利也没有了。我们贴大字报抗议。有一天晚上，学校开辩论大会，她忽然去了，在大会上点了我们几个人的名，说我们是反革命。我们就跑了出来。"

"现在回去没事了吧？"

她神色严峻地冷笑一声："回去的几个都叫她抓起来了。"

"那你怎么还回去？"陈坚担心地问。

"光明磊落干革命，干吗不回去？她不要以为抓几个人就把人吓住了！"由于愤怒，她的声音不由提高了。

"这事你要慎重考虑，不能感情冲动。"陈坚努力劝说她。

"不是感情冲动，我是经过反复考虑的。我们一起的同志，有的被她抓起来了，我不能再在外面躲着，要回去和大伙儿一块进行斗争，看她怎么样！"她说着，细长的眉梢不断向上扬着，两眼闪闪发光。

他为她担心，想找理由劝她还是不要回去。她忽然说：

"你还记得我们对《过客》的讨论吗？"

"记得，怎么会不记得。"

"当时我不同意你的意见。现在看来你的意见是对的。我以前对事情的看法真的有点像那个女孩：只见鲜花，不见坟墓。其实今天社会，既有阶级斗争，斗争又是这样复杂，就有光明和黑暗两面。不过我还是坚信光明终究会战胜黑暗势力的。"

朱少琳的话，反使陈坚感到惊异，因为他清楚地理解了她所指的"黑暗势力"的具体内容。事情会是这么严重吗？许是她因为切身利害，所以把问题的性质夸张了……他默默地陷入了沉思。

车快到保定的时候，陈坚劝她还是听那个女同学的话，先到她家住下，等她回来，把情况弄清再说。但朱少琳坚决不肯。他见说她不动，只得作罢。

列车晚点，直到上午八点才到达北京。车站上挤满了大串联的人群。西去的车票不甚紧张，陈坚拿到一张当天晚上的票。他问朱少琳：

"你回家吗？"

"不，我先到一个同学家去。"

这次的偶然相逢，燃起了两个人压在心底的感情的火焰。到离开的时候了，谁也不愿意分手。两个人一起向街里走去。吃了点东西，他们到了天安门广场。广场上也全是大串联的人群。他们在烈士纪念碑下盘桓了许久。以后陈坚问：

"你的同学住哪？我送你去。

"住阜外大街。"

两个人也不坐车，向阜外大街走去。到了那里，已经是下午一点了。在大前门告别后，又站了好长一会，当陈坚往回走的时候，朱少琳又不由得送起他来，一直送到阜成门内。结果是陈坚又往回送她。后来他们就在阜外大街上来回游荡着，直到天色黑下来了，陈坚去车站的时间到了，才不得不分手。陈坚已经走出十几步了，朱少琳忽然又追上来，从胸前摘下毛主席纪念章，给陈坚戴上，说："这是毛主席第一次接见时我戴在身上的，送你做个纪念。"


# 七


陈坚回到 A 省，一下车，就感到气氛紧张。街上全是游行示威的队伍。军队也参加了游行，全副武装，站在卡车上，有上百辆。宣传车的高音喇叭广播着声明和通告。回到学校，一看，人都不在。似乎经过一场武斗的洗劫，教学楼许多门窗都打破了。

他回到宿舍，换了衣裳。正在整理东西，院里哄哄嚷嚷的。从窗上望去，是游行的回来了。一会，李兴"嗵"的一声推开门进来，一见他，高兴地抢上来拉住他的手，叫道：

"你可回来了！"

李兴对他讲自他出去后，这几月斗争发展的情形。说他们这一派一度被压垮了，现在又恢复发展起来了。对方基本垮了，现在只剩下了一小撮，不过还在顽抗。接着就对他讲学校里系的情况，告诉他，谁谁杀回马枪过来了，谁谁跑了，谁谁还在那面。又对他讲，谁谁表现最坏，将来非狠狠整他不可。看来，他已觉得完全胜利在握。

在李兴的要求下，陈坚立即参加了活动。但这次却没有明确他负责人的身份。他也没有在意。斗争还是很紧张的。对立一派虽然人剩下不多了，全市也不过一两万，但都是中坚分子，能量很大。他们主动进攻，不断挑起事端。陈坚当时不理解他们的行动，以后才明白，他们是有意扩大事态，把事情搞到上面去。还听说是上面有人示意他们这么干的。静坐，绝食，占领，武斗，事件层出不穷。后来发生了较大伤亡事件，事情也终于搞到上面去了。

双方还在进行斗争，小接触不断。但注意力都集中在上面，因为上面的态度是胜败的关键。消息于他们这派是不利的。决定性的一天到了，这一天，江青表了态，宣布他们这派是反革命组织。陈坚好似被击一猛掌。这么大一个群众组织，凭江青一句话，就被打成了反革命组织，岂非怪事！再将朱少琳上次关于江青的一番议论和最近的许多事实联系起来思索，江青的丑恶形象逐渐在他头脑里鲜明起来。消息传来，群情激愤。李兴气得像发了疯一样，回到宿舍，对陈坚赌咒发誓，非同对方血战到底不可，又大骂对方的一些头头卑鄙无耻。骂着骂着，忽然脱口而出："妈的，事情全坏在那个女人身上！"

陈坚明白他骂的是谁。于是也情不自禁地说了江青几句。这一来，李兴的劲就更大了，讲了一些不知从哪听来的关于江青的历史。以后有人来了，他才不说了。

但不管人们怎么激愤，怎么发誓要战斗到底，政治斗争有它本身的规律，权力的砝码在这当中起着决定性的作用。江青表态以后，力量对比的天平立即就倾斜过来。对方抓紧时机展开攻势，政治压力加上武斗，几天之内，陈坚他们的组织就解体了。

人们看惯了在正常压力、温度条件下自然界万物所呈现的形态，就以为万物就是这个样子。殊不知当压力、温度条件变化了时，许多东西也就改变了形态，有的化为飞烟，有的变为软体，有的换了颜色……当然也有不变的。黄金在烈火中也仍然闪耀着光彩，坚玉在重压下也不会变为烂泥。社会上的事也是如此。

校内形势发生了急剧的变化。院里每天都贴出一些请罪书和杀回马枪的大字报。有的人辱骂自己，或辱骂同志，以求得对方的宽恕；有的人则拣要害的地方，向自己过去的伙伴凶狠地猛刺，希图得到对方的赞赏，获得一把交椅。

李兴这几天的情绪有点反复无常，陈坚也没在意。一天早晨起来，陈坚提上暖壶去打开水。走到大楼前，见一大堆人在挤着看一张新贴出的大字报。他也挤了进去，一看，他几乎不相信自己的眼睛，大字报的大字标题是——

　　陈坚攻击、诬蔑、咒骂我们最、最、最敬爱的江青同志，
罪该万死！

下面署名是李兴。有一群人正在南面墙上刷大标语，是对立派的，他一看其中有李兴，一手提着糨糊桶，一手握着笤帚，颠着屁股，以异常快的速度往墙上贴着白纸。标语随着在后面写了出来——

　　强烈要求立即逮捕法办攻击、诬蔑、咒骂敬爱的江青同志
的现行反革命分子陈坚！

他觉得热血上涌，周身颤抖。他努力保持着冷静，站在那里，看着李兴向着对方的人胁肩谄笑的样子，心里不由愤怒地想：这个东西就是李兴吗？这时李兴忽然一回头看见了他，立即扔下手里的铁桶和笤帚，跑过来，冲他一跳多高，伸着拳头，凶狠地声嘶力竭地喊叫：

"打倒现行反革命分子陈坚！"

# 八

陈坚经过三个多月的批斗，被定为现行反革命分子，押送到远离学校的一个农场去。

这是在黄河边荒滩上开辟出来的一个农场。原来各系学生轮流到这里来劳动，一年多不再有人来了，农场田里野草没人，荒芜一片。现在已是六八年秋天。在一块苗圃里，陈坚在孤独地修剪着苗枝。忽然身后

响起了喊声："陈老师。"

他转回身来。农田顾师傅提着锄头从南面过来，走到田埂，把锄头一放，坐下，又向他招呼："过来歇会儿。"

顾师傅是附近生产队的一个老队长，党员，今年六十多了。农场建立时，场长通过公社请来的。陈坚过去在他对面坐下，问道："顾师傅锄什么去来？"

"我去把那块白菜地锄了锄。"老人掏出烟袋，一面使劲往外吹烟油，一面指了下大田说，"看荒的，施了两万多块钱的油渣子，全长了草了！"

陈坚望着大田里被秋风吹得像波浪起伏的野草，默然不语。农场场长死了，一个贪污犯夺了权成了主管人。原来派来的人有些自己回去了，有的不知去哪儿了，只剩下了一个会计和几个炊事员。在大田干活的就他和顾师傅俩。老人见他情绪不好，就又说起几乎每次见面都叮嘱他的话："得想开呀，年轻轻的，留得青山在，不愁没柴烧。那么容易就打成反革命啦！听毛主席的话没错，要相信党，相信群众。"

陈坚感激地冲他点点头。停了一会儿，老人看着陈坚问：

"你把草褥子装上了没有？"

"还没有。"

"天凉了，我给你去装。房子也得修一修，八月了，一场秋雨一场寒。"

两个人又说了一会话，老人站起来，对陈坚说："把这块树苗剪完就回去休息吧！"说完，提起锄头又往菜地去了。

陈坚从衣袋里掏出一个小本，里面夹着一页短信。这是朱少琳上年捎来的一封信，是初期监视疏忽漏进来的。信不知看了多少遍，已经都破了。实际上面的话他早已记住，但他还是愿意看着那秀丽有力的字迹：

> 四月出来以后，才从同学那里听到你的消息。鬼蜮为灾，小丑跳梁，遂使你陷于墓场。困顿饥渴，肢肿足裂，可以想知。然关山遥隔，连杯水也不能相助，只能一言相勉：墓场终有尽头，前面将是花的原野。无论如何，无论如何，你要走下去，走下去。

很明显，朱少琳考虑到陈坚的处境，通信没有自由，所以信里只能用《过客》的话进行暗喻。他把信收起，一面剪着苗枝，一面自言自语："墓场终有尽头，尽头在哪里？在哪里？"

　　他剪完这块地里的树苗，又把边上一块剪了一片，直到天色暗下来，才回去。他怕早回去，一个人孤独地待在小屋里，还不如待在旷野里好。这是孤零零地立在大田里的两间破屋，原来是放工具的，以后农场买了两头奶牛，又做过牛棚。人们现在仍然叫它牛棚，有人是按原来的老名叫的，有人是按新赋予它的意义叫的。陈坚走到门口，脚步迟疑下来。今天他的心绪特别恶劣，他实在怕进去，在孤独中打发那漫漫的长夜。他在门口站了一会，信步向黄河边走去。天色更加阴暗了，在呼啸的秋风中，响着一片凄切的秋虫的鸣声。他一面走一面想：墓场终有尽头……是的，黑暗终究要被光明所代替，反动、邪恶的势力最终要被消灭，历史总是在斗争中不断地前进……但历史的斗争、反复是以年代、世纪计算的，一个人的生命却异常短促……自己能够走出这片墓场吗？还能见到那光明到来的一天吗？……如果不能，这屈辱、孤独、痛苦的生活有什么意义?!……他的思想又走进这死胡同来。近几个月，经常是这样。他想驱除这思想，但不能。

　　六七里路不知不觉走过去了，已经听到河水呼啸、咆哮的声响。到了河边，声响更大了，好像充塞于天地之间。正是秋雨季节，河水暴涨，混浊的激流在昏暗中旋转着滚滚东去。两岸陡直的泥崖，不断地崩坍下去，发出惊天动地的"轰——垮——轰——垮——"的巨响。这时，阴云淡了一些，在天上露出朦朦的月光。陈坚站在离岸边一丈多远的地方，望着滔滔东去的黄流，想到历史、人生，不由思绪翻涌，感慨万千。这时他闪出了一个奇怪的念头：随着河流漂浮下去，几天之后，就会回到家乡……他像一块石头一样，望着河水，动也不动地站在那里，脸上的神情也像石头一样凝结了。泥岸在他面前不断崩塌下去，黄水打着漩涡在他面前流逝，仿佛把一切都卷去了，带走了。他面前只有二三尺崖岸了。他见一条缝隙在他脚下裂开，扩大。他闭上眼睛，等待着那能带走一切的"轰——垮——"一声的到来。他耳边真的响起了一声巨大的响声，但不是在他脚下，而是在他旁边，一片冰凉的水沫溅落在他脸上、身上。他一惊，猛地睁大眼睛，脚下的泥墙已开始向河水倾倒。他本能地向后退了一步，随着巨大的声响，在他面前腾起一股高高的泥浪……这时他忽然脑子里浮现出那次演《过客》的场景，正是他扮演那位困顿倔强的过客，支着竹杖，蓬首跣足，谢绝老人的劝告，顽强地向前走去。还记得他最后的一句台词："我只得走。我还是走好吧……"

他面对着奔腾咆哮的黄河，自言自语地说："是的，我得顽强地向前走！"于是他迈着步子又走了回来，走向那孤零零地立在旷野里的棚房。走到房子正面，他一惊，窗上有灯光。一年多来，只有顾师傅到他这里来过几次，但也只是在白天。晚上是从没有人来的。一种不祥的预感在他心头陡然升起。但他没有恐惧：要来的就早点来吧！他大踏步向前走去，到了门前，猛地把门推开，突然像被雷击了似的站在门边不能动了——屋里，朱少琳对着灯坐在他的床上。

# 九

朱少琳转回头，见陈坚愣在那里，便带着微笑站起迎了过来。陈坚如在梦中，费力地说："你，你怎么，在这里？"

她微笑不语，待他进屋坐下，笑道："我们分配了，我要求到这里来，前天到的，今天随着拉煤车一起来的。"

陈坚百感交集，声音有些发颤地说："没想到，我们能在这里见面。"停了一会儿，又语气沉重地道："感谢你来看我。可是这会给你带来麻烦的。"

朱少琳的眼睛润湿了，她同情、爱怜地望着他，说："我要在这里住下，同你在一起。"

陈坚惊疑地瞪大眼睛。她在窗边坐下，脸忽然红起来，长长的睫毛时而垂下，时而张开，望着陈坚，几次欲言又止。后来终于柔声说道："这事没有事先征得你的同意，请你原谅。"她垂下眼睛，多少有些吞吞吐吐。"分配时我登记了我们的关系，一来我就要求到大学，到农场来，他们不答应，后来，一个军代表，同情，帮忙，才成了。"

陈坚神情有些茫然。这突如其来的万料不到的事，对他精神冲击太大了，使他思绪一时陷于混乱。他怀疑这是不是梦境。他直直地望着朱少琳，是她，实实在在是她，温和、沉静，只是多少有些瘦了，眼睛显得更大了……朱少琳被他看得有些不好意思，带着羞涩的微笑说道："你怎么了?"

许久，他的思绪终于理出个头绪，他把事情的前因后果想了几遍，心情激动地说："不，不能这样。我怎么能把你也拖入这泥坑!"他让自己平静了一下，"当初你给我的信里说得对，与其困顿地生活在一起，还不如互相忘却的好。"

朱少琳神色严肃起来，她扬起头说道："你不是反革命。我坚信真理终有一天会胜利。这一天不会很久的! 你不要再说了，我已拿定了主意! 什么也不管它，我们在一起，永不分离!"

陈坚长久锢闭的感情，在她春潮般热情的激荡下，终如滚滚江水，从峡谷中奔腾流泻而出。他热泪满面，喉哽声阻，紧紧抓住她的双手。她也热泪滚滚，把头紧紧贴在他的胸前。

良久，朱少琳抬起头望着他问："我给你的信接到了吗?"

"接到了一封，四月的那封。"陈坚从口袋里掏出小本，拿出那封折缝已经断裂的信。朱少琳见了，眼圈不由又红了，说:

"以后我又写过两封。"

"以后我就谁的信也接不到了。"

她抚摸着他的浓发，脸颊："他们打过你吗?"

"打过。不过不算厉害。"

"法西斯!"她愤恨地说。

陈坚说："我回来就给你写信，以后接不到你的信，知道你出事了。我想到北京去看你，可是还没走就发生事了。你怎么出来的?"

"放出来的。大概因为从我身上捞不到油水，还是腾出地方关别的人合算吧!"

"学校里现在怎么样?"

"还是在斗。我们同他们斗。他们自己狗咬狗，也斗。"

"这一年我在这里，像流放在孤岛上一样，什么也不知道。"

"我们知道的也很少。可是我感觉到，斗争正在更深入地展开。

大风乍起时，海里虽然波涛汹涌，但那还是在表层。现在已经动荡到深层。"

…………

一年多音信阻断，两地悬心，冲破重重困难，才得以相会。此时此地，他们有多少话要说呀！伴着泪水、愤怒和慰藉，他们低声说着，说着，不觉东方之既白。

# 十

朱少琳来，在农场里立刻就传开了。第二天早晨，顾师傅来了。陈坚把朱少琳向他介绍了，又说了他们的关系，说她决定在这住下。老人听了，大为感动，不断地说："好啊，好啊，好啊……"他亲自去找会计给他们开了介绍信，又亲自陪着他们去办了结婚登记手续。

大自然好像也有情似的，这天晚上，天高气爽，月明风清。屋子里打扫得干干净净，一会儿，顾师傅来了，抱着一包炸糕，上面放着两根红烛。朱少琳接过，笑道："哎呀，大爷，你这是做什么?"

老人笑嘻嘻地说："入乡随乡。我们这儿规矩，结婚吃这个。红蜡图个喜庆吉利。"

在滚滚东流的黄河边上，一望无际的旷野中，一座孤零零的牛棚里，一对在大风浪中颠簸的年轻人，举行了一个虽然是最简单的但却是永生难忘的婚礼。老人向他们祝福后回去了。他们两个坐在床上，紧紧地靠在一起，望着立在窗台上的一对发出柔和光辉的红烛，听秋风阵阵，秋虫长鸣，和远处传来的黄河的呼啸、咆哮。朱少琳感慨地说："我们是在墓场举行婚礼，但是鲜花就在我们的前边。"陈坚拉起朱少琳的手，感激地、深情地望着她。

他们忘却了目前的苦难，完全沉浸在幸福之中。

# 在小河那边

孔捷生

谨献给至今仍生活在阴影中的人们，愿他们早日得到解脱，和我们享受同样清新的空气，同样明媚的阳光。

形状狰狞的乌云挟着雷声翻过了山峦，白茫茫的雨幕消失了。小河很快涨满了混浊的水。

在大陆上是难得遇见中秋节还下雷雨的。而这海南岛正逢雨季，它才不管中秋不中秋呢。正像热带的阳光，不管春夏秋冬都是那么酷热。

严凉，一个二十多岁的农场工人，等喧哗的小河静下去，就戴上旧草帽拿着挎包走出茅屋，沿着芒草丛生的羊肠小道向农场场部走去。

到场部一路上要蹚过八次河。实际就是同一条河。它环着山势迂回曲折地流淌，叫人非得一次又一次地蹚过它不可。谁也不晓得这条小河叫什么名字，正如五指山区数不清的大小山峰，世居这里的黎胞苗胞都没想起给它们起名字。人们甚至不知道它从哪里流来，向哪儿流去。

严凉走到场部，把草帽拉得低低的，避免见到熟人。他走进窄小的农场商店。打倒"四人帮"快一年了，但这商店与农场一样，没有多大变化，到处张贴着过时的政治口号，书架摆满永远卖不出去的书，甚至还在出售那幅《月夜哨兵》，没有人知道它的作者是谁。真是桃花源中人不知有汉。严凉总算发现一样新到的商品——印着嫦娥奔月图案的信封。他于是买了一些罐头、香烟等日用品，见嫦娥奔月的信封印得漂亮，也买了两个就转身走了。

他又蹚过八道河水，回到孤零零的茅屋，日头西落了。他掏出信封欣赏，不禁苦笑了一下。他在这世间孑然一身，没有亲人，也无朋友，似乎已被人遗忘了，又能写信给谁呢？


# 一、深山孤侣

幸福的家庭总是相似的，不幸的家庭各有各的不幸。这是托尔斯泰的名言。严凉出生在一个干部家庭，他那时的名字叫谷严严。爸爸原来是个随军南下的一般干部，妈妈则一直在南方一个城市搞地下工作。到"文化大革命"开始时，爸爸在军区某政治处当处长，妈妈在人民银行当副科长。他还有个姐姐叫谷岚岚。一家四口人。在外人看来，这是一个幸福的家庭，事实上却远非如此。

严严从懂事起就察觉爸爸与妈妈的感情并不好。严严是很受爸妈宠爱的，但他发觉爸爸一点也不喜欢姐姐。姐姐从小就寄养在郊区姨婆家里，爸爸根本不让她回来。有一回爸爸出差去了，严严正好放暑假，就偷着到姨婆家去看姐姐。小姐弟俩在草丛里捉蚱蜢，在河涌里捞蚬，扯着纸鹞线儿在田埂上奔跑，两颗快乐的心儿随着纸鹞飞上了蓝天……多么欢乐的日子啊。可惜太短了。爸爸一出差回来，就乘吉普车来把严严接走了。严严看见姐姐抹着眼泪跟着车子跑，他自己的泪珠儿也淌个不停。

就这样，严严跟姐姐一年难得见一两次面，还是妈妈悄悄从后门把姐姐带进来的。姐姐每次来，都给弟弟带了礼物，有时是一只小鸟，有时是一对蟋蟀。严严不明白，这么好的姐姐，爸爸为什么不让她住在家里。

严严发现妈妈虽然在姐姐的事儿上委曲迁就爸爸，但在其他问题上却常跟爸爸争吵。那大都是严严不甚懂的"党性""政治品质"一类问题。

还没来得及让严严想个究竟，"文化大革命"爆发了。当时他在念初中一年级，姐姐在郊区也是念的初中一年级。幼稚的严严和红卫兵战友一道狂热地投身各种"革命行动"。抄了许多人的家，烧了成吨书籍字画，砸碎了百货公司的花露水、雪花膏橱窗。很快地，命运之神的双翼也给严严的家庭投下了阴影。妈妈被"造反兵团"查出是"假党员"，被投入"牛棚"，严严的爸爸在最短的时间内办好了离婚手续。严严跟着爸爸，姐姐当然是假党员的女儿。尽管这给严严以极大的震动，但他和思想正统激进的革命小将一样，接受了这个难以接受的事实。况且，不须他做出任何姿态，爸爸的离婚已经"划清界限"了。严严还是当他的"红五类"。当他和战友们残酷斗争那些"牛鬼蛇神"，总不免想起妈妈的遭遇；当他呵斥"黑七类"同学时，不免想到在另一间学校，姐姐也站在"狗崽子"中间。

严严心里埋下了一颗怀疑的种子。

爸爸很快通过组织安排娶来了一个年轻漂亮的女护士，时常对她夸耀自己和军区某首长的一个什么秘书是战友，很快就会升迁云云。这使严严常去想：爸爸和妈妈究竟谁更像真正的共产党员？

六八年秋，爸爸果然高升为市军管会的要人。严严却不顾爸爸的阻挠，自愿报名到海南岛上山下乡了。他对家庭已无什么留恋。临行前，到郊区姨婆家去了一趟。谁料时隔两年，屋在人亡，姨婆死了，姐姐也不知去向了。唉，姐姐呀姐姐，你在哪儿啊……

严严到了海南岛生产建设兵团，分配到五指山区，就写了一封信寄到姐姐的学校，但却杳无回音。姐弟关系从此断绝，严严的思念之情也逐渐淡薄，因为他和姐姐相处，时间实在太少了。严严曾写信给爸爸，但寥寥几行，没啥可说。他开始发现，在所有的亲人中，自己常想到的是妈妈，毕竟她给自己的爱最多。也许该给妈妈写封信？可是，谁知道她现在处境如何呢？

种种怀疑并没妨碍严严在伐木开荒之余熟读"老三篇"，学会几十支语录歌，虔诚地做早请示、晚汇报。还常常为欢呼没头没尾、意义可作多种解释的"最新指示"的发表而在山间小道举着火把游行。严严到海南半年就入了团，被指定为团支委（那时不用选举），并在兵团到处"讲用"。严严没想到自己生活道路上的一帆风顺是父亲带来的。那时，他爸爸的地位火箭式地上升，在省、市革委会里都居重要席位。

当严严的入党志愿书刚通过表决，中国出现了巨大的事变。严严的命运随之发生了急剧的变化。那是在"九一三"事件以后。党支部正式通知严严，他的入党志愿书被团党委否决了，以后不许再写信给父亲。因为他是林彪死党，为林家王朝另立伪中央扮演了可耻角色。

生活的险恶风涛把严严这只小船冲到了暗礁林立的险滩。他被划入"黑帮子女"的行列，终日受到各方面的冷遇，由于父亲的臭名昭著和自己的一度走红，他甚至不能见谅于同学们。十九岁的严严开始背上了沉重的黑锅，看不到有出头之日。

七三年春，严严终于请准了假，回家"探亲"。他首先和"爸爸"办了断绝父子关系的手续，然后到人民银行政工组询问妈妈的下落。答复却冰冷得使严严的心都紧缩了。

妈妈已经死了！说是"病死"的。她才四十多岁，从来没什么病。妈妈到底是怎么死的？

"林彪迫害了许多老干部。希望组织能复查一下我妈妈的问题。"严严说。

政工人员答复："首先，你不是她的儿子。其次，她不仅是假党员，还是中统特务，证据确凿。她在念书时候受过报务班训练，那是特务组织。"

从什么时候起，白变成了黑，光荣变成了耻辱？严严曾听妈妈说过这段往事。那是在抗日战争时期地下党指示她利用学生的军训班去学习电台报务的。但是，已经尝到人生苦味的严严，明白要申辩也不会产生什么作用的。就这样，他默默地走了。从此在世上能称得上亲人的只剩下姐姐，而她在何方？严严已经不想也无法去找了。

严严登上轮船，呆滞的目光眺望着雾气迷蒙的南方大城。他明白，从此要和故乡永别了，这地方曾留下了他快乐的童年，但他今生今世再也不会回来了。

回到海南岛，他完全成了另一个人。笑容在他脸上消失了。他抽上了烟，指头灼得焦黄，还学着喝酒。二十一岁的青年变得暮气沉沉。他恨透了父亲，也恨不公平的命运。他唾弃了父亲的姓，改名严凉，取其人间冷暖，世态炎凉之意。

岁月缓缓流失，兵团的"革命化"生活极为枯燥单调，今天完全是昨天的重复。然而五指山再高也不是与世隔绝的。许多同学探亲回来，都谈到大陆上的动荡的政治局势。严凉听了，再联想到自己的身世浮沉，觉得自己是被欺骗、被玩弄了。当年他狂热拥护的血统论成了自己脖子上沉重的锁链。多么肮脏的政治，多么丑恶的现实！难道理想信仰只是一个梦？

严凉很愿意离开喧嚣的尘世。离连队三公里外有一块橡胶、台湾相思苗圃地，要派人去管理。于是，严凉就在离那条小河不远的地方搭起一间茅屋住下了。除了每月一两次领工资、口粮和肥料、工具外，他与外部世界的联系只是一部半导体收音机。时光像小河的水一样流逝，收音机里传出时代纷乱的脚步声，却惊扰不了严凉心头的冷漠。

终于，电波传来"四人帮"覆灭的消息。严凉开始把这看成是习以为常的政治风云变幻，但收音机不断传出令人耳目一新的电讯。他总算相信祖国正在走向光明，几年来缠绕着他的噩梦慢慢消逝了。

兵团已经改建制为农场。他们的这个农场照例欢呼一阵又归于沉寂。严凉很快就认定，魔鬼的灰飞烟灭只对大多数人是福音。被玷污了的他将永远留在阴影之中。果然，农场里的知青都陆续招工回城，只留下孤零零的严凉。

严凉明白，他那漫长的余生将在这苗圃地旁度过了。他的飘萍身世有如这无名的小河，它日夜水声淙淙，细语喃喃，却没有人听懂它在诉说什么衷曲；它九曲回肠，日夜奔波，却没有人知道它流向何方。

真的，小河，你流向何方？


## 二、小河那边


在农场这些年，严凉已忘了中秋月饼是什么滋味了。他开了个罐头，胡乱应付了一顿中秋晚餐，就吸着烟靠在床上，欣赏着收音机播送的熟悉而又陌生的广东音乐《彩云追月》《月圆曲》，脑子飘浮在一片空虚之中。

最后一曲《良宵》播完，严凉想起该下河洗澡了。他脱剩一条裤衩，拿着毛巾走出茅屋，仰面赏月，月亮却躲在一片落云里。故乡的明月是多么明媚，中秋之夜是澄澈纤埃的。而在海南，再寥廓的秋天也有云朵。是因为热带树木葱茏还是海洋性气候？严凉忘了关于云的形成课本上是怎么说的了。他有许多事情都忘记了，有些事情想忘也忘不了。

严凉倚着槟榔树，固执地仰头等着。中秋圆月总算从云层里钻出来了，皎洁的银辉洒满连绵山峦，夜色像梦一般恬静。仿佛灵魂里有个恶魔似的，严凉忽然想到明月也有它永远黑暗的一面，就像最公正的社会里也有不公正的事一样。他的心情蓦然恶劣起来了。

这时，在一片虫鸣之中传来一缕若有若无的柔漫歌声。严凉回身进屋看看收音机已关，就责备自己想得太多，脑袋耳朵都有毛病了。他向河边走走，歌声却越来越清晰。严凉迟疑地止步细听，是悠扬悦耳的女声在唱一支他也曾会唱的歌——

> "皎洁的月亮高挂在天上，
> 把大地照耀得明亮，
> 四周一片银光，使我怀念故乡。
> ……"

严凉放轻脚步走到很陡的河岸上。立即惊讶得呼吸都停止了。在小河那边，有个姑娘在银波粼粼的河里洗衣服。她是什么人？为什么跑到这荒僻的地方？

月光把严凉的身影投到河面上，那姑娘霍地直起身子，直视着对岸的严凉，月色下可以看见她一闪一闪的眸子，她的衣服随着河水漂走了。严凉想起自己赤身露体，急急抽身走了。很快听到小河哗啦哗啦的水响，准是吓呆了的姑娘没命地逃跑了。

可是，小河那边又响起姑娘的歌声，显然她刚才不过是去追那漂走了的衣服。倒是严凉惊魂未定。他知道小河那边再走十多分钟有一块别的农场的苗圃地，那儿也有间茅屋，没有固定管苗圃的人，来人从不在茅屋里睡，就是白天也不过一个月来几趟。寂寞的小河边只偶尔有扛着火枪，牵着猎狗的黎胞经过。这姑娘是哪儿来的呢？

……中秋之夜，严凉在林涛虫鸣声中入睡了，耳里却回响着那温馨的歌声。

天色发蓝，当第一抹朝霞泛起，严凉就踏着晨露下河洗脸。歌声又飘荡起来了，这回唱的是《太阳出山》，随着欢快的歌声，野芭蕉丛中闪出了昨晚那姑娘的身影。她挥着一条毛巾，沿着被蕨类植物覆盖的小径走下河来。

姑娘一眼看见严凉，止住歌声，落落大方地打招呼："你好！"

"……你好。"严凉迷惘地望着姑娘，吐出这生疏的、城市人才用的字眼。

姑娘很纤瘦，晒得黝黑，穿着打补丁的旧衣服，光着赤褐色的脚丫。她长得很平常。也许是严凉对姑娘们的长相不会鉴赏，任何人在他冷漠的眼里都是一样的。

姑娘爽快地笑道："我们是邻居了，共饮一河水，嘻嘻，那茅屋就你一个人吗？你叫什么名字？在这儿多久了？"

"我叫严凉，一个人在这儿四年了。"严凉听出对方的口音，问，"你是海州人？"

"是呀，你怎么知道的？你是什么地方人？"

"也和你一样。"

"哟，你的普通话说得真好。你是什么学校的？哪一届？"

"我是……八一中学六八届的。"一阵屈辱感又咬噬着严凉的心，"母校是间军干子弟学校。"

姑娘打量着严凉，沉吟一阵才说："高中吗？"

"初中。"

"哟，跟我一样！真看不出来，我以为你有三十岁了。你干吗不理理发，刮刮胡子？你这模样，回家时亲爹也不敢认你了。"

严凉心头又一阵刺痛，要是把浑蛋亲爹的名字说出来，这姑娘就会变脸了。

姑娘正撩着毛巾洗脸，忽然叫起来："哎呀，你瞧，你快瞧！"顺着她的目光看去，有一群羽毛鲜红的小鸟唧唧地掠过晴空，落在河边一棵花椒树上，枝头一下像开满了红花。这是一种奇异的热带鸟儿，黎胞奉为神鸟，从不捕捉。即使如此，这种鸟平常也不易看到。

"哟，真美极了！这地方真好。"

严凉这才想起姑娘说过的"邻居"一词。难道她住到小河那边的茅屋了吗？他很想问问，又忍住了。他洗过脸要走，姑娘又开腔了："干吗急着走啊，严——你叫严什么来着？"

"严凉。"

"瞧你，还没问过我的名字呢。我叫穆兰，穆桂英的穆，花木兰的兰。咱们以后隔河相望了，嘻嘻……我还以为这方圆几里就我一个人呢，昨天我看到小河那边的槟榔树就放心了。"

那棵槟榔树是严凉到这里后栽的。槟榔树很怪，没人烟的地方长不活。在五指山区，看到槟榔树就知道有村寨了。

"你到这儿干什么？"严凉终于好奇地问。

"哈！咱们是同行，我们队那片苗圃快让茅草给封了，这活儿摊到我头上了。"

严凉实在不明白干吗要派个姑娘来管苗圃，但又不便多问。这时天色已大亮，他觉得穆兰姑娘乌溜溜的眼睛在好奇地端详自己，心里有点不自在，就离开了河边。

从此，小河那边常飘过来穆兰的歌声。严凉在河边又碰到她几次。严凉每次说话都不多，穆兰却像只阳雀似的不停嘴。严凉从她口中知道对岸那个农场的城市来的知青也走得差不多了。她的队里只剩下她一个。

穆兰豪爽泼辣，说话常带小伙子才用的字眼。比如她说："什么抓纲治场，扯淡！我们场那个头儿，双突干部，小杂种！'四人帮'那阵臭来劲，批'四人帮'又喊得响。放他娘的狗屁！还是这王八坐庄，我们场都亏损光了，还提什么现代化！"严凉想说，他那个场情况也差不多，但没敢说出口。

国庆节前一天的黄昏，严凉在河边洗被单，穆兰又唱着歌来了。她看见河边有棵木瓜树结了几个黄澄澄的大木瓜，就赤着脚拨开叶芒锋利的芒草走过去摇落木瓜，顺手扔了两个过来。严凉只来得及接住一个，另一个半浮半沉地漂走了。穆兰笑得喘不上气来，严凉也不禁笑了。穆兰像发现什么似的叫道："哎呀！你的脸整天像个苦瓜，我还以为你不会笑呢，嘻嘻……"

严凉又笑了笑，却已是苦笑了。他没答话。

穆兰又说："严——凉，哎！你的名字真不顺口，不如叫阎罗呢，哈哈……你别生气，阎罗有什么不好？我还恨不得当上阎罗王呢！我要差牛头马面去催那些混账王八蛋的命，让他们尝尝上刀山下油锅的滋味！哎，严凉，我刚才想问的是，你干吗调不回海州？"

严凉踌躇地含糊其词："我在海州没亲人了。"

观察力敏锐的穆兰收敛了笑容，说："怕是有别的原因吧？哎，这有什么呢，我也没亲人，妈妈给逼死了，还没平反，不过快了。我调不走就因为我是个现行反革命！"

"你？"严凉打了个哆嗦。

"是呀，前两三年有人写了一张讲民主法制的大字报，你听说过吧？我写了封信表示支持，就啪的一下定了我个现行反革命，绑着我到各个队游斗。那些畜生真他妈的狠毒，揍得我半个月直不起腰！哼，我怕这个就不姓穆！"

严凉震惊地盯着穆兰，实在想象不出她纤瘦的身子是怎样熬过那法西斯的拳脚。这样年轻的姑娘怎么成了反革命，这是一辈子的事情啊！沉默了好一会，严凉说道："你的问题总会解决的。我跟你可不一样，父亲是个十恶不赦的林彪死党，累得我永无出头之日。"

穆兰同情地默视着严凉，停了一会才说："我的帽子要摘也不容易，他们可以在几分钟内把人打成反革命，却不知要花多少年来证明打错了。再说我这个问题不是农场就能解决，还牵涉到某些大官。哼，天王老子我也不怕！"

稍停一会，穆兰又问："你回队里过国庆吗？"

"不。"严凉不觉地反问，"你呢？"

"这还用问吗？晚上我到你那边拜访，欢迎吗？"

"……当然……"严凉有点不知所措。

## 三、茅屋夜话

严凉刚把茅屋里外收拾干净，远处五指山的峰顶已粘上几道血红的晚霞。他赶忙生火做饭。饭刚煮熟，天色朦胧了。这时外面又响起了穆兰的歌声，这回唱的是《山楂树》：

"歌声轻轻飘荡在黄昏的水面上……"

穆兰在屋外叫道："哎，客人来了！"稍停一阵才随着笑声走进茅屋。

"哎呀，你脸上怎么黑了一道？煮饭吗？算了吧，留着明天炒着吃得了。瞧，我带来了包子，是海州风味，嘻嘻……"

穆兰的手艺很不错，豆沙馅的包子松软可口。严凉坐在床沿上，把唯一的竹椅让给穆兰。她却哼着曲子走来走去，打量着低矮的厨房，翻着严凉不多的书籍。

"你唱歌唱得很不错。"严凉没话找话说。

"我？哎！那是唱给你听的，怕你有什么不方便，我到河边就得使劲唱，警告你有个女的来了，哈哈……"穆兰开怀大笑，清脆的笑声冲出了茅屋。严凉开始察觉说话没遮没拦的穆兰其实是个细心人。

穆兰坐下，毫无拘束地看着严凉说："不知怎么的，我老觉得以前像在什么地方见过你。"

严凉有点不好意思地迎着她的目光，想了想说："我过去红得发紫，到过你们那儿'讲用'。你大概见过我在台上献丑。哼，'讲用'，现在听起来有多么可笑！"

穆兰冷笑道："这倒不会，那些骗人的话我半句也不听，更不会去瞧你的尊容。"

"这么说，我是一个骗子手，小爬虫？"

"不，我们都是受骗的人，不过有的觉醒得早，有的晚些罢了。噢，想起来了，上回我到你们场部商店，那天正好卖毛选五卷，人挤得不得了。我看见一个头发老长，又黑又瘦的人独个儿在买香烟，那人就是你。不知道我那时怎么特别注意你。"

严凉不安地想到，当时自己的举止如此引人注目，很可能会造成麻烦。他懊悔地掏着香烟，又不好意思地停住了手。穆兰的眼睛实在厉害，她说："你抽嘛，也给我一支。"她真的笨拙地点起一支烟卷。

严凉的拘谨随着烟雾飘散了。他长吁一口气说："你刚才说到觉醒，我也算很早就把那套骗人的把戏看透了。可正如从一场噩梦中醒来，四周仍然是一片黑。"

穆兰一双乌溜溜的眼睛打量着严凉，笑笑说："你入过团吗？"

"还差点入了党呐。可刚满二十五岁他们就要我退团了。"

"那你信仰共产主义吧？"

"老实说，曾经怀疑过，当然，现在不了。但信仰是天上的太阳，现实是地上的阴影。'四人帮'倒了台，绝大多数的人都享受到阳光，我却不幸仍留在阴影之中。好比五指山，别人都看见峰顶的五个指头，可从我们这儿望去，只能见到三个指头。这是我们的位置角度决定的，也就是说——"

"我明白你的意思。"穆兰嘻嘻一笑说，"你有点像颓废派诗人和虚无主义哲学家。"

严凉心里一动，觉得穆兰学问非浅。他淡淡地说："你当然不赞同啰？"

"为什么不？你说得很对。"穆兰收起笑容，严肃地说，"我算是'黑七类'子女，从来没入过团，后来又戴了帽。可我从来没怀疑过共产主义，相信它一定会实现的。我信仰的是能使每一个人都得到幸福的共产主义。不是说无产阶级要解放全人类吗？为什么同是国家公民没有平等权利？凭什么要把人民分成红几类黑几类？凭什么无法无天地把人整死？凭什么把我打成现行反革命？革命和反革命法律上的依据在哪里？就拿你来说，父亲浑蛋关你什么事？凭什么非得要儿子一辈子背黑锅？"

穆兰黝黑清瘦的脸上涨得赤红，从她恨恨的语调中，严凉感觉到对方心灵的创伤要比自己深得多。他从心底里叹息道："也许要等你信仰的那个共产主义到来，我们才能得到解脱。"

"为什么？为什么要等？"穆兰闪闪的眼睛比昏黄的煤油灯还亮，一肚子的怨气怒气总爆发了。"我一分钟也不向那些整人的恶棍低头，我一级级上诉，告到农垦总局、法院、省委、最高人民检察院，再不行就告到邓伯伯那里。我就是要控诉，非要把那些混账王八蛋告倒不可！"

严凉被穆兰的胆气骨气深深震动了。但他又想到自己毕竟没戴什么帽子，有什么可上诉的呢。

穆兰缓了口气，语调变得深沉了："我们的国家这十年遭到一场大灾难，这是为什么？如果仅仅因为林彪、'四人帮'，那些野心家又是怎么爬上去的？让他们当权，问过人民的意见没有？虽说他们倒台了，可人民要是没有民主，不知到哪一年又会出个'五人帮''六人帮'，中国又得遭大殃！我上诉不仅仅为了自己，还为被整死的妈妈，为所有屈死的冤魂，为永远不再重演这血腥的悲剧！"

一阵良久的沉默，只听到煤油灯芯吱吱细响。严凉一直把十年间的罪恶都归于万人诅咒的林彪、"四人帮"，从来没细想过社会制度有什么缺陷。他在费力地思索着。

穆兰盯着严凉说："你也真该写信给《人民日报》，说说你的遭遇。怎么？你害怕？怕什么呢！现在《人民日报》是为人民说话的了。我从前胆子也不大，可我什么都失去了，也失去了害怕。现行反革命都当上了，还怕个屁！"

严凉苦笑了一下，他知道，对人民来信通常的处理方式是批转原单位领导，那后果是更加不堪的。

……夜阑了，开始听到树叶上的秋露滴落在晒焦的野草上的响声。穆兰告辞了。她从门后那野荆竹扎成的扫把上抽出一根荆竹，呼呼地抖了抖说："这儿蛇真多。"

严凉不放心地说："我送你回去。"

穆兰咯咯一笑说："用不着，我不怕蛇。这儿有山猪吧？山猪我也不怕。"

严凉执意要送。他们到了河边，穆兰把严凉轻轻一推，连跑带跳地蹿过小河，转身隔着河对严凉说："不用你送，可有件事请你帮忙，我那破棚子离苗圃够近了，可离河太远，不方便。我想搭个新巢儿，地点嘛，用优选法，嘻嘻……"穆兰没等严凉答话就笑着跑了。

# 四、同是天涯沦落人

第二天国庆节，严凉和穆兰顶着热毒的日头干了一整天。一间挺扎实的茅屋落成了。地点就在小河那边一丛野芭蕉后面。严凉还在新茅舍周围撒了些硫黄驱蛇。末了，穆兰可没说什么感谢的话，只是含笑盯着严凉说："你真能干。"

以后，严凉就热心地给穆兰教授嫁接胶苗的技术，还教她剪些碎头发撒在苗圃里，这样，山猪闻到人气味就不敢糟蹋胶苗了。晚上，他们总是在一起读书、聊天。穆兰知识面很广，倾谈之间，天南地北，古今中外，无所不及。但敢说敢为的穆兰却挺会体贴人，她从没问过严凉的家庭，正如严凉所做的一样。他们都避免触痛对方的创伤。

严凉失掉了心灵的寂寞，豪爽的穆兰犹如一缕明亮的阳光照进了他阴暗的生活。他觉得好像和这姑娘认识了很久似的。许是孤独得太久了吧，一种朦胧的感情迅速在严凉心头骚动起来。

有一回严凉在指导穆兰嫁接胶苗，蹲在一旁的严凉不自觉地把目光移到穆兰挂着汗珠的脸上。过了一会，穆兰忽然抬起头说："你干吗？"

"……什么？"

"你眼睛往哪瞧？我出了错你也不知道！"

严凉满脸赤红，举止失措。

到了晚上，严凉没有到小河那边去。他正整理着纷乱的思想，穆兰又随着歌声飘然来了。她像什么事也没有似的对严凉说："哎，往后你别自己开伙了。隔条小河，一衣带水嘛，干吗各煮各的饭。再说你根本不会做饭。"

此后，他们更常在一起了。尽管严凉竭力抑制自己的某种念头，却不能不感到，穆兰的眼睛也常默默地注视着自己；即使遇上严凉慌乱的目光，她也只闪闪睫毛，并不把眼睛挪开。

同是天涯沦落人，相逢何须曾相识。爱情迅速在两颗苦多于甜的心里滋长起来了。

海南是没有秋天的。十一月份是台风季节。一九七七年第十三号台风袭击了五指山区，台风中心正好在这里经过。第一轮狂风暴雨呼啸而去，台风眼里居然出现了短暂的晴天。严凉趁小河的水还没涨得很满，就拄根木棍涉过激流去给穆兰加固茅屋。他刚修补好漏雨的屋顶，回头风来了，烈风挟着急箭般的雨点抽打着呻吟的山林。穆兰煮了锅姜片糖水。两人喝完又说了会话儿，天色已浓黑。严凉披起雨衣出门走没多远就愣住了。暴涨的河水几乎与河岸一样平，狂流发出可怖的吼声飞泻而去，透过茫茫雨幕可以看到对岸那孤独的槟榔树在台风中发疯似的乱摆。他已前无去路了。

穆兰冲出来把严凉拖回屋子里。她抹去脸上的雨水，目光炯炯地盯着严凉，语调平静地说："别走了，反正过不去，留在这里吧。"

严凉像触了电似的颤抖起来。

"你是道学家？你信奉那套道德经？"穆兰冷笑着，其实那不过是掩饰她自己心灵的颤动。

严凉还是什么话也说不出来。穆兰动手脱去严凉的雨衣，说："你在发抖，瞧，都湿透了。"严凉突然捏住了穆兰温热的手……

不知何时，狂风把煤油灯扑灭了，他们再也没去点亮它。

这对幸福而又不幸的年轻人是不是太轻率了？他们才认识了两个月啊！然而，他们却觉得姻缘是前世注定的。在这渺无人烟的荒野，在这暴戾的台风之夜，是共同的命运把他们结合在一起。

这件事情若被农场的某些头儿知道，后果是极为不堪的。人们尽管承认某些戒律，也决不愿意让它掌握在冷酷无情的恶棍手里。这对设誓终身相爱的年轻人做得对不对，那只有天知道。而老天爷正在发怒，空间充满台风的怒吼，不时听到树木折断的巨响。狂风暴雨震怒地摇撼着这小小的茅屋。天哪，它要惩罚谁？

然而，在恋人的心中，天地间一切声音都十分遥远了。


# 五、是谁之罪


天色灰白，台风过去了。混浊的小河漂着断枝残叶和半浮半沉的木瓜、椰子，在疲乏地流着。严凉牵着穆兰的手涉过小河，去查看自己劫后余生的茅屋。

感情的暴风雨也过去了。也许爱情的甜蜜在于和风细雨之中，他俩依偎着谈论未来。

"我们明天就结婚吧。"严凉说。

"随你的便。哎呀，要办什么手续？很麻烦吧？"

"我一点也不清楚，大概要填个什么表。"

"怎么填？嘻嘻，你填家庭出身是反党分子，我填个人成分是现行反革命，黑上加黑！嘻嘻……噢！还得填亲属什么的，我们都没亲人。"

严凉吁口气说："说来我还有个同胞姐姐，只是不知道她在哪里。"

"啊！是吗？怎么回事？"

"我们从小很难得在一起，爸爸不喜欢她，后来父母离了婚，她就跟了妈妈。对了，我妈妈也姓穆。"

脸色煞白的穆兰突然捉住严凉的手，惊恐地追问："你姐姐叫什么？"

"她叫谷岚岚。"

穆兰像遭了雷打似的，猛地挣脱严凉的手臂跳起来，神情恐怖的眼睛直勾勾地盯着严凉。

穆兰没有血色的嘴唇哆嗦了一阵，低语道："你……你……是严严？"

严凉的思想陷入了云雾之中，他什么也不明白。

"妈——呀！"穆兰发出一声骇人的惨叫，双手捂着脸，发疯似的冲出茅屋。严凉下意识地追出去，只见穆兰没命地跑下小河，在河心绊了一跤，浑身湿透地跳起来一直向前奔去，留下一阵凄厉的哭叫声。

严凉突然想到她、她是……天哪！严凉双膝一阵瘫软打战。他踉跄了两步，双手抱着槟榔树干，又无力地滑下来，坐倒在泥泞的地上。他浑身哆嗦，直想呕吐。

严凉不知自己怎么回到茅屋倒在床上。不一会他就发起寒热来。在这热带高疟区，严凉曾得过疟疾，这病治好后也容易复发。此时他时而发着高烧，在床上打滚；时而打着摆子，把床腿摇得吱吱直响。他昏乱的大脑出现了幻象，忽然看到自己和姐姐扯着纸鹞在田埂上快乐地奔跑；忽然看到妈妈在暗无天日的"牛棚"里辗转呼唤着儿女；忽然又重现昨晚在小河那边的情景——多么耻辱！多么罪恶！天哪，从哪儿飞来这么多耀眼的金星？啊，又黑了！妈妈呀，您在哪儿？救救您苦难的孩子吧！

……不知过了多久，严凉爬起来吃了些奎宁。脑袋无力地埋在膝盖上。命运的魔掌又一次沉重的打击，把他仅存的一切都粉碎了。这是谁的罪过？谁的罪过？

两朵迟暮开放的花结出了一个苦果。小河那边沉寂了。几天之后的一个黄昏，严凉在河边遇见了……姐姐。啊！她瘦得厉害，脸上灰黑。严凉慌乱地垂下眼帘，不敢搭话。穆兰也没抬眼睛，汲了半桶河水像躲开什么似的，匆匆走了。

严凉更深切地感到，此后姐弟见面，在双方都是一种痛苦。他开始想到一个可怕的念头……

一天，严凉正靠在床上睁大眼睛做着那个噩梦，穆兰姐姐无声无息地走进来了。她木然坐下，严凉却打个冷战霍地坐起来。一瞥之中，发现姐姐带血丝的眼睛里有一种深沉的目光。

沉默了一会，穆兰开口说："严严，姐姐把一切都想过了，这不是我们的错。把那些事忘掉吧，永远忘掉！"穆兰似乎说不下去了，她停了一阵又说："严严，你听我说。我上午到场部去了一趟，知道妈妈单位来了公函，说妈妈已经平反，快要开追悼会，要我回去参加。那个黑心肝烂肚肠的臭书记不让通知我，是副场长悄悄告诉我的。严严，咱们一起回去——你怎么了？别这样，妈妈的魂知道了也会原谅我们的。"

严凉含泪点点头，哽塞的喉头什么也说不出。穆兰站起来把手轻轻放在严凉肩上。严凉颤抖了一下。

"严严，别这样，把那些忘了吧……弟弟，你站起来，叫我一声姐姐。"穆兰声调也变了。

"——姐姐。"

"好了，我晚上再来。"穆兰抑制不住自己，急急走出了茅屋。

严凉的心像刀绞一样痛，伏在桌上痛哭起来。


# 六、飞向光明


严凉明白农场不会批准他请假的。但他已把一切置之度外。幸而天下好人要比恶人多得多，没有探亲证明的姐弟俩路途上没遭到什么留难就登上了回海州的轮船。

夜深了，半轮明月在海面上投下一道银波粼粼的光带。咸味的海风抚慰着姐弟俩发烧的脸颊。他俩靠着船舷面对无垠的大海倾谈着。

严凉从姐姐那儿知道了许多过去不知道的事情——妈妈离婚后就和姐姐住在银行的宿舍里。不到半个月，妈妈就被关进"牛棚"，姐姐也被撵了出来。好心的看门老伯收留了她。有一天，老伯难过地告诉她，妈妈被打折了锁骨，发高烧说胡话，喊着岚岚和严严的名字。她近在咫尺，欲见不能。她买了些药，写了张字条请老伯找机会递给妈妈。为了妈妈，她到八一中学找弟弟，谁知入校门要报成分，说是"狗崽子"不让进。她又写了封信寄到弟弟家里，却无回音（严严根本没见过这封信，不用说是狼心狗肺的爸爸所为）。姐姐恨透了弟弟，觉得他和爸爸一样坏，从此她就忘了世上还有个亲弟弟。六八年学校分配她上山下乡，她没去，等了半年，妈妈惨死狱中，她始终没能见上妈妈一面。以后她就随老伯在第五中学的女儿到海南岛来。她改了名字，只说自己是五中的。从此她举目无亲，漂泊天涯，直到遇上了同样不幸的弟弟。前后十一年，真是恍如隔世啊……

在革命公墓举行的追悼会上，一向秉性刚强的穆兰哭得像泪人儿一样。一向失于懦弱的严凉却像木雕泥塑一般，定睛望着那个骨灰盒。他不能相信亲爱的妈妈、一个忠贞的共产党员能装进这样一个小小的盒子里。他甚至怀疑盒子里是否装着妈妈的遗灰。

是谁杀害了妈妈？是谁害得我们姐弟历尽人间苦难？

严凉丢掉了怯懦。他和姐姐一道到有关领导部门群众来访办公室申述，到中级人民法院上诉，他们还联名写了张大字报贴到农场领导机关，愤怒控诉那些以整人为乐事的恶棍和冷酷无情的官僚主义者。在人民银行党委的全力协助下，穆兰的问题得到了澄清。中级人民法院发函农场要昭雪穆兰的冤案。银行党委还派人跟姐弟俩一道回农场，以免他们被办私自潜逃之罪。银行还提出准备明年把姐俩调回，安排工作。

严凉无所谓"平反"。他不过是受到某种不成文的"政策"的压迫，不能跟别人享受平等权利罢了。但严凉已深深懂得，自由民主不是别人给你预备好的可口点心，越是生活在阴影中的人们，越要奋起和恶势力抗争。他和姐姐联名写信给报社，要求健全法制，在法律面前人人平等。

那些以为山高皇帝远，就自立土政策的土霸王可以休矣。党的阳光总有一天要撕裂云层照进每个阴暗角落的。穆兰的农场改组了党委。严凉的农场也来了总局的工作组，正在整顿领导班子。

谁能说五指山区永远是炎热的？张开双臂呼唤吧，春风就会来到了。


# 七、鹊桥相会


小河两岸常响起姐弟俩的歌声笑声。遗憾的是，世间之事难得美满。有桩不堪回首的往事成了姐弟终身的隐痛。他们都暗自设誓，永世不结婚了，只愿姐弟俩在一起，永不分离。

啊，祈愿我们的各级领导都是这样给人们以幸福的好人。严凉收到了银行党委的一封信，信上写道："严凉同志：最近我们找到了你妈妈的遗物。在一本语录的红皮里夹着一封写给你的信。显然还有另一封写给穆兰同志，但我们找不到了。很抱歉，请转告穆兰同志……"

严凉迫不及待地展开了妈妈的遗书，薄薄的纸片上密密地写满了小字。薄纸在严凉手中窸窣地响起来。他颤抖着把遗书展平在桌上，一行行字迹在严凉的泪眼中跳动起来——

严严：

妈妈不会活得太久了，有几句话一定要告诉你。你爸爸为人品质恶劣，灵魂卑鄙。你千万不要跟着他跑。妈妈死了，你一定要去找岚岚姐姐。以前你们年纪还小，我有一件事一直瞒着你们。五一年底，我到十万大山搞土改。当时那里土匪还未剿清，山区很穷。在一个小镇上，有位贫穷妇女托我把她的婴儿抱一会，说要上茅房，她走了就没再回来了。后来打听，原来她因为家穷，要把婴儿送给别人养。这就是你的姐姐岚岚。她大概比你大半年。

永别了，小严严！不要流泪，要挺起腰杆活下去！妈妈最后祝愿你们姐弟能够团聚，永远在一起，互相照顾，互相鼓舞。这两封遗书是在黑牢里写的，也不知道能不能转到你们手里。到了妈妈沉冤昭雪那一天，你们姐弟一定要一起禀告我，妈妈是会听见的。

你的妈妈

严凉读罢犹如万箭穿心，泪如泉涌。他呆呆地把遗书读了又读。突然，有如一道闪电照亮了他整个思想，他捧着遗书迈出茅屋，蹚过了清澈的小河……

啊，小河，人们知道你的源头了。你从天上的每一朵云彩，树叶上的每一颗露珠流来，你最清楚人寰的爱与恨，甜与苦。

啊，小河，人们知道你向哪里流去了。你九曲回肠，历尽艰辛，最终将流入浩瀚的大海，正如世途之有坎坷，人生之有曲折，前景之有光明。

啊，小河，你日夜淙淙低语，人们听懂你的话了。你在诉说："愿死者得到永恒的爱，愿太阳发出永恒的光和热，愿人间充满永恒的温暖和安慰。"

# 被爱情遗忘的角落

张弦

一

尽管已经跨入了二十世纪七十年代的最后一年（1979年），在天堂公社的青年们心目中，爱情，还是个陌生的、神秘的、羞于出口的字眼。所以，在公社礼堂召开的"反对买卖婚姻"大会上，当报告人——新来的团委书记大声地说出了这个名词的时候，听众都不约而同地一愣。接着，小伙子们调皮地相互挤挤眼，"呵呵呵"放声大笑起来；姑娘们则急忙垂下头，绯红了脸，哧哧地笑着，并偷偷地交换个羞涩的眼光。

只有墙角边靠窗坐着的长得很秀气的姑娘——天堂大队九小队团小组长沈荒妹，没有笑。她面色苍白，一双忧郁的大眼睛迷惘地凝望着窗外。好像什么也没听见，一切都与她无关。但突然间，她的睫毛抖动起来，竭力摆脱那颗沾湿了它的晶莹的东西。——"爱情"这个她所不理解的词儿，此刻是如此强烈地激动着她十九岁的少女的心。她感到羞辱，感到哀伤，还感到一种难言的惶恐。她想起了她的姐姐，那使她永远怨恨而又永远怀念的姐姐存妮。唉！如果生活里没有小豹子，没有发生那一件事，一切该多么好！姐姐一定会并排坐在她的身旁，毫无顾忌地男孩子般地大笑。散会后，会用粗壮的臂膀搂着她，一块儿到供销店挑上两支橘红色的花线，回家绣枕头……

在五个姐妹中，存妮是最幸运的。她赶在一九五五年家乡的丰收之后到来世上。满月那天，家里不费力地办了一桌酒。年轻的父亲沈山旺抱起小花被裹着的宝贝，兴奋地说：

"……我把菱花送到接生站，抽空到信用社去存上了钱，再回来时，毛娃儿就落地了！头生这么快，这么顺当，谁也想不到哩！有人说起名叫个顺妮吧，我想，我们这样的穷庄稼汉，开天辟地头一遭儿进银行存钱！这时候生下了她，该叫她存妮。等她长大，日子不定有多好呢！"

他发自内心的快乐，感染了每一个前来贺喜的人。当时，他是"靠山庄合作社"的副社长，乐观、能干，浑身都是天不怕地不怕的勇气和力量。山坡上那一片经他嫁接的山梨，第一次结果就是个丰收。小麦和玉米除去公粮还自给有余。二十几户人家的小村，人人都同他一样快乐，同他一样充满信心地憧憬着美好的未来。

等到五年以后（1960年），荒妹出世时，景况就大不相同了。"靠山庄合作社"已改成天堂公社天堂大队九小队。"天堂"这个好听的名字，是县委书记亲自起的。取意于"共产主义是天堂，人民公社是桥梁"。当时，包括队长沈山旺在内的所有社员，都深信进"天堂"不过咫尺之遥，只需毫不痛惜地把集体的山梨树，连同每家房前屋后的白果、板栗统统锯倒，连夜送到公社兴办的炼钢厂。仿佛一旦那奇妙的，呼呼叫着的土炉子里喷出了灿烂的钢花，那么，他们就轻松地步过"桥梁"，进入共产主义了。但结果却是那堆使几万担树木成为灰烬的铁疙瘩，除了牢牢地占住农田之外，没有任何效用。而小麦、玉米又由于干旱，连种子也没有收回；锯倒梨树栽下的山芋，长得同存妮的手指头差不多粗细。菱花怀着快生的孩子从外地讨饭回来，沈山旺已经因"攻击大办钢铁"被撤了职。他望着呱呱坠地的孱弱的第二个女儿，浮肿的脸上露出了苦笑："唉，谁叫她赶上这荒年呢？真是个荒妹子呵！……"

也许是得力于怀胎和哺乳时的营养吧，存妮终于泼泼辣辣地长大了。真是吃树叶也长肉，喝凉水也长劲。十六岁的生日还没过，她已经发育成个健壮、丰满的大姑娘了。一条桑木扁担，代替了又一连生下三个妹妹的多病的妈妈，帮助父亲挑起了家庭的重担。一年一度最苦的活——给国营林场挑松毛下山，她的工分在妇女中数第三。每天天不亮下地，顶着星星回来，吞下一钵子山芋或者玉米糊，头一挨枕边就睡着了。尽管年下分红时，家里的超支数字总是有增无减，连一分钱的现款也拿不到手，但她总是乐呵呵地不知道什么叫愁。高兴起来，还搂着荒妹，用丰满的胸脯紧贴着妹妹纤弱的身子，轻轻地哼一曲妈妈年轻时代唱的山歌。

生活中往往有一些蹊跷的事，十分偶然又根源显见，令人惊诧又平淡无奇。比如畸形者，多么骇异的肢体也都可以找到生理学上的原因，只是因为人们的少见而多怪罢了。存妮和小豹子之间发生的事，就是这样。

小豹子是村东家贵叔的独生子，名叫小宝，和存妮同年。这个体格剽悍的小伙子，干起活来有一股吓死人的拼劲。有一次挑松毛，赶上一场冬雨，家贵婶在前面滑了一跤，扁担也撅折了。小宝过来扶起母亲，把两担松毛并在一起，打了个赤膊，咬着牙，吭哧吭哧挑下了山。一过秤，三百零五斤！大家吃惊地说，小宝子真能拼，简直是头小豹子！就这样喊出了名。

七四年的初春，队上的干部清早就到公社去批孔老夫子了，壮劳力全部上了水库工地。保管员祥二爷留下存妮帮他整理仓库。老头儿一面指点着姑娘干活，一面唠叨着：

"干部下来走一圈，手一指：'这儿'！这就开山劈石忙活一年。山洪下来，嗵！冲个稀里哗啦！明年干部又来，手一指：'那儿！'……也不看看风水地脉！"

"不是说'愚公移山'吗？"存妮有口无心地搭讪说。

"移山能填饱肚子那也成！……来，把这堆先过筛，慢点，别撒了！……瞧这玉米，山梨树根上长的，瘦巴巴的，谁知出得了芽不？"老人又抱怨起玉米种子来。

"不是说'以粮为纲'吗？"姑娘仍有口无心地答着。心想，跟老头儿干活，虽然轻巧，却远不如在水库和年轻伙伴一起挑土来得热闹。

这时，仓库门口出现了个健壮的身影："派点活我干吧！祥二爷。"

"小豹子！"存妮高兴地喊，"你不是昨天抬石头扭了脚吗？"

祥二爷说："回家歇着吧！"

"歇着我难受。"小豹子憨厚地微笑说，"只要不挑担子，干点轻活碍不着！"说着，他抄起木锨就帮存妮过筛。

祥二爷高兴地蹲在一旁抽了支烟，想起要喊木匠来修犁头，便交代几句，走了。倒仓库、筛种子这些活儿，在两个勤快的十九岁的青年手里，真不算一回事儿。不多久，种子装进了麻袋，山芋干也在场上晾开。小豹子说了声："歇歇吧！"就把棉袄铺在麻袋上，躺了下来。

存妮擦擦汗，坐在对面的麻袋上。她的棉袄也早脱了，穿着件葵绿色的毛线衣。这是母亲的嫁妆。虽然已经拆洗过无数次，添织了几种不同颜色的线，并且因为太小而紧绷在身上。但在九队的青年姑娘中，仍不失是件令人羡慕的奢侈品。

小豹子凝视着她那被阳光照耀而显得格外红润的脸庞，凝视着她丰满的胸脯，心中浮起一种异样的、从未经验过的痒丝丝的感觉。使他激动，又使他害怕。于是，他没话找话地说："前天吴庄放电影，你没去？"

"那么老远，我才不去呢！"她似乎为了躲开他那热辣辣的目光，垂下头说，一面摘去袖口上拖下来的线头。

吴庄是邻县的一个大队，上那里要翻过两座山。小豹子也得走一个多钟头。它算不上是个富队，去年十个工分只有三角八，但这已使天堂的社员啧啧称羡了。青年们尤其向往的是，沿吴庄西边的公路走，不到三十里，就是个火车站。去年春节，小豹子约了几个伙伴到那里去看火车。来回跑了半天，在车站等了两钟头，终于看到了穿过小站飞驰而去的草绿色客车而感到心满意足。九队的社员们几乎都没有这种眼福。至于乘火车，那只有外号叫瞎子的许会计才有过这样令人羡慕的经历。

"我也不想去！《地道战》《地雷战》《南征北战》，看了八百次啦！每句话我都会背！……"小豹子伸了个懒腰，叹着气说，"不看，又干啥呢？扑克牌打烂了，托人上公社供销店开后门，到现在也没买到！"

除了看电影、打百分而外，这里的青年，劳动之余再也没事可干了。队里订了一份本省的报纸，也只有许瞎子开会时用得着。他总是把报上的"孔子曰"读成"孔子日"，当然不会有人来纠正这位全队唯一的知识分子，过去，这里还兴唱山歌，如今早已属于"黄色"之列，不许唱了。

忽然，小豹子兴奋地坐起来："喂，听许瞎子说，他以前看过外国电影。嗨，那才叫好看哪！"他喷着嘴，又哧的一声笑了，"那上面，有……"

"有什么？"存妮见他那副有滋有味的模样，禁不住问。

"嘻嘻嘻……我不说。"小豹子红着脸，独自笑个不停。

"有什么？说呀！"

"说了……你别骂！"

"你说呀。"

"有——"他又咯咯地笑，笑得弯了腰。存妮已经料想着他会说出什么坏话来，伸手抓起一把土粒儿。果然，小豹子鼓足勇气喊："有男人女人抱在一起亲嘴儿！嘿嘿嘿……"

"呸！下流！"存妮顿时涨红了脸，唰地把手中的土粒撒过去。

"真的，许瞎子说的！"小豹子躲闪着。

"不害臊！"又是一把撒过来。带着玉米碎屑的土粒落在他肩膀上、颈项里。他也还了手，一把土粒准确地落在存妮解开的领口上。姑娘绷起了脸，骂道："该死的！你！……"

小豹子讪讪地笑着，脱了光脊梁，用衬衣揩抹着铁疙瘩似的胸肌。存妮也噘着嘴开始脱毛衣，把粘在胸上的土粒抖出来。……刹那间，小豹子像触电似的呆住了。两眼直勾勾地瞪着，呼吸突然停止，一股热血猛冲到他的头上。原来姑娘脱毛衣时掀起了衬衫，竟露出半截白皙的、丰美而富有弹性的乳房……

就像出涧的野豹一样，小豹子猛扑上去，他完全失去了理智，不顾一切地紧紧搂住了她。姑娘大吃一惊，举起胳膊来阻挡。可是，当那灼热的、颤抖着的嘴唇一下子贴在自己湿润的唇上时，她感到一阵神秘的眩晕，眼睛一闭，伸出的胳膊瘫软了。一切反抗的企图都在这一瞬间烟消云散。一种原始的本能，烈火般地燃烧着这一对物质贫乏、精神荒芜，而体魄却十分强健的青年男女的血液。传统的礼教、理性的尊严、违法的危险以及少女的羞耻心，一切的一切，此刻全都烧成了灰烬。

# 二

瘦巴巴的玉米长出了稀疏的苗子。锄过头遍，十四岁的荒妹开始发现姐姐变了：她不再无忧无虑地大笑，常常一个人坐在床边发呆。同她讲话，好像一句也没听见；有时看见她脸色苍白、低头抹泪，有时却又红晕满面地在独自发笑。……最奇怪的是一天夜里，荒妹一觉醒来，发现身边姐姐的被窝是空的。第二天问她，她急得脸上红一阵白一阵的，还硬说荒妹是做梦。

这一阵，妈妈的腰子病发了。爸爸忙着去吴庄的舅舅家借钱，张罗着请医生。家里乱糟糟的。谁也顾不上注意存妮的变化。只有荒妹，在她稚嫩的心灵里，隐隐地预感到将有一种可怕的祸事要落到姐姐的头上。

祸事果然不可避免地来临了。而且，它远比荒妹所能想象的要可怕得多。

那是玉米长出半人高的时节，累了一天的社员，晚饭后聚集在队部，听许瞎子凑着煤油灯念"孔子曰"。荒妹没等开完会，早就溜回了家，照应三个妹妹睡下，自己也去睡了。但不一会就被一阵喧嚣惊醒：吵嚷声、哄笑声、打骂声、哭喊声、诅咒声、夹杂着几乎全村的狗吠和山里传来的回声，从来也没有这样热闹过。荒妹惊慌地捻亮了灯，可怕的喧嚣越来越近，竟到了大门外面。突然，姐姐一头冲进门来，衣带不整、披头散发，扑倒在床上号啕大哭。接着，光着脊梁、两手反绑着的小豹子，被民兵营长押进门来。在几道雪亮的手电光照射下，荒妹看到他身上有一条条被树枝抽打的血印。他直挺挺地跪下，羞愧难容，任凭脸色铁青的父亲刮他的嘴巴。母亲这时已经瘫坐在凳上，捂着脸呜咽着。门外，黑压压地围满了几乎全村的大人和小孩。七嘴八舌，詈骂、耻笑、奚落和感慨。……吓得发抖的荒妹终于明白了：姐姐做了一件人世间最丑最丑的丑事！她忽然痛哭起来。她感到无比的羞耻、屈辱、怨恨和愤懑。最亲爱的姐姐竟然给全家带来了灾难，也给她带来了无法摆脱的不幸。那最初来临的女性的自尊，在她幼弱的心灵上还没有成形，因而也就格外的敏感，格外的容易挫伤。荒妹大声地哭着，伤心的眼泪像决堤的河流。一面用自己也听不清的含混的声音，哼着："不要脸！丢了全家的人！……不要脸，丢了全队的人！……不要脸！不要脸！！……"

事情闹腾到半夜。

后来，她昏昏地睡了。蒙眬中，又听到队长驱散众人的声音、家贵叔家贵婶向父母恳切道歉的声音、祥二爷劝慰和提醒的声音"千万别难为孩子家，防备着她想不开！……"妈妈的责骂也渐渐变成了低声的劝慰。荒妹终于贴着泪水浸湿的枕头睡去，又不断地被噩梦所惊扰。在最后的一个噩梦中，她猛然听到从远处传来两声急促的呼喊：

"救人哪！救人哪！……"

荒妹猛地跳了起来。东方已经大亮。床上不见存妮，也没有了守着她的母亲。她忽地爬起来，赤着脚就往外奔，跟着前面的人影奔到村边的三亩塘前，啊，姐姐，已经被大伙儿七手八脚捞了上来，直挺挺躺在那里。这么快，这么轻易地死了！

母亲抱着姐姐嘶哑地哭号着，发疯似的喊着。多少次被乡亲们拉起来，又瘫倒在地上。父亲呆坐在塘边，失神地瞪着平静的水面，一动也不动，仿佛是一尊枯干的树桩。

朝霞映在存妮的湿漉漉的脸上，使她惨白的脸色恢复了红润。她的神情非常安详，也非常坦然，没有一点痛苦、抗议、抱怨和不平。她为自己盲目的冲动付出了最高昂的代价，现在她已经洗净了自己的耻辱和罪恶。固然，她的死是太没有价值了。但是生活对她来说又有什么值得留恋的吗？在纵身于死亡的深渊前，她还来得及想到的事，就是把身上那件葵绿色的破毛衣脱下来，挂在树上。她把这个人间赐予她的唯一的财富留给了妹妹，带着她的体温和青春的芳馨。

事情还没有完。大约过了半个月吧，家贵叔家里又传出了凄凉的哀哭——两个公安员把小豹子带走了。全村又一次受到震动。他们从田野里奔来，站在路旁，惶恐地、默默无言地注视着小豹子手腕上那一双闪闪发光的东西。只有家贵夫妇一把眼泪一把鼻涕地跟在他们的独生子后面。

"同志，同志！"沈山旺放下锄头追了上来。这位五十年代的队长是见过点世面的。虽然女儿的死使他突然老了十年，而且对生活更冷漠了。但此刻，他的责任感使他不能沉默。他向公安员说："同志，我们并没有告他呀！"

公安员严峻地瞪他一眼，轻蔑地说："去，去，去！什么告不告！强奸致死人命犯！什么告不告！……"

小豹子却很镇静，抬着头，两眼茫然四顾。突然，他略一停步，就猛地飞奔起来，向对面的荒坡冲去。

"站住！往哪儿跑！"公安员喝着，连忙追了上去。

但是小豹子不顾一切地奔着，杂乱的脚步踏倒了荒草和荆丛。最后，他扑倒在存妮的那座新坟上，恸哭起来，两手乱抓，指头深深地抠进湿润的黄土里。公安员跑来喝了几声，他才止住泪。然后，直跪在坟前，恭恭敬敬地磕了三个头。


# 三


散了会，荒妹怀着沉重的心情走出公社礼堂的大门。天堂公社是本县的角落，天堂九队又是角落的角落。她望了望低垂在西边松林里的夕阳，担心天黑以前赶不到家了，就断然放弃去供销社逛逛的计划，从后街直穿麦田，快步奔小路上山。

"沈荒妹，等等！一块儿走吧！"身后传来团支部书记许荣树的喊声。他家住八队，与九队只隔着个三亩塘。荒妹当然很希望有人与她同行这段漫长的山路，冬天的傍晚，这山坳是十分荒凉的。但她不希望同路的是个小伙子，特别不希望是许荣树。所以略微迟疑了一下，反而加快了脚步。在麦田尽头荣树赶上来时，她警惕地移开身去，使他俩之间保持四步开外的距离。

存妮的死，绝不仅仅给她留下葵绿色的毛衣。在她的心灵上留下了无法摆脱的耻辱和恐惧。她过早地接过姐姐的桑木扁担，纤弱的身体不胜重负地挑起家庭的担子，稚嫩的心灵也不胜重负地承受着精神的重压。她害怕和憎恨所有青年男子，见了他们绝不交谈，远而避之。她甚至鄙视那些对小伙子并不害怕和憎恨的女伴们。她成了一个难以接近的孤僻的姑娘。

但是，青春毕竟不可抗拒地来临了。她脸上黄巴巴的气色已经褪去，露出红润而透着柔和的光泽；眉毛长得浓密起来；枯涩的眼睛也变得黑白分明，水汪汪的了。她感到胸脯发胀，肩背渐渐丰满，穿着姐姐那葵绿色的毛线衣，已经有点绷得难受了。她的心底常常升起一种新鲜的隐秘的喜悦。看见花开，觉得花儿是那么美，不由得摘一朵戴在头上；听到鸟叫，也觉得鸟儿叫得那么好听，不由得呆呆地听上一会儿。什么都变得美好了：树叶、庄稼、野草以及草上的露珠……周围的一切都使她激动。她常常偷偷地在妈妈那面破镜子里打量自己，甚至在塘边挑水时，也忍不住对自己苗条的身影投以满意的微笑，她开始同女伴们说笑，过年过节也让她们挽着手一起逛一逛公社的供销店。尽管对小伙子仍保持着警惕，但也渐渐感到他们并不是那么讨厌的了。……就在这时，许荣树在她的生活中出现了。

还是她很小的时候，就认识了荣树。那是她到设在八队的小学上一年级，男孩子们欺侮了她，一个同存妮差不多年龄的高班男同学，跑来打抱不平，还用袖口擦掉了她的眼泪。后来因为妈妈生下了最小的妹妹，她二年级还没上完就辍了学。当她背着小妹妹在三亩塘附近割猪草时，荣树看到了总是偷偷离开伙伴们，抢过她手上的镰刀，飞快地割上一大抱，扔在她的筐里，就急急走开。过了不多久，八队传来锣鼓声，荒妹带着妹妹们去看，只见他穿着过大的新军装，戴着红花，沿着三亩塘边上的小路，去当兵了。

直到去年的一次团支部会上，她才又一次见到荣树。他几天前刚从部队复员。进了大队会议室的门，羞涩地向大家一瞥，就像荒妹她们那批刚入团的姑娘们一样，悄悄在屋角坐下了。这时几个同他相熟的活跃分子围过来，硬要他讲讲战斗生活。只见他窘得满脸通红，忙腼腆地推辞着说："当了几年和平兵，又没打过仗，说啥呀！……"全然没有青年人心目中那种革命军人的威武气派。但不知为什么，这却引起了荒妹的好感，当选举团支委进行表决，念到许荣树的名字时，她勇敢地把手举得笔直，以此表达她真诚的愿望。

到下一次的团支部活动时，新上任的支部书记许荣树却提出了他与众不同的主张，并因此引起了曾当过民兵营长的党支部副书记的不满。

过去，天堂公社青年团的活动，除开会之外，只有一个内容：劳动。——事先准备了些积肥、抬石块之类的重活，先开会，再干活。这种无偿的劳动往往进行到很晚，称之为"共青团员的模范作用"。但荣树破了这个规矩，他说："青年人有自己的特点。我建议：今晚看电影！"大家乍一听，愣了。接着便轰笑着鼓起掌来。他想得真周到，事先已经在公社附近一家工厂订了票，开了个短会，就领着大家出发了。小伙子和姑娘们三五成群，欢天喜地，笑语喧哗，有人大胆地哼起了山歌，简直像过节一样。荒妹这才生平第一次坐在有靠背、有扶手的椅子上，舒舒服服地看了一场电影。而且当天夜里，也是生平第一次，一个青年男子走进了她甜蜜的梦境。他有点像电影里那个带领青年修水库的男主角，更像她的团支部书记。他憨厚地笑着，同她说了些什么，离她很近。醒来时，月光照在她的床边，温柔而明净。她的心里，生平第一次泛起了一片甜丝丝的柔情。但又立即因此而感到惶恐。"这是怎么回事？"她懊恼地想，"唉，唉！幸亏只是个梦！……"

　　然而当她担任团小组长之后，荣树就真的常来找她了。荒妹的态度一如既往地严肃而冷淡。从不请他进屋，一个门外，一个门里，保持着四尺开外的距离。谈的不过是通知开会之类的事，一问一答，公事公办。讲完荣树走了，荒妹总要装出做事的样子，到门外偷偷目送他远去。她多么希望他多谈一会儿，进来坐一坐，谈些别的。又多么害怕他这样做。随着接触的增多，这种矛盾的心情越加发展起来。有一天，她回家晚了，十一岁的小妹妹对她说："荣树哥来过啦！"正好母亲也刚回来，忙问："他又来干什么？"父亲说："他来找我的。问我嫁接山梨的事，几年能结梨？一亩山地能收多少钱？我说，那不是资本主义的路吗？他说，这不叫资本主义，报上就这么讲的！这孩子！……"

　　父亲似乎不以为然地摇着头，但荒妹却觉察到他对这个青年是有好感的，心中暗暗感到高兴。然而母亲的脸色却很难看，她皱着眉头说："他，可是个不大安分的人！……"

　　荒妹早就听说过荣树为限制社员养鸡的事同八队队长（他的叔父）吵起来，有人说他太狂，不服从领导等等。但她从没在意。今天母亲这样说，使她生起气来。想分辩几句，又看到母亲狐疑的眼光总在盯住自己，只好闷闷地低头吃饭，装出漠不关心的样子。晚饭后，母亲在房里嘀嘀咕咕，她听到门缝里传出了这样一句："已经有闲话啦！要当心她走上存妮的路！……"

荒妹只觉得心头被扎了一刀似的，扑在床上哭了。她怨恨姐姐做了那种死了也洗刷不净的丑事；怨恨妈妈不明白女儿的心；她更怨恨自己，为什么竟然会喜欢一个小伙子？这是多么不应该、多么可耻呀！"不要脸！喜欢上了一个男人！……不要脸！！"她恨恨地骂自己，把脸深深地埋在被子里，不让伤心的哭声传出来。

她下定决心，从明天起，再不理睬他！有什么事，让他找副组长去！他会觉得奇怪，觉得委屈吗？随他去吧！谁让他是个男人呢！……

过不了多久，她真的恨起荣树来了。那是偶尔在队部听到许瞎子说："荣树这孩子真不知天高地厚，又跟大队副书记吵起来了！"有人问："为了什么？"许瞎子说："哼！他要为小豹子申冤呢！"

"什么？！"荒妹大吃一惊，几乎喊出声来。小豹子被判刑，是自作自受，罪有应得。并不是什么冤、假、错案，翻不了的。——这几乎是人们共同的看法。荒妹不可能有别的看法。由于姐姐的死，她只有对小豹子更多一份仇恨。可是荣树，一个共产党员，一个她所尊敬的团支部书记，怎么会为小豹子这样的坏人讲话呢？他同情小豹子？还是得了家贵夫妇的什么好处？……她气得发抖，要去当面质问荣树。但当她在三亩塘边，看见荣树憨笑着向她迎面走来时，那股勇气又倏然消失了。那件事怎么说得出口？又怎么好对他说呀？于是忙转过身，装作到别的地方去，绕了个大圈子回到了家。接着，她又后悔起来。……

就这样，气他、恨他、不睬他、害怕他，又不由自主地想念他……交替地变化着、矛盾着。这就是十九岁的农村姑娘的心。

如果把这说成是爱情，那么，对于生活在别的地方的青年男女们是难以理解的。但荒妹是在天堂九队这个本县角落的角落里。这里的姑娘，在荒妹的这个年龄，也多半有过像荣树和荒妹那样隐秘的爱情、矛盾和痛苦。然而不久就会什么都消失了，平静了。——来了一位亲戚或者什么人，送了一件葵绿色或者玫红色的毛线衣，进行一番大体相似的讨价还价而达成协议。然后，在某一天，由这位亲戚或者什么人领来了一个小伙子，再陪同这相互不敢正视一眼的双方一起去吴庄或者什么地方，照一张合影相片。到了议定的日子，她就离开了父母，离开了这个角落。

这是一条这里的人们习以为常并公认为正当的道路，却被今天大会的报告人说成是"买卖婚姻"。他还说什么"爱情"！姐姐和小豹子，那叫"爱情"吗？不，不！那是可耻的、违法的呀！那么，难道还有什么别的路吗？——荒妹感到茫然。她不能不想到荣树。此刻，他就在她的身后，默默地陪她同行。同来开会的女伴都去供销社了。寂静的山路上，只有他们俩。她听到自己怦怦的心跳。……

忽然，荣树站住了脚，放眼四顾，用浑厚的嗓音唱起歌来：

> 我爱这蓝色的海洋，
> 祖国的海疆多么宽广！……

荒妹吓了一跳。但听着听着，热情奔放的歌声感染了她。不由自主回过头，露出赞许的微笑。

"看着山上的这片松林，我想起了大海啦！想起了在军舰上的日子！……"他自语似的微笑着说，"看着海，心里就会觉得宽阔起来。要是乡亲们都能看看海，该多好呵！"

荒妹微笑地听着。她的警惕在悄悄地丧失。

"荒妹，你去前街了吗？集上卖鸡蛋、卖蔬菜的，没人撵了！知道吗？农村政策要改啦！山坡地一定得退田还山，种梨树。山旺大叔这位好把式又要发挥作用啦！先在你家自留地上栽起树苗来！……"他说得很凌乱，也很兴奋，"山旺婶身体不好，可以砍些荆条在家编篮子，换点零花钱。你大妹妹明年可以出工了吧！两个小妹妹可以放几只羊！……我有个战友在公社当干事。他告诉我，中央很快就要下文件，要让农民富裕起来！……真的，你不信？"

他两眼闪着乐观的光芒，声音像淙淙溪水，亲切感人。荒妹没有相信这些话。对于富裕起来，她从没有抱过希望，甚至根本没有想过。从她懂事以来，富裕之类的话总是同资本主义连在一起遭受批判的。使她激动的是荣树这样清楚地知道她的家庭，并且这样关心。他就是用这个来回答她的冷淡、戒备和怀恨的！她疚愧了，觉得脸上在发烧。……

"是啊！不富裕起来，一辈子过着穷日子，就什么也谈不上！"他深为感慨地摇摇头，"就拿小豹子来说吧，能全怪他吗？穷、落后、没有知识、蠢！再加上老封建！老实巴交的小伙子下了大牢！你姐姐，就更冤啦！……"

一听他说起这个，姑娘顿时觉得受了羞辱。她愤愤地瞪他一眼，吼道："不许你说这个！不许你说我姐姐！……"

她竭力忍住快要流出来的眼泪，猛地冲上山顶，放开大步向下奔去。弄得荣树莫名其妙。


# 四


走进家门，天已经完全黑了。她的心情也渐渐平静下来。小妹妹老远就喊她，向她扑来。紧接着母亲也迎了出来，脸上挂着喜气洋洋的笑容。这使荒妹感到奇怪。贫困、操劳和多病的母亲过早地衰老了。特别是姐姐的死，使她的脸上除了愁苦之外，只有木然的发愣的神情。发生了什么值得她这样高兴的事？

"快，快去看看你的床上！"母亲几乎笑出声来。

床上放着一件簇新的毛线衣，天蓝色的。在幽暗的煤油灯下发出柔和的诱人的光泽。

荒妹抓在手里，还没有来得及感受到它那轻柔和温暖，就立即像触了电似的甩开了。她吃惊地喊："谁的？"

"你的！"母亲正从锅里盛出热气腾腾的玉米粥。神采飞扬地瞟她一眼说，"你二舅妈送来的。"

"二舅妈?!"荒妹打了个寒噤，两腿发软，颓然坐在床沿，呆住了。二舅妈前不久来过，同母亲嘀咕了老半天，一面不断地上上下下打量着她。她当时就敏感到那眼光里好像有什么神秘的意味。果然，现在送了毛线衣来！

母亲用难得的柔声说："是二舅他们吴庄三队的，比你大三岁。他哥哥在北关火车站当工人，一月拿五十多块！……"

荒妹感到冰冷的汗水在脊背上缓缓地爬。她浑身颤抖，耳边"嗡嗡"直响，什么也听不清了。

"我不要!"她挣扎地喊,"不!我不要!"

她把毛线衣扔向母亲,母亲却仍然微笑着拉住她说:"又不是现在就要你过门!端午节来见见面,送衣裳来。十六套!……订了婚,再送五百块现钱!"

"不,不,不!"一种耻辱感陡然升上荒妹的心。她感到窒息的恐怖。她不知该怎么办,只有让委屈的泪水急速地流出来,只有愤愤甩开母亲抚慰的手臂,跑开去。

门口,站着心情沉重的父亲和三个睁大眼睛呆望着她的妹妹。她捂住脸,冲出了门,站在院子里,倚着倒塌了的猪圈的半截土墙,大声地哭起来。

"怎么啦?怎么啦?"母亲急急地跟出来,拉起她的手,"荒妹,你是个懂事的孩子。咱家有啥?妈有病,三个妹妹光知道张着嘴要吃。养猪没饲料,喂了半年多,连本也没捞回来!攒几个鸡蛋拎上街,挨人搡来搡去,心里慌得像做了贼。去年分红,又是超支,一分现钱也没到手。我想给你买双袜子都……"

母亲也啜泣起来,数落着:"你姐姐不争气,这个家靠谁?房子明年再不翻盖实在不行了。欠着债,哪有钱?二舅妈说,五百块钱一到手,就……"

"钱,钱!"姑娘激动地喊,"你把女儿当东西卖!……"

母亲顿时噎住了。她浑身无力,扶着半截土墙缓缓地坐到地上。"把女儿当东西卖!"这句话是那样刺伤了她的心,又是那样的熟悉!是谁在女儿一样的年纪,含着女儿一样的激愤喊过?是谁?——唉唉!不是别人,正是她自己呀!……

那是在土改工作队进了吴庄的那个冬天,菱花去看歌剧《白毛女》的那天晚上,认识了憨厚、英俊的青年长工沈山旺。从那一刻起,她突然明白了平时唱的山歌里"情郎"一词的含义。十九岁的菱花不仅勇敢地参加了斗地主的大会,而且勇敢地在夜晚去玉米地同她的情郎相会了。可是她原先是父母做主同北关镇杂货铺的小老板订了婚的。男方听到风声送了五十块银圆来,硬要年内成亲。菱花大哭大闹,一反常态。公然承认她自己看中了靠山庄的穷小子,公然宣布跟他进山里去受苦,一辈子不回"老封建"的娘家门!把父母气呆了,关起房门又骂又打。

她哭着，闹着，在地下滚着，把银圆抛撒一地，激愤地嚷："你们，是要把女儿当东西卖呀！"

那是反封建的烈火已经把"父母之命、媒妁之言"连同地主的地契债据一起烧毁了的年代。宣传婚姻法的挂图在乡政府门口的墙上贴着。舞台上的刘巧儿和同村的童养媳都是菱花的榜样。憨厚、英俊的沈山旺捧着美好、幸福的前途在等待着她。菱花有的是冲破封建囚笼的勇气！

"他们，要把女儿当东西卖！"第二天，在刚刚粉刷一新的乡公所里，不需要任何别的，只凭她菱花这一句话！土改工作队就含着鼓励的微笑，发给她和山旺一人一张印着毛主席像的结婚证。

万万想不到今天，时隔三十年的今天，女儿竟用这句话来骂自己了！

"这是怎么回事？日子怎么又过回头了？……"她感到震惊而惶惑，慢慢抬起了头，仰望着暮冬的夜空。几颗寒星发出凄清、黯淡的光，讽嘲似的向她眨着眼。她仿佛忽然得到什么启示似的一颤，捶胸顿足痛哭起来。一面喃喃地自语："报应，报应！这就叫报应呀！"

她干枯的双眼里涌出了浓浊的泪。里面饱含着心灵深处的苦恨。她恨荒妹，恨存妮，恨她们的父亲。她恨自己的苦命，恨这块她带着青春和欢乐的憧憬来到的土地，这块付出了大半生辛勤劳动、除了哀愁什么也没有给她的土地！……

荒妹反而镇静起来，劝慰母亲说："妈！公社街上，卖鸡蛋、卖菜的没人撵啦！你可以砍些荆条编土篮拿去卖。妹妹可以去放羊。山田改了种果树，爹是个好把式！……要让我们农民富裕起来！荣树说的，中央有这个文件！……"

"文件，文件！今天这，明天那！见多啦！见够啦！俺们不照样还是穷！荒妹，妈不愿意叫你像妈这样过一辈子呀！"母亲抽泣着，也渐渐平静起来，"孩子，你是个懂事的姑娘。妈看出来，荣树对你有心，你也看着他中意。可你想想，吃不饱饭，这些都是空的哟！你妈悔不该当初……唉！如今得了报应啦！……"

风停了。妈妈衰弱的身子倚着荒妹。母女俩无声地呆坐着，各自沉浸在自己的心事之中。

"妈，你回去吧！"荒妹低声说。她的眼睛向八队的那一片村舍凝视着，探寻着其中的一间房子，"我还有点事！……"

然后，她倔强地向三亩塘的方向走去。刚才发生的事，使她突然聪明了，成熟了。一切成见，包括要为小豹子申冤这样使她强烈反感的事情，现在都觉得合理了。她相信荣树是会讲出他的道理来的。那么，他知道得很多很多，甚至连大海都知道！他所深信不疑的要让农民富裕起来的文件，荒妹又有什么可怀疑的呢？他一定还会给她出个最好的主意，告诉她该怎么办！

　　三亩塘的水面上，吹来一阵轻柔的暖气。这正是大地回春的第一丝信息吧！它无声地抚慰着塘边的枯草，悄悄地拭干了急急走来的姑娘的泪。它终于真的来了吗，来到这被爱情遗忘了的角落？

# 爱，是不能忘记的

张洁

　　我和我们这个共和国同年。三十岁，对于一个共和国来说，那是太年轻了。而对一个姑娘来说，却有嫁不出去的危险。

　　不过，眼下我倒有一个正儿八经的求婚者。看见过希腊伟大的雕塑家米伦所创造的"掷铁饼者"那座雕塑么？乔林的身躯几乎就是那尊雕塑的翻版。

　　即使在冬天，臃肿的棉衣也不能掩盖住他身上那些线条优美的轮廓。他的面孔黝黑，鼻子、嘴巴的线条都很粗犷。宽阔的前额下，是一双长长的眼睛。

　　光看这张脸和这个身躯，大多数的姑娘都会喜欢他。

　　可是，倒是我自己拿不准主意要不要嫁给他。因为我闹不清楚我究竟爱他的什么，而他又爱我的什么？

　　我知道，已经有人在背地里说长道短："凭她那些条件，还想找个什么样的？"

　　在他们的想象中，我不过是一头劣种的牲畜，却变着法儿想要混个背出大价钱的冤大头。这引起他们的气恼，好像我真的干了什么伤天害理的、冒犯了众人的事情。

　　自然，我不能对他们过于苛求。在商品生产还存在的社会里，婚姻，也像许多问题一样，难免不带着商品交换的烙印。

　　我和乔林相处将近两年了，可直到现在我还摸不透他那缄默的习惯到底是因为不爱讲话，还是因为讲不出来什么？逢到我起意要对他来点智力测验，一定逼着他说出对某事或某物的看法时，他也只能说出托儿所里常用的那种词汇"好!"或"不好!"，就这么两档，再也不能换换别的花样儿了。

当我问起"乔林，你为什么爱我？"的时候，他认真地思索了好一阵子。对他来说，那段时间实在够长了。凭着他那宽阔的额头上难得出现的皱纹，我知道，他那美丽的脑壳里面的组织细胞，一定在进行着紧张的思维活动。我不由得对他生出一种怜悯和一种歉意，好像我用这个问题刁难了他。

然后，他抬起那双儿童般的、清澈的眸子对我说："因为你好!"

我的心被一种深刻的寂寞填满了："谢谢你，乔林!"

我不由得想：当他成为我的丈夫，我也成为他的妻子的时候，我们能不能把妻子和丈夫的责任和义务承担到底呢？也许能够。因为法律和道义已经紧紧地把我们拴在一起。而如果我们仅仅是遵从着法律和道义来承担彼此的责任和义务，那又是多么悲哀啊！那么，有没有比法律和道义更牢固、更坚实的东西把我们联系在一起呢？

逢到我这样想着的时候，我总是有一种古怪的感觉，好像我不是一个准备出嫁的姑娘，而是一个研究社会学的老学究。

也许我不必想这么许多，我们可以照大多数的家庭那样生活下去：生儿育女，厮守在一起，绝对地保持着法律所规定的忠诚……虽说人类社会已经进入了二十世纪七十年代，可在这点上，倒也不妨像几千年来人们所做过的那样，把婚姻当成一种传宗接代的工具，一种交换、买卖，而婚姻和爱情也可以是分离着的。既然许多人都是这么过来的，为什么我就偏偏不可以照这样过下去呢？

不，我还是下不了决心。我想起小的时候，我总是没缘没故地整夜啼哭，不仅闹得自己睡不安生，也闹得全家睡不安生。我那没有什么文化却相当有见地的老保姆说我"贼风入耳"了。我想这带有预言性的结论大概很有一点科学性，因为直到如今我还依然如故，总好拿些不成问题的问题不但搅扰得自己不得安宁，也搅扰得别人不得安宁。所谓"禀性难移"吧!

我呢，还会想到我的母亲，如果她还活着，她会对我的这些想法，对乔林，对我要不要答应他的求婚说些什么?!

我之所以习惯地想到她，绝不因为她是一个严酷的母亲，即使已经不在人世也依然用她的阴魂主宰着我的命运。不，她甚至不是一个母亲，而是推心置腹的朋友。我想，这多半就是我那么爱她，一想到她已经离我远去便悲从中来的原因吧!

她从不教训我，她只是用她那没有什么女性温存的低沉的嗓音，柔和地对我谈她一生中的过失或成功，让我从这过失或成功里找到我自己需要的东西。不过，她成功的时候似乎很少，一生里总是伴着许许多多的失败。

在她最后的那些日子里，她总是用那双细细的、灵秀的眼睛长久地跟随着我，仿佛在估量着我有没有独立生活下去的能力，又好像有什么重要的话要叮嘱我，可又拿不准主意该不该对我说。准是我那没心没肺，凡事都不大有所谓的派头让她感到了悬心。她忽然冒出了一句:"珊珊，要是你吃不准自己究竟要的是什么，我看你就是独身生活下去，也比糊里糊涂地嫁出去要好得多!"

照别人看来，作为一个母亲对女儿讲这样的话，似乎不近情理。而在我看来，那句话里包含着以往生活里的痛苦经验，真是一句至理名言。我倒不觉得她这样叮咛我是看轻我或是低估了我对生活的认识。她爱我，希望我生活得没有烦恼，是不是?

"妈妈，我不想嫁人!"我这么说，绝不是因为害臊或是忸怩作态。说真的，我真不知道一个姑娘什么时候需要做出害臊或忸怩的姿态，一切在一般人看来应该对孩子隐讳的事情，母亲早已从正面让我认识了它。

"要是遇见合适的，还是应该结婚。我说的是合适的!"

"恐怕没有什么合适的!"

"有还是有，不过难一点——因为世界是这么大，我担心的是你会不会遇上就是了!"她并不关心我嫁得出去还是嫁不出去，她关心的倒是婚姻的实质。

"其实，您一个人过得不是挺好吗?"

"谁说我过得挺好?"

"我这么觉得。"

"我是不得不如此……"她停住了说话，沉思起来。一种淡淡的、忧郁的神情来到了她的脸上。她那忧郁的、满是皱纹的脸，让我想起我早年夹在书页里的那些已经枯萎了的花。

"为什么不得不如此呢？"

"你的为什么太多了。"她在回避我。她心里一定藏着什么不愿意让我知道的心事。我知道，她不告诉我，并不是因为她耻于向我披露，而多半是怕我不能准确地估量那事情的深浅而扭曲了它，也多半是因为人人都有一点珍藏起来的、留给自己的东西。想到这里，我有点不自在。这不自在的感觉迫使我没有礼貌，没有教养地追问下去："是不是您还爱着爸爸？"

"不，我从没有爱过他。"

"他爱您吗？"

"不，他也不爱我！"

"那你们当初为什么结婚呢？"

她停了停，准是想找出更准确的字眼来说明这令人费解和反常的现象。

然后显出无限悔恨的样子对我说："人在年轻的时候，并不一定了解自己追求的、需要的是什么，甚至别人的起哄也会促成一桩婚姻。等到你再长大一些、更成熟一些的时候，你才会明白你真正需要的是什么。可那时，你已经干了许多悔恨得让你感到锥心的蠢事。你巴不得付出任何代价，只求重新生活一遍才好，那你就会变得比较聪明了。人说'知足者常乐'，我却享受不到这样的快乐。"说着，她自嘲地笑了笑。"我只能是一个痛苦的理想主义者。"

莫非我那"贼风入耳"的毛病是从她那里来的？大约我们的细胞中主管"贼风入耳"这种遗传性状的是一个特别尽职尽责的基因。

"您为什么不再结婚呢？"

她不大情愿地说："我怕自己还是吃不准自己到底要什么。"她明明还是不肯对我说真话。

我不记得我的父亲。他和母亲在我很小的时候便分手了。我只记得母亲曾经很害羞地对我说过他是一个相当漂亮的、公子哥儿似的人物。我明白她准是因为自己也曾追求过那种浅薄而无聊的东西感到害臊。她对我说过："晚上睡不着觉的时候，我常常迫使自己硬着头皮去回忆年轻时代所做的那些蠢事、错事！为的是使自己清醒。固然，这是很不愉快的，我常会羞愧地用被单蒙上自己的脸，好像黑暗里也有许多人在盯着我瞧似的。不过这种不愉快的感觉里倒也有一种赎罪似的快乐。"

我真对她不再结婚感到遗憾。她是一个很有趣味的人，如果她和一个她爱着的人结婚，一定会组织起一个十分有趣味的家庭。虽然她生得并不漂亮，可是优雅，淡泊。像一幅淡墨的山水画。文章写得也比较美，和她很熟悉的一位作家喜欢开这样的玩笑："光看你的作品，人家就会爱上你的！"

母亲便会接着说："要是他知道他爱的竟是一个满脸皱纹、满头白发的老太婆，他准会吓跑了。"

到了这种年龄，她绝不会是还不知道自己到底要什么。这分明是一句遁词。我之所以这么说，是因为她有些引起我生出许多疑问的怪毛病。

比如，不论她上哪儿出差，她必得带上那二十七本一套的、一九五〇年到一九五五年出版的契诃夫小说选集中的一本，并且叮咛着我："千万别动我这套书。你要看，就看我给你买的那一套。"这话明明是多余的，我有自己的一套，干吗要去动她的那套呢？况且这话早已三令五申地不知说过多少遍了。可她还是怕有个万一的时候。她爱那套书爱得简直像得了魔怔一般。

我们家有两套契诃夫小说选集。这也许说明对契诃夫的爱好是我们家的家风，但也许更多的是为了招架我和别的喜欢契诃夫的人。逢到有人想要借阅的时候，她便拿了我房间里的那套给人。有一次，她不在家的时候，一位很熟的朋友拿了她那套里的一本。她知道了之后，急得如同火烧了眉毛，立刻拿了我的一本去换了回来。

从我记事的那天起，那套书便放在她的书橱里了。别管我多么钦佩伟大的契诃夫，我也不能明白，那套书就那么百看、千看、万看不厌，二十多年来有什么必要天天非得读它一读？

有时，她写东西写累了，便会端着一杯浓茶，坐在书橱对面，瞧着那套契诃夫小说选集出神。要是这个时候我突然走进了她的房间，她便会显得慌乱不安，不是把茶水泼了自己一身，便是像初恋的女孩子头一次和情人约会便让人撞见似的羞红了脸。

我便想：她是不是爱上了契诃夫？要是契诃夫还活着，没准真会发生这样的事。

当她神志不清，就要离开这个世界的时候，她对我说的最后一句话是："那套书——"她已经没有力气说出"那套契诃夫小说选集"这样一个长句子。不过我明白她指的就是那一套。"……还有，写着，'爱，是不能忘记的'……笔记本，和我，一同火葬。"

她最后叮咛我的这句话，有些，我为她做了。比如那套书。有些，我没有为她做……比如那些题着"爱，是不能忘记的"笔记本子。我舍不得。我常想，要是能够出版，那一定是她写过的那些作品里最动人的一篇。不过它当然是不能出版的。

起先，我以为那不过是她为了写东西而积累的一些素材。因为它既不像小说，也不像札记；既不像书信，也不像日记。只是当我从头到尾把它们读了一遍的时候，渐渐地，那些只言片语与我那支离破碎的回忆交织成了一个形状模糊的东西。经过久久的思索，我终于明白，我手里捧着的，并不是没有生命、没有血肉的文字，而是一颗灼人的、充满了爱情和痛苦的心，我还看见那颗心怎样在这爱情和痛苦里挣扎、熬煎。二十多年啦，那个人占有着她全部的情感，可是她却得不到他。她只有把这些笔记本当作他的替身，在这上面和他倾心交谈。每时，每天，每月，每年。

难怪她从没有对任何一个够意思的求婚者动过心，难怪她对那些说不出来是善意的愿望或是恶意的闲话总是淡然地一笑付之。原来她的心已经填得那么满，任什么别的东西都装不进去了。我想起"曾经沧海难为水，除却巫山不是云"的诗句，想到我们当中有人多半不会这样去爱，而且也没有人会照这个样子爱我的时候，我便感到一种说不出来的怅惘。

我知道了三十年代他在上海做地下工作的时候，一位老工人为了掩护他而被捕牺牲，撇下了无依无靠的妻子和女儿。他，出于道义、责任、阶级情谊和对死者的感念，毫不犹豫地娶了那位姑娘。逢到他看见那些由于"爱情"而结合的夫妇又因为"爱情"而生出无限的烦恼，他便会想："谢天谢地，我虽然不是因为爱情而结婚，可是我们生活得和睦、融洽，就像一个人的左膀右臂。"几十年风里来、雨里去，他们可以说是患难夫妻。

他一定是她那机关里的一位同志。我会不会见过他呢？从到过我家的客人里，我看不出任何迹象，他究竟是谁呢？

大约一九六二年的春天，我和母亲去听音乐会。剧场离我们家太远，我们没有乘车。

一辆黑色的小轿车悄无声息地停在人行道旁边，从车上走下来一个满头白发、穿着一套黑色毛呢中山装的、上了年纪的男人。那头白发生得堂皇而又气派！他给人一种严谨的、一丝不苟的、脱俗的、明澄得像水晶一样的印象。特别是他的眼睛，十分冷峻地闪着寒光，当他急速地瞥向什么东西的时候，会让人联想起闪电或是舞动着的剑影。要使这样一对冰冷的眼睛充满柔情，那必定得是特别强大的爱情，而且得为了一个确实值得爱的女人才行。

他走过来，对母亲说："您好！钟雨同志，好久不见了。"

"您好！"母亲牵着我的那只手突然变得冰凉，而且轻轻地颤抖着。

他们面对面地站着，脸上带着凄厉的、甚至是严峻的神情，谁也不看着谁。母亲瞧着路旁那些还没有抽出嫩芽的灌木丛。他呢，却看着我："已经长成大姑娘了。真好，太好了，和妈妈长得一样。"

他没有和母亲握手，却和我握了握手。而那手也和母亲的手一样，也是冰冷的，也是轻轻地颤抖着的。我好像变成了一路电流的导体，立刻感到了震动和压抑。我很快地从他的手里抽出我的手，说道："不好，一点也不好！"

他惊讶地问我："为什么不好？"或许我以为他故作惊讶。因为凡是孩子们说了什么直率得可爱的话的时候，大人们都会显出这副神态的。

我看了看妈妈的面孔。是，我真像她。这让我有些失望："因为她不漂亮！"

他笑了起来，幽默地说："真可惜，竟然有个孩子嫌自己的妈妈不漂亮。记得吧？一九五三年你妈妈刚调到北京，带你来机关报到的那一天，她把你这个小淘气留在了走廊外面，你到处串楼梯，扒门缝，在我房间的门上夹疼了手指头。你哇啦哇啦地哭着，我抱着你去找妈妈？"

"不，我不记得了。"我不大高兴，他竟然提起我穿开裆裤时代的事情。

"啊，还是上了年纪的人不容易忘记。"他突然转身向我的母亲说，"您最近写的那部小说我读过了。我要坦率地说，有一点您写得不准确。您不该在作品里非难那位女主人公……要知道，一个人对另一个人产生感情原没有什么可以非议的地方，她并没有伤害另一个人的生活……其实，那男主人公对她也会有感情的。不过为了另一个人的快乐，他们不得不割舍自己的爱情……"

这时，有一个交通民警走到停放小汽车的地方，大声地训斥着司机车停的不是地方。司机为难地解释着。他停住了说话，回头朝那边望了望，匆匆地说了声："再见！"便大步走到汽车旁边，向那民警说："对不起，这不怪司机，是我……"

我看着这上了年纪的人，也俯首帖耳地听着民警的训斥，觉得很是有趣。

当我把顽皮的笑脸转向母亲的时候，我看见她是怎样的窘迫呀！就像小学校里一个一年级的小女孩，恓恓惶惶地站在那严厉的校长面前一样，好像那民警训斥的是她。

汽车开走了，留下了一道青烟。很快地，就连这道青烟也随风消散了，好像什么都没有发生过，而我，不知道为什么却没有很快地忘记。

现在回想起来，他准是以他那强大的精神力量引动了母亲的心。那强大的精神力量来自他那成熟而坚定的政治头脑，他在动荡的革命时代的出生入死的经历，他活跃的思维，工作的魄力，文学艺术上的素养……而且——说起来奇怪，他和母亲一样喜欢双簧管。对了，她准是崇拜他。她说过，要是她不崇拜那个人，那爱情准连一天也维持不了。

至于他爱不爱我的母亲，我就猜不透了。要是他不爱她，为什么笔记本里会有这样一段记载呢？

"这礼物太厚重了。不过您怎么知道我喜好契诃夫呢？"

"你说过的！"

"我不记得了。"

"我记得。"

原来那套契诃夫小说选集是他送给母亲的。对于她，那几乎就是爱情的信物。

没准，他这个不相信爱情的人，到了头发都白了的时候才意识到他心里也有那种可以称为爱情的东西存在。这可真够凄惨的。

关于他，能够回到我的记忆里来的就是这么一小点。

她那么迷恋他。却又得不到他的心情有多么苦呀！为了看一眼他乘的那辆小车，以及从汽车的后窗里看一眼他的后脑勺，她怎样煞费苦心地计算过他上下班可能经过那条马路的时间；每当他在台上做报告，她坐在台下，隔着距离、烟雾、昏暗的灯光，攒动的人头，看着他那模糊不清的面孔，她便觉得心里好像有什么东西凝固了，泪水会不由得充满她的眼眶。为了把自己的泪水瞒住别人，她使劲地咽下它们。逢到他咳嗽得讲不下去，她就会揪心地想到为什么没人阻止他吸烟？担心他又会犯了气管炎。她不明白为什么他离她那么近而又那么遥远？

他呢，为了看见她一眼，天天从小车的小窗里，眼巴巴地瞧着自行车道上流水一样的自行车，闹得眼花缭乱，担心着她那辆自行车的闸灵不灵，会不会出车祸；逢到万一有个不开会的夜晚，他会不乘小车，自己费了许多周折来到我们家的附近，不过是为了从我们家的大院门口走这么一趟；他在百忙中也不会忘记注意着各种报刊，为的是看一看有没有我母亲发表的作品。他不能明白，为什么生活偏偏是这样安排着的？

可是，临到他们难得在机关大院里碰了面，他们又在竭力地躲避着对方，匆匆地点个头便赶紧地走开去。即使这样，也足以使我母亲失魂落魄，失去听觉、视觉和思维的能力，世界立刻会变成一片空白……如果那时她遇见一个叫老王的同志，她一定会叫人家老郭，对人家说些连她自己也听不懂的话。

她一定死死地挣扎过，因为她写道：——我们曾经相约：让我们互相忘记。可是我欺骗了你，我没有忘记。我想，你也同样没有忘记。我们不过是在互相欺骗着，把我们的苦楚深深地隐藏着。

不过我并不是有意要欺骗你，我曾经多么努力地去实行它。有多少次我有意地滞留在远离北京的地方，把希望寄托在时间和空间上，我甚至觉得我似乎忘记了。可是等到我出差回来，火车离北京越来越近的时候，我简直承受不了冲击得使我头晕眼花的心跳。我是怎样急切地站在月台上张望，好像有什么人在等着我似的。不，当然不会有。我明白了，什么也没有忘记，一切都还留在原来的地方。年复一年，就跟一棵大树一样，它的根却越来越深地扎下去，想要拔掉这生了根的东西实在太困难了，我无能为力。

每当一天过去，我总是觉得忘记了什么重要的事情，或是夜里突然从梦中惊醒：发生了什么事情?！不，什么也没有发生，我清清楚楚地意识到：没有你！于是什么都显得是有缺陷的，不完满的，而且是没有任何东西可以弥补的。我们已经到了这一生快要完结的时候了，为什么还要像小孩子一样地忘情？为什么生活总是让人经过艰辛的跋涉之后才把你追求了一生的梦想展现在你的眼前？而这梦想因为当初闭着眼睛走路，不但在岔道上错过了，而且这中间还隔着许多不可逾越的沟壑。

对了，每每母亲从外地出差回来，她从不让我去车站接她，她一定愿意自己孤零零地站在月台上，享受他去接她的那种幻觉。她，头发都白了的、可怜的妈妈，简直就像个痴情的女孩子。

那些文字并没有多少是叙述他们的爱情的，而多半记载的都是她生活里的一些琐事：她的文章为什么失败，她对自己的才能感到了惶惑和猜疑；珊珊（就是我）为什么淘气，该不该罚她；因为心神恍惚她看错了戏票上的时间，错过了一场多么好的话剧；她出去散步，忘了带伞，淋得像个落汤鸡……

她的精神明明日日夜夜都和他在一起，就像一对恩爱的夫妻。其实，把他们这一辈子接触过的时间累计起来计算，也不会超过二十四小时。而这二十四小时，大约比有些人一生享受到的东西还深、还多。莎士比亚笔下的朱丽叶说过："我不能清算我财富的一半。"大约，她也不能清算她的财富的一半。

似乎他在"文化大革命"中死于非命。也许因为当时那种特定的历史条件，这一段的文字记载相当含糊和隐晦。我奇怪我那因为写文章而受着那么厉害的冲击的母亲，是用什么办法把这习惯坚持下来的？从这隐晦的文字里，我还是可以猜得出，他大约是对那位红极一世、权极一时的"理论权威"的理论提出了疑问，并且不知对谁说过："这简直就是右派言论。"从母亲那沾满泪痕的纸页上可以看出，他被整得相当惨，不过那老头子似乎十分坚强，从没有对这位有大来头的人物低过头，直到死的时候，留下来的最后一句话还是："就是到了马克思那里，这个官司也非得打下去不可！"

这件事一定发生在六九年的冬天。因为在那个冬天里，还刚近五十岁的母亲一下子头发全白了。而且，她的手臂上还缠上了一道黑纱。那时，她的处境也很难。为了这条黑纱，她挨了好一顿批斗，说她坚持"四旧"，并且让她交代这是为了谁。

"妈妈，这是为了谁?"我惊恐地问她。

"为一个亲人！"然后怕我受惊似的解释着，"一个你不熟悉的亲人！"

"我要不要戴呢?"她做了一个许久都没有对我做过的动作，用手拍了拍我的脸颊，就像我小的时候她常做的那样。她好久都没有显出过这么温柔的样子了。我常觉得，随着她的年龄和阅历的增长，特别是那几年她所受过的折磨，那种温柔的东西似乎离她越来越远了，也或许是被她越藏越深了，以致常常让我感到她像个男人。

她恍惚而悲凉地笑了笑，说："不，你不用戴。"

她那双又干又涩的眼睛显得没有一点水分，好像已经把眼泪哭干了。我很想安慰她，或做点什么使她高兴的事。她却说："去吧！"

我当时不知为什么生出了一种恐怖的感觉，我觉得我那亲爱的母亲似乎有一半已经随着什么离我而去了。我不由得叫了一声："妈妈！"

我的心情一定被我那敏感的妈妈一览无余地看透了。她温和地对我说："别怕，去吧！让我自己待一会儿。"

我没有错，因为她的确这样写着：——你去了。似乎我灵性里的一部分也随你而去了。

我甚至不能知道你的下落，更谈不上最后看你一眼。我也没有权利去向他们质询，因为我既不是亲眷又不是生前友好……我们便这样地分离了。我恨不能为你承担那非人的折磨，而应该让你活下去！为了等到昭雪的那一天，为了你将重新为这个社会工作，为了爱你的那些个人们，你都应该活着啊！

我从不相信你是什么"三反"分子，你是被杀害的、最优秀中间的一个。假如不是这样，我怎么会爱你呢? 我已经不怕说出这三个字。

纷纷扬扬的大雪不停地降落着。天呐，连上帝也是这样的虚伪，他用一片洁白覆盖了你的鲜血和这谋杀的丑恶。

我从没有拿我自己的存在当成一回事。可现在，我无时不在想，我的一言一行会不会惹得你严厉地皱起你那双浓密的眉毛？我想到我要好好地活着，好好地生活，像你那样，为我们这个社会——它不会总像现在这样，惩罚的利剑已经悬在那帮狗男女的头上——真正地做一点工作。

我独自一人，走在我们唯一一次曾经一同走过的那条柏油小路上。听着我一个人的脚步声在沉寂的夜色里响着、响着……我每每在这小路上徘徊、流连，哪一次也没有像现在这样使我肝肠寸断。那时，你虽然也不在我身边，但我知道，你还在这个世界上，我便觉得你在伴随着我，而今，你的的确确不在了，我真不能相信！

我走到了小路的尽头，又折回去，重新开始，再走一遍。

我弯过那道栅栏，习惯地回头望去，好像你还在那里，向我挥手告别。

我们曾淡淡地、心不在焉地微笑着，像两个没有什么深交的人，为的是尽力地掩饰我们心里那镂骨铭心的爱情。那是一个没有一点诗意的初春的夜晚，依然在刮着冷峭的风。我们默默地走着，彼此离得很远。你因为长年害着气管炎，微微地喘息着。我心疼你，想要走得慢一点。可不知为什么却不能。

我们走得飞快，好像有什么重要的事情在等着我们去做，我们非得赶快走完这段路不可。我们多么珍惜这一生中唯一的一次"散步"，可我们分明害怕，怕我们把持不住自己，会说出那可怕的、折磨了我们许多年的那三个字："我爱你。"除了我们自己，大概这个世界上没有一个活着的人会相信我们连手也没有握过一次，更不要说到其他！

不，妈妈，我相信，再没有人能像我那样眼见过你敞开的灵魂。

啊，那条柏油小路，我真不知道它是那样充满了辛酸的回忆的一条小路。

我想，我们切不可忽略世界上任何一个最不起眼的小角落，谁知道呢？那些意想不到的小角落会沉默地缄藏着多少隐秘的痛苦和欢乐呢？

当她写东西写得疲倦了的时候，她还会沿着我们窗后的那条柏油小路慢慢地踱来踱去。有时是彻夜不眠后的清晨，有时甚至是月黑风高的夜晚，哪怕是在冬天，哪怕峭厉的风像发狂的野兽似的吼叫，卷着沙石噼里啪啦地敲打着窗棂……那时，我只以为那不过是她的一种怪癖，却不知她是去和他的灵魂相会。

她还喜欢站在窗前，瞅着窗外的那条柏油小路出神。有一次，她显出那样奇特的神情，以至我以为柏油小路上走来了我们最熟悉的、最欢迎的客人。

我连忙凑到窗前，在深秋的傍晚，只有冷风卷着枯黄的落叶，飘过那空荡荡的小路的路面。

好像他还活着一样，用文字和他倾心交谈的习惯并没有因为他的去世而中断。直到她自己拿不起来笔的那一天。在最后一页上，她对他说了最后的话：我是一个信仰唯物主义的人。现在我却希冀着天国，倘若真有所谓天国，我知道，你一定在那里等待着我。我就要到那里去和你相会，我们将永远在一起，再也不会分离。再也不必怕影响另一个人的生活而割舍我们自己。亲爱的，等着我，我就要来了——我真不知道，妈妈，在她行将就木的这一天，还会爱得那么沉重。像她自己所说的，那是镂骨铭心的。我觉得那简直不是爱，而是一种疾痛，或是比死亡更强大的一种力量。假如世界上真有所谓不朽的爱，这也就是极限了。

她分明至死都感到幸福：她真正地爱过。她没有半点遗憾。

如今，他们的皱纹和白发早已从碳水化合物变成了其他的什么元素。可我知道，不管他们变成什么，他们仍然在相爱。尽管没有什么人间的法律和道义把他们拴在一起，尽管他们连一次手也没有握过，他们却完完全全地占有着对方。那是什么都不能分离的。哪怕千百年过去，只要有一朵白云追逐着另一朵白云；一棵青草傍依着另一棵青草；一层浪花拍着另一层浪花；一阵轻风紧跟着另一阵轻风，相信我，那一定就是他们。

每每我看着那些题着"爱，是不能忘记的"笔记本，我就不能抑制住自己的眼泪。我哭，我不止一次地痛哭，仿佛遭了这凄凉而悲惨的爱情的是我自己。这要不是大悲剧就是大笑话。别管它多么美，多么动人，我可不愿意重复它！

英国大作家哈代说过："呼唤人的和被呼唤的很少能互相答应。"我已经不能从普通意义上的道德观念去谴责他们应该或是不应该相爱。我要谴责的却是：为什么他们不互相等待着那个呼唤着自己的灵魂？

如果我们都能够互相等待，而不糊里糊涂地结婚，我们会免去多少这样的悲剧哟！

　　到了共产主义，还会不会发生这种婚姻和爱情分离着的事情呢？既然世界这么大，互相呼唤的人也就可能有互相不能答应的时候，那么说，这样的事情还会发生？可是，那是多么悲哀啊！可也许到了那时，便有了解脱这悲哀的办法！

　　我为什么要钻牛角尖呢？

　　说到底，这悲哀也许该由我们自己负责。谁知道呢？也说不定还得由过去的生活所遗留下来的那种旧意识负责。因为一个人要是老不结婚，就会变成对这种意识的一种挑战。有人就会说你的神经出了毛病，或是你有什么见不得人的隐私，或是你政治上出了什么问题，或是你刁钻古怪，看不起凡人，不尊重千百年来的社会习惯，你准是个离经叛道的邪人。总之，他们会想出种种庸俗无聊的玩意儿来糟蹋你。于是，你只好屈从这种意识的压力，草草地结婚了事。把那不堪忍受的婚姻和爱情分离着的镣铐套到自己的脖子上去，来日又会为这不能摆脱的镣铐而受苦终身。

　　我真想大声疾呼地说："别管人家的闲事吧，让我们耐心地等待着，等着那呼唤我们的人，即使等不到也不要糊里糊涂地结婚！不要担心这么一来独身生活会成为一种可怕的灾难。要知道，这兴许正是社会生活在文化、教养、趣味等等方面进化的一种表现！"

# 蝴蝶

王蒙

北京牌越野汽车在乡村的公路上飞驰。一颠一晃，摇来摆去，车篷里又闷热，真让人昏昏欲睡。发动机的嗡嗡声时而低沉，时而高亢，像一阵阵经久不息的、连绵不断的呻吟。这是痛苦的、含泪的呻吟吗？这是幸福的、满足的呻吟吗？人高兴了，也会呻吟起来的。就像一九五六年，他带着快满四岁的冬冬去冷食店吃大冰砖，当冬冬咬了一口芳香、甜美、丰腴而又冰凉爽人的冰砖以后，不是曾经快乐地呻吟过吗？他的那个样子甚至于使爸爸想起了第一次捉到一只老鼠的小猫儿。捉到老鼠的小猫儿，不也是这样自得地呜呜叫吗？

汽车开行的速度越来越快了。一个又一个的山头抛在了后边。眼前闪过村庄、房屋，自动列成一队向他们鼓掌欢呼的穿得五颜六色的女孩子，顽皮的、敌意的、眯着一只眼睛向小车投掷石块的男孩子，喜悦地和漠然地看着他们的农民，比院墙高耸起许多的草堆，还有树木、田野、池塘、道路、丘陵地和洼地，堆满了用泥巴齐齐整整地封起了顶子的麦草的场院，以及牲畜、胶轮马车、手扶拖拉机和它所牵引的斗子……光滑的柏油路面和夏天的时候被山洪冲坏了的裸露的、受了伤的砂石路面，以致路面上的尘土和由于驭手偷懒、没有挂好粪兜而漏落下的马粪蛋，全都照直向着他和他的北京牌扑来，越靠近越快，"唰"的一下，从他身下蹿到了他和车的身后。指示盘上说明越野小车的时速已经超过了六十公里。车轮的滚动发出了愤怒而又威严的、矜持而又满不在乎的轰轰声。车轮轧在地面上的时候，还有一种敏捷的、轻飘飘的沙沙声，这种沙沙声则是属于青春的，属于在冰场上滑冰，在太液池上划船，在清晨跑步的青年人的。他仍然在坚持长跑，穿一身海蓝色的腈纶秋衣秋裤。该死的汽车，为什么要把他和地面，和那么富有，那么公平，那么纯洁而又那么抵抗不住任何些微的污染的新鲜空气隔离开来呢？然而坐在汽车上是舒服的。汽车可以节约许多宝贵的时间。在北京，人们认为坐在后排才是尊贵的，驾驶员身旁的那个单人的座位则是留给秘书、警卫人员或者翻译坐的，他们时时需要推开车门，跳下去和对方的一位秘书、对方的警卫人员或者对方的翻译联系，而作为首长的他，则呆呆地坐在车后不动。甚至当一切都联系好了的时候，当他的秘书或者别的什么人打开后车门探进头来，俯着身向他报告的时候，他也是懒洋洋的，没有表情的，疲倦的和似乎是丝毫不感兴趣的。有时他接连打两个哈欠。许多时候他要等秘书说了两遍或者三遍以后才微微地点点头或摇摇头，"嗯"一声或者"哼"一声。这样才更像首长。倒不是装模作样，而是他实在太忙。只有行车的时候他才得到片刻的解脱，才能返身想一想他自己。同时也还有这样的习惯：所有的小事情他都无须过问，无须操心，无须动手甚至无须动口。

那是什么？忽然，他的本来已经粘上的眼皮睁开了。在他的眼下出现了一朵颤抖的小白花，生长在一块残破的路面中间。这是什么花呢？竟然在初冬开放，在千碾万轧的柏油路的疤痕上生长？抑或这只是他的幻觉？因为等到他力图再捕捉一下这初冬的白花的时候，白花已经落到了他乘坐的这辆小汽车的轮子下面了。他似乎看见了白花被碾压得粉碎。他感到了那被碾压的痛楚。他听到了那被碾压的一刹那的白花的叹息。啊，海云，你不就是这样被压碎的吗？你那因为爱，因为恨，因为幸福和因为失望常常颤抖的，始终像儿童一样纯真的、纤小的身躯呀！而我仍然坐在车上呢。

他稳稳地坐在车上，按照山村的习惯，他被安排坐在与驾驶员一排的单独座位上。现在他在哪里都坐最尊贵的座位了。却总不像十多年以前，那样安稳。离开山村的时候，秋文和乡亲们围着汽车送他。"老张头，下回还来！"拴福大哥捋着胡须，笑眯眯地说。大嫂呢，抹着眼泪，用手遮在眼眉上，那样深情地看着他。其实，并没有刺目的阳光，她只是用那手势表示着她的目光的专注。秋文的饱经沧桑、仿佛洞察一切的悲天悯人的眼睛里出现了一种他从来没有见过的期待和远眺的神情。他们的分别是沉重的。他们的分别是轻松的。这样，如秋文说的，他们可以更勇敢地走在各自的路上。路啊，各式各样的路！那个坐在吉姆牌轿车、穿过街灯明亮、两旁都是高楼大厦的市中心的大街的张思远副部长，和那个背着一篓子羊粪，屈背弓腰，咬着牙行走在山间的崎岖小路上的"老张头"，是一个人吗？他是"老张头"，却突然变成了张副部长吗？他是张副部长，却突然变成了"老张头"吗？这真是一个有趣的问题。抑或他既不是张副部长也不是老张头，而只是他张思远自己？除去了张副部长和老张头，张思远三个字又余下了多少东西呢？副部长和老张头，这是意义重大的吗？决定一切的吗？这是无聊的吗？不值得多想的吗？

秋文说："好好地做官去吧，我们拥护你这样的官，我们需要你这样的官，我们期待着你这样的官……心上要有我们，这就什么都有了。"她缓缓地、微笑着说，她的声音里听不出一丝悲凉，她说得那样平稳，那样从容，那样温存又那样有力量，一刹那间，她好像成了张思远的大姐姐，她好像在安慰一个没有放起自己制作的风筝因而哭哭啼啼的小弟弟，其实，她比老张要小好几岁呢！其实，老张已经是快六十岁的人了。快六十的人了，在他那个圈子里却还算作"年轻有为"。古老的中国，悠久的中华！这些年，青年人的年龄上限正像转氨酶实验阳性反应的上限一样，大大地放宽了。过去，转氨酶120就可以确诊肝炎，现在呢，转氨酶200还不给开病假条呢！

离开山村，他好像丢了魂儿。他把老张头丢在了那个山乡。他把秋文，广义地说，把冬冬也丢在了那边。把石片搭的房子，把五股粪叉，把背篓和大锄，草帽和煤油灯，旱烟袋和榆叶山芋小米饭……全都丢下了。秋文和冬冬，这是照耀他这个年轻的老年人的光。秋文便是照耀他的无限好的夕阳，他把夕阳留在了长满核桃树的云霞山那边。夕阳对他招着手，远去了。一步一远啊，这是文姬归汉时所唱的歌词。而有了北京牌越野汽车，车轮的旋转使变远的速度大大加快了。冬冬呢？冬冬什么时候才能理解他呢？冬冬什么时候才能来到他的身边呢？为了冬冬的母亲——海云，那棵颤抖的、被碾碎了的小白花，这一切报应都是应当的。然而他挂牵着冬冬，冬冬还只是一颗在地平线上闪烁、远远还没有升起来的小星星。这颗星星总会照耀他的。他完全知道，所有的老年人对于下一代的过分的关心，过分周到的安排，给下一代提供的过分优越的条件和为了防范下一代而画地为牢的一切努力不仅注定是徒劳的，而且往往是有害的。然而他仍然默默地祝福着冬冬，这个连他的姓都不肯姓的他的唯一的儿子。他为冬冬的思想的偏激而忐忑不安，虽然他知道要求青年人毫不偏激无异于要求青年不要是青年，何况这一代青年成长在颠倒和错乱的年代，他们受了太多的骗，他们有太多的怀疑和愤怒。但是，冬冬是太过分了。他希望他的孩子能够了解历史，能够了解现实，能够了解中国，能够了解占中国人口绝大多数的农民。他希望他的儿子不要走上歧路。他希望儿子的可以原谅一部分的偏激不至于向害己害人害国的破坏性方面发展。

天晴了。明亮的夕阳有点儿晃眼。他把车内的褐色的遮光板放了下来。透过褐色的遮光板，他看到的是乡间的薄暮。然而他的身上有阳光。他的上衣和膝盖头上的阳光变幻着。路旁的树枝切割着夕阳，把光的碎屑不断地洒向他的全身，这给他一种捉摸不定的行进的感觉。他沐浴在这瞬息万变的光网里，渐渐地觉得舒适和满意。随着这嗡嗡声、轰轰声和沙沙声，随着指示盘上的红字的旋转和黑字的跳动，他离山乡越来越远，离北京越来越近，离老张头越来越远，离副部长越来越近。正在工作忙的时候，他竟然请了十几天的假。他甚至告诉部长，他要解决他的生活问题，接一个老伴来。把爱情说成是解决生活问题或解决个人问题，似乎这样说才合法，才规范。如果他说他要去看看他的心上人，那么人们马上会认为他"作风不好"，认为他感情不健康或者正在变"修"。把爱情叫作"问题"，把结婚叫作解决问题，这真是对祖国语言的歪曲和对人的情感的侮辱。但他还是要从俗，他还是用这种刻板的、僵硬的语言请了假。他离开了他的工作岗位，离开了一系列紧张而繁忙的事务，这使他十分不安。离开一个本来属于他的，他在里面过得很舒服、很适宜、很习惯了的办公室和住宅，这好像是不那么愉快的。但是老年人也是充满了想象的。那种想象使他激动得喘不过气来。于是他悄悄地走了。他坐了硬卧火车。他坐了长途汽车。夜间休息的时候四十二个人住在一间大房子里。烟气、汗气和臭气熏天。六盏四十瓦的荧光管灯终夜不关。他也坐过专门给他这个级别的领导干部派的小汽车。坐上这样的柔软而轻便的车，连侧视镜里映出的他的影像都像刚刚沐浴，刚刚擦过油和吹过风一样的鲜亮。坐上这样的车，他美好得像一块新出炉的面包，带着小麦、牛奶、蛋黄和砂糖的芳香，烘烤得红扑扑的。下了这样的车，他住进只供外宾和高级干部住的宾馆。新安装的空调设备，开动起来就像野蜂在花的原野上飞舞。洁白的浴盆。小巧而方便的电加热淋浴喷头。然而这一切与他是没有多少关系的。这一切并不决定于他本身，他自己。他自己毋宁说是更适合那个遥远的山乡。他到那里去寻找秋文，寻找冬冬，寻找那还没有失去的老张头，寻找一个被农民所信赖、所关照的不幸的幸运的人。现在，他离去了。高级宾馆的一夜以后是四个小时的飞行。然后是他的吉姆。秘书到机场来迎接，使他确认了自己的副部长的身份。又是繁华的街道，雪白的快行线，又是红灯。人口和车辆都增加了很多，一到十字路口，就要耽搁。再拐两个弯，汽车减慢了速度，停下了。握手，道谢，他邀请驾驶员上去坐一坐，驾驶员谢绝了。秘书从他手中抢去了所有的本来也不多的东西。明亮的电梯间，烫发的女服务员向他问好。他又回到了一个凡是知道他的职务的人都向他微笑的地方。钥匙插在锁孔里，他没有把钥匙给秘书，而是自己开的门。他不愿意在每一件小事上劳动别人。门开了，灯亮了，高分子化合物的墙壁和地面仍然是一尘不染，就像天天有人用洗涤剂刷洗过似的，他回来了，他坐到了沙发上。

# 海 云

这是昨天刚刚发生过的事吗？海云的声浪还在他的耳边颤抖吗？她的声音还在空气里传播着吗？即使已经衰减到近于零了也罢，但总不是零啊，总存在着啊。还有她的分明的清秀的身影，这形象所映射出来的光辉，又传播到宇宙的哪些角落呢？她真的不在了吗？现在在宇宙的一个遥远的角落，也许仍然能清晰地看见她吧？一颗属于另一个星系的星星此时此刻的光，被人们看见还要用上几百年的时间，她的光呢？不也可能比她自身更长久么？

然而这毕竟是遥远的往事，是上辈子的事了。这是一种老年人的心理吧，每当他想起那三十年代、四十年代、五十年代的事，恍若隔世。会不会在一百年以后，二百年以后，五百年以后，有人会回忆起海云或类似海云来呢？他的那么多甜的、苦的、酸的和灼热的回忆，会不会在五百年以后隐隐约约地出现在那时的幸福而公正的社会（但也绝不会是天堂）的一个小伙子的心灵里呢？

　　上辈子，上辈子，是不是他与海云在上辈子见过面？一九四九年，解放区的天是明朗的天，打得好来打得妙呀打得妙，打得好来打得热闹真热闹，年轻人，火热的心，跟随着毛泽东前进，人们就是唱着这些歌来解放全中国的。战争的严酷，行军的艰苦，转移、撤退、暂时的失利，牺牲、流血、负伤、饥馑、化装进城，宪兵的钢盔和闪亮的刺刀尖，碉堡的阴森森的眼睛，"剿匪总司令部"的布告；三整三查的紧张空气，一次又一次的检讨，在中国共产党人付出了人类所能付出的最大的代价以后，解放军摧枯拉朽，坦克、骑兵、炮兵与红绸舞、腰鼓队、秧歌队一起行进。一进城就先扭秧歌，一进城就响彻了腰鼓。人们甩着红绸解放了全中国，人们扭着秧歌可以扭到天堂，而一敲腰鼓，仿佛就会敲出公正、道义和财富。他那时二十九岁，唇边有一圈黑黑的胡髭，穿一身灰干部服，胸前和左臂上佩戴着"中国人民解放军××市军事管制委员会"的标志。在他的目光里，举止里洋溢着一种给人间带来光明、自由和幸福的得胜了的普罗米修斯的神气。他每天可以工作十六个小时、十八个小时到二十个小时。他不知道疲劳。他有扭转乾坤的力量。他正在扭转乾坤。他比一切年轻人都更年轻，因为他前途无量。他比一切老年人更有经验，因为他是只占居民人口的千分之几的凤毛麟角的"老"革命家。他担任这个中等规模的城市的军管会副主任，他每天接待地下党组织的负责人、驻军领导、工会和学联代表、科技人员、资本家和国民党军政起义人士。他的话，他的道理，连同他爱用的词汇——克服呀、阶段呀、搞透呀、贯彻呀、结合呀、解决呀、方针呀、突破呀、扭转呀……对于这个城市的绝大多数居民来说都是破天荒的新事物。他就是共产党的化身，革命的化身，新潮流的化身，凯歌、胜利、突然拥有的巨大的——简直是无限的威信和权力的化身。他的每一句话都被倾听、被详细地记录、被学习讨论、深刻领会、贯彻执行，而且立即得到了效果，成功。我们要兑换伪币、稳定物价，于是货币兑换了，物价稳定了。我们要整顿治安，维护秩序，于是流氓与小偷绝迹，夜不闭户，路不拾遗。我们要禁毒禁娼，立刻"土膏店"与妓院寿终正寝。我们要什么就有什么。我们不要什么，就没有了什么。有一天，他正在对市政工作人员讲述"我们要……"的时候，雪白的衬衫耀眼，进来了一位亭亭玉立的大姑娘。现在想起来，那只不过是一个小小的女孩子。就像小时候走也走不完的长街，长大了以后一看，原来是一条小巷。

　　她那时是多少岁呢？十六岁，实足年龄只有十六岁，比他小十三岁。瘦瘦的，两只热情、轻信而又活泼的大眼睛。她进来了，她说话的时候两眼紧盯着你，她那么愿意看你，因为，你就是党。她当时是一个教会学校的学生，学生自治会的主席（后来把自治两个字去掉了。不知为什么）。她的同学们因为参加欢庆解放的军民联欢游园活动和讨论社会发展史，同校董事会和几名外国修女发生了冲突。海云激动地向他诉说事件的始末，说得他也热血沸腾起来……等到这个事情以中国青年人的彻底胜利而结束以后，海云又来了，"我们全体同学都希望您去做一个报告，讲一讲我们的斗争的胜利的意义。""全体同学？那么你自己呢？"他问。他为什么要这样问呢？他这样问可没有什么别的意思。但是，这个不大不小的姑娘闯进他的办公室使他觉得愉快，就像白鸽使蓝天变得亲切而鱼儿使海水变得活泼。他对这个姑娘的明亮的眸子产生了一种好感。"我自己更不用说了，我愿意天天听您讲话。"海云回答。她为什么这样回答呢？这难道不是爱吗？当然是爱，然而爱的是党。叮叮当当，蓝色的火花打响在头顶上，他和海云坐在有轨电车里。那时候还没有那么多小汽车，那时候他并不注意出门的时候要小车，那时候小汽车远没有日后那么大的意义。有轨电车的司机叉着腿，用脚踩着铃铛，刚把手柄放开，唰的一下又关掉了电门。他们没有座位，他们各自握着一个悬挂在皮带上的赛璐珞白环。就这样海云也不住嘴地说了许多。"我们班有两个特务，她们现在很惊慌。她们造谣说蒋介石的空军把上海给炸平了。我们组织了斗争会，在这场斗争里有四个同学申请入团。""我们组织了讨论，什么是共产主义的人生观。'人最宝贵的是生命，生命对于人只有一次而已……'我们把保尔·柯察金的话抄在了壁报上。"

他进入了礼堂，女学生们拼命鼓掌，鼓掌的声音像潮水一样。所有的眼睛都乌黑、晶亮，闪烁着崇敬和喜悦的泪光。麦克风坏了，先是发不出声音，后来又嗡嗡地响个不住。等待麦克风的修理就用了半个钟头。海云站到了台上："同学们，咱们唱个歌儿好不好？""好！"回答的声音比上课还齐。"你们那一角是第一部，顺序往这边是第二部、第三部……"她一挥手就把学生分了四部，韩信当年指挥军队也不会这么利索。

> "民主政府爱人民哪，爱人民……
> 共产党的恩情，恩情……
> 说不完哪……说不完……不完……
> 呀呼咳咳依呼呀呼咳，呀呼，呀呼
> ……咳咳！咳咳！咳咳！咳咳……"

全礼堂都在"咳咳咳咳咳咳"，好像在抬木头，好像在砸石头，好像在开山，好像在打铁。是的，打铁。

> "我们大家，都是熔铁匠，
> 锻炼着幸福的钥匙……
> 快把那铁锤，高高举起，
> 打呀打呀打……"

和声部分开始了，只有从充满了热情、欢乐和神圣的革命目标的少女的心灵里，才能唱出这么动人的歌。海云指挥着，她的头发舞动如火焰，张思远看到了激情在怎样使她的年轻的身体颤抖。她就是刘胡兰，她就是卓娅，她就是革命的青春。麦克风终于修好了，他开始做报告。"青年团员们！"鼓掌。"同学们，向你们问好！向你们致以革命的、战斗的敬礼！"鼓掌。"你们是新社会的主人，你们是新生活的主人，先烈的鲜血冲开了光辉而宽阔的道路，你们将在这条道路上，从胜利走向胜利！"点头称是，一字不漏地往小本子上记，但仍然不影响频频地鼓掌。"中国的历史，人类的历史，开始了崭新的篇章，我们再不是奴隶，再不是任凭命运摆布的可怜虫，我们再不用悲叹，再不用流泪……我们要用我们自己的双手来铸造我们的未来，一切失去了的，我们都要夺回来！一切还没有的，我们都要创造……在消灭了剥削，消灭了压迫，消灭了一切自私、落后和不义之后，我们失去的只有锁链，我们得到了全世界……"更加热烈的鼓掌。他看见了海云的激动的泪花。泪花在女学生们的睫毛中间滚动。泪光里闪耀着红旗、灯塔、军号和水电站。那一次，他怎么那样口若悬河，热情澎湃？他讲了许多空洞的、幼稚的话。但是，他是真诚的，他是相信的，她们都是相信的。过去的一切都已经被革命的烈火烧成了灰烬，而新的生活，新的历史，就像那洁白、光滑、浑圆的电车上的赛璐珞环一样，掌握在她们自己的手心里……

　　然后是通信、打电话、见面、散步、逛公园、看电影、吃冰棍和冰激凌。他和海云在一起。然而主要的并不是公园、电影和冰棍，主要的是政治课，是海云提问和他进行解答、辅导。他像全能的上帝一样，可以准确无误地回答海云关于世界、关于中国、关于人生、关于党史、关于苏联、关于青年团支部的工作的一切问题。海云用那样虔诚、热烈而庄严的目光看着他。他实在控制不住自己了，他突然把海云搂到自己的怀里，吻了她。她没有一点儿抵抗，没有一点儿对自己的保护，没有一点儿疑虑，甚至连羞怯也没有了。她只是爱慕他，崇拜他，服从他。他不是同样地觉得她亲近吗？他不是从第一眼起就觉得她已经是自己的亲人了吗？上级和同事的一切劝告对于他都没有起作用，就像海云的父母的激烈反对对于海云没有起作用一样。他们结婚了，他三十岁，海云虚岁十八。爱情和革命都在洒满阳光的大道上迅跑。为了他们的婚姻，海云中学都没有上完，她到一个党委机关做打字员去了。

　　五〇年，他们有了第一个孩子。就在这第一个孩子降生的时候，朝鲜战场的局势发生了重大的变化，中国人民志愿军出国参战。而在这个城市出现了一起反革命破坏事件。为了支前，为了宣传，更为了和反革命分子作斗争，他竟一个多月之内没有回一趟家，虽然他家离他的办公地点不过三公里。那天，在一个重要的会议上，他接到了海云的电话，说是孩子发高烧，很危险。"我正忙啊！"他说，电话挂上了，他似乎听见了海云的哭泣，他的心动了一下，他有点儿责备自己。"散了会我要回去一下。"他对自己说。其实他如果真的想回去他早就回去了。但是，大家都在忙，连科长和干事也是每天开夜车，一连多少天不回家，不但每个星期六和星期天，就连新年和春节也在忙于工作。革命无常规！常规非革命！多加一分钟的班，世界革命就能提前一分钟取得胜利，纽约的贫民窟就会早一分钟照上太阳，而朝鲜代表在保卫和平大会上讲的那些苦难就会早一分钟消逝。那一天开完会是深夜一点四十分。他有意识地提前结束了会议。一个和外国间谍有牵连的反革命集团被侦破了，很快撒下了天罗地网，两个小时后开始行动。抓个空子他回了家，进门的时候他还在看手腕上的表。然而……

孩子，他和海云的第一个孩子已经死了。

海云在发呆，她的茫然如洞的两只眼睛使张思远倒吸了一口冷气。他问，他劝，他安慰，她始终木然。他检讨自己，他哭了，他甚至想跪在死了的孩子和呆了的小母亲面前，她仍是木然。"可你不能只想到自己，海云！我们不是一般的人，我们是共产党员，是布尔什维克！就在这一刻，美国的B29飞机正在轰炸平壤，成百上千的朝鲜儿童死在燃烧弹和子母弹下面……"他忽然激动起来了，他说了许多过后看来是冠冕堂皇的和不近人情的，在当时却是非常严肃和认真的话。到时间了，警卫员前来催他，他匆匆地走了。

从此他和海云互相变得陌生了。海云还是一个未经事的，没有得到足够的改造和锻炼的小资产阶级知识分子。他们的思想往往是空虚的。他们的行动往往是动摇的。她既平庸而又琐碎。而他在海云的眼里呢，也许愈来愈显得冷酷、自私、夸夸其谈。他意识到自己的责任，他谴责自己破坏了海云的学业，甚至是海云的幸福。经过他的努力，海云到上海的一个名牌大学学外国文学去了——是海云自己最喜爱的专业。在火车站上，当汽笛鸣叫了三声，当广东音乐《娱乐升平》的曲调响起，当机车沉重地喘了几声粗气，当学生打扮、穿着朴素、用一根橡皮筋束起了头发的海云从车厢里探出头来，向他挥手的时候，他看到了海云的笑脸上的光辉。恋爱、婚姻，压缩到最小最小的家庭生活，孩子的生和死，所有这一切好像并没有当真发生过，海云仍然是教会女子学校的学生自治会主席，到了上海的大学，她将仍能指挥上千名学生高唱"解放区的天是明朗的天"，而他呢，仍然是一个年轻的老革命，一个忘我地工作的领导干部。他们之间的关系，仍然是那么质朴，那么纯洁，那么高尚。正像没有邂逅便没有友谊和爱情一样，没有离别也就没有感情的留恋。海云走了，他们通着信，他想念海云，想得很苦，很苦。正是沸腾的岁月，"三反""五反"，打"老虎"，他领导运动的几个单位一共揪出了十四个贪污数字过亿（旧币）的大老虎，虽然后来经过复查，真正能够成立的只有两个人，他仍然充满了胜利的喜悦。肃反，大家结合学习《"关于胡风反革命集团的材料"的按语》进行揭发、检举、交代、追查和斗争。搞出了枪，搞出了电台，搞出了一个又一个的反革命分子。又查清了一大批人的历史。运动接踵而来，他们正在荡涤旧世界的污泥浊水。五六年，他被任命为这个市的市委书记。他的一举一动，一言一行都影响到全市三十万人，就连他的皱眉或者微笑，他的表情和手势，他的目光和步伐，都受到各方面的注意。他就是城市，他就是市委，他就是头脑、心脏、决策。他殚精竭虑把全市的工作做好，不论是打苍蝇还是盖工厂，他们的工作都走在前面。他成为一架辉煌的、巨大的机器的一部分，在这机器的运转中，他感受到自己的觉悟、智慧、精力、责任心，感受到自己的分量，他的生存的意义。没有市委，没有他对于市委的指挥，也就没有他。

但是和海云的事情还是弄不好。海云上大学一个学期，寒假中回来了，离别唤醒了他们的爱情，他们一起谈论福楼拜和莫泊桑，他对于法国文学就像海云对于党委领导工作一样无知，他的问题和话语使海云哈哈大笑，海云完全明白他是为了讨自己的欢心才不怕谬误百出的。为了报答他，海云也关心起这个市的普选和财政预算。他们还一起烧了一次鱼，他发现海云的烹调技术胜过饭店的特级厨师。浇鱼的汤汁到底是用什么做的，始终是一个谜。春节的饺子以后是灯节的元宵。然后海云又走了，临走的时候因为一个重要的会议他没有能够上车站。海云来了信，她又怀孕了。他皱起眉来让海云去做流产，这激怒了海云，一连四个月不给他写信。放暑假的时候，大着肚子的海云办好了休学手续回到了家。"我们已经失去了一个儿子。"海云的忧郁的目光在埋怨。他也感到内疚，生产以后不但找了很好的保姆，而且新成立的儿童医院的主治大夫成了书记家里的常客。本来说是休学半年，实际休了一年，海云离不开他们的第二个也是唯一的儿子。张思远认为既然这样就不必再去上学，上不上大学对于她来说已经是无关紧要的了。上不上大学她也会得到足够的尊敬和足够良好的工作条件。但是不，海云一定要上，而且换个本市的学校也不行。这么坚决，却又在临行前夜把眼泪落在快满一周岁的冬冬头上……

风和风打架。水和水冲突。人和人矛盾。自己也跟自己过不去。这个充满矛盾的世界和人生！月亮缺了，还会复圆。你果真能断定，这复圆了的月亮，便是当初那缺了、窄了、暗淡了的月亮吗？蚕蛾僵了，又出现了许许多多赶忙吃桑叶的蚕宝宝，你当然知道，这蚕已经不是那蚕。江河流水，一个浪头跟着一个浪头，后浪和前浪，它们之间的区别，它们之间的联结，又在哪里呢？

海云，海云，我了解你么？你了解我么？你为什么不原谅我？你又怎么能原谅我！

风言风语。好心的、恶意的和居心叵测的。张思远大发雷霆。难道我管得了一个城市的几十万人，却管不了你一个吗？他的内心里甚至发出了这样强梁跋扈的呐喊……但是为什么，当海云一出现在他的面前，当他发现海云穿着的完全是她自己的旧衣服，而他给她买的一切讲究的服装都被丢弃了的时候，他是那样空虚，连一句硬话都说不出来了呢？"为了我们的孩子……"，在那里请求的竟是你自己。海云沉默着，她哭了一场，退了学，答应和那个男同学断绝关系。虽然没有毕业也罢，海云到本市的一个师范专科学校做助教去了，不久，她还被任命为系党总支的副书记。于是，张思远放心了，何况，海云上下班也是由市委的车子接送……

晴天霹雳。在五七年的反右斗争中海云被揪出来了。"我实在没想到你会堕落到这一步，你怎么竟然去为那些反党的小说喝彩？你是什么人？我是什么人？你忘记了吗？"他背着手，踱来踱去，立场坚定，铁面无私。"只有低头认罪，重新做人，革面洗心，脱胎换骨！"他的每个字都使海云瑟缩，就像一根一根的针扎在她身上，然后她抬起头，张思远打了一个冷战，他看到她的冰一样的目光。……一个月以后，海云提出来离婚，他仍然想挽回，但是各方面的情况都说明离婚是不可避免的了。在他最后一次见到已经办好离婚手续的海云的时候，他甚至发现了海云脸上的喜气，这曾经使他大为恼怒。"堕落了，确实是堕落了。"他对自己说。

枝头的树叶呀，每年的春天，你都是那样鲜嫩，那样充满生机。你欣悦地接受春雨和朝阳。你在和煦的春风中摆动着你的身体。你召唤着鸟儿的歌喉。你点缀着庭院、街道、田野和天空。甚至于你也想说话，想朗诵诗，想发出你对接受你的庇荫的正在热恋的男女青年的祝福。不是吗，黄昏时分走近你，将会听到你那温柔的声音。你等待着夏天的繁茂，你甚至也愿意承受秋天的肃杀，最后飘落下来的时候，你甚至没有一声叹息。因为你已经生活过了，长过了，爱过了。你虽然只是一片小小的叶子，却为大树、为鸟儿、为情人做了你所能做的一切。但是，如果你竟是在春天，在阳光灿烂的夏天刚刚到来之际就被撕掳下来呢？你难道不流泪吗？你难道不留恋吗？虽然树上还有千千万万的树叶，虽然第二个春天会有同样的千千万万的树叶，虽然这棵大树在可以预见的将来也许永远不会衰老，然而，你这一片树叶却是永远不会再现的了。地老天荒，即使这个地球消逝了，而宇宙间的星云又重新结合成一个又一个的新的地球，你却永远不会再接受到阳光和春雨的爱抚了，你也永远不能再发出你的善良的絮语了。

然而汽车在奔驰，每小时六十公里。火车在飞驰，每小时一百公里。飞机划破了长空，每小时九百公里。人造卫星在发射，每小时两万八千公里。轰隆轰隆，速度挟带着威严的巨响。


# 美 兰


美兰是一条鱼。美兰是一只雪白的天鹅。美兰是一朵云。美兰是一把老虎钳子。

海云才走，美兰就来了。很可能这出自许多关心他的人的通力安排。他们早就不赞成一个市委书记和一个学生娃娃式的女人共同生活。美兰浑身放着光泽和香气。美兰有一张大白脸。美兰那样坚定地来填补海云留下的空缺，好像这一切都是注定了的。她来接任书记夫人的职务就像他接任书记的职务一样充满信心和不容怀疑。她有时候凝神沉思，脸上显出一种难以捉摸的表情，前额上会出现两道显得有点儿凶恶的竖纹。然而只要一看到张思远，这竖纹便立即消失了，露出迷人的微笑。她的到来使张思远的生活发生了极大的变化。衣、食、住、行，一切都出现了飞跃。"为了你的工作……"美兰把这句话挂在嘴上，使他觉得名正言顺、心安理得。旧沙发换了新沙发，金黄色的缎子面闪闪发光。他软瘫在上面，舒适而又疲乏。他恍惚有一个印象，美兰动不动就找行政处交涉什么。他抗议说："不要随便提什么要求。生活上不要太讲究。原来的沙发就很好，换什么？"美兰嫣然一笑："瞧你说的！你忙得忘记了一切，你忙得未老先衰了，你难得回家休息那么一小会儿，难道就不应该把条件搞好一点儿么？"他没说什么。他正在横下一条心搞炼钢，许多家庭把锅都砸了。反右，反右倾，反保守，形势逼人，他的神经长期处于紧张之中。一个新的发光的柔软的沙发，正像一个新的发光的温柔的夫人一样，对于他来说绝不是什么奢侈。只是在偶然的情况下，他模糊地感觉到自己的生活要听从美兰的安排，有时简直是被美兰牵着鼻子走。这使他有些不快。在更偶然的情况下，一个娇小的、瘦弱的、纯洁的海云的影子在他眼前一闪，他心头蓦地一动，他大睁开眼，什么也没有。好像一株小树从车窗外面掠过，他定睛看时，小树早已经被车轮抛在远远的后面了，他没有工夫怀恋，他没有工夫叹息。

# 变　异

　　处境和人，这二者的关系是怎样的呢？坐在黄缎面的沙发上，吸着带过滤嘴的熊猫牌香烟，拉长了声音说着啊——喽——这个这个——每说一句话就有许多人在旁边记录，所有的人都向他显出了尊敬的——可以说，有时候是讨好的笑意的，无时无刻——不论是坐车、看戏、吃饭还是买东西——不感到自己在生活中的特别尊贵的位置的张书记，和原来的那个打着裹腿的八路军的文化教员，那个为了躲避敌人的扫荡在草棵子里匍匐过两天两夜的新任指导员张思远，究竟有多少区别呢？他们是不同的吗？难道艰苦奋斗的目的不正是为了取得政权、掌握政权、改造中国、改造社会吗？难道他在草棵子里，在房东大娘的热炕上，在钢丝床或者席梦思床上，不都是一样地把自己的身心，自己的力量，自己的每一天和每一夜献给同一个伟大的党的事业吗？难道他不是时时怀念那艰苦卓绝的岁月，那崇高卓越的革命理想，并引为光荣么？那种小资产阶级的无政府主义，那种视胜利为死灭的格瓦拉式的"革命"，究竟与我们的现实，我们的人民有什么相干呢？他们是相同的吗？那为什么他这样怕失去沙发、席梦思和小汽车呢？他还能同样亲密无间地睡在房东大娘的热炕头上吗？

他怕失去他的领导职务，绝不仅仅因为生活上的优厚条件，他自己辩解说。他怕失去党，失去战斗的岗位，失去在这个伟大的队伍中的重要的位置。位置，位置，位置好像比人还要重要。这些年，他主持一个又一个的运动。他亲眼看见了那些失去了位置的人的狼狈相。揪出来，定性，这是比上帝的旨意，比阎王爷的勾魂诏，比任何人和多少人的愿望、意志和情感更强大一千倍的自在的和可畏的力量。他当过市委书记，他自以为是全市的主宰，但是，当海云被"揪出来"和"定下来"以后，他毫无办法可想。他亲手经办了一个又一个的揪出来和定下来的事情。一夜之间，一个神气活现的领导干部便成了人人所不齿的狗屎，扬起的眉毛塌下来，刺人的目光变得可怜巴巴，挺直的腰身弓下去，焕发的容光变得毫无血色。人们对这种挨斗的脸色有一种粗野的比喻，叫作像被屁熏过一样。这简直是一种魔法，一种丝毫不逊于把说谎的孩童变成驴子、把美貌的公主变成青蛙、把不可一世的君王变成患麻风病的乞丐的法术。

但是他没有想到这个法术会施行到他的身上。历次运动中，他经常给下级、给群众讲："无产阶级在斗争中体会到的是胜利的喜悦，斗争对于我们是得心应手的事情。只有没落阶级，才对斗争充满灭亡前夕的恐惧和感伤。"那么，一九六六年为什么他一听见红卫兵的锣鼓声就心跳呢？

事后他经常回忆，这一天是怎么到来的。当"五一六通知"刚刚下达的时候，他仍然像历次运动一样，紧张中又有点儿兴奋。他知道这样的运动既是无情的又是伟大和神圣的。但这次势头好像特别猛。大风大浪也不可怕，他只有迎着风浪上。而且他深信这一切是为了反修防修，是用革命手段来改造社会、改造中国、创造历史的必要。他知道又要有一批领导干部倒下去，但是为了党的利益他不能温情，他毫不犹豫地举起了阶级斗争之剑。他批准了对于报纸副刊主任的批判，这种批判实际上是政治上的乱棍。接着又把文联主席作为黑帮头子抛了出来。报纸上一个劲儿地提醒人们警惕走资派舍车马保将帅的诡计，一个文联主席是太小了，于是他横下心抛出了市委宣传部长。然后是分管文教工作的副书记。黑帮、牛鬼蛇神越抛越多，越抛越把他自己裸露到了最前线。终于，水到渠成，再往下揪就该轮到他自己了。

但他仍然觉得突然，觉得不可思议，觉得是另一个张思远被揪了出来，被辱骂，被啐唾沫，被说成是走资派、叛徒、"三反"分子。他觉得还应该有一个张思远才是他本来的面目，那个张思远坐在市委小楼（专为常委以上领导干部办公用的）的书记办公室，小楼门口有武装警卫。办公室有两间，外面一间比较大，铺着略旧了的地毯，墙上挂着市区平面图、城市规划图、绿化图和郊区水利工程图。一张一头沉办公桌，桌上有电话分机，还有一套沙发。他的秘书坐在一头沉的后面，细心、负责、一丝不苟。里间屋是他用的，有讲究的吊灯和台灯，有崭新的地毯，有黑漆硬木的大写字台，有皮面的旋转软椅，还有一张铜栏杆的钢丝床，供给他在中午或会议的间隙小事休憩之用。他看文件，他写批语，他画圈和打钩，他打电话，他沉吟、苦思，他毅然决断，然后告诉秘书去办。按他的级别，省辖市的书记本来不应配秘书，但是办公室还是派了一个秘书来，多年来，别人、他自己和秘书本人都认为就是他个人的秘书。除去全市的工作，他没有个人的兴趣，个人的喜怒哀乐。他几乎整整十七年没有休过假。甚至于在看他自幼喜爱的地方戏的时候他也不得安宁，有些急件要送到剧场，有些电话转到了剧场来。离开了领导工作，就不存在什么张思远。同样，他也从来没有想象过市委能离得开他。

然而现在又出现了一个张思远，一个弯腰缩脖、低头认罪、未老先衰、面目可憎的张思远，一个任凭别人辱骂、殴打、诬陷、折磨，却不能还手、不能畅快地呼吸的张思远，一个没有人同情、不能休息和回家（现在他多么想回家歇歇啊！）、不能理发和洗澡、不能穿料子服装、不能吸两毛钱以上一包的香烟的罪犯、贱民张思远，一个被党所抛弃，一个被人民所抛弃，一个被社会所抛弃的丧家之犬张思远。这是我吗？我是张思远吗？张思远是黑帮和"三反"分子吗？我在仅仅两个星期以前还主持着市委的工作吗？这个弯着的腰，是张思远书记——就是我的腰吗？这个灌满了稀糨糊的棉衣（红卫兵把大字报贴到了他的背上，顺手把一桶热糨糊顺着脖领子给他灌进去了）是穿在我身上吗？这个移动困难的，即使上厕所也有人监视的衰老的身躯，就是那个形象高大、动作有力、充满自信的张书记的身躯吗？这个像疟疾病人的呻吟一样发声的喉咙，就是那个清亮的、威风凛凛的书记的发声器官吗？他一次又一次地向自己提出这样的问题，百思不得其解。他得到结论：这只能是一场噩梦。这是一个误会，是一个差错，简直是在开一个恶狠狠的玩笑。不，他不相信自己会成为党和人民的敌人，不相信自己会落得这样下场。我们应当相信群众，我们应当相信党，这是两条根本的原理。这个活着还不如死了好的癞皮狗一样的"三反"分子、黑帮张思远并不是他自身，这是一个莫名其妙的躯壳硬安在了他的身上。标语上说：张思远在革命小将的照妖镜下现了原形，不，那不是原形，是变形。他要坚强，要经得住变形的考验。

但是，冬冬的几个嘴巴把他的精神支柱摧垮了。

# 冬　冬

父亲对于孩子的感情和母亲是不同的。从呱呱坠地的那一刻起，不，从生命的信息突然发生在自己的肚子里，孩子的一哭一笑，一动一止，一声一息都牵动着母亲的心。而张思远在开始的时候竟然感觉不到那个软软的、抱也抱不起来、身上带着尿臊味儿、哭起来没完、哭起来就闭上眼睛不肯睁开的小生命和自己有什么不可分割的关系。由于第一个儿子的夭亡，他对于五二年冬天来到他和海云的生活里的冬冬，抱着一种特别小心翼翼的加以保护的态度。这是一种责任感，这是一种习俗——父亲都应该爱儿子。然而，这不是爱。有爱也暂时还只是对于海云的。他知道海云是怎样牵肠挂肚、如果如痴地爱着孩子，在海云坐月子的头一个星期，张思远为了海云甚至需要做出非常喜欢冬冬的样子，这使他觉得羞愧、不自然。

十个月以后，海云休学完毕，走了。冬冬已经能站立，能扶着墙挪动一下步子，能用含糊不清的声音叫"叔叔"了。冬冬总是把父亲叫成叔叔，使张思远略感不快。那时的冬冬已经长出了八个牙，能吃饼干，甚至有一次流着眼泪嚼完一根大葱。这一切使冬冬像一个人了，一个新的人来到了张思远的身边，他将是自己人生路上的又一个伴侣。这种想法使张思远嗓子里热乎了一下。在工作忙的时候，他有时会打个电话问问孩子的情形。

这以后传来了海云和班上一个男同学关系"不正常"的消息。一种最庸俗、最卑劣的令人恐怖的念头一闪而过：冬冬是我的吗？讨厌！我哪有时间管这些。我要管的是三十万人的命运。他忙得没有时间正眼看冬冬一眼了。

但是他原谅了海云，因为他是一个登高望远的领导者，更因为，他爱海云。有爱就有宽恕，什么都能宽恕。他看不得海云的孩子般的面孔上缀满泪珠。他宁愿自己受辱。但如果他的爱恰恰是海云的不幸的根苗呢？呵，呵，呵？海云的泪珠，荷叶上的雨滴，化雪时候的房檐，第一次的，连焦渴的地面也滋润不过来的春雨！五四年春天，隔着雨丝他一眼就看到了冬冬紧贴着窗玻璃的脸，压扁了的鼻头青、白、丑得可爱。到处是清凉、湿润、对于焦渴的心灵的慰藉。永远不老的春天，永远新鲜的绿叶，永远不会凝固、不会僵硬、不会冻结的雨丝！小冬冬爬到了桌子上，把脸贴到窗玻璃上，目不转睛地看着这大自然的奇观，到处悬挂着亮晶晶的雨丝，新鲜、好奇、迷恋而又困惑。这是一个人有生以来的第一次赏雨。忙碌在会议和文件之中，像蚕儿忙碌在桑叶之中的张思远被冬冬赏雨的画面深深地打动了，他心潮汹涌。春天，绿叶，雨丝，这是为了新生者而存在的。只有年幼者才能看到他所看不到的那些惊人的美丽，只有第二代才能懂得他所不懂的生活的魅力。生生不已，这世界才不会霉朽在锈垢里。他没有惊动自己的亲儿子。亲儿子，亲儿子！这甚至使他回想起或者根本不是什么回想，他只是模模糊糊地感觉到，正是他自己，在他两岁的时候，在三十一年以前，也用同样的姿势，压扁了鼻子，欣赏这人生的第一遭春雨。冬冬和他，不就是一条生命之线上的两个点吗？他走了，为了千千万万幼小的孩子，他愿意背负起所有的重担，他愿意把一切心力献给自己从幼小就参加了的人类最宏伟也最艰巨的事业。冬冬长大了，他们的生活会比我们这一代人好得多！祝你幸福，儿子！

从此，他一有空闲就愿意与儿子在一起。当他拉着儿子的手，缓缓地（儿子可已经在小跑）走在大街上的时候，在他的身旁，不是一个和他一样的，或者即将和他一样的男子汉吗？当他把儿子抱到冷食店的乳白色的藤椅上的时候，他不是平等地在和另一个独立的人——现在是他的客人呢——"共进冷饮"吗？当儿子把脸伏在一块北冰洋牌大冰砖上，快乐地发出呜呜的声音，他又是怎样的幸福，怎样的惬意啊！等冬冬吃完了，他把儿子高高地举起来，举得远远高过了自己的头颅，看，儿子比我还高呢！父与子的爱，男性的爱，与其说是血缘的亲密，不如说是友谊！

然而这友谊遭到了风暴，原因当然是孩子的母亲。一九五七年，海云居然在系里宣扬几篇以反官僚主义为名向党进攻的小说。这几篇小说是二十年以后张思远才看到的。为什么我当时竟想不起来找小说看一看呢？然而即使有空去看小说也是没用的，因为那是一个看重信仰和热情远远胜过现实和理性的年代。于是海云变成了反党反社会主义的右派分子，企图从内部攻破堡垒的帝国主义的代理人，披着羊皮的豺狼，化装成美女的毒蛇，睡在身边的敌人，她起的是蒋介石所不能起的危险和恶劣的作用。而结果呢，自然是海云要求离婚，他尽最大的力量作最后的努力，没有效果。我可是仁至义尽了，办离婚手续前后他一再自己对自己说，正是这种对自己无咎的坚信和一再提醒，使他意识到自己有一点底虚，正像大声唱着歌走夜路的人，声音越大，说明他越虚弱。

冬冬怎么办？他们没有谈很多。"我仍然是他的父亲，你仍然是他的母亲"，这是不言而喻的，共产党人是共产主义者，不会像划分私有财产一样地划分孩子。孩子一开始住在他这里，很快他也认识到没有母亲的孩子便是没有人穿的衣服，而没有父亲的孩子至多是没有衣服穿的人。孩子后来住到了海云那里，他有空的时候，便派汽车去接。然而冬冬是太懂事了，不论是北冰洋牌的冰砖，是粉红色的草莓冰激凌还是高级西餐馆里的、装在高脚银杯里的菠萝三得，已经不能使他快乐，使他呜呜地叫，甚至也不能使他展眉一笑了。

然后美兰占领了他的全部空白，虽然他们没有孩子。他也逐渐适应了、喜欢了美兰给他安排的舒适而又合理的生活。美兰一定学过运筹学，她的生活的第一准则绝不是享乐，而是合理。早晨喝茶而晚上喝酒，早上用较凉的水洗脸而晚上用温热的水洗浴，坐着伏尔加牌汽车去看电影的时候还要让司机在电影开演以后开上车去菜市场买鲜笋，一切都透着合理。然而这样合理又这样美满的生活，仍然使张思远激动不起来。她带来的只是舒服，是令人困倦的幸福，是一种酒醉饭饱的无差别境界。而这境界又是乏味的。他几次找已经上了小学的冬冬，没有找来。于是，六四年的一天，他自己乘车去郊区的一个小学看望冬冬。他不愿意见海云，他不能去海云家。尤其是海云也已经结婚，对方正是大学期间的那个同学，海云的这种行为更证明了他的高尚无瑕，他的良心获得了一种解脱。

六四年的冬冬瘦弱、苍白，显然营养不良。六〇年困难时期，张思远曾经打发人给冬冬送过几次高价的奶油点心与高级巧克力，奶油点心与巧克力并没能使儿子壮实起来。而且，张思远觉得，在送过点心与巧克力之后，儿子与他更疏远了。六四年的这次见面，冬冬一再强调："爸爸待我很好。"他管继父叫作爸爸而称亲父张思远作父亲，而且全部称呼都是"您"，他才十二岁。他那种客气而又提防的表情使张思远想起自己的某个下属。又加上美兰得知他去看望冬冬以后给他施加的无形的压力——一切如常，只是美兰的额头显出了那两道竖纹，而且笑声特别不自然。这种笑声使他觉得脊背上冒冷气。于是，他不再去看冬冬了。六五年春节，他又派人往学校给冬冬带去了花蛋糕。谁想得到，花蛋糕被原封退了回来。附有冬冬的一个字条：父亲，谢谢您。不要再给我送吃的了，请您不要生气。他生气了，他已经越来越习惯把人分成上级和下级，下级对于他都是毕恭毕敬的，他轻易地向下级发脾气而不会有任何不良后果，而且，脾气是威严、是权势的一个不可或缺的部分。而冬冬（当然不会是他的上级），却这样对待他，真是岂有此理！

将来等他大了，他会明白这一切的，他会自己来找我的，他会懂得，有一个老革命的爸爸，有一个市委书记的爸爸是多么荣耀和福气！张思远这样想。

两年以后，他弯腰撅腚，站在台上挨斗。打倒大叛徒大特务张思远！张思远不投降就让他灭亡！砸烂张思远的狗头！只有不要脸的人才说不要脸的话。顽固派……只能变成不齿于人类的狗屎堆。呼噜咕咚呜隆，好像在开锅，好像在刮风，好像耳朵聋了什么都没有听见。头发根被揪得发麻，腰弯得好像变成了两截。但这一切总会过去，他被斗已不是第一次。就在这时候忽然冲上来一个少年，他正好撩起眼皮偷看了一眼，天呀，冬冬！嗖地抡起了巴掌，第一下打在他的左耳朵上，这真是咬牙切齿的狠狠的一击，只有想杀人、想见血的人才会这样打人，只一下就打得张思远从两个扭住他的胳膊的小将手里跳了起来，连脑袋都嗡的一响，像通了电，耳膜里的刺心的疼痛使他半身麻木，恶心得想要呕吐。抡起的手臂，又用手掌背反打了他的右耳，这一下比较轻，感到的疼痛却更加分明，等挨了第三个巴掌以后，他已经不省人事了。

昏迷中，他听到了那个打他的少年——他就是冬冬，没错！好像哭出了声。

阶级报复！只有用阶级斗争的观点才能说明这一切。海云是已经定性、已经做了板上钉钉的正式结论的阶级敌人。而张思远，尽管目前在受群众的审查，但他的职务是省委正式任命并在中央组织部备了案的。他的身份仍然是一个城市的党的委员会的领导人。革命群众要打倒他，给他提出了许多罪名，但这一切没有作结论，没有定性。他的问题与海云有着本质的差别，阶级的差别。冬冬顽固地站在他的妈妈的反动立场上，也许是接受他妈妈的指使，对张思远实行阶级报复，谋杀！不是说"只准左派造反，不准右派翻天"么？不是说，在史无前例的无产阶级"文化大革命"中，难免鱼龙混杂，泥沙俱下，难免有各式各样的牛鬼蛇神跳出来么？冬冬的行为就是右派翻天，就是牛鬼蛇神跳了出来。需要找个机会，向看管他的革命群众把这个问题谈一谈，提醒他们要密切注意阶级斗争的新动向，提醒他们对于社会上的真正对党对社会主义怀有刻骨仇恨的人，绝对不能手软。

然而他自己先软了。没过几天，他得到了海云自缢身亡的消息。几乎与此同时，他得知美兰已经正式贴出了造反声明，要与他彻底划清界限。这后一个消息对他却几乎没有产生什么影响。


# 审　判


我请求判我的罪。

你是无罪的。

不。那有轨电车的叮当声，便是海云的青春和生命的挽歌，从她找到我的办公室的那一天起，便注定了她的灭亡。

是她找的你。是她爱的你。你曾经给她带来幸福。

我更给她带来毁灭。我没有照顾好我的第一个儿子，到现在我甚至于想不起他的小脸是什么样子。我得罪了冬冬，我现在才明白，我送去的巧克力和花蛋糕只能提醒他注意到我和他最亲爱的妈妈的处境的差别。在她流泪的时候，我本应该用手绢，不，用手指揩干她的泪水。但是我没有这样做，我向她打了一番官腔。但最主要的还不是这些。如果没有我，她会安心上大学，她会成为教授、专家，她会毫无负担地在完成学业、取得一定的成就以后找一个年龄、性格、地位更合适的伴侣。由于有了我，这一切都成为不可能了。这使她郁郁寡欢，这使她在五七年说了一些带情绪的话。

但是你爱她。真的吗？

我们都有一死。我希望在我离开这个世界的前一刹那再说一句：海云，我爱你！但如果我真的爱她，我就不应该在五〇年和她结婚，我就不应该在四九年和她相爱。我们不相信魂灵，但我假设我们还有一千个一万个来世，我愿意一千次一万次地匍匐在海云的脚下，请她审判我，请她处罚我。

你是人，你的地位并没有剥夺你的爱的权利，更不能剥夺你回答一个少女的爱的召唤的权利。

然而我更成熟，我应该理智一些，我应该负起责任。我不应该闯入一个如此纯洁而幼小的灵魂。

在一九四九年，你就不纯洁吗？你就不幼小吗？那是我们的共和国的童年，也是我们大家的童年。

但我为什么竟没有想到去保护她？豁出命我也应该在她的身边。

然而后来是她不爱你了，她太轻浮，她有毛病。在大学，她有了自己的情人，该责备的只能是她而不是你。

我的痛苦就在这里。竟没有人能够惩罚我。

有。

谁？

冬冬。

# 山　村

　　庄生梦见自己变成了蝴蝶，轻盈地飞来飞去。醒了以后，倒弄不清自身为何物。庄生是醒，蝴蝶是梦吗？抑或蝴蝶是醒，庄生是梦？他是庄生，梦中化作一只蝴蝶吗？还是他干脆就是一只蝴蝶，只是由于做梦才把自己认作一个人，一个庄生呢？

　　一个有趣的故事。一个有趣的，听来却有点悲凉的想象。原因是他有一个有趣的，简直是美妙的梦。能够做这样的梦的人有福了，如果梦中不是化为蝴蝶，而是化为罪囚，与世隔绝，听不到任何解释，甚至连审讯都没有，没有办法生活，又没有办法不活，连死的权利都没有。再仔细一看，监狱竟是自己在任时建造的，是自己视察过的，用来关阶级敌人的……他又将想些什么呢？

　　就是这样的铁一样的令人窒息的梦也醒了。张思远在七〇年突然被释放了，就像前三年突然"升级"关进单人监狱一样莫名其妙。更使他清醒的是他的家，他的家已经没有了，在他监禁期间，美兰已经去法院正式办理了离婚手续，带走了他尚存的全部家产。这样的消息对于一个出狱者，真像山泉沐浴一样地爽心明目、安神败火。

　　也是一只蝴蝶，却不悠游。上不着天，下不着地。"你的事情现在还排不到日程上。"专案组长对张思远说。一个钻山沟的八路军干部，化成了一个赫赫威权的领导者、执政者，又化成了一个被革命群众扭过来、按过去的活靶子，又化成了一个孤独的囚犯，又化成了一只被遗忘的、寂寞的蝴蝶。我能不能经得住这一切变化呢？

　　他不像有些被拉下马来的可怜虫，把生活的意义、生存的目的放在等一个"人民内部矛盾"的结论上。中国共产党的老党员，市委书记需要一个"人民内部矛盾"的结论？天大的笑话。他需要活下去，需要思考，需要找到他的儿子。

　　于是，在七一年的初春，他动身到冬冬插队的一个边远的山村。山下一片杏花如云。山谷里溪流旋转，奔腾跳跃，叮咚作响，银雾飞溅。到处都是生机，就连背阴处的薄冰下面，也流着水，也游着密密麻麻的小鱼。向阳的地方更不用说了，一片葱绿，从草势来看，即使在冬天，这草也没有停止生长。顽皮的松鼠在枝上跳来跳去。大青石上是松鼠嗑掉的杏核皮，嗑得干干净净。小花蛇在枯叶里钻进钻出。野兔跑起来就像一溜烟。记得有一次张思远到郊区去视察，夜间行车，一只小灰兔闯进了越野小汽车的前灯的光柱里。它一下子那么惊慌，左右都是一片漆黑，后面是疾驶着的、紧紧追赶着它的可怖的怪物——汽车。它只有向前一条路，它只有沿着车灯光柱的方向拼命跑。司机哈哈大笑起来，踩踩油门，加快了速度。当时张思远真想命令司机停住车，关上灯，让灰兔走掉。但他不好意思这样婆婆妈妈。眼看汽车就要把灰兔轧到了，张思远看到了小兔的颤抖的长耳朵。忽然，小兔不知道怎样来了一股勇气，转身一蹿，得救了。张思远长出了一口气。

山径崎岖。人生的道路更加崎岖。但山还是山，人还是人。尽管祖国的大地承受着太多的苦难，春天仍然是祖国的春天，山的春天，人的春天。他真希望自己变成一只蝴蝶，从积雪的山峰飞向流水叮咚的山谷，从茂密的野果林飞到梯田。一组青年在梯田上犁地。为首的小伙子斜披着黑色的小棉袄，打着口哨。忽然，他高声唱起了山歌：

"天大的冤屈告诉你哥哥，

妹妹呀你莫要想不开，

莫要投河……"

海云没有投河，她把脖子伸到绳环里。张思远感到了在蹬倒凳子以后的一刹那，绳索像铁钳一样地咯吱一声勒断喉咙的痛苦。一想到这儿，他就半天半天说不出话来。他的发音器官出了毛病。他就是以此为理由请求不去"五七"干校而去他儿子插队的地方的。

他是作为"白丁"来到山村的。没有官衔，没有权，没有美名或者恶名，除了赤条条的他自己以外什么都没有。就像五十年前他来到这个诱人而又恼人的世界上一样。人出生的时候不是一无所有，甚至连遮掩身体的裤衩都没有吗？一无所有的他住到了山村里，儿子却立即转到了另一个村落。我们会慢慢了解的，他冷静地住了下来。他并没有很快了解他的儿子，他首先了解，首先发现的乃是他自己。

在登山的时候，他发现了自己的腿，多年来，他从来没有注意过自己的腿。在帮助农民扬场的时候，他发现了自己的双臂。在挑水的时候他发现了肩。在背背篓子的时候他发现了自己的背和腰。在劳动间隙，扶着锄把，伸长了脖子看着公路上扬起大片尘土的小汽车的时候，他发现了自己的眼睛。过去，是他坐在扬尘迅跑的小车的软座上，隔着透明塑料板看地头劳动的农民的。

他甚至发现了自己仍然是一个不坏的、有点魅力的男人。不然，那些结过婚的女社员，那些壮年妇女为什么那样喜欢和他说说笑笑呢？已婚的男女农民们互相开那么重的玩笑，说那样的粗话，让他简直受不了。但这也是可以原谅的。难道休息的时候还不能自己拿自己开开心吗？他们开心的事够少的了，总不能歇地头的时候也念"凡是敌人反对的……"或者高唱什么"冲云天""冲霄汉"啊。他们巴望着土里多出点东西，他们不想跑到云天或者霄汉上去。倒是他张思远，过去常常坐着"安-24"或者"伊尔-18"在云天和霄汉上飞行。

他甚至在这里发现了自己的智慧，自己的觉悟，自己的人望。十七年当中，他到处受到尊敬。但这尊敬在一夜之间变成了诬陷、强暴、摧残。连美兰和他的儿子也离开了他。他恍然大悟，这尊敬不是对张思远而是对市委书记的。他失去了市委书记便失去了这一切。但是现在不同了，农民们同情他，信任他，有什么事都来找他，不是因为别的，而是因为他确实正派，有觉悟，有品德，也不笨，挺聪明也挺能关心和帮助人。

然而在冬冬面前不行。他第一次去看冬冬的时候，冬冬正在缝鞋，拿起一块皮子，噗噗噗噗往上喷一些唾沫，然后是锥子引针。他看得出，冬冬在努力表现自己是一个缝鞋的老手，完全具有在城市的十字路口摆鞋匠摊的经验和水平。但正因为他太努力了，他并不真像一个会缝鞋的人。

"你为什么不说话……"他问冬冬。

"没什么可说的。您何必到这儿来？我连姓都改了，我不姓张。"

"那随你。但是毕竟只剩下了我们两个。我除了你，你除了我，再没有别的亲人。"

"如果您官复原职，您是要先杀一批的吧？林副统帅教导我们说：

政权便是镇压之权。我不是第一个该杀的吗？"

"别……淘气！胡说八道！"

"您为什么不说您恨我呢？那天您没有认出我来吗？那天是我打的您。说老实话，您当时是怎么想的？阶级斗争，阶级报复……是吧？"

张思远战栗了。

"这样倒好一点儿。我需要的是诚实。诚实的恨对于我比虚假的爱好。"冬冬激动了，他的锥子扎破了左手的无名指。他把那个指头放到嘴里，喝着、咽着自己的血。他的这个姿势活像他的母亲。张思远新婚的时候，不，大概还是结婚以前呢，海云给他钉扣子的时候也扎破过自己的手。

"你能不能告诉我一点儿你母亲最后几天的事情？"

"我不知道。"

"你说什么？"

"那天我打了你，就被送到了公安局去。只许左派造反，不许右派翻天。这是你们提出来的口号。"

又是战栗……那绳索勒断脖颈的痛苦，咯吱，残酷的一声响，咯，咯……

"您怎么了？"

"咯……咯……"

冬冬把他扶到了床上，而且给他倒了一杯水。

"你……为什么……躲着我？"张思远的嗓子噼啦噼啦的，像在拉一个破风箱，像在转动一架旧风车。

冬冬听懂了他的话。半天没言语，然后反问了一句：

"您能原谅我吗？"

"也许，应该请求原谅的是我呢。"

"您说我为什么要……打……您？"

"为了你母……"

"不，不是的，"不等父亲说完冬冬就打断了他，他生怕父亲说出那荒唐而可怖的话，"我打您……真真正正是为了革命造反，我们那一派的头头鼓励我……恰恰相反，在您揪出来以后，母亲多次给我说，您不是大字报上所说的那种人……母亲的死，和我不听她的话也许不是没有关系。当然，主要是她被打得皮开肉绽。她受不了。我……"

热泪切割着皮肤。悲痛切割着心。他们和解了。

他们没有和解。在张思远和他的儿子慢慢建立了比较密切的来往关系以后，有一次，他看到了儿子写的一篇日记。日记写得灰暗，简直是颓废，什么"够了，这谎言和伪善，这高调和欺骗"，什么"人是最自私也最卑劣的"，什么"生活便是错误，生活便是痛苦"。看着看着，张思远的手抖了起来。难道我们这一代艰苦奋斗，流血牺牲，鞠躬尽瘁，夜以继日，就是为了让你们搞这种渺小卑微的无病呻吟吗？他激动地责备了冬冬，冬冬也激动起来。

冬冬说："立场？立场？您说我站在什么立场？您们当然是站在党的立场，您们牺牲，您们从党那里得到的东西并不比您们献给党的少！就是现在您坐了监狱，您委委屈屈，您们每月的收入也比农民一年的收入多。而且，您们当然充满信心，不是今天就是明天，您们又会坐在市委书记的宝座上！"

"住口！"张思远动怒了，"你可以尽管骂我，却不能诬蔑我们的党！不能诬蔑我们整整一代革命者。李大钊，方志敏……是为了人民而抛头颅、洒热血……"

"为了我们，为了让我们受罪吗？"

"你这样说太危险！太反动！"

"您要送我进监狱吗？本来您建造监狱也不是为了关自己的呀！"

"你……"张思远气得说不出话来。如果是五年以前，他听到这样的言论，不论是谁，他都要和他决裂，他都要全力给以回击，给以打击，给以镇压。他听到这种话简直要爆炸了，他压低了声音，含糊地骂了一句，拂袖而去。

在回自己住处的路上，碰上了雷雨。闪电就在树梢上放光，雷声炸响在头顶。雨声哗哗，真像是千军万马在奔跑，在呐喊，在厮杀。雨水在脚下流淌，走在山路上，就像蹚过溪水一样，鞋变得又重又湿。这个时候，张思远多么渴望自身也变成一声沉雷，一道闪电，他多么渴望自己也能发光，能爆炸呀！他甚至想，触雷该是多么痛快的事啊！

他滑了一跤。

# 复　职

"不知道为了什么，
忧愁常围绕着我，
每天我都在祈祷，
快驱散爱的寂寞……"

　　一首香港的流行歌曲正在风靡全国。原来他并不太知道。他只是恍惚听说许多青年在录制香港的歌曲。那时他只是轻蔑地一笑。对于香港的文化，他从来没有放到眼里。只是在他没有暴露自己的身份，悄悄地动身去他作为老张头曾经劳动过六年、流过六年汗、心里头更是流过六年血的地方，在他转车之前住到了一个一般干部住的招待所里，他才从同室的一个贸易公司采购员所携带的录音机那儿，仔仔细细地，一遍又一遍地听到了这首歌。

　　怎么说呢？他不是音乐家。在部队，他学会了识简谱，学会了打拍子。八路军战士都爱唱歌。一个初到边区的人，头一个印象便是歌声多。有一个歌的头两句就是"解放区的天是明朗的天，解放区的人民好喜欢"，然后底下两句是"解放区的太阳永远不会落，解放区的歌声永远唱不完"。解放战争时期，只要听一听蒋管区流行的《疯狂世界》，再听一听解放区流行的《我们是民主青年》，便可以知道中国的未来是属于谁的了。

　　然而现在呢？现在是怎么回事？三十年的教育，三十年的训练，唱了三十年的"社会主义好""年轻人，火热的心"，甚至还唱了几年"老三篇不但战士要学，干部也要学"之后，一首"爱的寂寞"征服了全国！

　　他想砸掉这个采购员的录音机，他站起来，转了一圈，拳头握得指甲刺痛了手心。这是彻头彻尾的虚假！这是彻头彻尾的轻浮！那些在酒吧间里扭动着屁股，撩着长发，叼着香烟或是啜着香槟的眉来眼去的少爷们和小姐们，那些一听到外国，一听到香港，甚至一听到台湾就垂涎三尺而又不读书、不流汗、不开夜车、却又整天梦想着电冰箱、流线型家具和席梦思的浑蛋们，他们难道真正懂得什么叫爱情，什么叫忧愁，什么叫寂寞吗？所有这一切，不过是在三等照相馆里照相时候的令人作呕的装腔作势！

一首矫揉造作的歌。一首虚情假意的歌。一首浅薄的甚至是庸俗的歌。嗓子不如郭兰英，不如郭淑珍，不如许多姓郭的和不姓郭的女歌唱家。但是这首歌得意扬扬，这首歌打败了众多的对手，即使禁止——我们不会再干这样的蠢事了吧？谁知道呢？——也禁止不住。

甚至是一首昏昏欲睡的歌。也许在大喊大叫所招致的疲劳和麻木后面，昏昏欲睡是大脑皮层的发展必然？

但是不，张思远副部长不能昏昏欲睡。从一九七五年四月复职以来，张思远夜夜都不能踏踏实实地合上眼睛。

一九七五年四月，张思远正在山村他和儿子合住的那一间用石头砌的墙，用石片盖顶子的小屋里择韭菜。由于女医生秋文的帮助，他和儿子已经和解很久了。现在他择菜，打算等儿子回来吃一顿饺子，他还想邀请秋文和她的女儿一道来吃晚饭。经过了一冬的萝卜白菜之后，拿起一把哪怕是沾满了泥土和马粪的碧绿的韭菜，也顿时觉得石屋里充满了春光，充满了春的生机。白茎绿叶的韭菜，是和阔别好几个月的和暖的风，和小鸟的唧啾，和融化着的一道一道的雪水，和愈来愈长了的明亮的白天，和返青的小麦，和愈来愈频繁的马与驴的嘶鸣，和大自然的每个角落里所孕育着、萌动着的那种雄浑而又微妙的爱的力量不可分离地扭结在一起的。所有这些都敲打着每个人的心灵，即使创痛使某个心灵变成了裂了纹的鼓，也总会发出一点儿声息，给人一点儿希望。何况是张思远，贫穷和压迫熔铸了他的童年，血与火染红了他的青春，党与领袖指引着他的路，人民的尊敬、信赖与期待推动着他的步履。他已习惯于乐观和充满希望。在这个春天他又重新充满了对于某种转机的预感。总不能老是一个样子。连小孩子都分得清的是非，党能够弄不清吗？回顾一生，回顾上下左右，回顾历史和现实，回顾中国的昨天和今天，展望明天，党毕竟是伟大的党，光荣的党，而且终将是正确的党。

这当真是预感吗？抑或只是事后才自以为是预感？不是从一九六六年他被"揪"出来的第一天起他就不相信那正在发生的事情，而期待着对已经发生的事情的否定吗？他不是觉得昨天比今天更真实，而明天既杳然又带来向昨天靠拢的希望吗？还有这个"揪"字，什么叫揪呢？查一查《辞海》，当作"抓住、扭住"解。这是一个具体而又形象的动作。而现在所说的"揪"出来，又代表着一种多么明晰而又含混的意思！特殊的政治产生了特殊的政治术语。这几年简直是对语言法则的挑战，斯大林关于语言的稳定性的论述到底灵不灵呢？我们的后代能够理解今天流行的这些花样翻新的词汇吗？他们能够理解"炮轰"和"油炸"，"靠边站"和"砸烂"，"站队"和"帽子拿在群众手里"吗？

　　所以他需要转机，他像赛前的跑马一样地迫不及待。因为这一切都是他的事情。他与这一切息息相关。但是山村的生活又明明改变着他。他为在春天择一把韭菜而衷心喜悦，正像他不畏刺目的阳光抬起头来去寻找盘旋歌唱的云雀，为这春天的第一只鸣禽而衷心欢喜一样。他细心地从韭菜中剔除枯叶和杂草。他着重取掉靠近根部的不洁的鳞片。他闻到了新鲜的韭菜的辣而芳香的气息。他拿不定主意去请还是不请秋文，并为这拿不定主意而觉得懊恼。

　　有一种声音。不是牛的声音，不是风的声音，不是乡村孩子们的声音。拖拉机和柴油机吗？为什么声音愈来愈近？是汽车？哪一辆汽车迷了路？坐汽车的人既受人尊敬又脱离群众，但总要有人坐小汽车。"砰砰砰"，这么早就剁起肉来了吗？哪里来的肉啊？放两个鸡蛋就行了，金黄的鸡蛋，油绿的韭菜。然而用鸡蛋做馅子费油，农村里供油的标准太低了。"砰砰砰"，却原来是敲门。

　　一个年轻的小伙子。草绿色的军服，闪闪的红星。立正，一个军礼。韭菜落到了地上，站起身来的时候碰翻了小板凳，咣当。


张思远同志：
　　请于四月二十五日前来省委组织部报到。
　　此致
　　革命敬礼！


　　这是什么意思？同志，承认我是"同志"了吗？组织部，这个机密而又重要的部门，总是由最可靠、最有经验、最沉着的同志掌管的。此致敬礼，所以伟大的长城的一员把手举到了帽檐前。图章却是革委会政工组党的核心小组（代）。谁也闹不清这种组织机构的名称和内涵，弄不清党的机构是何时何人为了什么取消的，弄不清为什么革委会的党的核心小组变成了党委，弄不清现在让他去报到的组织部是不是原来意义上的、他所熟悉的掌管党员和干部的党委的一个要害部门。

但毕竟是要他去组织部。至今，他的党的组织生活还没有恢复。但他按月寄去党费，既然没有给他什么处分，他就有权利——义务变成了权利——缴纳党费，而不论是政工组还是核心小组，无法拒绝。而且，他是按照他原有的级别和工资缴纳的，虽然他现在每月的生活费不足他应领工资的三分之一。这也是他的一个挑战，我仍然是高级干部，我的工资的三分之一也并不比你们少！

"快坐下，"他热情而又客气地请前来接他的军人同志坐下。他的口气，他的笑容，他的弓曲的腰和背更像山区的老农。这几年，他已经惯于仰视那些在新生的红色政权里工作、支左的人。那些人的工资比他少一半也罢，却有着十倍、百倍于他的威风。仰视红色政权的干部便会平视农民、"五七"战士和再教育青年，这是令人痛快的。年轻的，刚刚长出一圈黑胡子的解放军同志却没有坐下，他说："外面有车。张思远同志能不能料理一下，下午就动身？×主任说是愈快愈好……"年轻人的口气既缓和又礼貌，这种口气使张思远想起了昨天，想起了他有过的秘书和司机，想起了他的党龄和职位。"这个——"他把"个"字拉长了声音，声音拉得长短和职务的高低常常成正比。他已经有九年没有这样拉长声音说话了，当明天具有了向昨天靠拢的希望的时候，他的声音立即拉长了，完全并非有意。他的脸唰地一红。

九年来他的心好像一个平静的湖泊。尽管湖泊的深处有漩涡，有波动，甚至有火山的爆发和死灭，然而湖面是愈来愈平静了。平静的湖面是美丽的，每个人都可以从湖面上看到自己的倒影，而且，倒影往往比活人更有魅力。

来接他的军人和汽车只不过是向湖泊吹了一口气。湖面上呈现了浅浅的同心圆。于是湖的自我感觉在发生变化，不管湖泊承认不承认。

他回到了自己的城市。他回到了市委小楼。他被任命为新生的红色的市委的第二把手了，"可我的组织生活还没有恢复呢！"他提出。"先上任去！"有关领导回答他。还是那条路。还是那座楼。粉刷和油漆遮盖了九年的疮痍。镶木地板和白晃晃的大吊灯在最初的一刹那竟使他热泪盈眶了。幸好，谁也没有看见。失去的天堂，他想起了这一句实在不应该想起的话。九年来，他已经忘记镶木地板和大吊灯了。五年来，他只知道崎岖的、石子铺成的山径，掩映的树木，石块和石片搭成的房子，室内的地也是土质的，要适当地洒一点儿水，洒少了起尘土，洒多了和泥。夜间照明靠煤油灯，关键在于把罩子擦净，擦亮。最初他用呵气的方法，向着玻璃罩子呵一口气，然后用柔软的手绢擦过来擦过去。有一次把玻璃擦碎了，险些扎破了手。后来他学到了一条经验，用白酒把手绢沾湿，果然擦得晶亮异常，照得石窑就像白昼一样。何况，晴天有满天星斗，乡村的星星比城市多得多，而且，由于山比地面更靠近天，所以星星离山村的农民比离城市居民近得多。但是他怕阴天，怕下雨。那次如果没有秋文医生他也许就没命了。

他现在不怕阴天，不怕下雨，也不怕黑夜了。城市无夜晚。汽车里无阴雨。拥有暖气设备的办公楼和宿舍无冬天。但是，没有夜晚就没有星星。没有阴雨就没有雨过天晴的重生的欢欣。没有冬天就没有洒洒扬扬的漫天飞雪的纯洁。有一得必有一失。

许多的老同志、老朋友、老下属、老同学来找他。正像他当初一下子变成了形影相吊、孑然一身、不可接触一样，他一下子又成了人们的希望，人们注目的中心。"我早就想去看你了，这中间我打听过好几次。"有人说，显然不是假的。"我犹豫了半天。现在人家官复原职了，找的人也多，别去打搅吧……可咱们毕竟是老关系了，张书记还能把咱们忘了吗？"如此这般。特别是市委的老人，更是把希望寄托在张思远身上。张思远重返市委领导岗位，是他们各自回到体面的昨天里去的先声。

然而，被今天毁坏了的昨天却不可能在明天照原样恢复。不仅某一派的"警惕走资派复辟还乡"和温柔一点的"穿新鞋走老路我们不答应"之类的标语在时时敲打着他。而且，在他熟悉的一切后面他发现了格格不入的陌生。公共汽车堆积在终点站上不肯发车，汽车站上等车的人一群一群，翘首相望。据说司机围拢在一起打扑克，谁被"抠"了"底"，谁开行一次。到处都是标语、口号、大批判、热烈欢呼。甜食店成立革命领导小组也说那是"毛泽东思想的伟大胜利"。黄纸红字（这两种颜色代表喜庆，白纸黑字代表声讨、共诛之）十分醒目的大标语下面是没有扫尽的垃圾和伸手乞讨的儿童。清洁工也不好好干活了。而乞丐正与空话一起增长。到处是喝酒，请客，"哥俩好，八仙寿"。据说"批林批孔"的时候有一位左派提出划拳行令中的用语有儒家思想，另一位左派便设计了新的拳经："一元化呀，三结合呀，五星红旗呀，八路军呀……"荒唐变成现实，现实变成梦魇。莫非好几亿人都把脚气灵或者痔漏膏当作补药咽到了肚子里？

市委也不是原来的市委了。每天上班进市委的门的时候，他的心都要动一下，我没有走错吧？我真的又来这里了吗？这是什么地方呢，我不是去挨打的吧？市委的牌子换得更讲究——据说原来的牌子被不知谁拿去做大立柜了，五合板嘛，市场上缺——所以增加了警卫，戒备森严，这当然是必要的。连团市委和妇联门口也站着带枪的人。有一次张思远无意中听到了两个不在哨位上的警卫排战士模仿样板戏的对话，"……两件什么宝？""好马、快刀。""马是什么马？""吹牛拍马。""刀是什么刀？""两面三刀。"

"新鲜事物"还多着呢。小汽车增加了三倍还不够用，因为副职增加了五倍。组织科四个科长只有一个干事，到处是谣言、小道消息、传说：梅花党，长江大桥擒匪，美人鱼，棺材里的死人诈尸……公开的山头和宗派。完全取消了党的组织生活，更不可能进行什么批评和自我批评。公事私办，私事公办，来联系工作的人还要拿上私人的介绍信，为了私事可以巧立出差名目。明目张胆地伸手要党票，要官，要权……

这样下去，我们的党，我们的国家不是要完蛋吗？想到这里，就像发了寒热病，张思远一会儿冻得浑身打战，牙齿咯咯地响，一会儿七窍生烟，忧心如焚。何况，他的头顶上又出来了一位第一书记，一位除了抓辫子搞阴谋仍然只会抓辫子搞阴谋的新贵。

美兰也来凑热闹了，她要求复婚。几次来信，张思远没有回复。电话约谈，张思远回答说："不必了。"他挂上电话，不顾耳机里传来的吱哟乱叫。一天下班，我的天，美兰已经坐在他的房里，她大概是拧开了锁，而别人不敢拦阻。完全是"复辟"后的全权的女主人，床单拽下来准备洗涤，卧室里新添了两束塑料花。张思远什么话都没说，回到了办公室。这时他由衷感谢市委大门戒备的森严。他拿起一沓文件，全是

"大批促大变"，也许是促大便吧？什么反潮流，什么法权，什么全面专政，什么唯生产力论，什么教育革命的形势大好不是小好而且愈来愈好。他漾起了酸水。他的胃在收缩，贲门在收缩。各种新名词连同小道消息，连同革命拳经，连同美兰的大白柿饼子似的面孔一起旋转，如刀如炸弹，如雾如烟，如风如电，如商标如膏药如济公活佛的蒲扇。

回到昨天是不可能的。他的余生是为了明天。必须抢救明天。

# 秋　文

那次他在雷雨中跌了一跤。醒过来后，张思远发现自己是躺在公社医院的病房里。远近驰名的大大夫秋文亲自在护理他。这一跤，不仅摔坏了他的腰椎，而且，濯雨的结果是上呼吸道感染继发肺炎。

张思远到山村来没有几天就知道了秋文，上海医科大学毕业，四十多岁，高身量，大眼睛，长圆脸，头发黑亮如漆。她把头发盘在脑后，表面上像是学农村的老太太梳的髻儿，然而配在她的头上却显得分外潇洒。衣服总是一尘不染，走在山路上，健步如飞。这在"文化大革命"期间的农村，本来是一个很格涩的人物，但她偏偏非常随和，不但和农村的男女老少都说得来，而且接过农民让过来的烟袋就能吸两口，在红白喜事上，接过农民让过来的酒杯就喝。

听说她和丈夫离了婚，独自带着一个女孩子生活在山村。这种独身女人本来是很难在农村生活的，偏偏她和这里的男男女女交往，却没有人在背后说过她的半个不字。

开始，张思远觉得她有点儿神秘，同时直觉地不那么喜欢她，虽然他承认她本来应该说是相当漂亮的。他觉得她有点咋咋呼呼，每天说的话，走的路，抽的烟和喝的酒都超过了应有的限度。但是，她的医术好，和农民的关系好，所以张思远每次见到她也都礼貌地招呼一番。后来他又了解到，冬冬倒是常到秋文医生那里去，说是为了找一点儿医书看。生活总不会把一切门窗堵死。

"您说了许多胡话，"秋文医生说，轻轻地，音调完全不同于她日常的说笑，"可能您想的事太多了，大干部嘛。"隔着口罩，张思远好像看到了秋文医生嘴角的笑容。她的眼睛也在微笑着。这微笑里充满了理解，充满了悲哀，充满了凝结着悲哀的清冷的自信，好像是雪天里的篝火，天与海的尽头的白帆，月光下的一株老胡桃树。那个带几分男人气质的、饶舌的、随波逐流的大大夫退到哪里去了呢？

"其实把你们拉下来当当老百姓也不赖，"另一次她这样说，丝毫不顾忌同病室的其他人，"要不，别看报纸上喊什么下乡、蹲点喊得那么凶，你们躲在自己的小楼里才不愿意下来呢。您说对不对？老张头！"

张思远想抗议，他并没有什么小楼。他现在连家都没有了。但是老张头的称呼使他觉得温暖，就像小时候母亲叫他"小石头"一样。张思远的名字（乡下管这种名字叫作"官名儿"，可见，这种名字是为了做官才起的）才像石头一样硬。人需要母亲，需要亲昵，需要照料、理解和同情。所以每当秋文医生说"好好吃下这些药，多喝开水，你会很快好的"时候，他都觉得特别熨帖。

冬冬每天来给他送饭，挂面，荷包蛋，山药汤，小米粥。"您不要那样生气，"冬冬说，"我不过是在日记本上发发牢骚罢了，爱发牢骚的人其实倒不会怎么样。那天是我不对，对于李大钊和方志敏，我永远崇敬他们。我最近常想，生活压根儿就不像我小时候想的那样美好，所以生活压根儿也不像我现在所想的那样不好。"

"你？你转变了？"张思远惊喜交加。

"谈不上转变。我大概总不会完全了解您，就像您不会完全了解我。人和人的隔膜，是永远也无法消除的。于是发展到不是你吃掉我，就是我吃掉你。"

"那你为什么又天天给我送饭来呢？"

"秋文阿姨让我来的。她说，"冬冬迟疑了一下，好像不知道该不该把底下的话说出来，"秋文阿姨说，你爸爸也不容易……"

"你和她谈过我？"

"谈过。"

"谈过你的母亲？"

"谈过。"

"还谈过什么？"

"什么都谈过。怎么？违反保密条例么？"冬冬的语气又是那样刻薄了。

"不。我说，那很好。"

张思远——不，老张头从冬冬那里了解了一点儿秋文的事情。秋文原来的丈夫是五七年划的"极右"，现在还在劳改农场。冬冬认为，只是为了女儿的前途，秋文才与丈夫离了婚，实际上，她在等待着那人的自由。六四年"四清"的时候的工作队，和七〇年"清队"时候的宣传队开始都瞧着她不顺眼，准备立案专门审查，但是所有的社员和基层干部都向着她。她主动到工作组和宣传队去谈自己的一切，谈笑风生，全无禁忌，反而打消了别人对她的猜疑。

她有一层保护色吧？她分明是一株异地移植的树，既善于适应水土，又保留着自己的与这里的植物群全然不同的个性。她的随和后面是清高，饶舌后面是沉思，嬉笑乐天（带点傻气）后面是对十字架的背负。

但那些又不仅仅是保护色，清高后面确有一种由衷的利他主义，沉思后面确有拿得起放得下的丈夫气，而背负着十字架的她仍然时时感受到生活的乐趣。想想她对村里的少男少女的婚姻恋爱的关切吧，她都快成了新式的、可靠的、不怕受累、不怕落埋怨的媒婆了。如果仅只是为了保护自己，她的笑声能那样真诚，那样傻气么？

但是她显然用另外的调子与张思远谈话："好好了解了解我们的生活吧，官复原职以后，可别忘了山里人！"

张思远挥挥手，表示对"官复原职"丝毫不感兴趣。但是秋文不饶人："甭摆手，我如果是你就争取早点儿回去。一个月挣着那么多钱跑到这儿来摸锄把子？不但官复原职，而且会官运亨通！"

"越说越不着边际了。"张思远更摇头了。

"当然。自然死亡再加上穷整，真正有经验、有水平又能干事的领导干部现在是越来越少！不光你们越来越少，就连我们这样的大学毕业生也越来越少。再搞上十年教育革命，等到中国人都成了文盲，小学毕业的就是圣人！而你们这些大干部呢，更成了打着灯笼也讨唤不着的宝贝！反正说下大天来，你既不能把国家装在兜里带走，也不能把国家摸摸脑袋随便交给哪个只会摸锄把子的农民！中国还是要靠你们来治理的，治不好，山里人和山外人都会摇头顿足地骂你们！"

张思远只觉得眼前一亮，心头一亮。治国治党，这是他们义不容辞的任务。事情总会发生变化，总会走向自己的反面。想不到秋文还是一位政治家呢。但是我能等到那一天吗？不是整天说离了谁地球也照样转吗？不是我已经被抛出社会生活的轨道有许多年了吗？

秋文的话应验了，没有用很久。一九七五年，张思远正择着韭菜就被接回了市委。一九七七年，粉碎"四人帮"后，张思远升任省委的副书记。一九七九年，张思远又调到北京，担任国务院的一个部的副部长。

# 上　路

他终于暂时离开了质地讲究的"部长楼"。这一幢高层建筑是为副部长以上的干部提供住房的，老百姓称之为部长楼。经常有许许多多小汽车停在楼前。有警卫，所以一般人不走近它。住惯了部长楼离开它竟不是那么容易的。虽然张思远这次的重返山村之行已经计划了许久了，已经下决心许久了，但他还是挪不动自己的脚步。一想到他要离开自己的惯常的和应有的生活轨道，他就觉得不安，甚至有点烦恼。就像一个坚持按时每日三餐的人，突然让他改成一天吃两顿饭或者四顿饭，就像一条鱼忽然准备去陆地上观光。今晚我躺在这里，明晚，后天晚上，以及后天以后的诸晚，我将躺在哪里呢？出发前夕，张思远辗转反侧，一直有一个声音在劝阻他，在拉着他的手，拉着他的腿，拉着他的衣角。别折腾了，你现在不是很好吗？你已经快要六十岁了，你担负着党政要职，热情、想象和任性对于你不但是不必要的，而且是一种不能原谅的罪过。你何必自找苦吃呢？

但他终于离了部长楼，而且，他坚持没有坐飞机和软席卧铺，坚持不准他的秘书预先挂长途电话通知当地各级领导准备接待。秘书几次企图说服他，暗示他的这种坚持不但是幼稚的，无意义的而且是不近人情的，不正常的。秘书只差问他一句话了：您的神经是不是出了毛病？

他用沉默压倒了秘书。现在，火车在《祝酒歌》的歌声中开动了。秘书、司机和他坐惯了的黑色吉姆都离开了他。汽笛发出了刚亮的愉快的叫声。机轮的声音也是铿锵有力的，金属的撞击令人焕发精神。李光羲的"朋友啊请你干一杯"之中夹杂着女列车员的吐字急促的问话："这是谁的行李？"张思远闭了一下眼睛，有一位脾气大的母亲打了她的淘气的孩子的屁股蛋，于是孩子和李光羲展开了咏叹比赛。张思远睁开眼睛，阳光洒满车厢。风吹动了他的花白的头发。有人打开了车窗。他轻松而自由。我又是一只蝴蝶了么？

"把票给我！"女列车员向他伸出手，下令说。铁路员工的蓝色制帽下是一张年轻的、不耐烦的脸。如果在软卧，她就会用另一种口气说话。这挺有意思。张思远掏出了自己的车票。铁路制服，还有解放军的军服，似乎都应该改进一下了，这两年人们穿得愈来愈好，而制服与军服却依然旧貌。本来，这种制服，尤其是军服，应该有一种强大的吸引力……

一个红鼻头，敞着怀的大胖子摇摇摆摆地坐到了他的旁边，大胖子的不寻常的分量使卧铺吱的一响。"玩两把百分吧？"大胖子说话是胶东半岛的口音，嘴里喷出辛辣的生葱味儿。如果在软卧……

如果在软卧车厢会比这儿好得多。当然。但这一类的想法只不过微弱地一闪。他的眼睛里闪烁着阳光。他喜欢这一节车厢。喜欢脸孔绷得紧紧的列车员姑娘，瞧，她又来拖地板了，多辛苦！他喜欢他头上的中铺和上铺的解放军战士，他们一开车就睡着了，年轻人的睡眠是多么香甜呀！他喜欢对面的吸着两毛钱一包的香烟的干部，这位干部死乞白赖地向他让烟，他怎么推也推不出去。为什么把烟和酒的作用看得那样阴暗呢？这位同志的让烟就丝毫不意味着托他办事之类。还有带孩子的母亲和在车厢里跑来跑去，给陌生的"叔叔"表演节目的孩子。有了孩子，生活就变得好过多了。冬冬爱说人和人之间的隔膜，但是人和人也是可以相亲相爱的呀。

是的，从一九七五年恢复工作到现在又是四年多了。艰难的，令人惶惑失望，摇摇欲坠的头一年；绝处逢生的，狂喜又狂哭的第二年；麻烦的，纠缠不休的，明明又是扎扎实实地迈步前进的这两年。回顾昨日，他不能不为已经发生的变化的巨大和迅速而惊叹。面对百废待举的现实，他又为某些人的因循麻木而心急火燎。他很忙。他很少有机会与这些坐硬卧车厢的普通人坐在一起。即使到基层去，到群众中去，他的位置也与别人不同。但是他不能那样重访山村，他不能前呼后拥，气宇轩昂地以高干的姿态出现在冬冬和秋文的面前。如果他那样做，他就是欺负人，他就是自己把自己从冬冬和秋文身边拉开。虽然他知道，坐小汽车绝不是他的或任何人的过错，住"部长楼"，进软席车厢也绝不是应该责备的事情。平均主义从来都是不切实际的幻想，但是，他不能，他不愿，他不敢，他也不应该以高于普通劳动者的任何方式重返山村。

　　细想起来，就连硬席卧铺也不能使平均主义者安宁。更多的人坐着硬座。从起点站到终点站要运行七十几个小时，有不少的人就这样坐七十几个小时。中国人的耐性、韧性、吃苦耐劳真是举世无双。但为什么还有这么多人连硬卧都坐不起呢？三十年了，你不觉得脸发烧吗？你能不加倍努力工作吗？看看每个车站上，挑着箩筐，背着大包袱，扶老携幼，上车下车的百姓们！

　　那就是老张头、老李头、老王头和老刘头们。他又有两个星期可以做老张头了。恢复工作以后，他常常回忆在山村的老张头的生活。他有时候自问，可能不可能有另一个张思远，另一个自身，即那个被唤作老张头的我仍然生活在那个遥远的、美丽的、多雨又多雪、多树又多草、多鸟又多蜂蝶的山村呢？当他低头踏进吉姆车的时候，那个老张头不正在鸟鸣中上山拾柴吗？当他在会议上发言，拉长了啊——啊——啊——的声音的时候，那个老张头不正在地头和歇憩的农民、农妇们说笑话吗？他完全不是装腔拿调地拉长了啊的声音，他在对非常复杂的工作、思想、认识问题发表意见，他的话语应该清晰、准确，他必须对他说过的每一个字和每一个标点符号负责，他要一边用心思考一边说，他还要使听他的发言、他的讲话或者被称作张副部长的指示的人有领会、温习、思索、消化的时间，这一切都说明啊的拉长是必要的也是很自然的。另一个张思远——老张头就从来不把啊拉长。说起话来又快又巧妙，那个老张头比张副部长要年轻一些，健壮一些。当张副部长出席一个招待外宾的宴会的时候，当他衣着整齐地、彬彬有礼地为外宾布菜的时候，当五星啤酒和北冰洋汽水，通化红葡萄和贵州茅台，崂山矿泉水和绍兴黄酒被任意选用，任意啜饮的时候，另一个"我"不正在烟气未尽的石板小屋里，在煤油灯的光焰照耀下，在热烘烘的锅灶旁边，在钉得一条腿有点歪斜的小板凳上，端着山区人民喜爱的粗瓷大海碗，就着老腌咸菜，大口大口地喝着暖人心脾的，掺杂着诱人的红小豆、白芸豆、绿豆和豇豆的浓浓的苞谷糁子粥吗？老腌咸菜是以"老"而自豪的，拴福大哥说他的那一缸咸菜汤还是民国十八年的底子。从民国十八年腌了那一缸咸菜，每年夏天都要熬一次汤，每年秋天都要加菜，加盐，加水，一直到如今。当张副部长正在为处理一个人事问题（如今人事问题占用了他那么多精力，简直令人难以忍受）而在斟酌词句，而在搜索枯肠寻找一个既要坚持原则又要照顾关系，既要有利工作又要挡住从某个方向攻来的明枪暗箭的方案的时候，那个老张头是不是正在饶有兴趣地倾听拴福大哥叙讲自己的腌菜汤的悠久历史呢？

现在呢，他又把张副部长留在北京了。让张副部长去开那些开不完的会，看那些看不完的文件去吧。经过十年的动乱，张副部长正在按照党心民心进行紧张的工作。他并没有忘记使自己的工作对人民、对山村、对老张头和拴福大哥更为有利。不管有多少缺陷，他想不出有比现在的政策更好的政策，他想不出有比现在的做法更对人民有利的做法，如果张副部长要和老张头谈谈，他并不感到不安。

他接受了对面的同志让给他的有点儿呛人的纸烟。他有点儿不好意思地掏出了自己的带过滤嘴的"中华"。这并没有引起惊奇，因为现在即使是学徒工出门在外也要带两包好烟，这叫作跷牌子。硬卧下铺的空间位置已经决定了他在社会上的位置，不会有人怀疑。他接受了口里发出葱味的胖子的玩扑克的邀请。对家、横甩、抠底、满分升级。只是在戴上了叛徒、"三反"分子的帽子以后他才学会了打百分，下象棋。他也像每个无事可做的旅客一样，努力领会和钻研列车运行时刻表，好像这一次旅行以后他就要调到铁路运输部门担任调度员似的。他拦住跑来跑去的小孩子，给他们吃糖，和他们逗着玩。他本来计划在火车上读点儿书，但拿起书来常常被打搅。也好。老张头与众人平等，与众人一样并无更多的责任因而也并无急迫感。拴福大哥讲过一个理论：人总是要死的，急急忙忙地做事情，也就等于急急忙忙地去死，不慌不忙地做事情，也就等于慢慢腾腾地去死。真是高论。老张头虽然轻松而又自由，率直而又天真，然而却又可能在历史的长河中随波逐流，无所事事。有一得必有一失，这失去的代价未免太大。

还有许多细小的，无足挂齿却又相当讨厌的付出代价。老张头必须事事排队：进站，上车要排队；去餐车吃饭要排队；上厕所和去洗脸池洗脸刷牙都要排队。作为老张头应该完全适应和完全习惯的排队，却引起了张副部长的抗议。他还必须忍受不礼貌的对待和恶劣的条件。有一个胖乎乎的男孩子，看样子不过五六岁，常常横冲直撞地在车厢里穿过来走过去。老张头拦住了他，给他一块糖，无非是想逗他玩一玩，男孩子却小霸王一样地打掉他的糖，而且出口不逊，"×你妈！"这一句粗话引得所有听到的旅客哈哈大笑，笑声中充满了赞赏，好像是听到了侯宝林在相声中甩出来的一个"包袱"。张思远，多半也是张副部长霎时间血往上冲，脸大概都红了，黑帮听到詈骂只能低头认罪，但是副部长却无法忍受这种侮辱。"你怎么骂人？"他责问了一句，稍微有点严肃。五六岁的小胖子威风地扬起了头："就骂！就骂！待会儿告诉我爸爸，不给你开饭……"原来，小胖子的爸爸是餐车上的炊事员。旅客们又哄然笑了起来，一边笑一边分析："好小子，这么点儿个就懂得了'权'的厉害！"

还有比这更难堪的。下了火车要坐两天长途汽车，汽车司机对待旅客就像对待一群猪猡。中途停车时他看也不看大家，蛮横而又含混地发一个令：尿尿！吃饭！休息！下车！快上！那种腔调简直令人发指。这且罢了。第一天停车休息，他住进的是一间四十二个人同住的大房间，烟气汗气臭气熏天。六盏四十瓦功率的荧光灯管，终夜不关。半夜里旅店工作人员前来查铺，看有没有没开票就住下的，又查了个鸡飞狗跳。他一夜根本没有合眼。他简直后悔这次出行，后悔自己太不现实，本应该听秘书的话。如果当地省委派小车来接，这两天的路程只要多半天就够了。他毕竟已经老了，已经不是那两年的老张头……

但是第二天他精神还好。上车的时候他觉得自己是打了一个胜仗。他觉得自己是一个坚强的人，是一个没有失去普通劳动者的本色的人。但是他隐隐地觉得自己的微笑后面仍然有一种无法排除的优越感，他隐隐地预先听到了一个声音：这几天的生活，对于张副部长来说，不过是客串罢了……他皱起了眉。

但是有一件事他实在忍不住了。当第二天中午他排着长队等候买票在交通食堂就餐的时候，有一个留着长发，穿着登山服，大约有一米九高的大个子，偏偏在他快要排到窗口的时候横着走了过来，用胳膊肘把他往后一搡，插在了他的前面。问题不在于不排队，加塞儿，问题在于这个大个子在食堂卖票的窗口站了一会儿，偏偏等到张思远过来时夹了进来，这明明是看到张思远老弱可欺，这是专门针对张思远的欺负、侮辱。"同志，你为什么不排队？"张思远的声音颤抖了。对方根本不予理睬。"后面排队去！"张思远大喝一声，而且动手去拉那个大汉。大汉纹丝不动，回过头来，轻蔑地看了张思远一眼，"少他娘的废话！"他威胁地举起了拳头，"谁说我没排队？我就是排在你前头的！""大家说，他排队了没有？"张思远问，并无畏惧，他相信蛮不讲理的无赖定会受到公众的舆论制裁。然而，多么惊人，多么气人，多么恼人啊！没有一个人言声，有的人还故意掉转了头。"我看，是你没有排队！"大汉一拨拉，差点儿没把张思远推倒在地，他把张思远推出队外，而且摆出一副要打人的架势。你难道能和这样的人动手打架吗？张思远在这个时候多么希望自己的秘书、警卫员、司机在身旁啊！他想象着当自己的身份公布出来，当警卫员掏出手枪，当秘书打电话叫来了公安人员之后这个无赖将怎样的恐惧、面如土色、赔罪求饶，说不定会跪到地上。而周围的群众又怎样地拍手称快……现在，这一切都是不可能的。如果动手，无异于以卵击石。如果在"黑帮"时期我碰到这样的事，我会这样生气吗？张思远问自己，这个自问像一阵清凉的风，吹过了他的身体。

行路难。在家千日好，出门一日难。当老百姓并不是一件轻松的事情，正像当"高干"也绝不是一件轻松的事情。这个故事不应该是庄生梦见自己成了蝴蝶或者蝴蝶梦见自己成了庄生，它应该是一条耕牛梦见自己成了拖拉机或者一台拖拉机梦见自己成了耕牛。在生活里飘飘然和翩翩然的飞翔实在少见。六岁多为了躲土匪，爸爸曾经带着他奔逃，晚间睡在大车店的牲口棚里。他到六十岁也还记得那静夜里马吃夜草的沙沙声，静夜的寒气袭人。这是童年给他留下的最深的印象。抗日战争时期呢，他们常常睡在青纱帐里，夏夜可以听到玉米地里叭、叭的声音，乡亲说，那是玉米在拔节，那是一种不可压制的生命的力量，生长的力量，来自泥土、雨水和天空的力量。甚至在长途行军中他走着路也能打盹，前面喊了立正，后面的人把头撞在前面的人的背上。

发牢骚是一件最容易的事情。发牢骚不需要培训，而且时髦。七十年代末期的某些中国人，似乎觉得不发牢骚就不得天黑。他这一路就有许多牢骚俯拾即是。可惜他不是个作家，否则光是交通食堂和交通旅馆的肮脏就够他洋洋洒洒地写一篇文章，再加上两个人物一点儿情节，一点儿感叹和两句尖锐刺激的话，就能做成一篇勇敢地揭露阴暗面的小说。说不定他还能"红"起来，能够参加作家协会，成为一个指手画脚，骂骂咧咧，高人一等，比谁都正确的英雄。写文章咒骂一个交通食堂总比办好一个交通食堂容易得多也痛快得多。然而这究竟能解决什么问题呢？难道把我们的岁月，我们的生命湮没在牢骚和怨言里么？一个没有恪尽己责的人，一个丧失了公民的责任感的人的牢骚，究竟值几分钱呢？他在部里给干部讲话的时候曾经提过这么一个建议：我建议每天八小时工作制改为四小时发牢骚四小时工作，前四个小时大家一起发牢骚，跺着脚骂娘也可以，发完牢骚以后一句牢骚话也不许说，都老老实实做好自己的工作。这种四小时工作制也许对于某些涣散的单位比八小时工作制效率还高。当然，这是激愤之语。

所以，他渐渐地不再有牢骚。他想的是自己的责任，每一个人的责任。不管有多少粗野和贫穷，火车在前进，汽车在前进，车轮的旋转使他和别的乘客们时时到达新的地点，车轮的旋转是通向他们的目的地的。正是在旅途中，时间的推移意味着空间的推移，时间的行进成为有形的，成为催赶人的一股可以触摸的力量。


# 枣　雨


到了，到了，真的到了！到达目的地的快乐便是对于旅途的艰辛的最好的报偿。正像成功便是对于一切艰苦奋斗的报偿。再转过一个山头，再绕过两块圆圆的，两块非人间所能有的巨大的磨盘似的石头，就是山村的汽车站。老乡们说，这两块石头是当年二郎神担着它追赶太阳的时候，中途撂到这里的。谁也不知道这两块石头已经在这里存留了多少年和将要继续存留多少年。反正张思远离去的这四年多石头并没有丝毫变化，它仍然那样沉着、持重而又永远不老地迎接着远道而来的张思远，它的欢迎的姿势与那几年张思远去邻村办事、买东西，或者看病归来的时候毫无二致，就像张思远压根儿没有离开过，没有当上什么书记或者副部长一样。停车的时候，冬冬和冬冬头上的高压线他是同时看到的。冬冬好像又高了，肩膀也宽了，他早已经调到县里担任小学教员。他们在信上说好了，冬冬来这里迎接父亲。"有电了么？"张思远问，这是他下车后问的第一句话。有电了，并且正在用电灯代替煤油灯，用电磨代替石碾子，用电动弹花机、脱粒机、榨油机、舂米机和粉碎机武装粮棉加工……这是冬冬的回答。父子两人向前走了几步就来到了老杏树下，老杏树依然是流出了那么多树胶，像是多感的老年人的泪水，叫人心疼。树胶的颜色、多少、部位和形状完全和四年前一样，昨天老张头还在这棵杏树底下抽旱烟。父亲递给儿子一根过滤嘴中华。儿子接过去的时候嘴角微微地一撇。杏树旁边是一个泉眼，为了保持清洁，泉的源头盖着两块青石板。弄脏了清水泉就不是好姑娘，这是波兰玛佐夫舍民间歌舞团演唱的一首歌里的歌词。海云最爱唱这首歌的。初冬的太阳照得他们暖烘烘的，这是一个避风的地方。看，泉眼边的杂草，黄叶中竟又长出了新绿的芽儿，初冬的太阳，没有风，不也和初春的太阳相似吗？那新萌发的小小的草芽儿，可知道它的面前并不是明媚的春天吗？他推开石板掬起清泉喝了两口。还是一样地清冽甘甜。抬起头，他看到了这次重访第一个遇到的山里人。是一个裁缝，一个他在山村期间最少打交道的人。圆圆的老式的花镜，好像与两块巨石一样历史悠久。然而裁缝一眼认出了他，他也一眼认出了裁缝。这不是张书记吗？您怎么又来到了这个小山沟？来来来我给您提着包。好好好我们大家都好，有华主席、党中央的英明领导。您这回来是视察还是蹲点？这可是对我们山区人民的最大鼓舞，最大关怀……此一时也，彼一时也，官腔官调，应付长官，多么令人悲哀！

　　幸好这是第一个也是唯一一个改变了对他的态度的山里人。拴福大哥就不是这样，"张！"老远就大喊了一声，他的习惯是只称呼姓，这个习惯倒有点像外国人。大嫂见了他竟咧起嘴哭了。真想不到你还能到这里来！真想不到大妈活着还能再一次见到你！真想不到这两年日子一下好了许多！我们养了三头猪和五头羊，还有十五只鸡。本来是二十五只，本来有两只公鸡，天天你啄我我啄你，啄得冠子上全是血，只好把战败的那个宰掉了，谁让你没本事？又有九只母鸡串了瘟。这九只是后买的。那十四只是先买的，秋文医生给那十四只扎过针。用蘸水钢笔把鸡瘟疫苗注射到鸡翅膀上。秋文医生连鸡病、猪病也治，其实公社有兽医站。粮价也提了。核桃、杏仁、枣和蜂蜜的收购价都提了不少。电灯也亮了，广播喇叭也响了。只是粮站工作人员老是压低粮食的等级，农民钱拿多了就好像他们的屁股里被塞进了草。有电但常停电，煤油灯还不能丢，却又减少了煤油的供应。我们年终分了四百多块钱。买了一套二十四个花瓷碗。你现在高升？平安？到了北京？见过中央的那些领导人吧？可干部怎么不下来了呢？过去每年冬天都要来人，虽说有几次也乱整一气，但是我们还是想这些干部们，让他们来嘛，给山里人说说，世界上又出了什么能人，出了什么新鲜事？

十五只鸡马上变成了十三只。年近七十的瘦小的老太婆抓鸡的时候其灵活程度不下于一个排球运动员。她跳起来把已经起飞的鸡抓到屋里。于是鸡毛上天而鸡肉上了案板。过油的时候鸡丁哧啦哧啦地响。于是白面馍馍入笼和出笼。于是夏秋晾下的干蒜苗、干豇豆、干茄子和腌猪肉也出场。没等到饭熟，乡亲已经来了许多。当场有五家对张思远提出了在这同一天举行洗尘饮宴的邀请，而且不容许不答应。张思远一一点头，不过前后错开，安排了一下时间。张思远再一次后悔没有随身带上秘书和工作台历。这项安排日程的繁重工作只好临时分配给了冬冬。

多么好啊多么好！就像他从来没离开过山村。一样的乡音，一样的乡情，一样的人心！一样的推推哪家的门都可以进，拿起哪家的筷子都可以吃，倒在哪一家的炕头都可以睡！甚至连那几条老狗也没有忘记他，摇着尾巴向他跑来，伸起前爪扑他的腿，从湿湿的狗鼻子里发出撒娇的声音。他实在抱歉，倒是想到了给乡亲们带来一点糖果、圆珠笔、画片，却忘了给这些友好的狗带几块骨头。于是他只好抛起了酸梅糖，用这种东西来款待它们可实在不够意思。有一只黄狗不认识他，凶恶地吠叫，它大概是在他离去这段时间出生和成长起来的。狗的主人把黄狗狠狠批评了一顿："你是怎么回事？怎么连自己人，连咱们的老张头也咬？你想找死？"骂得黄狗垂头丧气，诚惶诚恐，灰溜溜地退到一旁，深刻反省自己为什么犯了这么大的过失，其实它的出发点却是忠于职守和立功受奖。

虽然也有不少的乡亲问起他的官职，并咋舌惊叹，还一致认为他的升官是一件好事，一件可喜可贺的事，但谁也没有把他当作"上级"看待。他说话既不拉长声，也没有那么多词儿，既不摇头摆尾，也不倒背上手踱来踱去，既不用事前斟词酌句，也不用事后为哪句话不当而追悔。无官一身轻！无官暖人心啊！没有平等，就没有友谊，正像没有土地就没有庄稼，没有核桃树就没有核桃果。还有山里的红枣呢，每一颗枣都像张思远的童年一样久远，古老，鲜甜。张思远小的时候，在他还不是张思远，当然更不会是张教员、张指导员或是张书记，在他只是石头，或者像母亲称呼的那样——小石头的时候，他们家也有一株枣树。打枣，这就是童年的节日，童年的欢乐的不可逾越的高峰！"噼里啪啦"，竹竿在上面打；"稀里哗啦"，枣子往地上掉。许多相好的和不那么相好的小朋友都来了，一边吃，一边捡，一边装，一边找，一边喊。有的枣滚到了渠沟里，草丛里，瓦片底下，凡是企图隐藏自己的枣子也正是最甜、最饱满，又绝对没有虫子的枣儿。这样狡猾的枣子的每一颗的发现都会引起自己和同伴的欢呼。连土都是甜的，连风都是香的，这童年的喧闹和喧闹的童年！这满脸是土，满脸是汗，满脸是鼻涕和眼泪，满脸是带口水的枣皮和欢笑的童年！也许，对于平等、质朴、友情以及像枣雨一样地洒落地上的社会财富的向往，对于共同的公正而富足的生活的向往，就埋藏在这些喧闹的小小拾枣者的心里？也许，马克思、恩格斯和李卜克内西，列宁、斯大林和斯维尔德洛夫，毛泽东、周恩来、刘少奇和朱德，他们的一生，他们的事业和学说的力量正来自这些喧闹的小小的拾枣者的心底？

现在，须发花白的张思远，身居高位的张副部长，又回到这童年般的喧闹中来了。重新造访的第一天，走到哪里都被山村的男女老幼所包围，被七嘴八舌的问候、说笑、祝福和诉说所包围。我们企盼过的，我们应允过的，我们拖欠过的，我们损害过的，终于我们要渐渐地兑现了。我们总算学会了一点儿东西。乡亲们，鲜红的甜枣，普落如雨！

第一天他来不及和冬冬以及和秋文谈什么。秋文也把自己的音波汇入到欢呼枣儿撒地的儿童式的喧嚣之中。当他的目光与在人群中的秋文的目光相遇的时候，他像孩子一样地兴奋、期待、欢喜。对看着他的是他这一生从来没有看到过的那种看透了一切悲哀的明朗，是那种负责打枣的大孩子看到闹闹嚷嚷的小孩子时候的满意，是照耀着落光了树叶的枣树的月光的沉寂，他微微战栗。

晚上他和儿子，和老农睡在一起。肉、酒、喧闹、温情充塞着他的一夜。于是这一夜的梦概括了他的一生，来自他五十九年的生活经历的压缩复制。放羊娃和地主崽子的打架。穿棉袍的乡村教师的垂青。高唱着《三大纪律八项注意》的队伍的到来。枪林弹雨，第一枚手榴弹没有拉弦就扔了出去。红旗下举手宣誓。他不怕牺牲，他渴望献身，他深信迈过这一步便是幸福的红枣降落到每一个家庭的餐盘里。

夏天。洁白的短袖衬衫。两根宽带连接着蓝色的裙子。四五八三，她们学校的电话。拨动字盘，然后电话机里传来怯生生的声音。接电话的人不问也知道是谁打的。洁白的身影在眼前一闪。什么，她也到了山里？在哪个公社，哪个大队，哪个村子？原来那些传闻都是假的，原来你还在，你不要走，不要死，让我们再谈两句。平反昭雪的通知你怎么没有拿到手？四五八三，怎么没有人接电话？咣咣，把电话机砸坏了。哭声，是我在哭么？囚徒，自由，吉姆车在王府井大街奔驰。软席卧铺车厢在京汉线上行驶。波音飞机在蓝天与白云之间飞行。上面的天比宝石还蓝。下面的云比雪团还白。又关闭了一个发动机。枣落如雨。弹飞如雨。传单如雨。众拳如雨。请听一听我的心脏。请给我一瓶白药片。请给我打一针。是的，报告已经草拟，明天发下去征求意见。

这能行吗？这不可能吗？他一再警告自己早已不是热情和想象的年纪。然而，与生命俱来的想象和热情，不是只能与生命俱去么？如果这一切都成为真的……不正是这一个又一个的假设是指引他行路向前的火炬么？来以前还有点儿犹豫，有点儿打鼓，有点儿担心呢。还有点儿舍不得部长楼的那四间高分子贴面的住宅呢。真不好意思。张思远就在这里呢！张思远没有变。张思远是山里人，张思远就是自己。什么？到时间了？我马上就去。开不完的会，在睡梦里也还要开会。同志们！现在的形势很好。我们要安定团结，要进行改革，要精兵简政，官比兵多的现象再也不能继续下去了。


# 距　离


天气也欢迎张思远的重新造访。一连许多天都分外晴好。人，山，树和空气，都从容安详。冬冬陪着父亲转遍了每一块梯田，山坡，果园，菜地。高大的柿子，丰满的核桃，古怪的花椒，俏皮的山楂，风流的桃李，朴实的苹果……别来无恙。蹚过一段酸枣刺，躲避着猎獾人下的夹，他们来到育林区。五年前他们冒雨栽下的油松、马尾松和落叶松苗，已经长得超过了膝盖。自己亲手栽下的（那天手上、脸上和衣服上全是泥）松树将要久远地在这里成长壮大，将要在这一代人，这两代人，这几代人身后继续葱郁葳蕤地庇荫这块山坡。这真让人欣慰。

但是他和冬冬却谈不拢。这次来冬冬对他特别体谅和关心。您要锻炼身体。该休息也得休息。最好每年夏天都到海滨去一次。冬冬真是大了，懂得疼人啦。回北京吧，你完全有理由……让我们在一起，我一天天地老了。冬冬的回答是意想不到的坚决：不。为什么？不为什么，我不愿意当高干子弟。这是什么意思？"高干"就不能有自己的孩子？我们为了革命，为了人民没有吝惜过生命和鲜血。张思远有点儿激动，冬冬却很平静。您们可能是崇高的和伟大的一代人，但您总该正视现实。群众舆论对高干子弟那么不利。您别忙。我们也愿意做崇高伟大的一代人，像您们一样，做披荆斩棘的探求者，开路者，创业者。但是您们只要求我们、只允许我们做守业者，做接班人，只允许我们顶替您们的位置，要求我们走在你们的脚印上。不，那是办不到的。我已经二十七岁了，从生下来我们就受教育，听父母的话，听老师的话，听团小组长的话，听贫下中农的话，听屁大的一个什么官儿的话。现在，我们该自己教育教育自己了，该自己去选择自己要说的话。

你这样说既片面又空洞。何必故作惊人之语呢？中国吃各种惊人之语的亏还不够吗？是党的政策而不是你们的惊人之语——另一种类型的假、大、空话给农民带来好处。你不是真空，中国不是真空，历史不是真空。你们不能从钻木取火开始。你们既不了解国情又不了解历史。靠你们的那些皮皮毛毛的见解只能误国误己，头破血流。人类历史是一个连续不断的过程，革命是几代人的事业。接班丝毫不意味着墨守成规，真理标准的讨论已经为发展、创造、突破扫清了道路。中国需要的是切切实实的工作而不是狂徒的自我膨胀。活到老学到老，连我也时时觉得自己需要受教育……

冬冬发现有一株山楂树上竟有五颗鲜红的果实没有被采摘走，他捡起几块石头去击落那幸存的红果，他对与父亲辩论并没有什么兴趣。最后他说："明天我就回县城了，我们还可以在县城谈谈，请您不要生气，我现在不那么愿意和您在一起，一个原因就是您太爱对我进行教育。妈妈在世的时候并不是这样，她用十分之九的力量照顾我，只用十分之一的力量指点我。这又有什么办法呢？她是一个弱者，而您是一个强者。我宁愿碰得头破血流也不愿依附于您。我会去看您的。今年暑假我可能就去……还不行吗？"

张思远沉默了，他转过身，凝视着对面山坡上的小松树，默默地把儿子分给他的两颗酸果放到嘴里。夕阳照耀着小松树，小松树拖下了比自身长得多的影子。

# 告　别

早在一九七七年，张思远便得知了秋文原来的丈夫已经死于劳改队的消息。他给秋文写去了慰问的信，由于那特殊的难知其详的"离婚"，他无法直言哀悼，只是关切地问候起居，也讲述了自己工作上、生活上、身体健康上的一些苦恼，并且表述了不被这些苦恼所压倒，而要压倒这些苦恼，一往直前，鞠躬尽瘁的心思。

他没有收到回信。这是他给秋文写的第三封信。第一封信是他刚刚回到市委以后，夹在给冬冬的信里，寥寥数语："我常常想起在山村的难忘的日子。我非常感谢您在医疗和其他方面对我的帮助。我更感谢您对冬冬的关心。祝您和您的女儿安好。"这封信也没有得到回信，只是冬冬来信时提到："秋文阿姨叫代问您好。"

第二封信是七六年春天，在"反击右倾翻案风"的悲剧和闹剧里又要强迫张思远扮演一个罪人的角色。空气肃杀，写信也是战战兢兢的。回信马上来了，用的全是社论里可以找到出处的词语。"让我们坚信，毛主席的革命路线一定能够取得彻底的胜利！""这里的贫下中农随时准备接待您重新来进行劳动锻炼，改造世界观。""唯物主义者是无所畏惧的，共产党的哲学是斗争哲学。"张思远完全懂得这些话的意思，一想起秋文、冬冬和山村，他的心就落到了实处。

从七七年他就想再去看望一次秋文，他想去探求一下改变他们俩的生活，使他们俩生活在一起的可能性。秋文是他遇到过的一个有点儿怪的人，一个既有松树的坚定又有柳树的灵活的人，在山村的五年，秋文要比他更强，更有力量。另外，自从他明确地坚决地表示不愿再与美兰恢复关系以后，关心他的"生活问题""个人问题"的人实在太多，有许多老战友特别是老战友的夫人硬把照片塞到他的手里，他不胜其烦。有一次他干脆宣布，他已经自己找好了，就在他曾经劳动过的山村，他将亲自把她带来，无劳众位费心。塞到手里的照片没有了。半信半疑的好人们一见到他就要问："什么时候？"好像在提醒他和催促他快快偿还积年老债。

　　"也许按照我们中国人的习惯，我早就不应该说这些了。也许，我的话会使你不高兴。但是，这话在我的心里已经好多年了。最初，我得肺炎的时候，还没有这么老，是你给了我力量、镇静和勇气。只是因为……我才把这种感情压在心底。"

　　"谢谢您了。"秋文这样说。真诚，又有点嘲笑。

　　"我还从来没见过你这样的女同志。你既清高，又随和；既泼辣，又温良；既……"

　　"这么说我也是高大完美，几百年出一个了？"

　　"请别开玩笑，"张思远的声音有点忧郁了，"而且，我觉得你了解我，也许你还喜欢我。"

　　秋文动了一下，躲避开张思远的目光。

　　"我碰到许多困难。我的脖子上套着拥脖，我还得拉套，有时候还要驾辕。遇到难题，我常想，假如你在我的身边，假如你能给我当参谋，当后台，当……不论什么，工作和生活就会容易得多了。"

　　"……"

　　"我这次来，就是为了你。你不会猜不到的，跟我走吧。你去了以后，工作由你自己挑选。还有女儿，她当然跟着我们……"

　　"什么我们？"秋文的声调是严厉的。"为什么我要去做你的参谋、顾问呢？为什么我要放弃我的工作，我的岗位，我的生活，我的邻居和乡亲，去跟着您做部长夫人呢？"

　　"……"

"瞧，您想的只有自己！官儿大的人总觉得自己比别人重要，是不是？您连一秒钟也没有想到，您可以离开北京，离开您的官职，到我身边来，做我的参谋，我的后台，我的友人。是这样吗？"

"这个方案也可以考虑。"

"可以考虑？官腔！对不起。单冲我刚才的表现，也证明我并不像您想的那么好。您的工作本来就比我的重要一百倍，一千倍。不服是不行的。我拥护您和您的同僚们。您们是国家的精华和希望。您们失去了太多的时间，我相信您们会夺回来。我祝您们成功。我愿意和您们拉起手来。但是我不能去。我已经野惯了。部长夫人的生活会使我窒息。在那样的环境里，我找不到自己的位置。"

"那么在这里呢？你准备在这里终此一生吗？你难道和这里的环境没有距离吗？"

"更多的是融洽。所以我佩服您。您既能当副部长，又能来到山村和我们在一起。还异想天开地想把我也拉了去。而我的适应幅度可没有这么大，我就做个乡村医生吧，给山里人解除一点痛苦。别忘记我们！心上要有我们，这就什么都有了。谢谢您……"秋文的声音有点呜咽了，"我只希望您多为人民做好事，不做坏事……您们做了好事，老百姓是不会不记下的。"

张思远的喉头也郁结了。他缓缓地离去了。秋文没有送他。他长久地后悔，为什么不多看上两眼，秋文坐的结实沉重的椅子，秋文的没有上过油漆的白木桌子。她的灯，她的书，她的脸盆架，她的草帽和听诊器。这一切物品都比他幸福，这一切物品都昼夜陪伴着秋文，都和秋文在一起。

乡亲们继续招待，胃和头脑一起进行社会调查。豆腐和粉丝，果酒和老醋，全部是自己的副业。鲜鸡蛋，咸鸡蛋，松花蛋和臭鸡蛋，动物蛋白和零花钱都在增长。黍面油炸糕蘸蜂蜜，这是山里人最好的甜食……还有什么困难么？还有什么意见么？就是怕变。只要政策不变，只要这样搞下去，只要再不自己折腾自己，日子就步步登高。乡下的情况比原来设想的还要好些。你们快点富起来吧，我们的国家指望着你们呢！记住以往的经验教训，稳稳当当地带着我们前进吧，我们农民指望着你们呢！酒足饭饱，他们互相鼓励着。

底下便是告别了。张副部长的秘书很会办事情，在张思远悄悄地回到山村，在他重温了和饱尝了普通老百姓的好处与难处之后一周，当地领导接到了他的秘书的电话。立刻，领导人、接待人员、小汽车都来到了山村。张思远注意地环顾四周，最后他确信乡亲们对他比儿子对他更要理解，他悟到乡亲们那样亲热并不是因为不知道他官复原职而且有升迁，不是不知道他完全有可能坐上小车，带上随行人员前来，而是知道了这一切，但更知道他的为人，他的本色。乡亲们对待他没有变，是因为相信他没有变。这让人感动得热泪盈眶。这使一周来的经历更具有动人的美好色彩。于是人们簇拥在一对巨石旁欢送他。别忘了我们！人们希望的不过如此。难道能够忘怀和违背这样的愿望吗？他含着泪坐到了司机旁的当地认为最尊贵的座位上。他的心留在了山村。他也把山村装到自己的心里，装到汽车上带走了。他一无所得？他满载而归。他丢了魂？他找到了魂。在县里与冬冬话别以后向省城驶去。当然，再没有排队，没有野蛮霸道的小孩子和大流氓，没有生葱味，没有令人无法安眠的大房间。我敢忘记我受到了多少照顾吗？我没有责任、没有义务让大家都过上文明和富裕的生活吗？在省城的高级宾馆住过一夜以后他上了飞机。是四个人一排的头等舱。"禁止吸烟"和"系好安全带"的字灯亮了，发动机像发了疯一样地怒吼。飞机抬头了，他们腾空而起。山村被远远地撂在后面，繁重的工作堆在前面。回去以后他面临的任务棘手而又大有可为，他什么都不怕了。穿着清洁的蓝制服，头上戴着缀有中国民航的银色鹰徽的硬壳帽子的小小的女服务员端来了香茶、夹心巧克力、胶姆糖、纪念画片和一家外商承印的附有广告的飞行时刻表。一只翅膀略略抬高，他们在转弯，达到了预定的高度。比任何一只蝴蝶都飞得高得多。发动机的声音平稳、庄重，叫人放心。机舱愈来愈热了，他旋松头顶的黑色塑料"龙头"，冷空气吹到他的脸上。他隔着圆圆的舷窗长久地注视着祖国大地。他爱这阳光和阴影，轮廓和色彩十分分明的一个又一个的山岭，像是一排排裸露的核桃仁。他爱这线条齐整如棋盘格子的田园。他爱这纵横交错如蛛网的大大小小的道路。什么时候，能把我们的祖国，包括我们的山村，都放到喷气式飞机上，赋予她们以应有的前进的高速呢？难道民国十八年开始用的菜汤，还要继续腌下去吗？下面是云层了，白茫茫，灰蒙蒙。不管飞得多么高，它来自大地和必定回到大地。无论人还是蝴蝶，都是大地的儿子。他拧紧调节空气的旋钮，放低了椅背，他安安静静地睡着了。

# 桥　梁

他吃了一碗鸡丝汤面，一个花卷，几片火腿和几片榨菜。他伸了一个懒腰，点起一支烟，吸了几口就掐灭了。他不是诗人，他再没有时间抒情、缅怀和遐想。他必须像牛一样地、像拖拉机一样地工作。工作做好了就有了一切。他换上睡衣和拖鞋，拿起剃须刀架，打开洗澡间的顶灯和整容镜上的罩灯，他放了热水，把胡须剃了个干干净净。所有的愁雾都吞咽到肚子里而面孔在两盏灯的交映下容光焕发。他一贯如此。他往澡盆里放水，不断地用手试着水的温度。他试着哼了哼在旅途中听过的那首香港的什么"爱的寂寞"的歌曲，他哈哈大笑。他改唱起《兄妹开荒》来。他好好地洗了个澡。把一切不必要的，多余的负担都洗掉了，他坚信洗澡是快乐与健康之源。他坚信他会顽强地活下去，工作下去，直到至少家家户户都有一个洁白闪亮的澡盆。他用干毛巾揩净了身体上的水珠。顶灯与整容灯照红了他的皮肤。他还不老。他的血管里流着热和红的血液。他关掉这两个灯，来到客厅。他吸完刚才撂下的那半支烟。他打开落地式收音机，李谷一在演唱《洁白的羽毛寄深情》。他站起来，洗过澡以后人们轻盈得就像蝴蝶。他轻轻走过去打开阳台的钢门。清冷的夜气扑来，他以为是来自山谷的风。他披上大衣走了出去，天上的星星和地上的灯火连接在一起。他看着这些无言的、久远的星星。他发现这些谦逊而持重的，丝毫也不与盛气凌人的新贵——碘灯和钠灯争辉的星星和山村的星星并没有两样。支持她们的是同一个天空，憧憬她们的是同一个地面。在昨天、今天和明天之间，在父与子与孙之间，在山村二郎神担过的巨石与十七层的部长楼之间，在海云的在天之灵与拴福大嫂新买的瓷碗之间，在李谷一的"洁白的羽毛"和民国十八年的咸菜汤之间，在肮脏、混乱而又辛苦经营的交通食堂和外商承印的飞行时刻表之间，在秋文的目光、冬冬的执拗、四九年的腰鼓、七六年的游行，在小石头、张指导员、张书记、老张头和张副部长之间，分明有一种联系，有一座充满光荣和陷阱的桥。这桥是存在的，这桥是生死攸关的。见证便是他的心，便是张思远自己。要使这桥坚固而又畅通无阻。他渴望着一次又一次地与海云，与秋文和冬冬，与拴福一家的相会。他期待明天，也眺望无穷。

他做了几个扩胸的动作，深深地吸了几口空气。似乎电话铃在响。他走进温暖明亮的室内，随手拉上了浅绿色的窗帘。他关掉客厅里的灯，走进装有电话的居室。他拿起电话，是部长，向他问候旅途辛苦和健康，问他"任务完成了没有?""差不多了，差不多了。"他爽朗地回答，这个脱口而出的答话恰到好处。然后部长向他叙述了一些情况，通知他后天有一个事关重大的会议，要他准备好发言。

他谢了部长，放下电话，走向写字台。最急需看的文件、信件和资料秘书已经送到了这里。秘书开列了一个立刻要处理的事项的清单。他拿起粗大的铅笔。他开始翻阅这些材料，一下子就钻进去了。他觉得有那么多人在注视他、支持他、期待他、鞭策他。

明天他更忙。

# 灵魂的搏斗

吴　强

一

　　半个多月以前，到北京去参加一位老战友追悼会的丁一飞，昨儿晚上七点钟到家，因为在北京看到十几年没有看到的一些老首长、老战友，心里非常高兴，从他们那里听到许多关于国家大事的消息，爱人于虹和儿子小飞又等不得地一再问他："带来什么好消息？毛主席、周总理的身体怎么样？……"老夫妻俩和一个独养儿子，便泡了一壶热茶，关起门来，谈谈说说一直谈与到深夜十一点多钟。这丁一飞，今年还不到六十，只因在革命战争年代，三次在战斗中负过伤和十几年跋山涉水风雪饥寒的生活，在他的额角上刻上了好几道深深的皱纹，头发也苍白了，加上在"文化大革命"的头几年，在林彪反党集团打击一大片的修正主义路线之下，"靠边""进牛棚"，住"隔离室"等等，在肉体上、精神上受到种种折磨，便显得有些苍老；论他的身体，骨子还是好的，精神也还健旺，虽然昨夜睡得很晚，今儿，还是天一亮就爬起身来。

　　这几年的气候变化，很是反常，上海，好像反常得更厉害。这一九七四年的国庆节刚过，离寒露还有三天，就下了一场浓霜，屋瓦像涂了一层白粉。丁一飞起身以后，便顶着深秋的寒气，在他家门前的余庆路上，背北朝南走。那是他被强制退休一年多以来除去大风大雨每天必修的第一课：到肇嘉浜花园马路上去打打太极拳，做做深呼吸。他到了目的地，已经有好些人在那里挥拳踢腿、舞刀弄剑了。他照例地甩甩膀臂、弹弹腿，打了两次简化太极拳，身子发热了，便在排着冬青树、夹竹桃等花木的路边水泥凳子上坐下来。当他休息了一会儿，起身准备回家的时候，一个形容消瘦的六十来岁的人，走近到他的身边，轻声地招呼他：

"老丁同志！"

他一看，这个人姓朱，人家都叫他朱师傅，是一年前在这个肇嘉浜花园马路认识的，是个退休的老工人。他察觉到朱师傅想同他说几句不愿意让人听到的话，便走开几步，朱师傅果然跟上他，还是那样轻声地对他说：

"好久不见了！"

"是的，半个多月。"丁一飞说。

"出远门了？"

"对！朱师傅！好吗？"

"好！好一阵没见到你，大家都替你担心！"

"没有事！谢谢你们大家！"

这时候，朱师傅的眼睛向周围一扫，看到没什么人，却还用很轻的嗓音说道：

"前些日子，有人说你又给关进去了！"

"没有！我出了一趟门，看朋友去了！"

"啊！啊！那就好！"朱师傅先跟着笑笑，随后又沉下脸来。"老丁！怎么回事？人心总是不定！"

见到有人走来，朱师傅便一转身走开去了。

丁一飞听了朱师傅和他说的那几句话，联想到今天早晨肇嘉浜花园马路上的情景，跟半个月以前，有明显的不同：三五个人一起谈笑的现象没有了；他每次到里来，好些人总是要同他点头、拉手、打招呼，今儿，点头、拉手、打招呼的，一个没有；刚才，朱师傅和他说话时那种防耳防目的神情，也是前所没有的。想到这些，心里便生起了疑虑。他回到家里，一踏进房间，便问于虹：

"这半个月，听到些什么？"

于虹朝房间外头着看，外头没有人，又把房间的两扇门关上，压低声音说："听说南京路、外滩，前几天发现炮打张春桥、王洪文的标语、传单。"

"还有什么？"丁一飞问。

"橙子前天晚上来说，她爸爸这一阵忙得很，常常到下半夜才回家。"于虹说。

"还听到些什么？"

"小飞的耳朵刮到一点，说要抓一批人！"

"唔！唔！"丁一飞鼻子里哼着，手指头重重地敲着写字台。

于虹走近到丁一飞跟前，仰着脸说："你再出去走走好不好？"

丁一飞挥着长大的膀臂说："哪里我都不去！"

"他们那些人说，最危险的是老干部！又说越老越危险！我看啦！一飞！到南京去住一阵，那里，老战友多。"

"要去你去！"丁一飞坐到藤圈椅子上，拿过一张报纸，随便翻了翻，转了个话题，问于虹道：

"小飞跟橙子还是分不开呀？"

"雷打不散！"

"橙子的老子怎么样？"

"说要调到中央去工作了。"

"中央去？何必礼？"

"说不是部长就是副部长！"

丁一飞冷笑了一声，自言自语地：

"部长，副部长，……做官，嘿嘿！……"


# 二


事情来得很快，丁一飞从北京回到家里第三天的下午，大约是两点来钟的时候，他正在又是书房、又是客厅、卧室的房间里，坐在写字台前面拿着毛笔临帖练字的时候，来了两个人，一个站立在大门口，一个走进他的房间，说市革会负责人请他去一下。他二话没说，就跟着那个人走了。

于虹原在中级法院里工作，现在在一个单位的图书馆里当管理员，下班回到家里，同院子的人告诉她，在下午两点钟，老丁给两个人带走了。她一听之下，脸色顿时变得刷白。她三步并作两步地进了房间，身子一晃，就瘫倒在床上，鼻子一酸，眼泪便喷泻下来。她今年五十五岁，是个有三十三年党龄的共产党员，为党做过三十多年的工作，同丁一飞结婚已三十一年。根据三十一年共同生活的了解，她确认她的爱人丁一飞是个无愧于党和人民的革命干部。至于丁一飞和她结婚以前的光荣史，则是丁一飞的许多老首长、老战友可以证明的。那些自称是马克思主义者、忠于毛主席的人，为什么要一而再地迫害这样一个丁一飞呢？她想不通，她不能理解，她痛苦、难过，她愤怒……她擦擦泪眼，突然地爬起来。她想奔出去，奔到市革会去……有什么用呢？她又想到，那些人，哪个会跟你讲理？……天黑了，外头有脚步声，听听，不是丁一飞，丁一飞是回不来了。跟着脚步声进来的儿子小飞。

"妈妈！"小飞在门外叫道。

妈妈哽咽着说了一声："小飞！"

小飞走进房间，揿亮了电灯，只见妈妈泪眼模糊，头发蓬乱，便吃了一惊，问道："妈妈！怎么啦？"

当他听到妈妈告诉他说，他爸爸在下午两点钟被两个人带走了，到这个时候还不见回来，却断定地说："我看没有问题！"

"你凭什么说没有问题？"妈妈问道。

"何叔叔昨儿还叫我带话问候爸爸的。他是市革会的常委，领导人，他们要搞我爸爸，他能不知道？"

"何必礼那个人……"

妈妈话未说完，儿子又接着说："四五天以前，何叔叔还问我：爸爸什么时候回来。再说，他们凭什么理由，把爸爸再关起来？"

妈妈走到小飞跟前，问道："他们要搞你、整你，还要凭什么理由吗？'欲加之罪，何患无辞'这句话你知道吗？他们搞死了那么多的人，有什么理由吗？"

这时候，前院传来熟悉的咳嗽声，小飞说："爸爸回来了！"便拉开门，奔将出去。

果然是丁一飞回来了。

他踱着缓慢的沉重的脚步，走进房间。于虹赶紧理理头发，去倒了一脸盆热水，自己擦净了泪痕，就绞了个手巾把，送到丁一飞面前，丁一飞接过去揩了脸，吃着小飞给他泡好的茶。他看看于虹，又看看小飞，而后，扬扬手，示意要小飞关上门。

小飞把房门关好。

又沉静了一会儿，丁一飞才开口说道："有鬼！"

于虹、小飞听了，一齐惊讶地瞪着他。

"我从北京回来以后，到此时此刻，只同你们两个谈过我在北京见到过什么人，什么人同我谈过什么话。此外，我没有同任何人露过一个字，连到北京去过，也没有向人说起。"

于虹紧接着问："他们全知道啦？"

"知道得相当清楚。"丁一飞的眼睛又一次地看看于虹，又看看小飞，像是有一团烈火，要从他那两只眼睛里喷放出来。

"我是没有同任何人谈过，连你到北京去，从北京回来，我也没有告诉过任何人！"于虹表白说。

小飞低下头去，不声不响。

"小飞！你跟谁谈过那些话？"于虹问道。

小飞还是低头不语。

丁一飞断定：是儿子小飞把他从北京带回来的那些消息透露出去，弄到了市委、市革会那几个"首脑"那里，于是，他们来找他谈话，追问那些话是在北京听谁说的，企图盘根究底。想到这件事情，可能会影响到那两位在北京的老首长，丁一飞实在是一头的火，满肚的气。可是，转而一想，如果自己不把那些话让小飞知道，小飞就无从透露出去。这样，他便把那股火气强压下去。

"小飞！你到底跟谁谈过那些话？"于虹又问。

小飞回答说："橙子。"

"你把所有的话都告诉她了？"

"唔！"

她走到儿子跟前，用最低最轻的声音问：

"你把江青挨毛主席批评的话，也告诉她了？"

"唔！"

事情很清楚，是小飞把话透给橙子，橙子又透给了别的人，别的人又弄到上头去的。

"小飞！橙子常跟一些什么人接近？"于虹问道。

小飞想了想，说："她不会随便告诉别人，我再三地关照过她。她也不是那种快嘴快舌随口乱说的人。"

那个"鬼"是什么人，丁一飞的心里已经猜到了八九分。

"小飞！斗争很复杂，很激烈。我还可以再把一位老首长——跟毛主席在井冈山一同斗争的一位老首长说的几句话，说给你听听：我们的党，我们的国家，我们的每一个人，都处在严重的艰险的关头，正在经受着最严酷的考验。"

小飞觉得爸爸的话很有分量，话里掺和着爸爸胸中的无限感慨。他抬起头来，入神地听着。

爸爸继续说道："'文化大革命'开始，不是流行着一个词儿，叫'触灵魂'吗？你想想看，在这场大革命当中，几乎是每一个人的灵魂都触了一触，照了一照。你没有看见吗？有的人，外表上很干净，很漂亮，骨子里很肮脏，很丑！有的人，简直是出卖了灵魂的下贱货！"

丁一飞说了，站立起来，在房间里走动两步。对小飞挥挥手，说："去吧！你老子的骨头是打不断的！"

小飞突然地站起身来，说："我去问问橙子！"

于虹一把拉住小飞，用指头点着交代说："不许你去粗里粗气地对待她！"

爸爸看看手表说："靠十一点了，不要去找她！睡觉去！"

小飞点点头，妈妈才放了手，让他出去。

丁一飞走到院心，朝星光闪闪的秋夜的苍空，吐出了一口积在胸腔里的闷气。老伴于虹轻手轻脚地走到他的背后，把一件夹大衣披到他的身上，轻声地问他："你在哪里吃的晚饭？"

"谁给我晚饭吃？"丁一飞说。

"没吃晚饭，你也不说，我也忘了问。"

于红说着，便朝厨房走去。

吃了饭，时间快到午夜了。但丁一飞一点没有睡意，想到下午写的那张毛笔字没有写完，便磨起墨来，于虹走到他的身旁："你说的那个鬼，"她用手指头在写字台上画了个"何"字，接着问道，"是他吗？"

丁一飞反问道："你认为他不会干那种买卖吗？"

# 三

丁小飞翻来覆去睡不着。许多事、许多问题，像走马灯似的在他的脑子里旋转不停。他和他爸爸一模一样，是个浓眉大眼高高大大的壮汉子，虽只有二十五岁，却已经有了个好动脑筋的习惯。他想，根据现在的情形来看，是自己把爸爸从北京回来说的那些话，告诉了橙子，橙子又告诉了别的人，很可能是告诉了她爸爸何必礼，何必礼便打了报告上去……于是，市革会便找他爸爸去"谈话"，要盘根究底……他向自己发问：何必礼会那样干吗？何必礼在二十多年前，跟爸爸在一个部队里工作，何必礼自己曾这样说："我同你爸爸在一个战壕里战斗过。"爸爸是他的老战友又是他的老上级。这是丁小飞和何橙子都知道的：一九六三年他们一同转业到上海地方上工作，丁一飞担任一个工业局局长的职务，何必礼在一所大学里当党委副书记，两家人，还是时有来往，只是在"文化大革命"的头几年，接触才比较少些。可是，从小飞和橙子两个人来说，接触来往却反而多得多了。他们在共同的理想和愿望的基础上，建立起来的爱情关系，已经有了七个多年头。在这七个多年头里，他们在逐渐成长，逐渐增添革命斗争的阅历。两个人都成了中国共产党党员。丁小飞在一家电器厂里当技术员，何橙子在一个研究所里工作。丁小飞想了又想，橙子是懂得他爸爸从北京带回来的那些话的斤两的，她绝不会透露给不可信任的人。她透露给她爸爸了？她爸爸何必礼听了，会把亲生的女儿和多年的"同在一个战壕里战斗过"的老战友一齐出卖？揿亮床头小日光灯，看看表，十二点过了，橙子早已进入了梦乡。不能去打扰她，于是，按熄了灯。可是，明天，他和橙子都要上班，橙子还说明天晚上还要开会，见到她，要等到后天。"不行！"于是，他又揿亮了灯，起身穿好衣服，抓着个手电筒，按熄了灯，轻轻地出了门，便迈开大步，奔向橙子家的大院子。

橙子睡了，却也没有睡着。

这几天，她爸爸回家特别晚，对她却好像亲热多了，前天还给了她一个袖珍式半导体收音机。现在，已经是零时二十分了，还没有到家。他在忙什么呢！她并不担心，她不过有点奇怪。她和她爸爸的关系，在"文化大革命"以前，还是比较好的；在感情上，她更欢喜她妈妈郭幼兰。妈妈死了以后，她难过极了，好几个月，都睡不着觉。她爸爸却不是那么伤心，她认为他几乎是个冷酷无情的人。但这几年，有那么一种空气，仿佛老干部不吃香了，她爸爸也偶尔流露出不大得意的情绪，前一阵，她爸爸就对她这样唉声叹气地说："橙子！我这条老牛快拉不动啦，往后，靠你们啦！"正是这样，她便对她爸爸增加了同情心，便在四天前的那个下晚，把小飞告诉她的关于江青的那些话告诉了她的爸爸。这一阵，他忙的什么呢？他为什么突然地对她那样好呢？她想，这时候，小飞在身边有多好！那就可以同他一道商量商量，估计估计。小飞！是个会估计会分析问题的聪明鬼！……

忽然听到指头弹琴似的熟悉的敲门声，她揿亮了电灯，穿好衣服，去开了门。

一见是小飞，不禁惊讶地问："什么事，这么晚跑来？"

"你爸爸在家吗？"小飞指点着隔壁房间问道。

橙子摆摆手，说："有什么事，讲！"

"有事！出去谈！"小飞急匆匆地低声说。

一会儿，两个人便在康平路上走着谈着。

"到底出了什么事？快说！"橙子问道，一只手扶在小飞的臂膀上。

小飞一闪，躲开了她的手，反问道："我告诉过你的那些话，你告诉了什么人？"

"哪些话？"橙子思量着，自己问着自己。

"就是我爸爸从北京回来说的那些话！"

"我没有告诉过什么人！"

"没有？"

"没有！"

"没有跟任何人说过？你想想！"

橙子想了想，还是说："没有！没有跟任何人说过！"

小飞听了橙子一连串的"没有！"原来认为是从橙子嘴里漏出去的假定，在他的心里，动摇了。他思量了一下，把问话的语气平和下来，把手搭到橙子的肩上："那真出了鬼！"

"到底什么事？半夜三更，把我叫起来，问这个干什么？"

"今儿下午，我爸爸给找去谈话，追问他在北京见到些什么人，谈些什么话。……"

橙子一听，愣住了，心房禁不住地颤动起来。"有这样的事！"她暗自问道。"我爸爸会去告密吗？他会去打报告，害丁伯伯吗？他不会！丁伯伯是他的老战友！他说，他很尊重他的这位老战友！他还说过丁伯伯是对党有贡献的老干部……"她的思绪在萦回转动，她感到不安，胸口像打小鼓似的，但她终于镇定下来，对小飞说：

"小飞！我只同我爸爸谈到过。我想，我爸爸是你爸爸的老战友，在一个战壕里战斗过，同过生死，共过患难。他不会做那样的事情！"

小飞一听，立即站住了脚，他觉得一切都明白了，把手从橙子肩上缩了回来，冷冷地说："果然这样！你为什么不早说？"

"你是说，是我爸爸去告的密？"

"你还怀疑吗？"小飞说。

"这，这……是估计，……下结论，……要有证据。"橙子感到有点冷，抱起双臂，思索着说。

深秋的夜风，萧萧瑟瑟。

这上海市"首脑"机关所在的康平路、余庆路一带，一到夜晚，显得特别冷清，有时候，还叫人感到紧张、恐惧。摩托车不时地奔来驶去，巡逻的民兵，枪都横在面前，还有短枪藏在袖子里的便衣小组，在附近的路口忽隐忽现，简直是如临大敌一般。

丁小飞伴着橙子，将她送到大院子门口，临要分手的时候，紧紧抓住橙子的两肩说道："橙子！让我们再经受一次严峻的考验吧！"

"对！对！相信我！小飞！"橙子紧紧地握着小飞的手，说。

# 四

橙子回到家里，已经是凌晨两点多钟。一进屋，迎面看到刚到家的爸爸何必礼，敞开衣襟，倒在客厅的大沙发上。显然是喝多了酒，酒气冲人，满脸通红。她正要开口说话，爸爸何必礼先吐出话来："橙子！你到哪里去啦？这个时候才回家？"

"到小飞家玩去了。"橙子说着，眼睛直盯着她的爸爸。

"看到你丁伯伯吗？他又跟你谈了些什么？"

"你为什么总是喜欢打听丁伯伯谈些什么？"

何必礼转口问道："你丁伯伯身体怎么样？要你替我问候一声，你问候了没有？"

橙子对何必礼的问话，好像没有听见，反问道："爸爸！这一阵，你回家很晚，有时候，根本不回家，干的什么？"

何必礼点着一支香烟，烟味酒气一齐朝外喷吐。朝女儿着实地看了一看，才指划着说：

"你哪里知道？我是个劳碌命！开会、学习，看文件、批文件，接待外宾，火车站，飞机场，一天忙到晚，一年忙到头！"他突然站起来，踱了两步，仍旧把话头回到丁一飞身上。"丁一飞在家吗？你看到他吗？"

"在家里。"橙子淡淡地说，入神地看着她爸爸的神情动作。

"他真舒服、快活！公园里去打打太极拳，下下棋，玩玩扑克牌！"

橙子听了，不由得心里发火，立即睁大眼睛瞪着她爸爸，说道：

"丁伯伯从来不下棋，不打扑克牌！他能工作，不分配他工作，叫他退休；一个退休老干部到公园里去散散步，打打太极拳，有什么不好？"

何必礼看到女儿气呼呼地替丁一飞辩解，便换了语气说："他是我的老战友，还领导过我的工作，我是关心他！"

"市革会找丁伯伯去谈话，你知道吗？"橙子的眼睛紧盯在她爸爸团团的脸上。

何必礼一听，慢吞吞地说："什么谈话！我不知道！"

"真的不知道?"橙子连声地追问。

"不知道!我怎么会知道?"

说着,他就眯起眼睛,走进卧房,把房门用力一关,倒在床上。

这几年学会了用心思的橙子,回到自己的卧室。她也疲困了,又在外头吹了好一会的秋夜寒风,感到不大舒服,便也连衣而卧,把被子朝身上一拉,睡了。

眼皮是合上了,脑子并没有休息。他老是问丁伯伯又谈些什么话,不是还想从我嘴里套些东西去吗?这和最近传说他要调到中央当部长有没有关系呢?……她正想到这里,隔壁房间里有了动静。她屏着气,侧着耳朵听着:咳嗽,吐痰,擦火柴,打开写字台的抽屉……他干什么呢?写什么东西吗?他真有那样多的正经事,要忙到那种程度,要在这个凌晨三点多钟的时刻,关在自己的卧室里干吗?……为什么一提到市革会找丁伯伯去谈话的事,他脸上就不自然,就躲进房里去呢!……橙子想着,估计着,终于因为实在疲倦,便慢慢地睡着了。

第二天,橙子病了。她躺在床上,想把昨儿夜里她和她爸爸对话的情形,跟小飞谈谈,小飞一定是上班去了。她只得睁着眼睛盘着昨天夜里没有盘完的一起心事。

想着、想着,她难过起来,一颗心像悬在半空的钟摆似的,不停地摇动着,嘀嗒嘀嗒的。她抬眼看到挂在墙上的妈妈郭幼兰的遗像。她觉得她妈妈好像知道她的心曲,想跟她说话似的。橙子的妈妈郭幼兰,十七岁参加新四军当女兵,在战地服务团工作,十八岁就入了党,是个坚毅刚强而又端庄、和善的人,肢体长得十分匀称的高高的身材,脸形方里带圆,眉目清秀,谈吐老是带着微微的笑态。一九四一年在皖南事变中被捕,在敌人的牢狱里,她和许多同难的同志一样,坚持斗争,英勇地参加越狱暴动,奔回到党的怀抱里。不料,这样一个勇敢的党的忠诚战士,在"文化大革命"初期,竟被冤屈为"叛徒",使得她在逼迫之下,就从这个房屋的四楼窗口,纵身跳楼而死。

她转过脸去,墙角上立着的一根小竹扁担,现在她的眼前。那是妈妈留下的一件宝贵的遗物。她记得她妈妈告诉过她,那条小扁担是在江南天目山抗日打游击的时候做的,妈妈用它挑过行李,抬过伤病员,它跟着妈妈一同转战大江南北,一九六三年妈妈下乡搞"四清"的时候,还带它到农村去，用它挑过担子，给社员家里挑水。……橙子转脸朝窗外看去，天空是灰乎乎的，一大块一小块的黑云嵌在上面，像一张用久了的吸墨纸。她爬起身来，信步走到客堂间，一眼看到大沙发坐垫的夹缝里，斜着一个小笔记本子，拿到手里一看，认得是她爸爸的笔迹。翻了翻，有一页上，记着"拟调57中央工作"的人员名单，点一点，一共二十一个，第十名是"何必礼"。橙子心里想："他真是要到中央当什么部长了！"她希望能够在这个小本子里得到一些更秘密的东西，可是没有，除了那个名单以外，大多是一些会议要点和一些事务性的记录，这叫她感到有点失望。保姆李阿姨正在她爸爸房里收拾东西，她便走进去，把小笔记本子放到床上枕头旁边。顺便拉拉抽屉，写字台、五斗橱的每一个抽屉都锁着。只是在痰盂里发现一些纸灰，看来，准是他烧了什么。

下晚，橙子自己量了量体温，三十八度三，还在发烧。家里很安静，橙子的脑子里却安静不下来。卖身投靠，卖友求荣的事，历史上有，现代、当代也有，她都听到过。但是她的爸爸何必礼，一个革命三十多年的老干部、共产党员，竟是一个活生生的卖友求荣的人，她不敢相信，也不敢想象。……她觉得，似乎有那么一层无影无形的轻纱蒙着她的眼睛，罩在她的心头。她想去找小飞，每当她遇到难题做不出的时候，一问小飞，小飞总能答得清楚明白。可是，从昨天夜里小飞的神情态度上看，这一回，他是立意要考验她一下，要她橙子自己独立地解决当前的难题。是的！她自己已经下定了经受这场考验的决心，为什么还是要去乞求于他呢？正在这个当口，传来院子里汽车喇叭的响声，稍隔一下，她爸爸何必礼早得出乎寻常地回到家里。

何必礼倒是个中等身材的人，人样子也还有几分神气，今年也才五十六七岁，只是过早地秃了半顶。他的面貌今天晚上比昨天夜里要清爽一点，刮了胡子。他一进屋就直奔他的住房，东寻西找了一番，在床上枕头边看到了他的那个小本子，随手拿起来，朝衣袋里一放，正朝外走，橙子来到他的面前，把两只乌黑透亮的眼睛对着他："爸爸！你为什么这么忙？"

"我有要紧的事情！"何必礼说。

"什么要紧的事情？"橙子紧接着问。

"这个，你不要问！"何必礼边朝外走边说，"橙子！小飞家里不要去了！"

橙子听了，紧跟上去，紧紧地抓住她爸爸的膀子："为什么？"

"这个，你不是知道得清清楚楚？"何必礼说了，竭力地想挣脱橙子的手，橙子却死命地抓着他的膀子不放："什么东西，我知道得清清楚楚？"

何必礼眉头一蹙，回转身来，像哄娃娃似的说："你不要拉牢，爸爸跟你说！"橙子放了手，他便张眉瞪眼地对橙子说："丁一飞问题严重！橙子！……"

"什么问题严重？"橙子问道。

"你想想！他说的那些话！"他又转身要走。

"哪些话？"

何必礼不再回答，挥着手说："爸爸要去参加宴会！"

橙子还是不放过他，咬着牙齿问道："你把那些话，全都报告上去了？"

何必礼却又回过身来，轻声慢语地："橙子！你看你爸爸会做那种事吗？你爸爸是那样的人吗？你丁伯伯呀！一定是在马路上、公园里，同一些不三不四的人谈天说地，不看对象漏了嘴。"说了，便快腿矢步地出了门，下了楼，走掉了。

身子疲乏还在发烧的橙子，经过和她爸爸何必礼的这一阵纠缠对仗，虽然几乎是筋疲力尽了，眼前，心里，却都感到比他爸爸没回来以前明朗得多。"是他！肯定是他！肯定是他出卖了他的老战友！也出卖了他的独养女儿！"橙子终于做出了这样的判断，她觉得她的心房有点儿微微的颤抖，但她认为她毕竟是勇敢的！


# 五


橙子的热度，吃了那样多的药片，过了两个昼夜，还没有退清。她没有到小飞家里去，因为她全身没有力气。她原以为小飞会从她的单位里知道她生了病，前来看她，但是小飞没有来。她爸爸何必礼呢，接连两个夜晚没有回家，橙子以为那大概是做贼心虚，怕她揪住他不放的缘故。

喝了一碗稀粥，觉得身上有了点热量，精神好了些。九点钟光景，她从房间里出来，刚端了把椅子，坐到窗口的太阳地里，突然传来一阵惶急的救火车的铃声，把她的心潮激荡起来。丁伯伯将再一次遭灾受难的预感顿然而生。又仿佛预感已经成了事实，救火车的一阵铃声，便使得她决定立即到小飞家里去，看看是不是发生了什么事情。她一边理理蓬乱了的头发，一边下了楼。

小飞家原来也住在橙子家住的大院子里，一九六七年被强迫搬迁到现在的房子里。他家现在住的房子，是八十年前建筑的一所庙宇改造的。在这个上海高级住宅区，这座房子可以算是"出类拔萃"、绝无仅有的了。这座房子的前头两小间，一小间是小飞住的，一小间是烧煤球炉子的厨房兼饭厅，厨房外面是个狭长的小天井，走过小天井，转到后院，还有五六间屋原来是放泥菩萨的，当中靠西边的一间，是丁一飞夫妻俩的卧室，同时又是他们的书房和客堂。这里别的一些房屋，是另外被赶来的两家住的。

橙子到这里来，是熟门熟路。她先到小飞住的房间里，觉得跟平常大不一样，乱糟糟的，连被子也没有叠起，书报横七竖八地躺在床头、桌子上、窗台上……到后院看看，丁伯伯、于阿姨住的房门上挂着锁。问问院子里一位女同志，那位女同志认识橙子，她嘴巴靠在橙子的耳朵边，轻声地说："老丁昨天夜里给铐了去了！"橙子一听，心里猛地一怔，脑门上像是被狠砸了一棒，几乎炸裂开来。她的脚步乱了，险乎被大门口的高门限绊倒。在她大三步小两步地出了大门，正要拐弯的时候，一眼看到小飞和他妈妈于虹朝这边走来。橙子的妈妈在世的时候，和于虹阿姨像亲姐妹一样。她妈妈死了以后，她就把于虹阿姨当作她的妈妈，于虹也把她当作自己的女儿，再加上她和小飞的那层关系，于虹对她就更亲了。病了两三天，又是心灵上正在受到猛烈袭击感到万分苦痛的橙子，一眼望见于虹，便叫着"妈妈！"飞跑过去，扑到于虹的怀里，跟着，泪水就喷涌出来。于虹拍着她，也掉着眼泪。小飞则背靠着墙壁，默默地站在那里。

在回到丁家的路上，于虹告诉橙子说，是昨天夜晚八点一刻的时候，来了个大块头，对老丁说，市革会负责人找他去一下，老丁早有思想准备，拿了条洗脸毛巾和牙刷牙膏，就跟着出去，到大门外，就给戴上手铐，上了汽车。……橙子听了，又哭泣起来。她很想把她和她爸爸交锋的情形，她的判断向于虹和小飞说一说，谈一谈。当她们走到丁家大门口靠近，忽听一声汽车喇叭的鸣响，橙子抬头一看，认出是她爸爸坐的那辆米黄色的"上海牌"，转头向康平路那边开去。"是他！是他的车子！"说着，她便飞步奔跑，远远地望着她爸爸那辆汽车的影子，跑向家里去。

跑到家门口，她在门外停下脚步，扶着墙壁，歇息了一下，定定神，才进了家门。听到她爸爸房间里有开锁拉动抽屉的声响，便走了进去。正在清理文书信件的何必礼，一见橙子进来，便慌忙地说："你到外面去，我有事。"

橙子像没听见似的，一边走近去一边说："你清理文件？"

橙子边说，边把手伸到文件堆里去翻来倒去。何必礼看到一大把文书信件落到橙子手里，发急起来，板着脸说："把文件放下来！"

橙子却冷冷静静地，一边翻着手里打印的手写的报告、信件、小册子、文稿，一边说："我帮你清理。"

橙子眼尖手快，把一份上面有"丁一飞"几个字的文稿纸，飞快地剔出来，捏在手里。

"橙子！"何必礼又换了个面孔，笑着说："爸爸要到中央工作去了！"

"当部长去？"橙子拿过一只上面写着"江青"名字的大信封，抖了抖。"是她赏给你当的？"

何必礼到橙子手里去拿那个信封，橙子又抖抖那个信封："你给她写过信了？"

何必礼着了慌，吼叫一般地："把文件放下来！"

橙子把手里的文件，一件一件地放下来，只留了一件，捏在手里，抖晃一下，说："这个，我要看看！"

说了，她便一边看，一边走了出去。

何必礼的脸色唰地变了，立即颠颠抖抖地追了出去，大声地吼着："橙子！给我！橙子！给我！"

橙子已经看完了那张何必礼亲笔写的所谓"揭发"丁一飞"攻击中

央首长"的报告底稿。"证据，这就是证据！"她回过身来，冷笑了一声，用中音说道，"你出卖了丁伯伯，你出卖了老战友！"

何必礼想扑上去，但是，两只脚给钉牢在地板上了，抬不起来。"那是他自己攻击……"

橙子截断了何必礼的说话，咬着牙根斥责说："你不是说你不会做那种出卖人的事吗？你不是说你不是那种出卖老战友的人吗？"她又抖抖手里的那张纸头，"这是什么？这是什么？你把两只脚踩在别人的头上，踩在别人的尸体上往上爬！你无耻！你卑鄙！你出卖了人，也出卖了你自己的灵魂！……"

何必礼似乎感到在自己的二十几岁的女孩子面前，受到这样浇头盖顶、钻心刺骨的斥责，未免是太懦弱太无能了。于是，他眼里闪动着绿色的凶焰，脖子里暴起青筋，像野兽一般地扑向橙子，嘴里嚷叫着："你不是我的女儿！你滚！"

橙子把身子一闪，何必礼扑了空，倒到那张大沙发上去。

橙子高声朗笑起来："我确实不是你的女儿！"

说了，她便奔到自己的卧室里，取下挂在墙上的她妈妈郭幼兰的遗像，收拾起一些书籍、被服和零星用品，一起装进行李袋；又把那只装着她衣物的小羊皮箱子系上绳子，抓起她妈妈留给她的那条小竹扁担，一担两头，挑上了肩。当她挑着这副担子走出房间的时候，何必礼房间的窗口在冒着团团的青烟，嘿！他还在关着门，烧毁着那些怕见人的肮脏的文书信件！她把前几天何必礼给她的那只小半导体收音机，朝着何必礼的房门上，狠命一摔，随即回过头来，出了门，下了大楼。

何橙子挑着她的担子，出了康平路大院子，在阳春十月中午的阳光下面，脸上漾着搏斗胜利的微笑，挺着胸脯，踏着坚实的步子，头也不回地向余庆路那边走去。

# 泛滥的樱桃湾

叶 辛

## 小 引

金秋舞会的音乐又响起来了，从铁门栅栏望进去，一对对舞伴在乐曲声中翩翩起舞，轻盈而又潇洒。从舞场中心拉向四边去的一条条彩带，在绕场彩灯的映照下，绚丽夺目，很有点儿节日气氛。

多欢乐的场面啊！真感谢体委的同志干了这么一件好事。虽然真正下场子跳的还不足一百对，使这偌大的旱冰场里显得有些疏落。但瞧瞧吧，买了票进场，站在旱冰场四周观望的人，有多少啊，把四周所有的空位置都占满了。

热心的高家伯妈不也是这么说的嘛："不会跳，去看看也好嘛！主要是借这个机会，同人家姑娘接触，有个互相了解、熟悉的地方。双方都中意了，一道下场子学着跳，更好！"

好是好。只是，舞会开场都已经二十分钟了，她为什么还不来呢？

我手里拿着高家伯妈塞给我的两张舞会票，还有一张《人民日报》，这是我同女方相认的标记。她要是来了，红色手提包口，也该插着一张同样的报纸。

没有拎手提包的姑娘走来，更没人带张报纸进场，我有点怅然若失地在城南旱冰场的门口徘徊着、徘徊着。

看起来，我的恋爱注定了是不会顺利的，大学毕业以后，经人介绍同我相识的姑娘，少说也有十来个了，可一接触下来，不是我嫌人家丑、嫌人家浅薄无知，就是人家嫌我孤傲、没有热情。有位姑娘在同我接触过两次之后，让介绍人传过一句话来，说我不是人，是"冷水壶"，直让我伤心了一个多星期。天地良心，这位姑娘长得纤弱娇美，又是工厂里的描图员，我对她是有几分意思的。可为啥，人家偏偏……唉，怪只怪我的性情太孤僻了。

今晚上这位，据高家伯妈讲，也是十分理想的姑娘，不论是相貌、家庭背景、经济收入、所从事的工作，都是令人羡慕的。只是，她为啥还不来呢？

音乐声停息了片刻，重又奏了起来。这回是节奏明快、深含感情的"哦，卡罗……"

我不由得焦灼地仰起了脸，朝着通市中心的那条林荫道望去。倒不是我把那位还没露面的姑娘当成了情人，而是我在忖度，到了八点钟，我还该不该等下去。孤零零地站在大铁门外头，听着舞场上传出的乐曲和欢声笑语，实在不是个滋味。

有个人从我身后走来了，离得那么近，我满怀希望地一转身，哦，不是，她没拎红色提包，更没带《人民日报》，倒是同一个头十岁的孩子双双走来。她不是我要等候的人。

我自自然然地把目光错开去，心里在怪自己转身转得快了一点。刚把目光错开，我忽又觉得，这带着孩子的妇女，似在哪里见过的。是在哪儿见过呢……

"哟，这不是达非吗！"

我叫钟弘思，小名叫达非。在这内地省城的马路上，竟然有人叫出我在上海青少年时代的小名，让我大大吃了一惊。

我定睛望去。这是一张中年妇女的脸，舞场里映出的灯光似在她脸上镀了层釉，红润润地泛着光。她有一双大大的黑白分明的眼睛，目光柔和温顺，即使没戴眼镜，但从她费劲地眨动着眼睫毛瞅人的神情，也能看出她是近视眼。她在微笑，五官端正的脸庞显得平平常常，太平常了。可就在她微笑起来的这一瞬间，我浑身的血液都仿佛凝固了。

"你……你是、是邵苓?"

"认不出了? 我真老得那么快吗?"她淡淡一笑,情不自禁伸手拂了一下后脑勺上的发梢。

"呃……哦、哦……"我愣怔着,一句话也说不全了。模样儿势必是挺滑稽可笑的。

她一定是看出了我的惶惑和狼狈,重重地盯我一眼,安抚般把话题岔开去:

"你在这里干啥呀?"说着,她转过半边脸去,目光在墙上巴的舞会海报上停留了片刻。

"等……等一位朋友……"

"男朋友还是女朋友?"

"女……女朋……"

"这么说,"她疑讶地扬起了两条短短的,并不秀气的眉毛,"你还没对象?"

"嗯。"我像只泄了气的皮球被踢进了墙角落,答话的语气轻得只有自己才能听见。

也就在这时,我懊恼地瞪了她一眼,她为啥一见面就问出令我如此难堪的话题呢? 但一眼看到她目光深处露出的忧郁的、若有所思的神情,我的气恼亦随即消逝了。

仲秋夜的暖风吹过来,我们俩伫立着,一句客套话也憋不出来。旱冰场里,乐队奏出的舞曲,带点喧嘈地直刺我的耳朵。

和邵苓同行的男孩子使劲扯了扯她的衣襟,她惶悚地用眼角瞥了他一眼,然后面向我,脸上浮起勉强的笑,柔声对我道:"达非,你现在住哪儿? 我有空去看你。"

我东摸西摸掏出一张纸,给她写下我单身居住的地址。

她接过地址,局促不安地向我道了声别,拉着孩子的手,匆匆地拐过一个弯,沿着环城路走去。

我不由自主地望着她的背影,逐渐逐渐消失在环城路尽头的梧桐树阴影里。

八点过五分。

我如释重负地嘘了一口气,手里两张金秋舞会票,被我撕成碎片,撒落在地上。作为相识标记的《人民日报》，也被我折叠起来，塞进了外衣口袋。

遇见了邵苓，我再也没有等待那位姑娘的心思。幸好她没有来，要不，我真不知自己将会以何种面目对待她，也许还会惹出一场麻烦，让热心的高家伯妈难堪。

我信步顺着林荫道走去，脚不时踩着梧桐树的叶子沙沙响。白天下过一场大雨，风雨刮落下无数张枯叶，清道工没有及时把树叶扫去，走起路来挺费事儿。一阵风吹来，有一张树叶被风拂起，巴在我左膝上，我都没想到把它抖落下去。

前面是一幢半年前竣工的六层楼宿舍，现在每一个单元都住了人，差不多所有的房间里，此刻都开着灯。我记得，仅仅只是在两年前，这一带还是整片整片不堪目睹的两层楼住宅，薄板房，纸筋石灰糊壁的小木楼，自建的平顶水泥屋，高高低低，凹凸不平，这家的门紧紧顶着那家的窗户，那一家的屋脊又紧压着第三户的阁楼。而如今，这一切全让六层楼宿舍代替了，一排排窗户里透出来的灯光，把半边马路都映得亮堂堂的。从一家三层楼的窗户里，传出了行腔从容、吐字清晰的歌声：

> 昨天，我的烦恼好像一去无踪，
> 可现在又仿佛停留不去，
> 啊，我相信昨天。
> 突然，我好像失魂落魄，
> 有一个阴影笼罩着我
> ……

平时，我是无暇倾听这一类流行歌曲的，这会儿，无意间听到的这几句歌词，却深深地打动了我。

不是嘛，之所以会对介绍给我的对象横挑鼻子竖挑眼，之所以常常在与姑娘幽会时心不在焉，之所以让人觉得我像个"冷水壶"，都是因为有一个昨天的阴影笼罩着我，都是因为邵苓，常常会像幽灵似的浮现在我的眼前，牵萦着我的情思，使我情不自禁地把每一位新相识的女性和她相比较。而一做比较，我往往会对新识的姑娘涌起一股说不出的腻烦和厌烦情绪，我往往会……哦，昨天……

　　　　昨天，爱情是多么轻易和有趣，
　　　　而现在我却要躲躲藏藏，
　　　　……

　　这多么像我此时此刻的心情。

　　一阵颓丧随着歌声袭来，我茫茫然地走着，走着，巴在膝上的树叶不知啥时落下了，我竟然没觉察。

　　是的，我和邵芩……这是一个奇特而怪诞的故事，但它恰恰又是那么真实可信，像烙印一样留在我的记忆深处。

一

　　插队落户时，我在煤窑上当过一阵会计。大约是我太认真负责了，大队主任给我调了一个比会计职务更清闲的工作，去樱桃湾旁的斗篷山上看守菌棚。他咧开大嘴，笑微微地扳住我的肩，既像是鼓励又像是恩赐似的说："去吧，你一定会干得很好的。像在煤窑上当会计一样，得到大伙儿的赞扬。"

　　听了他的话，我是高高兴兴地扛着铺盖卷儿，带一支我还不会打的猎枪，到斗篷山岭腰间的菌棚里来的。只要大队主任说我表现好，其他人怎么讲我，我就不在乎了。我是个上海知识青年，到五千里之遥的偏僻山寨上来，为的是接受贫下中农再教育，取得农村大学的毕业证书。一旦有了机会，我就可以进工厂、当商店营业员，或是被推荐去读书。要是大队主任说我不行，那么，我这一辈子就绝无出头之日了。

　　倒不是我爱啰唆，在大队主任正式调动我的工作之前，我们知青点集体户里，消息早传开了。有人说，我这个人办事太死板，把寨上有权势的人物得罪了，非倒霉不可。有人说，瞧着吧，达非这会儿准要给调离煤窑，仍旧和大伙儿一块下田土干活，甚至还会给派个更苦的活呢。知青之间讲话不避忌讳，好些话是当着我面说的，弄得我好几宿都睡不好觉。说穿了，我啥坏事也没干啊，有一回队长去煤场上拖了四马车煤，我照规矩给他记在账上，以便秋收结算时，给他扣除煤款。还有一回大队会计的小舅子，人称"烂母狗"的范效龙到煤场上来借款，开口就要三百元，这不符合大队会计亲口给我定下的规矩，我婉言拒绝了。那小舅子也识趣，既没跟我闹，也没同我吵，只是嘻嘻嘻朝我笑着点点头，就回去了。可寨子上偏偏有人说，我这人办事不灵活，不会"具体问题具体分析"，非给人家把煤窑会计的职务抹去不可。我的心头，也被人说得忐忑不安起来了。

这回好了，煤窑会计职务虽然抹去了，可派给我的活儿，比当那随时可能得罪人的会计更舒适——看守斗篷山岭腰间的菌棚。

在我插队落户的斗篷寨团转山岭里，盛产各式各样的蘑菇香菌，可好吃啦！雨天不出工时，我们这帮好嬉好耍，还不脱学生气的知识青年，常常会呼伴结群到山岭上青林子里去捡新鲜的菌子，插队一年多了，我们都能认出些菌类来了，啥子鸡丝菌、冬菌、山塔菌，种类多着哪！特别是在那整年累月让轻纱似的雾岚萦绕着的斗篷山上，更是遍坡都能见到菌子，俯拾皆是。我们仅仅插队一年多，竟全都吃厌了！

年年农闲时节的冬末春初，斗篷寨上出工干活，就是捡菌子。捡来了一提篮一提篮、一背篼一背篼的香菌，全部都铺展在菌棚里阴干，据说这么阴干，要比太阳晒干、比用火烘干，味道鲜美得多，也醇得多。

我新被派去干的活，就是守着一溜三大通间菌棚，防止坏人偷盗，防止野兽进去屙屎拉尿糟蹋菌子。遇到晴和风顺的日子，我的任务就是把遮着竹篾壁斗的草帘子掀起来，让阵阵山风透过稀疏的篾缝吹进去。可以说，这活路轻巧极了，比起一刻不能离开的煤窑会计职务，更是松闲舒适得多。

原先，这个活是斗篷寨上那个跛腿的白胡子老汉在干，听说他从合作化那年就干起的，一直干到去年。什么预感也没有，跛腿老汉在过新年时，喝着喝着酒，陡地一翻白眼，仰面朝天倒下去，死了。寨上的人都说他有福，临死在喝酒，是个饱腹之人。我接手看菌棚之前，斗篷寨上是一家一户轮流看菌棚。这一轮流不要紧，棚里的菌子却是一天少似一天，于是乎斗篷寨上的大、小队干部们，想到了我。他们认为我是一个知青，不会往集体户里偷菌子，更不会私自拿了干菌子去收购站卖，要是一卖，准会被发觉。

这个美差自然而然落到了我的头上。

开头几天，我真是满足，真是优哉游哉，建在岭腰间的菌棚，离斗篷寨有十三四里山路，开春农忙时节，寨上人哪个也不会跑到这儿来，天地之间就我一个人，真可谓天高皇帝远，哪个也管不到我的脑壳上。我可以尽情地散步，尽兴地看书，或是拉开我的嗓门，唱几首我喜爱的歌，并且可以不必担心这些歌是不是属于封、资、修的黑货。因为除了我自己，倾听我歌声的，就是山山岭岭间的雀儿和草丛里的野兔、松鼠、小虫子了。

可是开初的三四天一过去，我就发现看守菌棚这活儿并不似想象的那么富于诗情画意了。首先是夜晚不好消磨，特别是雨天的夜晚，天早早地黑尽了，我的那一小间紧挨着菌棚搭起的小茅屋里，冷飕飕的，非得烤火才能坐得住。可一烧火，满屋都是烟，呛得人眼睛、鼻孔、嗓子眼里都不好受。我毕竟不是道道地地的农民，烧火技术也不佳，火星子满天乱飞，万一溅到茅屋顶上烧起来，那可不得了。不烤火，呆坐着又冷，唯一的办法只有蜷起身子钻进被窝里，翻翻书，倾听一下屋外的风声、雨声。时间太早，实在睡不着，那个滋味可不是好受的，我是个二十出头的年轻小伙啊，每一个青年人身上都有的那股生命的热浪时时在袭击着我，使我久久地不能安睡。有几次，好不容易睡着了，半夜里又被噩梦惊醒。醒来之后，我睁大两眼，瞅着漆黑一团的茅屋，想着梦境里听到的狼嚎、虎啸和豹子的嗥叫，我不寒而栗。细细谛听呢，田野里又啥子声音都没有，寂静、寂静、寂静得令人可怖。

如果说夜晚显得难熬的话，白天就更乏味了。最初那几天，我因为不习惯，光是整一日三餐伙食，也得耗去不少时间，捡干柴，点火，淘米，找可吃的菜。逐渐逐渐地，我拾到的干柴已足够我烧几个月了，今日吃面条，明日下河捕鱼，第三天拿起那杆猎枪，满山遍野地去追逐野兔子，由于没事儿就拿起火铳枪来练瞄准，我的枪法真还有准头，隔个几天，总能让我打到一只肥肥实实的野兔，美美地吃上两三天。加上我来看菌棚时，把上海家里寄来的咸肉、香肠、午餐肉罐头、凤尾鱼之类，通通带上了山，每天弄三顿饭吃，对我来说成了易如反掌的事。

吃饱了饭，又必须留在菌棚团转，那真是再乏味也没有了。我常常痴痴地凝视着阳光透过繁茂的大树射下来的道道光束，观察那光和色的细微变化；我常常跑到离菌棚不远的松林里，试图一睹老蛇吞吃松鼠的惊险画面，为此我可以等上两个小时、三个小时、甚至半天；要不，我捡来一大堆石块，朝着深谷里一次又一次地锻炼自己的臂力，看能否把石块扔到屏风般的山崖上去；只要出太阳，我就必然跑到草坡上，仰面朝天、叉腿舒臂地躺着，瞅着群峰、瞅着树巅，望着蓝天上的白云，直看得头昏眼花、晕头转向时，一闭眼，翻过身去就睡。即使是这样，我还有好多时间无法消磨。我常常在想那个死去了的跛腿老汉，他在这幽静的山谷里看守了几十年的菌棚，怎么把时间打发过去的呀？他说不说话，和谁去讲话呀？

离开菌棚约莫半里地，有一条盘山绕坡流过来的河，这条河有个怪诞的名字，叫作打郎河。打郎河流到斗篷山坡脚这里，像鸡肠子似的，拐了好几个弯，当地人又给这一带河湾呼了个动听的名字——樱桃湾。年年春汛河水泛滥的时候，樱桃湾河面上，波推浪涌，四处漫溢，气势骇人。而在平时，樱桃湾的河水清澈得令人情不自禁想俯身去喝一口，透过只齐人脑壳深的河水，能清晰地看到河底的鹅卵石，河岸上的草坪，经年累月得到河水的滋润，长得格外地醒人眼目。那一株一株像忠实的哨兵似的百年老树，粗壮的树根裸凸在河岸上。

这里不但静，而且景色宜人。我差不多天天都要走到这河岸边来，坐在裸凸的树根上，坐在青石板上，凝望着早春枯水时节安澜无波、轻吟低唱般流去的河水出神。河两岸的每一座山头、每一座峰尖岭巅，也仿佛认识我了，我时常会对着它们，既像是喃喃自语，又像是说悄悄话，叙说自己的烦恼和苦闷。

真得感谢那个跛腿的白胡子老汉，他不但在小茅屋里给后来者留下了渔网、鱼篓和一应齐全的日常生活用具，在樱桃湾的河岸边他还有一条柳叶般轻巧的小船，听说这条小船是他亲手打成的，还在里外涂了好几道生漆，既坚实又耐用。逢到天色好，风不大，我的兴致又高，我总要撑着黑色的小船，在风平浪静、七弯八拐的樱桃湾河里耍个半天，弄得浑身疲倦了才回去，这样，晚上就睡得沉了。

这一天，又是夜里让噩梦惊扰，起床后我就显得无精打采的，看到出了太阳，林中的雀儿啼得欢，我信步来到了樱桃湾，坐在一块褐色的岩石上，盯着随着河水的流淌起伏而微动的小船出神。刚刚一坐下来，我就感觉到静静的樱桃湾河岸旁有点儿异样，稍一留神，我就察觉了这点儿异样来自何方。在河对岸的茨藜荆棘上，披晒着一块雪白雪白的被单。

黛色的山、澄碧的水、绿茵茵的草坪河岸，满山满坡的绿荫中间，晒着一块被单，醒目极了。

是谁，会跑到河岸边来洗被单呢？围周团转的村寨上，正逢农忙，农民们是没有闲暇跑那么远路来洗被单的呀！他们即使要洗，也尽可以在寨子的堰塘旁、沟渠边洗啊！

我移动着目光，在对岸河岔拐弯的一个小河湾里，有一个女人蹲在那儿，俯首揉搓着啥，她穿着一件蛋黄色的毛线衣，大约是洗了好一阵子了。

我像发现了新大陆似的，久久地凝望着她。脑子里猜开了，她是什么人，从哪儿来，从她的衣着看，绝不是当地的农民。当地农民不会穿她那种色彩的毛衣，也不会突发奇想，离寨子老远地跑来洗衣裳。我们这一带山区，是汉族和少数民族杂居区域，差不多每一个寨子，都有挨得很近的食用井水、泉水和洗衣洗菜的堰塘。她……她可能是走村串寨、巡回医疗队的医生吧！极可能是的，这些医学院和医专的毕业生，不是还到我们斗篷寨来送医送药的嘛！

只是，她一个人，孤零零地跑到河边来洗衣裳，不怕吗？难道她就从未听到过那些关于抢姑娘成亲的流言吗？这一类流言蜚语，还在上海没有插队之前，我们就听得耳朵起老茧了呀！什么这里的农民，特别喜欢年轻的姑娘，尤其是远方来的漂亮姑娘，到了山区，姑娘家决不能一个人单独行动，要不，被半搂半抱地抢了去，生米煮成了熟饭，那就……传得神乎其神，就好似我们这些城市青年听到山区遍坡是老蛇一样，吓得姑娘们胆战心惊的。

由此看来，这个洗衣裳的女同志一定是个中年的医疗队员了，她不怕，她有一把年纪了。

我任凭自己的思绪跑野马，胡乱猜测了一阵，把目光转到闪烁着粼光的河面上，转到河两岸那些山姿峦影上。但仅仅只一会儿，我的目光又转回到洗衣裳的女子身上，理由也简单得很，瞅一个活动着的人，总比望凝然不动的山峦、树木有味。

就在我重又把目光移到洗衣女子身上时，一件怪事儿发生了。

洗衣女子前头的河面上，陡地冒出了一个人脑壳，还没等我辨清他是男是女，这人已经像头豹子似的扑上了岸，把洗衣裳的女人拦腰抱了起来。

他们是对恋人在调情？

那女人好像恐怖地叫了一声，传到我耳朵里时，声气已十分微弱，听不出她喊些啥，但我认定了，她的嘶喊凄厉而惊惧。

也是这一声微弱的嘶喊，逼得我猛地跳了起来，不假思索地跑近河岸，三下两下解开了系在桩桩上的船绳。

这下子，我嬉耍着学熟练的撑船技术发挥作用了，尖尖的铁钎头篙子咕嘟嘟插入鹅卵石河床，柳叶般的小船就像支箭一样朝河中央射去。

好家伙，那个河里冒出来的人裸露着上身，抱着女人还在奔跑，明晃晃的阳光下，晶莹的水珠一颗颗直往地上落。女人在挣扎，使得那男人(这回我认定是个男人了)跑得很费劲儿，几次在草坪上停留了片刻。但他一定力大如牛，百多斤重的女人抱在怀里挣扎，他还在往树林那边跑去。

我的两眼目不转睛地盯住那家伙，双臂一篙接一篙地插向河底，小船的前半部分几乎全离了水，轻盈疾速地直向对岸飞去。

不知为啥，我自始至终没有高声呼喊。

当我的小船抵达对岸时，那家伙已经抱着女人跑进了树林。

我顾不上系船绳，跃身上岸时，双手紧紧地抓着手里那支铁钎头长篙子。

也许这是个原因吧，想到那是个身强力壮的莽汉，我一开头就考虑到要使用手中的篙子，戳他一个措手不及。

我飞奔着扑进树林子，那家伙已经把女人按倒在地，以一个骑马式压在那女人身上，正在粗野地撕扯着女人的衬衣。那件蛋黄色的毛衣，被他扔在一边。

一定是我太紧张、太激动了，我双手牢牢地抓住那支篙子，平举起来，直对准那家伙裸露的、还在淌水的黝黑的背脊，以雷霆万钧之势(如果可以夸张地借用这个词的话)，狠狠地朝他扑过去。

我没有留神自己的脚步。

脚步声一定是太响了，那家伙倏地转过脑壳来，惨叫了一声，跌倒在地。

我顾不得端详他那张惊恐万状的脸，只把篙子稍稍偏一偏，就向他头部戳去。

他惊骇地叫起来了："啊……钟……小钟……"

知识青年到山寨上去插队落户，寨上的人，无论男女老幼，都在他的姓前面加一个"小"字，以示亲热。

这个鬼家伙，他怎么会认识我的。

我克制了一下自己的愤怒和冲动，收住脚步，定睛望去。

他妈的，活见鬼！真是冤家路窄。这个光天化日之下试图行奸的家伙，不是别人，正是斗篷寨上大队会计的小舅子，人称"烂母狗"的范效龙。他大约是窥视这个女人有一段日子了，脑壳上扎了一块少数民族的帕子，连那条贴身短裤，也是少数民族式样的。可这个龟儿子，明明是个汉人。

我一跺脚，大喝了一声："浑蛋，快滚！"

让河底的鹅卵石摩擦得闪闪放光的铁钎头在他脑壳上晃了一晃，他慌得抱住脑壳，转身狼狈地跑出了树林子。

我一转脸，看见了躺倒在地的女人。她是吓昏过去了，眼睑微翕，脸色惨白中透着虚青，身上的衬衣几乎被撕烂了，露出了贴身的小褂子。

这一下，我该怎么办呢？用个啥法子，让她醒过来呢？我又不是医生。

这都是我多管闲事惹来的麻烦。

我捡起她那件蛋黄色的毛衣，费劲地把她背起来，一手持篙子，一手托住她，一步一步走出树林子，走到河岸边的草坪上来。

我把她小心翼翼地搁放在草坪上，任凭她仰面朝天地躺着。她比我想象的年轻得多，至多也就二十五岁。这么一个比我年长几岁的姑娘，我怎么使她醒来呢？

我想起电影中的一些镜头，赶紧跑到河边，双手掬起一捧水，又奔回来，想把水洒在她的脸上。

等我重又来到她身边时，她微眯缝着眼睛，眼睑蝉翼般颤动着醒了。蓝天上射下来的太阳光，肆无忌惮地洒在她的身上，直刺她的眼睛。也许是令人眩晕的阳光刺激了她，使她苏醒了吧，她的眼皮颤抖着，睁不开。

我移了移脚步，让自己身体的阴影遮着她的脸，她的眼睛睁开了，一双黑溜溜的、大大的眼睛，困惑地眨动着。一旦看见了我，她惶惶地撑着双手坐起身子，双臂自然地交叉搁在胸前，阻挡着我的目光。

我离开了她身边，把那件树林中带出来的蛋黄色毛衣扔给她，走向河边。

上岸时，由于没系船绳，我那只柳叶般轻盈灵巧的小船，已经荡离了河岸一丈多远，不是有几块裸凸出河面的礁石挡住了它，小船早顺着樱桃湾的流水漂远了。

我用篙子把小船拉回来，慢条斯理地将湿漉漉的船绳随随便便拴在一大坨河岸边的石头上，然后坐了下来，朝她转过脸去。

她把蛋黄色的毛衣穿上了。除了头发微见蓬乱外，看不出其他遭受欺凌的痕迹。她仍然坐着，脸上那股惶然疑惑的神色消失了。只是用那对黑白分明的大眼睛，探究一般盯着我。

我搓了搓双手，想问问她，是什么人，为啥独自来河边洗衣裳。但不知为啥，我总难以启齿。

"你是从河对岸赶过来的?"她倒先开口问起我来了。

我兴奋地点了点头，一听她说话，我就挺高兴。一来是我好多天没同人讲过话了，二来是我一下子就听出，她同我一样，操的也是一口上海音挺重的普通话。相声演员怪声怪调学起来挺逗人的那种话。

"那、那你是小知青!"她的两条眉毛一扬，点出我的身份。

这称呼真刺耳。知识青年的地位够低下的了，她还要在前面冠以一个"小"字。

"我是知识青年。"我干巴巴地回答。

"上海来的?"她惊喜地一扬两条淡眉问。

"嗯。"

"我们是同乡。小知青。"

又是一个"小知青"!

是的，一眼就看得出，她比我年长几岁，可她也不能就此把一个救命恩人，左一个小知青、右一个小知青地喊啊。

我有些愠怒了，懒懒地耷拉着眼皮。

"告诉我，小知青，你在哪个寨子插队？"要是把小知青三个字撇开，她问得是很温顺的。

"斗篷寨。"

"斗篷寨在十几里地外呢！你怎么到这里来了？"

"我？看守菌棚。"

"在这河边？"

"哦不，在河那边，半山腰里。"我伸出手，指着河对岸岭腰间那几幢隐约可辨的菌棚。

"哟，那是很近的。"她啧啧有声地说，"就你一个人看守吗？"

"是的。"

"小知青，我真不知该怎么感谢你……"

又是一个小知青。我忍无可忍了，呼的一下站起来，两眼直视着她，冷冷地问："你没受什么伤吗？"

"呃……没……"她显然有点慌乱，两眼使劲眨动着，猜测着我为啥突然变了态度。

我放缓了一点口气："那么，我劝你赶快离开这儿吧。免得……"

话没讲完，我俯身解下了船绳，一个箭步跨上了船头，篙子将就在河岸上轻轻一点，小船便无声地滑离了河岸。

"哎，小知青，等等，你叫什么名字？"

"达非。"我觉得没有必要把自己的真实姓名告诉她，仅把小名说了出来。同时，我坚持着，决不回过头去瞅她一眼。

我觉得自己这一手做得是很有点儿男子汉气概的。我救了她，既不祈求她的感谢，更不向她索取什么，甚至连她姓啥名啥、来自何方也不打听。

哼，我得让她瞧瞧知识青年的骨气。

可是船到河中央，我还是忍不住回过头去，瞅了一眼，我怕范效龙这头"烂母猪"隐在暗处，这会儿又扑出来。

她呆痴痴地伫立在河岸上，发现我回头，她向我扬起手晃了晃。

我的自尊，我的男子汉的虚荣心，全在这一瞬间崩溃了。不知怎么的，我的心头一热，她伫立在河岸上向我挥手的倩影，不时浮现在我眼前。

船到对岸，趁着系船绳的那一刻，我又朝她那边望了一眼、她还是直挺挺地站在河岸上，在向着我缓缓地挥手。

二

事情刚过去一两天，我还有滋有味地把这件事的始末回味了又回味。像咀嚼拷扁橄榄似的，觉得余味无穷。

四五天之后，一切便复归于平静。想到这件事，我无动于衷了。心头说，什么时候和知青们聚餐，酒醉饭饱之后，当作余兴讲出来逗逗大家兴致，倒还有点儿意思。

我又在菌棚附近打发着那枯燥得不能再枯燥、乏味得不能再乏味的日子。

那是初春里的一个晴天，掀起了三大通间菌棚的草帘子，任随风从竹箅缝里吹进去，吹拂着那些道干不干的菌子，闻着那股浓郁的菌香味，温暖的、催人昏昏欲睡的春风一阵一阵拂上脸庞，我竟觉得有点乏力，不想去河边坐，也不想带上猎枪去打野兔。我闷闷地坐在小屋子里发呆，不知怎样来打发这漫长的一天。

天气逐渐热起来，小茅屋里弥散着一股霉味，应该敞着门，让阳光照进来，透一透这股子阴霾气息。再在这样的小屋里住下去，连我身上都要发霉了。我忧郁地想。

"达非，达非！"

屋外响起喊我的脆脆的嗓音。

是斗篷寨集体户的男女知青上坡来看我了，这是哪个女知青的声音？我猜不出，可我欢乐地答应了一声，跑出门去。

脚一跨出门槛，我愣怔地站住了，几乎不相信自己的眼睛。

这是她，那个险些被范效龙侮辱的女人。她穿一身灰卡其布的学生装，白袜子，黑搭扣鞋，目光温顺地瞅着我，在笑。手里还提一只沉甸甸的网兜。

我惊愕的模样儿一定很滑稽，她"咯咯咯"地笑开了：

"怎么，不认识我了。我叫邵苓，专程来看你，向你道谢。"

她边说话，边一步步地向我走近。

我害怕她似的往后退，一直退到门框上，才讷讷地说：

"嗯……请、请进……"

她朝我嫣然一笑，眼里闪烁着柔和亲切的光。怪得很，每当她笑起来的那一瞬间，那张五官端正的平平常常的脸，就会显出股女性特有的妩媚神情。

我领她走进自己栖息的小屋，惶惑不安地追随着她的目光，小茅屋里太零乱、太不堪入目了，想想嘛，那是一个二十来岁的、单身知青住的屋子啊！

"不错，比我们那儿强多了。"她好像没看到随处乱放的干柴树枝、猎枪、水桶、渔网、鱼篓、煮饭的火塘、那几只黑得像炭似的锅儿，几只还没洗的碗等等杂七杂八的东西，朝我一颔首说："我估计你就有这么一块领地。"

"那……那么你是在哪里？"我终于问道。

"学军连队，你不知道吗？"

我摇摇头。

"瞧你，进了你的屋，你还没请我坐呢，开口就打听我的来历，好像我是鬼魂似的。"她在我的竹笆床上坐下，嘘了一口气道："嗨，到你这儿来，真费事儿。我绕了好几里路，才找到那座铁索桥，过桥的时候，心都跳到嗓子眼上来了。再说，我又怕呢，怕一个人在山岭里走，又遇到上次那样的坏人……"

她说的那座铁索桥我知道，是在樱桃湾上游河面最窄的地方建的，十几股粗粗的铁丝搅成的缆绳上，铺着厚厚的木板，走在桥面上，晃悠晃悠的，别说女同志，男的初初走时也提心吊胆的。真难为她了。我说：

"以后你来，我可以撑船来接你。"

她又露出了那种动人的笑："这才像句话，小知青。难道你真的没听说过学军连队？"

"是'五七干校'之类的吧。"我猜谜似的说。反正在"文化大革命"中，各种各样的新式花样层出不穷，什么插队落户啰，去国营农场、军垦农场啰，什么自谋出路啰，"五七干校"啰，带工资下放啰，我都搞不清了。

"不是不是。听说过六八、六九届的大学毕业生吗？"

"嗯。"

"这批大学生，通通是一九六四、一九六五年考上的，在学校里一混四五年了，其实只读了一二年大学的书，但是到了一九六八、一九六九年，也该毕业了。国家是需要我们这批人去干活的，可新掌权的人物说我们这些人需要回炉，也应该像你们一样，照毛主席说的学工、学农、学军。于是乎，就把我们这拨人分配到离这儿五六里地的一个农场里，既学农又学军来了……"

"怎么又是学军呢？"

"因为管我们的都是解放军。"

"我懂了。"

"你还不笨。从这个意义上来说，我们是同病相怜，都是从上海来的，原来都是学生，跑到这深山老沟里来接受再教育。不同的是，和你小知青比，我每月有四十五元工资，还有四十五斤大米供应。而你们知青……"

她可能是看到我的脸色变了，没有往下说，只把带来的网兜朝着我举起来：

"瞧，这是啥？"

"鲤鱼，"我惊叫起来，"还有蹄髈、瓢儿菜！"

"新鲜蹄髈，鲤鱼在今早上还是活的呢。"她带点自豪地说。

"是你赶到墟场上买的？"

"哪里，农场里分的。"

"分的？"

"今天是星期日啊，小知青。"

星期天？我哪里还分得清星期几啊，对我来说，每天都是工作日，每天又都是休息。

"分鱼分肉，要钱吗？"

"俗气。"她嗔怪般瞥了我一眼，"跟你说，小知青，这些都不要钱！每个月四十五元钱到手，我们只要交十二块五的伙食费，啥都不要管。

鱼是农场养的，猪是农场喂的，蔬菜是农学院那帮学生种的。告诉你呀，这个回炉补课，学农学军，可有趣啦！一九六八年九月份到了农场，我们算是补上了一堂课，把解放军种下的稻子收割完。天天，一个解放军的副班长带我们去收，直收得我们腰酸腿疼，回到宿舍倒在床上就不想起来。秋收以后，就轻松了，这里的一切，你是体验过的了，一年中有一百三十五天是弥天大雾，那恼人的雾啊！到了冬天，阴丝丝阴丝丝的寒冽，叫人活不下去。我们一整个冬天都是在砍柴、烤火中度过的。初初到农场，学生们来自各式各样的大学，有学工的、学农的、学医的、学文的、学地质的、学体育的，五花八门，种类齐全，有的来自名牌大学，有的出身比较卑微，当然也有显贵的子弟，大家刚凑在一起，无论是干活、讲话、学习、精神状态都是相互试探性的。狂飙般的‘文化大革命’，使得每个人都学会了戒备。但是，日子一长，毕竟是共同的命运容易使青年人相熟，大家之间就无甚防备，说话办事儿都是直来直去、赤裸裸的了。反正每月有定粮供应，有工资，大伙儿就不愿干活，光是料理好自己的生活，就心满意足了。这帮子大学生，喂的猪肥又壮，养的鱼儿欢蹦活跳，推的豆腐都嫩白嫩白的，惹得周围村寨上的老乡都眼红，悄悄来打听我们用的啥卤水？他们当然晓得，我们是有知识的大学生。嘻嘻，看到半导体收音机，这些偏僻村寨里的老乡才好玩呢，拼命向我们打听，这小匣子里为啥有人说话，你说说，这日子过得逍遥不逍遥？”

“比我们舒服多了。”我叹了口气，想到知识青年的生活，我不无羡慕之感。

邵苓也叹息了一声，没有笑：“是啊，好些男生都感慨万千地说，这种日子，哪是啥回炉补课，而是‘一根肥肠度春秋’消磨青春，浪费青春。生活搞好了，吃饱喝足了，我们就无端地消耗自己的精力，走二十多里山路去赶场，听说周围的布依族、苗族村寨有人结婚，我们成群结队地去参加他们的婚礼，说实话，我纯粹是为了寻找刺激，但表面上，我们还美其名曰：这是和贫下中农共度欢乐，打成一片。你知道，我们去参加他们的婚礼，送什么吗？”

我摇头。

“猜猜看。”

"反正不会是钱。"

"对了。送的是肥皂……"

"肥皂?"

"是啊,这是最珍贵的礼物。你不知道吗,这里山寨上的老乡,一季度一家人只能分配供应一块肥皂,一块、半条呀!"

她毕竟是大学生,讲的虽然都是极琐碎的事儿,听来却有条不紊,娓娓动听,很有味儿,我极有兴致地倾听着,目不转睛地瞅着她。

"说起来是热闹,可是每一个学军连队的人都晓得,这是在混日子,是极度的空虚造成的变态。"邵苓又轻叹了一声,"你想想,要是我们这帮大学生,不为了某种信念和什么理论钻进这山岭里来,奔赴各自的工作岗位,我们会创造出多少物质的和精神上的财富。可偏偏……唉,不同你多讲了,这种情绪传染给你,对你没啥好处。"

我看得出,她是从心底里把我看成是个小知青,是个不谙世事的小弟弟。她哪会知道,我在这山野里看守菌棚,感觉到的,是比她所说的一切还要乏味的空虚和无聊呢。

我苦笑了一下。

她定睛瞅了我一眼,说:"小知青,你听这些,觉得没劲吗?"

"挺新鲜的。"

"我还真怕你听不进,打哈欠呢。"她又笑了,笑得那么动人,"这么说,我们就此交上朋友了?"

"算认识了。"

"对,相识了。为了报答你的见义勇为,今天你啥都别干,只给我当下手,我给你煮一顿美味可口的午餐,我们好好尝一尝。拿当地老乡的话来说,叫……"

"打牙祭!"我抢在她前面高声道。

"对,打牙祭。"

说完,我们俩都情不自禁纵声笑了起来,平心而论,听她柔声细语的谈话,和她在一起,我感到愉快,下乡以来很少有的那种由衷的愉快。

# 三

那场雨来得太突然，吃午饭时还是晴朗朗的大太阳，午睡醒来，却已是雷声隆隆，大雨倾盆了。

我被雷声震醒，听清了滂沱大雨的哗哗声，顾不得穿衣叠被，跳下床就冲出去放下草帘子。好不容易看守了两三个月的菌棚，棚内的菌子都已有六七成干了，让倾斜的雨点打进去，岂不是前功尽弃了。

我发疯似的在肆虐的风雨中解下一根又一根系住草帘子的细麻绳，把草帘子一排接一排地掀下来，遮盖好，使得急骤的雨点吹打不进菌棚。平时这活儿我都是细致而慢吞吞地干的，这会儿心头急，反而干得不顺手，一忽儿麻绳浸透了水解不开，一忽儿草帘子遮盖得不齐整，恼人极了。等我把三大通间菌棚的草帘子全都放下遮好，我的浑身上下好像在水中浸泡了半天，午睡时穿的贴身衣裳，湿淋淋地全紧紧地巴在身上，冷得我上下牙齿都并不紧，直在那里"嗝嗝嗝"相碰着打架。

当天夜里，睡梦中我觉得奇冷难熬，第二天清晨醒来，我觉得自己感冒发烧了。我挣扎着想试着起床煮早饭吃，可脑壳沉沉的，坐也坐不住，况且，一点食欲也没有，只得又躺下去。

挨着饿躺了一整天，到了夜间更觉昏沉。费了九牛二虎之力支撑着坐起来，将就热水瓶里不那么烫的水，冲了一杯牛奶喝下去，稍觉好受了一些，我又仰面朝天躺了下去。

这天夜里我尽被梦境缠绕着。天还没亮就醒了，一醒过来，别想再睡着。在床上躺久了反而难以入睡。昏昏沉沉地陷在梦里，倒还好受些，一旦醒过来，那滋味简直无法忍受。我只感到孤独，只感到自己可怜，在这偌大的很少有人来的山岭中，我就是这么死去了，也不会让人发现的。我懊悔自己答应下了这个看守菌棚的差使，懊悔自己贪图轻巧，懊悔离开了虽然杂乱、艰苦，但却热热闹闹的集体户生活，在集体户中，病了总有人给你找药，给你去把那个好赌钱的赤脚医生拖来打针，可这会儿……想到这些，我淌了眼泪。说心里话，在这种时候，我最相信的就是邵苓，最盼的就是她的到来，只要她一来，她就会设法去给我找医生，至少是去找药。自从她找到我这儿来之后，她又来过几次，每次都是我撑着小船把她接过岸来，到了我这儿，我们一起煮顿饭吃，然后像头一次那样，听她讲学军连队里的生活和各种各样性格的大学生，到午后三四点钟(全凭日光的感觉猜测)，我把她送过岸去。为怕她出意外，我还常常伴送她走个三四里地山路，直到她催我回程，我才回到菌棚的小屋里来。

我的菌棚小屋，也由于她的经常光顾而变得整洁干净了。只要想到她的到来，我便显得勤快、爱收拾收拾了。不过，她这几次来，几乎是不成文的规矩了，隔开一个星期来一回，从来不曾接连两个星期天来过，上个星期天，她刚刚来过，这个星期天，也就是今天，她是不可能来的了。

我怀着失望和颓丧的情绪想象着，当她下个星期天推开我吱嘎发响的竹笆门，发现我直挺挺地死在床上时，她会不会哭？不，她不会哭的，她只会骇然尖叫着撒腿就跑，一口气跑到河边去。也许，她还会……

天亮了。

凭屋内的光线，我感觉得到这是个阴天，稠雾弥漫、阴湿阴湿的一天开始了。屋檐脚要隔开老半天才响起一声"滴答""滴答"的滴水声。远远地，林中的雀儿在不甘寂寞地鸣啭啼叫。小屋子里，一股令人窒息的难闻气味。我合上了眼睛，又稀里糊涂昏睡过去。

……

"哎呀，你怎么了？"

睡梦中我觉得自己躺在宽敞明亮的医院里，一个戴白口罩的护士俯身瞅着我，两条细弯细弯的长眉下有一对亮晶晶的大眼睛，她柔声而亲切地问着我。一只绵软的、温暖的手，轻轻地、轻轻地抚摸着我烫乎乎的额。

我羞涩地扭过头去，面颊贴上了枕巾，我惊醒过来，心怦怦地直跳。我感觉得到，我的额颅上真有一只手，一只细嫩温柔的手搁在那儿。

"哟，你在发高烧。"

我听出来了，这是邵苓的声气。她那惊恐的嗓音里透着深深的不安。

如同细雨洒落在我的心田里，我觉得一阵慰藉，觉得自己真想一头扎进她的怀里哭泣。

她搁在我额头上的手轻轻移去了，我闻到一股温馨的雅香味儿，耳朵里听到她在对我低语：

"听着，小知青，你躺着，乖乖地躺着，我去去就来，去去就来，听见了吗？"

我含含糊糊应了一声。

她走了，小茅屋里声息全无，可她仿佛仍守在我的床头，我仍能听到她惶悚的鼻息，闻到她身上那股女性特有的诱人的香味，感到她的手搁在我额头上。

她走了之后，我全身只觉得发热、发热，浑身上下一点儿力气也没有，翻过身去，难受，转过身来，还是难受。睁开眼睛，我感到恶心得想呕吐，闭上眼睛，我又觉得窒息，觉得嗓子眼里火辣辣的想喝水，想呼喊，想号叫，我记不得自己是不是不断地在呻吟，记不得自己哀号了几声……总之，当邵苓又坐在我的床头，把我扶抱起来，头靠在她浑圆的肩膀上，喂我吃药时，我才从沉沉的昏睡中回过神来，我发现自己出了满身的虚汗，全身的骨架像被人抽去了似的，虚弱极了。

她服侍我吃了药，给我抹去了额头、颈脖里的虚汗，给我打了针，重又让我躺下去，把被窝替我盖得严严实实，然后，她非常细心地把竹笆门打开一点儿，注意让室外的清新空气透进来，又不让风朝着我床头吹。

躺在床上，我瞅着她引燃了火塘里的火，出去淘了米，帮我煨稀饭。

午后，她把薄薄的稀饭一勺一勺地喂给我吃，每勺稀饭里，她都搁了一小点榨菜丝儿。我的感觉里，这一辈子，那两小碗稀饭是世界上最美妙的佳肴。

是打的针奏了效，是吃的药起了作用，还是喝了稀饭恢复了点精神，下午我感觉到好多了。临近黄昏的时候，她又一次让我吃了药，替我打了针，喂我喝了半碗稀饭，把火塘里的火用灰捂起来，还将我可能要喝的水倒了半杯，把那只灌满开水的热水瓶放到我一伸手就能拿到的地方。

我知道，忙活了一整天，她要赶回去了，他们的学军连队纪律虽然松懈，可每个星期天的晚上八点钟，全连还是要集合点名，瞧瞧哪个出去赶场或是逛山林的学员没有归来。这是她告诉过我几次的。

在心底里，我由衷地深深地感激她，但两眼望着她，我那两片干燥的嘴唇却像有千斤重，怎么也说不出口。

她站在屋中央，似要走近我的床头，又像是要向门那儿走去，一副踟蹰不安的神态，那双大大的近视眼，一眨不眨地凝视着我。

小屋里晦暗得仅能勉强看得见物件，暮色愈加浓了，我催了她一句：

"我支撑得住，你、你走吧，要……要赶山路哩……"

不知怎么搞的，话是说出口了，我的眼里却涌起了满眶的泪。

她朝我摆摆手："再会，小知青，安心睡吧，我一有空，就赶来看你。"

我看到她露出两排洁白的牙齿对我笑了笑，去拉开了小茅屋的门。

一阵狂啸的风随着她把门拉开而扑进屋来，冷得我连打了两个寒噤，狼嗥般的风声里，夹杂着"噼里啪啦"的雨声，屋外的山山岭岭间，雾霭四合了，铅灰色的乌云，沉沉地压在屋对面的山头上。

她痴呆呆地站在门口。

我的心在往下沉，直往无底的深渊里沉，一个残酷的现实推到了我的面前，为了我，邵苓不能回她的学军连队去了。由于这个过失，她可能会被当众点名，可能将受处分，可能……在这个年头，什么可能都是会有的呀。

我恼恨自己，我悔得恨不能捶打自己，在极度的悲恸和懊恼之中，我啜泣出了声。

我的抽泣使得站在门口的邵苓浑身一震，她断然地关上了竹笆门，转过身，缓慢地、一步一停顿地向我走来。

我仰起了脸，想看清她脸上的神情。可是小茅屋内的光线太暗，我只能看到她那双大大的、让我觉得无限温存而美丽的眼睛。

"轰隆隆！"一声雷鸣，如同是从天空中直朝着菌棚打来；跟着，一道霹雳似的闪电，倏地掠过，我看得清清楚楚，邵苓惊骇得脸揪成一团，一屁股颓然坐在我床头上。

雷声过后，潮涌般的雨声喧闹地响起来，整幢小茅草屋子，随着菌棚颤抖地呻吟开了，耳朵里灌满了风声、雨声、山水沟里咕嘟嘟的流水声和说不清是什么的嘈杂声。

邵苓的手不知啥时候碰了一下我的耳朵，随后轻轻地抚慰着我的耳垂。

我的心像捶鼓样跳着，比风雨声还来得猛烈。

"你怎么哭了，小知青?"她问我。

"都……都怪我，害、害了你……"

话没说完，我的泪水全涌了出来，我哭了。幸好又是一串像要劈开地球似的疾雷，震得我们的耳朵啥也听不见。

就在这一连串的疾雷声中，邵苓的双手扳过了我的脸，俯身下来，吻了我。

我的身子像被惊天动地的雷鸣震起了一般，上半身朝前一耸，一头扎进她的怀里，不知是悲还是喜，是哀愁还是兴奋地失声哭了起来。

……


# 四


清晨，我从深沉的酣睡中醒来。

起床后，我觉得自己的身体轻飘飘的。不过那种头晕目眩的感觉已经消失了。在床上躺了几天，我仿佛经历了一场洗礼，一次彻底的脱胎换骨。

打开小茅屋的门，山野潮润和清新的空气扑面而来，我倚着门框，贪婪地吮吸了几口。半里路外的樱桃湾河面上薄雾缭绕，就是离得那么远，我还是能感觉到，打郎河暴涨起来，湍急的河水泛起雪白的浪花，咆哮着漫过整个樱桃湾河谷，野性地朝河岸上泛滥，肆虐般地溢向河湾、河岔和低凹下去的洼地。群山的峡谷里横抹着紫薇薇的雾纱，呈现着一片迷人的玫瑰色。树枝上，有只点水雀儿，细碎而急促地啁啾着。

哦，生活，色彩斑斓的生活，该是多么美好，多么富有气势和震撼人心的活力呵!

从病中恢复过来的时候，我更深切地认识到了这一点。

我的体质在恢复，我的精神在恢复，我怀着复杂、急迫而又有几分惶惑的心情在期待着邵苓的到来。

她什么时候能来呢？

风雨之夜，她就趴着床沿，坐在那张小板凳上，陪伴着我，熬过了那难忘的一夜。

第二天醒来，她将着鬓发，偏着脑壳，憔悴而微呈倦容的脸上挂着羞怯的笑，低低地说："小知青，我比你足足大了六岁。"

后来她走了，为我安排好一切，就匆匆地走了。

是的，她是比我大好几岁，可是她爱我、她爱我！

而我呢，我无时无刻不在想念着她，我完全被她迷住了。只可惜，她要到星期天才能来，还不知道那天回去后，她有没有受到连队头头的处罚。

我的心思全萦绕在她的身上。

天晴了，我又按部就班地撩起一排一排草帘子，毕竟是病后初愈，把三大通间所有的草帘子都撩起来，用细麻绳系好，我竟然觉得有点儿累。

走回小茅屋去休息的时候，我看到小茅屋的门开着。奇怪，走出屋子的时候，我明明是把门掩上的嘛。正在疑惑，从小茅屋里飞出一声甜甜的呼唤："小知青！"

我大喜过望地扑进屋去，是的，是她，是我昼思夜想的邵苓，她迎着门站在屋中央，笑盈盈地瞅着我，一副喜气洋洋的模样儿。

这就是说，啥事儿都没发生过，她并没受到处罚，也没受到啥责问，她还是好好的。

"坐、你坐呀！"我嗓音发颤地催促着她，小茅屋里由于她的到来，似乎满室生辉了，"今天不是星期天，你、你怎么来了？"

"你不欢迎？"

"岂止是欢迎，简直是喜从天降。"

"喜从天降？"

"嗯。"

她笑了，笑得甜美而有魅力："跟你说，小知青，我把我们俩的关系说了……"

"说了？"我浑身一阵冰凉，"和谁说了，说什么了？"

"我和头头说了呀！瞧你一脸紧张的样子。"她倒显得满不在乎地，"我告诉他们，我有个弟弟，就在隔邻公社的山寨上插队落户，他还小，我经常去看他，那天他淋了雨，病了，需要人照顾……"

"人家信吗？"

"不信，今天不是休息日，我能请假来吗？"邵苓带点俏皮地一噘嘴，在我的床沿上坐下，"说真的，想到你孤零零地被抛在这山野的茅草屋里，我、我……"

"你真好。"

"不，我只是体验过，孤独的滋味儿，被人抛弃的滋味儿……"

"被人抛弃？"

"嗯。"她的脸上笼罩着愁雾，嘴唇僵硬般哆嗦了一下，忽又用清亮的声气问，"小知青，想听个故事吗？"

"故事？"

"有关恋爱的故事。"

"你、你讲。"

"在大学里，我们就好上了。只因为他的父亲突然被打倒了，只因为他陡地变得那么消沉，那么颓丧和失望，激起了我的怜悯和同情，我们好上了。我本来可以到江苏一个军垦农场去回炉，根本不必到这远离上海的深山老林里来，都是因为他，他被分在这里的农场，我……我跟着来了。岂止是跟他来了，我、我把一个姑娘所有的一切，都……都给了他。可他始终不曾振作起来，天天抽烟，抽带过滤嘴儿的高级香烟，一天要抽两包，手指熏得蜡黄，牙齿熏得焦黑，他整天背一只酒壶，酒壶里泡满又酽又苦的浓茶，隔几分钟就旋开盖子喝一口，说什么，他要尝尽人世间的苦和涩。是的，我们学军连队里，一些出身不好的同学，平时很少说话，非常沉闷，但没有像他那样堕落的，好些人把向往和理想扔在一边，可还是存着希望，希望找到个好的对象，能相依为命，希望以后分配个大点的地方。历史的经验证明了，像我们这些知识分子，分的地方越小，比如说县城，县城下面的一个小镇，我们这种人就越显眼，也越容易受整。我的奢望也不大，只盼着和他能相依为命地、太太平平度过下半辈子，哪晓得，哪晓得……"

说到这儿，邵苓的两眼里已经晶莹晶莹地糊满了泪水。

她嘘了一口气，镇静了一下，放缓了点语气说：

"很突然地，什么预感也没有，他事前什么也没同我讲，走了，离去了，回上海去了。走的时候既没给我留个条儿，也没给头头们请个假，一去就再没复返……"

"这又是怎么回事？"

"原因也很简单，'九大'召开了，公布的中央候补委员中，有他父亲的名字。他又可以倚势去伸手要他想要的一切了……可我、我、我……却……却成了他的牺牲品……"

两滴清泪溢出了她的眼眶，顺着她清俏的面颊淌下来、淌下来。

我不忍看她悲伤的样子，默默地垂下了脑壳，无目的地拿起一根竹片在地上胡乱画着。

小茅屋里出奇的静。

一群麻雀飞到菌棚前的空坪上来了，叽叽喳喳的，想是在那里争相啄食我倒掉的饭粒吧。春天了，是真正的春天了，从敞开的门里吹进来的风，也带着股暖融融的气息。

"小知青，听傻了吗？"她微颤着问。

"哦、没、没有……"我极力掩饰着内心涌起的种种复杂的思绪。

"那你是……是嫌弃我了。"

这回我的答复是很肯定的了："没有，决不是的。"

"那你怎么用这样的眼神瞅我？"

"我用的是啥眼神呢？"我勉强笑了一下问，两眼定定地望着她。

她也凝定般盯着我。眨动的睫毛是润湿的，黑得发亮的。

我的体内正在升起什么，升在疾雷声中她吻我时的那种感觉。

她好像看出了我的心思，探索似的紧盯着我。

我慌乱了，陡然说："我只是生你的气。"

"生我什么气儿？"她的眉梢一扬。

"你老是叫我小知青。"

"傻瓜，那是喜欢你呀！"

"喜欢我也不要……"

"快别说傻话了，小知青。看嘛，门敞得那么大，去把它关上，我有点儿怕冷。"

我不解地瞅了她一眼，天气挺暖和的，她怎么怕冷呢？我走过去，把门掩上，还没转过身来，她跑过来了，"啪"一声把门闩上了。

"小知青！"她带着异样的声气喊着我。

我转过脸去，她的脸上布满了光辉，两眼灼灼地放着光，鼻翼在微微地鼓张着，两条手臂向着我张了开来。

一阵烘热像要从我的体内喷出来，我浑身上下的每一根神经似乎都通了电。我笨拙而又莽撞地紧紧抱住了她，把燃烧的面颊朝她的额颅上贴过去、贴过去。她幸福地、呻吟似的轻轻哼了一声……

小屋子里散发着久雨之后必然有的潮味和山野的气息。屋外到底是晴天，虽然关上门，窗户也没捅开，但屋内的一切还是依稀可辨的。离小屋不远的树枝上，一只杜鹃雀儿啼得有多温柔，多动人哪："布谷、布谷……"

# 五

爱情，照理来说应该是美妙的、纯洁的、充满了激情和心心相印的。

可我们之间的爱情，虽然也可以说是心心相印，却是带着点偏执的、病态的、纵欲的。

有几次，她总是扳着我的肩膀，两眼定定地瞪着我，郑重其事地对我说："听着，小知青，我们是不会永远在一起的，不会的。将来，你不可能爱我，不可能，我比你大了六岁，我会显得很老很老。懂吗？这不是罗曼蒂克的爱情。"

那么我们之间的爱情是什么呢？

是同病相怜，是互相需要，是偶尔的凑合，是一首插曲？是从对方身上找寻慰藉？

由于她经常对我重复这一点，弄得我的神经也处于高度的紧张之中。我变得害怕和她一起待在屋里了。

我对她的爱再狂热，再一往情深和迷恋，再不可自拔，但当她回学军连队去以后，我还是能想起来，我是一个知识青年，没有工作，没有收入，是一个道道地地的接受再教育的小知青。尽管我是那么心甘情愿，我可以不顾她比我大六岁的事实和将来会惹起的社会舆论，但我仍然不可能和她组成家庭，我没有资格，也没有能力。

既然如此，我怎能沉浸在一时的狂欢之中而不顾后果呢？一旦意识到这点，邵苓到我这儿来的时候，我便常常主动邀她出去。只要是我的提议，她总是欣然从命的。

她常说："在我们学军连队里，这也是常有的事儿。"然后她就给我介绍开了："北农大一个女生，和南京农学院一个男生好上以后，逢到星期天，两人就到厨房里去把自己的那份米舀出来，跑进树林里去，过野炊生活，混上一天。在连队里，这几乎是公开的秘密了。"

在她的那个连队里，有多少活生生的人和饶有兴味的事儿啊！有时候，我真想到他们的学军连队去看看。从邵苓的嘴里，我总是能听到许许多多学军连队里的趣事儿。

可那天，在随着我追逐了半天野兔子而一无所获的时候，她呼呼地喘着粗气，一点儿讲话的兴致也没有了。

"哎呀，小知青，把我累坏了。"她气喘吁吁地说着，一屁股坐倒在草坡上，"坐下歇息吧。"

我把火铳枪朝边上一扔，在她身旁坐了下来。

正是近午时分，太阳那强烈的光线把草坡照得热烘烘、热烘烘的，山野里弥漫着一股土地和植物混杂在一起的清甜味儿。远远的山峦上空，沐浴在一片淡淡的硫黄色的雾纱里。而周围团转的山山岭岭上，潮润的泥土正在热辣辣的太阳光里升腾、蒸发。看一切东西的时候，都必须得眯缝起眼睛来。

不知什么时候，她的喘息声听不到了，我两眼凝望着云空，正在暗自忖度，她是在闭目休憩呢，还是在沉思默想，她扯了扯我的袖子。我一转脸，只见她大睁着一对近视眼，诧异而探究般瞧着我。

这几乎是她的习惯了，每当这时候，她一定是有话要同我讲。

我对她一笑，她耳语似的问："我在什么地方惹你了吗？"

"没有啊！"

"别瞒我。"

"是真的。怎么啦？"

"那你、那你……"她用幽怨的目光瞅着我，停顿了片刻道，"那你为啥这样对待我?"

"我在哪里得罪你了?"我吃了一惊。

"还装糊涂。"她正色道,委屈地噘起嘴,"每回我好容易上你这儿来一次,刚在屋里坐下,你就催我出来、出来,满山地跑,或是沿河边去瞎走。"

哎呀,她看出来了。

我瞠目结舌。

"是嫌我了吗?"

"不……"

"那是为啥?"

我的脸一定涨得通红了:"呃,我,这……"

"说呀。"她焦急地催着。

"我是怕。"

"怕啥?"

"怕……怕……"叫我怎么说哪,我做了一个抱小宝宝的姿势,"是、是怕你、怕我们有这个,不好收拾……"

"哎呀,小傻瓜!"她既惊且羞地尖叫了一声,整个身子扑了上来,"你呀,你呀,真是个小傻瓜,不懂事的小知青,你为啥不早说哪!小知青,难道你就不晓得,我是医学院大学生,我懂……哎呀呀……"

她把脸转过去,不让我看到地"咯咯咯"地轻声笑着,笑着,一边笑一边抚摸着我的面颊。笑完了,她低柔温厚地问:

"这会儿,明白了吗?"

"嗯。"

"吻我,达非。"

我吻她的薄薄的温湿的嘴唇,久久地吻着。她的双唇有点凉,面颊上却是烫乎乎、烫乎乎的,她热烈地回吻着我,我闭上了眼睛,任凭她的吻雨点样落在我的眼睛上、面颊上、下巴上。我有一股升上天去了的感觉。真的,在这忘却一切的瞬间,特别是她那甜美轻柔的舌头清洗我牙齿的时候,我把她紧紧地搂在怀里。

"你怎么在发抖呀,小知青。别怕,抱得紧一些,再紧一些。"

几天里沉睡在我体内的青春的洪流又在身上泛滥起来,它随着邵苓对我的抚爱和亲吻，泛起一阵比一阵狂暴的生命的热浪。

我们脚下山野的大地仿佛翻转过来了，她散发出一股那么浓郁而强烈的气息，醉人的气息，腐蚀着大地上的一切，也创造着大地上的一切……


# 六


春暮了，连空气里面都有着初夏那种奔放的味道。白日渐长渐长，天天早晨，林子里百鸟的鸣啭有如上涨的潮水，一天比一天喧闹和热烈。只要是晴天，天空就如同安宁阔远的大海般，蓝湛湛、蓝湛湛的。遍坡的杜鹃花好像有约在先似的，同在这一时节怒放了。洁白如雪的，紫得耀眼的，鲜红炫目的，把山野点缀得像一片花的世界。

我却仿佛没看到这一切那样，整日里忧郁寡欢，提不起一点儿劲。

已是春末初夏，斗篷寨上，该是尝新洋芋的时候了。年年这个时节，公社收购站里下来通知，让四邻八寨的农民们，将冬末春初捡的菌子，送去收购站卖。

不用说了，我看守的三大通间菌棚里的蘑菇香菌，到了这一时节，都已风干了，也到了出卖的时候。

我呢，一个山林里的菌棚看守人员，也该回斗篷寨下去了。

回斗篷寨集体户去，是我巴望的。可这一回去，我和邵苓就离得远了，学军连队离菌棚有五六里地，菌棚离斗篷寨十三四里地，加起来足足有二十来里山路，不说一个人在这僻静的山路上赶路容易出事，即使不出事儿，每个礼拜就一个星期天，时间耗在赶路上，我们又有多少时间可以相处。她生活在连队里，是集体宿舍，我生活在知青点里，也是在众目睽睽之下，我们又怎能像在这菌棚附近的山林里那样无拘无束、倾心交谈呢？

我陷入了苦闷和烦躁之中。

我们，最多也只有一个星期天的时间共度欢乐了。

这叫我怎么受得了呀？要知道，我深深地爱着她，爱着这个比我大好几岁的女人，她是我这辈子头一个热恋的女人哪。况且，她的身上有着那么多令人倾慕和钦佩的东西。她是我贫困、艰辛的插队落户生活中唯一的安慰呀。

似乎恋爱使得我们之间的性情也变得相近了。

最后那个星期天，我撑着小船过河去接她的时候，她的脸上虽然在笑，可她的眼睛里透出的，却是悲哀和忧愁。这真使我心奇啊，难道她在来之前就有了预感？

我和她双双上了船，一个坐在船头，一个坐在船尾，默默地凝视着，相对无言。她的脸木僵僵的，神色呆滞，嘴角在不自然地翕动着。

泛滥的樱桃湾河面上，前几天汹涌如潮的河水变得温顺些了，小船没有人撑，随着水波缓缓地茫无目标地淌去。阳光在河面上嬉戏，不时地泛起斑斑驳驳的银光。

我咽了一口唾沫，干哑着嗓门说："菌子全风干了，干透了。我……我……"

想到我们再不可能自由自在地在一起相处，我哽咽着说不下去。

"我早知道了。"她回答得倒很平静，语气中透出的那股悲凉气息，却比我的更伤感，"上两次到你这儿来，透过菌棚稀疏的篾壁，我已经看到，菌子都快干了，我知道我们很快就不可能像现在这样容易地相见了。不过，我心里想，那没关系，你还在斗篷寨上，我们仅仅是相隔二十来里地，那不是天涯海角，我们还可以约好，在每个星期天，到菌棚来见面的……"

"对的，对的。"被她这一说，遮在我心头的阴云消散了，我重重地点着头表示赞同，心里甜滋滋的，看得出，她也爱我，爱得像我爱她一样的深。只是、只是她为什么这样愁眉苦脸呢？

我两眼惊愕地望着她，她的嘴角透出的，是一缕无可奈何的苦笑，两眼泪汪汪的，一点儿笑意也没有。

"可惜，"她深深地叹息了一声说，"我带来的消息，把一切都击碎了……"

"出了什么事？"我的声音惊慌得好像不是从我的嘴里讲出来的。

她瞥了我一眼："对学军连队的人来说，这是个好消息，我们终于盼来了第二次分配……"

她的声音又低又沉，可传到我的耳里，简直是个轰雷，我惊呆了：

"真的?"

"事情比我们想象的还要快。大家都说,这是迅雷不及掩耳。虽然我们空闲下来时的话题,绕来绕去总是分配、分配,但分配的名单真正宣布的那天晚上,好多人都没有思想准备。包括我……"

"名单都宣布了?"

"是的,前天晚上宣布的。"

"你……你被分在哪儿?"

"一个偏远的县医院。离开省城,有五百五十公里,离这里,就更远了。我找地图看了,也用比例尺量了,我们俩,一个在省区的西北角,一个在东南面,光是直线距离,也有一千多公里。前天晚上宣布,昨天整个农场都哄起来了,装箱子的、搓草绳捆扎行李、樟木箱的,理东西的,摔锅砸碗的,还有杀猪宰羊大吃大喝的,杀死的那些猪和羊,头、脚和肠子下水全不要,扔得满地都是。这帮大学生,这帮接受再教育、到偏远山区来回炉的大学生,愤懑的情绪需要发泄呀……"

她下面说的话,我一句也听不见。我埋下了脑壳,双手掩着脸,耸动着双肩,毫不觉羞耻的,就在这樱桃湾河面上,在河面荡漾的小船上,当着她的面,放声哭了起来……

这天余下的时间,我和邵苓差不多时时刻刻偎依在一起,我们亲吻着、拥抱着,哭着、笑着,我们没有吃饭,只是坐在我那间小小的茅草屋里,讲着说不完的告别话,叙述着道不尽的情怀和依恋,情绪是亢奋的、狂放的,惶惑的,可两个人的心底深处,随着时间无情的消逝,却是一刻比一刻低沉、一刻比一刻更忧郁和痛苦。

直到傍晚。

我坚持要送她回学军连队去,她没有阻拦。在第二天清晨,她就要被大卡车送到县城去搭长途客车,我们在一起的时间,只能以一分钟、一分钟来计算了。

啊,那天晚上走近学军连队时的情形,我一辈子永远也难以忘怀。还在一二里地外,我就发现那些通红的火光了。火焰烧得那么大,蹿得那么高,映红了半边的云天。乍一见,还会误认为是失火了呢。

走近了,才看到,学军连队里的大学生们,团团地围在火堆旁,唱着、跳着、笑着、哭着,把一块块板子、一把把扫帚、木棍扔进火堆里，把一切可以扔的东西，扔进火堆里。他们好像也同我和邵苓似的，疯癫、失态、忘情到了放肆的地步。

"他们把行李铺盖都整好了，说定了，今晚上就在这火堆旁过一夜，不睡了。"邵苓解释似的告诉我。

"那管你们的解放军呢？"

"他们也理解我们这些人的心情。相处久了嘛，互相也能谅解了。"

我们也在一个大火堆旁，找了一个不惹人注意的位置坐下来。我几乎没假思索就决定了要在这火堆边上，陪伴着邵苓，陪伴着我心爱的人，度过这最后的一夜。


# 七


她离去了。随着卡车轮子溅起团团尘埃而离去了。

我生命中的一页翻过去了。

在她离去之后的第四天，菌棚里所有的干菌子装进了麻包，用马车拖着，运到公社收购站去出卖了。

我怀着一颗失意而感伤的心，回到了斗篷寨集体户里。

我开始盼望，焦灼地盼望着她的来信，盼望着几天才能到斗篷寨来一回的乡邮员的出现。

这是多么难以忍受的半个月。

回到寨上，大小队干部们没有把我安排到煤场上去当会计，更没有一个像看守菌棚这样轻巧的活儿等待着我。一切正像知青们最初估计的那样，我的煤场会计职务给抹去了，自自然然地抹去了，让我自己都无法提出啥意见。

我和知识青年们、和农民一起，天天在田坝坡土上劳动。知青点的伙伴们，都说我像换了个人，性格全变了，变得沉闷、寡言、难以相处，他们怎么可能晓得，我在这段时间里经历的一切呢。

她终于来信了。

在拆开她的信时，我双手竟然在颤抖，要抑制自己都不行。

她在信上改变了对我的称呼，叫我"达非"。她详尽地叙述了离去之后的奔波和遭遇，从那娟秀端正的字里行间，我仿佛看到她坐在长途客车里昏昏欲睡地奔向那个偏远的小县城，我仿佛见到了她在小县城破旧的旅馆里，守着比烛光亮不了多少的电灯光，焦灼地期待着具体分配工作……

以后我们间建立了通信关系。她常有信来，谈她的工作，谈她的烦恼和向往，她以女性的细腻关怀着我的一切，起居、饮食、衣着和遥遥无期的抽调。还给我寄一点钱。

在漫长而压抑的插队落户岁月里，她的来信是我的希望，是我最大的安慰，每封来信，我都要读了又读，看了又看，然后就迫不及待地给她回信。

是在一次又一次地失去上调机会以后，我才逐渐逐渐地醒悟到，在煤场任会计职务时，由于我的天真和负责，不懂得通融，我是得罪了某些人。想想嘛，连大队主任的侄女儿，一个回乡的知青，都能够给分配到县磷肥厂去当学徒工，而我，却没有资格。是在一再地碰壁之后，我才晓得，在现实生活中，即使是故意报复、是让你穿小鞋，也是不露痕迹的。决不像我们的一些电影和戏剧里表现的那样，让人一目了然。

我没有希望抽调，更不可能像我在与她分手时山盟海誓地表示的那样，争取分到她身边去，我意冷心灰，差不多陷入了绝望之中。

在我们通信两年三个月以后，在她又一次给我来信，寄了十元钱和二十斤粮票给我时，我终于提起笔，给她写了一封信：不要等我，不要给我寄钱了，你走你的路去吧……

信写完的时候，我的笔失落在地上。我趴在桌面上，痛哭了一场，几乎没有勇气把这封信寄出去。

但一个残酷的现实时时在提醒我：她的年龄一天比一天大。我没有权利拖住她生活的脚步呀。

信寄出以后，隔开好久好久，我都等得坐立不安了，她来了信，信上喊我"好弟弟"，仍然给我寄了钱和粮票来。

连寄了三个月，后来有一封信，信里面夹满了八分一张的邮票，我数了数，竟有五十张邮票，却无一个字。

尽管我一直硬着心肠没回信，但我明白了，她比我更清醒地意识到了她的年龄，她得走自己的路去了。

# 尾 声

这就是我和邵苓之间的、奇特而怪诞的故事。在那一段岁月里，它恰恰又是那样的真实和残酷。它很像是一个当今时髦故事的前奏和楔子……

在舞场门口不期而遇后的几天里，我失魂落魄地等待着她的来访。我想知道她这些年来的一切，她还在那个偏远的小县城医院吗？她成家了吗？那个在她身边的男孩，是不是她的儿子？算起来时间已逝去了十几年，很可能会是的，她眼前生活得怎么样？

烦躁、焦灼、坐卧不宁，当年每个星期天，在菌棚等待她到来时的种种情绪，又都复现了，天哪，邵苓，我和任何一个别人介绍的女子相见，都从未这样激动过，你知道吗？

我等到的不是她的来访，而是她的一封信，信中告诉我，她在县城医院里一直待到一九七八年，在那年以前，她早已结婚了，有了一个女儿，六岁的女儿，很可爱。一九七九年考上了省城医学院研究生，毕业以后就分配在省医，去年刚提升为主任医生。她的爱人，她的孩子，也都调到省城来了。那晚上她身边的男孩子，是她一个亲戚的娃娃，她写道：

"……是的，在我们邂逅的那天，我冲动地脱口而出，说要去看你，这实实在在也是我这些年来梦寐以求的，是我的心病，我真想当天晚上就跑到你住的地方去，真的。冷静下来想想，我抑制了自己的情绪和欲望，达非，我是为你想，你至今还没个对象，我们再见面，对你的感情生活，不会有好处的。仔细地回想一下，当年那个不堪回首的岁月，把我们这拨知识分子，弄到那么个偏僻闭塞的地方，去接受所谓的再教育，去证明某些人的理论和信念，实在是荒唐的。在那么个处境里，我们都很孤独、都很寂寞、都很消沉和失望，都觉得压抑而不得志，在那种状况下，我们相遇了，我们都觉得想从对方的爱里面找寻慰藉，以追求一瞬间的忘却，追求一种忘却自己、忘却世界的非现实感，其实那正是一种自我否定的虚无思想。因此，最终我们狂热的爱成了幻影，我们互相虽是虔诚和热烈的，却也在热烈和虔诚之中流露着颓废和虚无的情调。哦，我不想再说了，再说下去我的心受不了。我只想说，今天我们都在否定那段岁月，我们的变态的爱情，该不该埋葬呢？我不去看你，不是说不想见你，只是说不要在你的宿舍里见……"

我把她的这段话反复地看了好几遍。毋庸讳言，她的来信使我的心绪渐渐安定下来。几天以后，我去看她了，到省医院她的办公室去看她了。

我们相对坐着，互相端详着，约莫谈了二十来分钟，她的工作不容许我们多聊。我们谈别后的遭遇，谈今天的工作，也谈到未来……

奇怪的是，我们坐在一起，却决无当年的那种欲望。但应该说，我们的心是相通的，互相之间是理解的。

哦，让逝去的岁月中留下的一些痕迹，仅仅只留在我们心灵的角落里吧。